Jésuites

Jean Lacouture

Jésuites

Une multibiographie

2. Les Revenants

Éditions du Seuil

ISBN 978-2-02-091434-5
(ISBN 978-2-02-091435-2, édition complète
ISBN 2-02-012214-6, 1re publication, tome 2)

« Si les jésuites s'étaient contentés d'attribuer un rôle plus important à la volonté humaine dans les limites de la théologie catholique, aux "œuvres" une plus grande valeur, et à la "grâce" une signification différente, ils s'étaient bornés à donner un sens plus large à la pensée catholique ; si en un mot, le jésuitisme n'avait été qu'une des innombrables interprétations du christianisme telles qu'en ont tenté toutes les différentes confessions, les ordres et les sectes de toutes les époques, personne en dehors de l'Église n'aurait le sujet ou le droit d'élever la voix pour juger ces différentes opinions.

Mais les jésuites ne se sont pas contentés de servir comme "soldats du Christ" dans le silence des couvents et les débats des conciles. Ils se sont répandus dans le monde entier, jusque dans les cabinets des souverains et des ministres, dans les parlements et les universités, dans les salles d'audience des despotes asiatiques, près des feux de camp des Peaux-Rouges, dans les observatoires, dans les instituts de physique et de psychologie, sur la scène, dans les congrès de savants et aux tribunes politiques (...).

Ils ont voulu être considérés au milieu des gens du monde comme des gens du monde, parmi les savants comme des savants, parmi les artistes comme des artistes, parmi les politiciens comme des politiciens, et être traités sur un pied d'égalité dans tous ces domaines. Mais alors, dans cette sphère mondaine, ils ne peuvent échapper à la critique mondaine. Comme il faut par ailleurs attribuer aux jésuites une influence considérable sur la civilisation intellectuelle et matérielle de l'Europe, nous avons bien le droit d'examiner si cette influence a équivalu à un gain ou à une perte, à un "progrès" ou à une "réaction". »

René Fülöp-Miller, *Les Jésuites et le Secret de leur puissance (Macht und Geheimnis der Jesuiten)*,
trad. Plon, Paris, 1933.

Avertissement

Le bon accueil fait ici et là au premier tome de cet ouvrage aura aidé l'auteur à faire « diligence », comme disent (ou disaient) les éducateurs jésuites, usant de ce vocable pour saluer l'application et la ponctualité – dotées en fin d'année scolaire d'un prix qu'ils faisaient mine de considérer comme aussi enviable que celui, plus prestigieux pourtant, d'« excellence ».

Voici donc, à l'heure dite, le second et dernier volet de cette arbitraire évocation des « hommes noirs » à travers siècles et continents, de la pitoyable suppression de la Compagnie par Clément XIV, en 1773, aux récents débats entre « papes blancs » et « pape noir » à propos de « l'option pour les pauvres » décidée en 1975 par la Société de Jésus.

Certains ont, non sans raison, fait grief à l'auteur de cet ouvrage de considérer d'un œil trop profane l'histoire d'un ordre fondé par de saints personnages en vue d'exalter la « gloire de Dieu », d'avoir laïcisé en somme une entreprise dont les traits d'héroïsme, et certaines noirceurs, ne peuvent être compris qu'en tenant compte de sa finalité religieuse.

L'auteur n'avait pas manqué de mettre l'accent, d'entrée de jeu, sur sa condition de laïc – mais non d'agnostique – sur les limites de ses compétences en matière de théologie, et sur sa propension (au moins professionnelle) à considérer la plupart des actions humaines sous l'angle politique. Cette profession de foi, si l'on peut dire, ne justifie ni les manques, ni les erreurs de perspective, ni le parti pris pour une certaine optique. Mais demande-t-on aux médiévistes de rivaliser en matière de foi avec leurs personnages, humbles ou phosphorescents ?

Des objections plus pénétrantes ont été formulées à propos de ce qui pourrait apparaître comme la problématique du livre

– les jésuites « porteurs de torches » – et de sa pertinence à propos du monde actuel, si profondément sécularisé. Que ceux qui ont jugé abusif le lien établi entre les « hommes noirs » et les lumières de la Renaissance, de l'âge classique ou même du siècle de Voltaire prennent patience : ils retrouveront ici la plupart des « torches » jésuites, du R. P. Loriquet aux lecteurs romains de Pierre Teilhard de Chardin, moins propres à éclairer qu'à rôtir les hérétiques – jusqu'à ces jours du début du siècle où quelques aventuriers de l'esprit auront repris les routes ouvertes par les pères fondateurs, ces marginaux cosmopolites jetés sur les chemins du monde.

Quant à la pertinence de ce travail au regard de l'époque présente, l'auteur a constaté que son actualisation s'opérait spontanément. S'il est vrai que deux des plus pressantes interrogations du monde actuel ont trait d'abord au rapport entre le Nord équipé et le Sud apparemment voué à la famine et au chaos, ensuite aux relations entre la politique et la religion, à l'emprise croissante des diverses cléricatures sur les affaires de la cité, alors on peut dire que la Compagnie fondée en 1540 par Ignace de Loyola a beaucoup à nous dire, s'étant souvent manifestée en ces deux domaines à temps et à contretemps, à tort ou à raison, et ayant payé fort cher, en Chine, au Paraguay, à Rome, à Paris ou à San Salvador, des erreurs exemplaires et des audaces formatrices.

Le propos de cet ouvrage n'était pas de rechercher de siècle en siècle et du Japon des *daimyos* aux turbulences provoquées par la « question romaine » des leçons pour notre temps. Il se trouve pourtant que des enseignements ont surgi de l'enquête, au bénéfice de l'enquêteur, sinon des lecteurs – qu'il s'agisse de la contribution apportée à l'art des relations humaines par les jésuites, aptes à reconnaître la multiple validité des cultures, sinon des croyances ; ou de la part qu'ils auront prise, non seulement à l'extension de la liberté dans le domaine spirituel, mais aussi à la liquidation du plus totalitaire des axiomes catholiques : hors de l'Église, point de salut…

Comme pour le premier tome, on sera fondé à reprocher à l'auteur de n'avoir pas traité quelques thèmes, personnages ou épisodes fondamentaux de l'histoire des jésuites – jadis l'œuvre de Roberto de Nobili en Inde, celle des pères du Québec ou de Jacques Marquette sur le Mississippi, ou encore leurs contributions à l'épanouissement de l'art baroque, ici leur apport à la reconnaissance de la spiritualité musulmane, leur action dans le monde slave après 1820, leur participation aux tentatives de réformes aux Philippines et surtout leur contribution à la grande aventure des prêtres ouvriers. L'auteur ne trouve d'excuse à ces manques que la disproportion entre ses moyens et l'immensité de la tâche.

S'agissant des remerciements qui sont de mise en une telle occurrence, l'auteur juge qu'il doit trop à des hommes voués à l'humilité pour distinguer celui-ci de celui-là, du novice d'Avignon au « général » de Rome. Il aura vérifié en cours de route que, si les jésuites ne répugnent pas à l'ostentation, comme en témoignent les façades de leurs églises et de la plupart de leurs collèges, leur souci de servir la « gloire de Dieu » ne les conduit pas plus à dissimuler les ombres de leur histoire qu'à en voiler la lumière

J. L.

CHAPITRE PREMIER

Le désert des Tartares

• Cadavre par obéissance • La question jésuite ne sera pas posée… • Grâce à la perte de la Pologne • Le Grand Frédéric, sauveur des jésuites • Dans le giron de Catherine II • Féminité et Tartarie • « Approbo, approbo, approbo… » • La Compagnie, pion de la stratégie panrusse • La jésuitière de Parme • Vers la recomposition •

Les fortes natures s'affirment dans l'épreuve, nous disaient nos maîtres jésuites. Rien de tel qu'un séisme, une persécution, une épidémie, un désastre militaire, pour révéler ou vérifier les caractères et les organismes d'exception. Et de nous faire traduire l'ode fameuse d'Horace :

Duris ut ilex tunsa bipennibus
Nigrae feraci frondis in Algido
Per damna, per caedes ab ipso
Ducit opes animumque ferro.

(Comme le chêne attaqué par la hache
Dans les noires forêts de l'Algide
A travers pertes et désastres
Reçoit du fer même plus de force et de vie.)

Quelle organisation était plus solide en apparence que cette Compagnie fondée à Rome en 1540 ? Quels caractères plus fermes que ceux d'Ignace et les siens ? Quelles constitutions plus aptes à survivre aux cataclysmes, quel chêne plus vivace dans les noires forêts de l'Algide (ou ailleurs) ? Quelles structures plus capables de surmonter l'épreuve de la dispersion après tant d'avanies, de proscriptions, de périls affrontés, de Paris au Japon, de la Chine au Paraguay ?

Pourtant, la « suppression » si piteusement décrétée en 1773 par Clément XIV, après les proscriptions portugaise (1759), française (1764) et espagnole (1767), semble foudroyer ce « chêne attaqué par la hache ». Ni clandestinité, ni catacombes, ni résistance à un ordre illégal et extorqué par la contrainte et le chantage. Avec le malheureux « général » Lorenzo Ricci agonisant dans son cachot du château Saint-Ange, la Compagnie semble expirer, donnant raison au Sainte-Beuve de *Port-Royal : « ...ed era morto**. »

Où sont les Laynez, les Cogordan, les Canisius ou les Rhodes, toujours chassés, dénoncés, proscrits, et toujours sur la brèche ? On la croirait anéantie par un pape débile et un quarteron de souverains veules ou déréglés, cette formidable Société qui faisait trembler le Saint-Office et enrager les hauts messieurs de la Sorbonne. Nous la verrons sauvée des persécutions de ses amis naturels par ses ennemis apparents, mais après s'être laissé balayer par la tempête. Nous verrons stupéfaits ou stupides dans l'adversité pendant un quart de siècle les successeurs des hommes que nous avons connus stoïques sous la torture ou les sarcasmes et dans la proscription.

On citera certes des traits de courage individuel, de constance ou d'héroïsme de la part des hommes en noir expulsés, traînés en justice, pourchassés, assassinés**. L'épiscopat français ne fut pas le seul à protester contre le bref de suppression ou l'incarcération de Ricci. A Vienne, à Varsovie, au Brabant, des voix s'élèvent aussi. Mais pas des entrailles de la Compagnie. Ce grand corps que l'on croyait cuirassé contre les atteintes de l'Inquisition, les spadassins du Sacré Collège, les sbires des Bourbons, semble soudain prostré, résigné devant les pires dénis de justice, l'arbitraire le plus outré. Étrange « obéissance » que celle qui se courbe devant l'injustice.

Sont-ils si affamés d'humiliation, ces « ignaciens », si impropres au discernement entre les diverses décisions papales, ou simplement impatients de manifester, après l'affaire du Paraguay, jusqu'où peut aller l'obéissance *perinde ac cadaver*

* Tome I, chapitre XI.
** En 1793-1794, vingt-trois ex-jésuites réfractaires sont guillotinés.

– dût-elle se manifester à propos d'une forfaiture commise par un pontife aliéné à des puissances sans scrupule ? « Bâton dans la main du vieillard »... Mais si le vieillard est fou, ou manipulé par des gredins ?

Les recours ou asiles qui sont alors trouvés sont si imprévisibles et si déconcertants que de pieux historiens ont parlé de « miracles », fussent-ils accomplis par l'intercession du très saint Frédéric de Prusse ou de la très dévote Catherine de Russie. Le mot de miracle, ici, ne peut être entendu que dans le sens que lui aurait donné Diderot, la dérision ; par antiphrase. C'est un anti-miracle que cette prostration soudaine de la fameuse Compagnie combattante, que sa préservation par le machiavélisme.

Tout se passe alors comme si la Société de Jésus, si avide de « coller » aux pouvoirs, de se concilier les puissants, de faire équipe avec les autorités et d'agir à travers eux, payait le prix de cette stratégie, anéantie de leur rejet. Punie par où elle avait péché ; sa dévotion aux pouvoirs établis, son ardeur à courtiser. A force de se faire « mondains », les pères sont brisés par « le monde ». Et apparemment démoralisés par cette trahison.

Hors des sanctuaires plus ou moins confortables que leur ménagent un César hérétique et une Jézabel schismatique, il faudra attendre un quart de siècle pour voir paraître les premiers « résistants », des jésuites capables de braver la répression républicaine ou impériale en France, les avanies des principicules italiens ou la vindicte des souverains ibériques.

Qui a accompagné comme nous l'avons fait un Ricci ou un Montoya dans leurs entreprises asiatiques ou américaines est en droit de s'étonner d'une pareille dégénérescence. Au lendemain de la crucifixion, on ne vit guère les apôtres. Au lendemain de la « suppression », on ne voit pas davantage les pères. « La destruction de ces fantômes que l'on croyait si redoutables se fit avec peu de bruit », note d'Alembert.

Alors que des organismes aussi décomposés et humiliés que les armées prussienne après Iéna ou française en juin 1940 allaient sécréter un Clausewitz et un de Gaulle, la Société de Jésus, où l'on n'ignore rien des illégalités, abus de pouvoir, détournements des textes et déraisons d'État qui ont conduit au bref de 1773, subit sa dégradation et sa dispersion comme s'il s'agissait de l'exécution d'un décret du Seigneur. Il faudra attendre longtemps, très longtemps, pour que se manifeste la rébellion contre l'injustice. Rébellion d'ailleurs politique pour une large part. Au temps du roi, l'arbitraire de Versailles et de Rome avait été souffert sans murmure par les pères*. Il faudra qu'il devienne vingt ans plus tard républicain pour que cette résignation fît place à un début de résistance.

Bref, la Société de Jésus, instituée au milieu du XVIe siècle dans un climat épique et lancée pendant trois siècles et demi à la conquête – ou la rencontre – du monde par des aventuriers intrépides, se laisse étrangler sans autre réaction que la plainte étoffée de Lorenzo Ricci : aussi va-t-elle renaître – au moins en France – dans un climat de circonspection clignotante et de tâtonnements furtifs, comme une communauté villageoise émergeant des crevasses après un tremblement de terre. Pour la décrire alors, on ne trouve en effet que des métaphores très terre à terre, triviales, laïques.

Il faut vraiment être un historien de la Compagnie comme le R. P. Dudon – talentueux – pour parler de « résurrection », ou même de renaissance. Mots bien lyriques, et bien décoratifs, à propos de ce qui apparaît plutôt comme une résurgence, ou tout simplement une restauration.

Le caractère laborieux, pour ne pas dire besogneux, de cette opération marquera lourdement la vie de la Compagnie pendant plus d'un siècle, comme l'histoire de ces peuples giflés par l'histoire et qui y retrouvent leur place sans qu'une action héroïque et quelque éclair d'éloquence ait donné élan et lumière à l'ouverture de ce nouveau chapitre : une France de 1944 sans Charles de Gaulle ni Jean Moulin.

Les dira-t-on revenus « dans les fourgons de l'étranger », comme les Bourbons ? Ou dans les fourgons des Bourbons ? Ce n'est pas seulement cela qui pèsera si longtemps sur le renom de la Compagnie, mais aussi l'absence, à l'orée de ce second âge, de prodromes héroïques, de ces traits de feu prophétiques qui avaient marqué sa fondation à la veille du concile de Trente.

Mais, pour n'être éclairée par aucun Exode, ou Anabase, ou Odyssée, par aucune dictée de Patmos ou récit du Pèlerin, l'histoire de cette traversée du désert, avec sa longue escale chez les Tartares, reste marquée du sceau quelque peu fabuleux qui, depuis les origines, distingue les jésuites.

* Mais nous verrons qu'il y eut des exceptions, comme celle de Clorivière, cf. p. 40.

Fabuleux, ou baroque ? Comment qualifier la péripétie de 1773-1796 – le sauvetage de la très papiste Compagnie anéantie par le pape et « repêchée » par le luthérien Frédéric, puis couvée et revigorée par la schismatique impératrice de Russie ? Comment tenir pour vrais de tels épisodes où s'entrecroisent sommations et fausses promesses, missions secrètes et enlèvements, archevêques postiches, amiraux turcs, amants de la tsarine, prélats de police et jusqu'au cosaque Pougatchev ? Comment croire à ce chassé-croisé prodigieux entre « despotes éclairés », jésuites fugitifs, philosophes bernés, d'Alembert indigné, Voltaire chapitré, Diderot sans voix et l'« infâme » remis sur les autels au nom de la philosophie par le guerrier cynique de Sans-Souci et l'opulente maîtresse de Potemkine ?

Il faut rappeler d'abord cette réalité morose : que le monde catholique dans son ensemble abandonna à son sort la Compagnie de Jésus « supprimée » par Rome. Qui ne s'est pas détourné d'elle après quelques protestations de prêtres autrichiens, de parlementaires provençaux et de l'Assemblée de l'épiscopat de France ? Quand on pense à ce qu'elle avait rendu en matière d'éducation, au prestige intellectuel dont elle avait joui, à l'ascendant qu'elle avait exercé sur les rois et les multitudes, ce brusque effondrement a quelque chose de terrifiant, de biblique.

De ce rejet de pestiféré, le plus fort témoignage est peut-être donné par le déroulement du conclave de 1774, réuni pour élire le successeur de Clément XIV qui n'avait pas survécu plus de quatorze mois à l'assassinat de la Compagnie (« *Compulsus feci* », « je l'ai fait sous la contrainte ») [1].

La plupart des prélats convoqués à Rome en octobre 1774 gardaient le souvenir des humiliations que leur avaient infligées cinq ans plus tôt les monarchies bourboniennes et leurs agents au sein du conclave, faisant ouvertement pression, dictant leurs conditions en vue de l'élection au trône pontifical du futur exécuteur des jésuites. Les cardinaux dits *zelanti*, les religieux, les convaincus, par opposition aux *politicanti* aux ordres des monarques, étaient décidés à ne plus se laisser manipuler ainsi par les cours et leurs mandataires en robe rouge. D'autant que la « question jésuite » restait obsédante. La procédure suivie avait été si illégale, les pressions jugées si invalidantes par beaucoup, que le procès intenté à Lorenzo Ricci s'était conclu par un acquittement. Fallait-il revenir sur le fameux bref, l'amender, l'annuler, le compléter ?

Dès avant l'ouverture du conclave, Madrid, Paris et Lisbonne firent savoir aux princes de l'Église qu'il n'était pas question de toucher au *statu quo*. Serait exclu de la compétition tout candidat qui n'aurait pas expressément fait connaître son attachement au bref *Dominus ac Redemptor* supprimant la Compagnie de Jésus.

Chapitré par le Premier ministre espagnol Florida Blanca*, le cardinal sévillan de Solis obtint la promesse du cardinal Braschi que, s'il était élu, la question jésuite ne serait pas posée. Le prélat andalou manda même à Madrid que ce cardinal lui avait déclaré : « Même si tous les Bourbons le désiraient, il ne faudrait pas, à mon avis, ressusciter la Compagnie. » Le candidat idéal, qui allait au-devant des sollicitations... [2]. Ainsi fut choisi sous le nom de Pie VI Gianangelo Braschi, ancien élève des jésuites, dont chacun savait qu'il avait désapprouvé le bref de 1773 qui le liait désormais lui aussi.

Comme Ganganelli, il avait payé le prix d'avance, acceptant en outre de s'adjoindre, comme secrétaire d'État, le cardinal Pallavicini qui était ouvertement aux ordres de Madrid. Et comme Ganganelli, il allait voir ce qu'il en coûte d'entrer dans de tels marchandages.

Tel est alors l'isolement, l'évaporation de la Compagnie proscrite que ce nouveau troc – la tiare contre l'oubli définitif des jésuites – passe inaperçu, les cardinaux *zelanti* se jugeant trop humiliés pour élever la voix. Ainsi le « garrottage » à l'espagnole de 1773 était-il confirmé, pérennisé du point de vue de l'Église et des cours, par l'escamotage honteux de 1775. Mais qui osa protester, au sein de la Compagnie humiliée, écrasée, comme l'eussent fait un Auger ou un Caussin ?

Encouragé à la lâcheté par la « cadavérique » capitulation des pères, le monde catholique semblait avoir enregistré comme l'effet d'un arrêt légitime et comme une donnée irréversible la disparition de la société ignacienne qui entraînait la fermeture de sept cents collèges et l'expulsion de leurs pays respectifs de

* Qui ne s'appelait que José Monino quand, ambassadeur de Sa Majesté très catholique à Rome, il dictait bribe par bribe les phrases du bref à Clément XIV.

vingt mille religieux, désormais entassés dans les États du pape. Selon toute apparence, la plupart des chrétiens de cette époque portaient sur cette liquidation un jugement aussi glacial que les auteurs de la *Nouvelle Histoire de l'Église* : « Il ne faut pas la représenter comme un scandale. Des déficiences très réelles avaient alors irrémédiablement* sapé le crédit de la Compagnie [3].

Ajoutons que l'on ne comprendrait rien aux capricieuses péripéties qui vont suivre si l'on ne tenait compte des bizarreries de la procédure pontificale : la proscription ne prenait force exécutoire qu'une fois promulguée et notifiée aux communautés. Or le bref n'avait pas été affiché à Rome aux emplacements traditionnels, tel le Campo dei Fiori (la papauté n'avait-elle pas osé braver ainsi l'opinion publique romaine ?). Et la procédure de promulgation restait indécise. D'où le flou dans lequel pourront se réfugier les « ex-jésuites », notamment en Pologne prussienne et russe et dans les pays où la complicité de la hiérarchie catholique et du pouvoir politique ne contraignaient pas à l'exécution expéditive de la décision romaine.

De tous les paradoxes qui vont dès lors émailler cette histoire, le moins étonnant n'est pas celui-ci : que la Compagnie dut son salut au partage de la Pologne, nation dont les jésuites avaient fait l'un de leurs bastions. Depuis qu'à la fin du XVIIe siècle Auguste de Saxe, converti au catholicisme, était monté sur le trône polonais, la Société de Jésus y avait conquis une sorte d'hégémonie. Plus de deux mille des siens (le dixième de l'effectif total) y exerçaient divers ministères. Le maintien de ce statut aurait provoqué, en 1773, la liquidation de ces positions, en application de la décision romaine en pays catholique.

Là comme ailleurs, la Compagnie était prête à s'incliner devant le fait accompli. Mais, un an avant la suppression de la Compagnie, le 21 juillet 1772, Marie-Thérèse d'Autriche, Frédéric de Prusse et Catherine de Russie avaient signé un traité de partage de la Pologne « au nom de la Sainte-Trinité »

* Le moins que l'on puisse dire, c'est que ce mot est excessif. Pour ne pas parler du cynisme tranquille du jugement : déficients, *donc* liquidés… Les auteurs de ce livre sont des religieux..

(le roi de Prusse se félicitait dans une lettre à son frère de cette « communion d'un même corps eucharistique qui est la Pologne »), ce qui accroissait brusquement la proportion de catholiques parmi les sujets des souverains de Berlin et de Saint-Pétersbourg. Et, tandis que la pieuse Marie-Thérèse, se pliant aux ordres de Rome, supprimait chez elle la Compagnie, Frédéric et Catherine, indépendants du pontife catholique, allaient agir en fonction des seuls intérêts de leur État et de leur dynastie.

Deux problèmes de fond se posaient – différemment bien sûr – à l'une et à l'autre : le maintien de la paix au sein des populations catholiques rattachées à leur autorité, que des mesures prises contre les pères eussent pu émouvoir sans profit ; et l'éducation des jeunes gens, essentielle à l'accomplissement de leurs grands projets réformateurs. Comment bâtir un État moderne sans cadres bien formés ? Les exigences de base ne permettaient pas de négliger les risques d'altération de leurs rapports avec les ennemis des jésuites, le Saint-Siège, l'Espagne et la France. Mais, aux yeux de ces machiavéliens, un pape manipulé et une Espagne décadente ne comptaient guère. Quant à la France, elle semblait avoir tout simplement oublié la Compagnie dispersée.

Restaient les réactions des philosophes, amis des deux souverains, le « Salomon » et la « Sémiramis » du Nord. Ni le stratège de Sans-Souci ni la dame de Pétersbourg n'étaient gens à s'y arrêter trop longtemps. Non qu'ils négligeassent la gloire que leur faisaient Voltaire, Grimm, d'Alembert et Diderot. Mais ils ne l'avaient jamais mise en balance avec leurs intérêts les plus strictement entendus. Nous verrons sur quel ton ils le rappelleront aux grands diffuseurs de Lumières.

Frédéric II ne tenait pas la Silésie du fait du partage de la Pologne, mais de ses victoires de la guerre de Sept Ans, qui lui avaient permis de l'annexer en 1763 (au moment où la chasse aux jésuites s'intensifiait en France). Il y avait trouvé la Compagnie populaire et efficace, au point de suggérer au « général » Ricci de diriger sur Breslau les frères chassés du Portugal, et bientôt de France et d'Espagne. En 1770, un an après la proscription espagnole, et trois ans avant le bref de Clément XIV, il écrivait à Voltaire : « Ce bon Cordelier* du

* L'ordre d'où était issu Ganganelli, cf. tome I, chapitre XIV.

Vatican me laisse mes chers jésuites, que l'on persécute partout. J'en conserverai la graine précieuse pour en fournir un jour à ceux qui voudraient cultiver chez eux cette plante si rare. »

Frédéric ne veut pas se couper pour autant du parti des philosophes et, deux ans plus tard, écrit à d'Alembert sur un ton qui plut si fort à l'Encyclopédie qu'elle fit circuler une copie de la lettre à travers l'Europe :

> « J'ai reçu un ambassadeur du général des Ignaciens, qui me presse de me déclarer ouvertement le protecteur de cet ordre. Je lui ai répondu que, lorsque Louis XV avait jugé à propos de supprimer le régiment de Fitz-James, je n'avais pas cru devoir intercéder pour ce corps ; et que le pape était bien maître chez lui de faire telle réforme qu'il jugeait à propos, sans que des hérétiques s'en mêlassent. »

Mais sitôt que la papauté a fulminé son bref, le roi de Potsdam va « s'en mêler », rappelant que, si « le pape est maître chez lui », il ne l'est pas sur les terres prussiennes. Et de décréter :

> « Nous, Frédéric, par la grâce de Dieu, Roi de Prusse, à tous et un chacun de nos fidèles sujets, salut [...] nous avons résolu, pour raisons à ce nous mouvant, que cet anéantissement de la Société des jésuites, expédié depuis peu, ne soit pas publié dans nos États. Nous vous ordonnons gracieusement de prendre dans votre juridiction les mesures nécessaires pour la suppression de ladite Bulle* du pape ; à quelle fin vous ferez en notre nom, dès la réception de la présente, défense expresse, sous peine d'un rigoureux châtiment, à tous ecclésiastiques de la Religion catholique romaine, domiciliés dans votre juridiction, de publier ladite Bulle du pape qui annule la Société de Jésus ; vous enjoignant de tenir soigneusement la main à l'exécution de cette défense, et de nous avertir sur-le-champ au cas où des ecclésiastiques supérieurs étrangers s'avisassent de glisser dans ce pays des Bulles de cette nature. »

Et pour que les choses soient plus claires, le roi prussien faisait tenir à son représentant officieux à Rome, l'abbé Colombini, cette note destinée au pape, et qui est la plus insolente et réjouissante leçon de vertu qu'un hérétique se soit donné le plaisir d'infliger au chef de la religion romaine :

* C'est d'un bref qu'il s'agit, on le sait.

> « …Touchant l'affaire des jésuites, ma résolution est prise de les conserver dans mes États tels qu'ils ont été jusqu'ici. J'ai garanti au traité de Breslau le *statu quo* de la Religion catholique, et je n'ai jamais trouvé de meilleurs prêtres à tous égards. Vous ajouterez que, puisque j'appartiens à la classe des hérétiques, le pape ne peut pas me dispenser de l'obligation de tenir ma parole ni du devoir d'un honnête homme et d'un Roi [4]. »

On ne sait comment le Saint-Père, en ses palais romains, réagit à cette gifle. On sait en revanche que les encyclopédistes prirent très mal le sauvetage des « hommes noirs » par le porteur de Lumières. Sur un ton offensé, d'Alembert déclara « la Philosophie alarmée » et prévint Frédéric qu'il aurait peut-être « à se repentir » d'avoir « donné asile aux gardes prétoriennes jésuitiques » que le pape a eu « la maladresse de licencier ».

La riposte du souverain est, après la leçon d'honneur faite au pape, une leçon d'humanité donnée au philosophe :

> « Je n'ai rien à craindre des jésuites : le cordelier Ganganelli leur a rogné les griffes, il vient de leur arracher les dents et les a mis dans un état où ils ne peuvent ni égratigner ni mordre, mais bien instruire la jeunesse, de quoi ils sont plus capables que toute la masse. […] Et vous, philosophes, vous ne me reprochez pas que je traite les hommes avec bonté, et que j'exerce l'humanité indifféremment envers tous ceux de mon espèce, de quelque religion et de quelque société qu'ils soient. Croyez-moi, pratiquez la philosophie et métaphysiquons moins. Les bonnes actions sont plus avantageuses au public que les systèmes les plus subtils » (janvier 1774).

Et quatre mois plus tard, dans une autre lettre, plus acide encore, il morigène à nouveau les encyclopédistes :

> « Tant de fiel entre-t-il dans l'âme d'un vrai sage ? diraient les pauvres jésuites, s'ils apprenaient comment, dans votre lettre, vous vous exprimez sur leur sujet. Je ne les ai point protégés tant qu'ils ont été puissants ; dans leur malheur, je ne vois en eux que des gens de lettres qu'on aurait bien de la peine à remplacer pour l'éducation de la jeunesse. […] Ainsi n'aura pas de moi un jésuite qui voudra, étant très intéressé à les conserver. »

Conservateur de jésuites : c'est dans une lettre à Voltaire qu'il développe ce thème avec le brio le plus féroce, tant il est vrai qu'il est des hommes qui ne peuvent accomplir ce qu'on appelle les « bonnes actions » sans les assaisonner d'un peu de diabolisme :

> « Mes frères les rois catholiques, très fidèles et très apostoliques, ont chassé les jésuites. Et moi, très hérétique, j'en recueille le plus que je peux. Ainsi je maintiens cette race. Bientôt ces rois catholiques viendront me demander si je n'ai pas un jésuite pour eux. Alors je les vendrai cher : un père recteur, pas moins de trois cents couronnes ; et pour un père provincial, j'en demanderai au moins six cents. »

Et plus gravement, au même Voltaire, en date du 18 novembre 1773 :

> « On ne trouve dans nos contrées aucun catholique lettré, si ce n'est parmi les jésuites ; nous n'avions personne capable de tenir les classes [...] ; le reste des moines est d'une ignorance crasse ; il fallait donc conserver les jésuites ou laisser périr les écoles. [...] De plus, c'était à l'université des jésuites que se formaient les théologiens, destinés à remplir les cures. Si l'ordre avait été supprimé, l'université ne subsisterait plus ; et l'on aurait été nécessité d'envoyer les Silésiens étudier la théologie en Bohême. Ce qui aurait été contraire aux principes fondamentaux du gouvernement.
> Toutes ces raisons valables m'ont fait le paladin de cet ordre. »

Et comme un roi de Prusse, stratège de surcroît, ne peut se cantonner dans la défensive, il risque à son tour :

> « Souvenez-vous, je vous prie, du P. Tournemine qui fut votre nourrice [...] et réconciliez-vous avec un ordre qui a porté, et qui à fourni, le siècle passé, à la France des hommes du plus grand mérite. »

Citant cette lettre décisive, le R. P. Dudon observe que, s'il était plus facile au puissant souverain de se moquer de l'auteur de *Candide* (à tous risques) que de préserver la Compagnie en Silésie et dans la partie de Pologne qu'il venait de s'octroyer, « le roi de Prusse s'y essaya avec décision [5] », alors que le clergé catholique et les jésuites, tarabustés par les agents du Saint-

Siège, étaient divisés sur la conduite à tenir : se plier à l'ordre romain, tergiverser, inventer une alternative ?

Le R. P. Gleixner, provincial de Silésie, envisagera d'être le chef* ou l'inspirateur d'une manière de résistance à Rome en créant une Compagnie de Jésus nordique, rassemblant les pères de Prusse, de Pologne, d'Angleterre et de Hollande, qui aurait élu, faute de mieux, un vicaire général. Frédéric eût bien épaulé cette initiative si les évêques n'y avaient fermement fait obstacle, multipliant les avanies à l'encontre des jésuites officiellement tolérés : refus de procéder à des ordinations, interdiction d'exercer le sacerdoce [6].

Une négociation s'amorcera avec Rome qui (avertie du risque de schisme jésuite ?) lâcha soudain beaucoup de lest : en mars 1774, le nonce Garempi fit savoir que le pape autorisait les jésuites à enseigner, à prêcher et à administrer les sacrements dans la mesure jugée nécessaire par les autorités distinguées. Il les autorisait même à vivre en communauté. C'était, s'agissant de la Pologne et de la Prusse, une capitulation pure et simple du souverain pontife. La mort de Clément XIV parut remettre en question cet arrangement inespéré. Mais son successeur Pie VI, à son tour sollicité par Potsdam, fit savoir à Frédéric II que, s'il trouvait le moyen de « conserver les jésuites », il ne s'y opposerait pas.

Le roi de Prusse, pour une fois malhabile, se félicita si bruyamment d'avoir fait plier Rome que la curie et les cours bourboniennes s'émurent, criant au scandale. Mise au point de Pie VI : je n'ai admis le *statu quo* qu'en faveur des jésuites réduits à l'état séculier, c'est-à-dire dispersés, leurs communautés dissoutes en tant que telles. Où était, en tout cela, le jésuitisme ?

Frédéric, désormais flanqué de son cousin Karl de Hohenzollern, évêque de Culm, avide de complaire au Saint-Siège, battit à son tour en retraite. Il fit mine de trouver convenable la palinodie du pape, et, cherchant le moyen de pallier la sécularisation réclamée par Rome, il créa un *Institut littéraire* et un *Institut royal des écoles*, qui maintiendront groupés les jésuites en une sorte de Compagnie… de Frédéric !

Ainsi, jusqu'à la mort du roi-philosophe, en 1786, les pères

* Le R. P. de Reinach semble avoir été lui aussi pressenti par Frédéric pour ce rôle : il était recteur de l'Institut de Breslau.

de Silésie et de Pologne continueront à vivre en communauté, très actifs et influents notamment à l'université de Breslau. Mais le successeur du vainqueur de Rossbach, Frédéric-Guillaume, les ayant privés des revenus des collèges, ils furent contraints de se disperser dans les dernières années du siècle. Les uns se sécularisèrent sur place ; les autres gagnèrent la Russie, où se développait, à l'échelle de l'empire, l'opération de sauvetage des jésuites par le despotisme éclairé.

Catherine II était alors, après onze ans de règne, au sommet de sa fortune. Elle avait vaincu les Turcs à Tschesmé, conquis la Crimée, et le partage de la Pologne lui avait valu la Russie Blanche. Potemkine allait entrer dans sa vie et l'aider à vaincre Pougatchev, le faux Pierre III. Diderot accourait à Saint-Pétersbourg. Que valait, aux yeux de cette luthérienne allemande devenue le chef de l'Église orthodoxe russe, le bref d'un pape exténué, fût-il soufflé à Rome par quelques monarques bien armés ?

Sa situation était à la fois voisine et dissemblable de celle de Frédéric. Moins impliquée que le roi de Prusse dans le jeu des cours européennes, elle se jugeait plus libre de ses mouvements que lui. Et la Russie Blanche était moins délicate à manier que la Silésie. Mais, libérée de la menace turque et bientôt débarrassée de la révolte cosaque, Catherine devait tenir compte du précédent de Pierre le Grand qui, en 1721, avait expulsé « à jamais » les pères jésuites de l'empire.

Car les relations entre la Compagnie romaine et le tsarisme russe avaient déjà subi maintes traverses, et cela dès le temps où Ivan le Terrible régnait sur la Moscovie. Une mission diplomatique y avait été conduite par Antoine Possevin, l'un des plus grands négociateurs qu'ait produits la Compagnie : mais, si habile qu'il fût, le jésuite se vit menacer de son bâton ferré et chassé par le tsar terrible.

Les rapports ne devaient pas s'améliorer du temps de Boris Godounov, les bons pères ayant – comme on le chante dans l'opéra de Moussorgski – pris parti pour le prétendant Dimitri et ses partisans polonais ; faux pas qu'on leur fera payer pendant près d'un siècle, jusqu'à ce que Pierre le Grand eût souhaité associer les éducateurs émérites à son entreprise d'occidentalisation. Mais les liens trop étroits que les jésuites entretenaient avec Vienne éveillèrent la méfiance du tsar Pierre, qui les expulsa. D'autant que, vingt ans plus tôt, à l'occasion des négociations de Nertchinsk qui aboutirent à la fixation, pour deux siècles, des frontières russo-chinoises dans la région du fleuve Amour, deux jésuites (dont le Français Gerbillon) avaient été les experts très efficaces de la délégation chinoise…

Dans la phase suivante, qui fut la plus importante des rapports entre l'Empire russe et la Compagnie, « ce ne furent pas les jésuites qui se rendirent en Russie, c'est la Russie de Catherine II qui vint à eux [7] ».

Le premier partage de la Pologne, attribuant la Russie Blanche à la tsarine, plaçait sous son autorité deux cents jésuites de Mazovie, membres d'un ordre que, presque aussitôt, le pape allait proscrire. Fallait-il exécuter cette sentence romaine, ou l'ignorer? La décision n'allait pas demander à Catherine de longues délibérations. Comme Frédéric, elle pouvait certes prévoir et regretter l'indignation de l'Encyclopédie, le désarroi de Diderot et de Grimm. Mais de tels émois faisaient moins de bruit à Pétersbourg qu'à Potsdam, et surtout qu'à Paris. La robuste dame en avait vu et entendu d'autres.

Braver Rome comportait peu de risques pour elle, et beaucoup de satisfactions. Comment imaginer qu'un décret pris dans une ville étrangère puisse l'émouvoir? Comme son confrère prussien, elle saura rappeler à ses amis que la tolérance est une vertu philosophique, et le comble de la sagesse; et que la formation de la jeunesse est le fondement de l'État « éclairé »; et, pour ce qui était du contenu de l'enseignement dispensé sous son égide, on pouvait compter sur sa vigilance. Bref, la « Sémiramis du Nord » mettra tout son génie à mener à bien cette « opération survie », y déployant « une souplesse toute féminine et une volonté toute tartare [8] ». Celle-ci se manifestant d'ailleurs plus encore que celle-là…

Au surplus, elle avait une dette à payer à « ses » jésuites. Au moment de l'annexion de la Russie Blanche, les pères avaient été les premiers à se rallier à sa couronne, entraînant dans leur sillage le clergé, la noblesse et le peuple. La tsarine était-elle perméable au sentiment de reconnaissance? En tout cas, au donnant-donnant.

C'est au début d'octobre 1773 que le bref pontifical est communiqué à Saint-Pétersbourg. La réaction de Catherine est prompte, et sans ambages : ce texte est tenu pour nul et non avenu. Comme Frédéric, elle interdit sa publication et sa diffusion, sous peine de châtiments sévères. Et le clergé romain de l'empire, celui de Russie Blanche notamment, s'entend rappeler à une discipline que nul évêque, semble-t-il, ne songe à contester. Les jésuites peuvent être « supprimés » à Rome, Madrid, Vienne ou Paris. Dans l'empire de l'« autocratrice », ils vivront !

Le seul qui objecte à cette décision souveraine est un jésuite – et le plus prestigieux d'entre eux sur le territoire de l'empire, le R. P. Czerniewicz, recteur du célèbre collège de Polotsk, foyer intellectuel de la Compagnie en Russie Blanche : il adresse à la tsarine une supplique lui demandant de se soumettre à la décision romaine, *perinde ac cadaver* – et, dans ce cas, c'est un cadavre qui parle !

> « Nous prosternant devant votre très-auguste trône impérial et par tout ce qu'il y a de plus sacré, écrit le recteur à l'impératrice, nous supplions Votre Majesté de permettre que nous rendions une publique et prompte obéissance à notre juridiction, qui réside dans la personne du souverain pontife romain [...] En condescendant que se fasse l'intimation du bref d'abolition, Votre Majesté exercera son autorité royale ; et nous, en obéissant avec promptitude, nous nous montrerons fidèles autant à V. M., qui en aura permis l'exécution, qu'à l'autorité du souverain pontife [9]. »

Ainsi va-t-on se battre à fronts renversés, les pères suppliant qu'on les laisse mourir, la tsarine leur intimant l'ordre de vivre. Sa réponse à Czerniewicz est sans ambages :

> « Vous devez obéissance au pape dans les choses qui touchent au dogme ; pour le reste, vous devez obéir à vos souverains. Je m'aperçois que vous êtes scrupuleux. Je ferai donc écrire à mon ambassadeur à Varsovie, pour qu'il s'entende avec le nonce du pape et lève vos scrupules. »

Ce n'est pas seulement au nonce, mais au pape lui même que la tsarine réussit à arracher l'exemption au bref de 1773 en faveur des jésuites de l'empire. Sous quelle forme ? Tolérance écrite ou orale, formulée ou tacite ? Question et réponses restent controversées. Le débat est aussi vif qu'à propos de la promesse faite pendant le concile de 1769 par le cardinal Ganganelli à la cour d'Espagne en vue de l'abolition de la Compagnie*.

Existe-t-il un texte écrit, une lettre en ce sens de Clément XIV à Catherine II – qui en a fait état à diverses reprises, et en a fait publier une version abrégée (sinon forgée, ou retouchée) ? La pièce est restée introuvable à Saint-Pétersbourg, et l'historien de référence de la papauté, Ludwig von Pastor, conteste l'authenticité des versions alléguées ici et là. Il reste infiniment probable que, sous une forme au moins officieuse**, le pape fit connaître à l'impératrice qu'il ne s'opposerait pas à ce que la survie de la Compagnie fût assurée dans son empire sous une forme discrète et non institutionnelle.

De cette tolérance, on pouvait faire n'importe quel usage sur le sol russe : ou résurrection pure et simple, ou lent dépérissement de la Compagnie. Tout dépendait des rapports à long terme entre le pape, l'impératrice et les prélats (slaves ici, et là romains) qui allaient leur servir de médiateurs – presque tous, parmi ces derniers, étant défavorables à la Société de Jésus.

C'est ici qu'intervient un extravagant personnage, assez extravagant pour étonner en cette affaire qui ne se signale pas par la banalité. Il s'appelait Stanislas Siestrzenciewitz, et, si compliqué que fût son nom, il paraît un diminutif, une simplification de la personnalité tortueuse du porteur…

Il était lituanien. Les gens de ce pays sont le plus souvent catholiques ; lui était protestant – et le resta jusqu'à l'âge de trente ans ; il avait même étudié la théologie luthérienne à Koenigsberg. Lassé de la religion, il s'était engagé dans l'armée prussienne, y devenant capitaine de hussards. Parce qu'il parlait sept langues, le prince Radziwill, noble polonais s'il en fut, avait fait de ce hussard-théologien le précepteur de ses enfants, ce qui lui donna l'occasion de rencontrer une noble héritière catholique. C'est pour elle qu'il se convertit à la religion romaine, et se voit repoussé…

Ému par ce déboire, l'évêque de Vilna l'a convaincu d'entrer dans les ordres. Le voici prêtre, bientôt chanoine, et poussé par son protecteur jusqu'à l'épiscopat. Mieux encore : il est

* Voir tome I, chapitre XIV.

** J. Crétineau-Joly (*Histoire religieuse, politique et littéraire de la Compagnie de Jésus*, t. V, p. 473) fait état d'un « rescrit » du souverain pontife à la tsarine, daté du 7 juin 1774, qui « calma les inquiétudes » des pères.

envoyé à la cour, où la tsarine le distingue. Jusqu'à quel point ? Le fait est qu'un ukase de novembre 1773 fait de ce petit évêque « *in partibus* » le titulaire de l'évêché de Mohilew, et surtout le chef de l'Église romaine dans tout l'empire !

On imagine quel partenaire sera pour Catherine cet aventurier digne de Joseph Balsamo, dans les interminables démêlés qui vont s'ouvrir entre Rome, Pétersbourg et la ribambelle des prélats à petit et grand camail, chapeau, soutane et traîne rouge…

Bien que fort hostile par principe aux jésuites, Siestrzenciewitz va se faire, par servilité, l'instrument de leur résurrection russe, toujours en avance d'une mesure, d'une promotion, d'une provocation anti-romaine, manquant gâcher par des outrances de courtisan parvenu la diplomatie « féminine et tartare » de Catherine. A ses supérieurs romains, qui marquent leur désapprobation du soutien apporté par la couronne aux pères « supprimés », il rétorque sur un ton plus brutal encore que celui de l'« autocratrice » :

> « La très haute volonté est immuable dans ses décrets… J'ai reçu l'ordre de laisser les jésuites comme ils sont, il faut que Sa Majesté soit obéie [10]. »

En aucune affaire Siestrzenciewitz ne se conduisit avec plus d'arrogante duplicité que dans celle du noviciat de Polotsk. Il était visible, dès la fin du pontificat de Clément XIV, et quelle qu'ait été la forme prise par la reconnaissance de l'exemption romaine, que les jésuites étaient tolérés sur le territoire de l'empire, même groupés en communautés. Mais il n'était pas moins clair que Rome ne voulait pas que des noviciats puissent se transformer en pépinières et préparer, à l'ombre de la toute-puissance tsariste, le redéploiement universel de la Compagnie.

L'impératrice tenait trop à « ses » jésuites pour ne pas vouloir qu'ils se reproduisent – si l'on peut dire. Elle signifia à l'évêque-à-tout-faire qu'un noviciat était indispensable à Polotsk, et qu'il devait s'en arranger avec la hiérarchie romaine. L'évêque de Mohilew, se tournant vers Rome, fit valoir que, s'il était nommé par la curie « visiteur apostolique » des jésuites en Russie Blanche, il pourrait mieux surveiller leurs activités. Sitôt nanti de ce mandat, Siestrzenciewitz fit connaître *urbi et orbi* l'ouverture du noviciat de Polotsk…

Désarroi de Rome, fureur de Madrid, dont le secrétaire d'État du nouveau pape, le cardinal Pallavicini, est l'homme lige, et qui se voit joué. Bien mieux : la tsarine, qui semble se divertir à faire enrager, voire à humilier la papauté, réclame maintenant pour Siestrzenciewitz l'élévation au rang d'archevêque (de Mohilew), en récompense du service rendu…

Le 27 octobre 1781, Pie VI écrivait à Catherine II qu'il avait la douleur de ne pouvoir faire droit à sa demande, Siestrzenciewitz ayant usé des pouvoirs extraordinaires qu'il lui avait octroyés avec si peu de mesure qu'il avait « réintégré au rang des religieux des hommes que le souverain pontife en avait fait déchoir* et osé, dans un mandement publié à cette occasion, lui attribuer, à lui, Pie VI, un acte dont il savait bien qu'il avait horreur ». Toutefois, le pape se disait prêt, en considération de l'impératrice « si sage, si bonne, si humaine », à pardonner à Siestrzenciewitz, à condition qu'il reconnaisse sa faute, lui en demande pardon et en fasse une réparation publique.

Des excuses ? La tsarine « si sage, si bonne, si humaine » riposte par un camouflet majeur au pape : Mohilew est érigé par ses soins en siège archiépiscopal, Siestrzenciewitz est nommé archevêque, flanqué d'un coadjuteur, l'ancien jésuite Jean Benislawski… La papauté ne pouvait être plus cruellement ridiculisée – et à travers elle les couronnes qui la poussaient à mener à son terme la chasse aux jésuites.

A la cour d'Espagne, on écume de colère jusqu'à faire saisir, en rade de Cadix, une flottille russe. Puis on se ravise, proposant à la tsarine un traité de commerce fort avantageux si elle proclame l'anéantissement des jésuites en Russie Blanche. Des oranges contre des hommes noirs… Irritées, amusées ou agacées, les réactions de Catherine sont vives. Par le truchement du nonce Archetti, en poste à Varsovie, elle fait connaître au monde que l'« autocratrice entend ne pas voir disputer son pouvoir dans son Empire ».

Ce défi jubilant à Rome et à Madrid trouvera son apothéose quand, après avoir rendu la visite la plus solennelle au noviciat de Polotsk, Catherine accueille son voisin l'empereur Joseph II, autre ami des philosophes, au collège de Mohilew : fort peu jésuite lui-même, l'empereur d'Autriche mandait à son entourage que rien – ni prélats, ni soldats, ni couronnes –

* Les jésuites, bien sûr.

ne viendrait à bout de l'obstination de la tsarine qui se flattait, précisait-il, de « conserver les jésuites florissants » afin qu'ils puissent se répandre par la suite dans toute l'Europe [11].

Ainsi rabroué, ridiculisé, et menacé même d'une ample contre-offensive, le pape Pie VI se décida à dépêcher auprès de la tsarine le nonce Archetti, avec mission de ramener de Pétersbourg quelque débris de satisfaction : la fermeture du noviciat de Polotsk, par exemple, ou l'éloignement de Siestrzenciewitz, ou des garanties pour l'exercice du culte catholique dans l'empire. Il s'agissait bien de cela ! Dès avant son départ pour la Russie, Archetti reçut de Saint-Pétersbourg une lettre de Catherine au pape dont il écrit, dans ses Mémoires, qu'elle était « la foudre [12] ».

Qu'on en juge. Pie VI se voyait signifier que l'impératrice était prête à « retirer à ses sujets la liberté de faire profession publique de la religion catholique, à interdire ses cérémonies, à supprimer ses institutions, si le Saint-Père ne faisait immédiatement droit à ses demandes au sujet de Siestrzenciewitz et de Benislawski ». Le souverain pontife était prévenu qu'il « ne tarderait pas à comprendre les funestes conséquences qui résulteraient pour lui et pour la religion catholique de sa négligence à satisfaire les justes demandes de Catherine II » et mis en garde contre la tentation de « faire intervenir la faveur, l'amitié ou les prières de qui que ce soit… Ce qui ne servirait de rien… ».

La foudre, en effet, sur le Saint-Siège. Restait à Archetti à jouer le rôle du paratonnerre. Ce qu'il fit, en capitulant sur toute la ligne à Saint-Pétersbourg : le pape Pie VI se pliait aux décisions de la Foudroyante – non sans tenter de sauver la face auprès de Madrid et de Versailles en leur adressant un message déclarant nul et illégitime ce qui était fait en contradiction du bref de suppression des jésuites de 1773…

L'« autocratrice », qui s'était offert le luxe de réclamer à Rome le chapeau de cardinal pour Archetti en tant que messager de la capitulation papale, voulait encore davantage : la reconnaissance formelle par Pie VI de la survivance de ses protégés jésuites en Russie Blanche. Et le messager qu'elle choisit pour imposer cette ultime concession au malheureux pape, ce ne fut pas Siestrzenciewitz lui-même, l'homme du scandale ; plus symbolique encore, ce fut Benislawski, son coadjuteur, cet ancien jésuite qui ne cachait pas son désir de réintégrer la Compagnie. Ainsi, les choses seraient claires !

Quant au message lui-même, il était d'une éloquente simplicité :

> « Je sais que Votre Sainteté est très-embarrassée, écrivait Catherine ; mais la crainte lui convient mal [...] Les motifs d'après lesquels j'accorde ma protection aux jésuites sont fondés sur la raison et sur la justice, ainsi que sur l'espoir qu'ils seront utiles à mes États. Cette troupe d'hommes paisibles et innocents vivra dans mon empire, parce que, de toutes les Sociétés catholiques, c'est la plus propre à instruire mes sujets et à leur inspirer des sentiments d'humanité et les vrais principes de la Religion chrétienne. Je suis résolue de soutenir ces prêtres contre quelque puissance que ce soit ; et, en cela, je ne fais que remplir mon devoir, puisque je suis leur souveraine et que je les regarde comme des sujets fidèles, utiles et innocents. Qui sait si la Providence ne veut pas faire de ces hommes les instruments de l'union si longtemps désirée entre l'Église grecque et la romaine[13]. »

Recevant cette sommation conclue par un étrange appât des mains de Benislawski dont on imagine la sournoise jubilation, Pie VI, tout ligoté qu'il était par ses promesses à Madrid, ne pouvait que reconnaître une fois pour toutes la survivance en Russie de la Société de Jésus. Il déclara au messager de Saint-Pétersbourg le 12 mars 1783 :

> *« Approbo Societatem Jesu in Alba Russia degentem. Approbo, approbo. »*
> (J'approuve le maintien de la Société de Jésus en Russie Blanche. Je l'approuve, je l'approuve...)

Le secrétaire d'État Pallavicini (qui était ouvertement rétribué par Madrid) n'assistait pas à la séance : il n'en prétendit pas moins que le triple et désormais célèbre « *approbo* » était une invention de « ce jésuite de Benislawski ». Il fut le seul. Le pape ne fit rien lui-même pour jeter un doute sur son approbation et quand, quelques mois plus tard, José Pignatelli, descendant d'une illustre lignée espagnole, lui demanda l'autorisation de partir pour la Russie afin d'entrer dans la Compagnie « si elle existe là-bas », Pie VI lui répondit tout net : « Oui, elle existe et, si c'était possible, j'aimerais l'étendre au monde entier. »

Commentaire mi-figue mi-raisin du cardinal de Bernis, ambassadeur de France auprès du Saint-Siège, à son ministre Vergennes : « Le pape se contente de marquer son opinion sans y mettre la force nécessaire, ayant grand soin de ne pas irriter un parti avec lequel il a eu autrefois de grandes liaisons. » L'ancien grand électeur de Clément XIV affecte de ne pas voir défait qu'un seul « parti ». En fait, si Madrid s'est plus bruyamment engagé dans l'affaire, Versailles reçoit aussi sa part des camouflets en cascade infligés au pape par la tsarine et ses « tartares », au premier rang desquels Potemkine, « ce guerrier homme d'État, dont les projets avaient toujours quelque chose de sublime ou de trivial [et qui], ayant pris les pères en affection, nourrissait l'idée de fixer en Russie l'ordre de saint Ignace, régénéré par Catherine [14] ».

Ainsi la Compagnie allait-elle survivre de longues années en Russie sous l'aile protectrice de la formidable tsarine orthodoxe – directement jusqu'à sa mort en 1796, et ensuite de ses deux successeurs Paul Ier et Alexandre Ier –, et la direction de cinq « vicaires généraux » reconnus par Rome : Stanislas Czerniewicz (1782-1785) ; Gabriel Lenkiewicz (1785-1798) ; Xavier Kareu (1799-1802) ; Gabriel Grüber (1802-1805) ; Thadée Brzozowski (1805-1820).

On ne se retiendra pas de citer la conclusion que tire de l'affaire le R. P. Dudon, dans un style typiquement jésuite : « Et c'est ainsi que la Providence, par un jeu paradoxal, s'est servie des caprices impériaux de la Sémiramis du Nord, pour conserver en Russie, comme sous la cendre, le feu allumé à Rome, en 1540, par Ignace de Loyola [15]. »

« Caprices » ? Mais non, mon révérend père, non. Il n'y a là nul caprice impérial, seulement une grande stratégie absolutiste et panrusse, manifestée à l'intérieur – je suis seule maîtresse en mon empire et de ses modes de modernisation – et à l'extérieur : imperméable aux influences étrangères, la Russie ne s'interdit pas d'affirmer son influence et ses intérêts jusqu'en Europe occidentale, jusqu'au sein des institutions catholiques. Si j'ai besoin de « mes » jésuites, je les maintiendrai ; et je saurai, à l'occasion, en faire les instruments ultérieurs du rayonnement impérial vers l'ouest… Une stratégie qui fera du second successeur de Catherine l'arbitre de la politique européenne à Paris, en 1814…

L'intérêt russe et tsariste de cette politique est si évident que, succédant à sa mère en novembre 1796, Paul Ier la reprendra à son compte, avec d'autant plus d'ardeur que son ancien précepteur, le R. P. Gabriel Grüber, était un membre prestigieux de la Compagnie de Jésus. Viennois de grand talent, physicien et linguiste, architecte, musicien et médecin même à ses heures, ce jésuite dans la tradition des Clavius et des Kircher, ami de Joseph de Maistre, exerçait sur lui une influence déterminante. Dès l'élection du nouveau pape Pie VII, Grüber convainquit Paul Ier, admirateur fervent de Bonaparte et de sa double stratégie de restauration (de l'autorité civile et de la religion) et qui se disait « catholique de cœur », de réclamer à Rome, sinon la restauration pure et simple de la Compagnie, en tout cas la reconnaissance définitive de sa vie canonique.

La lettre du tsar Paul à Pie VII est éloquente :

> Mon très Saint Père.
> Le révérend père Grüber, préposé* des religieux de la Société de Jésus établis dans mes États, m'ayant transmis le désir des membres de cette société d'être reconnus par Votre Sainteté ; j'ai cru ne pas devoir me refuser à réclamer pour cet ordre, auquel je porte un intérêt particulier, le sanctionnement formel de Votre Sainteté, espérant que je n'aurais pas fait par cette instance une démarche inutile. Je suis avec respect
> De Votre Sainteté
> Le très affectionné ami, Paul
> *Gatchine, du 11 août 1800.*

Pie VII souhaitait rétablir la Société, qu'il avait protégée dans son diocèse d'Imola en tant que Mgr Chiaramonti. Mais il restait en butte aux mêmes pressions que ses deux prédécesseurs. Il constitua une commission de quatre cardinaux qui, bien que réputés peu favorables à l'ordre dissous, firent droit à la demande du tsar, non sans en limiter les effets : le 7 mars 1801, Pie VII signa le « bref » *Catholicae fidei*, qui reconstituait la Société de Jésus, mais en Russie seulement.

Quelques jours plus tard, le tsar Paul Ier était assassiné : pour une fois, on ne soupçonna pas les jésuites qui perdaient là un fougueux protecteur. Plus réservé que son père à l'égard de la Compagnie, Alexandre Ier n'en garda pas moins sa confiance

* Le titre de « préposé général » ne sera rétabli qu'après la reconstitution de la Société en 1814.

à Grüber, se félicita de toute évidence de son élection au généralat de la Compagnie, en 1802, et autorisa les pères à fonder à Saint-Pétersbourg un collège pour la noblesse, levier capital.

L'alliance entre le tsar du congrès de Vienne et les jésuites allait durer près de vingt ans, en dépit de la disparition de Gabriel Grüber qui périt dans un incendie en mars 1805. L'empereur avait confié une mission à la Compagnie : l'encadrement technique et moral de la mise en valeur du bassin de la Volga par des colons allemands – l'une des grandes pensées de son règne. Les pères y firent merveille.

Si bien que le sauvetage opéré par Catherine II après la grande proscription romaine de 1773 semblait conduire à un enracinement profond, et définitif, de la Compagnie dans l'empire. Potemkine et Paul Ier avaient-ils rêvé de faire de la Russie mieux que le berceau de la nouvelle Société de Jésus, le tremplin d'un redéploiement international qui eût fait de Saint-Pétersbourg (où s'étaient regroupés les chevaliers de Malte) la capitale du christianisme ? Si ce rêve fut conçu, il se brisa sur des réalités politiques et culturelles aussi bien que religieuses.

L'invasion napoléonienne de 1812 empoisonna les relations établies par Pierre le Grand entre la Russie et l'Occident, tandis que la restauration de la Compagnie de Jésus par Rome, en 1814, retirait à la Russie son rôle d'asile privilégié, et rendait à la Compagnie sa puissance internationale à partir des capitales occidentales. Tout basculait. D'atout dans le jeu russe, la Compagnie glissait dans la « main » des souverains de Vienne ou de Paris. D'où la crise qui allait s'ouvrir*.

Pendant vingt ans, à l'Ouest de l'Europe et dans l'ensemble du monde, la Compagnie de Jésus est vraiment, on l'a vu, le « cadavre » qu'évoque le trop fameux précepte. Ce n'est pas par hasard que les plus dévots historiographes parleront ensuite de résurrection. Docile jusqu'à l'absurde au bref terrifié de Clément XIV, elle s'est abîmée dans la prostration. Terrorisée par les monarchies bourboniennes, elle semble ne retrouver courage qu'à partir du moment où la plus puissante d'entre ces monarchies est à son tour anéantie. Elle qui a subi sans murmure ni réaction son propre supplice, en 1773, ne

* Voir au chapitre II.

commence à se redresser qu'à partir du supplice du plus notoire de ses bourreaux, vingt ans après [16]...

Déjà, pourtant, un souverain catholique s'était levé en faveur de la Société : l'un des plus modestes il est vrai, le duc de Parme, neveu de Charles III d'Espagne, le jésuitophobe absolu.

Ce prince avait pris sa part à la « corrida des Lumières » de 1759 à 1773, s'alignant sur ses cousins de Madrid auxquels il devait son trône. Mais, conservateur et dévot conséquent, il crut voir une concomitance entre l'anéantissement des jésuites et les prodromes de la Révolution. Dès 1787, il avait tenté d'en convaincre son oncle d'Espagne – qui l'avait vertement rabroué. Les développements révolutionnaires en France, le procès et l'exécution de Louis XVI levèrent ses derniers doutes – et le « miracle », ici, est que ce dessillement ait été si solitaire.

C'est lui, Ferdinand de Parme, qui, à force de démarches en vue de la restauration de cette Compagnie où il voit le meilleur rempart contre la Révolution (et, en attendant, en vue de la restauration d'un collège des frères à Parme), provoqua cette réponse de Pie VI, datée du 15 février 1795 – un an après l'exécution de Louis XVI :

> « Nous n'avons jamais pensé ni dit qu'on ait bien fait de dissoudre un Corps, qui pour l'éducation et l'instruction était très utile dans l'Église, dont le fondateur est loué dans la liturgie publique, et dont le manque aujourd'hui a les désastreux effets que nous constations. [...] Ce néanmoins, la loi est en vigueur, il convient de l'observer, mais nous ferons comme si nous ne savions rien, ainsi que nous avons fait avec ceux qui se sont réfugiés dans le Nord. Que si quelques grands princes catholiques prenaient à mal votre entreprise [...] par l'impulsion de certains *Filosofanti* qui mirent en mouvement [toute cette] machine, nous serons contraints de blâmer la résolution de Votre Altesse, que maintenant nous nous contentons d'ignorer tout en la sachant [17]. »

N'est-on pas là devant la plus savoureuse caricature de ce qu'on appelle vulgairement le « jésuitisme » ? Parallèlement à son escrime avec la tsarine, le pontife déploie là un génie de l'esquive et du camouflage qui dut éblouir le duc de Parme. Lequel ne voulait pas être en reste d'« habileté » cousue de fil noir : « ses » jésuites parmesans devront se vêtir comme des séculiers*, mais se conduiront selon les règles de l'ordre dissous.

A Madrid, l'oncle Carlos III est mort (en 1788). Mais le cousin Carlos IV a hérité des fureurs paternelles, et ne tarde pas à faire connaître à Ferdinand l'indignation que suscite sa « trahison ». D'où une correspondance d'une crudité, réjouissante, à laquelle se mêlèrent à l'occasion le pape et la reine d'Espagne, dont l'amant Manuel Godoy, le futur « prince de la paix », était un jésuitophile mal camouflé.

Le roi écrit à son cousin :

> « Si Charles III vivait, il ne ferait rien d'autre aujourd'hui que ce qu'il a fait. Un bon fils doit s'y tenir. Si c'est la volonté de Dieu que les jésuites soient rétablis, il la fera connaître. Jusque-là, le roi d'Espagne doit considérer que les jésuites sont les ennemis de son royaume. »

Le souverain de Parme réplique en déplorant l'« obstination » du roi, qui ne comprend pas que les « événements actuels [1794] sont un châtiment divin pour les rois et les peuples qui ont laissé prévaloir les mauvaises doctrines ! Ceux qui ont voulu anéantir la Compagnie ne voulaient rien d'autre que d'abolir la religion ».

Quant à Pie VI, il rappelle à la reine Marie-Louise « les maux incalculables qui ont dérivé de l'abolition des jésuites » et adresse à la lugubre virago immortalisée par Goya cette supplique : « Si l'Espagne ne veut pas des jésuites, qu'elle fasse au moins savoir qu'elle ne répugne pas à ce que le pape les rende à qui le désire [18]. »

Ainsi, ce pontife réputé bon, et dont l'agonie, à Valence où l'avaient trimballé, bousculé et houspillé les dragons du Directoire, révéla enfin le courage et la dignité dont il n'avait pas su faire preuve à propos de la Compagnie, passa près de vingt ans à se laisser terroriser sans réagir à propos de la « question jésuite » par une cour d'Espagne à bout de souffle et prête à subir sans réaction les outrages de Napoléon.

Son successeur élu en 1800 sous le nom de Pie VII, à l'issue d'un conclave réuni à Venise sous la protection très voyante de l'Autriche, s'appelait Barnabé Chiaramonti. C'était un

* Ce qui était d'ailleurs leur habitude.

bénédictin qui n'avait jamais dissimulé sa sympathie pour les jésuites : encore dans l'ombre de Pie VI, modeste évêque du minuscule diocèse de Tivoli, il s'était prononcé en faveur du rétablissement global de la Société. N'étant pas élu comme ses prédécesseurs par les cardinaux *politicanti* mais plutôt par les *zelanti*, il n'était tenu par aucune promesse, et les Bourbons – ou ce qui en restait – ne pouvaient le contraindre. Mais il lui faudra pourtant attendre quatorze ans pour réaliser ce projet, à travers les orages d'un pontificat dont Napoléon ne fut pas le seul perturbateur.

Il est d'ailleurs surprenant – entre tant de sujets d'étonnements ! – que la restauration de la Société abattue par les Bourbons, et néanmoins considérée alors comme le symbole de la contre-révolution, ait été assurée par un pape que l'on qualifierait au XXe siècle de « libéral » et qui (n'étant encore que cardinal) avait proclamé un siècle avant Léon XIII, et au temps même de la Révolution (1797), que la forme démocratique du gouvernement ne contredisait nullement les enseignements de l'Église. Mais c'est moins à la démocratie qu'eut à faire Pie VII qu'à la Révolution bottée, quand ce ne fut pas à des monarchies que les échos et les retombées de la terreur parisienne semblaient avoir moins averties de l'avènement de temps nouveaux que tétanisées dans l'effroi conservateur.

Au moment où Pie VII, accédant au pontificat (mars 1800), entame la longue campagne qui le conduira à rétablir la Compagnie de Jésus (août 1814), il a, en cette entreprise audacieuse, indépendamment de l'atout russe, marginal mais important, un allié mineur mais actif, le duc de Parme ; un adversaire véhément, la cour d'Espagne ; un sympathisant déclaré, le roi Ferdinand de Naples ; et un partenaire bienveillant mais circonspect, l'empereur François II d'Autriche. Le Portugal semble se désintéresser de l'opération ; quant à la France, nous verrons que la signature du concordat, d'une part, et les préventions jésuitophobes de Napoléon, d'autre part, en feront la grande inconnue du débat.

L'histoire de leur demi-siècle de traversée du désert par les jésuites français, de l'expulsion de 1764 à la restauration de 1814, se décompose ainsi en trois phases bien distinctes : de l'édit de Louis XV à la Révolution, période de dilution résignée au sein d'une société qui semble trouver toute naturelle cette disparition de la puissante organisation qui avait semblé, deux siècles durant, la régenter ; de 1789 à 1800, sous la Révolution, émergent lentement des groupuscules, sociétés ou congrégations de « jésuites sans l'être » qui semblent soucieux à la fois de se raccrocher par l'esprit et les structures à l'arbre ignacien, et de camoufler toute appartenance à l'ordre dissous ; sous l'Empire enfin, des organismes assez visibles pour être proscrits et assez souples pour survivre prépareront les voies à la reconstruction.

Du côté des revenants, quelques personnalités se révèlent et s'affirment – Clorivière, Tournély, Broglie et Varin –, ceux qu'on pourrait appeler les refondateurs français, tous plus ou moins mêlés à la chouannerie ou à l'émigration, tous pourchassés par la Révolution et acteurs de la contre-révolution, tous animés, si « charitables » qu'ils fussent par ailleurs, de l'esprit de conjuration et de revanche. Les pouvoirs de la République et de l'Empire ne pouvaient – à d'infimes exceptions près – que leur apparaître sataniques. Modelés par l'histoire, sinon par leur tempérament et leur conviction, ils étaient promis aux rôles de fourriers et de hérauts de la Restauration.

Face à eux, quatre personnages de haute volée, qui ne se comporteront d'ailleurs pas tous en ennemis : si Napoléon ne cache guère son antipathie à l'endroit de la forme de pouvoir clérical et ultramontain que ne laissent guère d'incarner, *volens nolens*, les jésuites, et si Fouché leur porte une haine vigilante, le ministre des Cultes Portalis ne mettra jamais beaucoup d'ardeur à appliquer contre eux des textes qu'il eût souhaité plus ambigus ; quant au cardinal Fesch, oncle de l'Empereur, il poussera si loin la bénévolence à leur égard qu'il s'attirera de vives remontrances de l'homme du concordat.

Essayons d'abord de raconter cette « résistance » refondatrice – qui eut trois branches en France, la Société des pères du Sacré-Cœur de Jésus, la Société du Cœur de Jésus, les Pères de la Foi et, parallèlement, la « Congrégation » – amorcée en 1790, dix-sept ans après la malédiction pontificale, au sein de cette compagnie paralysée par la « sainte obéissance » et en proie à une sorte de stupéfaction historique (« Ils ont osé ? »).

Le prêtre breton qui prit la première initiative le fit moins d'ailleurs à titre de jésuite persécuté qu'en tant que rebelle à la Révolution. Il ne trouvera rien de mieux qu'une structure et un réseau hérités de la Compagnie pour encadrer et nourrir sa conjuration après une rapide et éphémère réaction vite maîtrisée. Mais ce n'est pas tant la Société de Jésus qu'il prétendit d'abord ressusciter qu'un contre-feu qu'il voulut allumer contre l'impiété des temps nouveaux.

Pierre Picot de Clorivière était malouin*, et hardi comme un corsaire. Sa famille – de petite noblesse engagée dans le commerce – l'envoya curieusement faire ses études dans un collège anglais**, à Douai. Émigré de l'intérieur… A vingt et un ans, il entre au noviciat des jésuites de Paris, poursuivant ses études de philosophie à Louis-le-Grand, avant d'entamer une carrière d'enseignant au collège de Compiègne. C'est là que le surprend la proscription de 1762.

Clorivière n'est pas l'homme à se résigner, lui. Il invite bientôt l'un de ses amis à participer à un complot en vue d'une « vengeance évangélique » consistant à prier pour les coupables de cette « destruction » – à commencer par le roi de France [19]. Le réseau qui pourrait être ainsi constitué servirait de noyau à la renaissance de l'ordre, ou d'un organisme analogue. En attendant, Clorivière réussit à se maintenir dans la Compagnie en s'exilant à Liège, où il prononce ses derniers vœux – au moment même où Clément XIV rend son verdict meurtrier.

Le fervent royaliste qu'est Clorivière s'est cabré contre la décision de Louis XV, en 1762. Celle du pape le trouve soumis. Il accepte la sécularisation imposée par Rome et devient tout bonnement curé de Paramé, quartier de Saint-Malo. Retour aux sources.

On le tient alors (du fait de sa correspondance et de diverses monographies qu'il publie) pour un « homme des Lumières », attentif à la lutte contre la misère, attaché au « progrès » [20]. Il échange des vues avec un prélat libéral comme Mgr de Cicé qui sera d'abord favorable à la Constitution civile du clergé – cette nationalisation de l'Église de France par la Révolution qui est bien l'idée la plus antijésuite qui soit.

C'est avant la condamnation par le pape de cette réforme, dont les gens de Rome disent qu'elle est le fruit « de la philo-

* Né en 1735.
** Il gardera un vif attachement pour le monde anglo-saxon.

sophie détestable des droits de l'homme », que le curé malouin se décide à mener la lutte. Il entre en correspondance avec Adélaïde de Cicé, nièce de l'archevêque, afin de coordonner leurs efforts en vue de susciter des congrégations : lui, une « Association des pauvres prêtres », elle, une « Société des filles du cœur de Marie ». Remarquable est et restera, chez Clorivière, le souci constant de coopérer, sans paternalisme abusif, avec une organisation féminine.

Pense-t-il vraiment à une « résurrection » de la Compagnie face au développement de l'anticléricalisme révolutionnaire ? Dans une lettre de 1794, en pleine Terreur, il se dit moins « appelé à relever l'ancienne Compagnie de Jésus qu'à en créer une nouvelle qui serait son rejeton et son expansion [21] ». Mais cet homme d'action, d'initiative, de résistance, de projet, de réseaux, est par là bien jésuite. Comme le souligne Bernard Plongeron, « le message, chez lui, suit souvent l'action ». A travers les formidables péripéties de 1789 à 1814, il reconstitue dans toute sa force le type de jésuite agissant – politique par essence, conspirateur par existence. En ce temps-là, Clorivière aura été avant tout celui par lequel un certain courant ignacien aura poursuivi sa course dans l'abattement général des jésuites d'Occident, de la proscription royale de 1762 à la persécution républicaine et à la domestication impériale du début du XIXe siècle.

L'« Association des pauvres prêtres » qu'a d'abord voulu fonder Clorivière s'est muée en « Société des pères du Cœur de Jésus », qui pousse ses racines en Bretagne et en Provence, et qu'il fait approuver par Mgr de Pressigny, évêque de Saint-Malo. En 1800, à la veille des négociations en vue du concordat, le fondateur dépêche à Rome deux émissaires qui intéressent au projet nouveau le pape Pie VII – favorable à la restauration des jésuites.

Mais le souverain pontife va bientôt concentrer son attention sur une entreprise plus vaste : le concordat, qui d'un coup ressuscite le catholicisme institutionnel en France. Et le curé de Paramé a les défauts de ses qualités prophétiques et combatives : il ne sait pas se tenir à l'écart de complots moins pacifiques que le sien. Le voilà impliqué dans celui de la *machine infernale* de la rue Saint-Nicaise contre le Premier Consul. Est-ce simplement parce qu'il a confessé un des conjurés ? Parce qu'il est l'oncle de l'un des hardis compagnons de Georges

Cadoudal, le baron de Limoëlan ? Recherché par la police, il est arrêté en mai 1804, au moment de l'établissement de l'Empire, et passera cinq ans interné au Temple. Excellent pour la méditation spirituelle, détestable pour l'organisation et l'action.

Si bon manipulateur de réseaux qu'il fût, Clorivière sort de prison (en 1809) pour constater que la Société des pères du Cœur de Jésus, qui n'a jamais groupé plus de quelques dizaines d'adhérents, a été dissoute en juin 1804. D'autres l'ont surpassé dans sa volonté de restructuration. Mais, à l'heure du dénouement, on retrouvera le précurseur au premier rang.

La Société du Cœur de Jésus* n'est pas provinciale, elle, mais parisienne. Son inspirateur fut-il le prestigieux M. Emery, curé de Saint-Sulpice ? Les fondateurs furent en tout cas deux de ses « dirigés », Éléonor de Tournély et Charles de Broglie, fils du maréchal**, bientôt rejoints en Allemagne par un officier de cavalerie de l'armée des princes, Joseph Varin d'Ainvelle. Une affaire d'émigrés. En se mettant aux ordres de Tournély, Varin lui déclare :

« – Faites de moi tout ce que vous voudrez, excepté un moine.

– Soyez tranquille, avait riposté le fondateur, vous serez toujours militaire. Presque tous vos compagnons sortent de l'armée et nous entendons bien servir Dieu militairement[22]. »

Croyait-il être fidèle ainsi à l'esprit ignacien ? En tout cas, ces pionniers – qui semblent avoir ignoré Clorivière – s'adonnent à la pratique des *Exercices spirituels* et, à l'exemple des premiers jésuites, s'engagent par vœu spécial à se mettre à la disposition du souverain pontife pour servir l'Église dans les lieux et de la manière qu'il déciderait. Ils sont six. Ceux de 1534 étaient sept. On est conforme au modèle, dans les formes sinon en esprit. Ainsi est fondée la Société du Cœur de Jésus, à la fin de 1794, en Bavière.

Le souci de continuité avec la Compagnie est tel que les fondateurs ne songent qu'à rallier la Russie, où elle survit et prospère, on l'a vu, sous les auspices de la tsarine. Mais les hasards

* A ne pas confondre avec la précédente, la Société *des pères* du Cœur de Jésus.

** Passé à l'émigration après avoir reconstitué, au lendemain du désastre de Rossbach, l'armée française qui allait devenir le meilleur atout de la République.

de la guerre les empêchent de dépasser Vienne. C'est aux abords de la capitale des Habsbourg, à Haggenbrünn, qu'ils plantent leur enseigne : et c'est là qu'à la mort de Tournély – qui avait entre-temps jeté les fondations de l'ordre des Dames du Sacré-Cœur – Joseph Varin est élu pour lui succéder. Le fondateur était un saint homme. L'héritier allait démontrer des capacités d'homme d'action dignes du hussard qu'il avait été.

Troisième source de la restauration jésuite : celle qui sera connue sous l'appellation de « Pères de la Foi », mais qui, dans son premier état, reste liée, pour sa disgrâce, au nom et au personnage de Niccola Paccanari.

On sait que l'histoire des jésuites est trop mêlée à la « branloire pérenne » du monde pour être simple et lisse comme le front d'une carmélite. Des aventuriers la traversent, de faux témoins, des tartuffes et des spadassins. « Fais ton habit avec l'étoffe que tu as… » Mais, s'il inspira des héroïsmes, le rude épisode de la traversée du désert, d'un siècle et d'une Compagnie à l'autre, ouvrit le champ à des aventuriers à la mesure des risques courus et de la singularité des situations : tels Siestrzenciewitz en Russie, et en Italie Paccanari.

Pas plus que le Lituanien de Saint-Pétersbourg, ce Triestin n'était un médiocre. Un aventurier, simplement, jeté dans une pieuse intrigue dont il maîtrisait mieux les dimensions profanes que les spirituelles. Simple clerc tonsuré, inculte mais éloquent, il se déclara, après une retraite à Notre-Dame de Lorette, appelé par le Seigneur à ressusciter la Compagnie de Jésus. Pie VI, toujours aussi bien inspiré, accorda sa protection à la communauté que Paccanari rassemblait autour de lui à Spolète, non sans lui conseiller d'unir ses efforts à ceux des disciples de Varin.

En avril 1799, un pacte était signé entre les gens de Haggenbrünn et de Spolète. Élu supérieur de l'ordre commun, Paccanari lui donna l'appellation qu'il avait choisie, de Pères de la Foi*. Ses associés constatèrent vite que l'Italien avait plus de bagou que de ferveur, et que son entregent ne pouvait pallier une évidente absence de spiritualité. Fallait-il, pour rendre vie à la Compagnie, en proposer une si naïve caricature ? Varin entendit de Pie VII, qui le reçut pendant son séjour à Fontainebleau pour le sacre de Napoléon, le conseil de rompre : il

* Mais le bon peuple disait plutôt « paccanaristes ».

hésita d'autant moins à le suivre que Paccanari fut bientôt traduit devant le Saint-Office et condamné* à la réclusion au château Saint-Ange, avant d'être libéré par les occupants français en 1809. Il jugera bon alors de se faire oublier. Mais il avait auparavant fait beaucoup de recrues qui ne servirent pas toujours la gloire de la Compagnie.

Libéré de cette encombrante hypothèque, Joseph Varin donna sa mesure, faisant survivre pour un temps les Pères de la Foi en dépit de Napoléon et de Fouché. Le ministre de la Police était violemment hostile aux jésuites, sous quelque forme que ce soit. Ancien oratorien – mais jamais ordonné prêtre –, il semblait associer dans sa vindicte des échos de rivalités anciennes entre clercs aux méfiances toutes neuves du ministre. Son biographe de référence, Louis Madelin, met l'accent sur le mélange de haine et de sarcasme qui inspirait sa conduite à l'endroit de la Compagnie – et d'ailleurs de la religion.

L'Empereur, lui, était l'homme qui déclarait : « Les hommes qui ne croient pas en Dieu, on ne les gouverne pas, on les mitraille ! » Mais il avait en horreur les congrégations, et surtout la Compagnie de Jésus, interdisant aux journaux d'imprimer même le vocable de jésuites. La signature du concordat avec le Saint-Siège, en juillet 1801, ne changera rien à ses dispositions d'esprit : seul lui agrée le clergé séculier. Témoin cette déclaration à son ministre des Cultes : « Je ne veux d'aucune congrégation ecclésiastique : cela est inutile. De bons curés, de bons évêques, de bons prêtres, des séminaires bien tenus, c'est tout ce qui est utile...** »

Au surplus, son absolutisme répugnait à l'existence de quelque autre pouvoir que ce soit – d'autant plus que celui-ci maintenait des liens avec une autorité étrangère, le Saint-Siège : en ce sens, aussi gallican que Louis XIV. Que signifiaient ces sociétés d'hommes noirs ou bruns, organisés pour les complots aussi bien que pour la prière, pour l'espionnage que pour la charité ? Et n'était-ce pas, à l'occasion, pour le service du roi ? Rien ne devait plus subsister de collectif qu'il ne contrôlât.

Il est vrai que le concordat n'avait rien prévu à propos des

* Pour escroqueries ?

** Dans le *Dictionnaire Napoléon* de Jean Tulard, Paris, Fayard, 1987, Claude Langlois résume joliment ainsi (p. 1268) la politique de l'Empereur à l'égard des congrégations : « Non aux jésuites, oui aux sœurs de charité » (presque des cantinières...).

congrégations. Mais c'est tout simplement parce qu'une loi du 13 août 1792 les avait proscrites en bloc, dominicains et franciscains voués au même sort que, vingt-cinq ans plus tôt, les jésuites. Le concordat maintenait ces choses en l'état. L'article 11 stipulait d'ailleurs que rien ne devrait subsister, en matière d'établissements ecclésiastiques, que les chapitres cathédraux.

Le régime impérial déterminerait sa politique religieuse en fonction de trois principes : condamnation de l'« oisiveté monacale » ; refus de toute ingérence romaine ; rejet de tout enseignement rivalisant avec celui dispensé par l'État : ce qui entraînait une hostilité fondamentale à l'encontre des jésuites. D'où la règle selon laquelle une association religieuse ne saurait exister que par autorisation expresse du gouvernement. C'est le thème d'une circulaire ministérielle de 1803 d'après laquelle « les corporations religieuses sont illicites par cela seul qu'elles ne sont pas autorisées. Leur but religieux ne pouvant couvrir l'irrégularité de leur existence [23] ».

Aux côtés de Napoléon et de Fouché, deux autres personnages allaient être chargés d'appliquer ces textes. Portalis, ministre du Culte, catholique de conviction, sage disciple de Montesquieu, le fit dans un sens libéral. Le cardinal Fesch, oncle de Napoléon, primat des Gaules, tenta carrément de les détourner de leur sens, se faisant complice de la stratégie restructuratrice de Varin et de ses « Pères de la Foi ».

Comment cette société n'aurait-elle pas éveillé la méfiance du pouvoir ? Dans un rapport de 1803, Portalis (qui éprouvait de la sympathie pour elle) écrivait : « Les Pères de la Foi ne sont que des jésuites déguisés. Ils suivent l'Institut des anciens jésuites ; ils en professent même les maximes ; leur existence est donc incompatible avec les principes de l'Église gallicane et le droit public de l'empire... » Ces considérations inspirèrent le fondamental décret du 3 messidor an XII (22 janvier 1804), qui déclare dissoutes l'association des « Pères de la Foi » et celle des « Paccanaristes » qui sont alors confondues, celle des « Adorateurs de Jésus » (qui n'existe pas) et toutes les autres congrégations religieuses, à l'exception de quelques associations hospitalières. En réalité, écrit Joseph Burnichon, « le décret de messidor visait les Pères de la Foi qui paraissaient être, ou une avant-garde des jésuites, ou même de véritables jésuites sous un faux nom [24] ».

L'Empereur semble avoir résumé sa pensée dans un billet adressé à Fouché en 1807 : « Mon but principal est d'empêcher les jésuites de s'établir en France. Ils prennent toutes sortes de figures. Je ne veux ni Cœur de Jésus, ni confrérie du Saint-Sacrement, ni rien de ce qui ressemble à une organisation de milice religieuse, et sous aucun prétexte je n'entends faire un pas de plus, ni voir d'autres ecclésiastiques que des prêtres séculiers [25]. » Tandis qu'il écrivait à Fesch : « Mon clergé séculier est d'ailleurs trop bien pour que j'aie besoin de ces énergumènes dont je ne connais pas les principes. »

En fait, Napoléon autorise Portalis à faire de nombreuses entorses à la règle : on estime que plus de mille institutions religieuses furent bel et bien autorisées par décrets impériaux entre 1804 et 1814 [26]. Mais son antipathie pour les jésuites, « déguisés » ou non, ne faiblit pas. Elle se manifeste notamment à l'encontre des tentatives faites par son oncle Fesch, archevêque de Lyon, pour encourager en sous-main les activités enseignantes des Pères de la Foi.

Sous la protection du cardinal, le R. P. Varin avait réussi à ouvrir plusieurs collèges à Amiens, Belley et surtout à L'Argentière, près de Lyon, dont Fesch voulait faire « le séminaire le plus distingué de France », congédiant « les prêtres séculiers » qui le dirigeaient pour les remplacer par les « ci-devant Pères de la Foi ».

Mais Joseph Fouché veillait. Il présenta à l'Empereur un rapport qui provoqua la réunion d'urgence, le 19 octobre 1807, d'un « petit conseil » ainsi annoncé par le cabinet impérial :

> « On examinera la situation des Congrégations [...] Qu'est-ce que les Pères de la Foi ? S. M. les a supprimés à Amiens ; ils ont été défendus dans le diocèse de Lyon, et cependant ils existent ; il y en a à Clermont* qui rivalisent avec l'Instruction publique, discréditent les lycées et s'emparent de l'esprit de la jeunesse.
> On assure qu'ils entretiennent des rapports avec Rome et qu'ils ont un chef secret. Cela est-il en effet ? Où sont-ils établis ? Combien sont-ils ? Qu'est-ce qui distingue un Père de la Foi d'un Père de la Compagnie de Jésus ? A quoi les reconnaît-on ? Combien y a-t-il de collèges entre leurs mains ? Enfin, quels moyens faut-il prendre pour empêcher les asso-

* Sur ce point, Fouché était mal informé.

ciations qui entretiennent en France des pratiques et des correspondances étrangères ? »

L'orage couvait. Il éclata douze jours plus tard : en présence de toute la cour, des ministres français et princes étrangers rassemblés sur le perron du château de Fontainebleau, Napoléon apostropha le cardinal Fesch, lui faisant violemment grief de l'avoir trompé ou de s'être laissé tromper par les Pères de la Foi, dénonçant ces hommes qui « prétendent s'emparer de l'éducation de la jeunesse de France » et « menacent à sa naissance l'université impériale ». Intimant l'ordre à son oncle de dissoudre sur-le-champ collèges et séminaires, il déclara que tous les prêtres qui n'auraient pas, dans les quinze jours, regagné leurs diocèses respectifs seraient déportés à la Guyane...

Et c'est dans le même esprit que, quelques semaines plus tard, il adressait ces instructions au ministre de la Police :

> « ... Vous vous concerterez avec le sieur Portalis sur les moyens de dissoudre toutes les congrégations des Pères de la Foi, en cherchant les plus doux, mais en même temps les plus efficaces. Étendez cette mesure à tout l'Empire. Vous aurez soin que tous ces individus n'aient aucun point de réunion, et je vous rends responsable de l'existence de toute société de ces religieux. [...]
> Vous devez commencer par l'archevêque de Lyon [...] Avec ce prélat comme avec tous les autres, il ne faut pas parler que les pièces à la main et ne s'engager dans aucune discussion de théologie. Je ne veux pas de "Pères de la Foi", encore moins qu'ils se mêlent de l'instruction publique pour empoisonner la jeunesse par leurs ridicules principes ultramontains. Il vous sera possible de vous procurer les renseignements dont vous aurez besoin sur les Pères de la Foi par leur supérieur, le père Varin, qui paraît être un aventurier[27]. »

Peu importe que Napoléon confonde Varin et Paccanari, pères du Sacré-Cœur et de la Foi. Le fait est que, jusqu'à la fin de l'empire, cette conjuration-sans-l'être fut garrottée, réduite à une existence fantomatique, et ses membres, dispersés, pourchassés par la police, surtout Varin. Fouché avait tenté de le gagner, lui offrant un poste de grand-vicaire à Lyon ou à Paris*.

* Qu'il aurait été bien en peine de lui assurer, même en ces temps d'arbitraire.

Son refus avait valu au supérieur d'être assigné à résidence dans sa ville natale, Besançon, où le préfet était chargé d'avoir l'œil sur lui [28]...

Mais en fait, quel pouvait être l'effectif de cette configuration qui donnait tant de tablature à l'empereur des Français et à son puissant ministre de la Police ? Joseph Burnichon, qui a pu compulser les documents de l'époque, propose ces chiffres pour 1807 : quarante prêtres et trente frères coadjuteurs dirigeant huit collèges ou petits séminaires à L'Argentière, Montdidier, Belley, Roanne, Montmorillon, Bazas, Marvejols, Roulers (en Belgique), et entretenant des maisons à Paris, Lyon et Amiens. Petite troupe, petits moyens ? Oui, mais le fantôme des jésuites...

Fantôme qui va prendre une forme plus mystérieuse encore que les « pères du Cœur de Jésus », les « paccanaristes » ou les « Pères de la Foi » de Joseph Varin : celle de la « Congrégation ». Ce mot recouvre tant de fantasmes, d'illusions, de camouflages et surtout de malentendus que l'on se gardera de s'aventurer trop avant dans un tel maquis, où se concentra longtemps l'influence des « hommes noirs » pourchassés par Joseph Fouché. Mais il faut l'évoquer.

« Congrégation » : le mot prend ici un sens très particulier, différent de celui que lui donnaient les législateurs de la Révolution – un groupement organisé de prêtres « réguliers » ou de religieuses. Dans l'acception qu'il revêt (au singulier) au début du XIXe siècle, il s'agit d'une association plus ou moins secrète de laïcs encadrés par des hommes de religion en vue d'une pratique cultuelle ou dévote mais qui prend plus ou moins consciemment une coloration politique, en fait oppositionnelle, et peut déboucher sur des activités du même ordre.

Il ne s'agit pas forcément d'un « complot jésuite ». Une « congrégation » protestante se constitua sous le Consulat. Et si l'organisation catholique dont il est question ici, formée à la même époque, eut pour créateur un ancien jésuite, d'autres groupes de même nature s'assemblèrent qui n'avaient rien à voir avec la Compagnie.

La plus célèbre de ces associations, celle qui eut et garde sa légende, fut fondée en 1801 par l'abbé Bourdier-Delpuits qui avait appartenu à la Société de Jésus. Elle a trouvé, entre bien d'autres, un historiographe inattendu ici, Charles de Gaulle, qui à dix-sept ans, chez les pères d'Antoing (Belgique), rédigea un mémoire sur le sujet [29], évidemment inspiré des travaux des historiens de la Compagnie de Jésus. Il y est rappelé que des associations de ce type avaient été créées par les jésuites de Rome dès la fin du XVIe siècle sous le signe de la dévotion à la Vierge Marie, qu'elles avaient prospéré ensuite en Europe centrale, enrôlé plusieurs souverains autrichiens et, en France, des personnes du calibre de Turenne (bien que Louis XIV en ait interdit le développement dans l'armée royale). L'initiative prise en 1801 s'inscrivait donc dans une longue tradition d'action jésuite en milieu laïque.

Le mémoire de Charles de Gaulle ne tient pas compte d'une autre tradition jésuite qui contribua à inspirer le fondateur de 1801, celle que l'on a appelée l'« Aa », ou « assemblée », et dont le créateur fut, en 1630, le père Bagot, jésuite fameux du temps de Richelieu [30]. Cette congrégation secrète groupant des clercs et des laïcs fut parfois confondue avec celle du Saint-Sacrement, et contribua comme elle à impulser le mouvement des missions vers l'Asie*.

Pourquoi ce « secret » – fort compréhensible sous la Révolution ou l'Empire, mais surprenant au temps des puissants confesseurs des rois ? Faut-il y voir simplement l'effet de l'incorrigible penchant au secret des « hommes noirs » ? Dans un article du *Dictionnaire de spiritualité*, le R. P. Rouquette propose cette curieuse réponse : « Sans ce rigoureux secret [...] des "gens de qualité" auraient pu demander à être admis dans le groupe sans qu'il fût possible, et même concevable, de leur opposer un refus. A l'époque, en effet, il n'existait pas de cercle où un homme "bien né" n'entrât librement, prêt à réclamer, suivant son titre, la présidence ou des honneurs particuliers. Il est évident que ces petites sociétés de ferveur auraient perdu tout leur sens en subissant des intrusions de ce genre. » A part ce judicieux jésuite, écrit Alain Guillermou, « les autorités de la Compagnie de Jésus n'ont jamais ratifié cette tendance au secret ni ce goût du mystère propres aux membres de l'Aa [31] ». Hum...

La congrégation de l'abbé Bourdier-Delpuits, qui avait pour devise « *cor unum et anima mea* » et groupait des hommes éminents, choisis notamment dans les milieux scientifiques – le docteur Laennec, l'ingénieur Tesseyre, le mathématicien Cauchy –, ne se cantonnait évidemment pas aux seules acti-

* Tome I, chapitre X.

vités dévotes ou charitables. Napoléon ne voulut voir d'abord en elle qu'une « cabale des enfants de chœur ». Mais il prit la mouche quand il apprit que l'un des « congréganistes » les plus prestigieux, Mathieu de Montmorency, reçu par le pape à Savone*, en avait ramené (caché, dit-on, dans sa botte...) la bulle d'excommunication que Pie VII avait fulminée contre lui – document interdit s'il en fut...

La diffusion de ce texte meurtrier pour le régime, et qui contribua à ruiner le prestige de l'Empereur dans les milieux catholiques, fut-elle l'œuvre de la Congrégation, ou des « Chevaliers de la Foi » dont Montmorency était, avec Alexis de Noailles et Bertier de Sauvigny, l'un des fondateurs ? Quand Fouché fit arrêter Noailles, il agit probablement contre les « Chevaliers » fougueusement monarchistes plutôt que contre la Congrégation en tant que telle.

L'imbrication entre les organisations (auxquelles appartint aussi Chateaubriand) est évidente, le semi-secret dans lequel se complaisaient les disciples de l'abbé Delpuits (auquel succéda à sa mort, en 1811, l'abbé Legris-Duval, puis, à partir de 1814, le très dynamique jésuite Ronsin) se compliquant du mystère dont s'entouraient, pour des raisons compréhensibles, les « Chevaliers » fidèles aux Bourbons. Ainsi, naguère, les premières démarches de Pierre de Clorivière recoupaient-elles parfois celles des chouans. Ici, la légende noire des jésuites trouve son aliment... Nous retrouverons la Congrégation sous la Restauration, dopée par le pouvoir.

Un fantôme, fût-il animé de l'esprit de Loyola et de l'énergie de Varin, comment résisterait-il à l'inimitié de Napoléon et de Fouché ? L'empire heureux l'a laissé vivoter. L'empire blessé, l'Empereur excommunié ne sauraient le tolérer. A partir de la rupture entre le pape et l'Empereur, qui traite les jésuites de « grenadiers du pape », les voici réduits à se terrer. La résurrection de la Compagnie, au moins en France, passe désormais par la chute de l'Empire.

Si lourdement que se fasse sentir le poids du maître de la Grande Armée sur l'Europe continentale, le jésuitisme cherche, ici et là, à soulever la pierre du tombeau.

* Où Napoléon avait exilé le pape.

A Naples d'abord, où la proscription de la Compagnie avait été imposée en 1767 au roi Ferdinand par son père et suzerain, Charles III d'Espagne, il était facile de s'apercevoir que la couronne de Madrid ne pesait plus autant qu'à l'époque de Philippe II. En Castille survivait l'obstination jésuitophobe que le pauvre Charles IV avait héritée de son père : mais le nouveau maître du jeu, Manuel Godoy, ne se tenait pas d'afficher des sentiments contraires et fit savoir au vassal napolitain qu'à Madrid on ne s'intéressait « ni en bien ni en mal » au rétablissement de la Compagnie à Naples. Le très dévot Ferdinand IV y vit une invite et s'empressa de rappeler à lui les bons pères, conduits par un homme éminent, José Pignatelli, « grand d'Espagne » et grand esprit. Et il donna à cette opération une solennité qui frappa l'Europe entière.

L'heure du retour des « hommes noirs » était-elle venue ? Paul Dudon cite une dépêche de l'ambassadeur de France à Naples à son ministre des Relations extérieures, Talleyrand, où ce diplomate rapporte une conversation avec l'un des réanimateurs de la Compagnie. Comme il le félicite de ce succès, non sans ajouter que la France, elle, leur reste fermée pour longtemps, il s'attire cette réponse :

> « Laissez agir le Tout-Puissant. La France est un pays où nous comptons beaucoup d'amis. Les serviteurs de Dieu et de la maison de Bourbon sont pour nous. Il y a là des ouvriers intelligents qui nous préparent secrètement les voies [32]. »

Triomphalisme, une fois de plus. En attendant celle de la France, la reconquête de Naples devait se révéler éphémère.

L'année suivante, Napoléon installait son frère Joseph (franc-maçon déclaré) sur le trône dit « des Deux-Siciles » – en attendant Murat. Pignatelli en tête, les pères durent fuir une fois encore ; mais l'opération napolitaine avait sonné le réveil, rappelé que le « cadavre » bougeait encore en Occident. Ce que des Bourbons avaient défait, d'autres Bourbons, au vu des résultats, pouvaient le refaire.

L'une des énigmes de cette traversée du désert reste l'attitude de la cour très catholique de Vienne. Certes, l'empereur « sacristain » Joseph II, après avoir été, lors du conclave de 1769, l'un des grands responsables de l'élection de Clément XIV, donc de la suppression de la Compagnie, avait instauré cette espèce de gallicanisme à la viennoise qu'on appela « joséphisme ». Mais son successeur François II, aussi dévot et conservateur que son cousin de Naples, brûlait de récupérer les bons pères. Au surplus, le « général » provisoire de la Compagnie, le R. P. Grüber, siégeant à Saint-Pétersbourg, était lui-même autrichien.

Les « joséphistes » qui composaient son entourage lui soumirent en 1804 un projet de reconstitution de la Compagnie en Autriche encadrée par le pouvoir viennois et en quelque sorte nationalisée*. La curie romaine et, semble-t-il, Pie VII lui-même penchaient pour l'acceptation de cette formule. Mais le porte-parole des « ignaciens », Angiolini, alors engagé dans le processus de restauration napolitain, adressa à Rome une protestation « gaillarde et pathétique[33] », contre toute adaptation des statuts (« *sint ut sunt, aut non sint* ») – et repoussa ainsi de dix ans la restauration des jésuites dans l'empire des Habsbourg.

N'importe. L'opération restauratrice est en marche. A Madrid, Charles IV peut bien, sous le pinceau meurtrier de Goya, vouer la Compagnie au diable ; à Vienne, François II soupirer sans effet ; à Naples, Murat faire parade d'anticléricalisme fanfaron ; à Paris, Fouché mener la chasse contre les « Pères de la Foi » ; à Saint-Pétersbourg même, le tsar Alexandre altérer ses relations avec le successeur de Gabriel Grüber : le jésuitisme en miettes se reconstitue.

Aux abords de Rome, l'évêque d'Orvieto, Mgr Lambruschini, met à la disposition de José Pignatelli et des proscrits des Deux-Siciles son séminaire qui deviendra une pépinière de la nouvelle Compagnie. A Saint-Pétersbourg, le « général » Bzrozowski, désormais traité moins en hôte qu'en otage par le tsar, travaille à placer ses pions « noirs » sur l'échiquier mondial. En France, Varin, Clorivière et la « Congrégation » préparent la double restauration des Bourbons et des jésuites. L'effondrement de l'Empire, précédé du retour du souverain pontife à Rome, en donnera le signal.

Trente ans plus tôt, voyant poindre la Révolution, le très

* Projet très voisin de celui imaginé par Lamoignon tentant, en 1761, de sauver la Compagnie de France.

ingénieux prince de Ligne écrivait à Mme de Choisy : « Moi qui ne suis prophète ni dans ma patrie ni dans celle des autres, je ne cesse depuis longtemps de dire à qui veut l'entendre que, si les jésuites n'avaient point été chassés, on ne verrait point ce maudit esprit d'indépendance, de turbulence, de pédantisme, cette manie de faire de la politique se répandre comme un torrent qui menace tous les trônes de l'Europe. »

L'heure des trônes était revenue. Avec elle, celle des jésuites de ce temps-là, les « revenants ».

CHAPITRE II

Restauration dans la Restauration

• « Des rameurs vigoureux... » • Catastrophe à Saint-Pétersbourg • Le temps de Clorivière • La France déchristianisée ? • Un régime de tolérance • La Congrégation et son ombre • O malheureux enfants de Saint-Acheul... • Nicolas Loriquet et la Garde impériale • Montrouge, Walhalla jésuite... • Montlosier-l'implacable • La lâcheté de Charles X •

« Nous nous sommes introduits sous forme de brebis, nous régnons à la manière des loups, on nous expulsera comme des chiens, nous reparaîtrons comme des aigles. »

Est-ce bien à François de Borgia, troisième « général » de la Compagnie, que l'on doit cette formule, comme le veut la légende ? Entre tous les jésuites, il n'est pas celui auquel on l'attribuerait le plus volontiers – si tant est que le propos fut jamais tenu par quelqu'un d'entre eux.

Ce qui est clair, en tout cas, c'est que, si l'on est en droit de contester ou d'approuver les métaphores relatives aux brebis, aux loups et aux chiens, la moins recevable ici est celle qui a trait aux aigles.

Des triomphes, les jésuites en avaient connu beaucoup, célébrés parfois jusqu'à l'ivresse. Mais peu d'entre eux revêtirent l'ampleur et la signification de celui du 7 août 1814, que certains de leurs historiens présentent comme une « résurrection » : ainsi le R. P. Dudon, qui cite à ce propos le « *veni foras** *!* » du Christ à Lazare.

* « Viens dehors ! »

Ce jour-là, le pape Pie VII, qui, à peine libéré des serres napoléoniennes avait regagné Rome, quitta son palais du Quirinal pour gagner, en grande pompe, le Gesù, foyer du jésuitisme. Et là, devant l'autel de la Congrégation des nobles*, il fit lire la bulle *Sollicitudo omnium ecclesiarum* qui, après quarante et un ans d'ostracisme romain, rétablissait la Compagnie de Jésus dans son institut et ses privilèges.

La réparation ne pouvait être plus solennelle, et le texte, négocié depuis des mois par les canonistes de la curie, les cardinaux de Pacca, Litta et di Pietro, restaurer plus fermement l'alliance active de 1540 entre le Saint-Siège et l'ordre ignacien. Qu'on en juge :

> « Le monde catholique demande d'une voix unanime le rétablissement de la Compagnie de Jésus. Nous nous croirions coupable devant Dieu d'un grave délit si, dans ces grands dangers de la République chrétienne**, nous négligions des secours que nous accorde la providence spéciale de Dieu, et si, placé dans la barque de Pierre, agitée et assaillie par de continuelles tempêtes, nous refusions d'employer des rameurs vigoureux et expérimentés, qui s'offrent d'eux-mêmes pour rompre les flots d'une mer qui menace à chaque instant du naufrage et de la mort. Déterminé par des motifs si nombreux et si puissants, nous avons résolu de faire aujourd'hui ce que nous aurions désiré faire dès le commencement de notre Pontificat… Nous avons donc décrété, de science certaine, en vertu de la plénitude de la puissance apostolique, et à valoir à perpétuité, que toutes les concessions et facultés accordées par nous uniquement à l'empire de Russie et au royaume des Deux-Siciles*** s'étendront désormais à tout notre État ecclésiastique et également à tous les autres États. […] Nous prenons sous notre tutelle, sous notre obéissance immédiate et sous celle du Siège Apostolique, tous les Collèges, toutes les Maisons, toutes les Provinces, tous les membres de cet ordre. Enfin, nous recommandons instamment aux illustres et nobles princes et seigneurs temporels, ainsi qu'à nos vénérables frères et les Archevêques et Évêques […] de ne pas souffrir que ces Religieux soient molestés en aucune manière, mais encore de veiller à ce qu'ils soient traités avec bonté et charité, comme il convient. »

* Faut-il y voir un choix significatif ?
** Étrange formule, de la part d'une illustre victime du jacobinisme.
*** Voir chapitre I, p. 34, le bref *Catholicae fide* (1801).

Pie VII, grandi par les épreuves qu'il venait de subir avec constance, ne pouvait prendre plus fermement le contrepied des proscriptions et suppressions décidées entre autres par son prédécesseur Clément XIV. Il ne pouvait se poser plus hardiment en protecteur des maudits de naguère. Tout, en apparence, rentrait dans l'ordre – dans l'Ordre. Le lien tissé depuis 1540, rompu en 1773, était renoué.

En apparence. Car les partenaires ignaciens du souverain pontife de 1814 n'avaient plus grand-chose en commun avec la cohorte frémissante des jeunes aventuriers fous d'entreprises venus en 1538 s'offrir à Paul III. Voici que remontaient de l'ombre où la plupart s'étaient laissé rejeter un groupe d'anciens combattants longtemps résignés à l'extinction et sauvés, souvent malgré eux, par la grâce machiavélienne de deux souverains non catholiques.

Un personnage, au cours de la cérémonie de « résurrection » du Gesù, attirait tous les regards : le R. P. Alberto de Montalto, âgé, disait-on, de cent vingt-six ans (il était entré dans la Compagnie en 1716, au temps de la bulle *Unigenitus*...). Un symbole* ?

« Du mauvais pied. » On le dit de quelqu'un qui se lève ou se relève de telle façon que la suite de sa journée, de sa semaine, ou de son avenir, en est perturbée. Au moment d'évoquer la réanimation de la Compagnie de Jésus en 1814, on ne peut résister à l'envie de recourir à cette locution familière.

« Mauvais » ? De quel droit porter un jugement de valeur dépréciatif, et avec cette désinvolture, sur une attitude que commandaient les circonstances plus encore que les choix ? Tant il est vrai que la restauration de la Société, l'émergence de ce qu'on a souvent appelé la « deuxième Compagnie », s'est opérée dans un contexte historique très contraignant et en réaction (inévitable) contre l'immense mouvement de près d'un demi-siècle qui avait jeté à bas, entre tant d'illustres victimes, la société créée par Loyola.

Réaction. Le mot est lâché. De quelque signification idéo-

* Le premier supérieur des jésuites en France en 1814, Clorivière, était âgé de quatre-vingts ans. Le second, Simpson, de soixante-quinze.

logique qu'on le revête, il exprime ce type de mouvement pendulaire qu'appelle ou provoque toute accélération, déviation ou secousse sociale : en l'occurrence de la Révolution française, de ses prodromes « philosophiques » à ses retombées impériales.

Comment s'étonner que la Restauration s'accomplisse à l'encontre de la Révolution ? que l'Ancien Régime s'arrache au tombeau en piétinant ses fossoyeurs ? que les émigrés rendent coup pour coup aux jacobins ? On sait que cela fut opéré sur le mode mineur, que la Terreur blanche ne prit jamais l'ampleur de sa devancière, que le plus surprenant, en l'occurrence, fut la brièveté ou la timidité des représailles : il suffit de comparer cet épisode aux lendemains de la Commune de 1871. Cocarde tricolore ou fleur de lys, on ne se comporte pas entre notables comme de grands bourgeois à prolétaires. La réaction royaliste de 1815 fut dure. Elle ne pouvait pas ne pas l'être, surtout après Waterloo.

Mais ce qui est dans la nature du débat socio-politique, où s'affrontent des dynamiques qui n'ont guère à voir avec la morale et la charité, ne saurait être compris de la même façon, s'agissant d'hommes qui se sont donné pour mission d'annoncer l'évangile. Fallait-il que les jésuites se fissent les choristes ou les machinistes de cet inévitable opéra de la revanche ?

Les pères qui avaient donné au monde un modèle de plasticité créatrice ; qui, de Kagoshima au Rio de la Plata en passant par les collèges parisiens, s'étaient faits les pionniers de l'humanisme occidental à travers trois continents ; qui avaient su inventer, sous tant de latitudes, l'échange culturel égalitaire et le respect de l'« autre », les voici mués en fourriers du conservatisme bourbon et romain, en militants de l'alliance du trône et de l'autel, en propagandistes de la Restauration, en gardiens de l'ordre établi au congrès de Vienne.

Cet art qu'ils avaient su montrer de se mettre en consonance avec leur temps, de se faire non seulement « tout à tous », mais de réussir leur mue en toutes saisons, humanistes au temps de la Renaissance, mondialistes à l'époque des grands découvreurs et presque déistes à l'âge de Voltaire, aboutit ici à un mimétisme moins éclatant : les voici ultras avec les ultras, et passéistes au temps de la contre-révolution.

On se gardera certes de faire à ce propos de Michelet, de Stendhal, de Hugo et de Champollion des « maîtres à penser ».

Le génie littéraire ou scientifique n'est pas un brevet de sagesse. Mais il est frappant qu'aux yeux de tous ces inventeurs de mondes au cœur du XIXe siècle, les jésuites, ces « hommes noirs », ces « éteignoirs » (de Lumières), aient incarné le fixisme, et même le retour à l'Ancien Régime, ou, comme l'écrit un de leurs apologistes les plus fervents, J.-F. Bellemare, « les principaux germes destinés à reproduire l'ordre social [1] ».

On mettra l'accent plus tard* sur les aspects fantasmatiques, souvent grotesques, parfois pervers, de ce type de représentation et de cette mise en accusation permanente à laquelle se livreront Michelet et Quinet aussi bien que Montlosier ou Eugène Sue. Et on signalera bien sûr les efforts d'ouverture à la science puis à la modernité qui, au sein de la Compagnie, prépareront les œuvres novatrices du XXe siècle.

Mais qui a tenté de suivre le grand cheminement de Montmartre à Pékin, de Maduré au laboratoire du Collège Romain, s'étonne que l'exercice attentif du « discernement » ignacien ait pu conduire ces hommes, après un demi-siècle d'épreuves imputables aux forces les – plus diverses – à quatre dynasties bourboniennes aussi bien qu'au gallicanisme obstiné, aux rancunes jansénistes tout autant qu'à l'Encyclopédie, à l'opportunisme papal comme aux intrigues des Habsbourg –, à ne trouver pour cible de leur grande revanche que la seule philosophie des Lumières.

La Compagnie était-elle condamnée à n'avoir, comme la majorité des aristocrates, « rien oublié ni rien appris » ? Devait-elle opérer une sélection dans sa stratégie du souvenir au point de n'appliquer la haute vertu d'oubli qu'au seul Vatican – institution qui l'avait trahie en se trahissant elle-même ? Ou encore aux Bourbons, qui l'avaient sacrifiée à ce qu'ils croyaient être leurs aises ? Était-elle si mal rompue au « discernement » ignacien qu'elle devint incapable de distinguer ce qui, dans l'héritage des « Lumières », était à l'honneur de Dieu ?

Près d'un siècle durant, la Société de Jésus fera mine de ne pas savoir que sa mise à mort n'avait été décrétée ni par Voltaire**, ni par la Convention***, ni par les *carbonari*, ni

* Chapitre III.
** L'eût-il préparée…
*** L'eût-elle ensanglantée.

par le *Sturm und Drang*, mais par les politiciens de Versailles, d'Aranjuez et de la curie romaine. Et c'est avec ceux-ci, contre ceux-là, qu'elle choisira de faire alliance – une si « Sainte Alliance »...

La cérémonie du Gesù, le 7 août 1814, semblait promettre une efflorescence jésuite, une ample et glorieuse résurrection dans le style de l'*Imago primi seculi* de 1640, un *Magnificat* européen, et même mondial. Tant de saints, tant d'entreprises, tant de souffrances, tant d'ennemis vaincus – et la faveur du pape... Ceux qui avaient espéré cela durent déchanter.

La restauration de la Compagnie fut partout une affaire d'États. Elle donna lieu, comme sa suppression un demi-siècle plus tôt, à d'innombrables tractations. Mais ce qui frappe en l'occurrence – quand on pense à la convergence des victoires, des intérêts, des projets, entre les dynasties renaissantes mais encore convalescentes et la Compagnie rappelée du tombeau et ouvertement vouée à la contre-révolution monarchiste et cléricale –, c'est le caractère furtif, aride, partiel, technique de la restauration jésuitique qui ne sut nulle part, comme au Gesù, revêtir, dans le sens positif, le caractère dramatique qu'avait revêtu la proscription au siècle précédent.

Hormis celle de Rome, nulle cérémonie réparatrice. Une réinsertion laborieuse, une prothèse parfois douloureuse, presque honteuse, tenant du « rafistolage », de la réanimation médicale plus que de la résurrection. Les caricaturistes de l'époque nous montrent une légion noire inondant l'Europe. En fait, le retour des pères se fit, presque partout, en catimini, et « par petits paquets ».

L'Espagne elle-même, qui s'entend si bien à faire flamboyer les rituels et avait tant à se faire pardonner par l'ordre de Loyola, victime en son berceau de la plus féroce des chasses royales, se garde de déployer les fastes consolateurs. Les pitoyables souverains malmenés par Napoléon (et autrement par Goya), Charles IV et Marie-Louise, vivaient en exil et passaient par Rome à l'époque de la cérémonie du Gesù. Ils n'osèrent s'aventurer chez les jésuites que plus tard, et alors, raconte le R. P. Dudon, « les pères espagnols vinrent leur baiser les mains [2] ». Signe navrant de l'abaissement de cet ordre que de telles marques d'affection et de respect prodiguées à ces incorrigibles persécuteurs. Lesdits pères se révélaient ainsi plus royalistes et antirévolutionnaires que jésuites. On retrouvera de tels traits de servilité dynastique au nord des Pyrénées.

Bien que leur héritier Ferdinand VII (qui allait réussir à donner à ses parents des leçons d'indignité avec la complicité de ses cousins de Paris*) pressât le Conseil de Castille de dresser le bouclier de la Compagnie de Jésus entre son trône et le « libéralisme », il fallut près d'un an au pouvoir espagnol pour donner licence aux pères d'exercer leur ministère, dans une Espagne où, écrivait alors le marquis de Custine, « le Moyen Age est encore debout ». Rentrée difficile, contestée, étroitement contrôlée par les franciscains dominateurs, et combattue par un « libéralisme » qui prendra, sous Espartero par exemple, la forme d'une persécution déclarée.

En Italie, le grand retour des ignaciens ne revêtit pas des formes beaucoup plus glorieuses. De Naples à Turin, des concordats entre le Saint-Siège et les monarchies des Deux-Siciles et du Piémont ouvrirent la voie à la Compagnie**. Mais elle ne put éviter la disgrâce d'être considérée partout comme complice de la puissance qui occupait de larges portions du territoire, l'Autriche. Le rôle très conservateur joué par les jésuites dans l'affaire de la souveraineté romaine acheva de les brouiller avec le *Risorgimento*. L'Italie moderne allait se construire contre eux.

A Vienne même, la vieille méfiance entre les Habsbourg et la Société de Jésus, quasi permanente depuis Charles Quint et rationalisée par le « joséphisme », c'est-à-dire le contrôle strict des activités religieuses par l'État, restait en éveil. L'empereur François II, bigot mais plus encore timoré, souhaitait faire alliance avec les pères contre la révolution rampante dans ses États. Metternich, d'abord réservé, fit de moins en moins obstacle au projet, influencé qu'il était par sa troisième femme, la comtesse de Zichy, fort entichée des jésuites. C'est ainsi que les pères furent autorisés à ouvrir des collèges à Innsbruck et à Linz en 1836. Mais, là encore, la réanimation de la Compagnie ne s'opérait que par bouffées, saccadées et semi-clandestines.

* Qui, à l'initiative de Chateaubriand, ministre des Affaires étrangères, intervinrent en 1823 pour rétablir l'absolutisme.

** Qui sera chassée de Turin en 1848.

Et voici venu le moment de reprendre ici le fil* du récit de la fascinante aventure jésuite en Russie. Car, au moment même où la Compagnie sort du tombeau, elle est rejetée de l'empire tsariste par un pouvoir qui, pour des raisons qui ne tenaient pas toutes à la charité chrétienne, l'avait, sinon sauvée, au moins préservée ou couvée.

Parce que les pères ont pris une importance abusive, acquis une position outrageante pour le clergé orthodoxe, pour l'orgueil russe ? Parce qu'au cours de la guerre napoléonienne de 1812 ils ont adopté une attitude ambiguë, trop française, à l'endroit de ceux qui les avaient accueillis ? Chacune de ces causes pesa son poids. En fait, à partir de l'invasion de 1812, la situation des jésuites est trouble, malsaine. Les panslavistes s'alarment de cette influence occidentale, les patriotes dénoncent des collusions entre les bons pères et la Grande Armée, et les sociétés bibliques, soutenues par l'Angleterre, jettent un peu de sel sur les plaies…

Ami déclaré des jésuites et papiste comme eux, Joseph de Maistre, ambassadeur du roi de Sardaigne à Saint-Pétersbourg, écrit à leur propos : « Le sol était miné sous les pas de l'ordre ; chaque conversion était épiée, signalée comme une infidélité à la Patrie, une trahison envers le Souverain, maître absolu des consciences. »

C'est, comme au Portugal en 1757 et en France en 1764, la combinaison de plusieurs scandales, publics et privés, qui causa en Russie la perte de la Société. Le ministre des Cultes, le prince Alexandre Galitzine, cousin de l'illustre Koutouzov, vainqueur de Napoléon, avait un neveu, élève des pères de Saint-Pétersbourg, qui fit connaître en 1815 son intention de se convertir au catholicisme. Son maître, le R. P. Foloppe, avait-il contrevenu aux règles de neutralité auxquelles étaient censés se conformer les enseignants coiffés de la barrette ? L'émotion fut énorme, et Galitzine demanda au tsar que la Compagnie fût expulsée de l'empire.

Alexandre, fort occupé à détrôner Napoléon à Paris et à refaire l'Europe à Vienne, se contenta de décréter l'expulsion des pères de Saint-Pétersbourg et de Moscou. Mais cette modé-

* Interrompu au chapitre précédent.

ration allait faire place chez lui à un esprit de vindicte à la Charles III* quand sa maîtresse, d'origine polonaise et de confession catholique, la princesse Narychkine, se vit refuser l'absolution par son confesseur jésuite – espaçant du coup ses tête-à-tête avec le souverain : lointain écho de l'affaire Pompadour soixante ans plus tôt**.

Le fait est que, le 13 mars 1820, « l'Ukase partit du palais comme la foudre part de la nue » (Joseph de Maistre) : tous les jésuites opérant dans l'empire étaient expulsés avec interdiction d'y revenir jamais « sous quelque forme ou dénomination que ce soit*** ».

Nouvelle catastrophe pour la Compagnie ? Apparemment oui. Potemkine, puis Paul Ier, frappés des progrès faits dans leur pays par les pères****, n'avaient-ils pas projeté de faire de la Russie la base d'un redéploiement mondial de la Société de Jésus ? Rome l'ayant rejetée, Saint-Pétersbourg se substituerait à la cité des papes. Le grandiose projet s'effondrait... Mais, contre cette vision des choses, il faut citer le commentaire d'un ancien élève du noviciat de Polotsk, qui allait jouer un rôle éminent dans la suite de l'histoire, Jan Philip Roothaan, futur « général » de la Compagnie : « Cette expulsion fut le salut de la Société. »

Pourquoi ? Parce qu'au lendemain de la résurrection décrétée par Pie VII en 1814, elle procura à l'organisation renaissante en Europe occidentale les cadres formés à Polotsk qui seraient restés cantonnés en Russie. Application du principe des vases communicants. Mais le propos du jésuite hollandais va beaucoup plus loin que la physique amusante. Il suffit de citer un aussi pieux historien que le R. P. Burnichon pour saisir la signification de la remarque de Roothaan :

> « Sous une apparence paradoxale, c'est l'expression de la simple vérité. La reconstitution de la Compagnie de Jésus n'allait pas sans tiraillement, en Italie surtout. A cette date de

* Voir tome I, chapitre XIV.

** Voir tome I, chapitre XIV.

*** Un ukase similaire avait été pris un siècle plus tôt par Pierre le Grand.

****En 1783, la Compagnie comptait en Russie 28 pères, 38 frères et 16 novices. Au bout de vingt ans (1805), l'ordre y comptait déjà 280 membres ; en 1815, 337 ; enfin, au moment de l'expulsion de Russie (1820), il y avait 358 religieux. (Zelenski, *Les Jésuites de la Russie Blanche*, Paris, Letouzey, 1874, t. I, p. 423.)

> 1820, elle y traversait ce qu'on pourrait appeler une crise de croissance qui allait atteindre son maximum d'intensité dans la Congrégation générale réunie sur la fin de l'année. Le retour de ceux qui avaient conservé la tradition opposa un obstacle aux agissements des novateurs... [3]. »

Eh oui. Ce n'est pas tant le « salut » de la Société qui fut ainsi assuré par le grand reflux vers l'Ouest des pères formés en Russie Blanche que la suprématie de ceux qui avaient « conservé la tradition » dans le terreau russo-polonais, en un temps et en un lieu de contre-révolution, sous un régime d'autocratie.

En 1820, au moment où elle est érigée en « province », la Compagnie reconstituée en France y reçoit trente-quatre pères de Russie, dont dix-huit Français et neuf Polonais qui francisent leur nom. Toute l'histoire de la Société de Jésus en France au XIXe siècle, cabrée contre les « agissements des novateurs », est peut-être résumée dans le paradoxe du R. P. Roothaan et son commentaire du R. P. Burnichon. Contre la modernité, c'est alors la « tradition » qui prit le pouvoir.

Saignée par l'Empire, saturée de « révolution », la France de 1814 s'est tant bien que mal ralliée aux Bourbons, dès lors que la Charte octroyée par le frère de Louis XVI, le 4 juin 1814, se présentait comme une garantie contre le retour à l'absolutisme. La modération du roi est patente – comme celle de ses deux Premiers ministres successifs, Richelieu et Decazes. Ni les fureurs de la Terreur blanche après les Cent-Jours, ni les outrances de la « Chambre introuvable » de 1815 ne suffisent à faire dérailler vers l'absolutisme revanchard un système qui a ses ultras et ne saura pas très longtemps les contenir, mais dont le pilote s'inspire un peu mieux d'Henri IV que de la Ligue. Pour quelques années en tout cas.

Est-ce bien ce type de régime ventru et débonnaire qu'auraient choisi les « nouveaux jésuites » s'ils avaient eu voix au chapitre ? On n'en jurerait pas. Leur expérience sous la Révolution et l'Empire, leur vie de proscrits ou de clandestins pourchassés, leurs amitiés (avec Cadoudal, puis avec les « Chevaliers de la Foi »), l'esprit qui régnait au sein de la « Congrégation », la longue protection à eux accordée par le système autocratique russe, tout les vouait à épouser, contre la Charte, le point de vue des ultras.

Historien de la Compagnie au XIXe siècle, le R. P. Joseph Burnichon, peu enclin au dénigrement de ses confrères, écrit :

> « Aux yeux de l'opinion publique, la cause de la religion et celle de la royauté étaient étroitement unies ; amis et ennemis ne devaient plus séparer l'une de l'autre ; cette solidarité allait trouver son expression dans la formule *le trône et l'autel* [...]. La dynastie royale ne pouvait manquer de favoriser la religion, qui lui assurait en retour le respect et la fidélité des populations. Cette [conviction] était unanime dans le pays en 1815... On cite un propos que Talleyrand aurait tenu à Louis XVIII, peu après Waterloo : "Sire, Votre Majesté espère se maintenir aux Tuileries ; il importe donc de prendre ses précautions. Une sage et forte éducation peut seule préparer les générations nouvelles à ce calme intérieur dont chacun proclame le besoin. Le remède le plus efficace pour y arriver sans secousse, c'est la reconstitution légale de la Compagnie de Jésus [4]." »

S'interrogeant judicieusement sur l'authenticité du propos, l'historien jésuite assure que l'ancien évêque d'Autun « avait trop le sens de ce qu'on appelle les possibilités en matière politique pour s'avancer ainsi ». Ne craignant pas de se contredire, lui qui vient d'écrire que la population française était « unanime » dans son désir de restauration religieuse, Burnichon poursuit :

> « Il faut reconnaître qu'une mesure telle que le rétablissement officiel de l'ordre des jésuites eût été, au lendemain de la Restauration, souverainement impolitique. Le moment n'était pas venu. Tout ce que l'on pouvait raisonnablement attendre de la bienveillance du monarque et de son gouvernement dans des conjonctures aussi difficiles, c'était la liberté de vivre et de travailler. »

Mais les « nouveaux jésuites » de 1815 ne l'entendaient pas ainsi. Dans l'article sur Pierre de Clorivière déjà cité [5], le R. P. Vallin fait état du témoignage d'un neveu de l'ancien prisonnier du Temple auquel le vieux prêtre avait écrit que les Cent-Jours étaient une punition frappant la royauté rétablie ; selon lui, le roi pardonnait trop, la justice de Dieu n'était pas satisfaite, le scandale était plus grand peut-être que sous la

Révolution ! « Le roi pardonnait trop » ! Écrit par un prêtre...

Dans une autre lettre, écrite le 28 août 1815 à son ami l'évêque américain John Carroll, deux mois après Waterloo et le retour de Louis XVIII sur le trône, Pierre de Clorivière décrivait sa situation et celle de son ordre sur un ton bien mélancolique :

> « ... Je suis resté seul avec un autre prêtre et trois frères laïques dans la maison. Je n'y ai pas été très fort molesté depuis deux mois que les choses sont en partie rétablies [...] Les choses sont encore à peu près sous le même pied [que sous Bonaparte] et nous ne savons pas quand elles seront accommodées pour le bien général de l'Église [...] Notre horizon est encore bien rembruni... [6]. »

Un historien jésuite contemporain, Jean-Claude Dhôtel, écrit que les pères, appelés à refonder la Compagnie en 1814, « vivaient encore du souvenir des règnes de Louis XIII et de Louis XIV ; ils entretenaient l'illusion de jouir des mêmes protections sous les Bourbons, qui pourtant les avaient trahis, sans percevoir à quel point la société française avait changé sous l'influence des “philosophes”, de la Révolution et de l'Empire [7] ».

Ce qui ressort en tout cas de la correspondance de Pierre de Clorivière de ce temps-là, c'est, selon le R. P. Vallin, la nostalgie d'une reconnaissance publique de la Compagnie au sens ancien. Sans « sanction politique positive » rétablissant les jésuites, et plus généralement le clergé, dans leurs positions d'avant 1789 (ou même 1763), l'État monarchique bourbonien resterait, aux yeux de ces hommes-là, entaché d'« athéisme révolutionnaire ».

Ainsi, cinquante ans après le rejet du jésuitisme politique romain par les monarchies européennes, après vingt ans d'expérience révolutionnaire et de domestication de l'Église par Napoléon, et alors que l'Europe entière s'ébrouait dans une fièvre de nouveauté, le saint Monsieur de Clorivière rêvait-il encore à la restauration des privilèges anciens de la Compagnie dans la gestion des affaires publiques, comme au temps de Pierre Coton ou de Nicolas Caussin. Il n'est pas surprenant que cette prétention à la rétroactivité de l'histoire ait provoqué quelques heurts.

Dans son confinement russe, mal informé du cours des choses en Occident, le « général » des jésuites rétablis, le R. P. Bzrozowski, avait cru bon de faire appel pour ranimer la Compagnie en France à des hommes du passé – peu de nouveaux, il est vrai, s'étant révélés. Et ces hommes anciens, animés, quelle que fût leur sainteté, de ce qu'on ne peut appeler que l'esprit de la revanche, allaient être confrontés à un monde terriblement nouveau – n'étaient les titres et les perruques et culottes courtes des vieux ultras. D'un passé aboli par des turbulences gigantesques, ils allaient être précipités dans un avenir inimaginable. Comment s'étonner que leur histoire fut alors si incohérente, apparemment stérile, et douloureuse ?

Des décennies de pratique (souvent aberrante) des « droits de l'homme » ; la constitution d'une classe moyenne par la vente des biens nationaux souvent arrachés au clergé, et par là vouée à des conflits d'intérêts avec les spoliés ; la disparition brutale des deux « ordres » qui avaient eu avant 1789 le quasi-monopole de la conduite des affaires publiques ; une épopée militaire qui, triomphes ou désastres, ne pouvait être mise au compte de nulle puissance surnaturelle ; la promotion d'un clergé « constitutionnel » peu attaché à l'Ancien Régime – de multiples facteurs avaient ainsi perturbé jusqu'au tréfonds les rapports entre le peuple français et les autorités, notamment religieuses. Et avec la religion tout court.

C'est, dirait-on, en pensant à ces jésuites issus de l'émigration ou venus des « pères du Sacré-Cœur » qu'Alexis de Tocqueville allait bientôt écrire qu'ayant vu « que dans leur patrie, le premier usage que l'homme a fait de l'indépendance a été d'attaquer la religion, ils redoutent leurs contemporains et s'écartent avec terreur de la liberté que ceux-ci poursuivent. L'incrédulité leur paraissant une chose nouvelle, ils enveloppent d'une même haine tout ce qui est nouveau [8] ».

Le peuple français est-il, au lendemain de l'Empire, déchristianisé ? Les réponses sont contradictoires. On en retiendra deux, l'une, affirmative, venant du nonce, l'homme qui représente Rome à Paris ; l'autre, négative, formulée par Proudhon.

Selon Mgr Macchi (1826) : « Plus de la moitié de la nation est dans une ignorance complète des devoirs chrétiens et est plongée dans l'indifférence. A Paris, un huitième à peine de la population est pratiquante et l'on peut se demander s'il y a dans la capitale 10 000 hommes à pratiquer [9]. »

C'est le doctrinaire anarchiste qui, paradoxalement, met en doute un tel diagnostic : « En France, nonobstant la philosophie du XVIIIe siècle, le catholicisme s'est maintenu jusque bien au-delà de la Révolution et n'a reçu sa première secousse [...] je parle des masses, que vers 1830. »

La lecture alternée du légitimiste Balzac et du républicain Stendhal incite à donner tour à tour raison au nonce et au socialiste. Plus souvent au premier qu'au second, si l'on s'en tient à l'univers urbain et aux milieux aisés que « travaillent » par tradition les jésuites – dont l'aire d'action va soudain s'élargir aux « misérables ». Les curés campagnards, surtout dans l'Est et dans l'Ouest, auraient été en désaccord avec le nonce.

Sur cette base incertaine, le pouvoir royal agit, au moins jusqu'en 1822*, avec la plus grande circonspection, s'agissant du rôle du clergé en général, et des jésuites en particulier. Retenons cette formule de Louis XVIII : « Que les pères ne reprennent ni le nom ni l'habit de la Compagnie ; qu'ils s'occupent sans bruit de leurs affaires et ils n'ont rien à craindre... »

C'était vraiment ne rien connaître des jésuites. « Qu'ils s'occupent sans bruit de leurs affaires » ? Mais, Sire, les « affaires » des jésuites sont, par définition, les affaires de tous. « Sans bruit » ? Ils en étaient capables. Mais sans effet sur le cours des choses (sous quelque nom ou habit que ce soit), impossible. Bien qu'ils s'y puissent efforcer, les jésuites ne vont ni sans conséquence, ni sans encombre, ni sans éclat.

Louis XVIII, en ce domaine comme en d'autres – les choses de l'amour exceptées –, fait penser à son aïeul Louis XV. Le jugement ne lui manque pas, ni la bienveillance, ni l'esprit de tolérance. Plutôt l'information et la fermeté dans la décision. Lui non plus n'aime pas « les histoires ». Et les jésuites sont des gens « à histoires ». C'est pourquoi les relations de ce voltairien de cour avec les pères ne pouvaient être bonnes. Elles l'étaient d'autant moins que deux influences négatives s'exerçaient sur le roi. Celle, ancrée dans le passé, de la duchesse d'Angoulême, l'austère « dauphine », fille de Louis XVI ; celle, moderniste, du Premier ministre Decazes.

La duchesse était bigote, et ne tendait à rien d'autre qu'au retour à l'ancien temps, et en toutes choses. Mais elle tenait les jésuites pour responsables de l'assassinat de son aïeul Henri IV

* Mise en place du ministre Villèle, homme des ultras.

– et pour cela s'employait à aigrir à leur encontre les humeurs de son mari, et de toute la famille. Decazes, lui, était franc-maçon. Comment n'aurait-il pas desservi la Compagnie auprès du roi, très attentif à ses avis, fussent-ils contredits en ce domaine comme en beaucoup d'autres par ceux de son frère le comte d'Artois qui, de roué jadis, s'était fait dévot ; et, par ceux de l'aimable duc de Blacas, ministre de la Maison et favori très écouté, qui tenait la Compagnie pour l'une des arches du temple dont la reconstruction était à ses yeux la mission dévolue aux gentilshommes revenus saufs de l'émigration ?

Louis XVIII s'en tenait volontiers aux principes et règles dont était faite la Charte constitutionnelle de 1814, peu conformes, on l'a dit, à ce qu'attendaient les jésuites de la restauration du pouvoir royal. L'article 6 reconnaissait le catholicisme comme religion de l'État, mais aussi la liberté de conscience et de culte. Le Code civil impérial était prorogé [10], les biens nationaux maintenus en possession des acheteurs des dernières décennies. Le cadre institutionnel et légal était plus proche du système impérial que de l'Ancien Régime.

Un point de convergence existait cependant entre Louis XVIII et les pères : leur commune détestation du concordat de 1801, où les jésuites voyaient l'instrument de l'assujettissement de la religion à l'État français, le triomphe du néogallicanisme, alors que le roi l'avait ressenti comme un hommage rendu par l'Église à l'Usurpateur. Mgr de Pressigny, l'ambassadeur que Louis XVIII dépêcha à Rome pour effacer du concordat de 1801 tout ce qu'il était possible d'en ôter sans humilier le pape qui l'avait signé, était un ami de la Compagnie. Mais les efforts communs de l'évêque et des pères n'aboutirent qu'à un vague remodelage du texte – auquel Pie VII restait attaché, en dépit des avanies subies des mains de son impérieux interlocuteur de Fontainebleau.

Au moment où elle s'attaque au grand effort de reconstruction dans ce climat de tolérance ambiguë et de suspicion, la Compagnie ne dispose en France que de quelques dizaines d'hommes, les uns émergeant de la longue proscription sur place, les yeux encore clignotants, les autres revenus de l'exil russe ou d'un séjour prolongé en Angleterre ou aux Pays-Bas. Enracinée dans l'une ou l'autre des associations créées depuis vingt-cinq ans et proscrites par Fouché, et aussi dans la Congrégation, une milice ignacienne subsiste, forte de quelques personnalités vigoureuses, celles de Clorivière, de Varin, de Rozaven, de Grivel, de Roger.

Mais, si l'on tente de citer quelques chiffres, on arrive en 1815 à moins d'une centaine d'individus, dont cinquante prêtres. Un noviciat est bientôt fondé à Montrouge, qui attire de nombreux volontaires : si bien qu'en 1817 on estime les effectifs de la Société – qui n'est encore que tolérée, ses membres ne jouissant que des droits reconnus à tous les citoyens de pratiquer et diffuser sa religion – à cent soixante-sept, dont une centaine de prêtres.

Le personnage qui domine cette époque des recommencements, nous le connaissons : Pierre de Clorivière. C'est à partir et autour de ce vieillard héroïque que s'ordonne et se définit la nouvelle Compagnie de France, et aussi le « nouveau jésuite ». Faut-il ici parler d'une restauration ? On dirait plutôt contre-révolution, ce qui ne signifie pas du tout un retour radical à l'ancien. Car il se trouve que le « nouveau jésuite » a peu à voir avec le type de l'âge précédent.

Ce n'est pas le jésuite du XVIIIe que reproduit celui du XIXe. Ce n'est pas de lui qu'il procède, sinon par contradiction. Les religieux qui avaient été dispersés par l'autorité royale puis pontificale à la fin du siècle de Voltaire étaient, par bien des points, des voltairiens. Si la Compagnie n'avait pas su, au temps de Descartes, assimiler l'œuvre de son plus glorieux élève, elle s'était mieux immergée dans la production intellectuelle de l'époque de l'*Essai sur les mœurs*.

Au temps où Montesquieu voit un des chefs-d'œuvre de l'organisation sociale dans les « réductions » du Paraguay, où l'enseignement du père Boscovitch se répand dans les collèges de la Compagnie, où Voltaire fait l'éloge de ses maîtres de Louis-le-Grand, où Buffon rend hommage à leur respect de la nature, où d'Alembert lui-même oppose au sectarisme des jansénistes la souplesse des pères, où Frédéric II et Catherine se font, contre la papauté, leurs champions et leurs hôtes, les cibles de M. Pascal ressemblent enfin, par leur « philosophie », à la caricature qu'en faisaient les Messieurs de Port-Royal.

Que leur enseignement fût désormais aussi « déiste » en matière métaphysique que leur morale accommodante et leur « colonisation » douce, on peut en débattre : mais l'ensemble de leur production culturelle, et même spirituelle, relève de l'esprit « philosophique » qui imprègne le temps, comme deux siècles plus tôt l'humanisme. Renaissants – non sans réserves – au temps d'Érasme, baroques – non sans failles – au siècle de Louis XIV, on ne les pas retrouvés du côté de l'Encyclopédie, qui les a dénoncés, mais en phase avec les tenants les plus éloquents de la religion « naturelle » : n'ont-ils pas été condamnés par Rome en tant que « confucéens » ?

Rien ne ressemble moins à ces jésuites « philosophes » que ceux qui resurgissent sur les décombres de la Révolution et de l'Empire. Chassés par les uns, persécutés par les autres, giflés par la « liberté », préservés par l'autocratie étrangère, comment ne se seraient-ils pas faits les dénonciateurs, les vengeurs de cette histoire violente ? Le mot de « revanchards » ne vient pas sans gêne sous la plume. Mais comment l'éviter ? Comment ne pas écrire, comme le font justement Élisabeth Antébi et François Lebrun dans leurs *Jésuites ou la Gloire de Dieu*, que ces religieux restaurés « ont tendance à se cramponner, en Europe du moins, aux valeurs du passé et des monarchies défuntes. Pendant tout le XIXe siècle, et souvent non sans raison, leur nom devient synonyme de réaction, de conservatisme et d'ultramontanisme » ?

En fait, c'est tout le catholicisme qui a ainsi basculé dans le grand déni des Lumières. De Pie VII qui avait tenté loyalement, au temps du concordat de 1801, d'en assimiler certains principes, à la Grande Muraille du *Syllabus* édifiée par Pie IX un demi-siècle plus tard, ce n'est pas la seule Compagnie de Jésus qui aura « réagi ». Mais, parce qu'elle a été plus longuement pourchassée, et par des forces plus diverses et contradictoires, son militantisme du refus polarisera une fois de plus sur elle, contre elle, les vigilances.

Quelle était la situation légale de la Compagnie ressuscitée par Rome, dans la France de la Restauration ? Pour amicales que fussent les relations officielles entre les Bourbons restaurés et la papauté, le geste de réanimation universelle que Pie VII avait accompli en faveur des jésuites n'impliquait évidemment pas que l'État français dût se conformer à une telle décision.

Le texte de référence était bien sûr la Charte de 1814, dont l'article 68 spécifiait que « les lois actuellement existantes qui ne sont pas contraires à la présente Charte restent en vigueur jusqu'à ce qu'il y soit légalement dérogé » : ce qui était tout à trac assumer l'héritage légal de l'Ancien Régime *et* de la Révolution.

Or, tous ces textes étaient négateurs de la Compagnie – aussi bien les arrêts des Parlements de 1762, qui la mettaient hors la loi, que les édits de Louis XV (1764) et de Louis XVI (1774) qui la dispersaient puis l'exilaient, qu'un décret du même Louis XVI de 1790 qui interdisait les ordres religieux « sans qu'on pût en rétablir de semblables à l'avenir », que la loi de 1802 et celle de 1804 contre les congrégations religieuses.

On était donc en droit de tenir l'existence des jésuites, comme celle de leurs confrères franciscains, dominicains ou bénédictins, pour illégale dans la France des Bourbons : sur aucun sujet, en effet, les « tyrans » d'avant 1789, le Directoire, le Consulat et l'Empire n'avaient manifesté une telle unanimité, ou plutôt une telle continuité. Sur quel autre thème pourrait-on intervertir tranquillement les prises de position de Louis XVI et de Robespierre, de Napoléon et de Louis XVIII ?

Il est vrai qu'à la différence de l'Empereur, Louis XVIII avait souhaité, on l'a vu, que la Compagnie menât dans le royaume une existence active, qu'elle « vaquât » à « ses affaires » sans se faire remarquer. Mais les jésuites avaient trop d'ennemis – et trop d'amis encombrants – pour qu'un tel statut de « tolérance » (nous retrouvons le mot) pût être indéfiniment vécu : d'où l'histoire mouvementée, contrastée, presque tragique, qui sera la leur dans cette France où s'affirme la conjonction des puissances du trône et de l'autel.

L'adversaire fondamental, constant, irréductible des jésuites sera, au cours des quinze années de la Restauration, le faisceau de forces qui se regroupent sous le vocable de « libéralisme ». Qui est devenu en quelque sorte le synonyme, le doublet de ce qu'était avant la Révolution le philosophisme, le voltairianisme, ce qu'allait être l'anticléricalisme*. Mais ce type de rejet global de l'esprit de religion et de la puissance d'Église déborde évidemment le cas des jésuites.

Ce qui désigne la Compagnie aux foudres du libéralisme qui est capable de s'accommoder d'un certain clergé et d'une certaine religiosité, ce qui attire sur elle l'antipathie irréductible des libéraux, c'est son caractère organisé, collectif, ordonné, associatif – soit sous sa forme originelle, soit sous celle de la

* Le mot n'apparaît qu'au milieu du siècle.

« Congrégation ». René Rémond l'a très bien marqué[11], la défiance du libéralisme se manifeste essentiellement à l'égard « des groupes et des corps, de tout ce qui risque d'étouffer l'initiative de l'individu ». Comment s'étonner que le jésuitisme cohérent et discipliné soit son pire ennemi ?

La « conspiration jésuite » s'incarne alors, dans l'esprit de ses ennemis libéraux, en trois institutions : la Congrégation, le séminaire de Montrouge et le collège de Saint-Acheul.

La première, nous la connaissons sous sa forme originelle, celle d'une association charitable créée sous l'Empire par l'abbé Bourdier-Delpuits et placée sous l'invocation de la Vierge Marie. Cette ligue des élites bien-pensantes hostiles à l'Empire ne pouvait celer son impatience de rétablir, contre l'Usurpateur, la monarchie chrétienne. Pieuse coalition de cadres scientifiques et de grands seigneurs dirigée par un ancien jésuite et liée aux « Pères de la Foi », de même inspiration, elle avait, entre une visite aux pauvres et un office chanté, joué un rôle dans la restauration des Bourbons en ravivant dans certains milieux influents le souvenir d'une dynastie éliminée en 1792 et que son comportement dans l'émigration n'avait pas sauvée du discrédit.

Née au temps paisible du concordat, cette première congrégation n'avait pas pu résister à la rupture entre Napoléon et l'Église romaine, en 1809, suivie de la mort du fondateur dont le successeur, Legris-Duval, dut la mettre en veilleuse, non sans maintenir réseaux et contacts. Le retour des Bourbons comblait-il l'espérance des congréganistes au point de les conduire à dissoudre l'organisation ?

Non. Parce que la restauration de la dynastie s'accompagnait de l'octroi de la Charte, qui, aux yeux des légitimistes*, était infestée d'esprit libéral. On y proclamait certes la volonté du régime de « renouer avec la chaîne du temps » : mais cette « chaîne » n'excluait tout à fait ni la Révolution, ni l'Empire maudits. Le catholicisme était proclamé religion de l'État, mais la liberté du culte et de la pensée était posée en principe et les « droits de l'homme » implicitement admis. Quant aux cadres de l'Empire, ils étaient presque partout maintenus.

Telles sont les raisons, selon l'historien de la Restauration Bertier de Sauvigny, pour lesquelles son ancêtre, le comte

* Tels que Clorivière, on l'a vu.

Ferdinand*, loin de dissoudre en 1814 l'ordre des Chevaliers de la Foi, jumeau mâle de la Congrégation, qu'il avait fondé en 1810 pour préparer le rappel des Bourbons, le réorganisa. Il le fit même sous la forme très efficace de « bannières » qui constituèrent un réseau ultra-légitimiste sur lequel s'appuya la Congrégation, elle-même ranimée, revigorée sous l'autorité d'un jésuite, le R. P. Ronsin.

Le nom de Pierre Ronsin, ancien « Père de la Foi » entré dans la Compagnie de Jésus en 1814, se confond dès lors avec celui de la Congrégation. Les pamphlets du temps, comme des historiens sérieux, les associent toujours aux « Chevaliers de la Foi », à cette cohorte de grands seigneurs conduite par Mathieu de Montmorency et Alexis de Noailles, ses figures de proue, et, plus discrètement, François-René de Chateaubriand. Le jumelage fut tel qu'il ira, dans l'esprit des libéraux, jusqu'à la confusion : alors que les congréganistes prétendaient limiter leur effectif à cent trente-neuf membres, nous verrons qu'un polémiste comme Montlosier leur en attribuera quarante mille. Ce qui – compte tenu à la fois de la discrétion légendaire des congréganistes et des exagérations propres à ce genre de littérature – était assimiler aux benoîts disciples du R. P. Ronsin les véhémentes légions de Sauvigny.

On ne se lancera pas dans un débat quantitatif, ni dans une tentative de différenciation entre congréganistes et « Chevaliers », écheveau d'autant plus embrouillé que les uns et les autres étaient liés à l'association de la « Propagation de la Foi », qui, fondée en 1819 par Pauline Jarricot, comptait dix ans plus tard cinquante mille associés dont les noms étaient tenus secrets, et avait le même aumônier que les « Pères de la Foi », l'abbé Perreau… [12].

Si les jésuites n'avaient pas voulu que la Congrégation – le seul de ces organismes dont ils fussent responsables – suscitât tant de méfiance et de légende (et de calomnies), il leur eût fallu se garder de ces chevauchements et ces imbrications qui nourrissaient les campagnes dénonçant leur influence souterraine aussi bien que l'idéologie du sabre et du goupillon, du trône et de l'autel.

D'où ces campagnes qui font penser à celles dont, un siècle

* Fils de l'une des premières victimes de la Révolution, l'intendant massacré en juillet 1789.

plus tard, fut l'objet, en sens inverse mais trait pour trait, la franc-maçonnerie : même hantise de la société secrète, du noyautage, de la perfusion intellectuelle et du complot. Le congréganiste de 1820, dans *Le Constitutionnel*, les articles de P.-L. Courier ou les chansons de Béranger, c'est le franc-maçon de 1920 dans *L'Action française* et *La Croix*. Souterrain, ramifié, perfide…

Ainsi s'étagent en pyramide, ou se conjuguent en réseau, des forces diverses et parfois même divergentes, mais qui font corps dans la hantise du public et la ferveur d'une large partie de l'opinion attachée à l'alignement du trône sur l'autel – les jésuites, la Congrégation, les Chevaliers de la Foi, la « Propagation » de Pauline Jarricot, la « Mission » française de l'abbé de Rauzan, enfin le « parti prêtre », légitimiste, ultramontain, celui que symbolisent les noms de Maistre et de Bonald, du premier Lamennais et, un temps, de Chateaubriand.

C'est dans cette constellation profondément « réactionnaire » que s'inscrit l'histoire des jésuites sous la Restauration. C'est dans cet éclairage que les voient, irrités, Stendhal et Champollion, Sainte-Beuve – et Balzac, émerveillé. C'est dans ce climat qu'ils acquièrent le sobriquet de « dindons » qui les différencie des « corbeaux », terme générique visant les ecclésiastiques – de même tonalité noire, mais, s'agissant des jésuites, avec la spécificité glorieuse, encombrante et vaine propre à ce gros volatile.

La commune renommée en désigne la pépinière : le collège de Saint-Acheul, aux abords d'Amiens. C'est de là (surtout*) que sont censés provenir les cadres fanatisés qui, à travers la Congrégation, préparent le noyautage de l'État et de l'Université par le clergé et la prise du pouvoir par les ultras**.

Un historiographe de la Compagnie aussi dévot que Joseph Burnichon décrit Saint-Acheul, vers 1820, comme le « collège à la mode ». C'est celui où cet autre apologiste qu'est Jean-François Bellemare choisit d'envoyer son fils, assuré que c'est là que l'adolescent a le plus de chances de devenir le « jésuite » qu'il se flatte d'être lui-même. Dans le même temps,

* Les jésuites dirigent six autres collèges en province.

** Scénario qui n'est pas si absurde : si le premier chef de gouvernement ultra, Villèle, n'est lié qu'aux Chevaliers de la Foi, le second, Polignac, est un congréganiste.

les ennemis de la Compagnie dénoncent Saint-Acheul comme une manière de bagne pour enfants, un cruel foyer concentrationnaire, une fabrique d'ultras. Ainsi fait un certain Hyacinthe, ancien élève du collège, dans un opuscule intitulé *Coup d'œil dans l'intérieur de Saint-Acheul* (Paris, 1826) :

> « Approchons, ouvrons ces portes de fer armées de verrous qui défendent l'entrée de ce triste séjour. Quels sont ces cris qui frappent nos oreilles ? Est-ce quelque animal furieux qui déchire une victime humaine et s'abreuve de son sang ? Non, mais c'est un homme qui, mille fois plus cruel que les tigres et les léopards, unissant sa rage à celle du froid, déchire les mains à un malheureux âgé de six ans.
> ... Plus loin, c'est une scène du XIIe siècle : on somme en quelque sorte le Tout-Puissant de déclarer le plus coupable d'entre les élèves : un malheureux est désigné par le sort pour expier la faute de tous les autres [qui] se rassemblent régulièrement dans des pièces où personne ne peut pénétrer [...] et où la vertu se trouve rarement...
> Les disciples de Loyola [...] ont pour but de faire donner toutes les charges de l'État aux hommes qu'ils ont empoisonnés de leurs maximes [...] Leurs heureux protégés jouissent du droit d'infliger à leur gré des châtiments à leurs condisciples : ils exercent sur eux une juridiction absolue [13]... »

La plupart de ces imputations sont grotesques, bien sûr. Mais qui se penche sur le règlement de ces collèges, tant du point de vue de la discipline que du programme, constate que les « bons pères » de Saint-Acheul, où se pressaient en 1825 près de six cents élèves, prêtaient le flanc à la polémique.

La discipline ? Tout recours aux châtiments corporels n'était pas exclu – bien que le provincial, le R. P. Simpson, qui avait passé vingt-quatre ans de sa vie en Angleterre comme professeur à Stonyhurst, les déclarât « avilissants ». Mais à Saint-Acheul, le précepte dominant, en matière de punitions, avait été formulé par le R. P. Loriquet : « Les plus convenables sont celles qui humilient le plus. » L'un des professeurs allait même jusqu'à affubler les coupables d'un carcan portant une épithète dénonciatrice...

Les programmes ? Passons sur la prépondérance du latin (encore utilisé pour l'enseignement de la philosophie), de la rhétorique, de la déclamation. Retenons que l'arithmétique est enseignée plus tôt que jadis, mathématiques et physique étant réservées à l'année terminale, et que l'histoire est remise à l'honneur – mais nous allons voir laquelle...

Quant à ce qu'on appelle les « arts d'agrément », c'est la censure*. Sauf pour ce qui, dans le dessin notamment, peut avoir une application pratique, « l'art n'est pas abordable ». La musique offre tant de dangers qu'il vaut mieux pour le plus grand nombre l'ignorer tout à fait. Ne sera toléré que ce qui ne peut être empêché, le temps des leçons étant pris sur les récréations. « On apprendra seulement ce qu'il faut pour exécuter un air facile, proprement et avec goût. » Surtout « point d'airs mous, efféminés ou passionnés ». Quant à l'escrime, elle est plus en faveur, utile à tous pour le développement physique, il faut l'enseigner « à ceux qui veulent être militaires ».

Encore le peu d'innovations que comporte ce programme effarouche-t-il, à Rome, les responsables de la Compagnie : le recteur de Saint-Acheul reçoit une note sévère : « Arithmétique, par condescendance. Mais on n'apprenait autrefois ni arithmétique, ni géographie, ni histoire [...] Des prix pour le Dessin et la Musique [...] D'où vient cette nouveauté ? Le Dessin ni la Musique ne font partie de l'éducation que donnent les jésuites. »

On a parlé d'un rétablissement de l'enseignement de l'histoire à Saint-Acheul. Cette orientation peut d'autant moins surprendre que le supérieur du collège était le R. P. Nicolas Loriquet, auteur d'une histoire de France qui est une œuvre stupéfiante, vrai compendium (non caricature) de l'idéologie jésuite au temps de la Restauration. Arrêtons-nous d'abord à l'homme, ainsi décrit dans le rapport de l'un de ses supérieurs : « ... Le père Loriquet, homme d'ordre, de beaucoup d'esprit, ne manque pas de piété, mais gâté par les éloges prodigués à tout ce qu'il a fait ; d'ailleurs, n'ayant pas appris à obéir, il n'est guère propre à commander [...] ; il est plus craint de ses inférieurs qu'il n'en est aimé [14]. »

Passe encore que Nicolas Loriquet inspirât plus de crainte que d'amour. Mais que dire de ce que, dans son *Histoire de France à l'usage de la jeunesse* [15], publication officielle de la Compagnie, ce Loriquet enseignait aux jeunes gens confiés à

* En contradiction avec une légende qui faisait des collèges jésuites des académies de « bonnes manières ».

ses soins, et, bien au-delà, aux milliers d'enfants et d'adolescents de l'époque qui devaient découvrir à travers son œuvre l'histoire de leur pays, dont ne pouvait être effacée celle de la Révolution et de l'Empire ?

Le R. P. Burnichon dément que Loriquet soit l'auteur de la phrase qui lui fut souvent attribuée, lui valant une sorte de gloire : « Le marquis de Buonaparte, lieutenant-général des armées du Roy…*. » Mais, si le recteur de Saint-Acheul peut être exonéré de cette insanité, on en relève de pires sous sa plume.

Ainsi sa description de la nuit du 4 août 1789 :

> « Là, sans discussion, sans délibération, uniquement inspirée par les vapeurs du vin, [l'Assemblée] décrète une foule d'injustices contre les seigneurs, contre les propriétaires des droits féodaux… » (tome IV, p. 159).

Un peu plus loin, le R. P. Loriquet évoque ainsi les mouvements populaires :

> « On vit sortir des loges maçonniques l'odieuse association des jacobins […] plus contagieuse que la peste […] On voyait accourir du Midi de la France les bandits, la plupart échappés des galères, qui prenaient le nom de Marseillais… »

Mais c'est dans sa description de Waterloo que se surpasse l'historien jésuite : on voit les « troupes de Bonaparte […] excitées par la rivalité nationale, montrer une animosité qui tenait de la fureur » face à un Wellington pieusement qualifié d'« inébranlable ».

Et que dire de la fin de la Garde impériale racontée par Loriquet :

> « On vit ces forcenés tirer les uns sur les autres et s'entretuer sous les yeux des Anglais, que cet étrange spectacle tenait dans un saisissement mêlé d'horreur » (tome IV, p. 411) ?

Il est bien sûr qu'on ne déchirait pas, à Saint-Acheul, les mains des enfants âgés de six ans. Mais que penser de cette caricature obscène d'un enseignement de l'« histoire » qui,

* Mais n'oublions pas que, dans son dictionnaire, Pierre Larousse interrompt à Brumaire l'histoire de Napoléon Bonaparte…

pendant près d'un siècle, a instillé la haine de la République, ou tout simplement de la « nation », au cœur de tant de jeunes gens, et perpétuera au sein de la collectivité française une mentalité d'« émigrés » jusqu'aux tueries de 1914 ?

En ces hommes, en ceux qui avaient été « Pères de la Foi » surtout, brûlait l'esprit de l'émigration, de la chouannerie ou de la clandestinité. Dans les correspondances du temps entre les jésuites d'Ancien Régime, comme les RR. PP. de la Fontaine et Simpson, et leurs compagnons entrés dans la Compagnie après avoir été formés au sein des organisations combatives de Clorivière ou de Varin, on observe des désaccords, des décalages : les anciens déplorent la rudesse, les excès de zèle ou l'impatience des nouveaux venus. Les hommes dont la vocation s'est forgée au feu de la Terreur ou des chasses à l'homme de Fouché paraissent aux anciens plus aptes à l'affrontement qu'à la compréhension.

C'est ce qu'on observe encore quand on considère le second des « hauts lieux » du jésuitisme sous la Restauration : le noviciat de Montrouge. Le mythe ici prend des proportions démentielles. Sous la plume des publicistes libéraux, Saint-Acheul devenait une féroce fabrique de petits ultras ; Montrouge s'apparente à ce que sera, dans la littérature anticommuniste du XXe siècle, le Guépéou, ou le KGB : une effrayante caverne où se cuisine la subversion. Saint-Acheul modèle la classe oppressive. Montrouge forge les maîtres de ces maîtres…

Le mythe de Montrouge, Walhalla jésuite, avait franchi les frontières. Bellemare conte l'histoire d'un prince russe, lecteur du *Constitutionnel*, qui, à peine débarqué à Paris, demande à visiter cette métropole fameuse : il cherche un Potsdam noir, un Versailles fortifié. Passé la barrière d'Enfer (eh ! oui), il ne trouve que quelques villages, et dans l'un d'eux une grande bâtisse, un jardin potager, quelques vaches et, défilant benoîtement, une soixantaine de jeunes clercs. Si c'est là le quartier général d'une révolution noire, se dit-il, les libertés ne sont pas en si grand péril. Et de conclure : « Coquins de journaux ! »

La sombre légende fut notamment forgée par un certain abbé Marcet de la Roche-Arnaud, ancien novice lui-même. Ses *Mémoires d'un jeune jésuite, ou la Conjuration de Montrouge* présentent le noviciat banlieusard comme la forteresse du « Vieux de la Montagne », pliant ses « hashishins » à ses volontés les plus féroces :

> « Dociles à la voix de leur supérieur, on a vu des novices se mutiler, se sacrifier horriblement. Là vit un homme, sans armes, sans puissance, sans gloire [dont] la volonté, un seul regard même, peuvent mouvoir mille bras armés de poignards pour assassiner les princes et détruire les empires. Depuis dix ans, les provinces se remplissent de ses esclaves redoutables et tous les jours de plus terribles encore sortent de ses mains… »

Ce « Vieux de la Montagne », maître d'une secte d'assassins, ce « tyran de Montrouge », c'est le R. P. Jean-Baptiste Gury, ancien membre de la Société des pères du Sacré-Cœur, celle de Clorivière. Une fois de plus, les outrances de la caricature risquent de faire oublier celles du personnage. Son adjoint le père Guidée, qui s'acquit lui-même auprès des étudiants la réputation d'un implacable gardien de l'ordre, le décrit ainsi : « L'abord du père Gury, il faut en convenir, n'était pas attrayant. D'un tempérament vif et sanguin, il avait parfois quelque chose de brusque. » Sous cette « rude écorce », assure le père Guidée, on découvrait « une vraie charité ». Mais tout ce qu'on sait par ailleurs de J.-B. Gury invite à penser qu'il fallait gratter beaucoup pour aller au-delà de l'écorce.

Sur les idées que professait le « vieux de Montrouge », selon l'abbé Marcet, nous en savons moins que sur celles de Nicolas Loriquet. Il n'a laissé que les *Annales* de sa maison, rédigées après qu'il l'eut quittée. Mais un arbre se juge à ses fruits, et ceux-là n'étaient pas marqués du signe de la tolérance. Montrouge ne fut pas plus un gymnase de tueurs à gages que Saint-Acheul un bagne d'enfants : mais ce qu'on y enseignait, hormis la gloire de Dieu, n'allait pas dans le sens de l'entente parmi les hommes.

Le mandat confié en 1814 au R. P. de Clorivière par le « général » Bzrozowski, de reconstituer en France la Compagnie à partir des vestiges des associations « du Sacré-Cœur » et des « Pères de la Foi » avec la discrétion et la prudence imposées à cette Société qui ne pouvait se prévaloir, en fait de titre, que de n'être pas formellement interdite, et de bénéficier de l'apparente bienveillance royale, fut bref. Est-ce simplement en raison de l'âge de l'ancien prisonnier du Temple ? Ou parce que l'on s'aperçut à Rome que le temps des chouans héroïques était passé – ou celui des vrais ultras pas encore venu ?

Le fait est que, trois ans après sa désignation, le premier « résistant » de la Compagnie en France fut invité à s'effacer devant le R. P. Simpson. Ce nouveau patron des jésuites français s'appelait Sionnet ; mais, ayant émigré puis vécu en Angleterre pendant vingt-trois ans, en tant que professeur de mathématiques au collège de Stonyhurst, il avait choisi d'angliciser son nom – comme Li Mateou en Chine… Tout ce qu'on sait de ce religieux le situe dans l'aile modérée de son ordre, tant il mit l'accent sur l'esprit « paternel » que devait revêtir l'enseignement, et la nécessité de le moderniser.

Le R. P. Simpson vivant dix ans de plus, la Compagnie aurait-elle infléchi vers la compréhension et l'ouverture la « ligne » ardemment combative tracée par Clorivière, Ronsin et Gury ? On ne peut attribuer à sa mort seule le nouveau raidissement observé à partir de 1820 : c'est toute la société politique française, fouettée par l'assassinat du duc de Berry*, qui glisse vers la réaction.

De la Charte du cabinet Decazes au retour au pouvoir du duc de Richelieu, puis surtout à l'entrée en fonction de Villèle, les ultras ne cessent de resserrer leur emprise, à laquelle ripostent les libéraux par les voies qui leur restent ouvertes – journaux, libelles et chansons. Et comme il leur est impossible de s'en prendre à la monarchie, c'est sur la cible jésuite que s'acharne leur offensive.

Alors se multiplient les éditions des philosophes du siècle précédent (sept éditions des œuvres complètes de Voltaire en douze ans). Alors Béranger choisit, pour thème favori de ses couplets satiriques, les « dindons » jésuites :

Mont-Rouge où l'esprit saint domine
m'envoie ici pour vous prêcher
Glous ! Glous ! Glous ! Glous !
reconnaissez la voix d'Ignace
pleurez et convertissez-vous…
Glous ! Glous ! Glous !
De truffes parfumez Ignace
Riez et divertissez-vous.

* Second fils du comte d'Artois, le futur Charles X, il fut assassiné en 1820.

Alors est réédité un grossier factum rédigé au XVIIe siècle par un ancien jésuite, le polonais Zahorowski, intitulé *Monita Secreta* [Instructions secrètes] ; il est censé reproduire les mots d'ordre donnés par les supérieurs de la Compagnie en vue de la captation des âmes (et des héritages) : texte pitoyable, dont se sont gaussés les historiens de toutes tendances, à commencer par les protestants, mais qui fut réédité une dizaine de fois entre 1825 et 1828* ; alors sont publiés *Le Huron de Montrouge. Halte-là !* ou la *Terreur à Montrouge ; La Ronsiade* (poème sur le père Ronsin, directeur de la Congrégation) ; *Les Jésuites peints par eux-mêmes ; Le Jésuitisme en action et mis à nu ; Les Jésuites en goguette ou une Scène à Montrouge ; Le Cri d'alarme de la France aux prises avec l'hydre Jésuitique*...

Dans toutes ces publications, écrit l'historien libéral de la Restauration Viel-Castel, « les noms de jésuites et de congréganistes étaient appliqués indistinctement à quiconque professait des sentiments religieux. Ces mots produisaient d'autant plus d'effet qu'on ne savait pas précisément ce qu'était la Congrégation et que l'existence des jésuites, non encore officielle, avait quelque chose de mystérieux qui ouvrait un vaste champ aux imaginations [16] ».

Si averti que l'on soit du caractère tactique de ces campagnes, la lecture du *Constitutionnel*, journal auquel collaborait entre beaucoup d'autres un homme du calibre de Thiers, déconcerte. L'utilisation du bouc émissaire jésuite est d'une vulgarité et d'une monotonie affligeantes. Il n'est rien qui ne soit imputé à la « secte ».

Il est vrai que ce n'était pas sans quelque raison qu'on leur cherchait noise à propos de la guerre conduite par la France en 1823 pour rétablir l'absolutisme au-delà des Pyrénées : les deux promoteurs de cette campagne, le duc de Montmorency et le vicomte de Chateaubriand, étaient l'un congréganiste et l'autre « Chevalier de la Foi ». De même à propos de la loi sur le sacrilège, pour lequel était rétablie la peine de mort. Mais s'agissant du « milliard des émigrés », ou du « droit d'aînesse » ?

Les campagnes pouvaient prendre des formes moins publiques, ou plus actives. Dans ses *Annales* de Montrouge, le R. P. Gury publie une lettre de menaces à lui adressée et datée de Limoges, en 1826 :

* Voir chapitre suivant.

> « Tremblez, satellites de Loyola ; votre dernière heure va sonner. Viles canailles, infâmes corrupteurs de la jeunesse, monstres de perfidie, tremblez. La France vous repousse comme l'écume du genre humain. Tartuffes, scélérats, le colosse de votre puissance va s'écrouler et il vous écrasera sous ses ruines. Race maudite, ennemie de la Patrie, vous périrez. Chargé de vos crimes votre nom sera en exécration à tous les peuples futurs ; quarante mille défenseurs de nos libertés ont juré votre perte... Encore quarante jours et Montrouge n'est plus... Signé : Geoffroy, ami de la Constitution ; Jouvillier, ami de la Liberté ; Trouvel, ami de l'Égalité ; Gardeau, ami de la République ; Tournilly, ennemi des traîtres [17].

Ainsi s'attisait de ses propres fantasmes une haine qui revêtit parfois les formes les plus directes. C'est à l'époque de la réédition des *Monita Secreta* que le R. P. Debrosse, ancien supérieur du petit séminaire de Bordeaux, rentrant à Montrouge, fut agressé à coups de serpe par un ouvrier du quartier, des mains duquel on ne put qu'à peine l'arracher.

On imagine que des attaques et agressions de ce genre, les chansons de Béranger ou les articles du *Constitutionnel* ne pouvaient que raidir le sectarisme des disciples de Gury et de Loriquet, et déconsidérer les accommodants. D'autant que, accédant au trône en 1825, Charles X voulut, à la différence de son frère, se faire sacrer à Reims par un archevêque, le cardinal de la Fare, qui crut bon de ponctuer la cérémonie par une diatribe contre la Charte, excitant l'ambition et l'arrogance des ultras de tout plumage. Charles-le-pieux sur le trône, Villèle au ministère, Mgr de Quelen à l'archevêché de Paris, Mgr de Frayssinous aux Cultes : le jésuitisme de combat semblait inexpugnable.

Alors vint Montlosier.

Après tant de harcèlements et banderilles contre les jésuites, qui donc allait, rassemblant tous les griefs contre la Compagnie, porter l'estocade ? Un libéral comme Thiers, un républicain comme Carrel, un *carbonaro*, un « socialiste » comme Proudhon, un philosophe, un anarchiste ? Pas du tout. Ce fut un aristocrate, ancien émigré, ardemment monarchiste et se piquant de dévotion.

> « Curieux type, écrit Thureau-Dangin, que ce vieillard septuagénaire, ce gentilhomme catholique et royaliste, qu'on vit tout à coup [...] se faire le dénonciateur le plus âpre et le plus implacable des jésuites et du parti prêtre. Nature originale et bizarre entre toutes, ayant dans les manières et dans l'esprit la sauvagerie forte, rude, abrupte du coin de l'Auvergne où il était né, et où il aimait s'enfermer, batailleur l'épée ou la plume à la main, ergoteur, brise-raison, soutenant les thèses qu'il s'était formées dans la solitude avec l'énergie obstinée du montagnard qui défend son sol ; non sans générosité, mais souvent possédé par l'orgueil ou la haine. »

Comme, au XVIIIe siècle, le parti philosophique en guerre contre les jésuites se range aux côtés des jansénistes, semblant se tromper et de cible et d'alliance, ses positions étant plus proches de celles des pères que de celles de Quesnel, ainsi, en ces années du règne de Charles X, l'assaut de Montlosier, applaudi par les libéraux, déconcerte : sa vision du monde, du pouvoir, de la société, diffère évidemment moins de celle du R. P. de Clorivière que de celle d'Adolphe Thiers.

Ce genre d'homme, nous l'avons vu ferrailler au XVIe siècle du côté de la Ligue, au XVIIe siècle du côté de Port-Royal, au XVIIIe du côté des gallicans – dont il est l'héritier. Mais Montlosier le fait avec une âpreté, une démesure, une virulence activées par les violences de la Révolution, les rancœurs de l'exil et les déboires de sa propre vie. Un échec est toujours à la source de ces furies.

Avec de la naissance, du courage et du talent, François de Reynaud, comte de Montlosier, député de la noblesse aux états généraux, défenseur obstiné des privilèges de l'aristocratie et du clergé lors de la nuit du 4 août, émigré à Coblenz en 1791 puis réfugié à Londres, tenté par l'Empire, pensionné par Fouché mais accouru aux Tuileries en 1814 dans l'attente de hautes fonctions, avait échoué au port, à l'heure des grands emplois, du fait d'un irréparable impair : il s'était rallié à Napoléon lors des Cent-Jours. D'où l'ostracisme dont l'avaient frappé ses maîtres naturels, Provence et Artois. D'où l'isolement où il se calfeutrait dans son Auvergne, revêche et furibard, publiant d'année en année et de tome en tome une histoire de la monarchie française, en quête, non d'éditeur, mais de lecteurs.

Ce n'est pas le jansénisme qui avait allumé dans l'âme du compatriote de Pascal la haine des jésuites, mais le gallicanisme.

Sans parler d'un aristocratisme jaloux, à la Saint-Simon, qui le dressait contre ces pères sortis d'on ne sait où, ces gueux de Ronsin, de Gury, de Loriquet, manipulés par Rome, et manipulant eux-mêmes le ministère, l'archevêque, la cour et même la Chambre des pairs. Quelle misère !

En 1826, parut l'ouvrage qui allait lui assurer une position bien en vue dans la galerie des plus illustres jésuitophages, après Pasquier, Pascal, d'Alembert et Béranger, et avant Michelet. Le titre en est bizarre : *Mémoire à consulter sur un système politique et religieux tendant à renverser la religion, la société et le trône*.

L'exorde, lui, ne saurait surprendre, dans sa tonitruance :

> « Un vaste système, tranchons le mot, une vaste conspiration contre la Religion, contre le Roi, contre la Société s'est élevée. Je l'ai aperçue à son origine, je l'ai suivie dans ses progrès, je la vois au moment de nous couvrir de ruines. Cette situation m'étant connue, selon ma conscience, je dois la combattre, selon nos lois je dois la révéler. »

Montlosier ne s'en proclame pas moins catholique et royaliste : son « opposition » ne vise qu'« à sauver la religion ».

La conspiration que le noble comte se juge contraint de dévoiler à ses contemporains est le fait de l'alliance de quatre forces : les jésuites, la Congrégation, l'ultramontanisme et l'esprit d'envahissement des prêtres. C'est la combinaison de ces quatre « calamités » qui, selon lui, menace la Société, le Trône et la Religion. Ayant procédé, dans la première partie de son livre, à ces révélations, Montlosier consacre la seconde partie à un plan de « répression » de ces « quatre délits »*.

La grande faiblesse de l'ouvrage de Montlosier ne réside pas dans la fantaisie ou l'outrance de ses imputations (« La France entière est imbue de l'opinion qu'elle est gouvernée aujourd'hui, non par son Roi et ses hommes d'État, mais, comme l'Angleterre des Stuarts, par des jésuites et par des congrégations »), mais dans la fragilité de son information. Quand il pointe le doigt sur la Congrégation, animée « par les jésuites dont le centre est à Rome », et plus précisément « à l'école de

* Dont Lamennais se fait alors le très éloquent prophète.

la Sapience » – école de théologie spécifiquement dominicaine… Ou encore quand il dénonce le « chef occulte » de la Congrégation qui est, selon lui, l'abbé Loewenbrück, « jésuite secret » : il est de fait pourtant que cet ecclésiastique n'avait guère à voir avec la Congrégation, et rien avec la Compagnie. Quant à faire de Saint-Sulpice une « création des jésuites »…

Le réquisitoire de Montlosier ne vaut pas celui de Pascal, ni même ceux de Pasquier ou de D'Alembert. De l'histoire de la Compagnie, il ne retient que la passion régicide : selon lui, l'enseignement des pères se réduisait depuis trois siècles à l'art d'assassiner les rois… Et, craignant de paraître un peu dépassé, il insiste :

> « … On dira peut-être que ceux d'aujourd'hui ne ressemblent pas à ceux d'autrefois ; ils sont inoffensifs. Oui, mais c'est qu'ils débutent. Les louveteaux tout jeunes vous caressent, vous lèchent. Laissez-les grandir, rois de l'Europe : l'institution des jésuites vous lèche aujourd'hui, vous caresse ; elle est dans l'innocence de l'âge. Laissez-la arriver à la puberté… »

On voit le niveau de la polémique. Qu'il s'agisse à l'évidence de calembredaines n'empêche pas le *Journal des Débats* de saluer en M. de Montlosier « le flambeau de la France » et de louer son « dévouement chevaleresque au bien public », tandis que *Le Constitutionnel*, le comparant à Pascal, faisait de lui un « athlète de la vérité » dont l'Auvergne pouvait, comme de l'auteur des *Provinciales*, s'enorgueillir…

Ainsi acclamé, le noble comte jugea bon de donner des suites à son *Mémoire*, sous forme notamment d'une *Pétition à la Chambre des pairs, précédée de quelques observations sur les calamités objets de la Pétition, pour faire suite au Mémoire à consulter*. Ce nouveau réquisitoire renouvelait légèrement les cibles : Montlosier soutenait cette fois qu'il y avait en France trois partis : le monarchique, le libéral et le « parti prêtre ». Il retouchait la définition de cette cible en ajoutant, aux jésuites et à la Congrégation, les « missions », ainsi décrites :

> « Des escouades de missionnaires, escortées par des escouades de gendarmes, narguant les dégoûts d'une population entière, [provoquent] les exclamations d'une multitude de satellites, espèrent avec les terreurs de l'enfer acquérir la domination qu'a produite précédemment un autre régime de la terreur. »

Quant à la *Pétition* proprement dite, elle se résumait à un vœu, concernant les jésuites : « Que Vos Seigneuries, prenant en considération le danger imminent résultant de ces établissements, l'urgence de les dissoudre, avisent immédiatement aux mesures les plus promptes pour opérer cette dissolution… »

La question était ainsi posée devant la Chambre Haute. Elle provoqua l'ouverture de débats passionnés devant les deux Assemblées, au cours desquels Mgr de Frayssinous, croyant assurer la protection des jésuites en révélant la faiblesse de leur implantation, convint qu'ils dispensaient leur enseignement dans sept établissements. Et comme l'opposition se saisissait de cet aveu, l'évêque-ministre réclama, pour les pères, la « tolérance ». Au nom des libéraux, Casimir-Perier déclara indigne de la France que l'ordre public y fût soumis à un régime tolérant les violations de la loi…

Peut-être l'accusateur fût-il néanmoins sorti déconfit du débat, et les accusés nantis à bref délai d'un statut les associant librement à l'Université, si la chute du cabinet Villèle à la fin de 1827 n'avait préparé l'éviction du plus ferme avocat des jésuites, Mgr de Frayssinous, et la mise en place d'un cabinet d'inspiration libérale, celui de Martignac, dont le garde des Sceaux était Portalis*, qui obtiendrait du roi, du pieux roi, du très dévot Charles X, sinon la condamnation des jésuites, en tout cas leur éviction de toute forme d'enseignement. Un abandon tout à fait conforme à la tradition des Bourbons.

Il faut lire, dans la version du très monarchiste R. P. Burnichon, qui cache à grand-peine son indignation, mais n'ose jamais démasquer l'hypocrisie de Charles X, le récit de cette capitulation royale, où la veulerie se dissimule sous le masque du respect du bien public : bien mieux qu'au Louis XV de 1762 qui fait figure de héros en comparaison de son petit-fils, on pense au pape Ganganelli de 1773. Même pusillanimité, mêmes astuces geignardes. A citer dans une anthologie de la lâcheté couronnée.

L'ordonnance de Portalis en vue de l'éviction des jésuites avait été soumise au roi qui s'apprêtait à la contresigner, quand Mgr Feutrier, successeur de Frayssinous au ministère des Cultes, le mit en garde contre ce qu'il jugeait une indignité. Le roi, rapporte Burnichon, lui prit les mains, les larmes aux yeux :

* Fils du ministre de Napoléon.

« Évêque de Beauvais, vous voulez donc m'abandonner ? »

Feutrier faisant observer au souverain que, comme son prédécesseur, il ne jugeait pas conforme à son honneur de signer ce texte : « Voyez, l'évêque, dans quelle situation diabolique je me trouve. Le ministre ne veut pas contresigner et les autres ministres m'ont alors offert leur portefeuille… »

Mgr Frayssinous insiste à son tour sur l'indignité de la mesure, du point de vue catholique.

> « Cela est vrai, convient le roi, mais vous m'avez dit que, si je la trouvais nécessaire, on n'avait pas le droit de me condamner.
> – Oui, Sire, mais c'est là une chose dont je ne suis pas juge.
> – Eh bien, reprit le roi, j'ai examiné, j'ai bien réfléchi, j'ai prié Dieu de mon mieux de m'éclairer, et je suis resté convaincu que, si je ne prenais pas cette mesure, je pouvais compromettre le sort du clergé et peut-être celui de l'État. »

Ainsi furent sacrifiés les jésuites par un roi qui se flattait de restaurer l'esprit de la chevalerie. Le 16 juin 1828 étaient publiées les ordonnances qui chassaient les bons pères de l'enseignement :

> « *Art. Ier* – A dater du 1er octobre prochain les établissements connus sous le nom d'écoles secondaires ecclésiastiques dirigés par des personnes appartenant à une Congrégation non autorisée et actuellement existant à Aix, Billom, Bordeaux, Dole, Forcalquier, Montmorillon, Saint-Anne d'Auray et Saint-Acheul*, seront soumis au régime de l'Université**. »

Pour sauver le ministère, et sa tranquillité, ce pieux souverain, qui quelques mois plus tôt n'a pas craint de contresigner une loi vouant à la mort (précédée de divers supplices) tout homme convaincu de blasphème, juge tout naturel de jeter les jésuites en pâture à l'opposition.

Conclusion du R. P. Burnichon : « Effrayé, soumis à une véritable torture morale, Charles X avait cédé, par une de ces faiblesses qui appellent la pitié plus que le blâme, mais qui n'ont jamais sauvé ni les États, ni les dynasties [18]. »

* On ne pouvait plus hypocritement désigner les jésuites.

** C'est-à-dire à l'application d'une loi qui, ne les reconnaissant pas, désormais les excluait.

Le fait est qu'à la rentrée de 1828, aucun jésuite n'enseignait plus dans le royaume.

Rome ne pouvait manquer de réagir. Le gouvernement de Charles X s'efforça d'obtenir le silence du pape sur les ordonnances en faisant valoir que « l'immense majorité de la nation » (ce mot, sous la plume de ces ministres…) exigeait une telle mesure. La plupart des historiens s'accordent à penser qu'hormis les abonnés du *Constitutionnel*, du *Journal des Débats*, les lecteurs de Montlosier et les congréganistes, les Français étaient fort ignorants de l'activité des pères. Les chansons de Béranger, extrêmement populaires, les vouaient au ridicule plutôt qu'à l'exécration des masses que cherchera à provoquer Michelet. Si les « révélations » de Mgr Frayssinous à propos des sept collèges jésuites avaient fait sensation, c'est que, jusque dans les milieux parlementaires, on était peu au fait de la « conspiration ».

A l'appui de ce point de vue, on pourrait rappeler le mot de Benjamin Constant : « Quand l'opposition n'a rien à dire, elle parle des jésuites. » Les apologistes de la Compagnie ne se font pas faute, quant à eux, de citer un article d'Armand Carrel, jésuitophobe militant, publié quatre ans plus tard (et deux ans après la révolution de 1830), qui en dit en effet assez long :

> « La Restauration est tombée et avec elle les jésuites. On le croit du moins. Cependant toute la France a vu la famille des Bourbons faire route de Paris à Cherbourg et s'embarquer tristement pour l'Angleterre. Quant aux jésuites, on ne dit pas par quelle porte ils ont fait retraite ; personne n'a plus songé à eux le lendemain de la Révolution de Juillet, ni pour les attaquer ni pour les défendre. Y a-t-il encore, n'y a-t-il pas encore des Petits Séminaires, des Congrégations non autorisées par la loi ? Il n'est pas aujourd'hui de si petit esprit qui ne se croie avec raison au-dessus d'une pareille inquiétude ; et de très grands esprits s'étaient consacrés sous la restauration à inspirer à la France la haine et la peur de cette Congrégation jésuitique, qui n'existait peut-être point ou ne valait pas la peine qu'on s'enquît de son existence. On savait bien que la Société de Jésus proprement dite n'offrait pas de bien grands dangers. On n'en voulait qu'à l'esprit jésuite, l'esprit dévot, l'esprit *tartuffe* ; c'était l'esprit de la dynastie régnante. On s'entendait à merveille sur la valeur du mot *Jésuitisme* : il était synonyme de dévouement à la légitimité. On disait dans ce temps-là jésuite pour royaliste [19]. »

Cette confusion entre les mots de jésuite et de royaliste, entre les activités des pères et l'esprit ultra, qui avait plus fait que le R. P. de Clorivière, ses compagnons, et la majorité de ses successeurs, pour l'entretenir ? Les restaurateurs de la Compagnie en France – et ailleurs – n'avaient eu de cesse qu'ils ne fussent inféodés à ces Bourbons qui les avaient chassés un demi-siècle plus tôt, et qui allaient encore les trahir.

A propos de toute autre société, on invoque volontiers la naïveté des ecclésiastiques, la candeur des hommes de bien. Les disciples d'Ignace de Loyola, formés comme ils le sont, voués à la pratique du « discernement », jetés dans l'arène du monde après quinze années de préparation à tous les combats de la vie, sauraient-ils invoquer de telles excuses ?

Charles X, que l'histoire de sa famille, au cours du siècle précédent, eût dû instruire de la nocivité des capitulations en chaîne (et qui n'avait à faire face, en 1828, ni à Mirabeau, ni à Robespierre), ne sut pas tirer les leçons de l'histoire. Pas davantage les pères appelés à faire renaître l'ordre inventé en 1534 à Montmartre et proscrit par Louis XV, et puis par Louis XVI. Au point que leur restauration semble une caricature de celle qui, sous le signe de la fleur de lys, tenta simultanément de s'affirmer aux Tuileries.

Si l'antijésuitisme de ce temps-là prit une forme fantasmatique, on dirait même hystérique, c'est en partie du fait du comportement des pères et de la tonalité de leur intervention dans la vie publique et intellectuelle du pays. Mais, de Montlosier à Béranger, c'est une vieille tradition qui se ranimait…

CHAPITRE III

« Hommes noirs, d'où sortez-vous ? »

• Un ordre hermaphrodite ? • Les « honneurs » et le pouvoir • Oblique, chafouin et prude… • Pasquier-le-fondateur • Jésuitophobie et antisémitisme • Émergence du dindon • La verve de Béranger • Michelet hors de lui, Quinet dans l'à-peu-près • La « splendide jouissance » de l'abbé Rodin • Hugo à Bicêtre ? • Les dits du Grand Inquisiteur • Complices de De Gaulle et de Hitler… •

L'aversion qu'inspire la Compagnie de Jésus à de si nombreuses personnes – et des plus pieuses, des plus dévotes –, il est difficile de la fonder sur la « raison », tant elle se nourrit de fantasmes plus ou moins ancrés dans le réel.

Comme il n'est pas de haine pourtant, ou de peur, ou de dégoût, qui ne tienne à quelque cause*, il faut bien chercher les origines de ce mythe qui hante si fort les sociétés de culture chrétienne, en France et hors de France, en distinguant d'entrée de jeu l'« antijésuitisme » de l'anticléricalisme. Nul vocable d'allure idéologique, d'ailleurs, ne convient ici : les mots en « isme » ne sont pas pertinents. Nous sommes dans le domaine du mythe social. C'est de phobie qu'il faut parler. Le jésuite est moins jugé que « senti », ou ressenti. Son cas, dans la société chrétienne, est spécifique. Il relève moins des querelles apologétiques ou même politiques que de l'imaginaire social.

* Bien qu'on assure que l'une des expressions favorites d'Alfred Dreyfus était : « Il n'y a pas de fumée sans feu. »

Arrêtons-nous d'abord aux formes extérieures, au vocabulaire et aux apparences.

Qui n'est frappé par ce que la désinence du mot qui le désigne a de plat, de déprimé, d'acide ou d'astringent – jésuite comme fuite, termite, Amalécite –, le *desinit in piscem*, l'effilochement flasque du beau nom de Jésus ? Mais il ne s'agit pas seulement d'une sonorité et de ses implications, comme il en va pour d'autres désinences péjoratives comme le « âtre » français ou le « accio » italien.

C'est toute l'histoire de ce vocable qui est marquée d'un signe négatif, et bien avant qu'il désigne l'ordre ignacien. Alain Guillermou a relevé [1] maints exemples de l'acception fâcheuse prise au Moyen Age par le mot *jesuita* qui, en italien et espagnol aussi bien qu'en latin, suggérait par antiphrase la fausse dévotion, ou le pharisaïsme (celui qui fait le jésus...). Loyola n'usa jamais de ce mot pour désigner les siens (il parlait des *compañeros*, de *nosotros*, de *los de la compañía*).

Ce sont d'abord les adversaires de la Société, notamment les luthériens d'Allemagne, qui employèrent le mot, et dans un sens polémique, notamment contre Canisius, qualifié par les siens de « marteau des hérétiques » et par ceux-ci de « chien de moine* » jusqu'au jour où, au second concile de Trente, Diego Laynez, le successeur de Loyola, fut présenté comme *generalis jesuitarum*. La dérision explicite a fait place à la défiance implicite, mais la tonalité reste négative.

Il va de soi que, si le jésuite et son ordre n'ont cessé d'exciter plus d'animosité, de soupçon et d'esprit de résistance qu'aucun autre institut religieux – et l'on a évoqué pourtant les sarcasmes et le mépris que suscitaient à la fin du Moyen Age et le froc et la bure –, c'est pour des motifs plus graves qu'une mésaventure sémantique ou une désinence désobligeante.

Si le jésuite inquiète, c'est par ce qu'un polémiste fameux dénonça jadis comme le caractère « hermaphrodite » de ce « monstre qui, pour n'estre ny Séculier ny Regùlier, estait tous les deux ensemble, et partant introduisait dedans nostre Église, un Ordre Hermaphrodite ». Pasquier visait par là l'ambiguïté de nature d'un ordre aux structures régulières mais dont les membres se manifestaient intensément dans le siècle. Comme

* Canisius est la latinisation de son nom original, Hondt (« chien » en néerlandais).

une porte, il faut qu'une société soit ouverte ou fermée... Qu'est-ce que cette combinaison entre une discipline rigoureuse et une vie foraine ? Règle dans les murs, vie hors les murs ? Introversion essentielle, extraversion existentielle : ce double jeu, cette double nature inquiète, ou indispose.

D'autant qu'il ne s'agit pas seulement de dualité disciplinaire dans les moyens, mais de duplicité dans les fins poursuivies : sur la terre comme au ciel. Consacrés mais agiles, embrigadés mais francs-tireurs, le regard levé mais la main au volant, tout à Dieu mais tout à tous, où s'arrêtent-ils ? Jusqu'où vont leurs desseins ? Vers où se tourne leur action ?

Le bon sens populaire, la tradition gallicane, la raison cartésienne aiment les catégories claires, les classifications nettes. Le rouge ou le noir ? Le profane ou le sacré ? Le trône ou l'autel ? Le jésuite se situe dans l'entre-deux, ou dans les deux, trop noir pour la vie du siècle, trop voyant pour la dévotion. Inclassables, insaisissables, donc haïssables.

L'imagination populaire ne voit pas seulement le jésuite « hermaphrodite » : elle le croit, elle le sent souterrain. Au temps de Charles X, chacun sait, ou fait savoir, que le séminaire de Montrouge est relié au Louvre par un souterrain. On peut cette fois s'étonner, s'agissant d'un ordre fort remuant, sinon fracassant, et qui ne craignit jamais de célébrer, d'afficher ses victoires. A-t-on idée d'une société secrète qui, après un siècle d'activités, publie cette *Imago* si tonitruante que Pascal n'en fut pas seul scandalisé ?

Cette légende de la démarche souterraine est-elle due au fait que la Compagnie, à la différence de ses prédécesseurs dominicains ou franciscains, a prétendu d'abord rejeter honneurs et fonctions hiérarchiques – bien qu'elle eût bientôt ses cardinaux, sinon son pape* – et n'a jamais revêtu que la banale soutane du prêtre séculier, à l'exclusion de tout froc ou robe distinctive ?

On pourrait certes se contenter de suggérer que le jésuite n'est pas haï parce que souterrain, mais imaginé et déclaré souterrain parce qu'il est haï ; mais il est bon de chercher plus loin, tant en ce qui concerne l'ambiguïté que la nature souterraine de la démarche jésuite telle que la voit la conscience populaire : ce qu'a fait entre autres le R. P. Dominique Bertrand, dans sa magistrale *Politique de saint Ignace*[2].

* Toujours pas, en 1992 !

Considérant la contradiction, généralement rapportée à l'hypocrisie, entre le refus des « honneurs mondains » (fussent-ils d'Église) affiché par les membres de la Compagnie et la « mondanité » éclatante d'un ordre qui ne lésine pas sur les « moyens » et les alliances pour parvenir à ses fins dont les temporelles ne se peuvent toujours distinguer des spirituelles, cet anthropologue jésuite écrit :

> « Ce qui a désarçonné face à l'entreprise ignacienne est aussi ce qui a passionné : la conjonction d'une critique radicale de l'honneur (même la vie religieuse, même l'Église et sa hiérarchie est un moyen, c'est-à-dire grâce pour atteindre la fin) et d'un extrême réalisme dans la conception de la réussite. Si l'on n'entre pas en ce jeu, qui n'est pas sans subtilité, comment ne pas crier à la duplicité ? »

Selon le R. P. Bertrand, Ignace de Loyola s'est fait « le contestataire de tout honneur mondain » pour que s'affirme mieux « la gloire plus grande de Dieu qu'est la promotion réelle de toutes sortes d'hommes ». D'où la « sourde ou éclatante résistance » provoquée par cette « lucidité », le « tressaillement » d'une société humaine qui se sent ainsi atteinte « de plein fouet ». C'est là, conclut Dominique Bertrand, que se situe le « malentendu » entre le monde et la Compagnie.

Ne contestons pas le mot. Mais relevons que ce « malentendu » fut sans cesse nourri par un « jeu » dont la « subtilité » avait plus que les apparences de la « duplicité » dans ses alternances d'humilité et de triomphalisme, de tintamarre et de clair-obscur, d'abnégation et d'accaparement…

« Désarçonnés » autant que « passionnés », les notables et l'opinion, des sorbonnards aux poissardes et aux marchands, imputent à ces hommes mystérieux qui prétendent longtemps refuser crosses et mitres, évêchés et chapeaux rouges, se préférant confesseurs, précepteurs et enseignants, des desseins tortueux et d'infinis complots. Qui marcherait ainsi dans la pénombre sans prétendre à d'autres pouvoirs que les promotions ordinaires ? Trop loin des honneurs pour n'être pas fourbes. Trop proches des rois pour ne pas prétendre les régenter ou – si, pour le salut de l'ordre, ou du pape, ou de la foi, le besoin s'en fait sentir – les supprimer…

On a trop longuement évoqué déjà la composante gallicane

de la jésuitophobie française pour s'y attarder ici. Rappelons simplement que la société française de l'âge classique, fût-elle encore à coloration, à dominante catholique, récuse dans ses profondeurs le papisme, l'ultramontanisme. L'Église de France, incarnée par Bossuet, ne vise à rien de moins qu'à balancer l'autorité romaine, quand les jésuites situent à Rome l'origine et les fondements de leur stratégie. On a bien vu le R. P. de La Chaize, jésuite confesseur de Louis XIV, glisser un temps sur la pente gallicane et « accompagner le coup » jusqu'à ce que son « général », de Rome, le rappelle à la discipline : dans l'esprit public, il ne peut s'agir là que d'un double jeu. Encore et toujours.

Autre forme de « gallicanisme », politique celui-ci : les préventions que l'origine espagnole* de la majorité des fondateurs et des trois premiers « généraux » de la Compagnie aura suscitées contre elle, en un temps où, de Madrid plus encore que de Gand ou de Vienne, les Habsbourg pressent de toutes parts une monarchie naissant au « patriotisme » en même temps qu'à l'absolutisme. Si peu « espagnole » qu'ait été la stratégie d'Ignace et de ses premiers compagnons et si méfiants leurs rapports avec l'empereur Charles, les jésuites pouvaient être vus, bien avant le grand réquisitoire de Michelet, sinon comme des gallophobes, en tout cas comme des agents objectifs de l'étranger (et du plus menaçant). Alors que, trois siècles plus tôt, personne n'aurait pensé à faire grief à saint Bruno d'être né à Cologne, à saint François de venir de l'Ombrie, ou même à saint Dominique d'être castillan.

Ces « hommes noirs », comment sont-ils *vus* ? Risquons une typologie, nourrie de ces fantasmes séculaires. Le jésuite est maigre, glabre et de poil ras, tonsuré jusqu'à l'os. Pas de bedaine capucine, pas d'obésité rustique. La paupière baissée, la voie flûtée, le geste étroit ; la soutane propre et de bonne coupe, la barrette luisante de coups de brosse, il sait se tenir à table, filer l'anecdote, citer Tacite, La Bruyère, voire Voltaire... Pas de goinfrerie ni de galimatias, bons pour le bas clergé ou les prélats pansus.

Oblique dans sa démarche, modeste dans le maintien, mais

* Cf. tome I, chapitre XI.

infatué dans la mine, implacable et chafouin, il va son train, de confessionnal en boudoir, côté cour et côté jardin – un stylet glissé entre le missel et l'*Imitation*, entre soutane et silice de velours, *ad majorem Dei gloriam*, n'en doutez pas, Monsieur le Duc…

Disgrâce suprême en cet imaginaire foisonnant ? Le jésuite est peu sexué. Sauf erreur (mais l'a-t-on lu avec une attention bien scientifique ?), Sade ne fait guère appel à lui pour ses « positions », comptant plutôt en ce domaine sur les théatins ou les capucins. Il faut aller en Italie pour entendre des pénitentes se plaindre des privautés de confesseurs enflammés*, et à Munich pour se laisser dire que le saint Pierre Canisius (« chien de moine ! ») a convolé avec une abbesse de Mayence. Pas de ça chez nous ! Les « hommes noirs » peuvent bien égorger les rois, et faire le lit du pape : ils n'entrent pas dans celui de Justine.

Une tradition tenace pourtant fait de ces spécialistes de l'éducation des champions de la flagellation. A chacun ses plaisirs, et selon ses moyens… C'est encore Béranger qui leur donne à chanter impudemment :

> « C'est nous qui fessons
> Et qui refessons
> Les jolis petits, les jolis garçons ! »

Qu'on soit grand écrivain ou feuilletoniste, Stendhal ou Eugène Sue, Hugo ou Montlosier, le disciple de Loyola est aussi typé, modelé, tiré en autant de milliers d'exemplaires que le *miles gloriosus*, Arlequin, le médecin de Molière** ou le Brid'Oison du *Mariage*. On s'étonne d'en voir si peu dans *La Comédie humaine* où foisonnent les « types » pour ne pas parler des stéréotypes – gourgandines au grand cœur, boutiquiers glorieux, banquiers juifs, vierges desséchées et grognards fidèles… Entre le curé de Tours et l'abbé Herrera, on verrait si

* Bien que le père Coton se soit vu accuser d'avoir, à l'exemple de son pénitent Henri IV, la main leste, et que certains mémorialistes prêtent une vie agitée, en ce domaine, au R. P. de La Chaize.

** Ou Tartuffe ? Mais non. Molière, tout « gassendiste » qu'il fut, tenait au parti jésuite : le sens de la mesure du « raisonneur ». Rien de moins jésuite que « la haire et la discipline » qui, d'entrée de jeu, signalent et caractérisent Tartuffe.

bien naviguer un confesseur jésuite, commensal ingénieux d'Esther ou, mieux, de Madame de Mortsauf…

Si mince soit la part que notre roman ait fait au « type » jésuite*, le thème court à travers l'histoire littéraire avec une insistance obsédante. Il faut observer d'ailleurs qu'au chœur (dominant) des jésuitophobes ne cesse de répondre, comme dans une cantate, celui des jésuitophiles. Cette littérature qui va par couples et se nourrit d'antithèses ne saurait se priver, depuis bientôt cinq siècles, de ce balancement décoratif.

Aux sarcasmes de Rabelais répondront bientôt les éloges de Montaigne, aux yeux duquel les éducateurs jésuites du Collège romain surpassent tout ce qui se fait dans le monde. Descartes, ignoré des pères qui l'ont nourri de latin, leur reste fidèle, quand Pascal se fait leur plus éclatant contempteur. Si Corneille reste fort attaché à ses maîtres de Rouen, jusqu'à défendre leurs thèses dans *Œdipe*, Racine est trop conscient de la dette qu'il a contractée envers les Messieurs de Port-Royal pour ne pas exécrer leurs ennemis les pères.

Voltaire fait-il figure de pourfendeur de la Compagnie (bien que fort imbu de leur enseignement et admirateur de leurs missions du Paraguay), on trouvera Rousseau ému par les malheurs de ces pauvres gens. Stendhal les hait, en toute simplicité; Balzac leur trouve autant de vertu que de génie. Lamartine ne tarit pas d'éloges sur les « Pères de la Foi » de Mâcon; Hugo, d'abord favorable à ces champions de la légitimité, se fera bientôt le plus éloquent des procureurs du grand procès qui les conduira à l'expulsion de la fin du XIXe siècle.

Il n'est pas jusqu'au parti catholique qui, à leur propos, ne se déchire jusqu'au cri : quand Maistre et Bonald leur attribuent un rôle providentiel, on entend, contre eux, les imprécations (d'ailleurs coupées d'éloges) de Lamennais – et Montalembert fait mieux encore, qui se divise contre lui-même, les dénonçant, et puis les accueillant… Le signe de la contradiction est sur eux, dont on dirait, comme le Christ de lui-même, qu'ils ne sont pas venus porter la paix, mais la guerre. *Ite et inflammate*, lançait Loyola à ses missionnaires. Mission accomplie…

* Avant Eugène Sue : mais s'agit-il alors de littérature ? On y reviendra en tout cas.

La jésuitophobie est née avec la Compagnie. Il en existe même une forme utérine. Loyola n'est pas encore « maître Ignace » que déjà Rabelais brocarde, dans *Pantagruel*, « Fray Inigo ». Et les docteurs de Montmartre n'ont pas obtenu de Paul III l'approbation décisive que, du haut de sa chaire romaine, l'augustin Mainardi les flagelle de son éloquence. Moins sonore, mais plus efficace, le cardinal Giudiccioni met en garde le pape contre l'institut proposé par ces inquiétants aventuriers…

Comment les ordres existants n'auraient-ils pas vu venir avec méfiance ces réformateurs ennemis de tous les rituels, promoteurs d'une religion étrangement personnelle ? Le grand dominicain Melchior Cano, dès avant le concile de Trente, et lors des assises fameuses, s'institue leur censeur le plus farouche, les tenant pour des « pélagiens » méprisant le rôle de la grâce. A Rome cependant, des franciscains dénoncent aussi bien leur comportement dans la confession que l'accueil qu'ils font aux dames de petite vertu, tandis qu'en Allemagne on en fait des brûleurs d'hérétiques.

C'est à Paris tout de même, dans le monde de l'Université où ils se sont rencontrés, connus, associés, que les « iniguistes » vont attirer sur eux les foudres de la polémique la plus virulente et pittoresque. Dès avant Étienne Pasquier, Paris va devenir la capitale mondiale de l'éloquence jésuitophobe, tant de la part des clercs que des non-tonsurés.

On a conté* les mésaventures des introducteurs de la Compagnie en France, les déboires de Paschase Broët, de Ponce Cogordan, d'Olivier Manare, et cité quelques-unes des diatribes lancées contre les intrus par l'évêque de Paris Eustache du Bellay ou le dominicain Jean Benoit qui dénonçait en eux des « fauteurs de désordre », des « destructeurs », des hypocrites prétendant missionner en pays chrétien alors qu'ils eussent été mieux inspirés d'aller évangéliser les infidèles.

Le véritable fondateur de la jésuitophobie, néanmoins, en tant que discipline, que genre littéraire pourrait-on dire (et produit d'exportation), c'est Étienne Pasquier.

Avocat de l'Université contre les jésuites « demandeurs en requeste » lors du grand procès de 1565, ce juriste éminent avait subi un échec : parvenant à éviter l'intégration des pères

* Tome I, chapitre VIII.

à l'Université parisienne, il n'avait pu obtenir de la cour qu'elle leur interdît d'enseigner – ce qui était son objectif. Mais sa plaidoirie (et l'invention qu'il y fit du thème du « jésuite secret » promis à une belle carrière) fut traduite en sept langues, et devint la matrice de toute campagne dirigée contre la Compagnie, la carrière où allaient puiser tous les ingénieurs ou artificiers de la jésuitophobie.

Ainsi promu docteur d'une Église, Étienne Pasquier ne pouvait en rester là. Cette gloire, et son talent – et pourquoi ne pas dire sa conviction ? –, l'incitèrent à pousser plus loin son avantage et à se faire, de plaideur, prophète. Ainsi, devenu avocat général à la chambre des Comptes, publia-t-il en 1594, entre deux recueils de poésie amoureuse, *Le Catéchisme des jésuites, ou le Mystère d'iniquité révélé par ses supports par l'examen de leur doctrine même, selon la croyance de l'Église romaine*. Réédité avec succès en 1602, l'ouvrage fut publié en 1677, sous sa forme définitive [3], par Guillaume Grenier, à Villefranche.

Le ton en est plaisant. Pasquier, qui ne craignait pas d'être féroce sur le fond, préférait l'enjouement dans la forme. Ainsi présente-t-il son affaire sous forme d'un récit qui sent déjà son conte du XVIIIe siècle : « Il y a environ deux ans que sortant de Paris, nous nous rencontrâmes par hasard sur les champs, six de compagnie nous acheminant les uns à Rome, les autres à Venise… » Voilà qui commence bien.

La suite n'est pas moins allègre – sinon véridique. Chemin faisant, les compagnons sont reçus par un gentilhomme voisin chez lequel ils rencontrent « un jésuite en habillement déguisé » (« Mon ordre me permet de me travestir pour sonder plus facilement les uns et les autres »), homme certes « fort mettable », et un « avocat très versé aux bulles, constitutions et ordonnances de cet ordre des jésuites ». Et voici le débat ingénieusement amorcé, l'auteur se cantonnant dans un rôle de scribe.

Tout « déguisé » qu'il est, et l'avouant, le jésuite présenté par Étienne Pasquier illustre bien mal la légende de cautèle ou d'hypocrisie faite à ses confrères : on ne saurait rêver plus d'outrecuidance, de bravade, de jactance. « Nous pensons notre Compagnie supérieure à toutes les autres », lance-t-il, précisant que ses membres prononcent deux sortes de vœux, et qu'à la différence des « solennels », les « simples » les autorisent à accumuler les richesses ou à prendre femme (« Ceux que le populaire appelle boute-culs ? », glisse benoîtement l'avocat), et qu'elle se refuse à séparer les affaires de l'État de celles de la religion.

Et, oubliant toute mesure, le jésuite-de-Pasquier en vient à revendiquer divers assassinats de princes « mal gisants » pour la plus grande gloire de Dieu, les meurtriers étant préalablement confessés et ainsi assurés d'être accueillis au paradis. « Mais, objecte l'avocat, Jésus se courrouça quand saint Pierre coupa l'oreille de Malchus ! » Point du tout, fait cet étrange lecteur de l'évangile : Jésus n'interdit pas à Pierre de mettre la main à l'épée, il lui ordonne, le coup donné, de rengainer... L'avocat : « Si vos supérieurs vous commandaient de tuer un souverain, vous le feriez donc. Mais le pape ? – Je demanderais un jour d'advis pour vous répondre... »

Et le jésuite déguisé de multiplier les provocations les plus ineptes, proclamant qu'un jour de dévotions dans une maison de la Compagnie vaut absolution de tous les crimes ; que le « général » de la Compagnie a tout pouvoir en tout pays pour distribuer tous diplômes de « bachellerie, maîtrise et doctorat » ou d'exercer la médecine si nos supérieurs nous en estiment capables, de censurer ou brûler quelque livre que ce soit « si nous y trouvons le moindre soupçon d'hérésie » – et le pape lui-même « si nous le trouvions détraqué de son ancien devoir ».

Étienne Pasquier ne nous dit pas en quoi ce jésuite était « déguisé ». Gageons que c'était en Truffaldin, à moins que ce ne fût en Matamore, ou peut-être en Picrochole. L'illustre avocat ne s'est-il pas avisé que tant d'imbécillité prêtée à l'adversaire affaiblissait la satire, et qu'il eût porté des coups plus cruels en respectant la vraisemblance ? Ayant ainsi fait de son contradicteur une baudruche téméraire et sanguinaire, il lui est loisible de conclure son chapitre par le souhait que les jésuites soient « exterminés de notre France sans espérance de retour ».

La suite de ce *Catéchisme* est en fait une sorte de chronique où sont évoquées les « papelardises » et « piperies » des ignaciens, à commencer par celles du fondateur qualifié à l'occasion d'« Ignare de Loy-Holà », et en insistant sur les extravagances du grand Guillaume Postel, dont on sait qu'il ne s'attarda pas au sein de la Société de Jésus*.

Le passage le plus étrange, et le moins flatteur pour l'illustre avocat, est celui où il s'efforce d'assimiler les jésuites aux

* Voir tome I, chapitre IV.

juifs, pour mieux atteindre les uns par les autres. L'auteur imagine un débat entre saint Pierre et Ignace de Loyola, entourés d'une assemblée de chrétiens. L'apôtre faisant grief au fondateur de la Compagnie d'avoir usurpé le nom de Jésus pour désigner son ordre, le « général » riposte que c'est par « humilité » qu'il a donné aux siens le prénom de Jésus, « très commun chez les juifs ». Ce qui provoque dans l'assistance un « soulèvement », et amène cette conclusion de l'auteur :

> « Il les faut exterminer de notre église, car cette proposition montre bien qu'il y a dans la jésuiterie beaucoup de juiverie : voici que tout ainsi que les anciens juifs avaient fait le procès de NSJC, ainsi ces nouveaux juifs le faisaient aux Apôtres. Lesquels avaient connu la vertu, énergie et superlative grandeur de ce Saint Nom, chose inconnue à tous les juifs*. »

Tel est le réquisitoire dressé par Étienne Pasquier[4], en qui Gustave Lanson devait voir le modèle des grands légistes français, l'un des pionniers de l'esprit parlementaire de l'Ancien Régime. On ne saurait nier le talent de cet avocat fameux. Mais son *Catéchisme*, aujourd'hui, fait peine à lire – plus encore que sa plaidoirie de 1565 –, surtout si l'on pense à l'autorité qui lui fut si longtemps reconnue. La jésuitophobie devait, un demi-siècle plus tard, donner matière au chef-d'œuvre de Pascal. Sous cette forme primitive, elle apparaît encore comme un trépignement calomnieux et stérile – à l'heure surtout où, aux côtés du roi Henri, le père Coton participe à la mise en œuvre de ce modèle de christianisme éclairé qu'est la politique de l'édit de Nantes.

Qui dira le rôle joué par le pamphlet d'Étienne Pasquier dans la formation de la rumeur qui, après avoir imputé à la Compagnie l'assassinat d'Henri III – commis par un dominicain –, allait rejeter sur elle la responsabilité des divers attentats dirigés contre Henri IV ? C'est son ami le jurisconsulte Antoine Arnauld, père du janséniste, qui dénonça le plus violemment ces « agents de l'Espagne [...] ensanglantés par la mort du Roi, projetée et résolue dans leurs collèges ».

Examinant les fondements de cette imputation qu'il juge dérisoire, Roland Mousnier en vient lui aussi à mettre en

* Pasquier n'a visiblement pas été informé de l'origine ethnique des apôtres...

lumière son caractère symbolique, les adversaires des jésuites ayant forgé « un mythe de duplicité, d'intrigues tortueuses, de fourberies, de cruautés [5] ».

On ne reviendra pas sur les *Provinciales**, merveille de la polémique biaisée, apothéose de l'imposture illuminée (sinon rachetée) par la conviction. Les « petites lettres de Louis de Montalte » passent pour le chef-d'œuvre de la littérature anti-jésuitique. On leur accorderait volontiers cette palme, en tout cas du point de vue littéraire, si M. de Saint-Évremond n'avait publié, quelques années auparavant, l'entretien *La Conversation de M. d'Hocquincourt avec le père Canaye* (1669), où Sainte-Beuve voyait « la dernière *Provinciale* ».

Pas plus que Pascal, Saint-Évremond n'a cure de la moindre équité. Non seulement le jésuite qu'il a choisi de ridiculiser porte ce nom (d'ailleurs réel, bien que, dans sa correspondance, Mazarin, qui l'employa à des fins considérables, l'appelle Cañès), mais ce religieux assis à la table du maréchal d'Hocquincourt** est encore plus bête, veule et courtisan que ceux qui disputent, dans les *Provinciales*, de « grâce suffisante » et de morale relâchée.

Que le R. P. Canaye, qui avait peut-être été le professeur de Saint-Évremond au collège de Clermont, parle de la guerre, de la sécurité, de l'équitation ou des jansénistes, on le voit immuablement léger et complaisant, complice et lâche, et tel que l'on devait décrire les pères aux veillées de l'abbaye de Port-Royal des Champs.

Sur un point au moins, l'auteur de la *Conversation* tombe même dans l'imposture préméditée : il fait prononcer au jésuite commensal du maréchal un éloge de la guerre fort invraisemblable ; René Ternois, auteur des très remarquables notes de l'édition Marcel Didier (1966), a retrouvé un prêche du R. P. Canaye qui était un violent réquisitoire contre la guerre : « ... le monde fait son idole de cette brutalité et n'honore rien tant que la force d'un bras qui ne pardonne à personne. De façon qu'on fait passer aujourd'huy pour maxime de noblesse,

* Auxquelles est consacré le chapitre XI du tome I.

** D'abord au service de Mazarin, ce militaire illustré par ses amours avec Mme de Montbazon finit dans les rangs espagnols, tué par une balle... suisse.

que qui respand le sang d'autruy, annoblit le sien… Je ne veux pas consentir qu'une ardeur insatiable de nuire aux autres, qui se prend vulgairement pour de la vaillance, se pare d'un nom d'honneur, qui ne luy est nullement dû. »

Et peut-on accorder le moindre crédit à ce propos du père Canaye, répondant à une question de l'auteur sur « la grande animosité qu'on voit entre les jansénistes et vos pères […] sur la doctrine de la grâce » :

> « Quelle folie, répond Canaye, quelle folie de croire que nous nous haïssons pour ne penser pas la même chose sur la grâce ! Ce n'est ni la grâce ni les cinq propositions qui nous ont mis mal ensemble. La jalousie de gouverner les consciences a tout fait. Les jansénistes nous ont trouvés en possession du gouvernement, et ils ont voulu nous en tirer. Pour parvenir à leurs fins, ils se sont servis de moyens tout contraires aux nostres. Nous employons la douceur et l'indulgence, ils affectent l'austérité et la rigueur. Nous consolons les âmes par des exemples de la miséricorde de Dieu, ils les effrayent par ceux de sa justice. Ils portent la crainte où nous portons l'espérance, et veulent s'assujettir ceux que nous voulons attirer.
> Ce n'est pas que les uns et les autres n'ayent dessein de sauver les hommes ; mais chacun veut se donner du crédit en les sauvant ; et à vous parler franchement, l'intérêt du directeur va presque toujours devant le salut de celuy qui est sous la direction. Je vous parle tout autrement que je ne parlois à Monsieur le Maréchal. J'estois purement jésuite avec lui, et j'ay la franchise d'un homme de guerre avec vous. »

Mais Saint-Évremond nous rirait au nez. Qui se soucie, en de tels exercices, d'honnêteté ? L'important est de porter un coup. Et *La Conversation de M. d'Hocquincourt…* est d'un maître, scintillante et capricante, une comédie-farce où s'affrontent le butor galonné et le courtisan ensoutané dans une gerbe de mots coupants et de gestes bouffes, qui font ici de Saint-Évremond un précurseur de Voltaire plutôt qu'un épigone de Pascal.

Les pères ne donnent pas toujours du génie à ceux qui les exècrent. La jésuitophobie n'est pas une recette. Elle fournit un public, non le talent pour l'enchanter, ni les arguments pour le convaincre. Pour un Pascal, un Saint-Évremond, que de libellistes hystériques, de falsificateurs de gouttière… Le modèle en est, un ton en dessous de Pasquier, un certain Jérôme Zahorowski, jésuite polonais exclu de la Compagnie et devenu curé d'une paroisse de Silésie. S'inspirant très librement des lettres adressées, sous le titre de *Monita generalia*, aux membres de la Compagnie par le « général » (alors Mutius Vitelleschi), Zahorowski rédigea les *Monita Secreta* [Instructions secrètes] où il prétendait dévoiler les méthodes par lesquelles la Société de Jésus fondait sa puissance en captant aussi bien les héritages que les confiances.

Les *Monita Secreta*, longtemps tenues, à l'égal du *Catéchisme* de Pasquier, pour le dévoilement décisif de la stratégie jésuitique, furent d'abord publiées en 1612 à Cracovie, puis à Prague et à Padoue. Une version trilingue (avec traduction en français) parut à Paris en 1661, l'éditeur assurant que ce document sensationnel avait été découvert lors du pillage de Paderborn (où les jésuites avaient ouvert un collège) par le duc de Brunswick. Bien que, dès l'origine, les *Monita Secreta* eussent été dénoncées comme un faux par les autorités ecclésiastiques, dont l'archevêque de Cracovie, une nouvelle édition française parut en 1761 : dans le contexte de la campagne parlementaire qui devait aboutir un an plus tard à l'exclusion de la Compagnie, elle obtint un énorme succès.

On est en droit de s'étonner du crédit fait si longtemps à cette contrefaçon laborieuse, lourdement caricaturale, aussi bête que le jésuite-de-Pasquier. Il est difficile de démontrer le caractère quasi satanique de cette Société en prêtant à ses maîtres la mentalité et les procédures d'un escroc de roman populaire. Pas plus que Pasquier, Zahorowski n'a pris la mesure de ceux qu'il voulait abattre : Lucifer a d'autres tours que ceux-là.

Mais, parce que l'ouvrage est légendaire, et qu'il fut une mine d'inspiration pour ce qu'on pourrait appeler la jésuitophobie ordinaire, il faut en citer quelques traits. Dès 1612, trois siècles de libelles et de ragots y sont en germe – qui fleuriront en des ouvrages plus prestigieux.

Extraits du chapitre premier :

> « … Il faudra donner aux pauvres, afin d'édifier ceux qui ne connaîtraient pas encore la Compagnie, et qu'ils soient d'autant plus libéraux envers nous […]

… Si les nôtres achètent des fonds, que ce soit sous des noms empruntés d'amis fidèles et qui gardent le secret, afin que notre pauvreté paraisse davantage […]
Qu'il n'y ait que le provincial, en chaque province, qui sache précisément quels sont les revenus ; mais que ce qu'il y a dans le trésor de Rome soit un mystère sacré. »

Du chapitre deux :

« Il faut faire tous nos efforts pour gagner partout l'oreille et les esprits des princes et des personnes les plus considérables, afin que qui que ce soit n'ose s'élever contre nous ; mais au contraire, que tous soient obligés d'en dépendre.
… L'expérience nous apprend que les princes et les grands seigneurs sont principalement affectionnés aux personnes ecclésiastiques lorsqu'elles dissimulent leurs actions odieuses et qu'elles les interprètent favorablement, comme on le remarque dans les mariages qu'ils contractent avec leurs parentes ou alliées, ou en de semblables choses. Il faut encourager ceux qui les font, en leur faisant espérer d'obtenir facilement, par le moyen des nôtres, des dispenses du pape […] sous prétexte du bien commun et de la plus grande gloire de Dieu, ce qui est le but de la société.
Il faut gagner, surtout, les favoris des princes et leurs domestiques, par de petits présents et par divers offices de piété, afin qu'ils instruisent fidèlement les nôtres de l'humeur et de l'inclination des princes et des grands.
On gagnera facilement les princesses par leurs femmes de chambre, et pour cela il faut entretenir leur amitié, car, par là, on aura entrée partout, et même dans les choses les plus secrètes des familles. »

Le chapitre cinq est intitulé : *« Comment il faut se conduire à l'égard des religieux qui font dans l'église les mêmes fonctions que nous. »*

« Il faut supporter avec courage cette espèce de gens, et faire entendre à propos aux princes, et à ceux qui ont quelque autorité et qui sont en quelque sorte attachés à nous, que notre société renferme la perfection de tous les ordres.
… Que l'on cherche et que l'on remarque les défauts des autres religieux, et les découvrir et publier avec prudence, et comme en les déplorant, à nos fidèles amis… »

Est-on las de ces bouffonneries ? Il faut aller un peu plus avant, au cœur du sujet, qui est l'art de capter les héritages.

Le chapitre six, en effet, est intitulé : « *De la manière de gagner les veuves riches.* »

> « Que l'on choisisse pour cela des pères avancés en âge, qui soient d'une complexion vive et d'une conversation agréable ; qu'ils visitent ces veuves-là, et [...] qu'ils les pourvoient d'un confesseur par lequel elles soient bien dirigées dans la vue de les entretenir dans l'état de veuve, en [...] leur répondant même que de cette manière elles auront un mérite éternel et un très efficace pour éviter les peines du purgatoire [...] Il faut toujours extorquer des veuves le plus d'argent qu'on pourra. [...] Qu'on leur accorde avec modération et sans scandale ce qu'elles demandent pour la sensualité. [...] Qu'on leur permette de s'entretenir et de se récréer avec ceux qui leur plairont le plus [...] Que ces sortes de veuves [...] n'aillent voir d'autres religieux sous quelque prétexte que ce soit. »

Le plus répugnant est peut-être le chapitre dix-huit, dans lequel Zahorowski déguisé en « général » de son ordre l'instruit de la manière dont il faut conduire les enfants des veuves vers l'état religieux, pour éviter que l'héritage n'échappe à la Compagnie. « Il faut instruire les mères à chagriner leurs enfants dès leur tendre jeunesse... » Ici, le prêtre polonais semble pris à son propre piège, et contrôle mal son jeu de massacre. Il s'était lancé dans un pastiche. Il tombe dans le fangeux, où il s'ébat à propos du sixième commandement :

> « Si deux des nôtres ont péché charnellement, que celui qui le déclarera le premier soit retenu dans la Société et l'autre congédié. Mais que celui que l'on retient soit ensuite si fort mortifié et si maltraité que, par chagrin et par impatience, il donne occasion de se faire chasser. »

Et il y a encore ceci, un peu plus énorme :

> « Il faudra [...] exciter tous les princes [...] à se faire de terribles guerres afin que l'on implore partout le secours de la Société. Enfin la Société [...] tâchera d'être au moins redoutée de ceux dont elle n'est pas aimée. »

Ce trait final, on imagine Zahorowski en train de l'écrire, un demi-sourire aux lèvres, et se disant *in petto* : « Cette fois, j'aurai fait assez gros pour que personne ne me prenne au sérieux… »

Mais si, mais si… Ce qui étonne, dans ce tricot de vilenies vulgaires, que l'historien protestant Gabriel Monod traite de « fable insoutenable », ce n'est pas qu'un membre de la Compagnie « congédié » (pour un motif qui ne semble pas avoir été le dernier évoqué) ait consacré de longues heures à en tirer vengeance, c'est que les *Monita Secreta* aient été tenues par de bons esprits, au temps de l'Encyclopédie et au XIXe encore, pour un fidèle reflet des manières et procédures de l'ordre fondé par Loyola, illustré par François Xavier, ajusté par Aquaviva ; c'est qu'un tribunal parisien ait retenu ce libelle comme pièce à charge contre la Compagnie lors du procès d'expulsion de 1762. Il y a là matière à s'émerveiller. On ne citerait pas de telles fariboles si les *Monita Secreta* n'étaient pas l'objet de références saisonnières dans la polémique antijésuite – comme, dans les campagnes antisémitiques, les *Protocoles des Sages de Sion*.

Le parallèle avec les *Protocoles* ne vient pas par hasard sous la plume : même fabrication, même grossièreté dans le trait, même monotonie dans la bassesse, même soin de donner la forme du secret et de la puissance à la manipulation, même dénonciation globale d'un groupe mystérieux, même imputation de provocation aux conflits entre les puissances…

Dans un saisissant article des « Mélanges » consacré à Léon Poliakov, Maurice Olender trace le portrait du R. P. Pierre Charles, jésuite belge qui ne se contenta pas d'introduire l'anthropologie culturelle dans la « missiologie », mais consacra une partie de sa vie à démontrer que les *Protocoles* n'étaient qu'une fabrication de la police tsariste datant du début du XXe siècle*. Ces spécialistes de la chasse aux juifs pensaient-ils, ce faisant, aux *Monita Secreta* ? Il y a loin, bien sûr, de l'antijésuitisme à l'antisémitisme, aussi loin que de la condition juive à l'état de sociétaire de la Compagnie de Jésus. Mais on retiendra d'autant mieux les très pertinents rapprochements de l'auteur des *Langages du Paradis* que les *Protocoles des Sages de Sion* rendent à la Compagnie de Jésus cet éloge en quelque sorte confraternel :

* Voir chapitre VIII.

> « Seuls les jésuites pourraient nous égaler sous le rapport de la manipulation politique ; mais nous avons pu les discréditer aux yeux de la foule stupide, parce qu'ils formaient une organisation visible, tandis que nous restons nous-mêmes dans l'ombre avec notre organisation secrète. »

Dans *Mythes et Mythologies politiques*[6], Raoul Girardet a très vigoureusement assimilé l'obsession et les campagnes antisémites à celles que suscitèrent jésuites et francs-maçons. Il relève que la plus violente peut-être des innombrables caricatures de jésuites dont foisonne la littérature est celle du R. P. Rodin dans *Le Juif errant* d'Eugène Sue. Le rapprochement, ici, du titre en héros, tient presque du lapsus, du « doublet psychique » selon Bachelard. Rodin fait irrésistiblement penser au prétendu grand rabbin de Prague des *Protocoles*, qui parle « d'enserrer dans l'étau » du judaïsme les États de l'Europe, et aux diatribes de Drumont (notamment dans *La Fin du monde*). Mêmes obsessions martelées, mêmes fantasmes. On y reviendra*.

La « gloire » des *Monita Secreta* ne fut pas immédiate. Longtemps ignoré, ou surclassé par le chef-d'œuvre de Pascal, le petit opuscule de Zahorowski ne prit les dimensions d'un phénomène social que dans la deuxième partie du XVIIIe siècle, quand la Compagnie de Jésus eut donné prise à de telles campagnes du fait de son intervention dans la seconde « crise janséniste », celle qui fit rage à propos de la bulle *Unigenitus*.

On a rappelé** que la Compagnie ne joua qu'un rôle apparemment mineur (un consultant sur neuf) dans l'élaboration de ce monument d'oppression spirituelle qui enjoignait aux confesseurs de refuser l'absolution à tout pénitent qui ne pourrait fournir une attestation de son opposition aux thèses jansénistes telles que les ressuscitait, au début du XVIIIe siècle, Pasquier Quesnel. Mais si les jésuites ne furent pas inventeurs de ce texte inquisitorial, ils prirent une part active à sa mise en pratique, attirant sur la Compagnie un opprobre justifié. Comment s'étonner que la contre-attaque des jansénistes, fortement implantés dans les milieux judiciaires et parlementaires et

* Chapitre VIII.
** Tome I, chapitre XI.

alors alliés tactiques des « philosophes », perdît alors toute mesure ?

Témoin ce réquisitoire du célèbre avocat janséniste Le Paige, selon lequel la société ignacienne, « ennemie de toute règle, de toute autorité, de toute société policée [...] ne tend qu'à s'ériger en despotisme universel et qu'à produire enfin dans l'univers catholique tous les maux qu'on a vus naître effectivement depuis deux siècles [7] ».

Si éloigné qu'il fût des jansénistes – plus encore que des jésuites qu'il a décrits, « moins fanatiques » que leurs ennemis –, d'Alembert n'a pas craint de faire de l'article rédigé sur la Compagnie pour l'*Encyclopédie* un compendium des plus anciens ragots répandus sur les jésuites, et des plus controuvés, notamment à propos du régicide :

> « Soumis au despotisme le plus excessif dans leur maison, les jésuites en sont les fauteurs les plus abjects dans l'État [...] Ils accordent au pape l'infaillibilité et la domination universelle afin que, maîtres d'un seul, ils soient maîtres de tout...
> En 1593, Barrière est armé d'un poignard contre le meilleur des rois par le jésuite Varade [...] En 1594, les jésuites sont chassés de France, comme complices du parricide de Jean Chatel [...] En 1610, Ravaillac assassine Henri IV. Les jésuites restent sous le soupçon d'avoir dirigé sa main [...]
> En 1757, un attentat parricide est commis contre Louis XV notre monarque, et c'est par un homme* qui a vécu dans les foyers de la société de Jésus, que ces pères ont protégé, qu'ils ont placé en plusieurs maisons ; et dans la même année, ils publient une édition d'un de leurs auteurs classiques [8] où la doctrine du meurtre des rois est enseignée. C'est comme ils firent en 1610, immédiatement après l'assassinat d'Henri IV. Mêmes circonstances, même conduite...
> Dans un intervalle de deux cents ans, il n'y a sortes de forfaits que cette race d'hommes n'ait commis... »

D'Alembert ne pouvait pas manquer de savoir que la thèse « jésuite » à propos du tyrannicide était celle de l'ensemble de la théologie catholique et que Mariana s'était contenté d'alourdir à gros traits une conception de la légitimité et de ses limites qui relevait du droit des gens et que les stoïciens n'eussent pas

* Damiens.

désavouée ; il ne pouvait pas ignorer non plus que la Compagnie n'avait inspiré ni armé Ravaillac ni Damiens, et que, pour ce qui est de Barrière et Chatel, le roi Henri lui-même s'était chargé d'en innocenter ses amis jésuites. Mais ce grand esprit jugeait que l'intérêt de la philosophie primait celui de la vérité.

Eût-il penché pour la modération à l'endroit de ses adversaires, Denis Diderot l'en eût détourné, tout son génie déboutonné le dressant contre ces individus « livrés au commerce*, à l'intrigue, à la politique et à des occupations étrangères à leur état et indignes de leur profession** », et tombés de ce fait « dans le mépris qui a suivi et qui suivra, dans tous les temps et dans toutes les maisons religieuses, la décadence des études et la corruption des mœurs ». Ce dernier trait est sujet à discussion. Pas le précédent : l'enseignement dans les collèges jésuites*** n'était pas à son apogée au temps de l'Encyclopédie. Mais il restait assez supérieur aux autres pour que Frédéric II ne voulût pas l'abolir dans ses États.

On a relaté**** la grande offensive des Parlements contre la Compagnie abaissée par sa participation à la croisade en défense de la bulle *Unigenitus*, salie par le scandale provoqué à la Martinique par l'affairisme du R. P. de Lavalette, harcelée par les campagnes conjuguées des jansénistes et des philosophes ; on a cité divers réquisitoires formulés contre elle par tel ou tel juriste commis par ses pairs à l'examen des *Constitutions* de la Société. Si virulents qu'aient pu, en l'occurrence, se montrer l'abbé Chauvelin à Paris ou son émule de Bordeaux, c'est le conseiller de La Chalotais, procureur du roi au Parlement de Rennes, qui, bon chrétien et honnête homme, assena sur la Compagnie les coups les plus violents – se disant... « effrayé par les facilités qu'un général des jésuites aurait pour intriguer, pour cabaler, disons-le franchement, pour conspirer. Un homme qui a vingt mille Sujets dévoués à ses ordres [...], prêts à répandre leur sang pour la Société [...], accoutumés à porter le joug de l'obéissance la plus absolue, à regarder leur général comme Dieu, comme Jésus-Christ [...] ; un despote dont le moindre signe est une loi, dont une lettre missive est un décret, une ordonnance, qui a entre les mains tous les trésors

* On est au temps du R. P. de Lavalette.

** Que Diderot estimait peu !

*** Dont Diderot avait été l'élève comme Voltaire.

**** Tome I, chapitre XIV.

du commerce de la Société, est instruit 177 fois par an de l'état de tous les Royaumes : que ne peut-il entreprendre ? »

Cette fois, le réquisitoire sonne juste. La vieille argumentation gallicane, ici, ne produit pas que des éructations vaticinantes. Bien que, chez la plupart des censeurs institués alors, l'étonnement fût simulé, les textes fondateurs de la Société étant dès longtemps publics et répandus surtout dans les milieux de robe, il est vrai que les menaces potentielles dénoncées par La Chalotais avaient de quoi émouvoir un légiste du temps où la monarchie, anticipant sur la Révolution, fonde l'État-nation.

En déclarant la doctrine impliquée par les *Constitutions* de 1540 « séditieuse, attentatoire aux droits de la Puissance royale, propre à exciter les plus grands troubles dans les États », le Parlement de Paris se faisait le précurseur des Assemblées révolutionnaires, de la Constitution civile du clergé et du concordat de 1801 : le gallicanisme politique perçait sous le religieux et le légal. Ici, nous avons « décroché » pour un instant de la description du mythe social et des fantasmes dont il est fécond, pour revenir, un temps, aux réalités – dût la condamnation des juristes de Rennes et de Paris revêtir la forme hyperbolique héritée de Pasquier et de Pascal.

Chose étrange, les temps de la Révolution ne furent pas un âge d'or de la jésuitophobie. Nous avons entendu* Grégoire et Barnave plaider pour les pères. Les « hommes noirs » ne sont pas parmi les cibles des sans-culottes ou du père Duchesne. Parce que la Compagnie était chassée de France depuis trente ans ? La belle affaire ! La chasse aux « ignaciens » n'a que faire de cibles réelles – pas plus que l'antisémitisme. Et nous avons vu, sous la Restauration, se monter contre eux des campagnes dont l'un des instigateurs, Armand Carrel, se demandait un peu plus tard si l'objectif n'en était pas imaginaire**...

Il faudra le génie proprement dramatique et visionnaire de Napoléon pour que le jésuite remonte sur la scène historique. L'Empereur n'était pas homme à priver son grand opéra d'un tel comparse. Les « pères du Sacré-Cœur », les « paccana-

* Tome I, chapitre XIV.
** Chapitre II.

ristes », les « Pères de la Foi » ne sont des proies mineures que pour les petits esprits, les « avocats », les « idéologues ». Lui les a percés à jour, et pourchasse en conséquence cette « Société dominatrice par nature et dès lors ennemie irréconciliable de tout ce qui est le pouvoir ».

Voici donc les pères tirés, par le regard de l'aigle, du néant – et qui vont, de sa chute, faire leur renaissance : quelle saisissante séquence historique que celle qui, en quelques semaines, lie l'envol de Pie VII de Fontainebleau, l'abdication, en ce même lieu, de l'Empereur, le retour du pape en ses États et la restauration solennelle de la Compagnie ! Comme s'il n'y avait pas place, dans le monde, à la fois pour Napoléon et Loyola…

La cérémonie romaine du 7 août 1814 qui semble donner le signal d'une résurrection glorieuse va ouvrir, en fait, l'âge d'or de la jésuitophobie littéraire. Rien n'est publié, il est vrai, de 1814 à 1860 qui vaille tout à fait les *Provinciales* ou Saint-Évremond. Mais c'est au cours de ces trois ou quatre décennies que, de Paris à Saint-Pétersbourg, de Rome à Londres, vont paraître les ouvrages, poèmes, libelles et chansons qui constituent le plus gros du corpus antijésuitique universel – et cela en un temps où les pères ne se comptent longtemps que par centaines, disposent de peu d'instituts d'enseignement, et concentrent en fait leurs moyens de pression sur la papauté plutôt que sur les princes laïques et les sociétés civiles.

C'est en cette période de l'histoire où le jésuitisme est le plus faible, par l'apport intellectuel aussi bien que par le potentiel d'action et les réserves de puissance financière ou économique, que la jésuitophobie prend sa forme la plus pure, si l'on peut dire, son essence, son « eau », comme on dit d'un diamant, sa forme idéale, ou idéelle, furibonde et tonitruante, alors même que certains s'interrogent sur la réalité du monstre. Fantasme parfait, hypothèse d'école, épure, théorème, chimère d'autant plus effrayante qu'elle est moins mesurable. Les jésuites…

Contre ces quelques centaines, puis quelques milliers d'hommes, qui semblent avoir perdu auprès des divers souverains l'influence qu'ils ont, il est vrai, retrouvée et amplifiée auprès du pape (mais qu'est-ce que le pape, au XIXe siècle ?), traités avec circonspection par Louis XVIII, trahis par Charles X, dédaignés par Louis-Philippe, surclassés par les dominicains au temps de Lacordaire et confondus par la bourgeoisie triomphante avec la liquidation de l'Ancien Régime, on va voir se mobiliser une armée politique, intellectuelle, littéraire, qui trouve en cette compagnie rétrécie, ridée, engluée dans le passé, un constant bouc émissaire à ses frustrations.

L'angle d'attaque sera double, compte tenu de l'ambivalence du mythe jésuitique, fait à la fois de fourberie dans les moyens et de mégalomanie dans ses fins. On dénoncera les jésuites comme « moitié renards, moitié loups », sinueux sinon tortueux dans la démarche, implacables et insatiables dans la domination.

Mais une image nouvelle a surgi, on l'a vu, dont l'origine et la justification sont mystérieuses : celle du dindon. Il y a là matière à s'étonner. Quel animal est moins sournois, et moins carnassier que le dindon ? Lequel est plus étalé, solennel, moins subtil ? Lequel plus béatement jobard, plus mal préservé contre les malices des « jésuites » de tout poil ? Que le « dindon » fût promu au rang d'emblème du jésuitisme au temps du R. P. Ronsin et des mystères de Montrouge est l'une des énigmes de l'histoire de la jésuitophobie. Il est vrai qu'à la même époque, le conquérant déporté de Sainte-Hélène entrait dans la légende sous le sobriquet de « père La Violette » – une fleur qu'il avait lui-même choisie – par antiphrase – pour faire pièce à la fleur de lys.

Plus ou moins récurrent jusqu'alors, le thème du dindon est en quelque sorte officialisé, enregistré dans le *Petit Dictionnaire ultra*, publié en 1823 :

> « *Dindon* : bienfait des jésuites, dont ces succulents animaux portent encore le nom dans certaines provinces de France. On sait que les dindons reconnaissants ont fait une pétition pour le rappel de ces bons pères. Si les pétitionnaires sont truffés, nul doute que la demande ne soit prise en considération [9]. »

Dindons, donc. Le mot appelle la rime, les formes sont propices au crayon du caricaturiste. En matière de chanson, plutôt qu'en revenir à Béranger (qui sera de nouveau sollicité, bien sûr), on citera celle d'un auteur ici moins attendu, mais lui aussi fort animé contre la « secte » des pères, Jean-François Champollion. Alors enseignant à Grenoble, le futur déchiffreur des hiéroglyphes tenait les jésuites pour les pires « éteignoirs » (c'est son mot) des Lumières. Indigné par les ralliements de certains de ses amis républicains au parti des « noirs », il les dénonça en quelques couplets qui mettaient en cause les jésuites :

> Les jacobins de quatre-vingt-treize
> [...]
> Portent la croix de la Mission
> Malgré leur pieuse mine
> Le malin public devine
> Dindi, dindon
> L'bonnet rouge sous le capuchon
> Dindon, Dindon [10] !

La « mission » en question est celle que dirigeait l'abbé de Rauzan, que l'on disait l'homme des jésuites, bien qu'il n'appartînt pas à la Compagnie, et qui fit beaucoup par ses outrances, ses carillons et ses processions pour nourrir les fantasmes anticléricaux du temps, notamment à l'encontre de ses acolytes de la Congrégation.

On a fait référence au *Petit Dictionnaire ultra*. Il faut en citer l'article « Jésuite ». Pour être moins véhément que ceux de Pasquier ou de D'Alembert, il donne, en 1823, le ton de ce que va être la campagne jésuitophobe. Moins politique que sous les Valois, moins « morale » que du temps de Pascal, moins « philosophique » qu'à l'âge de l'Encyclopédie, elle met plutôt l'accent sur les procédures des éducateurs :

> « *Jésuite* : Saint personnage, seul capable d'instruire la jeunesse française, parce qu'il sait fouetter d'une manière toute particulière. Espèce singulière de moine qui s'accouple singulièrement avec les ultras. Elle s'introduit partout avec une dextérité étonnante, adore le pouvoir et les plaisirs. On peut dire des jésuites qu'ils sont partout et nulle part. Chassés de tous les pays, il était réservé aux ultras d'implanter de nouveau cette peste des peuples et des rois [11]. »

Le ton est donné. Nous sommes encore sous Louis XVIII au temps où la Compagnie, encore exsangue, se contente d'un statut de « tolérance ». La voilà pourtant dénoncée comme « la peste des peuples et des rois », offerte aux coups du *Constitutionnel* de M. Thiers. Mais l'imputation d'« accouplement » avec les ultras n'est pas calomnieuse. De toutes les caricatures dont ce temps est fertile, les seules qui « tiennent » sont celles qui incriminent les comportements politiques de la Société de Jésus, soudant étroitement les jésuites à tous ceux dont l'objectif déclaré est le retour au passé – un passé dont ils voudraient censurer tout ce qui a trait aux premières assemblées révolutionnaires.

Pour ce type d'hommes, aussi bien Pierre de Clorivière que Jules de Polignac, la nostalgie ne se nourrit pas des années précédant 1789 – dont Tocqueville a si bien marqué qu'elles portaient en elles Mirabeau et Barnave –, mais des heureux temps absolutistes d'avant Turgot. Cela, l'opinion n'a pas grand mal à le percevoir, et à en tirer les conséquences. Clergé de choc, jésuites de combat, ce n'est pas contre une masse que regimbe le libéralisme mou de ce temps-là, c'est contre un état d'esprit qui prétend abolir ou recracher près d'un siècle d'histoire – ce siècle qui a porté au pouvoir M. Decazes et M. Thiers, Martignac et le baron Louis.

Alors on comprend mieux cette nouvelle jésuitophobie, qui ne combat plus une puissance (quoi qu'elle dise) mais une conception du monde, une idéologie. Peu importe que ces pères ne soient que quelques centaines. Ils portent en germe (et en projet) le rejet radical de ce qui a fait la nouvelle classe dirigeante. Ils sont, contre elle, un principe de contestation, d'invalidité. Faibles en effectifs, en moyens ? Et le Port-Royal de 1660, n'était-il pas fait d'une poignée d'hommes et de femmes, quand le jeune Louis XIV voyait en lui l'ennemi à abattre ? Il est plaisant de trouver, dans les pères de la Restauration, les émules des jansénistes du temps des *petites lettres*. Le rapprochement ne va pas très loin. Mais qui est-ce qui ressemble plus à un ultra qu'un ultra ?

Gageons cependant que Béranger songeait peu à Saint-Cyran et au grand Arnauld quand il écrivit, à la fin de 1819, les couplets corrosifs qui restent collés à la face des pères :

> Hommes noirs, d'où sortez-vous ?
> Nous sortons de dessous terre.
> Moitié renards, moitié loups,
> Notre règle est un mystère.
> Nous sommes fils de Loyola ;
> Vous savez pourquoi l'on nous exila.

Nous rentrons ; songez à vous taire !
Et que vos enfants suivent nos leçons.
C'est nous qui fessons,
Et qui refessons
Les jolis petits, les jolis garçons.

Un pape nous abolit ;
Il mourut dans les coliques.
Un pape nous rétablit ;
Nous en ferons des reliques.
Confessons, pour être absolus ;
Henri Quatre est mort, qu'on n'en parle plus.
Vivent les rois bons catholiques !
Pour Ferdinand Sept [12] nous nous prononçons.

Refrain

Et puis nous fessons,
Et refessons
Les jolis petits, les jolis garçons.

[...]

Du fond d'un certain palais
Nous dirigeons nos attaques.
Les moines sont nos valets :
On a refait leurs casaques.
Les missionnaires sont tous
Commis voyageurs trafiquant pour nous.
Les capucins sont nos cosaques.
A prendre Paris nous les exerçons*.

Enfin reconnaissez-nous
Aux âmes déjà séduites.
Escobar va sous nos coups
Voir vos écoles détruites.
Au pape rendez tous ses droits ;
Léguez-nous vos biens, et portez nos croix.
Nous sommes, nous sommes jésuites ;
Français, tremblez tous : nous vous bénissons.

* Chose amusante, ce projet de « légion capucine », levée en 1824, est attribué au comte de Montlosier, qui sera, quelques années plus tard, le héraut absolu de la jésuitophobie (voir le chapitre précédent).

Et puis nous fessons,
Et refessons
Les jolis petits, les jolis garçons. »

Pierre-Jean Béranger savait mieux que personne capter l'esprit du temps, celui en tout cas de la société imbue de libéralisme, et servir au public ce qu'il attendait – chapeau du « petit caporal », corsage de Fanchon et curés en goguette. Nulle œuvre n'est plus intéressante pour l'histoire que celle d'un chansonnier démagogue : on y voit un reflet du temps mieux que dans celle de Baudelaire ou de Nerval. Et, compte tenu de ce que René Rémond a appelé sans excès la « gloire de Béranger* », il ne faut pas sous-estimer l'effet qu'eurent de tels couplets, où l'on retrouve, de l'assassinat des souverains (voire, ici, des papes) au soutien à l'absolutisme et de la confiscation de l'enseignement à la pédophilie, toutes les imputations qui font la trame permanente de la jésuitophobie.

Qui était Arnold Scheffer, auteur du *Précis de l'histoire générale de la Compagnie de Jésus*, publié à Paris en 1824** ? Il importe assez peu. On tendrait à voir en lui un protestant, moins du fait de la consonance helvétique de ses nom et prénom que d'un ton fort acide à l'endroit de Rome. Ne visant pas à l'originalité, il reconnaît en tout cas avoir puisé ses informations dans une « encyclopédie allemande » dite *Conversation lexicon*. Aussi bien trouve-t-on reproduits, dans ce petit opuscule d'une centaine de pages qui se donne pour un travail de vulgarisation, la plupart des griefs retenus depuis 1540 contre les jésuites – que M. Scheffer pimente de quelques autres, apparemment formulés au-delà du Rhin.

Aux assassinats des rois de France généreusement attribués aux bons pères, il ajoute celui de Wallenstein, le chef de guerre qui servit de modèle à Schiller ; il accuse les jésuites d'avoir tenté d'offrir la France à Philippe II d'Espagne ; il soutient que Louis XIV fut bel et bien embrigadé par la Compagnie, avec l'active complicité de Mme de Maintenon***... Il impute à

* Le sujet de sa thèse d'État.

** Complété, en appendice, d'une réédition des *Monica Secreta* à titre de « pièce justificative » !

*** Sur ce point, voir le tome I, chapitre XII.

la Société de Jésus l'invention des lettres de cachet, et soutient que les pères en mission au Canada séduisaient les filles des Iroquois – peuple qui leur manifesta, chacun le sait, une animosité fort active couronnée par le supplice de Jean de Brébeuf et de quelques-uns de ses compagnons.

On ne citerait le petit ouvrage d'Arnold Scheffer que comme une pièce banale du musée des obsessions jésuitophages s'il ne comportait, en conclusion, des considérations assez pénétrantes sur la « non-pertinence » de l'entreprise jésuite au XIXe siècle :

> « L'institution des jésuites est désormais opposée à l'esprit du siècle [...] Les jésuites ont survécu à eux-mêmes. Des hommes réunis sous un nom commun pourront parcourir la France, élever des croix en fer, en marbre ou en bois, selon le plus ou moins de magnificence des conseils de préfecture, mais ils n'enchaîneront point l'esprit humain. D'ailleurs, le temps des grandes associations est passé ; notre époque est celle des efforts individuels. Le concours du pape et de tous les gouvernements de la terre ne pourrait rendre à la société de Jésus son existence du dix-septième siècle. Ce n'est point le procès du père Lavalette, ni l'arrêt du parlement en 1762, ni le décret royal de 1764, ni la papale de 1773, qui ont tué les jésuites ; c'est la marche progressive de la civilisation. »

Le dossier sur lequel s'appuie l'auteur du *Précis de l'histoire générale de la Compagnie de Jésus* n'est qu'un tissu d'insanités recopiées ici et là au fil de la plume. Mais sa conclusion exprime admirablement l'esprit du temps, un certain libéralisme individualiste, et ce par quoi la Société ignacienne n'apparaîtra plus, pendant près d'un siècle, que comme une incongruité historique. Point n'était besoin de ressusciter des centaines de ragots contre la Compagnie pour formuler cette proposition qui, en 1824, pouvait sembler recevable.

Le 23 avril 1843, le cours d'« Histoire et morale » du Collège de France est perturbé par une douzaine de jeunes gens qui, pour gêner l'orateur, usent d'une procédure étrange : ils l'applaudissent à tout rompre aux moments où cet anticlérical illustre rend de quelque façon hommage au christianisme. Jules Michelet vient de lâcher le mot « Providence » : les applaudissements redoublent. Suffoqué, exaspéré, il s'arrête : ses amis empoignent quelques-uns des perturbateurs et les jettent dehors.

Lors de la leçon suivante, le 4 mai, la « claque » tente brièvement de récidiver : mais cette fois, alertés par le *Journal des Débats*, son collègue Edgar Quinet et quelques amis notoires sont venus monter la garde autour du maître, et le silence dévot est vite rétabli : acclamé par la presse presque unanime, l'auteur de l'*Histoire de France* a triomphé des jésuites – car nul ne peut douter que, rameutée ou non par les supérieurs de la Compagnie, la douzaine de chahuteurs du Collège ne s'en fussent pris au violent réquisitoire* contre les jésuites en quoi s'est transformé le cours d'« Histoire et morale », tandis que dans l'amphithéâtre voisin Edgar Quinet s'associe, sur un ton plus mesuré, à la lapidation de la Société des « hommes noirs ».

On peut compter sur le génie pathétique de Michelet pour dramatiser l'affaire et exalter l'indignation de la presse : pour un peu, ces douze manifestants auraient assumé le triple rôle de l'Inquisition, du bourreau de Michel Servet et des sbires de Fouché. Trois mois plus tard, les quatre leçons consacrées par Michelet aux jésuites sont publiées, avant d'être reprises quelques années après par Flammarion, précédées de cet avis au lecteur :

> « Jamais livre n'obtint plus de succès. Lors de son apparition, six éditions furent épuisées dans l'espace de huit mois, malgré les contrefaçons étrangères. L'ouvrage fut traduit dans toutes les langues. »

L'opuscule publié par Flammarion** sous le titre *Les Jésuites* est, certifie l'éditeur, « le texte même des leçons qui soulevèrent tant d'orages ». Il est précédé d'une foudroyante « Introduction » du professeur-polémiste, où presque tout est dit :

> « Ce que l'avenir nous garde, Dieu le sait !... Seulement je le prie, s'il faut qu'il nous frappe encore, de nous frapper de l'épée. Les blessures que fait l'épée sont des blessures nettes et franches, qui saignent, et qui guérissent. Mais que faire aux

* Les mots « violent » et « réquisitoire » relèvent tous deux, on va le voir, de l'art de la litote...

** Accouplé à *Le Prêtre, la Femme, la Famille* dans l'édition des *Œuvres complètes* de Jules Michelet (1882). C'est à cette édition que se référeront les notes à venir.

plaies honteuses, qu'on cache, qui s'envieillissent, et qui vont toujours gagnant ? De ces plaies, la plus à craindre, c'est l'esprit de la police mis dans les choses de Dieu, l'esprit de pieuse intrigue, de sainte délation, l'esprit des jésuites.

Dieu nous donne dix fois la tyrannie politique, militaire, et toutes les tyrannies, plutôt qu'une telle police salisse jamais notre France !... La tyrannie a cela de bon qu'elle réveille souvent le sentiment national : on la brise ou elle se brise. Mais le sentiment éteint, la gangrène une fois dans vos chairs et dans vos os, comment la chasserez-vous ? Changement pire que la mort même... La mort ne tue que le corps ; mais l'âme tuée, que reste-t-il ? La mort, en vous tuant, vous laisse vivre en vos fils. Ici, vous perdriez et vos fils et l'avenir.

Le jésuitisme, l'esprit de police et de délation, les basses habitudes de l'écolier *rapporteur*, une fois transportés du collège et du couvent dans la société entière, quel hideux spectacle !... Tout un peuple vivant comme une maison de jésuites, c'est-à-dire, du haut en bas, occupé à se dénoncer. La trahison au foyer même, la femme espion du mari, l'enfant de la mère... Ceci n'est pas, comme on peut croire, un tableau d'imagination. Je vois d'ici tel peuple que les jésuites enfoncent chaque jour d'un degré dans cet enfer des boues éternelles. [...] Pendant qu'on demandait s'il y avait des jésuites, ils ont enlevé sans difficulté nos trente ou quarante mille prêtres, leur ont fait perdre terre, et les mènent Dieu sait où !

"Est-ce qu'il y a des jésuites ?" Tel fait cette question, dont ils gouvernent déjà la femme par un confesseur, la femme, la maison, la table, le foyer, le lit... Demain, ils auront son enfant [13]. »

Mais revenons aux « leçons » données par Michelet du 27 avril au 6 juin 1843.

« Prenez un homme dans la rue, le premier qui passe, et demandez-lui : "Qu'est-ce que les jésuites ?" Il répondra sans hésiter : "La contre-révolution." » Ici, l'historien retrouve au moins une part de la vérité, celle du journaliste : une telle affirmation, au moment où elle est formulée, n'était guère contestable, et les pères eux-mêmes l'eussent volontiers revendiquée, mais, à ce constat immédiat, Michelet ajoute une médiocre provocation : « Étudiez les livres des jésuites, vous n'y trouverez qu'un sens : *la mort de la liberté*. »

Pour Michelet, il n'y a en France « que deux partis : *l'esprit de vie et l'esprit de mort* ». Et d'ajouter que grâce à lui « le progrès des hommes de mort s'arrêtera, espérons-le [...] Le jour a lui dans le sépulcre [...] On sait, on va mieux savoir encore comment ces revenants ont cheminé dans la nuit [...] Comment, pendant que nous dormions, ils avaient, à pas de loup, surpris les gens sans défense, les prêtres et les femmes, les maisons religieuses ».

Mais à quoi tient le « progrès des hommes de mort » dans ce pays où l'opinion publique est si vivace, où l'histoire progresse vers la liberté ?

> « Quelque haute opinion qu'on ait de l'habileté des jésuites, elle ne suffirait pas à expliquer un tel résultat. Il y a là une main mystérieuse... Celle qui, bien dirigée, dès le premier jour du monde, a docilement opéré les miracles de la ruse. Faible main, à laquelle rien ne résiste, la main de la femme. Les jésuites ont employé l'instrument dont parle saint Jérôme : “De pauvres petites femmes, toutes couvertes de péchés [14] !” »

S'agit-il de celles que l'historien écumant appelle des « jésuitesses, fines et douces, adroites et charmantes, qui, marchant toujours devant les jésuites, ont mis partout l'huile et le miel, adouci la voie » – d'autant que, sous l'appellation de « Dames du Sacré-Cœur », elles ont « depuis 1823, les mêmes Constitutions » ?

On constate, avec tout le respect qu'on doit à ce grand homme, que M. Michelet bat ici la campagne. On croyait avoir, de Pasquier en Pascal, de D'Alembert en Montlosier, fait l'inventaire des diverses formes de jésuitophobie – la gallicane, la janséniste, la stratégique, la bourbonienne, la dévote – et recensé en ce domaine hanté à peu près toutes les espèces de fantasmes, ou de fantômes. Mais que Pascal paraît sage, et soucieux de la vérité, et maître de lui, quand on compare les *Provinciales* à ces vaticinations frénétiques ! L'ennemi auquel faisait face le « secrétaire de Port-Royal » était puissant. Il tenait au pouvoir, confessait le roi, distribuait les bénéfices, réajustait les écoles. Il pouvait traquer, frapper. Il le fit. Mais les jésuites du temps de la Monarchie de Juillet ?

L'auteur de l'*Histoire de France* répond ainsi à l'objection qu'on ne pouvait manquer de lui faire quant aux effectifs et à la force réelle de ses ennemis :

« Selon une personne qui croit être bien informée*, il y en aurait aujourd'hui en France plus de 960 ; au moment de la Révolution de Juillet, il y en avait 423. A cette époque ils étaient concentrés dans quelques maisons ; aujourd'hui, ils sont disséminés dans tous les diocèses. Ils se répandent partout en ce moment. Il vient d'en passer trois à Alger, plusieurs en Russie. Ils se font demander au pape par le Mexique et la Nouvelle-Grenade. Maîtres du Valais, ils viennent s'emparer de Lucerne et des petits Cantons, etc. [15]. »

Et on l'entendra, à l'issue de la dernière de ses six leçons de 1843, reprendre une vieille assimilation, celle qu'avait inventée Pasquier, propre à susciter haine et angoisse : face à cette invasion jésuite, « la bonne France avait l'air de dormir. Ils s'écrivaient les uns aux autres, comme autrefois les juifs du Portugal : Venez vite, la terre est bonne, la gent est sotte, tout sera à nous ». On croirait tantôt lire une note de chef d'état-major alertant le pays contre les Tartares, tantôt un pamphlet de Drumont.

Neuf cent soixante jésuites et leur « claque » de douze faux étudiants, voilà bien de quoi terroriser, juché sur sa chaire d'« Histoire et morale », le grand historien que l'Europe entière acclame, entouré de ses partisans, de ses disciples, soutenu par la presse quasi unanime, et dont on s'arrache les livres.

Mais il n'est pas si aveuglé par le ressentiment qu'il ne sente à quel point, décrit ainsi, le monstre fait petite figure. Alors il le démasque dans ses réseaux d'influence, la mainmise qu'il exercerait sur l'ensemble des paroisses et du clergé :

« Vous avez quarante mille chaires que vous faites parler de gré ou de force ; vous avez cent mille confessionnaux d'où vous remuez la famille ; vous tenez dans la main ce qui est la base de la famille (et du monde !), vous tenez la *mère* : l'enfant n'est qu'un accessoire... Eh ! que ferait le père quand elle rentre éperdue, qu'elle se jette dans ses bras en criant : "Je suis damnée !" Vous êtes sûr que le lendemain il vous livrera son fils... Vingt mille enfants dans vos petits séminaires ! deux cent mille tout à l'heure dans les écoles que vous gouvernez ! des millions de femmes qui n'agissent que par vous. »

* Est-ce là le langage d'un historien ? Lui qui a dénombré la moindre section des piques de 1793 croit indigne de lui de s'informer personnellement sur ces jésuites ? S'il ne le fait, est-ce pour mieux donner l'impression de mystère ?

Passons sur les explosions de fureur incontrôlée, dérisoires par leur outrance, l'imputation par exemple de « vols d'enfants pour forcer les parents à se convertir [...] moyens ingénieux auxquels Néron et Dioclétien n'avaient pas pensé... », ou les références, indignes de ce maître et de cette chaire, aux vieilles affaires de régicide, d'Henri III à Louis XV.

Retenons plutôt ce qui émerge, sinon de neuf, au moins de fort, de ces six leçons, où l'on est souvent tenté de voir une bavarde mise en scène de la formule où Michelet, dans *Le Prêtre, la Femme, la Famille*, a violemment résumé l'idée qu'il se faisait de la Société de Jésus :

> « ...Ayant surpris la famille, fasciné la mère et conquis l'enfant, ayant par un art du diable élevé l'*homme-machine*, on se trouva avoir créé un monstre, qui pour toute idée, toute vie, toute action, eut le *meurtre*, rien de plus [16]. »

Dans le déferlement de dénonciation criminelle que, du haut de sa chaire du Collège de France, Jules Michelet faisait pleuvoir sur un auditoire où, en d'autres temps, il se fût trouvé plus de douze récalcitrants pour lui rappeler que d'autres enceintes – club, théâtre ou prétoire – eussent été mieux ajustées à ce type de littérature, il y a tout de même la trame d'une argumentation, et deux leitmotivs puissants.

Le premier a trait à la nature profonde du jésuitisme : c'est, selon Michelet, la substitution du *mécanique* à l'*organique*, de l'« esprit de mort » à l'esprit de vie. Cela peut prendre la forme de la captation des esprits, d'une discipline mortifère, d'une technique d'éducation qui ne vise qu'au dressage, à la destruction de l'esprit de liberté, cet enseignement jésuite qui n'est, pour le professeur-procureur du Collège de France, qu'« une machine à rétrécir les têtes, à aplatir les esprits ».

Lui objecte-t-on les élèves illustres, les disciples fameux formés par les pères ? Michelet trouve une riposte stupéfiante : « Telle était la vigueur de *l'esprit moderne* que, avec le système le plus heureusement combiné pour tuer l'invention, la première génération donne Descartes, la seconde l'auteur du *Tartuffe*, et la troisième Voltaire. » La « vigueur de l'esprit moderne » : et voilà pourquoi votre fille est muette.

De cette mécanisation stérilisante de l'« esprit de mort », l'historien tire une autre conclusion : que les jésuites n'ont rien créé, rien inventé, rien laissé au patrimoine de l'humanité. Ne voyant chez eux que « d'insipides écrivains, de lourds pédants, de beaux esprits grotesques » (ô Surin, Lallemant, Rigoleuc [...]), il profère :

> « La plus violente satire des jésuites, c'est celle qu'ils ont faite eux-mêmes, c'est leur art, les tableaux, les statues qu'ils ont inspirées. Ils sont déjà caractérisés par le mot sévère de Poussin, dont le Christ ne leur semblait pas assez joli : "On ne peut s'imaginer un Christ avec un visage de torticolis ou de père Douillet." Le Poussin voyait encore la meilleure époque de l'art jésuite ; qu'aurait-il dit, grand Dieu ! s'il eût vu ce qui a suivi, cette coquetterie décrépite qui croit sourire et grimace, ces œillades ridicules, ces yeux mourants, et le reste...
>
> Tel art, tels hommes. Ceux qui inspirent cet art, qui recommandent ces images, les mettent partout dans leurs églises, les répandent par milliers et par millions, il est difficile, je l'avoue, d'augurer bien de leur âme. Un tel goût est un signe grave. Beaucoup de gens immoraux gardent encore un sentiment d'élégance. Mais pour s'arrêter volontiers sur l'ignoble et sur le faux, l'âme doit être au plus bas. »

Dans l'histoire de la Compagnie, Jules Michelet ne voit « pas un homme de génie », ne trouvant, dans son action même, « rien de fécond » jusque dans les missions – négation qui eût surpris Montesquieu et Voltaire. Et, en conclusion de cette radicale opération de « table rase », il trouve encore la force de lancer à Ignace, à François Xavier et à Matteo Ricci qu'il voit en eux « plus de police que de politique », et conclut : « Au fond, vous n'avez qu'une œuvre à vous : c'est un code » (qu'il ne qualifie pas, le bon homme, de « pénal »).

Mais le fond de tout, pour ce nationaliste effervescent, c'est ce qu'il ramasse en cette apostrophe :

> « D'où venez-vous ? par où avez-vous passé ? La sentinelle de France ne veillait pas bien cette nuit à la frontière, car elle ne vous a pas vus. Gens qui voyagez de nuit, je vous avais vus le jour ; je ne m'en souviens que trop, et de ceux qui vous amenèrent : c'était en 1815 ; votre nom, c'est... *l'étranger*.
>
> Le cri d'alarme est poussé... Et qui osera dire que c'est trop tôt ? Et nous, qu'est-ce que nous sommes, en face de ces grandes forces ? une voix et rien de plus ; une voix pour crier à la France... Elle est avertie maintenant, qu'elle fasse ce

qu'elle voudra. Elle voit et sent le réseau où l'on croyait la prendre endormie [17]. »

C'est ici qu'il s'exprime au plus vrai, prophète du nationalisme, Cassandre face au cheval de Rome, gallican politique : « son » jésuite, ce n'est pas celui de Pascal, de D'Alembert ou de Stendhal. C'est celui de Pasquier et d'Arnauld-le-père, c'est l'agent de l'étranger. C'est la cinquième colonne apatride, ennemie des patriotes. Son réquisitoire n'est pas celui des gens de Port-Royal, c'est celui du club des Jacobins. Et c'est par là qu'il prend, dans ses divagations, une force douloureuse.

Dira-t-on qu'en ce même Collège de France Edgar Quinet mena la charge contre les jésuites avec plus de mesure, en tout cas de souci scientifique, dénonçant moins leur « néant » ou leur « tradition » que leur conservatisme intellectuel ? Oui. Mais, s'agissant du respect des faits, on citera, à son propos, le commentaire qu'en fit l'historien protestant Gabriel Monod. Traitant dans son cours de 1909 de l'évangélisation de la Chine, Monod se réfère au récit de Quinet, où il est question de Mgr de Tournon, prélat français venu enquêter à Pékin, arrêté à l'instigation des jésuites, et mort en prison. Arrivé à ce point, Monod s'interrompit : « Autant d'erreurs que de mots, Tournon est Italien ; il n'est pas pris par les jésuites ; il ne meurt pas en prison. Arrêté en 1705, il est bientôt relâché, retourne en Europe, est fait cardinal et meurt tranquillement en 1710. »

Jules Michelet n'en avait pas fini, il s'en faut, avec les jésuites. Cinq ans après les tumultes du Collège de France paraissait un feuilleton fameux entre tous, dû au romancier le plus populaire de l'époque, Eugène Sue. Le titre en était *Le Juif errant*, et les vieilles hantises antisémitiques de l'Occident s'y déployaient sans retenue. Mais les cibles principales du conteur, chacun les avait repérées d'emblée : c'étaient les « hommes noirs » – en qui bien des lecteurs étaient plus ou moins consciemment invités à assimiler le mystérieux, « l'insaisissable, l'innombrable, le redoutable Aashverus* ».

* On a vu que Michelet ne craignait pas lui-même de procéder à de tels rapprochements. A propos de son réquisitoire, Henri Heine écrivit alors : « Les jésuites ont été exécutés, non jugés. Mais le jour viendra où on leur rendra justice. »

Quelques mois après la publication du feuilleton, Jules Michelet profitait d'une réédition de *Le Prêtre, la Femme, la Famille*, pour insérer cette note stupéfiante, s'agissant d'un ouvrage où la France entière avait vu une féroce dénonciation du « complot noir » :

> « Pourquoi notre admirable romancier a-t-il cru devoir idéaliser à ce point les jésuites ; qui ne sait que tel et tel des dignitaires de l'ordre sont immortels par le ridicule ? Il est difficile de croire que des écrivains ineptes soient de fortes têtes, des machinateurs profonds. Je cherche des Rodin, je ne vois que des Loriquet [18]. »

Loriquet, nous le savons, c'est ce jésuite de Saint-Acheul, auteur de la pitoyable *Histoire de France racontée aux jeunes gens*, que le professeur au Collège de France pouvait à bon droit mépriser. Rodin, c'est l'un des héros du livre d'Eugène Sue qui a choisi un patronyme proche de celui de Ronsin, le maître jésuite de la Congrégation*, personnage luciférien, inventeur et exécuteur de la formidable intrigue qui tend à capter au bénéfice de la Compagnie de Jésus l'immense héritage [19] d'un certain M. Rennepont, objet non seulement de la rapacité des jésuites mais aussi de leur haine et de leur angoisse, car il détient le plus terrible des secrets, celui de l'assassinat d'Henri IV…

Pour Michelet, ce Rodin ténébreux, machiavélique, audacieux dans la machination (il prétend à la papauté…), implacable dans l'exécution, mais affreux, sale, disgracié, ami du dompteur Morok, c'est encore trop beau pour un jésuite – qui ne saurait être que flasque, et dans l'intrigue basse…

On imagine la surprise qui dut être celle d'Eugène Sue, « notre admirable romancier » (ô Hugo, Balzac, Flaubert…), quand il lut la note de l'historien. « Idéaliser les jésuites » ? N'est-ce pas dans le testament de M. Rennepont que la Compagnie de Jésus est décrite comme « une association perverse fondée sur la dégradation humaine, sur le despotisme, et qui, poursuivie de la malédiction des peuples, a traversé les siècles et dominé le monde par la terreur » ?

Convenons tout de même que, dans l'horreur, Rodin a plus de force que Loriquet. On l'a vu, au début du récit, étendre ses

* Voir chapitres I et II.

mains rapaces au-dessus d'une mappemonde piquetée de croix rouges – rouges comme le Sacré-Cœur dont les jésuitophobes font alors leur cible. Et le voici, en transes, exalté par les puissances qu'il a enfin déchaînées :

> « ...Je suis toujours saisi d'un mouvement d'admiration presque effrayé en songeant qu'avant de nous appartenir l'homme pense, voit, croit, agit à son gré... et lorsqu'il est à nous, au bout de quelques mois, de l'homme il n'a plus que l'enveloppe : intelligence, esprit, raison, conscience, libre arbitre, tout est chez lui paralysé, desséché, atrophié par l'habitude d'une obéissance muette et terrible, par la pratique de mystérieux exercices qui brisent et tuent tout ce qu'il y a de libre et de spontané dans la pensée humaine.
> Alors, à ces corps privés d'âme, muets, mornes, froids, nous insufflons l'esprit de notre ordre ; aussitôt les cadavres marchent, voient, agissent, exécutent machinalement la volonté, mais dont ils ignorent les desseins, ainsi que la main exécute les travaux les plus difficiles sans connaître, sans comprendre la pensée qui la dirige... »

Quelle « splendide jouissance » est celle de Rodin et de ses séides, d'appartenir corps et âme à cette « milice noire et muette » ramifiée à travers tout l'univers, comme (c'est un jésuite qui parle...) ce « vilain petit animal noirâtre, tendant fil sur fil, renouant ceux-ci, renforçant ceux-là, en allongeant d'autres. Vous haussez les épaules ? Soit. Mais revenez deux heures après ; que trouvez-vous ? Le petit animal noirâtre bien gorgé, bien repu, et dans sa toile une douzaine de folles mouches si enlacées, si garrottées que le petit animal n'a plus qu'à choisir à son aise l'heure et le moment de sa pâture ».

Voilà ce qui s'appelle de l'« idéalisation »... Michelet aurait pu s'épargner son étrange remarque en songeant aux dettes contractées par Eugène Sue à son égard. *Le Juif errant* comporte des passages entiers, relatifs aux jésuites, qui semblent des citations pures et simples des fameux cours du Collège de France : « On se glisse doucement dans le ménage par la confession de la femme et par l'éducation des enfants, dans les intérêts des familles par les confidences des mourants, sur le trône par la conscience inquiète d'un roi trop crédule... »

Feuilleton ou Collège de France ? On ne sait plus. A force de mêler les thèmes et les outrances, on s'y perd, comme à force d'intervertir les fantasmes, telle prophétie du prétendu grand rabbin de Prague des *Protocoles des Sages de Sion* et les diatribes du *Juif errant* – que « notre admirable romancier » eût pu tout aussi bien intituler *Le Jésuite errant*

Au cœur du XIXe siècle, la jésuitophobie semble ainsi tombée bien bas, aussi bas que la Compagnie elle-même. Où sont les Saint-Évremond, les Pascal et les Diderot ? Doit-on se contenter de l'écumante colère d'un grand historien aveuglé par sa haine, d'un feuilletoniste démagogue au savoir aventureux ? On peut préférer la fantaisie allègre d'Alexandre Dumas qui, dans *Le Vicomte de Bragelonne*, fait de son cher Aramis un « général » des jésuites capable de substituer à Louis XIV, trop rétif aux desseins de la Compagnie, un frère jumeau qui entre dans ses vues !

Plutôt que de nous reporter aux savoureux contes du père Dumas, on préfère citer deux apostrophes parlementaires de Victor Hugo, où est ranimé le ton des gallicans de haute école, des laïcs d'avant la laïcité…

C'est à l'occasion du débat ouvert le 15 janvier 1850 à l'Assemblée législative de la IIe République sur le projet de loi défendu par M. de Falloux, ministre de l'Instruction publique, dont l'objectif est de rendre aux congrégations le droit d'enseigner, que le poète parlementaire prononce son réquisitoire majeur contre la « jésuitisation » de l'enseignement et, au-delà, contre l'ensemble du « parti clérical » inspiré, dominé, selon lui, par les jésuites qu'il « sent un peu partout » et qui, ayant « l'oreille fine », l'entendront :

> « Ce projet, tout empreint de certaines rancunes, timbre toutes les pièces de théâtre sans exception, Corneille aussi bien que Molière. Il se venge du *Tartuffe* sur *Polyeucte*. (*Rires et applaudissements*.) Il poursuit le théâtre autant que le journal, et il voudrait briser dans la main de Beaumarchais le miroir où Basile s'est reconnu. (*Bravos à gauche*.) […] Il crée un privilège de circulation au profit de cette misérable coterie ultramontaine à laquelle est livrée désormais l'instruction publique. (*Oui ! Oui !*) Montesquieu sera entravé, mais le père Loriquet* sera libre.

* « Tête de Turc » idéale, ce Nicolas Loriquet, surtout pour l'auteur de « Waterloo… ».

...Quant à nos adversaires jésuites, quant à ces zélateurs de l'Inquisition*, quant à ces terroristes de l'Église (*applaudissements*), qui ont pour argument d'objecter 93 aux hommes de 1850, voici ce que j'ai à leur dire :
"Cessez de nous jeter à la tête la Terreur et ces temps où l'on disait : Divin cœur de Marat ! divin cœur de Jésus** ! Nous ne confondons pas plus Jésus avec Marat que nous ne le confondons avec vous ! Nous ne confondons pas plus la Liberté avec la Terreur que nous ne confondons le christianisme avec la Société de Loyola ; que nous ne confondons la croix du Dieu-agneau et du Dieu-colombe avec la sinistre bannière de saint Dominique ; que nous ne confondons le divin supplicié du Golgotha avec les bourreaux des Cévennes et de la Saint-Barthélemy [...] ; que nous ne confondons la religion, notre religion de paix et d'amour, avec cette abominable secte, partout déguisée et partout dévoilée, qui, après avoir prêché le meurtre des rois, prêche l'oppression des nations (*Bravo ! bravo !*) ; qui assortit ses infamies aux époques qu'elle traverse, faisant aujourd'hui par la calomnie ce qu'elle ne peut plus faire par le bûcher, assassinant les renommées parce qu'elle ne peut plus brûler les hommes, diffamant le siècle parce qu'elle ne peut plus décimer le peuple, odieuse école de despotisme, de sacrilège et d'hypocrisie, qui dit béatement des choses horribles, qui mêle des maximes de mort à l'évangile et qui empoisonne le bénitier !" (*Mouvement prolongé. – Une voix à droite : "Envoyez l'orateur à Bicêtre !"*)
...Et quant au parti jésuite, puisque je suis provoqué à m'expliquer sur son compte (*bruit à droite*) ; quant à ce parti qui, à l'insu même de la réaction, est aujourd'hui l'âme de la réaction ; à ce parti aux yeux duquel la pensée est une contravention, la lecture un délit, l'écriture un crime, l'imprimerie un attentat ! (*bruit*) quant à ce parti qui ne comprend rien à ce siècle, dont il n'est pas ; qui appelle aujourd'hui la fiscalité sur la presse, la censure sur nos théâtres, l'anathème sur nos livres, la réprobation sur nos idées, la répression sur nos progrès, et qui, en d'autres temps, eût appelé la proscription sur nos têtes (*C'est cela ! bravo !*), à ce parti d'absolutisme, d'immobilité, d'imbécillité, de silence, de ténèbres, d'abrutissement monacal ; à ce parti qui rêve pour la France, non l'avenir de la France, mais le passé de l'Espagne, il a beau rappeler

* Nous savons que, sur ce point, Hugo est mal informé.
** C'était en effet l'un des thèmes contre-révolutionnaires des jésuites que d'alléguer la « christification » de Marat par la Convention.

complaisamment ses titres historiques à l'exécration des hommes ; il a beau remettre à neuf ses vieilles doctrines rouillées de sang humain ; il a beau être parfaitement capable de tous les guets-apens sur tout ce qui est la justice et le droit ; il a beau être le parti qui a toujours fait les besognes souterraines et qui a toujours accepté dans tous les temps et sur tous les échafauds la fonction de bourreau masqué ; il a beau se glisser traîtreusement dans notre gouvernement, dans notre diplomatie, dans nos écoles, dans notre urne électorale, dans nos lois, dans toutes nos lois, et en particulier dans celle qui nous occupe ; il a beau être tout cela et faire tout cela, qu'il le sache bien, et je m'étonne d'avoir pu moi-même croire un moment le contraire*, oui, qu'il le sache bien, les temps où il pouvait être un danger public sont passés ! (*Oui ! oui !*)
Oui, énervé comme il l'est, réduit à la ressource des petits hommes et à la misère des petits moyens, obligé d'user pour nous attaquer de cette liberté de la presse qu'il voudrait tuer, et qui le tue (*applaudissements !*), hérétique lui-même dans les moyens qu'il emploie, condamné à s'appuyer, dans la politique, sur des voltairiens qui le raillent, et dans la banque sur des juifs qu'il brûlerait de si bon cœur ! (*explosion de rires et d'applaudissements*) balbutiant en plein XIXe siècle son infâme éloge de l'inquisition, au milieu des haussements d'épaules et des éclats de rire, le parti jésuite ne peut plus être parmi nous qu'un objet d'étonnement, un accident, un phénomène, une curiosité (*rires*), un miracle, si c'est là le mot qui lui plaît (*rire universel*), quelque chose d'étrange et de hideux comme une orfraie** qui volerait en plein midi (*vive sensation*), rien de plus. Il fait horreur, soit ; mais il ne fait plus peur ! Qu'il sache cela, et qu'il soit modeste ! Non, il ne fait pas peur ! Nous, nous ne le craignons pas ! Non, ce parti jésuite n'égorgera pas la liberté, il fait trop grand jour pour cela ! (*Longs applaudissements*[20].) »

Ce prodigieux roulement du tambour de Santerre, celui qui, cinquante-sept ans plus tôt, avait couvert la voix d'illustres guillotinés, véhicule à peu près autant d'absurdités que les « leçons » de Jules Michelet. Mais le poète a ici trois supériorités sur l'historien : qu'il est celui dont on attend la beauté convulsive, non la vérité ; qu'il s'exprime dans une enceinte,

* Le jeune Hugo avait été légitimiste et clérical.

** Il fallait un grand poète pour en ajouter ici à la collection tératologique et ornithologique liée au jésuitisme !

l'Assemblée politique, où la règle n'est ni la mesure, ni l'équité – à la différence du Collège de France ; qu'il ne croit pas utile, pour fonder sa colère, d'inventer une épouvante, et, s'agissant du « péril noir », n'en fait ni une armée d'invasion, ni la pieuvre de Gilliatt. Tout homme public est en droit de manifester son aversion ; mais non de fabuler pour en démontrer le bien-fondé.

Vive donc ce chapitre additionnel aux *Châtiments*. Nicolas Loriquet méritait bien autant de flèches, ou de verges, que le duc de Morny. Les outrances de M. Hugo sont assez flamboyantes pour être rangées dans les « licences poétiques ». Elles permettent de vérifier en tout cas qu'en ce pays il est peu de trajets conduisant du conservatisme au « progressisme » qui ne passent pas la chasse aux jésuites…

La France fut ainsi, pendant des siècles, la terre d'élection de la jésuitophobie, en tant que thème politique et que genre littéraire. De Pascal à Hugo, au sommet ; de Pasquier à Eugène Sue, dans le creux, elle fleurit, acclamée, et sans guère susciter de réplique à sa mesure. Mais, si forte qu'en soit la composante gallicane, elle s'épanouit aussi bien sûr hors des frontières de la France. Une organisation universelle, dès lors qu'elle suscite la haine, lui donne une ampleur universelle.

Le mot de haine est-il pertinent ? On a vu que, s'agissant de Michelet, et pour s'en tenir aux grands esprits, le mot n'est pas trop fort, le sentiment, alors, subjuguant la raison la plus fière de ses chefs-d'œuvre. Ainsi d'un Pombal à Lisbonne, d'un Charles III à Madrid, de jansénistes comme Le Paige à Paris.

Et c'est encore de haine (*hatred*) qu'il faudrait parler si l'on abordait aux rivages anglais, où le *popish plot*, le complot papiste, prit les proportions d'une hantise. Mais de Marie Tudor, dite « la sanglante », à Jacques II, de l'« invincible Armada » à la « conspiration de Londres », de Titus Oates au père de la Colombière*, sommes-nous toujours sur le terrain de la « jésuitophobie », de ce type de psychose sociale qui fait voir à l'abbé Chauvelin ou à Michelet du jésuite derrière chaque tenture, sous chaque tapis, au centre de n'importe quelle toile d'araignée ?

* Confesseur de la reine – récemment (1992) béatifié par Rome.

Dans les îles Britanniques, le complot prit une forme bien réelle, si absurdes ou extravagantes fussent les forgeries de Titus Oates. De Madrid à Versailles, le réseau jésuite fut utilisé sans vergogne contre l'anglicanisme, pour soulever l'Écosse de Marie Stuart aussi bien que l'Irlande. Ici, la haine de la Compagnie ne relève pas du domaine de la hantise, du « Hommes noirs, d'où sortez-vous ? » : elle est fondée sur des réalités cruelles – fussent-elles manipulées par un Shaftesbury.

Et si Francis Bacon épouse le point de vue de Montaigne à propos de l'éducation dominée par les jésuites, qu'il tient pour l'idéal de ce que l'on peut attendre en ce domaine, c'est Carlyle, trois siècles plus tard, qui exprime le sentiment dominant, en écrivant à propos de la *popish terror* (« terreur papiste ») : « L'évangile de Loyola est le plus néfaste de tous les temps. »

On ne s'attardera pas davantage sur les campagnes anti-jésuites conduites en Italie au temps du *Risorgimento* et du *Syllabus*, qui trouvèrent leur expression la plus éclatante dans le *Gesuita moderno* de l'abbé Gioberti : la Compagnie de Jésus avait joué un rôle si hostile à l'unité italienne, à l'institution de Rome comme capitale, à la naissance de l'État laïque, que les diatribes de Mazzini, de Garibaldi semblent raisonnables quand on les rapproche de celles des poètes et des historiens français de la même époque. Quand on conduit une telle stratégie, on doit en subir les conséquences.

Comment s'étonner que la Russie, longtemps refuge des jésuites, n'ait pas vu grandir sans en prendre ombrage l'influence des pères à la cour de Catherine, puis de Paul, puis d'Alexandre jusqu'à l'expulsion de 1820 ? Il n'était pas besoin d'être un fanatique du panslavisme pour dénoncer l'emprise exercée sur l'aristocratie de Saint-Pétersbourg par les pères, et de voir l'un des princes Galitzine se convertir au catholicisme pour s'indigner.

De cette indignation, l'expression la plus puissante est à coup sûr l'apparition du Grand Inquisiteur dans *Les Frères Karamazov*. On sait que Dostoïevski était panslaviste. Il n'est donc pas surprenant que cette prodigieuse caricature de la religion romaine émane de son génie ombrageux. Telle quelle, il faut en citer quelques traits. Si grandes soient les libertés prises avec la vraisemblance, et même la vérité, ces pages magnifiques sont peut-être ce que la jésuitophobie a créé de plus grand.

On connaît la fable où culmine ce roman incomparable (que

T. E. Lawrence et André Malraux tenaient pour « le cinquième évangile »), contée par le sceptique Ivan Karamazov à son jeune frère, Aliocha le pieux : passant au XVe siècle par Séville où le peuple l'acclame, Jésus est appréhendé par les gardes du Grand Inquisiteur nonagénaire, qui le fait comparaître devant lui, et l'apostrophe ainsi :

« Pourquoi es-tu venu nous déranger ? Car tu nous déranges, tu le sais bien. Mais sais-tu ce qui arrivera demain ? J'ignore qui tu es et ne veux pas le savoir : est-ce Toi ou seulement Son apparence ? mais demain je te condamnerai et tu seras brûlé comme le pire des hérétiques, et ce même peuple qui aujourd'hui te baisait les pieds, se précipitera demain, sur un signe de moi, pour alimenter ton bûcher… »

Aliocha s'indigne de ce point de départ. Ivan riposte :

> « …C'est peut-être le trait fondamental du catholicisme romain, à mon humble avis : "Tout a été transmis par toi au pape, tout dépend donc maintenant du pape ; ne viens pas nous déranger, avant le temps du moins." Telle est leur doctrine, celle des jésuites, en tout cas. Je l'ai trouvée chez leurs théologiens. "As-tu le droit de nous révéler un seul des secrets du monde d'où tu viens ?" demande le vieillard, qui répond à sa place : "Non, tu n'en as pas le droit, car cette révélation s'ajouterait à celle d'autrefois, et ce serait retirer aux hommes la liberté que tu défendais tant sur la terre. Toutes tes révélations nouvelles porteraient atteinte à la liberté de la foi car elles paraîtraient miraculeuses ; or, tu mettais au-dessus de tout, il y a quinze siècles, cette liberté de la foi. N'as-tu pas dit souvent : 'Je veux vous rendre libres.' Eh bien ! Tu les as vus, les hommes 'libres', ajoute le vieillard d'un air sarcastique. Oui, cela a coûté cher, poursuit-il en le regardant avec sévérité, mais nous avons enfin achevé cette œuvre en ton nom. Il nous a fallu quinze siècles de rude labeur pour instaurer la liberté ; mais c'est fait et bien fait…
>
> "Tu es fier de tes élus, mais ce n'est qu'une élite, tandis que nous donnerons le repos à tous. D'ailleurs, parmi ces forts destinés à devenir des élus, combien se sont lassés enfin de t'attendre, combien ont porté et porteront encore autre part les forces de leur esprit et l'ardeur de leur cœur, combien finiront par s'insurger contre toi au nom de la *liberté* ! Mais c'est toi qui la leur auras donnée. Nous rendrons tous les hommes heureux, les révoltes et les massacres inséparables de ta liberté

cesseront. Oh ! nous les persuaderons qu'ils ne seront vraiment libres qu'en abdiquant leur liberté en notre faveur…
“…Je me suis ressaisi et n'ai pas voulu servir une cause insensée. Je suis revenu me joindre à ceux qui ont *corrigé ton œuvre*. J'ai quitté les fiers, je suis revenu aux humbles, pour faire leur bonheur. Ce que je dis s'accomplira et notre empire s'édifiera. Je te le répète, demain, sur un signe de moi, tu verras ce troupeau docile apporter des charbons ardents au bûcher où tu monteras, pour être venu entraver notre œuvre. Car si quelqu'un a mérité plus que tous le bûcher, c'est toi. Demain, je te brûlerai. *Dixi*.” »

C'en est trop pour Aliocha :

« …C'est absurde !… Est-ce la conception de l'Église orthodoxe ?… C'est Rome, et encore pas tout entière, ce sont les pires éléments du catholicisme, les inquisiteurs, les jésuites !… Il n'existe pas de personnage fantastique, comme ton inquisiteur. Quels sont ces péchés d'autrui dont on prend la charge ? Quels sont ces détenteurs du mystère, qui se chargent de l'anathème pour le bonheur de l'humanité ? Quand a-t-on vu cela ? Nous connaissons les jésuites, on dit d'eux beaucoup de mal, mais sont-ils pareils aux tiens ? Nullement !… C'est simplement l'armée romaine, l'instrument de la future domination universelle… »

« Mon inquisiteur, riposte Ivan, se rallie aux gens d'esprit… »

– « Ils n'ont pas d'esprit […] l'athéisme, voilà leur secret. Ton inquisiteur ne croit pas en Dieu.
– … Mais n'est-ce pas une souffrance pour un homme comme lui, qui […] n'a pas cessé d'aimer l'humanité ? […] Il suffit d'un seul chef pareil pour incarner la véritable idée directrice du catholicisme romain, avec ses armées et ses jésuites, l'idée supérieure […] Peut-être que ce maudit vieillard, qui aime si obstinément l'humanité, à sa façon, existe encore maintenant en plusieurs exemplaires, et cela non par l'effet du hasard, mais sous la forme d'une entente, d'une ligue secrète, organisée depuis longtemps […] J'imagine même que les francs-maçons ont un mystère analogue à la base de leur doctrine, et c'est pourquoi les catholiques haïssent tant les francs-maçons ; ils voient en eux une concurrence, la dispersion de l'idée unique, alors qu'il doit y avoir un seul troupeau sous un seul pasteur… »

Et voici la conclusion de la fable d'Ivan :

> « Tout à coup, le Prisonnier s'approche en silence du nonagénaire et baise ses lèvres exsangues. C'est toute la réponse. Le vieillard tressaille, ses lèvres remuent ; il va à la porte, l'ouvre et dit : "Va-t'en et ne reviens plus… plus jamais !" Et il le laisse aller dans les ténèbres de la ville […]
> – Et le vieillard ?
> – Le baiser lui brûle le cœur, mais il persiste dans son idée.
> – Et tu es avec lui, toi aussi ! s'écria amèrement Aliocha.
> – Quelle absurdité, Aliocha ! […] Penses-tu que je veuille me joindre aux jésuites… »

Dans le plus dévorant morceau de littérature qu'ils aient inspiré, cet apologue du Grand Inquisiteur où, selon Freud (qui ne l'aimait pas), Dostoïevski s'égale à Shakespeare, les jésuites apparaissent donc comme les maîtres d'un théisme humaniste, rationaliste, d'un réalisme organisateur, qui les rapproche – la référence est explicite – des francs-maçons ; Auguste Comte avait trouvé en eux des inspirateurs, ou des compagnons de route, les invitant à rejoindre la religion positiviste…

Les jésuites bourreaux de Jésus, au nom de l'ordre humain contre l'anarchisme évangélique ? L'imputation est en tout cas d'une autre portée et d'une autre grandeur que celles des gallicans ou des prophètes de l'école laïque. Quelle que soit la part de ce gallicanisme russe qu'est le panslavisme dans la satire de l'auteur des *Karamazov*, sa détestation de Rome et du matérialisme occidental, ce procès-là est le plus tragique, en ses implications, qu'ait suscité la Compagnie.

Il s'en faut que les fureurs conjuguées de Jules Michelet et d'Edgar Quinet aient épuisé les fièvres jésuitophobes au sein de la société française. De Gambetta à Jules Ferry, la veine reste puissante. Zola n'invente aucun épigone du R. P. Rodin, son abbé Mouret n'appartient pas à la Compagnie, et la dernière fusée littéraire dirigée contre les jésuites, *L'Empreinte* (1898), n'émane que du modeste génie d'Édouard Estaunié*.

Une des marques de la politique française fut que l'anti-

* Voir chapitre VII.

jésuitisme en resta longtemps une composante permanente. L'affaire Dreyfus met en lumière le rôle du R. P. du Lac, confesseur du général de Boisdeffre, qui fut l'un des parrains de la machination. La crise de la séparation de l'Église et de l'État* fait apparaître à cru l'influence de la Société de Jésus sur l'enseignement confessionnel. Et il n'est pas jusqu'à l'immense imbroglio d'où devait jaillir la Première Guerre mondiale qui ne donne de multiples occasions de les mettre en cause, soit en raison de l'influence qu'ils exercent sur le pape Benoît XV que l'opinion française tient pour pro-allemand, soit même du fait de leur participation à la grande intrigue entre Vienne, Saint-Pétersbourg, Berlin et Paris.

Un certain Bedouce, qui allait devenir l'un des fondateurs de la SFIO, raconte que trois heures avant sa mort, le 31 juillet 1914, Jean Jaurès, tentant une dernière démarche en faveur de la paix au Quai d'Orsay où l'avait reçu le sous-secrétaire d'État Abel Ferry et n'en recueillant que des confidences désespérées (« il est trop tard »), aurait lancé, en quittant le ministère : « C'est encore un coup des jésuites [21] ! »

Ce qui démontre qu'au moment où l'extrême émotion fait craquer les barrières et les structures de la raison, il n'est pas de si grand esprit qui n'ait besoin de mettre en cause l'éternel bouc émissaire, l'« homme noir » venu de dessous terre pour jeter l'un contre l'autre l'empereur luthérien de Berlin, celui, orthodoxe, de Saint-Pétersbourg, le souverain anglican et les très laïques Raymond Poincaré et René Viviani…

Quand de telles obsessions viennent hanter, aux heures extrêmes, les plus sages, comment ne tarauderaient-elles pas des cerveaux moins solides ? Au terme de cette longue évocation d'une psychose historique, l'auteur ne peut se retenir d'apporter au dossier une pièce qui a son éloquence. Il s'agit d'une lettre qui lui fut adressée en 1990, à propos d'une biographie consacrée par lui au général de Gaulle. C'est de Londres, et le 18 juin de cette année-là, qu'un correspondant dont il taira le nom, mais dont il a pu vérifier l'existence – et celle des quelques ouvrages dont il revendique la paternité –, lui adressa cette apostrophe** :

* Voir chapitre VII.

** Abrégée de quelques phrases étrangères au sujet qui nous occupe.

> « Monsieur,
> Ne croyez-vous pas qu'il serait temps, dans l'intérêt du pays, de faire connaître et enseigner enfin LA VÉRITÉ ?
> Supposez qu'un jour un historien honnête écrive que, par deux fois, le peuple français souverain a élu président de la République un individu qui, dans le passé, fut le fer de lance de Hitler*.
> Il est manifeste que les jésuites – cette organisation superpuissante, criminelle, antichrétienne (puisqu'elle tue depuis 1540) – a saboté le traité de Versailles (la France devait être sur le Rhin et le général la met sur le cul), a signé avec Hitler un accord secret (bien avant le terrible pacte germano-soviétique du 23/8/1939) dont le but recherché était la destruction de la France et que leurs chers « potes », les Seigneurs nazis, régnassent mille ans sur le monde.
> Qu'ils contrôlent tous les partis politiques de France, de la soi-disant extrême gauche à l'extrême droite (Le Pen a été aussi éduqué par cette organisation mais elle l'a foutu dehors, et J. Chirac né sous l'ombre du minaret de la Mosquée, ne jure que par elle)…
> La 5e colonne, qui est-ce, sinon les jésuites ?
> […]
> C'est moi qui ai la preuve matérielle que les jésuites ont organisé la Deuxième Guerre mondiale… »

Bon. Les hantises ont la vie dure, et les psychoses peuvent conduire à la paranoïa. S'agissant des juifs, les éructations de Céline sont-elles d'une autre nature – si elles eurent d'autres conséquences ?

N'oublions pas l'hommage rendu à la Compagnie de Jésus dans les fantasmagoriques *Protocoles des Sages de Sion* :

> « …Seuls les jésuites pourraient nous égaler sous le rapport de la manipulation politique ; mais nous avons pu les discréditer aux yeux de la foule stupide, parce qu'ils formaient une organisation visible, tandis que nous restons nous-mêmes dans l'ombre avec notre organisation secrète. »

Assimilations plus séduisantes que suggestives ? Retenons tout de même que ce type d'argument chemine sournoisement

* Mon correspondant néglige ici de rappeler que le général de Gaulle fut l'élève des pères. Ce qui explique la suite…

depuis des siècles. On a déjà cité la singulière formule d'Étienne Pasquier écrivant dans son *Catéchisme des jésuites* : « Dans la jésuiterie, il y a beaucoup de juiverie… »

Rien de plus monotone que les obsessions, de plus répétitif que les fantasmes collectifs et les grandes peurs.

CHAPITRE IV

*Le grand western du R. P. De Smet**

• « Le Livingstone de l'Amérique » • Comme un vol de Flamands… • On l'appelait Samson • Du Mississippi aux montagnes Rocheuses • Un cœur si grand… • La « grande robe noire » • Des Potowatomies aux Têtes Plates • Refaire les « réductions » en Oregon ? • Puces chez les Assiniboins • La conférence de Fort-Laramie • A l'appel de Lincoln • Face à Sitting Bull • Guerre de Sécession • Le seul Blanc… •

Qu'il ne se soit pas trouvé un cinéaste de grands espaces et de haute ambition – un John Ford, un Kubrick, un Cimino – pour évoquer à grands coups d'images épiques la vie et les aventures de Pierre-Jean De Smet est l'une des inconséquences de cette étrange industrie des rêves.

* Bien que le nom soit orthographié de façons diverses selon qu'il s'agit d'ouvrages en français, en flamand ou en anglais, et que ses prénoms d'origine soient plutôt Peter-Jan, on parlera ici de Pierre-Jean De Smet (D majuscule, à la belge). C'est le choix qu'ont fait ses principaux biographes, y compris les Américains, et ceux qui l'ont inhumé à Florissant (Missouri), édifiant sa tombe à une époque où les Flamands ne se jugeaient pas déshonorés de s'exprimer en français.

M. Paul de Smet d'Olbecke, arrière-petit-neveu de notre jésuite, a tenu à m'indiquer que l'orthographe correcte du nom de famille est « de Smet », son père Pierre ayant été anobli en 1928 par le roi Albert, et sa descendance ayant peu après acquis l'adjonction du nom « d'Olbecke ». Mais ces honneurs étant intervenus après la mort du missionnaire, on croit devoir garder l'orthographe prénobiliaire, le De avec majuscule étant un simple article.

Sujet magique en effet que la carrière de ce jésuite belge* contemporain d'Edgar Poe, pionnier du haut Missouri, escaladeur des montagnes Rocheuses, évangélisateur des Têtes Plates, des Cœurs d'Alêne, des Nez Percés, des Pieds Noirs et des Gros Ventres, pacificateur des Sioux, avocat permanent des Indiens à Washington, visiteur des Mormons, interlocuteur de Lincoln et de Sitting Bull, ami du grand chef Pananiapappi mais aussi du général Harney, de John McLoughlin, le « père de l'Oregon », et du peintre Audubon, auteur d'une demi-douzaine d'ouvrages classiques sur les mœurs et la culture indienne, entomologiste, botaniste, trappeur, rival de Wyatt Earp dans l'imaginaire du Far West, et dont le nom a été donné à deux villes américaines, l'une dans l'Idaho et l'autre dans le South Dakota...

On rêve de ce qu'aurait pu faire de cette figure puissante, si savoureuse dans sa complexité, un acteur de la taille de Spencer Tracy, protagoniste d'une chronique évoquant dans toute leur ampleur et leur crudité la question des rapports entre l'État fédéral et les tribus indiennes, les conflits entre l'immigration vorace et les « sauvages » refoulés vers les mauvaises terres, et, mieux encore, les chances d'acculturation décente entre la société indigène, un christianisme ambigu et la modernité à cheval dont il tenta désespérément de juguler l'élémentaire férocité. Sujet tout aussi beau, et plus complexe encore que celui dont Roland Joffé tira naguère le très éloquent *Mission***.

Dans l'histoire du père De Smet, écrit Gilbert Garraghan, « revit dans sa pureté le romantisme et la séduction de l'*Old Frontier*... ce qu'il y a de plus américain de toute l'Amérique

* Les sources principales de tout récit de la vie du R. P. De Smet sont d'abord ses *Lettres* (4 vol. publiés entre 1843 et 1877, éd. Closson, Bruxelles) et l'énorme biographie qui lui fut consacrée au début du siècle, et qui figure à la bibliographie sous ce titre impressionnant : *Life, Letters and Travels of Father Pierre-Jean De Smet, S. J., 1801-1873, Missionary Labors and Adventures among the Wild Tribes of the North American Indians, embracing Minute Description of their Manners, Customs, Games, Modes of Warfare and Torture, Legends, Traditions, etc. All from Personal Observations Made during Many Thousand Miles of Travel with Sketches of the Country from manuscript Journals and Letter Books and from his Printed Works with Historical, Geographical, Ethnological and other Notes. Also a Life of Father De Smet, Maps and Illustrations. By Hiram Martin Chittenden, Major, Corps of Engineers, USA and Alfred Talbot Richardson* (4 vol., New York, 1905).

** Grand prix du Festival de Cannes 1989.

[*the most american thing in all America*] avec toutes les formes d'éloquence que prennent l'audace et l'aventure[1]... » Quant à la grandeur du personnage, elle est attestée par de multiples historiens des États-Unis peu suspects de complaisances à l'endroit des missions catholiques : l'un voit en Pierre-Jean De Smet « un personnage auguste de notre histoire nationale », l'autre « celui de tous les hommes blancs qui s'acquit la plus grande confiance des Indiens », un troisième salue en lui « le plus glorieux jésuite du XIXe siècle [...] qui fut à l'Amérique ce que fut Livingstone à l'Afrique ».

Il se trouve pourtant que le missionnaire flamand, sans égal peut-être depuis François Xavier, Ricci ou Montoya, par l'alliance en lui de l'esprit d'entreprise, de l'ouverture culturelle, de la dextérité politique et de l'ardeur missionnaire, est à peu près inconnu en Europe* et que plusieurs ouvrages rédigés par des auteurs de la Compagnie passent son nom sous silence ou le signalent hâtivement, comme si ses confrères lui pardonnaient mal de ressembler par trop aux héros de *Stagecoach* et de *Rio Bravo*, ou d'écraser de sa grandeur rustique la presque totalité de l'univers jésuite de son temps**.

Grâce à lui, l'histoire des jésuites, qui avait convergé depuis le début du XVIIe siècle avec celle, tâtonnante, des colonies européennes d'Amérique, et conflué avec elles de Jacques Marquette à John Carroll, se confondit enfin – non sans ambiguïté – avec l'édification et l'extension des États-Unis du siècle de Jackson et de Lincoln qui fut aussi, pendant cinquante ans, celui de Pierre-Jean De Smet[2].

L'inspiration majeure des *Founding Fathers* de 1776 a peu à voir, il est vrai, avec les *Exercices spirituels* : elle vient en droite ligne de la Réforme et de l'esprit quaker. Mais il y a dans la vision jeffersonienne du monde et, au-delà, dans la confuse idéologie du Parti démocrate, qui fut celui de F. D. Roosevelt, mais aussi du catholique Kennedy, un optimisme vital qui cousine avec celui des pères du Paraguay et du Missouri. Du thème de l'*Old Frontier* au mythe de la *New*

* En Belgique même, son nom est respecté, pas glorifié.

** On écrit « presque », pensant à Gerard Manley Hopkins ou à Pierre Olivaint, entre autres...

Frontier, on retrouve un messianisme musclé, justicialiste, efficace…

On dirait bien du *perinde ac cadaver* qu'il est intolérable à la démocratie américaine si cette puissance n'avait donné vie à une institution aussi caractéristique que le corps des Marines. Et la CIA, ne la croirait-on pas inventée par un ancien élève des collèges de la Compagnie ? Quant à la formule *Ad majorem Dei gloriam*, il faut n'avoir jamais assisté, de près ni de loin, à la prestation de serment d'un président des États-Unis ou d'un très haut fonctionnaire de Washington pour la croire irréductible à la conception que les Américains se font de leur devoir public et des sources qu'ils donnent à leur éthique collective.

Aucun jésuite, il est vrai, n'était parmi les passagers du *Mayflower* – qui, en 1620, n'emportait vers l'Amérique que des puritains, presbytériens ou congrégationalistes, fuyant les rigueurs de l'Église d'Angleterre. Mais quelques hommes noirs avaient déjà pris pied sur le sol américain – sans parler bien sûr des jésuites fondateurs de São Paulo, au milieu du XVIe siècle, ou créateurs des « réductions », au début du XVIIe. Quelques pères iniguistes avaient débarqué en 1566 sur les côtes de Floride dans les bagages d'un capitaine espagnol nommé Menendez, grand massacreur de huguenots français, avant de le suivre dans sa retraite vers les îles voisines. Et en 1611, dans ce qui est aujourd'hui l'État du Maine, un autre détachement de la Compagnie avait fondé, sur l'île des Monts-Déserts, la mission Saint-Sauveur.

Compte tenu de ces incursions de pionniers, c'est tout de même au Maryland, en 1634, que débute la saga jésuite sur ces terres qui, par addition avec celles que Robert Cavelier de La Salle baptisera en 1682 Louisiane, deviendront les États-Unis d'Amérique.

Le « pays de Mary », du nom de la reine, avait été offert en 1632 par Charles Ier à son ministre George Calvert, premier Lord Baltimore, catholique, pour y fonder selon ses vœux une société rassemblant protestants et papistes sur un pied d'égalité. La mort empêcha ce grand seigneur bénévolent de prendre possession de son domaine et c'est son fils Cecil Calvert qui réalisa son rêve, flanqué de quelques jésuites : Andrew White, John Altham, Tom Gervase et Ferdinand Poulton. Comme les puritains du Massachusetts vingt ans plus tôt, ces fondateurs se donnaient un double objectif : *piety and profit* ; mais, au Maryland, tous les « chrétiens trinitaires » jouissaient en principe de droits égaux. L'expérience ne survécut pas à la révolution d'Oliver Cromwell : en 1645, le R. P. White et son compagnon Thomas Copley étaient ramenés à Londres enchaînés.

Chassés de la côte Est, les jésuites paraissent du côté des Grands Lacs, ceux-là au Québec, ceux-ci au Wisconsin. C'est de là que le R. P. Jacques Marquette, flanqué de l'explorateur Louis Joliet, partit en 1773 pour réaliser la première descente du Mississippi, de la Prairie-du-Chien au confluent de l'Arkansas. La Compagnie de Jésus devenait ainsi l'un des responsables majeurs de la prise en charge du continent par l'homme européen, contractant ainsi des responsabilités dont il lui faudra s'acquitter… C'est en tout cas l'époque où, écrit l'historien américain Hubert Bancroft, « on ne doublait pas un cap, on ne traversait pas une rivière sans qu'un jésuite ne montrât le chemin [3] ».

Dix ans plus tard surgit un autre personnage de légende, le jésuite tyrolien Eusebio Kühn, dit « Kino », explorateur, trappeur, négociateur, agronome, astronome, mineur, cartographe et cow-boy, qui sillonna le Sud du Far West pendant un quart de siècle, de la Californie au Nord de l'Arizona et au plateau du Colorado, où il introduisit, entre autres cultures européennes, celle de la vigne.

Moins flamboyant, le plus important de ces prédécesseurs du père De Smet est peut-être Sébastien Meurin, qui fut à sa modeste manière le Clausewitz ou le de Gaulle jésuite que l'on s'est étonné* de n'avoir pas vu paraître en 1773, refusant de s'incliner devant l'illégalité en quoi se résumait le pitoyable bref de Clément XIV : quand parvient de Rome en Louisiane alors française l'ordre de suppression de la Compagnie – que le gouverneur, au nom du roi Louis XV, s'empressa de faire exécuter, déportant les pères vers l'Europe –, ce Meurin refuse de se laisser faire et court s'installer à Prairie-du-Rocher où sera bientôt fondé Saint Louis, bastion avancé du jésuitisme américain. C'est sur cette pierre…

Trois ans plus tard, la déclaration d'Indépendance des États-Unis donne sa justification (au moins politique) au geste de

* Voir chapitre I.

Sébastien Meurin : la nouvelle république établit le principe de la séparation entre l'État et l'Église. La Compagnie, qui ne compte plus sur place que douze prêtres, va se reconstituer sous l'impulsion d'un ancien jésuite qui s'est plié, lui, à l'ordre venu de Rome et qui, partisan enthousiaste de l'indépendance des colonies, est devenu évêque de Baltimore et chef du catholicisme américain : il s'appelle John Carroll.

Resté fidèle en esprit à son ordre originel, Carroll multiplie les efforts pour le ranimer après la mort de Meurin. Il tente d'attirer sur le nouveau continent son ami Pierre de Clorivière dont il a été jadis le maître de théologie à Liège et qui mène en France une vie périlleuse de prêtre proscrit : le projet sera poussé très loin, ayant la faveur du jésuite breton, avant que l'intervention de ses supérieurs ne le fasse échouer. Mais Carroll réussit à obtenir du « général » intérimaire de la Compagnie, Gabriel Grüber, le rattachement de la collectivité jésuite américaine au siège « russe » maintenu à Saint-Pétersbourg.

Ainsi se forme sur l'autre rive de l'Atlantique une vivace communauté jésuite que le gouvernement de Washington, partagé entre l'admiration et la méfiance, s'applique à tenir en lisière, sans lui infliger les vexations, poursuites ou expulsions que subit la Compagnie en Europe. Le formidable dynamisme des hommes noirs trouve au Nouveau Monde un champ digne de lui, et de nature à susciter un rêve : reprendre avec les Algonquins, les Osages ou les Cheyennes la grande aventure des « réductions » guaranies brisée par les monarchies européennes en 1767.

Cette fois, pourtant, les promoteurs de l'entreprise ne seront pas recrutés parmi les nations colonisatrices de l'Amérique – Espagnols, Portugais, Français –, ni même chez les Italiens polyvalents, mais dans une population jusqu'alors plutôt sédentaire, ou tout au moins discrète dans l'expansion missionnaire : les Flamands (et quelques Wallons) de Belgique, nation qui proclamera son indépendance en 1831, faisant sécession d'avec les Pays-Bas réformés. Est-ce cette similitude de démarche historique, avec un demi-siècle de retard, qui jette vers la grande République américaine non plus des prêtres venus d'Estrémadure ou de l'Alentejo, du Perche, de Sicile ou du Connemara, mais des fils d'armateurs d'Anvers, de filateurs ou de brasseurs de Bruges ou de Gand ? Ou simplement que la fin de la domination néerlandaise libère des énergies centrifuges depuis longtemps cantonnées sur place par la poigne des souverains d'Orange ? On peut penser en tout cas que le gouvernement fédéral américain vit débarquer avec moins de défiance cette cohorte de prêtres énergiquement papistes, dès lors qu'ils ne relevaient pas en outre d'une grande puissance…

Un homme joua en l'occurrence le rôle du briseur de chaînes, ou du « starter » de la course : Charles Nerinckx, prêtre non jésuite, ancien curé d'Evenberg, bourg proche de Louvain, proscrit par les autorités révolutionnaires françaises et parti évangéliser le Kentucky. Revenu pour quelques mois au pays natal en 1821, il y suscita une flambée de vocations missionnaires, parmi lesquelles celle d'un séminariste de vingt ans nommé Pierre-Jean De Smet.

Sous l'autorité de John Carroll, personnalité dominante ou fondatrice du catholicisme américain, c'est tout de même un évêque créole des Antilles, Mgr Louis Dubourg, qui fut le promoteur de cette croisade belgo-jésuite vers le Missouri, les montagnes Rocheuses et l'Oregon. Évêque de La Nouvelle-Orléans, il choisit en 1818 de s'installer à Saint Louis pour « être plus proche des Indiens », alors que le gouvernement fédéral offre une bourse de 10 000 dollars annuels en vue de financer tout programme d'aide aux *natives*.

Mgr Dubourg n'est pas homme à négliger une telle contribution et recrute fiévreusement les bonnes volontés : il prend le risque de faire venir de France la mère Philippine Duchesne qui n'est plus toute jeune et quelques filles du Sacré-Cœur, et pense naturellement, pour une telle mission, aux jésuites. C'est à son initiative qu'en 1823 la charge d'évangéliser l'immense et lointaine vallée du Missouri est confiée à la Compagnie – et, compte tenu des recrues faites depuis plusieurs années en Flandre par l'abbé Nerinckx, aux jésuites belges. Ainsi va bientôt débarquer à Baltimore un groupe de séminaristes embarqués à Amsterdam qui, après quelques mois de préparation, seront dirigés sur Saint Louis. Un maître peu banal, doté d'un nom de syndic de Franz Hals, les y attend : Charles Van Quickenborne. Parmi les arrivants, notre De Smet.

On l'appelait « Samson ». Né avec le siècle en janvier 1801, huitième fils de l'armateur Josse De Smet, bourgeois de

Termonde* dont la légende veut qu'il ait donné naissance à vingt-deux enfants**, Pierre-Jean ne tenta pas de rivaliser en ce domaine avec son père, ayant décidé à seize ans d'entrer dans la Compagnie de Jésus : mais on le vit, adolescent batailleur, porter à bout de bras une barque, voire un condisciple. L'homme qui devait escalader les montagnes Rocheuses et parcourir sept ou huit fois le tour de la terre était doté d'une riche nature, à laquelle le Grand Ouest allait donner matière à s'exprimer.

Déjà, de Baltimore à Saint Louis, le galop d'essai des novices était formateur : cinq cents lieues*** abattues en cinquante jours, à pied, à travers les monts Alleghany, puis à bord d'un radeau sur l'Ohio, puis en pataugeant à travers les marécages de l'Illinois… On leur confia la ferme de Florissant, à quelque vingt-cinq kilomètres au nord de Saint Louis, au confluent du Mississippi et du Missouri, où vivaient Mme Duchesne et ses Dames du Sacré-Cœur. Sous la férule du père Van Quickenborne, ils se transformèrent d'abord en maçons, puis en instituteurs des jeunes Indiens des environs, Algonquins et Osages.

C'est le père de l'un d'eux qui fut, en quelque sorte, le premier « peau-rouge » qu'ait approché De Smet. Le portrait qu'il en trace dans une lettre à son père (1824) montre qu'il en reçut une impression très vive.

> « Il avait la taille d'un géant, le teint basané, les cheveux et le visage barbouillés de vermillon à la manière des sauvages. Les oreilles étaient criblées de trous. De sa tête pendaient deux tuyaux de fer-blanc en forme de croix remplis de plumes de différentes couleurs. Il avait une chemise verte, des culottes de peau de cerf et, à ses genoux, des queues de chats sauvages qui, lorsqu'il marchait, s'enroulaient autour de ses jambes… »

L'enseignement des jeunes Indiens à Florissant ne devait durer que sept ans : refoulés vers l'Ouest par le pouvoir fédéral et les colons, les Osages durent quitter la région de Saint Louis, dépeuplant l'école dont les animateurs virent se tarir les maigres subsides gouvernementaux, et qu'ils durent alors

* Petite ville située près des bouches de l'Escaut, rebaptisée aujourd'hui Dendermonde.

** En deux mariages.

*** 2 000 km.

fermer. Mais De Smet n'y avait pas perdu son temps au contact des enfants « sauvages » : il avait appris des rudiments de deux ou trois langues indiennes et s'était informé des coutumes des tribus du bas Missouri. Mieux peut-être que les enfants à la peau sombre, c'est lui qui avait fait ses classes à Florissant. Et, pour peu que la leçon servît sa vocation, De Smet était un bon élève.

C'est après un séjour en Europe de près de quatre ans, au cours duquel il faillit mourir lors d'une traversée en mer du Nord et vit sa santé si compromise qu'il jugea bon de quitter la Compagnie (lui revenant après sa guérison aux États-Unis), qu'il devait donner sa mesure. Rentré à Saint Louis à la fin de 1837 peu après la mort de son supérieur Van Quickenborne, il est bientôt désigné pour « missionner » chez les Potowatomies, tribu du moyen Missouri. Il est ainsi en voie de réaliser son rêve. Mais ce n'est pas sans angoisse qu'il écrit aux carmélites de Termonde : « Dieu est plus fort que je ne suis faible, et il peut faire sortir des rochers les plus durs des enfants d'Abraham. »

A l'époque où Pierre-Jean De Smet s'immerge physiquement et spirituellement dans le monde indien, on évalue cette population à 330 000 âmes, réparties en une centaine de tribus, de la Georgie à l'Oregon. Leur statut ? A l'orée de l'histoire des États-Unis, un traité, signé entre la nouvelle Union et la « nation » des Cherokees, en 1791, garantit aux *natives* leur sécurité et la propriété de leur sol. Mais, moins de quarante ans plus tard, l'administration d'Andrew Jackson a pris une décision tragique : les Cherokees, ayant fait savoir qu'ils refusaient de lui vendre leurs terres, sont déportés en masse au-delà du Mississippi. Mesure présentée en 1830 au Congrès par le représentant John Belle, du Tennessee, en ces mot inoubliables : « L'Union, ne pouvant appliquer plus longtemps des principes abstraits et théoriques, décida généreusement de transporter les tribus à ses frais au-delà du Mississippi où s'offrent à elles les riches terres vierges de l'Arkansas… »

Si bien qu'on a quelque gêne à citer le commentaire que Tocqueville consacre cinq ans plus tard* à cette stratégie :

* C'est en 1835 qu'est publiée *La Démocratie en Amérique*.

« Pourvu que les Indiens demeurassent dans l'état sauvage, les Américains ne se mêlent nullement de leurs affaires [...] Ils ne se permettent point d'occuper leurs terres sans les avoir dûment acquises [...] [alors] ils [les] prennent fraternellement par la main et [les] conduisent eux-mêmes mourir hors du pays de leurs pères [...] On ne saurait détruire les hommes en respectant mieux les droits de l'humanité. » La dernière formule est splendide mais, derrière l'ironie mélancolique des formules, la version de l'historien reste naïve, pour une fois. Terres « acquises »...

Désormais, de décennie en décennie, la nation indienne se verra ainsi « généreusement » refoulée vers l'Ouest, de Mississippi en Missouri, de Colorado en montagnes Rocheuses, vers ce qu'on appelle le « Territoire indien », chaque fois plus disloquée, débandée, atomisée et privée plus totalement de son économie de chasse, fraternellement condamnée à une mise en valeur de terres vierges qu'elle n'est pas en mesure d'opérer. Cantonnée ou non dans des « réserves », la voilà à jamais vouée à la famine, à l'assistanat, à la prostitution ou à la mendicité.

A cette longue et implacable proscription, la Compagnie de Jésus se trouve, quoi qu'elle en ait, associée. En 1833, en effet, un synode épiscopal réuni à Baltimore lui a confié l'évangélisation des « sauvages » à l'ouest du Mississippi. Les jésuites avaient-ils tout fait pour contrecarrer, à Washington, cette politique de prédation ? Avaient-ils déployé toutes les ressources de leur génie pour prévenir, ou dénoncer, ou corriger la grande rapine et l'ethnocide ? Les preuves que de telles démarches aient été accomplies n'ont pas été produites. En tout état de cause, ceux que les Indiens appelaient les « robes noires » allaient devoir accompagner le grand exode, de fleuve en fleuve, de montagne en montagne, de désarroi en famine et en désespoir – jusqu'aux sanglants sursauts du peuple sioux, en 1862 et 1876.

Mais à quoi ressemblait-il donc, ce « Samson » en robe noire, au moment de son rendez-vous avec les Potowatomies, première des vingt nations indiennes qui seront, en trente-cinq ans, ses partenaires, ses hôtes ou ses amies ?

Pierre-Jean De Smet a trente-huit ans. Depuis cinq ans, il est, par naturalisation, citoyen américain. Ses biographes les plus autorisés, Chittenden et Richardson, le décrivent comme un

« Belge trapu, râblé [*stocky*], avec une tête ronde et colorée de paysan et un cœur assez grand pour contenir tous les Indiens du continent… ». On peut préférer, plus tardif mais plus explicite, ce portrait tracé avec tendresse par le R. P. Faherty : « Il avait des yeux d'un bleu saisissant, de longs cheveux blancs*, un port et une voix impressionnants. Son prodigieux sens de l'humour, sa personnalité chaleureuse, son grand bon sens lui permirent de trouver un accès direct auprès des gens simples qu'il rencontrait. [Mais] de retour au Missouri, il reçut le même accueil des aristocrates créoles, des hommes politiques ou des généraux. »

Plus de solidité que d'éclat ; plus de bon sens que de génie ; plus de finesse que de culture ; plus de savoir que de science ; plus de vivacité que d'esprit : le fils de l'armateur de Termonde était fait pour les grands espaces de l'Ouest mieux que pour le Borgo Santo Spirito de Rome. Généreux, hardi, tolérant, jovial, il déploya pendant un demi-siècle toutes les ressources d'une imagination rutilante à la Rubens, et d'une charité que n'altérait ni sa susceptibilité à fleur de peau, ni une certaine manie de la persécution, ni un tempérament explosif.

On cite pourtant de lui des traits de dureté, d'exigence abusive. Il ne comprenait pas qu'une vieille dame comme Philippine Duchesne eût plus de mal que lui à entreprendre, septuagénaire, la traversée du continent sur le banc d'une carriole, et tarabusta à l'excès son jeune compagnon Nicolas Point, qui a si joliment dessiné ou peint les épisodes de leur odyssée, et n'était pas doté de sa formidable santé [4]. Un mot qu'on devrait d'ailleurs placer entre guillemets pour mieux faire sentir qu'il s'agissait chez De Smet de vertu psychique mieux que de la solidité d'une complexion assez fragile sous les apparences : ce moine-soldat souffrit toute sa vie d'une néphrite chronique qui lui infligea de longues souffrances et le mit à diverses reprises dans une totale incapacité de se mouvoir.

Il ne faudrait pas se contenter de voir en lui l'éternel trappeur, un cavalier impétueux, quelque sabreur de la foi. L'homme est capable de gérer, d'enseigner et de soigner, mais aussi d'investir. Entre deux expéditions au Montana ou dans l'Oregon, on le verra « ministre » de l'institution de Florissant, administrateur et financier consciencieux. Et, s'il se voit gourmander

* Dès avant la cinquantaine. A l'époque dont nous parlons, blonds.

par le « général » de Rome, il oppose aux accusations de dépenses abusives une minutieuse argumentation. Resté bourgeois des Flandres sous l'écorce ou le cuir de l'homme des frontières.

La question se pose bien sûr, à son propos, de la crédibilité de son témoignage – tant on fait ici usage de sa correspondance. Il lui arrive de citer Chateaubriand. Faut-il traiter « sa » vérité avec autant de circonspection que celle du faux visiteur du Meschacebé ? De Smet a moins que Chateaubriand le souci de sa gloire. Et moins que lui le génie du romanesque. Mais il n'est pas d'homme, saint ou aventurier, que sa plume ne situe, un peu plus que de raison, au centre de l'événement. Le Samson des Flandres ne fait pas exception à cette règle. Et son amour pour les Indiens les lui fait voir, semble-t-il, sous un jour un peu plus positif que l'historien « distancié » le souhaiterait. De telles observations ne nous retiendront pas de citer abondamment ses lettres à son frère François ou aux carmélites de Termonde. Il convient seulement de ne pas oublier qu'elles proviennent d'un homme dont la foi prend parfois le pas sur la lucidité, et la candeur sur l'exigence.

On ne saurait entrer dans le récit de l'action missionnaire de l'« homme à la robe noire » sans rappeler qu'elle s'inscrit dans un cadre qui n'est pas déterminé seulement par la culture indienne, mais aussi par l'activité des pasteurs protestants – dont certains, comme Whitman, Spalding, Smith, sont d'une stature comparable à la sienne. Dans le remarquable ouvrage qu'il a consacré aux Nez Percés, Alvin Josephy oppose aux méthodes catholiques celle de ces prédicateurs réformés : alors que les premiers mettent l'accent sur les rites et le baptême, administrant les sacrements aux Indiens le plus vite possible, se réservant de les instruire plus complètement après, les ministres congrégationalistes ou presbytériens suivent le processus inverse, ne baptisant qu'après une formation approfondie.

Quoi qu'on puisse penser de ces procédures respectives et des critiques formulées auprès des Indiens par les prêtres catholiques à l'encontre de ces missionnaires qui sont « mariés comme les autres hommes et portent des pantalons », il semble que, du fait de ces arguments ou d'autres, la majorité des « sauvages » considéraient que les « robes noires » avaient un « plus grand cœur » (*bigger heart*) que les pasteurs [5]...

Il est temps maintenant de retrouver Pierre-Jean De Smet face à « ses » premiers Indiens, les Potowatomies de l'Iowa. Les premières impressions sont fort mêlées. L'accueil de la tribu est plutôt froid – bien que son chef, un métis nommé Billy Caldwell, l'ait fort bien reçu. En dépit de ce qu'on lui a dit à Saint Louis, très peu d'Indiens sont catholiques ou même capables de faire le signe de croix. Quelques semaines plus tard, c'est un De Smet mué en ethnologue au regard lucide mais vite chaleureux qui écrit à son ami le père Verhaegen :

> « Représentez-vous un grand nombre de huttes ou de tentes*, formées de perches recouvertes d'écorce d'arbres, de peaux de buffle, de toiles grossières, de nattes, de gazon, toutes d'un aspect triste et funèbre, de toutes les grandeurs, de toutes les formes, éparses çà et là dans le plus grand désordre, et vous aurez l'idée d'un village indien.
> Dans ces réduits, trois mille sauvages mènent une vie misérable. Les femmes sont chargées des plus durs travaux ; les hommes passent leur temps à jouer aux cartes ou à fumer le calumet ; leur seule occupation est la chasse ou la guerre [...]
> Le plus souvent, ils se contentent d'un peu de viande sèche ou d'une bouillie de maïs grillé et pilé. Mais s'ils sont sobres, c'est moins par vertu que par nécessité. Sont-ils dans l'abondance, soit chez eux, soit ailleurs, on les voit sans cesse plonger la main dans le pot, et manger comme des loups affamés. Quand ils sont bien repus, ils se couchent et s'endorment [...]
> Toute leur richesse consiste en quelques chevaux qui paissent en liberté dans la campagne inculte. A sa naissance, l'Indien est enveloppé de haillons ; il grandit sous la peau de buffle ; il est élevé dans l'oisiveté, et l'industrie n'a pour lui aucun attrait. Jamais il ne cherche à améliorer sa condition. Celui qui aspirerait à plus de bien-être, et voudrait augmenter sa fortune par ses efforts et son activité, se verrait bientôt l'objet de la jalousie et de la haine universelles. Tout ce qu'il aurait amassé serait pillé et saccagé. »

Est-ce parce qu'il adresse la lettre suivante au « général » de la Compagnie qu'il est tenté, par une présentation plus favorable, de lui donner confiance en l'avenir de la mission ?

* Le mot le plus souvent utilisé est « loge ».

« Les Potowatomies sont d'un caractère doux et paisible. Ils ne connaissent entre eux ni rang ni privilège. Leur chef n'a d'autre revenu que ce que lui procurent sa lance, ses flèches et sa carabine. Son cheval, voilà son trône. Il doit être plus courageux que ses sujets. Le premier à l'attaque, il est le dernier à quitter le champ de bataille. Dans le partage du butin, il ne reçoit jamais plus que les autres.
La plupart des sauvages sont capables de soutenir une conversation intéressante sur des matières qui ne sont pas hors de leur portée. Ils aiment à plaisanter et entendent très bien raillerie. Jamais ils ne disputent ni ne s'emportent en conversant ; jamais ils n'interrompent qui que ce soit. Si la matière est importante, ils réfléchissent toujours quelques instants avant de répondre, ou bien ils remettent leur réponse au lendemain. Ils n'ont pas d'expression pour blasphémer le nom de Dieu [...] Souvent des années se passent sans la moindre querelle. Mais, quand la boisson les enivre – et, en ce moment, on leur en apporte en grande quantité –, toutes leurs bonnes qualités disparaissent ; ils ne ressemblent plus à des hommes ; tout doit fuir devant eux ; leurs cris, leurs hurlements sont affreux ; ils se jettent les uns sur les autres, se mordent le nez et les oreilles et s'entre-déchirent d'une manière horrible. Depuis notre arrivée, quatre Otoes et trois Potowatomies ont été tués au milieu des désordres causés par l'ivresse [6]. »

Six mois plus tard, néanmoins, De Smet est en mesure d'ouvrir une école pour une trentaine d'enfants. Il en baptise le triple, bénit quatre mariages : c'est ainsi que débuta la « mission Saint-Joseph », à Council Bluffs, dans l'Iowa. Il soigne les malades, les enfants surtout (il en baptise certains à l'insu des parents, tout en maniant ses fioles, « et ainsi je leur ouvre le ciel » – pieuse fraude...). Mais la pénurie est extrême. A la fin de 1839, toute la communauté en est réduite à se nourrir pendant plusieurs semaines de racines et de glands... Écoutons-le décrire sa vie à son frère François :

« Je n'ai ici qu'une pauvre petite cabane de quatorze pieds carrés, construite avec des troncs d'arbres fendus, et couverte de grossiers bardeaux, qui ne garantissent ni de la neige, ni de la pluie. L'autre nuit, comme il pleuvait à verse, j'ai dû placer mon parapluie ouvert au-dessus de mon oreiller, pour empêcher l'eau de tomber sur ma figure et de m'éveiller. Une croix, une petite table, un banc, une pile de livres, voilà tout mon mobilier. Un morceau de viande, ou quelques herbes et racines sauvages, avec un bon verre d'eau de fontaine, c'est à peu près ma seule nourriture. Mon jardin, c'est l'immense forêt de Chateaubriand, "aussi antique que la terre qui la porte", le long du plus grand fleuve de l'univers; c'est une immense prairie, semblable à une vaste mer, où la gazelle, le chevreuil, la biche, le buffle, le bison, paissent en liberté…

Ma carabine m'accompagne toujours dans mes courses, car il faut se tenir en garde contre les attaques de l'ours à ongle rouge et des loups affamés qu'on rencontre pour ainsi dire à chaque pas. D'ailleurs, les guerres que se livrent entre eux les sauvages rendent notre vie très précaire. Des bandes d'Otoes, de Pawnees, de Sioux, rôdent dans tous les sens pour enlever des chevelures. Nos nouvelles de chaque jour consistent à entendre le récit de leurs cruautés. »

Ces cruautés, l'homme à la robe noire ne peut bientôt plus les supporter sans réagir. Faut-il que ses inoffensifs Potowatomies attendent indéfiniment les incursions des chasseurs de chevelures ? Un an après son arrivée à Council Bluffs, il s'embarque sur un vapeur qui remonte le Missouri pour s'en aller chez les Sioux dits « Yanktons » afin de leur arracher une trêve, un répit. Il est bien reçu, et revient porteur de promesses qui seront quelque temps tenues. Ainsi a-t-il noué, avec l'un des rameaux les plus puissants des nations indiennes, des liens qui se révéleront utiles.

La mission chez les Potowatomies est lourde de déceptions : les Sioux ont cessé de frapper, mais l'alcool multiplie ses ravages, l'amélioration des transports jouant en faveur des trafiquants. De Smet peut bien, au péril de sa vie, défoncer à coups de hache des tonneaux de whisky, les rixes et les meurtres se multiplient. Et, à ce jeu, « ses » convertis ne se distinguent pas de la masse… Il a, il est vrai, plus de satisfaction avec les baptêmes de nouveau-nés, qui lui inspirent dans une lettre à son ami Pierre de Vos cette réflexion d'une naïveté assez atroce pour rappeler que, chez les meilleurs des hommes, la foi ne stimule pas toujours l'intelligence et peut même prendre la forme de la niaiserie : « J'ai souvent remarqué que beaucoup d'entre ces petits enfants semblent n'attendre que le baptême pour aller prendre possession du bonheur éternel, car ils meurent presque aussitôt après avoir reçu ce sacrement… »

Deux ans se sont passés chez les Potowatomies que Pierre-

Jean De Smet reçoit une bien étrange visite, qui va le planter bien plus profondément encore au cœur de la nation indienne : la délégation qui vient le solliciter est à elle seule un résumé de l'histoire de l'Amérique septentrionale.

Quelques années avant que la petite collectivité des jésuites belges s'implante dans le Missouri, un autre groupe, d'Iroquois celui-ci, avait quitté la région de Montréal pour s'enfoncer vers l'ouest. Chasseurs de fourrures, ou fuyards ? On ne sait trop. Parmi ces Iroquois, quelques catholiques – revenus de loin, car c'est cette tribu qui avait, deux siècles plus tôt, infligé les pires supplices aux jésuites Isaac Jogues, Jean de Brébeuf et leurs compagnons. Le chef des Iroquois chrétiens se faisait appeler Ignace La Mousse. S'il choisit de conduire ses compagnons chez les Têtes Plates* du Montana, c'est que cette petite nation avait la réputation d'être, de toutes celles des montagnes Rocheuses, la plus aimable. De fait, nos Iroquois furent bien accueillis.

Ignace était non seulement chrétien, mais avait servi chez les jésuites et parlait un peu le français. Il se lança dans le prosélytisme, initia ses hôtes bienveillants à quelques pratiques, et bientôt se mit et leur mit dans la tête d'inviter parmi eux quelques « robes noires ». Bon. Mais où en recruter, pour qu'ils exercent leur sacerdoce sur ces hautes terres ? On apprit par des voyageurs que, dans le Missouri, une communauté jésuite s'était établie. A plus de deux mille kilomètres…

Ignace prit la route et, après cinq mois d'épreuves, atteignit Saint Louis. Sa requête émut ses hôtes de Florissant, qui lui firent cette réponse : « Notre grand chef noir pourvoira le plus tôt possible aux besoins de votre peuplade… » Mais, sur le chemin du retour, Ignace La Mousse fut massacré par un parti de Sioux.

Les Têtes Plates tenaient à leur « robe noire » ; ils dépêchèrent à travers monts et déserts une nouvelle délégation, conduite par deux autres Iroquois catholiques, dénommés Peter Gaucher et le « jeune Ignace » – qui ne semble pas avoir été apparenté avec l'ancien. Sur la route de Saint Louis, ils firent escale à Council Bluffs, chez les Potowatomies, où les accueillit De

* La plupart de ces appellations n'ont pas de fondement rationnel. Mais dans le livre d'Antébi et Lebrun *(Les Jésuites, op. cit.)* est publié un dessin d'époque où l'on voit une femme « Tête Plate » serrant la tête de son enfant dans un étau vertical…

Smet qui manifesta son enthousiasme à l'idée de « missionner » dans les Rocheuses : pour se mettre en route en direction du Nord, il ne lui fallut que l'approbation des supérieurs qui savaient désormais ne pas mettre d'entraves à son impétuosité ; il prit la route vers les montagnes en avril 1840 avec le « jeune Ignace », pour une chevauchée de trois mois.

Voyage riche en leçons. Longeant les hautes montagnes desséchées, De Smet observe avec une inquiétude refoulée ces piémonts arides où survit dans l'amertume une population hétérogène et menaçante, que l'Union américaine amoncelle comme une sinistre écume sur ses frontières, et dont elle accroît sans cesse l'irritation et les forces, en transportant des tribus entières d'Indiens de l'Est du Mississippi dans les solitudes de l'Ouest. De Smet est lucide :

> « Ces sauvages emportent avec eux une haine implacable contre les Blancs qui les ont, disent-ils, injustement chassés loin des tombeaux de leurs pères et dépossédés de leur héritage [...] N'est-il pas à craindre qu'avec le temps, ces tribus ne s'organisent en bandes de pillards et d'assassins, qui auront pour coursiers les chevaux légers de la prairie, le désert pour théâtre de leurs brigandages, et des rochers inaccessibles comme asile de leur vie et de leur butin [7] ? »

Dépossédés de leur héritage ? C'est peu de le dire. Il lui faut encore faire des découvertes : ainsi celle d'une tribu, les Serpents, qui, écrit-il encore à son frère, « parcourent les plaines incultes à la recherche des fourmis et des sauterelles dont ils se nourrissent, et croient faire un festin quand ils rencontrent quelques racines insipides ou quelques baies nauséabondes. Des personnes dignes de foi m'ont assuré qu'ils se repaissent des cadavres de leurs proches, et parfois même mangent leurs propres enfants [8] ».

C'est en juillet 1840 enfin que, flanqué d'un compatriote rencontré en route, le Flamand De Velder, ancien grenadier de Napoléon fait prisonnier en Espagne, évadé des geôles anglaises à bord d'un bateau américain et qui chasse depuis vingt ans le castor dans les Rocheuses, il est accueilli par deux patriarches, le chef des Têtes Plates, appelé Grand Visage, flanqué d'Ours Ambulant, son homologue chez les Pends d'Oreilles, tous deux octogénaires, et qui leur adressent des allocutions dignes de Marc Aurèle.

Les quelques mois qu'il passe au milieu de ces tribus – avec lesquelles se confondent les Nez Percés – sont parmi les plus heureuses de sa vie. Il n'est question que d'un Grand Esprit dont De Smet ne pourrait pas jurer qu'il s'agit tout à fait du crucifié, mais qui cousine plus probablement avec lui que le « maître du ciel » où Matteo Ricci aurait bien voulu voir, deux siècles plus tôt en Chine, un homologue du Dieu des chrétiens. Bref, Grand Visage se fait baptiser (sous le nom de Paul) et la tribu suit naturellement son exemple.

De ces Têtes Plates si portés à la dévotion et dotés d'une exquise nature, notre Samson des Flandres ne se lasse pas de faire la louange : il les juge « scrupuleusement honnêtes », assurant que, chez eux…

> « jamais personne n'est accusé de vol. Tout ce qu'on trouve est porté à la loge du chef, qui proclame les objets et les remet au propriétaire. La médisance est inconnue, même chez les femmes ; le mensonge surtout leur est odieux [...] [Ils ont] horreur des *langues fourchues* [...] Toute querelle, tout emportement [est] sévèrement puni. Nul ne souffre sans que ses frères viennent au secours de sa détresse, aussi n'y a-t-il point d'orphelins parmi eux. Ils sont d'humeur joviale et très hospitaliers. Leurs loges sont ouvertes à tout le monde ; ils ne connaissent pas même l'usage des clefs et des serrures. Un seul homme, grâce à l'influence qu'il a acquise par sa valeur dans les combats et sa sagesse dans les conseils, gouverne la peuplade entière : il n'a besoin ni de gardes, ni de verrous, ni de barreaux de fer, ni de prisons d'État ».

Et de conclure : « Souvent je me suis répété : Sont-ce là les peuples que les gens civilisés osent appeler barbares* ?… »

Ses supérieurs ne lui ont confié qu'une mission temporaire, mais à peine revenu à Saint Louis, à la fin de 1840, il obtient le droit de repartir l'année suivante chez les Têtes Plates des montagnes Rocheuses qui manifestent à son retour, en août 1841, un impressionnant attachement à cette foi qu'il a greffée sur le culte du Grand Esprit. Au surplus, il a conçu un plan grandiose, communiqué à ses hôtes dès leurs retrouvailles, et qui n'est rien de moins que la sédentarisation de la tribu sur le

* Ces éloges recoupent ceux de bons observateurs, comme Washington Irving, qu'aucune préoccupation apostolique ne motivait et qui avoue sa dilection pour les Têtes Plates.

modèle des « Réductions » du Paraguay : il a lu Muratori* et s'exalte à la pensée de ranimer, à l'usage de ses chères Têtes Plates, dans une haute vallée des Rocheuses, la théocratie productiviste inventée deux siècles plus tôt par Montoya et ses compagnons chez les Guaranis d'Amérique méridionale.

De Smet ne rêvait pas de faire d'une tribu nomade un peuple vraiment sédentaire. La chasse resterait pour longtemps la ressource principale des Têtes Plates et de leurs voisins Nez Percés, Pends d'Oreilles et Cœurs d'Alêne. Mais on pourrait créer des points de fixation assurant une base de production agricole, entre les saisons de chasse d'été et d'hiver, pour pallier l'éventuelle pénurie de gibier, et réguler les relations humaines. Ce que le jésuite belge expose dans une lettre adressée à son supérieur de Saint Louis, le R. P. Verhaegen :

> « Il nous semble que la petite nation des Têtes Plates est un peuple d'élus, qu'il est facile d'en faire une tribu modèle, le noyau d'une chrétienté qui ne le cédera pas en ferveur à celle du Paraguay. Nous avons, pour parvenir à ce résultat, plus de ressources que n'en avaient nos pères espagnols. Éloignement des nations corrompues, aversion pour les sectes, horreur de l'idolâtrie, sympathie pour les Blancs, particulièrement pour les "robes noires", dont le nom seul est synonyme de bon, de savant, de religieux. De plus, position centrale, emplacement assez vaste pour plusieurs réductions[9], terrain fertile entouré de hautes montagnes; indépendance de toute autre autorité que celle de Dieu et de ceux qui le représentent immédiatement; point de tribut à payer que celui de nos prières; expérience déjà faite des avantages de la vie civilisée sur la vie sauvage. Enfin, conviction profonde que, sans la religion, on ne peut être heureux, ni en cette vie, ni en l'autre. »

De Smet en concluait qu'on ne peut suivre de meilleure méthode que celle des jésuites du Paraguay, tant pour ce qui est de « la fin qu'ils ont poursuivie que des moyens qu'ils ont employés », notamment, devait-il préciser, la préservation de la langue maternelle.

Les Têtes Plates avaient fait bon accueil au plan du jésuite flamand. Ils s'empressèrent de choisir le site de la future « réduction », au-delà de la ligne de faîte des Rocheuses, sur

* L'auteur du premier livre sur le Paraguay.

les rives de la rivière Bitter Root près de la ville actuelle de Missoula, entre Spokane et les sources du Missouri.

On l'appela « mission Sainte-Marie », et, pour l'édifier – une palissade alentour, une église, un presbytère, une ferme centrale –, les indolents Têtes Plates se transformèrent en charpentiers et en maçons. Le R. P. Nicolas Point, qui était architecte, avait tracé un plan imité de celui des « réductions ». Au centre s'élevait une église de trente mètres de long sur vingt de large, flanquée du presbytère et de l'école, noyau de l'agglomération groupant les habitations, les ateliers, les magasins et autres bâtiments d'utilité commune.

Le règlement de la journée, activités agricoles, artisanales, exercices religieux, chant, musique, instructions, catéchismes, administration des sacrements, réunion des congrégations, était aussi conforme que possible aux usages du Paraguay. C'est seulement faute de moyens adéquats, précise l'historien américain Robert Burns, que « ne put être réalisé le rêve de recréer un ensemble comparable à celui des "républiques" fameuses d'Amérique du Sud, les "Réductions" à objectif éducatif et productiviste, protégeant la culture indienne » (*Handbook of North-American Indians*, Washington, 1988).

La polygamie posait, chez les Têtes Plates, d'aussi délicates questions que chez les Guaranis. Ceux des Indiens qui en avaient les moyens la pratiquaient. De Smet leur ayant demandé de « faire le sacrifice de leurs affections pour l'amour de Dieu, les femmes rivalisèrent d'héroïsme avec les hommes ». Il faut lire la lettre adressée au R. P. Verhaegen, où De Smet évoque ce type de dilemme sur le ton de *Bérénice* et dans la langue d'*Atala* :

> « Je vous aime bien, disait l'une d'elles à son mari, qu'elle voyait en proie à une douloureuse hésitation. Je sais que vous m'aimez aussi ; mais vous aimez l'autre autant que moi. Je suis vieille, elle est jeune. Eh bien ! laissez-moi avec mes enfants, restez avec elle ; par ce moyen, nous plairons tous au bon Dieu, et nous pourrons tous recevoir le baptême… »

A tant de vertus, il ne manquait encore que le sceau de l'illumination. Les vertus des Têtes Plates et les travaux de Pierre-Jean De Smet ne pouvaient manquer d'en susciter quelqu'une : à la veille de Noël 1841, un petit orphelin nommé Paul raconte que lui est apparue « une personne admirablement belle » dont les pieds ne touchaient pas le sol où se tordait un serpent tenant un fruit qu'il ne connaissait pas. Quand on lui demande s'il s'agit d'un homme ou d'une femme, il répond qu'il l'ignore, parce que la forme des habits que porte l'apparition lui est inconnue. « Sa candeur, commente le jésuite, ne permet pas de suspecter la sincérité de son récit. » Ce qui est, dira-t-on, une autre forme de candeur.

Le chef Grand Visage, devenu Paul, ne put être témoin de ces merveilles. A la veille de célébrer son quatre-vingt-dixième anniversaire, il avait trépassé. Au dernier instant, De Smet lui demande s'il n'avait pas quelques fautes à se reprocher, au moins depuis son baptême. « Des fautes ? fait le vieillard étonné. Comment aurais-je pu en commettre, moi dont le devoir était d'apprendre aux autres à faire le bien ? »

Les missions languissaient, faute de crédit. Si semblables aux réductions du Paraguay que les ait voulues le père fondateur, il n'avait pu les rendre aussi prospères, ni même autosuffisantes. Il lui fallut repartir pour l'Europe en solliciteur. Il y passa une grande partie de l'année 1844, reçu à Rome en faiseur de prodiges par son « général », Roothaan, et par le vieux pape Grégoire XVI, qui lui dit mystérieusement : « La papauté devra bientôt quitter Rome. Faites mon salut fraternel à vos Indiens… » Une demande d'asile ? Les bourgeois d'Anvers ayant entrouvert leur bourse, il regagna l'Amérique en passant par le cap Horn et Valparaiso, et débarqua six mois plus tard à Vancouver*.

Le voici reparti à fonder des « réductions » à partir du modèle dessiné chez les Têtes Plates : ici un « Saint-Ignace » chez les Kalisfels, là un « Saint-Paul » chez les Nez Percés, ou une « Assomption » chez les Arcs à Plat. Mais il lui faut grimper, chevaucher, missionner plus encore, chez les Kootenais, dont le pays, dit-il drôlement, est le « *nec plus ultra* du désert », et plus loin encore, en remontant la vallée de la Columbia, les Chaudières, les Gros Ventres, les Okinaganes, les Sinjoils, les Zingomênes ou les Assiniboins…

Et au-delà encore, au-delà des Rocheuses, vers l'est, le Mon-

* Non sans avoir, à l'embouchure de la Columbia, éprouvé autant de déboires du fait de la « barre » que, cent cinquante ans plus tard, Gérard d'Aboviile…

tana et l'Idaho, il s'est fixé un objectif, ou plutôt deux : les Pieds Noirs et les Sioux. Ce sont les tribus les plus guerrières, les plus épouvantables aux yeux de ses amis de l'Oregon, celles qui font trembler jusqu'à la tétanisation les doux Têtes Plates et les faibles Arcs à Plat. La mission première sera, avant de les convertir, de rétablir la paix, un semblant de paix, entre ces implacables coupeurs de chevelures et les chasseurs de bisons de la montagne dont il a fait de pieux processionnaires…

Les Pieds Noirs, il pourrait, par les vallées qui conduisent vers l'est aux sources du Missouri, les découvrir en quelques semaines. Il préfère traverser le haut massif du Saskatchewan qui couronne le Nord des Rocheuses, où on lui a signalé l'existence de tribus aptes à la conversion – Aricaras, Crees et Corbeaux. Mais il tombe sur les Assiniboins… Quelle pitié ! Cette fois, la « robe noire » perd de sa jovialité : sa description de ces nouveaux hôtes fait penser à Henri Michaux égaré chez les gens de Grande Garabagne :

> « Les Assiniboins se nourrissent de porcs-épics, dont la région fourmille. Sinon, de racines, de graines, ou d'écorce de cyprès… Le chef du camp m'a raconté que, l'hiver dernier, un homme de sa nation, réduit à l'extrémité, avait mangé successivement sa femme et ses quatre enfants.
> A défaut de chevaux, les Assiniboins possèdent un nombre considérable de chiens. Il serait difficile de trouver animaux plus voraces. Un soir, j'avais négligé d'élever une palissade autour de ma tente. Je me trouvai, le matin, sans souliers, sans col à ma soutane, et avec une jambe de moins à ma culotte de peau…
> […] Les Assiniboins sont sales au-delà de toute expression. La vermine les dévore, et ils dévorent la vermine.
> – N'as-tu pas honte, disais-je à un sauvage, de mordre ces pauvres bêtes ?
> – Elles m'ont mordu les premières, répliqua-t-il : j'ai droit de représailles.
> Leurs festins sont à faire bondir l'estomac le plus intrépide. A défaut de nappe et de vaisselle, quelques convives ôtent leur chemise de cuir, luisante de crasse, et l'étendent sur le sol. C'est sur ce couvert que l'on coupe et que l'on distribue la viande. Quand il faut s'essuyer les mains, les cheveux font l'office de serviettes.
> Une bonne vieille, le visage barbouillé de sang – elle était en deuil –, me présenta une écuelle de bois pleine de bouillon. La

cuiller en corne de mouton, dont je devais me servir, étant couverte de graisse, elle eut la complaisance de la lécher, avant de la mettre dans ma soupe [...] que les femmes préparent en faisant bouillir du sang mêlé avec de l'eau. Alors elles remplissent la chaudière de graisse et de viande hachée, mais hachée avec les dents. Souvent une demi-douzaine de vieilles sont occupées, des heures entières, à la préparation de ce singulier ragoût ; elles mâchent et remâchent, bouchée par bouchée, ce qu'elles font ensuite passer dans la marmite, pour composer le fameux hachis des Monts-Rocheux...
Ajoutez à cela des gâteaux faits avec des fourmis et des sauterelles écrasées et séchées au soleil, et vous connaîtrez à peu près les friandises d'une table assiniboine [10]. »

Pierre-Jean De Smet eût-il trouvé les Assiniboines plus semblables aux ménagères de Vermeer si elles avaient montré quelque goût pour la dévotion, quelque aspiration à entendre les leçons de la « robe noire » ? Il n'en fut rien – ce qui conduisit le jésuite à soupçonner que les Assiniboins avaient été corrompus par la prédication de quelques hérétiques, bientôt mis en fuite par leurs turpitudes. Il ne s'attarda donc point et reprit sa longue marche, raquettes aux pieds, sur les pentes du mont Brown qui culmine à cinq mille mètres.

« Ceux qui ont traversé les montagnes Rocheuses à la fonte des neiges*, au 53e degré de latitude Nord, savent qu'ils méritent le nom de voyageurs », commente-t-il sobrement... Et ce n'est qu'un an après son départ de l'Oregon, en septembre 1846, qu'accompagné de quelques délégués des Têtes Plates, il aborde, sur les rives de la rivière Judith, affluent du Missouri, le campement des Pieds Noirs.

Quelle chance a-t-il de ramener la paix entre ses amis de l'Oregon et les guerriers du Missouri ? Il se trouve que, quelques mois plus tôt, un parti de Corbeaux, alliés aux Pieds Noirs, s'était heurté à une résistance imprévue des Têtes Plates, ce qui avait donné à réfléchir aux guerriers de l'Est : n'était-ce pas le signe de croix, tel qu'ils le font maintenant, qui donne la victoire à ces peureux de Têtes Plates ? Peut-être faut-il tenir compte de cette invention magique de la « robe noire » : c'est ainsi qu'on fraternise et qu'à l'office célébré par le jésuite,

* On est en mai.

les Pieds Noirs se mêlent aux Têtes Plates : nul combat ne les opposera pendant des années.

Quant à convertir ces coupeurs de chevelures, De Smet n'y songe guère :

> « Ce sont, écrit-il à ses supérieurs de Saint Louis, des sauvages accoutumés à assouvir leurs vengeances et à se repaître de sang et de carnage. Ils sont plongés dans de grossières superstitions ; ils adorent le soleil, la lune et leur offrent des sacrifices… Tantôt ils se coupent les phalanges des doigts : “Je te fais la charité en te donnant mon sang, disent-ils à ces divinités. Fais-moi aussi la charité dans ma course de guerre et à mon retour, je te ferai hommage des chevelures arrachées à mes ennemis[11].” »

Pas de la graine de catéchistes… Notre Samson-prêcheur ne passe guère plus de semaines chez les Pieds Noirs que chez les Assiniboins. Sans s'attarder non plus chez les Sioux, dont il ne fait, à Fort Look-Out, que traverser les terres, mais auxquels il promet de faire bientôt visite, il regagne Saint Louis où l'on a décidé de l'envoyer une fois de plus faire la quête en Europe.

Il y aura bientôt sept ans qu'il a entrepris sa première expédition à travers les montagnes Rocheuses. Le temps d'un premier bilan est venu. On en laissera le soin à ses biographes américains :

> « Ses prodigieux travaux, ses pérégrinations, ses fatigues, ses dangers méritent d'être placés au premier rang parmi les exploits de ce genre. Il a parcouru, avec les misérables moyens dont on disposait alors, une distance égale à plus de deux fois le tour du globe. Il a traversé presque tous les climats. De l'été brûlant de l'équateur, il a passé, sous le 54e degré de latitude, à l'hiver le plus glacial. Il a voyagé en bateau à voiles, en steamer et en canot, en traîneau et en raquettes, à cheval et en charrette, et franchi à pied d'énormes distances. Les privations qu'il a endurées semblent à peine croyables ; c'est à cette époque que remontent sans doute les infirmités dont il souffrira tant plus tard[12]. »

Trois années avant son voyage en Europe avait paru à Malines, en français, la première édition de ses *Voyages aux montagnes Rocheuses*, qui faisait de lui un auteur à succès, et allait être suivie de *Missions de l'Oregon*, publié à Gand.

Pierre-Jean De Smet n'est pas un grand écrivain – ni Washington Irving, ni Jack London, pour s'en tenir au terrain de ses exploits. Mais qui, à la lumière des citations qu'on a déjà pu lire, n'a goûté la chaleur du récit, le charme des évocations, le piquant des notations, la force comique, parfois, des anecdotes ? Le genre « récit de voyage romantique » est relevé, ici, aiguillonné par la verdeur de l'observation.

Et l'on tombera volontiers d'accord avec un autre de ses biographes, francophone celui-ci, le R. P. Laveille, pour admirer comment « ce Flamand, parti pour l'Amérique avant d'avoir achevé ses études et qui n'avait guère parlé depuis vingt ans que l'anglais ou l'indien*, manie avec autant d'aisance la langue française » – non sans s'excuser auprès de ses correspondants de son « français un peu sauvage », qu'ont retouché ici et là, et pas toujours pour le mieux, ses éditeurs.

La gloire ne sied pas au jésuite, mais à Dieu seul.

Celle que valent ses livres à Pierre-Jean De Smet, et la légende qui désormais lui fait cortège dans tout l'Ouest, du Mississippi à l'Oregon, du haut Missouri au Pacifique, ne saurait s'inscrire sans douleur dans le grand livre de la Compagnie. *Perinde ac cadaver ?* Est-ce là un précepte applicable à un héros de western ? Le Flamand aventureux, à la culture incertaine et qui, ayant quitté pour un temps la Société de Jésus, ne sera admis qu'à cinquante-sept ans à prononcer ses vœux définitifs, est, sinon un rebelle en puissance, un hors-la-loi, en tout cas un marginal guetté par l'outrance et l'orgueil. Il va subir les affres de la « sainte obéissance », l'étau de la discipline, sinon de l'humiliation.

D'abord, le châtiment de la routine. Sitôt revenu d'Europe – où la révolution de 1848, les véhémences du *Risorgimento* et l'échec du *Sonderbund*** ont fait lever, parmi les jésuites, de nombreuses vocations américaines –, De Smet a choisi de repartir à la rencontre des Sioux du Dakota : c'est la deuxième confrontation avec la plus puissante et rebelle des nations

* Formule audacieuse. De Smet savait à coup sûr des bribes de dialectes de l'Oregon mais se faisait le plus souvent accompagner d'un interprète.

** La Ligue du Sud qui, en Suisse, a tenté par les armes de ramener les pères – en vain.

indiennes. Mais sa tentative tourne d'autant plus court qu'il se voit rappeler à Saint Louis, et voué des années à des tâches administratives – celles du *socius* ou assistant du vice-provincial du Missouri. On est Colomb, et on fait de vous un secrétaire de préfecture. *Cadaver*, oui, mais rond-de-cuir ?

> « … Je vais là où je suis envoyé, écrit-il à un ami. Mais comme un soldat, je puis avoir mes préférences. Les miennes vont au pays indien. Je regrette les déserts et la vie des sauvages, leurs privations, leurs fatigues, leurs périls. C'étaient là des fêtes, en comparaison de la monotonie où je suis astreint [13]. »

Mais il y a pire. Il y a le soupçon, les soupçons qu'on fait peser sur lui, à Rome. On citera, comme une aimable litote, cette formule du R. P. Laveille : « Desservi par les hommes mal éclairés, il sent que ses supérieurs doutent de sa prudence, sinon de sa vertu [14]… » Le même auteur incrimine d'ailleurs l'« excessive sensibilité du père De Smet », qui lui rendit « singulièrement pénibles […] certains rapports ». Et lui-même s'avouera à l'occasion « vite affecté et découragé » par ce que l'on écrit contre lui.

Faut-il parler de procès ? Les campagnes menées au sein de la Compagnie contre l'homme des hautes terres indiennes y ressemblent fort. En juillet 1849, le « général » Roothaan lui fait part de l'accusation portée contre lui d'avoir peu de souci de la « pauvreté religieuse » et d'agir « comme si les fonds étaient laissés à sa fantaisie ». La réponse que De Smet adresse au supérieur de l'ordre est d'une belle vigueur :

> « Pour ce qui regarde ma personne, à part le modique salaire payé à mon guide, j'ai fait trois fois le voyage des montagnes Rocheuses jusqu'à Saint Louis sans dépenser une seule piastre. L'année dernière, dans une visite aux sauvages, j'ai parcouru plus de 3 000 milles, j'ai été absent quatre mois, et toutes mes dépenses ne montaient pas à 50 piastres.
> Me trouvant à Paris, trop éloigné de la maison de nos pères, je me suis plus d'une fois contenté, en guise de dîner, d'acheter pour deux ou trois sous de châtaignes… J'ai fait, aller et retour, le voyage de Marseille à Rome, sur le tillac du bateau à vapeur, avec un pain et un morceau de viande que j'avais achetés avant de m'embarquer, par pure économie. Je regrette

de devoir entrer dans ces détails, pour détruire ce qui me semble une fausse impression donnée sur mon compte. Si j'ai tort, j'en demande pardon à Votre Paternité [15]. »

Mais d'autres types d'attaques étaient bientôt lancées contre De Smet, de Rome ou d'ailleurs. On portait contre lui deux accusations : les relations publiées par le missionnaire contenaient une large part de fantaisie, et causaient une amère déception à celui qui arrivait sur les lieux ; le père De Smet avait compromis l'avenir des missions, en faisant aux sauvages des promesses qu'il avait été impossible de tenir.

Des enjolivements quant à la vraie nature des Indiens, des « embellissements pathétiques » à la Chateaubriand, qui faisaient des Têtes Plates les petits cousins d'Atala et des Natchez ? Pour l'affirmer, il vaudrait mieux avoir couru les pentes des Rocheuses et descendu la Rivière Verte – et les témoignages que produisit aussitôt notre « robe noire », s'ils proviennent pour la plupart de compagnons, ou de disciples, sont éloquents. Notamment celui du R. P. Cataldo, qui fut supérieur des missions de l'Oregon après le départ de Pierre-Jean De Smet et qui s'élève avec indignation contre ceux qui traitent le Flamand d'« exagéré et imaginatif* ». De telles attestations recoupent d'ailleurs celles d'un grand voyageur « neutre » comme Washington Irving, qui ne tarit pas d'éloges, on l'a dit, à propos des Têtes Plates [16].

Il se trouve pourtant que cette tribu, chérie entre toutes par De Smet, et centre de son dispositif de « réductions » de type paraguayen, avait en quelque sorte trahi sa confiance. La mission Sainte-Marie, prototype du système**, avait dégénéré : d'une part en raison d'un nomadisme invétéré qui distendait les liens entre les premiers enracinés ; ensuite du fait de l'ivrognerie, qui ne cédait à aucune prédication ; enfin parce que la mission était devenue une sorte de caravansérail, de rendez-vous de chasse où les trappeurs de tout poil venaient faire escale et, à l'occasion, bombance. A tel point que, en 1850, la

* Un troisième grief lui fut fait quelques années plus tard, notamment au sein de la communauté jésuite d'Allemagne : de n'être pas lui-même l'auteur de ses ouvrages. A quelque « révision » qu'ils aient donné lieu, en vue de la publication, tous ceux qui ont eu en main les textes de De Smet, avec leurs maladresses et leur saveur stylistique, rejettent ces imputations.

** Qui en compte huit au-delà des Rocheuses.

décision fut prise à Saint Louis de mettre un terme à l'expérience – qui ne sera reprise que seize ans plus tard. Cet échec fut vivement ressenti par le père Roothaan qui, dans une lettre à De Smet, parle avec amertume du « revers » subi chez les Têtes Plates. Le jésuite n'a pas droit à l'échec...

Quant à l'imputation portée contre le bonhomme de Termonde d'avoir fait aux tribus de l'Ouest des promesses impossibles à tenir, et qui se fonde sur la piètre issue de son entreprise chez les Têtes Plates, elle est contredite par l'évolution de la plupart des autres tentatives. Chez les Cœurs d'Alêne, par exemple, une provisoire dissolution de la mission provoque un sursaut des intéressés : c'est à leur initiative qu'est restaurée la « réduction ».

Mais, bien au-delà de ces péripéties, ce qu'on pourrait appeler l'« indigénophilie » de Pierre-Jean De Smet, la confiance mise par cet homme simple dans la parole de ses hôtes, mais aussi dans leur aptitude à s'arracher à leur dénuement, le pari constamment fait sur les chances de dialogue avec « ces hommes qu'on appelle sauvages » (dans la grande tradition de François Xavier ou de Ruiz de Montoya), allait trouver une première justification dans un grand rendez-vous avec les tribus à l'est des montagnes Rocheuses, où Pierre-Jean De Smet joua un rôle essentiel de médiateur et qui a pris, pour l'histoire, le nom de conférence de Fort-Laramie.

Vers le milieu du siècle, la marche des immigrants vers le Far West, refoulant implacablement au-delà des montagnes les diverses nations indiennes, s'exacerbe, se précipite en ruée vers l'or et la Californie. La hâte des colonnes à travers les grandes plaines du Kansas et du Nebraska, des hauteurs du Colorado et du Wyoming, se transforme en furie. Le lourd piétinement des multitudes se fait hargne, et hâte, et haine. Chaque minute perdue est un trésor volé, chaque obstacle, humain ou non, est un ennemi. A abattre...

Le gouvernement de Washington est conscient des tragédies qui se préparent. Ses agents dans l'Ouest lui signalent les accrochages entre les colonnes avides des survenants et les tribus éventrées. D'autant que la pénétration se fait désormais à travers les territoires des nations les plus combatives et les mieux armées, celles des Cheyennes et des Sioux. Les premiers surtout sont indignés de voir piétinées des terres dont la possession leur a été garantie par des traités signés moins d'un demi-siècle plus tôt.

En 1830, le colonel Donald D. Mitchell, surintendant fédéral pour les Affaires indiennes, résidant à Saint Louis, lança, pour désamorcer l'explosif, l'idée d'une conférence où seraient convoqués les représentants des principales tribus vivant à l'est des montagnes Rocheuses. Moyennant une indemnité, les Blancs auraient le droit de tracer des routes sur leur territoire et de construire des forts pour les défendre. Ayant fait approuver son projet par le gouvernement des États-Unis, Mitchell choisit le lieu de réunion, Fort-Laramie*, dans le Sud-Est du Wyoming, en pays cheyenne, et pour date l'été 1851.

Mitchell ne crut pas pouvoir faire face aux Indiens sans s'adjoindre un expert. Si averti qu'il pût être lui-même de l'état d'esprit des tribus, il savait que nul homme mieux que Pierre-Jean De Smet n'était à la fois informé de leur désarroi et apte à les convaincre de prendre en considération les offres qu'il présenterait à Fort-Laramie. Il lui écrivit qu'ayant étudié les cartes établies par lui, et lu ses notes de voyage, il ne pouvait aborder une telle négociation avec la nation indienne sans le secours de l'homme qui en était tenu pour le meilleur spécialiste. Le jésuite belge accepta**, ne posant qu'une condition : se faire accompagner de son ami le père Hoecken.

Ils partirent le 7 juin sur le Missouri à bord du *Saint-Ange*, que commandait un vieil ami du père De Smet, le capitaine La Barge. Moins de trois jours après, le choléra se déclarait à bord. De Smet s'en croyant atteint, son confrère lui administra l'extrême-onction : mais c'est lui, Hoecken, qui fut emporté douze jours après le départ. Un mois plus tard, on débarquait sur une rive de la Yellowstone. A l'issue d'une longue marche de six semaines vers le Sud, à travers le désert, le long des monts Bighorn, croisant la piste (l'*Oregon trail*) incessamment foulée par les colonnes de chercheurs d'or hallucinés, ils arrivaient à Fort-Laramie, où les attendaient dans la plaine arrosée par la Nebraska dix mille Indiens, Sioux et Cheyennes – le

* Du nom d'un trappeur français nommé Jacques de la Ramie, mort en 1820.

** A la veille du départ, il fut prévenu que le « général » Roothaan désapprouvait cette mission politique. Mais l'engagement était pris avec Mitchell…

plus important rassemblement de *natives* qui ait jamais fait face aux hommes du gouvernement des États-Unis.

La conférence s'ouvrit le 12 septembre. Le colonel Mitchell et ses adjoints Campbell et Fitzpatrick présentèrent leurs propositions :

1. Les Indiens reconnaissent aux États-Unis le droit d'établir, sur leur territoire, des routes et des postes militaires.

2. Ils s'engagent, pour le maintien de la paix, à réparer les pertes et dommages éprouvés, de leur fait, par les Blancs.

3. Une indemnité de cinquante mille dollars en or sera immédiatement payée aux Indiens pour les dégâts causés dans leurs terrains de chasse, leurs forêts, leurs prairies, par ceux qui traversent le pays.

4. Il leur sera payé, chaque année, pendant cinquante ans, cinquante mille dollars en nature, « d'après ce qui sera jugé le plus utile pour eux ».

Confiant dans la bonne foi du gouvernement des États-Unis, Pierre-Jean De Smet se fit l'avocat du « plan Mitchell », lequel fut adopté et signé par les représentants des Sioux-Dakota et des Cheyennes après douze jours de palabres, et l'arrivée de cadeaux expédiés de Washington – les chefs étant dotés d'uniformes de général et d'un sabre doré… Commentaire de Pierre-Jean De Smet : « Ce conseil est le commencement d'une nouvelle ère pour les Peaux-Rouges, d'une ère de paix. Désormais, les voyageurs pourront traverser le désert sans être molestés, et les Indiens n'auront plus rien à craindre de la part des mauvais Blancs. » L'histoire ne dit pas de quel air le regardait, tandis qu'il parlait, le colonel Mitchell, ni le major qui commandait le détachement de l'armée fédérale. Du rapport qu'ils allaient adresser à Washington, la renommée retint cette formule : la médiation de cet homme vaut mieux qu'une armée [17]. Mais le gouvernement fédéral agira de telle façon que, de son fait, l'armée précédera toujours la médiation, la vouant de ce fait à l'échec.

C'est une plus curieuse mission encore qui allait échoir six ans plus tard au jésuite flamand, apparemment étrangère à sa compétence : il s'agissait des mormons, ou « Saints des derniers jours », que personne ne prenait pour une tribu indienne, bien que la polygamie fût chez eux pratiquée. Ce qui leur avait valu d'être expulsés de l'Illinois et du Missouri. En quête d'un refuge où il lui fût loisible de pratiquer sa religion et ses diverses prescriptions, le chef de la secte, Bringham Young, avait rencontré Pierre-Jean De Smet au Missouri. Est-ce le jésuite qui avait conseillé au mormon de s'installer sur l'autre versant des Rocheuses, en Utah, au bord du Salt Lake ? On l'a écrit. De Smet admettait en avoir parlé avec Young, mais non de l'avoir dirigé à proprement parler sur ce site qu'il n'avait fait lui-même que traverser à la hâte au cours de ses pérégrinations.

En 1857, le gouvernement de Washington décida d'intégrer l'étrange colonie dans l'Union, dotant l'Utah d'un gouverneur. Bringham Young proclama que ses mormons et lui-même s'opposeraient à l'installation d'un fonctionnaire d'autorité, au besoin les armes à la main. Le pouvoir fédéral, contraint de réduire les rebelles par la force, dépêcha contre eux l'un des chefs militaires les plus réputés de l'armée fédérale, le général William Harney. Lequel demanda aussitôt à De Smet, au nom du président Buchanan, de l'accompagner dans l'expédition en tant qu'aumônier. Non parce qu'il pensait que les relations entre le chef des mormons et le jésuite seraient utiles en cas de négociations, mais en tant qu'expert des affaires indiennes : entre le Kansas (où était basé le corps expéditionnaire) et l'Utah, de nombreuses tribus montagnardes pouvaient s'interposer ; il importait de leur faire comprendre que l'expédition n'était pas dirigée contre elles, et que son chef entendait les ménager, et être ménagé par elles.

Cette fois, les supérieurs du jésuite belge ne firent aucune objection : pieuse mission, qui visait à donner une bonne leçon à des hérétiques, de surcroît polygames ! On ne se battit pas : l'expédition avait à peine atteint les Rocheuses que les « saints des derniers jours » faisaient leur soumission. Si fort qu'il fasse penser parfois à frère Jean des Entommeures, Pierre-Jean de Termonde n'aurait pas, même les mains nues, à humer l'odeur de la poudre.

Il s'empresse donc de donner sa démission d'aumônier militaire. Refus du général Harney. Pourquoi ? Parce que le gouvernement et l'armée des États-Unis veulent, cette fois, confier à la « grande robe noire » une mission moins difficile à justifier que son embrigadement dans la « guerre des mormons » : l'Oregon est en feu ! Un rapport administratif daté du début de 1858 signale à Washington que l'irritation est vive, même parmi les tribus les plus paisibles, du fait de l'afflux des chercheurs d'or qui occupent n'importe quelle terre sans le moindre titre, et aussi du retard mis par le Congrès à ratifier les traités signés trois ans plus tôt avec les peuples de l'Oregon.

Les signaux d'alarme se multiplient. On parle d'une « ligue des tribus » contre les Blancs, qui grouperait neuf d'entre elles, jusqu'alors réputées pacifiques. Les chrétiens sont-ils moins impatients que les autres d'en découdre ? Ceux qui se manifestent dans le sens de l'apaisement s'entendent traiter de « femmes », de « petits chiens qui ne savent qu'aboyer lorsque le danger menace ». Les missionnaires eux-mêmes sont dénoncés comme ennemis. « Ils sont blancs comme les Américains, répète le chef des Yakimas, ils n'ont tous qu'un même cœur. »

Washington croit venu le moment de réagir. En avril 1858, une colonne commandée par le colonel Steptoe est dirigée sur le Nord de l'Oregon, sinon pour châtier, au moins pour intimider les Indiens. Elle fait halte et campe à la limite du territoire des Cœurs d'Alêne, de toutes les tribus celle qui, avec les Têtes Plates, est réputée la plus paisible, guidée qu'elle est, au surplus, par un missionnaire diligent, le R. P. Joset. Cette tribu n'en prend pas moins la tête du mouvement. Certains historiens accuseront le jésuite d'y avoir incité ses ouailles – imputation peu vraisemblable, et démentie avec indignation par ses supérieurs.

Le fait est que le vieil atavisme guerrier des Cœurs d'Alêne, mal assoupi, les porta à s'en prendre à cette colonne qu'ils jugeaient menaçante. Deux officiers et plus de dix soldats furent tués ; les autres se jetèrent dans une retraite précipitée, abandonnant armes et bagages. Était-ce le prélude à un embrasement général ?

Cette fois, c'est une expédition qui est dirigée vers l'Oregon, sous les ordres du général Harney. Le chef qui a naguère ramené les mormons sous la loi commune demande à De Smet de se joindre à lui : quel homme au monde connaît mieux les Indiens, et se trouve de ce fait mieux à même de leur faire entendre raison ? Mais le jésuite est en droit de se demander s'il s'agit bien de « raison », si l'expédition n'est pas de nature punitive : est-il juste d'aventurer sa « robe noire » et ce qu'elle représente dans une telle opération ? Ses supérieurs et lui concluent que, tant pour ce qui est de « limiter la casse » que de réconforter les missionnaires dans les tribus en cause, sa présence est nécessaire. Il part – pour n'arriver qu'après la bataille.

Quand Harney débarque avec De Smet à Vancouver en octobre – il a choisi d'emprunter la voie maritime et l'isthme de Panama –, c'est pour constater que la campagne est finie. Impatient de venger l'affront subi par Steptoe, le colonel White s'est jeté au mois d'août sur les Cœurs d'Alêne dissidents et leurs alliés de la « Ligue », si rudement traités qu'ils ont, quelques semaines plus tard, demandé grâce – livrant aux forces fédérales les responsables de la tuerie d'avril.

Maïs, vaincus, les Indiens n'étaient pas apaisés. La vraie tâche s'offrait, celle de la pacification en profondeur. Par bonheur, la saison était trop avancée pour que l'armée pût s'engager en zone montagneuse : Pierre-Jean De Smet saisit l'occasion d'entreprendre vers eux une mission solitaire et pacifique. Allégé des képis et des canons, il pourrait mieux parler de réconciliation. Harney en tomba d'accord : le jésuite avait les mains libres pour ramener la sérénité chez ses amis des hautes terres.

Avant de retrouver les Cœurs d'Alêne, De Smet fait halte au camp américain de Walla-Walla, où il réclame qu'on lui remette quelques-uns des otages emmenés trois mois plus tôt par le colonel White : quel meilleur gage offrir à ses amis turbulents que la liberté de leurs frères ? Il n'en faut pas moins pour être reçu en ami. Car le général Harney, qui s'était fait une réputation de longanimité et que De Smet présente, dans sa correspondance, comme un homme loyal, avait adressé aux tribus un message d'une arrogance toute coloniale :

> « Le gouvernement, toujours généreux envers un ennemi vaincu, n'en est pas moins décidé à protéger ses concitoyens sur tous les points du territoire [...] Les Indiens n'échapperont à la mort que par une entière soumission [...] Les troupes qui leur ont livré bataille l'automne précédent restent cantonnées dans l'Oregon. Au moindre signe de rébellion, elles repartiront pour les Montagnes, avec ordre de ne faire aucun quartier [18]. »

Les Cœurs d'Alêne justifièrent leur réputation en prêtant attention, plutôt qu'aux roulements de tambour du général, aux douceurs du jésuite. Lequel s'émerveilla de la prospérité de la « réduction » – pâturages, ateliers, moulin, habitations presque confortables. Ici, l'expérience « à la guaranie » était réussie. Mais De Smet n'est pas si naïf qu'il ne relevât les risques impliqués par une telle prospérité. Les prédateurs venus de partout rôdent alentour. Comment ne se jetteraient-ils pas sur ce havre de bien-être ? La seule chance de ses amis, c'est de se tenir cois, à l'écart, de s'interdire tout commerce avec les Blancs…

Et les Têtes Plates, peuple favori du jésuite, où en sont-ils ? La mission Sainte-Marie est anéantie, on l'a vu, et par ses propres enfants. Mais De Smet croit y trouver des promesses de reconstruction. En tout cas, les porte-parole de la tribu se déclarent résolument opposés à toute reprise des hostilités : ils se font gloire, dans leurs entretiens avec le jésuite, de n'avoir « jamais versé le sang d'un Blanc ».

De Smet n'est guère moins bien accueilli dans les tribus qui n'ont pas fait bon accueil à la prédication chrétienne. Sa robe noire n'y est pas vue comme un uniforme de convertisseur, mais comme une sorte de symbole de la non-violence, ou peut-être, chez certains, des « pouvoirs » des Blancs. Bref, six mois après son départ de Vancouver en mission de pacification, il repart pour la côte du Pacifique en compagnie de neuf chefs indiens qui, en présence du général Harney, expriment leur regret d'avoir pris les armes, s'engagent à « ne plus molester les Blancs » traversant leur territoire (formule qui serre le cœur, quand on songe à ce qui se passait…) et se disent même disposés à abandonner leurs terres traditionnelles si le gouvernement leur offre un asile plus sûr.

Est-ce le jésuite belge qui leur a soufflé cette idée ? En tout cas, dans un rapport adressé simultanément au général Harney, il proposait que les États-Unis abandonnent aux Indiens, à titre de « réserve », le pays compris entre la chaîne des Rocheuses, le massif montagneux et la rivière des Kootenais*. Là serait rassemblé, sous la direction des missionnaires et la protection du gouvernement, ce qui restait des tribus éparses dans les territoires d'Oregon et de Washington [19].

A ce plan, qui, plus qu'aucune des démarches antérieures des jésuites dans l'Ouest américain, tendait à reconstituer la grande entreprise des « réductions » du XVIIe siècle dans toute leur ampleur, le général William Harney fit un accueil très favorable. L'argumentation de son rapport à Washington mérite d'être citée.

* Le nord de l'État actuel de l'Idaho et l'est de celui du Washington.

« La région dont il s'agit ne sera pas, avant vingt ans au moins, occupée par les Blancs. Elle est d'un accès difficile, et n'offre pas aux colons les avantages qu'ils trouvent partout sur la côte. Le système, en usage en Californie, de placer dans une seule réserve un grand nombre d'Indiens, et de leur faire adopter tout d'un coup la façon de vivre des Blancs, a échoué par suite de la brusque mutation imposée à ces primitives et défiantes tribus. Le plan proposé par le père De Smet échappe à cet inconvénient. Il place les Indiens dans un pays où abondent le gibier et le poisson, et où il y a assez de terre labourable pour encourager leurs essais de culture. Les missionnaires qui vivent parmi eux ont assez d'autorité, et sauront leur inspirer assez de confiance, pour les amener, peu à peu, à accepter les exigences de la civilisation, lorsque l'inévitable décret du temps aura fait pénétrer chez eux le progrès [...] Dans une affaire qui n'intéresse pas moins les Blancs que les sauvages, il serait bon de profiter des leçons de l'expérience, et d'adopter le projet du père De Smet [20]. »

Harney ne fut pas écouté par les autorités politiques, non seulement parce que ce plan donnait un coup de frein très net à la stratégie de colonisation totale qui était bien celle de Washington [21], mais parce que la mainmise catholique ainsi revendiquée sur le monde indien ne pouvait être tolérée par les Églises protestantes. L'échec de ce projet devenu commun ne distendit pas, au contraire, les liens entre le général et le prêtre. Commentant, par le truchement de son adjoint, le capitaine Pleasanton, la campagne de pacification de l'Oregon, Harney conclut à l'adresse du père De Smet : « Cette victoire est la vôtre » *(Victory is yours)*. Voilà bien des étoiles sur une robe noire...

Que d'ambiguïté ! Et qu'il est difficile, pour un homme de Dieu, de gérer les affaires des hommes... Le plus redoutable commentaire de la « campagne d'Oregon » se trouve dans un rapport officiel de 1859 : « Les Indiens ont été si bien pacifiés par les soins du père De Smet [...] que, depuis l'été, le flux d'immigrants n'a cessé de croître dans cette région... »

Quand, en avril 1861, Pierre-Jean De Smet débarque à New York, revenant d'un voyage en Europe où il a une fois de plus collecté des fonds pour les missions indiennes, il retrouve une

Amérique bouleversée par la guerre civile. Depuis quatre mois, dix États du Sud ayant fait sécession pour maintenir l'esclavage, le Nord, sous la conduite de Lincoln, élu président en novembre 1860, tente sans succès d'imposer l'abolition et de rétablir la légitimité.

Les sentiments du missionnaire belge sur le fond de l'affaire, l'abolition de l'esclavage, ne font pas de doute – bien qu'une tradition se soit maintenue chez les jésuites, en cela imitateurs de Las Casas, de tolérer le servage des Noirs, dès lors qu'il contribuait à en exempter les Indiens. Rendant compte de l'activité des jésuites pendant la guerre, le R. P. Laveille (p. 428) croit bon de préciser qu'ils « ne prennent pas parti dans la question entre nordistes et sudistes... ». On s'étonne de la froideur que De Smet montre si souvent à l'endroit du pouvoir légitime, critiquant durement le « despotisme à la russe » qu'il impose à « la grande République » – comme s'il ne s'agissait pas là d'un régime d'exception imposé par l'état de guerre. Mais il parle, dans une lettre à son frère, de la « détestable sécession du Missouri » et de l'esclavage comme « une plaie remplie de gangrène ».

Ses relations avec Abraham Lincoln sont très mal connues. Il est certain qu'il fut reçu au moins deux fois par le président, entre 1861 et 1863. On ne connaît pas la teneur des conversations entre le puritain et le jésuite, encore que les liens de principe entre l'abolition et la protection des Indiens ne fussent pas difficiles à établir. Mais en ces matières, tout est question d'ordre d'urgence...

Ce que voit surtout De Smet dans cette tragédie, c'est qu'entre tant de cataclysmes, elle risque d'en précipiter un qui le touche de près : la rupture de la fragile paix entre la société blanche et le monde indien. Comment ces nations spoliées, piétinées, humiliées, ne saisiraient-elles pas l'occasion que leur offrent les Blancs implacablement dressés les uns contre les autres, de récupérer quelque chose de leurs terres et de leur fierté ? Si les « civilisés » se conduisent ainsi, massacrant un million des leurs en quatre ans, et, de représailles en représailles, ravagent des villes et des provinces entières, pourquoi les « sauvages » resteraient-ils soumis à cet ordre apparemment aboli, à cette domination devenue folle, en proie à une sorte de démence suicidaire ?

Tandis que se dissolvait ainsi la crédibilité du pouvoir blanc, que se corrompait son autorité, que s'amenuisait aussi la peur qu'il faisait régner, la colère du monde indien trouvait sans cesse de nouveaux aliments. Après la cruelle décision prise en 1826 par le président Jackson de rejeter toutes les nations indiennes au-delà du Mississippi, un dérisoire « traité » passé en 1854 par le gouvernement de Washington avec les tribus les plus décadentes* avait subdivisé ce qui restait du « territoire indien », amputé d'un seul coup du Kansas et du Nebraska. Mais c'est surtout depuis 1860 que les *natives* se sentaient acculés au pire : la découverte des mines d'or de l'Idaho et de l'Oregon, puis de Californie, avait déchaîné sur leurs terres la grande Ruée.

Pierre-Jean De Smet en avait eu la prémonition près de vingt ans auparavant, à la fin de 1840, non loin de la rive du Sacramento, et plus tard dans les Black Hills : des filons aurifères et du sable d'or étaient à portée de la main. Les raisons du silence qu'il avait gardé étaient simples : il prévoyait le déferlement d'appétits qui en découlerait, submergeant la société indienne. Ses plus sombres prévisions allaient se révéler timides. A partir de 1862, toutes les tribus, du haut Missouri à la Californie, sont vouées à la subversion.

Ce n'est pas tout : tandis que sur l'*Oregon trail* se presse la très vorace armée des chercheurs d'or, les plaines d'alentour voient se déployer les grandes compagnies** de trappeurs qui confisquent à leur profit la chasse au buffle et au bison, principale ressource des grandes tribus guerrières comme les Sioux et les Cheyennes. Ainsi, tandis que l'invasion des chercheurs d'or pervertissait et disloquait la société « sauvage », l'anéantissement du cheptel la privait de son alimentation.

La nation des Sioux semblait tout de même bénéficier de quelques garanties : les accords de Fort-Laramie, on l'a vu, les avaient confirmés dans la possession de leur territoire traditionnel – entre les Rocheuses, la frontière canadienne, le Rio Bravo et la Rivière Rouge –, dès lors qu'ils acceptaient le passage de routes et de chemins de fer en échange du versement d'une annuité de cinquante mille dollars pendant cinquante ans. Mais, dix ans plus tard, le sénat de Washington, sans même en avertir les partenaires, décida de limiter le paiement de cette

* Les Osages reçurent une annuité de 1 000 dollars, sitôt bue…

** Hudson Bay Company, American Fur, Rocky Mountains Fur Company.

dette de cinquante à quinze ans, tandis que la région du haut Missouri, qui constituait l'essentiel du territoire des Sioux, était englobée dans l'Union, répartie entre North et South Dakota, Wyoming et Montana...

L'explosion était inévitable – à laquelle la guerre civile entre les Blancs semblait donner une chance de succès, encouragée d'ailleurs en sous-main (selon Chittenden et Richardson) par les autorités anglaises du Canada, pas fâchées de prendre ainsi une revanche tardive sur les héritiers de George Washington.

Le sentier de la guerre conduisit les guerriers sioux vers l'est du Minnesota. En trois jours, du 18 au 20 août 1862, ils massacrèrent plus d'un millier de colons, incendiant les récoltes, faisant plusieurs millions de dollars de dégâts. Puis, se postant sur les rives du haut Missouri, ils en rendirent la navigation impossible, tirant sur toutes les embarcations, les attaquant au passage de chaque gué. Un défi majeur était ainsi lancé à l'État fédéral, alors qu'il s'était engagé dans sa lutte à mort contre les confédérés de Lee et Jackson.

Le gouvernement de Washington réussit à distraire des combats quelques milliers d'hommes placés sous les ordres du général Sibley, qui marcha sur le Dakota et dispersa les colonnes de Sioux, faisant une centaine de prisonniers que l'on pendit incontinent – non sans que quelques-uns d'entre eux n'eussent demandé le baptême, espérant peut-être obtenir ainsi leur grâce. Pierre-Jean De Smet intervint contre ces exécutions collectives, faisant valoir qu'en accordant au moins un sursis aux prisonniers, on sauverait la vie de Blancs emmenés en otage par les Sioux. Peine perdue : il n'était plus question que de réprimer.

Un second général, nommé Sully, fut dirigé par le Missouri sur la zone des combats, ou plutôt des escarmouches : car les guerriers du Dakota s'étaient transformés en essaim de guêpes, harcelant, s'égaillant, tournoyant... En un an, d'août 1862 à septembre 1863, cette campagne d'arrière-garde, conduite par l'État fédéral alors qu'il livrait la terrible bataille de Gettysburg (cinquante mille morts...), lui avait coûté plus de vingt millions de dollars. Et rien n'en faisait prévoir l'issue : réduits à la misère, que pouvaient craindre encore les Sioux ?

C'est alors que le secrétaire d'État à l'Intérieur et le commissaire aux Affaires indiennes pensèrent une fois de plus à faire appel à la « grande robe noire », pacificateur de l'Oregon.

Revenant d'une nouvelle visite aux « réductions » des montagnes Rocheuses, De Smet fut convoqué à Washington où le président Lincoln lui demanda de se rendre chez les Sioux, pour leur faire, au nom des États-Unis, des propositions de paix. Il devait agir de concert avec le commandant en chef des troupes et les divers agents de la République. Ses frais de voyage seraient assumés par le gouvernement, qui lui offrait, en outre, une large « indemnité » [22].

Pierre-Jean De Smet écrit à son supérieur, le R. P. Murphy :

> « Je crains de perdre entièrement ma réputation aux yeux des Indiens. Ils m'ont jusqu'ici regardé comme l'envoyé du Grand Esprit, et m'ont toujours écouté avec bienveillance et attention. Si je me présentais au milieu d'eux comme représentant le "Chef des Grands-Couteaux*" de Washington, naguère leur "Grand-Père", aujourd'hui leur plus mortel ennemi, cela me mettrait en assez mauvaise posture. J'ai écrit au Commissaire que, si je puis faire le voyage, j'irai à mes propres frais, sans aucune rétribution. Je visiterai d'abord les Sioux qui sont restés amis des Blancs**, et, en leur compagnie, j'essaierai de pénétrer chez leurs frères révoltés ; je ferai mon possible pour leur faire accepter la paix, puis les amener à une entente avec le général en chef et les agents du gouvernement [23]. »

Ses supérieurs et les gens de Washington unissent leurs efforts pour le convaincre de partir. Et le 20 avril 1864, alors que se dessine la victoire du Nord sur le Sud – une victoire qui laissera les fédérés exsangues, et toujours impatients de faire la paix à l'Ouest –, Pierre-Jean De Smet embarque une fois de plus sur le Missouri, en direction des grandes prairies septentrionales.

Il est porteur des lettres d'accréditation les plus enthousiastes qu'aient jamais écrites des militaires à propos d'un ecclésiastique. Du général Pleasanton : « Nul homme de ce pays n'a rendu de plus importants services, par la dignité de son caractère et la finesse de son intelligence, par rapport aux tribus indiennes, de ce côté des montagnes Rocheuses ou au-delà… » Avril 1864, du général Rosecrans : « Le R. P. De Smet se rend en mission de paix et de pardon auprès des Sioux combattants. Toute assistance doit être donnée à cet illustre missionnaire… »

* Le président Lincoln.
** Les Yanktons.

Pierre-Jean De Smet, le Samson de Termonde, a largement passé la soixantaine. Son visage naturellement coloré, où étincelle le regard d'un bleu de glacier, a pris la couleur de la brique. Les cheveux blancs retombent en boucles sur ses épaules de vieux lutteur forain. Un embonpoint de bon aloi pourrait faire croire à la solidité de sa santé* – mais De Smet souffre de plus en plus, parfois jusqu'au spasme, de la néphrite chronique** qui l'emportera moins de dix ans plus tard. N'étaient la robe noire et le grand crucifix de cuivre planté comme un poignard de janissaire en travers de la large ceinture, on dirait un bon bourgmestre des bords de l'Escaut bronzé par les navigations en haute mer.

A bord, il ne cesse d'écrire dans son français heurté, pittoresque, haché d'impropriétés inventives, ou dans un anglais plus approximatif encore. Il reprend pour la dixième fois sa description du Missouri, « mon fleuve », écrit-il. Et, avec quelques vieux habitués de cette navigation vers le Wyoming et le Dakota, il s'efforce d'acquérir quelque connaissance de tel ou tel des dialectes indiens : mais il n'a jamais pu tenir une vraie conversation sans interprète, que ce soit chez les Pends d'Oreilles ou les Cheyennes, les Têtes Plates ou les Sioux…

Le 9 juin, on accoste à Fort-Berthold, près de l'embouchure du Petit Missouri, aux abords duquel vivent les Aricaras et les Mandans, tribus qui n'ont pas déterré la hache de guerre, mais restent en relations avec les Sioux. C'est par leur entremise que le jésuite belge entend transmettre les offres dont il est porteur à la fraction des Sioux que l'on estime la plus responsable des massacres du Minnesota, les Santees.

Leurs chefs, qui après le massacre sont allés chercher refuge au-delà de la frontière britannique, lui font savoir qu'ils sont prêts à négocier. De Smet en avise naturellement le responsable militaire le plus proche, qui est le général Sully. Réaction typique de cet officier : pas de pourparler avant qu'un « exemplaire châtiment » soit infligé aux rebelles. L'histoire ne cesse de bégayer.

* « Je fais rire ceux auxquels je parle de ma fin prochaine », écrit-il alors.

** Autrement appelée maladie de Bright.

De Smet en tire la conclusion qui s'impose : l'attitude du général rend vaine sa démarche. La mission que lui ont confiée les gens de Washington n'ayant plus de raison d'être, et ne pouvant que ruiner son crédit auprès des Indiens, il rentre à Saint Louis non sans avoir adressé un sévère rapport au président des États-Unis sur le sabotage de sa mission par un fier-à-bras qui, moins d'un an plus tard, aura mesuré ce que valent les « bonnes leçons » et sera le premier à lui demander de s'entremettre auprès des tribus…

Est-il encore décent, pour un homme de Dieu, de se faire le messager d'un système d'annexion et d'oppression aussi avéré ? A la fin de 1864, le colonel Chivington a organisé le massacre méthodique de six cents Cheyennes, au cours duquel certains de ses officiers ont scalpé des femmes et des enfants, en tirant gloire. A Fort-Berthold, où a séjourné le jésuite belge en quête de paix, les tribus avoisinantes qui ont refusé de se joindre à la rébellion sont affamées par la garnison : les malheureux qui s'approchent pour ramasser les restes des soldats sont aspergés d'eau bouillante. Et le général Carleton, qui opère vers le sud, professe que « Dieu tout-puissant veut qu'une race disparaisse pour faire place à une autre race […] Le mammouth est passé. Ainsi fera l'Indien rouge d'Amérique [24]… ».

Mais la révolte des Sioux s'étend : au début de 1867, les autres tribus guerrières, Cheyennes et Pieds Noirs, se joignent à eux. Le commissaire aux Affaires indiennes de Washington, le colonel Bogy, ne peut manquer, comme son prédécesseur, de penser à une médiation du jésuite belge, qui sera, cette fois, déclaré plénipotentiaire et aura le pas sur les militaires, Sully ou autres. On ne saurait imaginer mission plus large que celle qu'il se voit proposer, en ces termes, au mois de février 1867 :

> « Chacun connaît le merveilleux ascendant que vous exercez sur les tribus. Il n'est pas douteux que votre présence parmi elles est le meilleur moyen d'éviter la destruction des propriétés et le meurtre des Blancs* […] Aucune instruction spéciale ne vous sera donnée. Je m'en rapporte complètement à vous pour la marche à suivre et les moyens à prendre. »

* Curieuse hiérarchie des périls…

Comment se dérober ? Il écrit à son ami le R. P. Trevercoren : « Cette mission ne me paraît pas incompatible avec mon rôle de missionnaire, bien que l'on ait cru bon de me nommer major – un grade étrange pour un jésuite ! » Si étrange ?

Cette fois-ci, c'est en train qu'il part vers le Nord-Ouest, par Chicago, jusqu'à la gare de Sioux-City, avant d'embarquer sur le steamer *Big Horn*. Comment ne pas évoquer sa longue marche de 1828, piétinant à travers le marais, à la rencontre de Van Quickenborne ? La belle audace d'autrefois ne l'a pas quitté. Mais il se pose des questions : tant de femmes et d'hommes massacrés, de paroles violées, d'espérances brisées... Il écrit à un ami, le 30 avril 1867, de Sioux-City : « Me recevront-ils parmi eux, ces fiers sauvages dont le casse-tête est levé contre les Blancs, tandis que des centaines de chevelures pendillent au bout de leurs lances... ? »

Et le voici de nouveau sur la rive du Yellowstone, après une entrevue avec les généraux Parker et Sully qui se sont engagés à n'entraver en rien sa mission. N'ont-ils pas en poche une lettre du très prestigieux général Sherman, le vainqueur d'Atlanta, qui demande qu'« une assistance sans réserve soit apportée à ce prêtre catholique pour qu'il accomplisse sa mission pacifique et de bonne volonté, aussi réputé pour sa fidélité au gouvernement des États-Unis que pour son infatigable dévouement et son amour enthousiaste pour les Indiens* » ?

Cet amour leur était connu : nulle part, ni du côté de Fort-Berthold, ni aux abords de Fort-Union, il ne se voit refuser l'accès à une seule loge, à un seul feu, lors même qu'il est flanqué des deux généraux Sully et Parker. Partout l'avait précédé ou l'accompagnait un groupe de Yanktons, la branche la moins belliqueuse de la nation des Sioux. Mais, à Fort-Rice, ils durent entendre Boudin de Fer, chef des Minnecoujous, leur lancer ce défi :

> « Ce pays est le mien. Nous n'avons pas besoin de ces soldats et de ces chemins de fer, seulement de marchands. Nous ne voulons abandonner aucune terre et demeurerons ici. Nous préférons mourir de faim sur place que hors de notre pays.

* Lequel Sherman « revenait de loin », en ce domaine. C'est lui qui écrivait dans ses *Indian Views*, en 1864 : « Agir énergiquement contre les Sioux, jusqu'à leur extermination : hommes, femmes, enfants doivent y passer... »

Si le Grand-Père* ne retire pas ses soldats, nous continuerons à scalper autant de têtes que nous pourrons. J'ai dit. »

Il faut toute l'éloquence du jésuite aux cheveux blancs pour atténuer la méfiance de ses hôtes. Méfiance justifiée… « Comment, écrit pertinemment son biographe**, le R. P. Laveille, peut-il défendre une cause qui, à bien des égards, n'est pas celle du droit [25] ? » Bonne question, mon révérend père. Bien d'autres, avant et après De Smet, se sont ainsi faits plus ou moins les garants, auprès de leurs amis menacés ou exploités, de la bonne volonté de puissants compatriotes. Certains s'en sont repentis amèrement. Faut-il, pour autant, renoncer à s'entremettre, à tenter d'éviter le pire ? La question ne comporte pas de réponse simple.

Bref, en présence de deux chefs de l'armée des envahisseurs, De Smet entendit le vieux Satanka, dont la tête avait été mise à prix par plusieurs gouverneurs, les haranguer de la sorte : « Nous avons fait la guerre aux Blancs par nécessité. Vous avez prêté l'oreille à nos plaintes. Nous avons donné nos cœurs. Désormais, la paix sera notre commun héritage. Je suis vieux. Adieu. Peut-être ne me reverrez-vous jamais. Mais souvenez-vous de Satanka comme de l'ami des Blancs [26]. »

Le chef des Minnecoujous devait mourir avant que fussent foulées aux pieds les promesses faites à lui comme aux quelque vingt mille guerriers qui firent connaître leur décision de déposer les armes, en conclusion de la mission De Smet. Le jésuite belge écrivait alors au commissaire des Affaires indiennes : « Si le gouvernement tient compte des justes réclamations des Indiens, si les annuités leur sont régulièrement payées, si on leur fournit le matériel de construction promis, les tribus du haut Missouri resteront en paix et les bandes hostiles cesseront leurs déprédations. »

Cela faisait beaucoup de « si »…

Le 29 juillet 1868, le *Cincinnati Catholic Telegraph* publiait en tête de page une « Adresse des officiers chargés de conclure la paix avec les Indiens au R. P. De Smet, s.j. », ainsi formulée :

* Le président des États-Unis.
** Pour ne pas dire hagiographe.

« Fort-Rice, territoire de Cacotah,
le 3 juillet 1868.

Au révérend père P. J. De Smet, s.j.
Révérend père. Nous soussignés, membres de la commission chargée de conclure la paix avec les Indiens, avons été présents à l'assemblée récemment tenue à ce fort, et désirons vivement vous exprimer notre haute appréciation des services importants que vous avez rendus, ainsi qu'au pays, par votre dévouement incessant et vos efforts couronnés de succès, pour amener les Indiens à s'aboucher avec nous et entrer en négociation avec le gouvernement. Nous sommes persuadés que nous ne devons les résultats obtenus qu'à votre long et pénible voyage jusqu'au cœur du pays ennemi, et à l'influence que vos travaux apostoliques vous ont donnée sur les tribus les plus hostiles. »
Signé :

Général W. S. Harney, commissaire de paix.
J.-B. Sanborn, commissaire de paix.
Général Alfred H. Terry, commissaire de paix.

Cette adresse était suivie d'une lettre, plus précise, adressée par un autre chef militaire américain à l'archevêque Purcell :

« Monseigneur,
… La Commission de paix avait réussi à convoquer au mois de mai dernier sur la rivière La Platte les chefs indiens des tribus sioux les plus redoutables et belliqueuses. Mais les Unckpapagas persistaient à ne vouloir entrer dans aucun arrangement avec les Blancs, et il va sans dire que tout traité avec les Sioux devenait impossible, si cette grande et hostile tribu refusait d'y concourir… Seul de tous les Blancs, le père De Smet pouvait pénétrer chez ces cruels sauvages et en revenir sain et sauf. Un des chefs, lui adressant la parole pendant qu'il se trouvait au camp ennemi, lui dit : "Si c'eût été tout autre homme que vous, Robe Noire, ce jour eût été son dernier."
Le révérend père est connu, en effet, parmi les Indiens sous le nom de *Robe Noire* et de l'*Homme de la Grande médecine**. Il est le seul homme auquel j'ai vu les Indiens témoigner une affection véritable. Ils disent, dans leur langage simple et ouvert, qu'il est le seul Blanc qui n'a pas la langue fourchue, c'est-à-dire, qui ne raconte jamais de mensonges…

* La « grande médecine » est ce qui relève du surnaturel.

L'accueil qui lui fut fait au camp ennemi fut enthousiaste et magnifique, où s'assemblaient plus de 3 000 Indiens [...] Sitting Bull lui déclara qu'il renonçait à la guerre, et délégua plusieurs chefs pour accompagner le père à Fort-Rice où nous l'attendions...

Depuis cinquante ans peut-être on n'avait vu, dans notre pays, une assemblée aussi nombreuse que celle qui se trouvait réunie à Fort-Rice. Les intérêts qu'on y devait discuter étaient bien au-delà de ce que nos amis peuvent se figurer [...] Quiconque est au courant de la question indienne n'ignore pas que la paix avec les Indiens est nulle si elle ne comprend les Sioux qui, de toutes les tribus avec lesquelles nous avons eu à traiter jusqu'à ce jour, est la plus nombreuse*, la plus belliqueuse et aussi celle qui a eu le plus à se plaindre des Blancs. Le traité qui a été signé par tous les principaux chefs n'attend plus que la sanction du Sénat pour passer à l'état de loi**.

Je suis persuadé qu'il est le plus complet et le plus sage de tous les traités conclus jusqu'ici avec les Indiens de ce pays [...] Il est hors de doute que l'exécution des clauses de ce traité assurera*** la paix avec les Sioux. On comprendra l'importance de ce résultat si l'on considère qu'un général distingué**** estimait naguère que la guerre [...] coûterait au pays 500 millions de dollars.

Quel que soit le résultat final du traité que la commission vient de conclure avec les Sioux, nous ne pourrons jamais oublier et nous ne cesserons jamais d'admirer le dévouement désintéressé du révérend père De Smet, qui, âgé de soixante-huit ans, n'a pas hésité, au milieu des chaleurs de l'été, à entreprendre un long et périlleux voyage, à travers des plaines brûlantes, dépourvues d'arbres et même de gazon, ne rencontrant que de l'eau corrompue et malsaine, sans cesse exposé à être scalpé par les Indiens... »

Signé :

Major-général Stanley [27].

Pour éloquents que soient ces textes, ils n'ont pas la saveur de celui du héros en robe noire : on ne peut se tenir de citer de larges extraits d'une lettre écrite à son retour à Saint Louis, à ses supérieurs, le 28 août 1868. Il est si épuisé qu'il suggère

* 80 000 personnes environ.

** Il fut ratifié quelques mois plus tard.

*** « Eût assuré » serait plus juste...

****Sherman.

aux destinataires qu'elle « pourrait bien être ma dernière, celle d'un homme qui touche à sa fin ».

Le jésuite rappelle qu'en mars 1868, « instamment prié par le gouvernement de [se] rendre parmi les bandes hostiles des Dakotas ou Sioux pour les amener à la paix », il avait quitté Saint Louis en chemin de fer pour Cheyenne-City en compagnie des généraux Sherman, Harney, Sanborn, Terry et Sheridan, puis pour Omaha et Fort-Rice, où il avait tenu, le 1er juin, une conférence avec les chefs indiens ralliés, leur exposant son projet d'« aller dans l'intérieur du pays à la recherche des bandes hostiles », provoquant cette mise en garde qu'il risquait fort d'y laisser sa chevelure… il avait décidé de passer outre :

> « Le 3 juin, je dis la messe de grand matin pour recommander le succès du voyage au Ciel. Un mot sur mes excellents compagnons : M. Galpin, ancien trappeur et négociant parmi les Sauvages, et qui a passé trente années dans ce pays, homme probe et d'une grande expérience, s'offrit généreusement pour m'accompagner en qualité d'interprète, avec sa vieille dame, Siouse de naissance, et convertie à notre sainte religion*. […] Deux Ours, chef des Yanktons, qui m'a solennellement adopté pour frère, Cabri-à-la-Course, chef des Unkpapas, Côte d'Ours, Soliveau, Noir dans Tout Son Entour, Esprit Revenant, Nuage Brûlant, Petit Chien et Corbeau Assis, tous chefs renommés, se trouvent à la tête de mon escorte avec quatre-vingts de leurs principaux guerriers appartenant aux différentes tribus siouses […] attachés librement à mon service dans le seul but d'engager les autres tribus hostiles à me prêter une oreille favorable, et, s'il le faut, de me protéger.
> Un grand cercle fut formé, auquel s'étaient joints plusieurs officiers du fort, les soldats, et un grand nombre d'Indiens de ces différentes tribus. J'offris alors une prière solennelle au Grand Esprit pour nous placer sous sa sauvegarde**.

* Le R. P. Jos Windey, qui a étudié en expert le dossier De Smet, a découvert à New York un récit détaillé de cette dame « semi-indienne et catholique » qui, selon lui, « est à l'origine du succès de cette petite épopée ». Mais, ajoute-t-il, « De Smet, par souci de ne pas effaroucher ses lecteurs dévots et bourgeois de Belgique, ne pouvait raconter qu'il avait dormi avec les chefs indiens "sages" dans la même tente que la dame qui, par ses relations de parenté, a amadoué les "durs" »…

** On pense à Matteo Ricci et aux rites confucéens si bien condamnés par Rome, un siècle plus tôt.

[…] Le 15 juin, campés aux sources de la rivière-au-Castor, [qui] traverse les collines rocailleuses séparant les eaux du Missouri et celles de la Yellowstone*, nous aperçûmes dans le lointain l'approche d'une bande d'Indiens […] C'étaient nos avant-coureurs à la tête d'une députation de dix-huit guerriers, annonçant leur arrivée par des acclamations bruyantes et des chants joyeux. Tous me serrent la main avec un vif empressement, et, après avoir fumé ensemble le calumet de paix, première preuve de leur bon vouloir envers moi, ils m'annoncent, au nom des grands chefs de camp, que mon tabac a été reçu favorablement** ; que l'entrée du camp est accordée à la seule Robe Noire ; mais que nul autre Blanc n'en échapperait avec sa chevelure […]

Le 19 juin, la Powder River était là devant nous, mêlant ses eaux avec celles d'une cataracte de la Yellowstone […] Une colonne de quatre à cinq cents cavaliers venait à ma rencontre. Aussitôt je fis lever mon étendard de paix, portant le saint Nom de Jésus sur un côté, et sur l'autre, l'image de la sainte Vierge Marie, entourée d'étoiles d'or. Ils le prirent d'abord pour le drapeau, si odieux parmi eux, des États-Unis. A ce signe, toute la cohorte s'arrêta et parut entrer en consultation. Tout de suite après, les quatre grands chefs galopent vers nous à bride abattue […]

Drapeau en tête, nous allons à leur rencontre. L'air retentit de part et d'autre de cris et de chants de joie. J'étais attendri jusqu'aux larmes en voyant la réception que ces fils du désert, encore païens, avaient préparée à la pauvre Robe Noire. Ce fut le plus beau spectacle auquel j'ai jamais eu le bonheur d'assister, et, contre mon attente, rempli de manifestations du plus profond respect. Tout était sauvage et bruyant à la fois, ce qui n'empêchait pas qu'il y eût un ordre admirable.

Cette première cérémonie finie, les quatre grands chefs me servent de garde d'honneur, pour éviter une attaque perfide de la part de quelque traître caché, résolu de se venger sur la peau blanche. Selon le code pénal en vigueur parmi les Sauvages, tout Indien qui a perdu un membre de sa famille, tué par les Blancs, est obligé d'en tirer vengeance sur le premier Blanc qu'il rencontre. Or, à mon arrivée parmi eux, un bon nombre se trouvaient dans ce cas… »

* Roche Jaune dans le texte. On a rétabli.

** Quelques jours plus tôt, De Smet a rituellement envoyé du tabac à ses éventuels interlocuteurs : c'est un test de bonne volonté.

Cinq mille Indiens, rassemblés dans le camp, lui font un accueil joyeux. Puis il est conduit dans sa « loge » située au milieu du camp, par le « généralissime » des guerriers sioux, le légendaire Sitting Bull*. Épuisé, il s'endort…

> « A mon réveil, je trouvai Sitting Bull à mes côtés, ainsi que le grand chef du camp, l'homme aux Quatre Cornes, la Lune Noire, son grand orateur, et l'Homme Sans Cou. Sitting Bull m'adressa ainsi la parole : "Robe Noire, je me supporte à peine sous le poids du sang des Blancs que j'ai versé. Les Blancs ont provoqué la guerre ; leurs injustices, leurs indignités vis-à-vis de nos familles, le massacre cruel et inouï, sans la moindre provocation, au fort où Chevington commandait, de 600 à 700 femmes, enfants et vieillards**, ont fait vibrer tous les nerfs qui me lient et me soutiennent. Je me suis levé, le casse-tête en main, et j'ai fait aux Blancs tout le mal que j'ai pu.
> "Aujourd'hui, tu es au milieu de nous, et, en ta présence, mes bras tombent jusqu'à terre comme morts. J'écouterai tes bonnes paroles de paix, et aussi méchant que j'ai été pour la race des Blancs, aussi bon suis-je prêt à devenir en leur faveur***." »

Sitting Bull est le responsable militaire du commandement de l'ensemble des tribus (dont le chef suprême est Quatre Cornes et le dirigeant « politique », Lune Noire). A trente et un ans, ce fils de chefs traditionnels du Dakota septentrional (son père était appelé Jumping Bull), fort de ses connaissances médicales et pouvoirs magiques, était le vrai chef du parti de la guerre indien : il était, par excellence, « celui qui ne se résignait pas ». C'est lui qui avait conduit le raid sanguinaire d'août 1862 vers le Minnesota. C'est lui qui organisera quelques années plus tard le guet-apens dans lequel ira se jeter George Custer. C'est de lui, plus que de personne, que dépend la paix. En ce sens, les propos tenus ce matin du 20 juin 1868 comblaient toutes les espérances du messager de paix.

* Le texte dit Taureau Assis ; on a bien entendu rétabli.
** Voir plus haut, p. 178.
*** Ce texte, comme les précédents et les suivants, a pour origine les notes prises par le père De Smet d'après la traduction de Charles Galpin. La version que donne l'interprète lui-même dans son journal est plus plate. La plus « indienne » semble bien être celle du Belge dont le génie réinvente les métaphores des « Sauvages ».

Le conseil s'ouvrit le 20 juin, dans un vaste enclos ceinturé de *tepies*, les loges indiennes : un vrai « salon champêtre », écrit De Smet. Quatre à cinq mille Indiens y étaient rassemblés, autour de l'étendard de Notre-Dame qu'il avait fait planter au centre, et autour duquel se déroulent, rutilants et bravaches, les chants et les danses de guerriers. Le calumet passé de bouche en bouche, du jésuite et son interprète au dernier des assistants, Quatre Cornes invoque le Grand Esprit, puis se retourne vers la « grande robe noire », l'invitant à formuler ses propositions : la nation des Sioux est prête à l'entendre.

« Debout et levant les mains au ciel, je fis une prière au Grand Esprit* pour implorer ses lumières, ses bénédictions et son assistance en faveur de la grande réunion », raconte le jésuite. Pendant près d'une heure, il expose aux Indiens les raisons de sa venue parmi eux, mettant l'accent sur les dangers que leur font courir les terribles forces des Blancs. Les maux de la guerre ont été terribles, les crimes commis de part et d'autre ont été atroces, mais le « Grand-Père », c'est-à-dire le président des États-Unis, désire que tout soit oublié, sa main est prête à les aider, à leur accorder des instruments agricoles, des animaux domestiques, des spécialistes de l'agronomie et des maîtres et maîtresses pour instruire leurs enfants, le tout sans rémunération ou cession de terres de leur part.

C'est Lune Noire, l'« orateur politique », qui lui répond (au nom de l'ensemble des nations de l'Ouest et pas seulement des Sioux), lui souhaitant une bienvenue solennelle, et louant ses propos « intelligibles et pleins de vérité ». Mais comment oublier le passé et ses « blessures », et la « torche désolante de la guerre allumée sur ce pays » ?

> « Aujourd'hui, lorsque nous parcourons nos plaines, nous trouvons souvent la verdure tachetée de sang. Ce ne sont pas les taches rougeâtres du buffle ou du cerf tués à la chasse ; mais ce sont celles de nos propres camarades ou des Blancs immolés à notre vengeance. Le buffle, le cerf, le cabri, la grosse-corne et le chevreuil ont quitté nos vastes plaines. N'est-ce pas l'odeur du sang humain qui les met en fuite ?
>
> Contre notre aveu, les Blancs entrecoupent notre pays par leurs grandes routes de transport et d'émigration ; ils bâtissent

* Son biographe jésuite n'ose pas reproduire cette formule, et se contente de rapporter qu'il « implore l'assistance d'en-haut » !

des forts sur différents points et les surmontent de tonnerres [canons] ; ils tuent nos animaux même au-delà de leurs besoins ; ils sont cruels envers nos gens, les maltraitent et les massacrent sans cause ou pour le moindre motif, lors même qu'ils vont à la recherche de vivres, d'animaux et de racines pour nourrir leurs femmes et leurs enfants. Ils abattent nos forêts malgré nous…

Nous nous opposons aux grandes routes qui éloignent les buffles de nos terres. C'est notre sol, et nous sommes déterminés à n'en pas céder un pouce. Nos ancêtres sont nés et enterrés dans ce pays. Nous désirons que nos tombes occupent la même place. Nous avons été forcés malgré nous de haïr les Blancs. Qu'ils nous traitent en frères, et la guerre cessera ; qu'ils restent chez eux, nous n'irons jamais les troubler où ils sont. L'idée de les voir arriver ici pour y bâtir leurs cabanes nous révolte, et nous sommes déterminés à nous y opposer et à mourir.

Toi, messager de paix, tu nous fais entrevoir un meilleur avenir. Eh bien, soit ! espérons ! Étendons un voile sur le passé et qu'il soit en oubli… »

La conclusion de Lune Noire est bien celle qu'espérait Pierre-Jean De Smet : un groupe de guerriers l'accompagnera à Fort-Rice, en vue de débattre avec « les commissaires du Grand-Père » : et « si leurs projets sont acceptables, la paix sera faite ».

Sitting Bull intervint alors pour formuler trois conditions : les Blancs abandonneraient leurs forts ; on ne leur céderait plus de terrain ; enfin, ils devraient respecter les arbres, particulièrement les chênes, pour lesquels il avait une sorte de culte. « Ils ont résisté, déclara-t-il, aux tempêtes de l'hiver et aux ardeurs de l'été, et, comme nous, semblent y avoir puisé une nouvelle vigueur… »

Il apparaissait pourtant que la nation indienne acceptait d'entrer en négociations. La mission de la « grande robe noire » a suscité un tel intérêt que ses hôtes lui demandent de leur laisser en souvenir de ces heures le « drapeau de paix » de la Vierge qui a présidé aux échanges. Pour porte-drapeau, ils choisissent aussitôt un guerrier appelé « le Fiel » – celui de tous qui a le plus atrocement souffert des Blancs et porte, en souvenir, sept chevelures au bout de sa lance…

Dès le lendemain, 21 juin, De Smet prend la tête de la colonne de quatre-vingt-quatre hommes qui se dirige vers Port-

Rice où attendent cinq généraux de l'armée des États-Unis, et où l'on parvient deux jours plus tard, provoquant l'étonnement et l'admiration des « commissaires de paix » et des représentants de quarante tribus vivant dans la peur des guerriers sioux.

Rendons la parole au jésuite belge :

> « Le grand conseil de paix eut lieu le 2 juillet 1868. Là, 50 000 Indiens se trouvaient représentés [...] Ce fut le plus grand conseil qui eût été tenu sur le Missouri. Tout s'y termina favorablement, et le traité de paix fut signé par tous les chefs et les principaux guerriers*. Le 3 et le 4 juillet, la distribution des présents se fit en bon ordre, et à la grande satisfaction des Sauvages.
>
> En chemin, j'avais conféré le baptême à une soixantaine de petits enfants, et à cinq personnes avancées en âge [...] Le 11 du même mois, je descendis la rivière pour me rendre à Leavenworth et de là à la mission de Sainte-Marie.
>
> En me recommandant, avec les pauvres tribus indiennes du haut Missouri, c'est-à-dire du Nebraska et du Montana, aux prières de mes amis, j'ai l'honneur d'être
>
> Votre très-humble serviteur en J.-C. »
>
> P.-J. De Smet, s.j.

Cinq ans plus tard, Pierre-Jean De Smet mourait à Saint Louis, où il repose, non sans avoir rendu en 1870 une dernière visite aux Sioux du Dakota. On donna son nom à une petite ville voisine, et au bateau qui assurait la « ligne » du Missouri. L'année de sa disparition, le président Ulysses Grant, l'un des généraux vainqueurs de la guerre de Sécession, et qui avait pu, comme son collègue Sherman, mesurer les services rendus par le pacificateur du Nord-Ouest, devait constater dans son message au Congrès qu'en dépit du traité du 2 juillet 1868, « chaque race oublie les droits de l'autre au lieu de les respecter : c'est là la source des conflits ».

En fait, la convention de Fort-Rice n'avait été qu'une suspension d'hostilités : dès la fin de l'année 1868, le gouvernement des États-Unis lançait son meilleur cavalier, le colonel George

* Moyennant une indemnité qui parut convenable, les Sioux abandonnaient aux États-Unis leurs réserves du Kansas et du Nebraska, mais revendiquaient la possession exclusive des terres situées au nord du Niobrara.

Custer, dans une expédition punitive contre les Cheyennes. Les Sioux comprirent que leur tour viendrait. Ils se préparèrent longuement. Et, en juin 1876, huit ans après les euphoriques journées au cours desquelles la « grande robe noire » avait fait don à ses interlocuteurs indiens de l'étendard de la Vierge Marie, Custer, entre-temps promu général pour ses foudroyants succès contre les Indiens, tombait à Little Big Horn dans une embuscade tendue par Sitting Bull à près de trois cents des siens : scalpés jusqu'au dernier. L'impudente voracité des conquérants avait ruiné la « politique » du grand jésuite belge.

Cette « politique », nul ne l'a décrite avec plus de cruelle lucidité qu'un chef de Nez Percés, déclarant qu'il avait « renoncé au privilège de payer de [ses] terres le droit d'accéder au paradis [28] ». Ce qui est présenter l'ensemble des démarches du R. P. De Smet comme une sorte d'opération d'anesthésie tendant à désarmer la résistance indienne à coup de promesses de rétribution dans la vie éternelle. Opium du peuple indien…

Caricature aussi implacable – mais mieux fondée – que celle qu'avait esquissée quelques années plus tôt l'éternel Michelet, décrivant les missionnaires jésuites d'Amérique comme « de saints idiots, des membres compromis qui avaient fait quelques glissades ». Ce qui donne à entendre que la Compagnie expédiait aux Amériques, pour s'en débarrasser et leur donner l'occasion de se racheter, les moins recommandables des siens, ceux qui avaient « glissé » ou allaient le faire, sur le mode du père de Lavalette ou celui du père Girard*.

Pierre-Jean De Smet, de Termonde, n'était ni « idiot », ni « compromis ». Ceux qui ont lu avec quelque attention sa très suggestive correspondance, et notamment l'admirable lettre [29] datée d'Anvers le 25 janvier 1869, lors de son avant-dernier séjour en Europe, lettre intitulée « Code religieux et civil des Indiens du haut Missouri », ne peuvent manquer de voir en lui un pionnier de l'ethnologie contemporaine. Et l'aventurier noble, en lui, l'ouvreur de routes, le renifleur d'espaces et d'espèces, le navigateur de rapides, le passeur de cimes, le coureur de prairies, n'est inférieur à aucun de ses contemporains –

* Qui passait pour avoir séduit « la belle Cadière ».

Livingstone, Stanley, Brazza, Burton... Quant à l'écrivain, sa naïveté ne fait qu'ajouter à la vigueur poétique des descriptions du Missouri, de la Columbia ou de la Yellowstone.

On ne saurait évidemment le comparer, sur le plan intellectuel, ni à Matteo Ricci-le-Chinois, ni à Roberto de Nobili-l'Indien, ni à Ruiz de Montoya-du-Paraguay : il n'était ni linguiste, ni doté d'un vrai bagage scientifique. C'est le type même du praticien, de l'empirique. Mais l'audace chez lui ne consiste pas seulement à affronter les cataractes et les chasseurs de scalps. Implorer publiquement le « Grand Esprit » et en rendre compte à ses supérieurs au temps de Pie IX et du premier concile du Vatican, c'était manifester un beau courage, ou bien une émouvante témérité.

Quant à la réinvention des « réductions » du Paraguay par lesquelles les pères d'Asunciún avaient fait barrage à l'esclavagisme en terre guaranie, elle resta, pour le jésuite des montagnes Rocheuses, un rêve inaccompli. De Smet était un magnifique ouvreur de pistes, un incomparable homme de contacts – mais, selon son « général », Jan Philip Roothaan, trop « nomade » pour le « travail évangélique* ». Il ne tenait pas en place. Eût-il contraint sa nature en se sédentarisant, les missions diplomatiques dont on ne cessa de le charger, du Missouri au Dakota, du Kansas à l'Oregon, des Rocheuses à la Powder River, lui interdisaient d'être le bâtisseur qu'il projetait de devenir.

Au surplus, les « réductions » du Paraguay n'auraient pas « tenu » et rempli leur rôle pendant un siècle et demi si l'État colonial espagnol n'avait trouvé avantage à dresser et maintenir ces bastions contre les empiétements plus ou moins esclavagistes des colons portugais – et on le vit bien quand Madrid choisit de composer avec Lisbonne : les missions guaranies furent anéanties moins de vingt ans plus tard. Dans l'Oregon et le Montana, nulle puissance d'État n'était prête à épauler l'entreprise, d'ailleurs contestée par les missions protestantes. Washington pouvait afficher des états d'âme humanitaires, les arrière-pensées conduisaient à la conquête totale et à l'ethnocide.

Reste la question déjà esquissée à laquelle nul ne peut répondre. Une entreprise comme celle de Pierre-Jean De Smet,

* Que pensait le R. P. Roothaan de saint François Xavier ?

si pure qu'en soit l'intention, et noble le propos, si héroïque soit la démarche, aura-t-elle objectivement servi les conquérants en affaiblissant la résistance indienne, en la troublant, en semant des illusions de paix et d'entente, en jouant le rôle d'un pieux cheval de Troie ?

Ad majorem Dei gloriam ? Certes. Mais la cause de l'homme joué, opprimé, confisqué, laminé, cette cause que servait avec un amour débordant le jésuite de Termonde, fut-elle aussi bien servie que celle de Dieu ? On s'est déjà posé la question à propos du Paraguay, et chaque fois que des hommes attachés à la cause des faibles ont tenté de s'interposer, de persuader leurs amis d'écouter les raisons des plus forts pour éviter le pire – qui n'est pas toujours sûr…

CHAPITRE V

Les grenadiers de Pie IX

• Jésuites et contre-révolution • Reflets d'un temps… • Le R. P. Roothaan • Les avatars de Pellegrino Rossi **• La Civiltà cattolica •** ***L'indignation de Ravignan*** **• Pio nono… •** ***Gioberti et la chasse aux jésuites • Napoléon III et la question romaine •*** **Études,** ***ou la mesure • Le*** **Syllabus,** ***de M***[gr] ***Gerbet à M***[gr] ***Maupied • La papolâtrie • Concile au Vatican : infaillibilité du pape • Les fusillés de la Commune •***

Du flot d'incongruités, balivernes et calembredaines déversées par Jules Michelet sur les jésuites du haut de sa chaire (ou tribune…) du Collège de France en 1843, émergeait au moins une vérité, dont il attribuait la paternité au bon peuple de son temps : « Les jésuites ? C'est la contre-révolution ! »

Il faudra nuancer, bien sûr, et s'efforcer de distinguer, du gros de la Compagnie en marche contre l'hydre du « libéralisme », telle prédication de Ravignan, telle analyse de Matignon, tel geste d'Olivaint. Il faudra porter au crédit des pères l'effort de compréhension de la modernité dont témoigne d'abord la revue *Études* – avant d'être « mise au pas ». Il n'est pas de jésuite qui ne suscite au sein même de la Société son contraire, pas d'« ordre » si bien boutonné qu'il n'appelle une respiration plus libre – et celle-ci une nouvelle répression.

Mais, au risque d'aggraver le chagrin de ce bon père qui, dans une lettre adressée à l'auteur, protestait en 1991 contre l'assertion d'un journaliste* selon lequel « les jésuites n'ont rien compris au XIXe siècle », il faut bien préciser qu'il s'agit là

* L'excellent C. F. Jullien.

d'une aimable litote : cette illustre société qui, née au cœur de la Renaissance parisienne, avait, surmontant les appréhensions de son fondateur, emprunté à l'humanisme les meilleures leçons ; qui, au contact des spiritualités orientales, avait hardiment tenté d'en aspirer le suc ; qui, au siècle des Lumières, avait reflété quelque chose de son éclat, ne craignait pas d'apparaître, au siècle de Goethe et de Hugo, comme une force de blocage, sinon de refoulement, un verrou, une milice vouée à la répression de l'esprit du temps, choisissant en fin de compte Veuillot contre Lacordaire, les zouaves pontificaux contre le *Risorgimento* et le *Syllabus* contre les droits de l'homme.

On a écrit blocage. C'est une évidence. Mais force ? On peut bien rire des évocations terrifiantes de Béranger et d'Eugène Sue qui font planer sur la société occidentale de leur temps la menace des légions noires et des complots sataniques des sbires de l'abbé Rodin. On peut en rire, mais mieux encore tenter d'évaluer ce que représentait alors cette « menace ».

Les membres de la Compagnie de Jésus se comptaient alors, en France, par centaines. L'un de ses meilleurs historiens contemporains, Pierre Vallin, étudiant la situation en 1848, dénombre, en France, 340 prêtres jésuites et environ 150 outre-mer, à quoi s'ajoutent 340 scolastiques et novices et 280 frères coadjuteurs. Chiffres assez élevés*, trente-quatre ans après la réanimation de l'ordre, dont le rythme de reconstitution va s'accélérant, mais qui n'ont rien à voir avec les effectifs fantasmatiques (40 000) dénombrés par Montlosier ou par *Le Constitutionnel*.

A partir du vote de la loi Falloux qui, en 1850, sous la IIe République, restitue aux congrégations la mission enseignante dont les jésuites avaient été privés par la monarchie sous Charles X, la Compagnie retrouve une autorité qui ne cessera de gonfler (dindons, dindons**) jusqu'aux décrets Ferry de 1880 : alors seront dispersés, selon l'historien américain John Padberg, une trentaine de collèges où sont éduqués onze mille jeunes gens, chacun de ces établissements rassemblant sous la férule de vingt à vingt-cinq pères environ quatre cents élèves – qui ne sont plus recrutés dans les seuls milieux légitimistes ou cléricaux, mais aussi dans la moyenne bourgeoisie [1].

* Ils seront plus de 2 000 à la fin du siècle en France.
** Voir chapitre précédent.

Peut-on alors parler d'une « idéologie » jésuite spécifique, différenciée par rapport à celle du catholicisme du temps ? Le R. P. Vallin préfère distinguer une « sous-culture » jésuite, dont il reconnaît qu'elle était de nature à exaspérer les patriotes ou nationalistes comme Michelet par son caractère cosmopolite, son rattachement déclaré à un gouvernement étranger, et par la diffusion qu'elle assurait d'« un idéal humaniste non directement lié à l'imaginaire national, au peuple de France et à son histoire [2] » : ce qui est une façon bénigne de présenter l'enseignement « historique » du R. P. Loriquet ! Mais Pierre Vallin ne considère pas que cette « sous-culture jésuite » se différencie clairement du courant majoritaire du catholicisme français, qui est alors sous l'influence conjuguée de Joseph de Maistre et du premier Lamennais, ultramontain.

Le catholicisme français du XIXe siècle est, par la force des choses, profondément divisé : fruit spontané d'une réaction contre-révolutionnaire et antivoltairienne, il est d'autre part l'héritier, le plus souvent frileux, mais parfois audacieux, de la République et de l'Empire, en tout cas de l'esprit que résument les mots de droits de l'homme.

L'esprit du temps ne se laisse pas aisément enfermer en quelques phrases, ni même en quelques noms. Le voltairianisme dont, très différemment, Stendhal, Thiers ou Sainte-Beuve restent inspirés n'a pas capitulé devant un romantisme qui entretient avec le christianisme des rapports de tendresse orageuse. A Balzac, légitimiste et catholique, répond Flaubert, païen jubilatoire qui, en burinant le personnage de M. Homais, dit son fait à l'anticléricalisme et, avec les quarante-huitards de l'*Éducation*, signifie son dégoût de la révolution. De Hugo, plus médiéval que chrétien, et plus chrétien que catholique, les bons pères ont subi, on l'a vu, des coups d'étrivières. Le second Empire est volontiers bigot avec Eugénie, mais sa politique italienne le dressera contre Rome – lui aliénant ainsi les jésuites.

Le catholicisme lui-même est ballotté entre le vieux gallicanisme qui ne veut pas lâcher prise et trouve des garants modérés mais fidèles en M^grs Affre et Darboy, archevêques de Paris, ou Mgr Maret, recteur de l'Université catholique, et l'ultramontanisme qui a ses champions tonitruants : Joseph de Maistre, le premier Lamennais et Louis Veuillot ; il se déchire aussi entre un courant conservateur très majoritaire qui trouve son miel dans le *Syllabus* et fait du pape son héros, et un courant dit « libéral », qu'on qualifierait plutôt aujourd'hui de social, qui se distingue aussi bien par le souci d'assurer les autonomies réciproques de l'Église et de l'État que par l'exigence, manifestée par le second Lamennais, Montalembert, Lacordaire et Ozanam, d'« aller aux pauvres ».

Et les jésuites, dans cette mêlée ? Pour les retrouver, le plus simple est de regarder à droite, entre la cohorte légitimiste, le discours fondamentaliste et les militants ultramontains. Peu fertile en personnages de haute stature – mis à part Ravignan et Rozaven –, la Compagnie se définit par ses laudateurs, Maistre, Bonald, Veuillot, Balzac – et ses détracteurs, de Michelet à Proudhon.

En quête d'une doctrine, ou d'une stratégie, ou d'un comportement « jésuite » au temps des *Contemplations* et de *Madame Bovary*, on est amené à compulser les correspondances ou la presse du temps. On y trouve constamment le mot « jésuite » utilisé pour signifier catholicisme ou clergé, ce qui rend difficile d'y déceler la spécificité de la Compagnie. La réputation de la Société est devenue telle, le mot a pris une valeur, une connotation si péjorative et si vague à la fois, qu'on lit cette notation dans une lettre (écrite d'Italie en 1859) par le jeune Georges Bizet à sa mère : « Grâce à Dieu, je suis encore pur de tout contact avec les fils de Loyola [...] C'est singulier, plus je m'affermis dans mes croyances chrétiennes, et plus je déteste tous ceux qui sont chargés de nous les enseigner... [3]. » Et à la tribune du corps législatif, on dit « jésuite » à propos de n'importe quel ecclésiastique dont le comportement déplaît.

Peu suspect de jésuitophilie, *Le Globe* sommait ses amis libéraux d'être « plus fermes et plus hardis ; ne lancez plus vos traits obliquement ; laissez là les épithètes de jésuite et de casuiste. Nos injures sont pour cette religion tout entière ». Et la *Revue indépendante*, de même tendance : « Le jésuitisme n'est ici qu'une formule qui a le mérite de résumer toutes les haines populaires contre ce qu'il y a de rétrograde et d'odieux dans les tendances d'une religion dégénérée... »

Le R. P. Vallin s'interroge sur l'hypothèse d'un « complot » spécifiquement jésuite « orientant le cours général de l'évolution du clergé et du catholicisme en pervertissant de bons prêtres et des religieuses respectables ou admirables ». Contestant à ses lointains confrères une « originalité » susceptible de lui avoir conféré une influence, il voit plutôt en eux le « reflet d'un catholicisme ultramontain qui les déborde largement », mais il a l'honnêteté de convenir qu'en cette période où l'épiscopat, divisé, était sans grand prestige et le clergé à court de formation intellectuelle, le « réseau », le « groupe jésuite, à la fois fluide et cohérent », peut avoir joué le rôle d'« une sorte de catalyseur ».

De quoi ? De tout ce qui, dans le catholicisme français, ou franco-italien, ou de l'Europe méridionale, signifiait le refus du « libéralisme », du « mouvement » de l'esprit du « siècle », de ce qu'on allait appeler le progrès. Ce que catalysait la Compagnie, alors, c'est tout ce qui constituait le pouvoir, le magistère, l'hégémonie de la papauté, tout ce qui faisait de Rome, au XIXe siècle, la capitale, la citadelle et le foyer du conservatisme européen, de l'antimodernisme, du refus de la démocratie et plus profondément des libertés. Que cette pesée contre-révolutionnaire fût plus perceptible dans l'opinion publique que dans l'esprit des hauts responsables de la Société de Jésus, c'est ce que nous verrons. Mais une institution se définit par ce qu'elle suggère aussi bien que par ce qu'elle fait…

Une greffe de vitalité, un principe de renouvellement aurait pu lui venir de Lamennais – dont le personnage flamboyant domine le paysage catholique de l'époque. Dans les *Réflexions sur l'état de l'Église* publiées en 1808, alors que les jésuites sont pourchassés par la police impériale, le jeune curé breton avait exalté cette « Société fameuse […] signe de contradiction entre les hommes, comme le Sauveur […] qui n'avait comme lui recueilli que l'ingratitude et la proscription ». Vingt ans plus tard, l'auteur, devenu célèbre, de l'*Essai sur l'indifférence* prenait ses distances avec la « Société fameuse » – qui avait désapprouvé son système philosophique et le proscrivait de l'enseignement dispensé dans ses collèges. Ce système, dit « du sens commun », faisait reposer la foi sur le « consentement universel », indépendamment des cheminements de la raison : ce qui attira sur le R. P. de Rozaven, principal contempteur de Lamennais, l'accusation de « cartésianisme »…

Dès lors, les voies du prophète de La Chesnaie et de la Compagnie allaient constamment diverger. Si le rejet du « sens commun » n'était pas pour appauvrir le maigre bagage philosophique du jésuitisme, la perte devint beaucoup plus grave pour la Compagnie quand elle s'opposa aux démarches de *L'Avenir*. Lacordaire et Montalembert avaient rejoint Lamennais pour opérer avec ce journal ce que Gaston Bordet appelle une « révolution copernicienne » de « l'orientation des mentalités catholiques [4] ».

C'est parce qu'il ne croit pas les jésuites capables de s'engager dans cette « révolution » que Lacordaire – qui avait un temps pensé se joindre à eux – les juge sévèrement dans sa correspondance avec Montalembert :

> « Je n'ai jamais souhaité, écrit-il, que tu fusses leur ennemi, pas plus que je ne le suis moi-même, mais seulement que tu fusses indépendant à leur égard et que tu ne traitasses pas les affaires de l'Église à leur point de vue particulier, que je crois faux, étroit, mal chanceux [...] Ils sont à Rome à la tête du parti stationnaire [...] je juge leur cause, par suite de trente années de fautes, distinctes de la cause universelle ; il ne faut pas les sacrifier, les fouler aux pieds, mais est-ce les sacrifier que de ne pas s'identifier avec eux ? [...] Leur génie et leur cœur n'égalent point leur martyre... [5]. »

Cette Église et ces jésuites qui s'accrochent désespérément au passé, Lamennais, Lacordaire et leurs compagnons les appellent à se tourner bravement vers l'avenir. Ce catholicisme qui ne voit dans la liberté qu'un objectif pernicieux à détruire et cherche refuge dans le principe d'autorité, Lamennais, qui s'est jusqu'alors fait le champion véhément de l'hégémonie, de la centralité romaine, veut le libérer de ses peurs et l'invite à célébrer, conformément à la devise placée en exergue du journal, l'union entre « Dieu et la liberté ».

On peut certes s'interroger (comme toujours !) sur le sens que prend ici le mot « liberté ». Et il est vrai que l'action la plus voyante des hommes de *L'Avenir* tendait d'abord à la défense de la liberté de religion et d'enseignement – contre le monopole universitaire. Liberté « de droite » ? Une telle formulation est anachronique, bien sûr. En fait, ce groupe d'hommes ne combattait pas seulement pour libérer le catholicisme du carcan de l'État, mais pour le délivrer de ses propres chaînes, de son fixisme, de son passéisme, de ce qu'on appellerait aujourd'hui son intégrisme.

La liberté... Elle avait été un des mots clés de l'enseignement de Loyola. Plus tard, elle avait combattu, sans style, mais en vérité, aux côtés des adversaires du jansénisme. Elle avait inspiré le comportement des grands missionnaires jésuites partis à la rencontre du bouddhisme et du confucianisme. Mais, au milieu du XIXe siècle, elle était rarement dans le camp des jésuites…

Arrachée en 1814 au coma profond où elle gisait – sauf dans le « désert des Tartares » qui allait à son tour la rejeter –, la Compagnie de Jésus, d'abord placée sous la direction du très discret Luigi Fortis (dont l'effacement symbolisait le caractère subreptice de cette « résurrection » en catimini), allait être proprement revigorée à partir de 1829, sous l'égide d'un personnage très dense, le plus impressionnant probablement des « généraux » qu'ait élus la Société entre Aquaviva et Arrupe. En un quart de siècle, *per fas et nefas*, l'ordre ignacien se confondit avec lui, leurs légendes s'infectant ou se sublimant l'une par l'autre.

Il s'appelait Jan Philip Roothaan. Né à Amsterdam en 1785 dans une famille de la bourgeoisie catholique – très minoritaire et d'autant plus fervente –, il avait choisi à dix-neuf ans d'entrer dans la Compagnie qui ne survivait plus guère que dans l'Empire russe. C'est à Dunabourg, ville lettonne alors annexée au domaine tsariste, qu'il reçut sa formation avant d'enseigner en Suisse, à Brigue, puis d'être nommé recteur du collège des pères à Turin, et vice-provincial à Rome : énumération qui résume assez bien le cosmopolitisme de la Compagnie.

Convoquée à la mort de Fortis, en 1829, la Congrégation de la Société élut le Hollandais de préférence à Jean-Louis de Rozaven, beaucoup plus notoire, mêlé depuis trois décennies aux tragédies et aux combats de la Compagnie pour sa survie ou sa résurrection, mais français et par là trop impliqué dans les rivalités des puissances – et trop mêlé aussi aux débats, non moins âpres on l'a vu, provoqués par Félicité de Lamennais dont ce théologien, tenu à Rome pour le plus éminent qui ait paru en France depuis Bossuet, était le plus ferme opposant.

Personnage controversé, ce Roothaan… Comment ne pas l'être, « général des jésuites » au temps où vivaient Michelet et Gioberti* – et de ce calibre ? Ascète aux mains blanches, parfois pusillanime ou malhabile (oserait-on dire naïf ?), profondément cultivé, parlant huit langues dont un français raf-

* Voir plus loin ce personnage, auteur du *Gesuita moderno*.

finé, auteur d'une réforme de l'enseignement jésuite et d'un commentaire fameux des *Exercices spirituels*, c'était le contraire d'un médiocre – et surtout d'un inquisiteur.

Fut-il, comme son interlocuteur familier le pape Grégoire XVI, un contempteur déclaré de l'« esprit du siècle », et fit-il sciemment de son ordre ce que Lacordaire appelait joliment « le parti stationnaire » ? Sur ce point, comme sur d'autres, on citera des textes éclairants, et même surprenants. Il convient en tout cas de situer ce Hollandais méditatif au cœur de la tourmente qui secoue, ballotte sa Compagnie convalescente, de la très anticléricale révolution de 1830 aux véhémences du *Risorgimento*, des polémiques, libelles et campagnes qui ne cessent de mettre en cause la survie – ou l'honneur – de son ordre jusqu'à l'offensive de Guizot pour le démanteler en France et au grand soulèvement européen de 1848 qui jettera les jésuites hors de Rome, et Rome hors de lui… Quelle vie !

Cet homme du Nord, appelé à décider et à agir au sein d'une société très méridionale, la Rome du temps de Verdi, doit dialoguer à partir de 1846 avec un pape plus italien que nature, Pie IX, tout en charme, impulsions et inflexions, confidences en ré mineur, éloquence en ut majeur. Lui qui avait fait bon ménage avec le très autoritaire Grégoire XVI était mal préparé au dialogue avec le mélodieux démagogue du Quirinal, velléitaire du « progrès » converti avec exaltation au conservatisme. On finit par s'entendre, sur la base de l'autoritarisme. Mais on peut penser que, s'agissant de Roothaan, la brutale accélération de l'Histoire en avait décidé ainsi, plutôt qu'une volonté délibérée.

Il serait sot d'enfermer le « pape noir » hollandais dans sa légende de sentinelle obstinée. Tant en ce qui concerne la doctrine que la nature de l'enseignement jésuite, l'orientation « politique » de son ordre que ses rapports diplomatiques avec les gouvernements de Paris ou de Turin, le vingtième successeur de Loyola s'est exprimé de telle sorte que toute tentative pour le classer dans un « parti » est des plus imprudentes. Jan Philip Roothaan ne fut pas un novateur. Mais on ne saurait l'assimiler à Clorivière, encore moins à Loriquet.

S'agissant du problème capital du système éducatif de la Compagnie, posé brutalement par un certain chanoine Gaume qui menait campagne contre l'enseignement des classiques « païens » dans les collèges où il voyait la cause du recul du catholicisme depuis la Renaissance, Roothaan prit fermement parti. A Louis Veuillot qui le pressait sur ce point, le « général » répondit en citant la sentence fameuse de Terence, *Homo sum, et nihil humani a me alienum puto* (Je suis homme et crois que rien d'humain ne m'est étranger) – s'attirant cette réplique : « Faut-il être saint pour trouver matière à piété dans un dramaturge païen ! »

En août 1847, *Le Courrier français* avait publié une note de son correspondant à Rome dénonçant l'action « politique » du « parti jésuite, ou austro-jésuite ». Ce fut l'occasion pour Roothaan d'une mise au point adressée à ce journal et publiée par plusieurs feuilles parisiennes, qui ne clôt pas le débat, mais peut nourrir une réflexion :

> « La Compagnie de Jésus, aussi bien que l'Église, n'a ni hostilité ni préférence pour les régimes politiques des divers États. Ses membres acceptent sincèrement la forme du gouvernement sous laquelle la Providence les place, pourvu qu'il soit favorable ou au moins respectueux des droits reconnus à tout citoyen. S'il erre en quelque point, on le supporte. S'il se réforme, on applaudit le progrès. S'il donne de nouveaux droits aux citoyens, on en revendique le bienfait. S'il élargit les libertés, on en profite pour développer les œuvres de bienfaisance et de zèle. Partout les jésuites observent toutes les lois existantes, respectent les autorités, cultivent les vertus des bons et loyaux citoyens, prennent part aux épreuves et aux joies du pays... [6]. »

Les mots de « citoyen », de « progrès », de « libertés » scandent ce texte où il serait tentant, mais bien difficile, de trouver une charte de la « politique » jésuite au XIXe siècle qui s'inspira souvent de principes fort différents, surtout à partir de 1860. Cette profession de foi publique suscita en tout cas l'approbation enthousiaste de Montalembert, « bête noire » des intégristes et des légitimistes (qui disaient de lui : « Plutôt M. de Robespierre que M. de Montalembert ! »), et longtemps fort critique à l'endroit des jésuites.

Cet « apolitisme » légaliste prôné par le supérieur de la Compagnie d'avant le temps du *Syllabus*, on en retrouve d'autres manifestations dans les tractations qui précédèrent la création de la *Civiltà Cattolica**. Quelques jésuites italiens

* Sur laquelle on reviendra, p. 215 s.

travaillaient, à la fin des années quarante, au lancement d'une revue où seraient défendus auprès du grand public les points de vue de Rome et de la Compagnie. Roothaan s'y opposa longtemps, faisant valoir qu'une telle publication ne manquerait pas de se mêler au débat « politique », activité expressément proscrite par les *Constitutions* de la Société ignacienne. Il fallut les violentes péripéties de 1846 et 1848 pour que le « général » s'inclinât, pressé de le faire par Pie IX, et acceptât de patronner la revue, qui allait, *Constitutions* de saint Ignace ou non, se jeter, plus d'un siècle durant, dans l'arène publique. Le R. P. Roothaan vécut assez pour constater que ses mises en garde étaient justifiées.

Cette prévention contre la « politique », le jésuite hollandais avait de quoi la nourrir. Les tribulations pittoresques ou tragiques que lui infligèrent plusieurs épisodes du *Risorgimento* en tant que chef supposé du « parti austro-jésuite », il pouvait les subir dans le même esprit que les successeurs de François Xavier affrontant les représailles d'un *daimyo* japonais, ou les *padres* des réductions du Paraguay en butte aux colères de M. de Pombal. Mais l'opération menée en France par Guizot, en 1845, lui laissa un goût plus amer, parce qu'il s'y crut joué – y révélant une maladresse inattendue chez un haut dignitaire de cet ordre…

Comédie ? Tragi-comédie ? On ne se lasse pas d'admirer que d'un débat entre l'ascète hollandais et le grave ministre huguenot que Louis-Philippe avait chargé des affaires de la France soient sorties des péripéties dignes de la commedia dell'arte. Un virtuose italien, il est vrai, y avait introduit une bonne dose de génie transalpin : Pellegrino Rossi, diplomate originaire de Carrare, nommé ambassadeur de France à Rome par Guizot pour obtenir du pape la dissolution en France de la Compagnie de Jésus.

Pellegrino Rossi… On ferait un bon roman de la vie de ce Toscan au visage de cire, au regard aigu, au profil d'aigle, jeté par les hasards de la vie dans les pays, les sociétés les plus divers, chaque fois y rebâtissant sa fortune et partout s'élevant au premier rang [7]. Professeur de droit à Bologne, gagné aux idées de la Révolution, il y est nommé « commissaire politique » par Napoléon. Chassé à la chute de l'Empire en 1815, il se réfugie à Genève ; professeur, député, il devient l'homme le plus puissant de cette République ; 1830 l'attire à Paris ;

d'abord sifflé par les étudiants, il est bientôt doyen de la faculté de Droit, pair de France, membre de l'Institut… Et le voici ambassadeur de France, comme au temps des Médicis…

La désignation de Rossi auprès du Saint-Siège y avait fort déplu. Sa réputation d'ancien révolutionnaire, sa situation d'émigré, son mariage avec une protestante de Genève, son indifférence affichée en matière religieuse, tout en lui éveillait les soupçons de la cour pontificale qui ne s'était décidée à l'agréer qu'après de laborieuses tractations avec les ecclésiastiques français proches du pouvoir [8]. Mais Rossi n'était pas homme à se laisser démonter pour si peu.

Pas plus que le vieux pape – Grégoire XVI était alors âgé de quatre-vingt-deux ans –, le « général » des jésuites ne sut mesurer ce qu'il y avait d'intimidation aventureuse dans la démarche de Rossi mandaté par Guizot. Les pères français étaient enclins à suivre l'avis du plus prestigieux d'entre eux, le R. P. de Ravignan, qui, ancien magistrat, estimait qu'ils devaient « s'en tenir à [leurs] droits constitutionnels ». C'est donc avec stupéfaction qu'ils apprirent que Roothaan avait décidé, sinon de capituler, au moins de lâcher du lest en procédant, non à la dissolution, mais à l'allégement des effectifs de leurs maisons et collèges en France. Et le « général » ordonna aux provinciaux de Paris et de Lyon de procéder à quelques « dispersions ».

Mais, à la suite d'une nouvelle démarche de Rossi, Grégoire XVI fit savoir à la Compagnie que Paris voulait davantage : la fermeture pure et simple des principaux collèges, de Saint-Acheul notamment*. En attendant la suite… Jan Philip Roothaan parla d'« expiation » et intima l'ordre de s'incliner à ses confrères français, abasourdis et consternés. Jusqu'où irait la « sainte obéissance » de ceux qui se voyaient de nouveau jetés en pâture à la raison d'État pour servir les commodités romaines ?

C'est alors, le 6 juillet 1845, que *Le Moniteur* de Paris publia une note officieuse d'après laquelle, la mission Rossi ayant atteint son but, « la congrégation des jésuites cessera d'exister en France et se dispersera elle-même. Ses maisons seront fermées et ses noviciats dissous ».

Ce bulletin de victoire publié avant que fût livrée la bataille

* Voir, au chapitre II, ce que représentait cet établissement.

ne pouvait être reçu à Rome que comme une gifle. Rossi tenta de faire valoir qu'il ne s'agissait là que d'une interprétation abusive de ses dépêches : le plus capitulard des cardinaux, Lambruschini, le pape et la curie elle-même en furent piqués au vif, ragaillardis, et Roothaan réveillé de sa pieuse résignation. Qu'à tant de concessions humiliées répondît une telle outrecuidance le révolta. Il sut alors se rappeler que les *Constitutions* ignaciennes ne lui donnaient pas le droit de dissoudre une seule maison de sa Compagnie, en France ou ailleurs. Mais, entre-temps, plusieurs collèges, à Paris et en Avignon notamment, avaient réduit, sur son ordre, leurs effectifs enseignants…

La bataille truquée de 1845-1846 avait ainsi révélé que ce Roothaan dont la légende faisait un mélange de Torquemada, de Richelieu et de Metternich régnant souverainement sur Rome, la chrétienté et l'Occident, était, dans sa haute vertu, un intellectuel plutôt timoré, manipulable et enclin aux concessions charitables plutôt qu'aux « bras de fer » dont est faite la grande politique. Les prélats romains sauront s'en souvenir…

La crise avait fait entendre, en outre, des dissonances entre les superstructures romaines de la Compagnie et la « province » de France, déjà manifestées, un siècle plus tôt, à la veille de l'expulsion de France des jésuites, et naguère lors de l'« affaire Lamennais ». On verra plus loin les différences révélées entre jésuites italiens de la *Civiltà cattolica* et leurs confrères français d'*Études* par rapport au « libéralisme » et à l'« ontologisme », cette doctrine enseignée dans certains séminaires français, sorte de platonisme chrétien selon lequel Dieu se connaît par intuition. La Rome du XIXᵉ siècle, forteresse assiégée, n'était pas le Paris ouvert à tous vents, et de vieux réflexes gallicans pouvaient, à l'occasion, animer les jésuites français eux-mêmes.

On n'avait pas trouvé trace notable d'une rancœur, chez eux, après que le prestigieux Rozaven eut été devancé, dans l'élection, par le plus modeste Roothaan. Mais ils ne laissaient pas de tirer gloire des talents qui, en dépit des assertions de Michelet, s'affichaient parmi eux, et des épreuves mêmes qu'ils subissaient des mains du parti de la révolution, ou du libéralisme : Paris était le lieu des supplices les plus notoires de la Compagnie, donc de sa gloire. Les ripostes qui allaient venir du rang des « hommes noirs », c'est donc de Paris qu'elles seraient déclenchées.

La première ne nous retiendra pas longtemps : la publication, en 1846, de l'*Histoire de la Compagnie de Jésus*, de Jacques Crétineau-Joly, avec son éloquent additif, *Clément XIV et les Jésuites*, nous a déjà fort occupés*. Cette version très apologétique d'une histoire alors caricaturée jusqu'à l'outrage tient sa place dans le grand débat du XIXe siècle : si les bons pères firent semblant de ne s'être point mêlés de l'ouvrage de ce publiciste laïque où était mise à nu la trahison de Ganganelli (d'une façon qui atteignait par ricochet ses successeurs, donc Pie IX), ils bénéficièrent pieusement et les yeux baissés de ces mises au point qui semblaient autant de ripostes, et mieux informées, à Michelet et à Quinet.

Mais la vraie contre-attaque partit de leur troupe, menée par le personnage qui en était l'illustration. Xavier de Ravignan, ami de Chateaubriand, avait succédé à Lacordaire dans la chaire de Notre-Dame, qu'il occupait depuis près de dix ans quand il décida de riposter aux professeurs-procureurs du Collège de France. Dix mois après les fameuses leçons du printemps de 1843, il publiait *De l'existence et de l'Institut des jésuites***, opuscule de 170 pages où cet ancien magistrat présentait la défense de son ordre, dont, écrivait-il, « le nom est heureux pour la haine ; il dispense de la vérité ; il remplace la justice ».

C'est, en écho au *Génie* de son ami le vicomte, un « Génie du jésuitisme ». Et, bien qu'il se défende de présenter une « apologie » de la Compagnie, Ravignan plaide, en juriste et en orateur sacré, pour l'« esprit » des jésuites, puisé dans les *Exercices spirituels*, qu'il y présente comme un modèle d'application de la liberté humaine ; ce qui ne l'empêche pas de louer l'« obéissance » dictée par les *Constitutions*, ni de vanter l'activité des « missions » et les « doctrines » qu'elles professent. L'éloquence de Ravignan porte la trace des boursouflures du romantisme et de la chaire : mais l'argumentation a de la force, les pages sur l'attachement de la Compagnie à la liberté sont entraînantes. Et on ne peut lire sans estime ou émotion sa péroraison :

> « Ou je me trompe, ou, après cet exposé, le lecteur de bonne foi concevra comment un magistrat***, un Français, un homme

* Tome I, chapitre XIV.
** Paris, chez Poussielgue-Rusand, 1844.
*** Sa profession d'origine.

du dix-neuvième siècle a pu librement, consciencieusement se faire jésuite, sans abdiquer pour cela sa raison, sans renoncer à son temps et à son pays, [alors que] dans les colonnes des journaux, dans les ateliers, sur les bancs des écoles, jusque dans l'enseignement distribué à la jeunesse, partout nous sommes désignés à la haine et comme offerts en holocauste aux fureurs de l'opinion égarée [...] On voit de bons esprits même ployer à notre nom sous le joug d'une frayeur stupide. Il faut que tout cela ait un terme. »

Faisant feu de tout bois, le grand prédicateur jésuite évoque, sans en nommer le héros, une affaire fameuse dont la Compagnie, que l'on sache, s'était peu préoccupée en son temps, celle de Calas à laquelle Voltaire lia son nom :

« Un homme dont le nom est demeuré célèbre se présenta à la fin du siècle dernier devant la justice. Il n'avait rien à demander, rien à réclamer pour lui-même. Mais un motif immense pressait son cœur, exaltait son courage. Fils généreux, enfant blessé dans ses plus chères affections par la condamnation d'un père, quelle que fût l'autorité de la sentence, il en prononça l'injustice dans sa conscience, et demanda une réhabilitation solennelle. Il dut à ses efforts persévérants, il dut à cette consécration courageuse d'un beau talent, le triomphe de la piété filiale [...] Comme lui je viens demander la réhabilitation de mes pères [...] Je demande la révision d'un grand et injuste procès [...] Je sais que ce genre de réhabilitation judiciaire n'est plus dans nos lois; mais la réhabilitation morale sera toujours dans la justice de la France : je la demande.
Je la demande au nom même de la patrie qui ne peut voir plus longtemps avec indifférence qu'on flétrisse et qu'on outrage, au mépris de tous les droits, l'honneur de ceux qui n'ont pas cessé d'être ses enfants.
Je la demande pour des millions de catholiques qu'on prétend insulter en leur donnant un nom qui n'est pas leur nom, qui est le nôtre, et qui ne doit plus être une injure [...] Ce jour ne se fera pas longtemps attendre. L'histoire ne taira pas la démarche que je viens de faire... [9*] »

* Ému par ce plaidoyer, Lacordaire surmontera ses préventions pour écrire, lors de la disparition du jésuite, en 1858 : « Ravignan fut de ceux que Dieu avait choisis pour servir avec gloire l'Église de France dans ce quart de siècle. »

Tant d'éloquence et d'arguments d'équité n'allaient pas empêcher la Compagnie d'être l'objet, on l'a vu, de la nouvelle tentative d'élimination conduite par Guizot. Pourquoi tant d'acharnement ? La noble indignation de Ravignan était-elle si vaine ?

S'il suffisait de mettre en balance ce beau plaidoyer *pro domo* et l'opération du gouvernement de Louis-Philippe exécutée à Rome par Rossi, on n'aurait pas de mal à choisir son camp. Vue à travers le prisme de Ravignan, la Compagnie faisait belle figure, et les outrances de ses ennemis aussi bien que les procédés de ses persécuteurs affaiblissaient le crédit de ceux qui restaient rebelles à son intervention dans le paysage culturel et spirituel de la France.

Table rase faite des injures et calomnies à la Michelet, que restait-il de l'argumentation de leurs adversaires – qui étaient aussi bien les gallicans modérés du type de Mgr Affre, archevêque de Paris*, que des jansénistes à la Sainte-Beuve, des « libéraux » de l'école de Lacordaire ou des patriotes tels que le général Foy ?

Trois imputations faisaient le fond d'un dossier que l'éloquence enflammée de Ravignan ne suffisait pas à réduire en cendres : les jésuites n'inculquaient pas à leurs élèves un enseignement conforme à l'« esprit national » – et l'on n'en voulait pour preuve que le manuel de Loriquet présentant les épisodes les plus nobles de la Révolution et de l'Empire sous un jour ridicule ou monstrueux ; les bons pères, en dépit des professions de foi « apolitiques » de Roothaan, faisaient campagne en France pour le légitimisme, opposant déclaré de la légalité orléaniste ; plus grave encore, la Compagnie ne reconnaissait pour autorité que celle de son supérieur basé à Rome, personnage qui lui-même ne devait obéissance qu'au pape. Était-ce là une organisation réellement nationale, intégrée à la société, reconnaissant l'autorité de l'État et digne par là même d'assurer l'éducation des jeunes Français ?

L'homme sous le drapeau duquel la Compagnie allait livrer bataille pendant près d'un tiers de siècle (1846-1878), après même qu'il l'eut invitée à déguerpir de ses États, s'appelait

* Qui devait mourir sur une barricade en 1848.

Giovanni-Maria Mastai, et avait été élu en 1846 sous le nom de Pie IX.

Mgr Mastai succédait à Grégoire XVI, archétype du conservatisme autoritaire*. Vrai pape de la contre-révolution, gouvernant son domaine temporel comme le Ranuce-Ernest IV de Stendhal le grand-duché de Parme, contempteur solennel de toutes formes de « libéralisme » et de « modernisme », allié inconditionnel de l'Autriche face au *Risorgimento* dressé contre son pouvoir politique, ce pontife s'était acquis une telle impopularité que sa disparition prit l'allure un peu indécente d'une libération, accentuée par l'élection de Giovanni-Maria Mastai.

Le jour où fut proclamé Pie IX, le diplomate français qui avait succédé à M. Beyle au consulat de Civitavecchia entendit le cocher de la diligence de Rome hurler entre deux coups de fouet : « *Il papa fatto e liberale, coglione*** *!* » C'est dans ce climat d'illusion populaire que débuta en effet le long pontificat de l'homme qui allait lier son nom au *Syllabus* et à l'exacerbation fanatique des principes d'autorité fixiste contre lesquels s'élevaient les libéraux de *L'Avenir* et leurs amis, et pour lesquels s'étaient d'ores et déjà croisés, en corps, les jésuites de ce temps-là.

Pie IX avait du charme. Ce charme s'exerça bien au-delà de la dissipation des illusions entretenues sur son « libéralisme » dans la société romaine, et fit de lui le pape le plus populaire de l'histoire. L'homme était de culture moyenne, mais de rapports séduisants. Jeune, il avait voulu entrer dans la Compagnie de Jésus, d'où l'écarta, semble-t-il, un mal de caractère épileptique. Souriant, volontiers jovial, doté d'une voix chaude et musicale qui donnait un caractère délicieux à ses bénédictions publiques, il s'était beaucoup dévoué aux bonnes œuvres, hospices et orphelinats, soit à Rome, soit dans les évêchés de Spolète et d'Imola. Naturellement bienveillant, voire conciliant, originaire d'une famille de petite noblesse libérale et patriote, il avait beaucoup d'atouts pour se poser en antithèse de son rugueux prédécesseur et avait été élu contre le cardinal Lambruschini, secrétaire d'État de Grégoire XVI et candidat des Autrichiens.

On le disait sévère à l'endroit du gouvernement de

* Qui n'en avait pas moins, en 1839, condamné l'esclavage et « l'inégalité raciale ».

** « Le pape qu'ils ont élu est un libéral, mon couillon ! »

Grégoire XVI, et admirateur des avocats du *Risorgimento*, Vincenzo Gioberti, Cesare Balbo, Silvio Pellico et Massimo d'Azeglio. En fait, écrit l'excellent historien de son pontificat, Roger Aubert, « son prétendu libéralisme se réduisait d'une part à une libéralité d'âme qui le portait à estimer qu'il vaut mieux désarmer l'esprit révolutionnaire par la douceur qu'essayer de le dompter par la force, surtout lorsque le souverain est en même temps prêtre, d'autre part à un désir très sincère de s'attaquer aux abus de l'administration pontificale et d'introduire certaines réformes, pourvu qu'elles n'aboutissent pas à accorder à la population une part effective dans le gouvernement... [10] ».

Comme tant d'autres coiffés ou non de la tiare, Mastai aimait être aimé. Il se plaisait à séduire. Il goûtait les acclamations (*Viva Pio nono** *!*) et abhorrait l'impopularité. Son caractère ondoyant, sa sensibilité frémissante, sinon maladive, faisaient de lui la proie désignée des fascinateurs et des adulateurs.

Le peuple romain était si impatient de voir en lui un héraut du libéralisme et de la modernité qu'il acclama comme des gestes révolutionnaires l'amnistie proclamée par le nouvel élu, bien qu'elle fût conforme à une très ancienne tradition, et l'introduction dans les États pontificaux de l'éclairage au gaz et des chemins de fer, interdits par Grégoire XVI... Mais on constata vite que le nouveau chef de l'Église était sensible à l'excès à toutes les formes, positives et négatives, d'émotion populaire, se révélant, comme le disait Metternich à son entourage, « chaud de cœur, mais faible de conception et sans esprit de gouvernement ». Au fond assez semblable à ce Louis-Napoléon qui, trois ans après lui, allait assumer le pouvoir dans un pays voisin, et restaurer par les armes un pouvoir pontifical abattu.

Pie IX avait abordé sa mission en compagnie de libéraux d'une authenticité mieux affirmée que la sienne : le cardinal Gizzi, qui avait été considéré, lors du précédent conclave, comme un *papabile*, représentant au sein du Sacré Collège le courant « patriote », et le père Ventura, religieux de l'ordre des théatins, qui se réclamait de l'amitié de Lamennais et plaidait lui aussi pour la réconciliation entre le catholicisme et la liberté.

* Pie IX.

Ainsi, pendant quelques mois, le nouveau pape sembla incarner un « courant d'aspirations imprécises où s'unissaient, à la veille de 1848, un souffle de christianisme et un souffle de démocratie... ». Pour tous ceux qui espéraient voir l'Église se désolidariser enfin de l'Ancien Régime, « le début de son pontificat fut une période de rêves et d'illusions qui finirent, pendant quelques mois, par gagner le pape lui-même [11] ».

Rien n'est plus significatif de ces « illusions » que le témoignage de Frédéric Ozanam, jeune professeur qui sera bientôt le pionnier le plus ardent du christianisme social, et qui visite alors Rome : « Ce pontife qu'on rencontre à pied dans les rues, qui cette semaine s'en allait un soir visiter une pauvre veuve et la secourir sans se faire connaître, qui prêchait, il y a quinze jours, au peuple assemblé à Saint-André della Valle, ce courageux réformateur des abus du gouvernement temporel, semble vraiment envoyé de Dieu pour conclure la grande affaire du XIXe siècle, l'alliance de la religion et de la liberté. » Un quotidien anglais voyait dans le nouveau pape « le prince le plus éclairé de son temps », et Massimo d'Azeglio écrit à un ami français : « Voilà Pie IX le promoteur de tout le mouvement libéral et la papauté à la tête du siècle. Qui l'eût dit il y a dix-huit mois !... Si Pie IX continue (et pourquoi non ?), il devient le chef moral de l'Europe et il fera ce que n'ont pu faire ni Bossuet ni Leibniz, il rétablira l'unité du christianisme [12]. »

Mais « libéraux » et patriotes italiens devront vite déchanter. C'est sur le premier thème que la désillusion sera la plus rapide. Sur le second qu'elle sera la plus profonde, et la plus violemment manifestée.

Il ne fallut pas attendre longtemps pour connaître les véritables positions doctrinales de Pie IX. Six mois après son élection, il publiait sa première encyclique qui éclaira ceux qui le prenaient pour le libérateur du christianisme : sous le titre *Qui pluribus*, elle dénonçait les principes fondamentaux du libéralisme religieux, « cet épouvantable système d'indifférence, qui abolit toute distinction entre la vertu et le vice, la vérité et l'erreur », et prétend appliquer au catholicisme lui-même la théorie du progrès absolu dans l'humanité, « comme si cette religion était l'œuvre des hommes et non de Dieu [13] ». *Exit* le pape « libéral ». Mais *quid* du pape patriote ?

Pie IX ne pouvait évidemment faire sienne ni la conception de Mazzini, d'une république unitaire italienne, ni la stratégie de Cavour, d'une Italie rassemblée, Rome comprise, sous l'égide de la couronne du Piémont. Pouvait-il patronner, ou approuver, le projet, dit « néo-guelfe », d'une fédération italienne présidée par lui, le pape ? Il lui était possible en tout cas de manifester sa sympathie en faveur de l'indépendance de ses compatriotes : ce qu'il parut faire, en février 1848, appelant les bénédictions de Dieu sur « l'Italie ».

L'Italie ! Le simple usage de ce mot – que Metternich prétendait réduire à une simple expression géographique (ainsi que « les Balkans ») – fut considéré comme un ralliement public au *Risorgimento* du chef de la religion catholique et un défi à l'Autriche, déclenchant un enthousiasme extrême : on manifestait à Florence et à Milan au nom de *Pio nono*, des séminaristes s'enrôlaient dans les milices piémontaises, et déjà s'envolaient les mots de « guerre sainte » (contre l'Autriche bien sûr) : Pie IX se trouvait prisonnier d'une cause qu'il approuvait en son for intérieur mais aussi d'un rôle qu'il réprouvait et ne pouvait d'ailleurs assumer à moins de rejeter la très catholique Autriche du sein de l'Église, voire de provoquer un schisme germanique…

Dans une lettre touchante écrite à un diplomate ami, il écrivait en avril :

> « …Ces hommes dont le patriotisme exalté ne connaît plus aucun frein [veulent] me faire déclarer la guerre, à moi, chef d'une religion qui ne veut que la paix et la concorde ? Eh bien ! je protesterai ; l'Europe saura la violence qu'on m'a faite, et si l'on veut continuer à exiger de moi des choses que ma conscience repousse, je me retirerai dans un couvent pour y pleurer sur les malheurs de Rome [14]. »

C'est pourquoi, le 29 avril 1848, il prononça les quelques mots qui allaient le séparer à jamais de la cause italienne et provoquer une colère nourrie des illusions que, trop soucieux de plaire, il avait laissé s'accumuler : « Fidèle aux obligations de Notre suprême apostolat, nous embrassons tous les pays, tous les peuples, toutes les nations, dans un égal sentiment de paternel amour. » Toutes les nations – donc l'Autriche. Les patriotes italiens reçurent ces mots comme un soufflet. La « question romaine » prenait désormais la forme d'un conflit entre le nationalisme italien et le pouvoir du Saint-Siège.

Et plus encore avec la Compagnie de Jésus. Car il ne faisait de doute pour aucun patriote italien que la ou les volte-face du pape, au moins dans le domaine politique, fussent le fait des jésuites. Cette « contre-révolution » en quoi Michelet résumait cinq ans plus tôt leur doctrine, c'était ici le « contre-*Risorgimento* ». Visitant alors Rome, le cardinal Manning, peu suspect de « libéralisme » lui-même, estimait que les jésuites formaient « l'aile aristocratique et conservatrice du clergé ».

Ennemis jurés du libéralisme, acoquinés à la Vienne impériale et catholique*, les pères ne pouvaient être que les mauvais génies du pape, les responsables de sa trahison. Et c'est vers eux, avant même qu'elle ne vise directement le souverain pontife, qu'allait se tourner la fureur des Romains.

Si Pie IX avait, dans sa jeunesse, songé à se faire jésuite, son plus proche entourage était plutôt prévenu contre la Société, et les premiers temps de son pontificat furent marqués par une certaine réserve à l'égard des pères, restés trop « grégoriens » à son goût. Il faisait exception pour les RR. PP. Tapparelli d'Azeglio, frère de Massimo, et Pellico, frère de Silvio, animateurs du *Risorgimento*, et moins prévenus que leurs confrères à l'encontre du libéralisme et du patriotisme italiens.

Mais Pie IX ne pouvait manquer de subir l'influence de la campagne déclenchée, au temps de son avènement, contre le parti « austro-jésuite » par le puissant pamphlétaire nationaliste qu'était l'abbé Vincenzo Gioberti, avocat du parti « néo-guelfe » qui, dans le *Primato*, prétendait investir le peuple italien d'une sorte de mission rédemptrice. Dans ce livre fameux, le prêtre piémontais liait la promotion politique du souverain pontife à la malédiction de la Compagnie de Jésus dénoncée comme le « principal obstacle au relèvement civil et religieux de l'Italie et à la fusion harmonieuse de la religion et de la civilisation moderne ».

Non content de ce réquisitoire, Gioberti (qui écrivait à un ami : « je hais les jésuites comme Hannibal haïssait Rome ») allait lui donner une amplification formidable : en 1847, il publiait à Lausanne (le roi Charles-Albert du Piémont ne l'ayant pas autorisé à Turin) *Il Gesuita moderno*, qui est à l'Italie ce que, conjugués, les ouvrages de Pascal, de D'Alembert

* Selon la légende. En fait, les relations avec les Habsbourg restaient marquées par le joséphisme, expression de la méfiance de l'État à leur encontre. La Compagnie ne fut guère mieux traitée à Vienne qu'à Paris.

et de Michelet seraient à la France, un compendium en cinq volumes de tout ce qui, des *Monita Secreta* au *Juif errant*, s'est écrit, hurlé, déversé en trois siècles sur la Compagnie de Jésus – « le ver qui nous ronge, la peste qui nous tue ! ». Faible par ses excès mêmes ? Ce n'était pas l'avis de tous les conseillers du pape : le père Ventura, de l'ordre des théatins, trouvait dans ce pamphlet géant une « certaine inspiration divine… ». Et c'est évidemment pour se ranger à son opinion prestigieuse que la Congrégation de l'Index refusa de censurer le livre de Gioberti.

Les nuages s'amoncelaient sur la Société de Jésus. Tandis qu'en France, Guizot s'affairait à sa « dispersion » ; qu'en Suisse, la « guerre du *Sonderbund* » entre les cantons catholiques désireux d'obtenir que lui soit reconnu le droit d'ouvrir les collèges et la majorité protestante de la Confédération tournait à leur déconfiture, le chef de l'Église catholique romaine s'apprêtait à renouveler à leur détriment le geste de Pierre avant le chant du coq.

La chasse aux jésuites commença par les royaumes de Naples et du Piémont. Ces gestes ne pouvaient qu'aviver la hargne et l'audace des Romains, ameutés au cri de « *Viva Gioberti, il filosofo cristiano !* », conspuant les pères, les vouant au gibet. Le « général » voyait se fermer devant lui les portes du Quirinal. Le bruit courant que Pie IX allait renouveler le geste de Clément XIV en supprimant lui aussi la Compagnie, Jan Philip Roothaan adressa au souverain pontife une déclaration de « total dévouement ».

Cette déclaration ne détourna pas le souverain pontife d'abandonner la Société de Jésus à son sort : le 28 mars 1848, alors que la fièvre montait dans Rome et que des foules s'amassaient en invectivant les jésuites, décochant contre eux des volées de pierres, Pie IX fit savoir à Roothaan que, « n'étant plus en mesure de garantir leur sécurité », il priait les jésuites de fuir les États pontificaux – non sans assortir ce « lâchage » de l'éloge traditionnel aux victimes… Opération classique.

Le 29 mars 1848, enveloppé dans une soutane « à la française », coiffé d'une perruque noire, porteur d'un passeport au nom de François Flamand, Jan Philip Roothaan, « général » des jésuites, se glissa hors du Gesù romain et s'engouffra dans le carrosse d'un ami anglais, Lord Clifford (quelques mois plus tard, prononçant une conférence en latin, lors d'un séjour en Irlande, il évoquait drôlement l'épisode : « *Et sic in curru evectus sum tanquam* gentleman » [Et c'est ainsi que je m'évadais en carrosse à la façon d'un *gentleman*]).

Flanqué de deux compagnons, le Français Villefort et l'Espagnol Trigos, il embarque à Civitavecchia pour Marseille, à bord d'un vapeur sarde. Reconnu à l'escale de Livourne, il manque d'être écharpé – « A mort, le tyran jésuite !... » –, avant d'être accueilli à Gênes au cri de : « Les jésuites à la mer ! Noyez-les... » Les fuyards abordèrent pourtant le 5 avril à Marseille dans l'anonymat : le légendaire « général » des jésuites, dont l'effigie en cire figurait dans les kermesses et les foires, vécut des mois sans être reconnu ni signalé par la police – pas plus qu'au cours des voyages qu'il fit alors, de Toulouse à Paris, de Cologne à Amsterdam, de Londres à Dublin... Plus fort que le héros d'Eugène Sue, le jésuite errant passait inaperçu à travers murailles et frontières...

L'abandon des jésuites ne devait pas préserver le pouvoir de l'homme en robe blanche. Six mois après la fuite de Roothaan, le nouveau Premier ministre laïque du Saint-Siège, ce Pellegrino Rossi qui, en tant qu'éphémère ambassadeur de France à Rome, avait tenté d'arracher à Grégoire XVI la condamnation de la Compagnie* et qui, redevenu italien, était chargé de mettre en œuvre une réforme plus ou moins démocratique des États pontificaux (le *Statuto*), était assassiné par une foule de manifestants au moment d'entrer au Parlement – et *Pio nono* lui-même, le populaire, l'aimable, le jovial Pie IX, assiégé dans le Quirinal par des émeutiers exigeant qu'il déclarât la guerre « sainte » à l'Autriche, était contraint à son tour de s'enfuir par une porte dérobée, camouflé lui aussi – soutane noire, lunettes sombres... Chassé de Rome, il lui fallut trouver refuge au port de Gaète, sur la route de Naples, d'où il comptait gagner la France...

Le pape en fuite, et réduit, quarante ans après le rapt de Pie VII par Napoléon, à quêter l'hospitalité de Paris – pire : de la République française, puisque entre-temps la Monarchie de Juillet avait été renversée par la révolution... Son entourage et les cours européennes réussirent à prévenir cette disgrâce : Pie IX resta l'hôte du royaume de Naples alors qu'un gouvernement républicain présidé par Mazzini lui-même tenait

* Voir ci-dessus, p. 201-202.

Rome, ayant déclaré le pape « déchu du pouvoir temporel ».

Se résigner à cet exil humiliant, capituler devant l'émeute mazziniste ? *Pio nono* ne s'y résolvait pas. Il fit appel aux puissances en majorité catholiques – Autriche, Espagne, France. Et c'est le président Louis-Napoléon, élu par la grâce des voix catholiques et contraint de payer son dû, qui réagit le premier : un corps expéditionnaire fut dirigé sur Rome. C'est ainsi qu'une République française présidée par un Bonaparte, issu de la Révolution et partisan déclaré, sinon sincère, des « droits de l'homme », opérait la restauration par la force, contre l'évidente volonté populaire, de l'un des régimes les plus absolutistes de l'Europe moderne, désormais placé sous la férule des cardinaux.

La restauration de ce Pie IX, passé d'un supposé libéralisme à un autoritarisme sans nuance par les soins de celui qui allait déclencher le coup du 2 décembre, déchaîna la fureur de l'Europe « progressiste », qui clamait, par la voix de Victor Hugo, à l'Assemblée nationale, le 18 octobre 1849 :

> « Le 2 juillet, l'armée française est entrée dans Rome. Le pape a été restauré purement et simplement [...]. Le gouvernement clérical, que pour ma part je distingue profondément du gouvernement pontifical tel que les esprits élevés le comprennent, et tel que Pie IX, un moment, avait semblé le comprendre, le gouvernement clérical a ressaisi Rome. [...] Messieurs, si vous voulez que la réconciliation si désirable de Rome avec la papauté se fasse, il faut que cet état de choses finisse ; il faut que le pontificat, je le répète, comprenne son peuple, comprenne son siècle ; il faut que l'esprit vivant de l'évangile pénètre et brise la lettre morte de toutes ces institutions devenues barbares. Il faut que la papauté arbore ce double drapeau cher à l'Italie : *Sécularisation et nationalité !* Il faut que la papauté se garde de son pire ennemi ; or, son pire ennemi, ce n'est pas l'esprit révolutionnaire, c'est l'esprit clérical. L'esprit révolutionnaire ne peut que la rudoyer, l'esprit clérical peut la tuer. (*Rumeurs à droite. – Bravos à gauche*[15].) »

« Le gouvernement clérical a ressaisi Rome... » Cette formule-là, au moins, n'était pas abusive. Un « triumvirat rouge » – non plus de la couleur de la révolution, mais de celle de la robe des cardinaux – y avait rétabli l'ordre pontifical. « Grégoire XVI est revenu », grondaient les Romains, qui avaient fait à Pie IX un accueil réprobateur. L'heure des jésuites était-elle venue ? Leur ascendant sur ce pape affaibli (provisoirement) par sa fuite ne pouvait manquer de s'affirmer.

Le tiers de siècle qui s'ouvre alors est peut-être, du point de vue du pouvoir, l'âge d'or du jésuitisme. Jamais, depuis les grands ancêtres, ils n'avaient été aussi puissants. Jamais ils ne le seraient plus à ce point. D'autant que cette autorité sur le Saint-Siège allait prendre une dimension nouvelle : la publication d'une revue intitulée *Civiltà cattolica* [Civilisation catholique].

C'est pendant le séjour du pape à Gaète que ce projet lu avait été présenté par un jeune jésuite nommé Carlo Curci. L'exilé, impatient de reprendre l'initiative et de hisser à nouveau ses couleurs sur le monde catholique, s'était enflammé pour l'idée. Il venait d'ailleurs de publier un *motu proprio* en vue d'encourager l'apostolat par la presse. Mais le bouillant *Pio nono* se heurta aussitôt aux objections de Roothaan, qui l'avait rejoint à Gaète : une telle publication ne pourrait manquer d'entrer dans le débat politique – violant ainsi les *Constitutions* de la Compagnie. Mieux valait publier une revue savante en latin, à laquelle le jésuite projetait de donner un titre significatif, *Acta eruditorum*...

Pie IX insista. Le projet militant de Carlo Curci le séduisait. Roothaan dut s'incliner – de mauvaise grâce. Du coup, le pape avança les frais du premier numéro, mille deux cent cinquante ducats versés sous forme d'un chèque tiré sur la banque Rothschild de Naples [16]. En effet, le pape y séjournant encore, c'est la capitale du royaume des Deux-Siciles qui fut d'abord le siège de la revue. Pas pour longtemps. Car il n'est jamais conservateur qui ne trouve plus conservateur que lui, et, en ce domaine, le roi Ferdinand II l'emportait sur le jésuite le plus rancunier et le cardinal le plus obtus.

A vrai dire, les sujets d'alarme ne lui manquaient pas. Les deux principaux rédacteurs de la revue étaient Carlo Curci, l'inventeur, et Prospero Tapparelli d'Azeglio : celui-ci, en tant que frère aîné de Massimo d'Azeglio, l'un des leaders du *Risorgimento*, et bien que fort modéré de tempérament et en désaccord constant avec son cadet, effrayait le Bourbon napolitain. Quant à Curci, il avait publiquement critiqué la « Terreur blanche » déclenchée après la défaite des « libéraux » de 1848, et son « *prospetto* » rédigé en vue du lancement de la revue faisait valoir qu'étant « catholique », c'est-à-dire « universelle », l'Église pouvait s'accommoder de toutes les formes de gouvernement… Propos insensé selon Ferdinand II, qui n'eut de cesse que cette revue subversive n'ait déguerpi de ses États. Si bien que la *Civiltà*, qui saura si bien se faire pardonner plus tard ces écarts originels, s'installa six mois plus tard à Rome.

Le succès, dès l'abord éclatant, s'affirmait : il fallut réimprimer plusieurs fois le premier numéro, tiré à six mille, en attendant les douze mille abonnés de 1860. On en faisait la lecture en public dans les cafés toscans, et Silvio Pellico en loua d'abord la tenue.

Ainsi les jésuites, dénoncés par les patriotes du Nord comme avant-garde du complot « austro-papiste » contre la renaissance nationale, pouvaient-ils faire figure de « libéraux » (on entendit même à la cour de Naples le mot d'« anarchistes » !) dans les États du Sud. Faut-il en rire ? la *Civiltà* des RR. PP. Curci, Tapparelli et Liberatore devint, sitôt installée à Rome au cœur de la citadelle jésuite, le Borgo Santo Spirito, l'organe d'un conservatisme vigilant, en relation beaucoup plus étroite avec Veuillot qu'avec Montalembert, et qui devait accompagner la papauté dans sa dérive antimoderniste (sinon l'inspirer) au risque de se faire traiter de « chiens de garde de l'orthodoxie ».

Les craintes exprimées à la veille de la création de la revue par le R. P. Roothaan allaient se justifier. Et le père « général », considérant cette publication, devait soupirer tristement : « C'est la roue du carrosse qui grince… »

Prise dans les remous de la vie publique de l'Italie et de l'Europe alentour, et subissant des pesanteurs sociologiques romaines, la *Civiltà* s'affirma peu à peu comme l'organe de l'intégrisme pontifical, du catholicisme intransigeant et autoritaire, confondant, écrit Roger Aubert[17], « la restauration chrétienne et la fidélité catholique avec le conservatisme politique », ne craignant pas de faire passer l'Église pour « l'ennemie de tout ce qui passionne le siècle ».

Ce n'est pas précisément la mission que s'assigna le petit groupe de jésuites qui entreprit quelques années plus tard de fonder à Paris une revue à laquelle fut donné le titre d'*Études*.

Compte tenu de l'orientation prise par la *Civiltà Cattolica*, devenue organe de combat contre les « déviations » ou la « perversion » du monde moderne, on serait tenté de faire d'*Études* une sorte d'antidote administré par les jésuites français pour contrecarrer les excès de leurs confrères italiens. Mais une telle présentation des choses serait téméraire. S'il est vrai que, pendant les premières années, *Études* – prenant soin de ne pas aborder le domaine politique – manifesta une ouverture d'esprit qui la situait fort loin de l'idéologie de la *Civiltà*, le « coup de barre » donné à partir de 1864 la ramena dans la « ligne » plus stricte d'une Église catholique prise dans le carcan du *Syllabus* – auquel n'étaient pas étrangers les pères romains de la Société de Jésus.

La création d'une revue par cette même Compagnie qui, menacée de dispersion par Guizot en 1845, n'avait survécu aux fièvres de 1848 que pour se retrouver en butte deux ans plus tard aux campagnes les plus violentes à l'occasion du vote de la loi Falloux qui lui restituait le droit d'enseigner*, était à Paris, en 1856, une opération risquée. Elle avait été rendue possible par la stratégie religieuse du gouvernement impérial, soucieux de s'attacher la faveur des catholiques qui avaient plébiscité l'auteur du coup d'État du 2 décembre 1851. Mais la police de Napoléon III était trop tracassière pour ne pas surveiller étroitement une congrégation remuante, prestigieuse, dont l'influence sur la jeunesse allait croissant et qui affichait sans beaucoup de retenue ses sympathies pour le légitimisme monarchiste.

Le succès de public obtenu par la *Civiltà Cattolica* encouragea les jésuites français à mettre en œuvre un projet qui était en l'air depuis longtemps, tandis que la disparition du R. P. Roothaan, dont les réserves à propos des dérives politiques de telles publications ne s'étaient jamais démenties, levait devant eux un obstacle.

C'est un bien singulier personnage qui allait donner l'impulsion initiale. Ivan Gagarine, descendant d'une grande famille russe, et comme tel attaché à l'ambassade du tsar à Paris, s'était converti au catholicisme sous l'influence (mais non pas l'intervention) du père de Ravignan, et était entré dans la Compagnie. Son rêve était de rapprocher, sinon de réunir, l'Église russe et Rome. C'est sur ce thème œcuménique qu'il proposa

* On a lu plus haut la harangue de Victor Hugo.

d'abord à ses supérieurs de Paris et de Rome (où le Belge Pierre Beckx avait succédé à Jan Philip Roothaan) de lancer une publication périodique. Mais de quelle nature ?

Sous le titre *Études* était d'abord prévue la parution de cahiers consacrés notamment aux rapports entre les églises chrétiennes d'Orient et d'Occident – ce qui permettait de ne pas se fourvoyer dans le domaine politique français et d'échapper à la censure impériale –, sans périodicité régulière. Les deux responsables originels étaient les pères Ivan Gagarine, l'inventeur, et Charles Daniel, historien de l'éducation.

L'avertissement qui précédait le premier cahier parlait d'un simple essai. Il ne donnait pas clairement pour objectif à la publication la « conversion des orthodoxes ». Et s'il est vrai qu'au cours des trois premières années, onze articles sur vingt-huit furent consacrés à cette question, ce fut dans un esprit d'ouverture égalitaire. « Il ne s'agit nullement, écrivait Gagarine, de l'absorption de l'Église russe par l'Église latine ; il s'agit d'une réconciliation. » Formule éclairante. A tel point que, selon Roger Tandonnet, « tout Gagarine tient, peut-être, dans ces quelques mots [18] ».

Études parut à raison d'un volume par an jusqu'en 1859. Puis le rythme s'accéléra, la périodicité (trimestrielle) s'affirma. Mais des conflits de tendances s'étaient fait jour dès l'année 1858. Ils allaient provoquer en peu d'années la « mise au pas » de la publication. L'homme par qui l'ordre fut rétabli était un jésuite du Tarn nommé Henri Ramière. Il paraissait surgi de sa rocaille méridionale pour jeter l'anathème, dans le style de Clorivière ou de Veuillot, sur tout ce qui pouvait se rattacher, de près ou de loin, au « libéralisme ». A tel point que le très modéré Charles Daniel refusa de publier le troisième des articles reçus de lui : la crise, que la croissance et la périodisation de la revue faisaient prévoir, était dès lors inévitable.

D'autant qu'*Études* s'affirmait au moment même où le gouvernement de Napoléon III manifestait son opposition à Rome en prenant position contre le pouvoir temporel du pape qu'il avait sauvé dix ans plus tôt ; Pie IX ripostait par l'encyclique *Nullus certi*. La « question romaine » allait dominer la vie publique de la France jusqu'à la fin de l'Empire. Les jésuites y étaient (ou s'y étaient) placés en porte-à-faux, tenus d'un côté par leur allégeance romaine et d'autre part redevables au pouvoir de la publication d'une revue qui ne devait sa périodicité qu'à la relative tolérance impériale.

Études sembla vite oublier l'objectif originel de la publication, la réconciliation des Églises, entraînée qu'elle était dans le tourbillon du grand débat entre les deux sensibilités catholiques, celle qui rejetait le monde moderne remodelé par la Révolution (et, comme tel, tenu pour démoniaque) et celle qui l'intégrait, non sans critique, à sa foi. Il est clair, et l'on se réfère ici au travail le plus sérieux consacré à la question, celui d'Anne Philibert, qu'avant que l'encyclique *Quanta Cura* et le *Syllabus* ne les condamnent irrévocablement, « *Études* fit preuve d'une sympathie évidente envers les options des catholiques libéraux[19] ».

Le débat entre les deux écoles éclata à propos du livre du prince Albert de Broglie sur *L'Église et l'Empire romain au IVe siècle*, où cet historien réputé démontrait que, si l'Église l'avait emporté sous Constantin, ce n'était pas du fait de l'arbitraire impérial, mais parce qu'elle avait su intégrer, du paganisme dominant, tout ce qui était compatible avec le christianisme. L'argumentation de l'historien conduisait à poser cette question : ne pouvait-on attendre de l'Église du XIXe siècle une attitude aussi compréhensive vis-à-vis de la société moderne ?

Les intégristes du type Veuillot fulminèrent. Les rédacteurs d'*Études* prirent la défense du livre d'Albert de Broglie avec d'autant plus d'assurance qu'ils purent alléguer une lettre du pape favorable à l'historien. Leur assurance allait se muer en hardiesse : le R. P. Matignon osa mettre l'accent sur les aspects « salutaires » des premières phases de la Révolution française, qui eussent pu conduire aux « transformations inévitables [...] si on avait voulu s'entendre ». A son tour, le R. P. Sarriot soutint qu'un libéralisme qui ne se réclamait pas du seul « rationalisme » était compatible avec le catholicisme.

Et quand Montalembert, lors du congrès catholique de Malines de 1863, présenta la démocratie comme le régime de l'avenir et soutint que la liberté du culte (« L'Église libre dans l'État libre ») était un progrès, ce qui provoqua l'indignation des intégristes, *Études*, après des mois d'attente précautionneuse, publia un compte rendu où le R. P. Matignon se gardait bien de condamner l'orateur libéral. La *Civiltà Cattolica* n'ayant pas pris feu et flammes comme *L'Univers* de Veuillot, et ne critiquant, dans le discours de Malines, que des « inexactitudes », les pères de Paris purent croire que leur discret libéralisme était agréé en très haut lieu… La foudre allait frapper, sans que le tonnerre eût grondé.

Le Pie IX de 1864 n'avait plus rien de commun avec le populaire *Pio nono* de 1846. La violence des campagnes du *Risorgimento*, l'assassinat de son Premier ministre Rossi, la fuite humiliante à laquelle l'avaient réduit les émeutiers de 1849, le rétablissement de son pouvoir par les baïonnettes françaises, puis la remise en question, par Napoléon III, de son pouvoir temporel, les incitations enfin d'une *Civiltà Cattolica* plus papiste que le pape avaient fait de lui un conservateur autoritaire. Un rempart. Un butoir. Depuis 1860, il préparait, en compagnie des cardinaux les plus intégristes, la grande revanche contre les siècles, qui prit forme à la fin de 1864.

Sombres jours pour le catholicisme… C'est en cette même année 1864 que sont mis à l'index *Les Misérables, Madame Bovary et Salammbô, Le Rouge et le Noir* et tout Stendhal, et même, même, globalement, les ouvrages de cet Honoré de Balzac qui avait dressé en 1824, contre la vague de l'antijésuitisme déferlant sous l'œil indifférent des Bourbons restaurés, le plus ardent contre-feu, son *Histoire authentique des jésuites**. Les œuvres des écrivains qui avaient proposé au monde les figures les plus nobles ou touchantes du christianisme, Mgr Méryel et le curé de Tours, étaient bonnes pour le bûcher de la nouvelle inquisition, celle de *Pio nono* et de la *Civiltà*.

Citer les textes qui émanent alors des officines romaines a quelque chose de blessant, on allait écrire d'obscène. Tant d'aveuglement assorti de tant de hargne fait peine, publié au nom d'une religion qui se réclame de l'amour, se proclame « universelle », prône la liberté humaine et reconnaît l'autonomie de César dans le débat social. On a assez souligné ici** le caractère incongru, voire ignominieux, d'un certain anticléricalisme exacerbé en jésuitophobie, pour ne pas être libre de dénoncer la piteuse agressivité, l'imbécillité belliqueuse et récurrente des textes romains – où il n'est que trop facile de

* Voir chapitre II, p. 74.
** Voir chapitre III, *passim*.

trouver, sinon la justification, au moins la source des campagnes anticléricales à venir.

L'Europe qui gouverne le monde par sa technique civile et militaire et par son esprit d'entreprise est alors, pour la moitié de ses nations, catholique – entre l'empire orthodoxe et les États luthériens et anglican. L'Église romaine paraissait avoir émergé des séismes révolutionnaires de 1848 en double bénéficiaire, d'abord du courant démocrate qui presque partout avait affiché une inspiration évangélique plus ou moins liée au romantisme, ensuite de la réaction conservatrice que les fortes structures du catholicisme semblaient garantir ou canaliser.

Mais il ne fallut pas attendre dix ans pour que la situation se renverse.

> « Aussitôt le danger passé, écrit Roger Aubert, les libéraux ont repris leur offensive contre la situation prépondérante, de fait et souvent de droit, qui est encore faite au clergé dans l'organisation de la société civile et qu'un mot parti de France va bientôt stigmatiser : le cléricalisme. Cette offensive du laïcisme anticlérical est encore aggravée par les rapides progrès de l'incroyance dans les milieux cultivés. Pendant la première moitié du siècle, l'Église avait bénéficié du courant romantique qui avait remis en honneur les valeurs religieuses, à l'encontre du rationalisme sceptique du XVIIIe siècle. Mais depuis 1850 le climat s'est modifié : on est entré en littérature et en art dans l'âge du réalisme, en philosophie dans celui du positivisme et du scientisme [20]. »

Prestigieuse à la fin des années quarante, l'Église romaine est de nouveau réduite à la défensive au début des années soixante. Elle tend avec une sorte de frilosité frémissante à se rassembler, se concentrer sur la personne de Pie IX, dont on a dit les qualités humaines et les limites intellectuelles, voire l'instabilité et les faiblesses de caractère. Jamais l'Église catholique ne connut un pouvoir aussi personnalisé, moins du fait de la grandeur du pontife que de la médiocrité de l'entourage de la cadence de la curie, des divisions de l'épiscopat. Le climat qui règne alentour est délétère. « C'est la cour de Louis XVI avec plus de vertu », écrivait un visiteur français, tandis que Mgr Dupanloup en résumait ainsi l'esprit : « Le triomphe de la calomnie… », et que le comte de Gramont surenchérissait : « On éprouve un mélange de pitié et de dégoût en sondant cet abîme : c'est ici que l'Orient commence[21]... »

L'homme catholique, ainsi guidé par des aveugles, voit partout sa foi contestée par le rationalisme, par la science expérimentale. Ces années ne voient pas seulement paraître le *Syllabus* (1864), mais aussi *La Vie de Jésus* de Renan, dont le succès est immense, et la *Médecine expérimentale* de Claude Bernard. Ce sont celles où s'affirme l'influence de Darwin. En tentant de faire obstacle sans discussion à de tels surgissements, le clergé se voit accuser de stagnation intellectuelle, voire de répression sociale. Ainsi l'Église catholique de ces décennies est-elle surclassée ou déclassée après avoir été pourchassée et torturée. Parce qu'elle n'a pas su greffer sur elle les valeurs de son temps (comme au IVe siècle, sous Constantin, ou au XVIe siècle, au temps de la création de la Société de Jésus), parce qu'elle a raté son époque, l'institution romaine va la combattre jusqu'à l'absurde, entraînant dans la croisade une troupe comme celle des jésuites, profondément infidèle alors à sa vocation première.

L'influence qu'exerce la Compagnie sur la papauté ne cesse pas de croître à partir de 1850. Au retour de son exil à Gaète, Pie IX lui a marqué de la froideur, peut-être parce qu'il ne pardonnait pas aux jésuites de les avoir abandonnés à leur sort face à l'émeute, en 1849. Surtout parce qu'il n'appréciait ni leur méthode, ni leur organisation, craignant de voir supplanter la sienne – si tant est qu'il en eût une.

Quelque méfiant que pût être Pie IX, le dévouement et la compétence des pères, l'accroissement rapide d'effectifs beaucoup mieux formés que les autres membres du clergé et leur esprit de solidarité les imposèrent au sein de l'état-major romain. La *Civiltà Cattolica* faisait figure d'organe officieux de la papauté, même après la création de *L'Osservatore romano* en 1861. On peut donc retenir cette notation de John Acton, observateur sans indulgence mais sans acrimonie du système pontifical dans les années soixante : « Pie IX a fait des jésuites le canal de son influence et est devenu l'instrument de la leur... »

La peur qui hérissait alors l'oligarchie romaine était due aussi à l'insécurité diplomatique où elle se trouvait, depuis qu'elle s'était laissé enfermer dans un isolement angoissant. Au moment de la guerre de 1849, Pie IX et ses conseillers (jésuites compris) avaient tout misé sur Paris – irritant Madrid et Vienne. « Lâché » dix ans plus tard par Napoléon III passé dans le camp de l'unité italienne sur les instances de Cavour (en échange des « pourboires » que sont Nice et la Savoie), le Saint-Siège se retrouvait bien seul, trop seul pour assurer son pouvoir temporel directement menacé par la monarchie piémontaise. Qui pouvait le secourir ? L'Autriche vexée et affaiblie ? L'Espagne déchirée par la guerre civile ? La Prusse luthérienne ? La Russie orthodoxe ? L'Angleterre hostile au papisme ? Alors Pie IX et ses cardinaux d'un autre âge se barricadent contre ce siècle qu'ils ont d'ores et déjà condamné. Et le résultat, c'est le *Syllabus*...

La part que prirent les jésuites dans la rédaction du fameux « catalogue des erreurs du siècle » est difficile à déterminer. On retrouve mieux leur main dans l'élaboration de l'encyclique *Quanta Cura*, qui en est en quelque sorte la version solennelle. C'est en effet au début des années soixante que le groupe de la *Civiltà Cattolica* passe aux mains de conservateurs plus déterminés que leurs confrères de la première génération, Prospero Tapparelli et Carlo Curci – qui a entre-temps glissé vers le libéralisme et quitté la Compagnie... Des professeurs au Collège romain des jésuites comme les RR. PP. Schrader ou Franzelin vont s'imposer auprès de Pie IX et jouer un rôle qui, lors de la préparation du concile, sera prépondérant.

Ce n'est pas de la *Civiltà* ni du Borgo Santo Spirito jésuite que vint l'inspiration du *Syllabus* mais de France, et plus précisément de Perpignan, dont l'évêque était alors un certain Mgr Gerbet. Cet ancien disciple de Lamennais, devenu l'un des chefs de file de l'antilibéralisme le plus intransigeant, adressa en 1861 à Rome une « Instruction sur les quatre-vingt-cinq erreurs du temps présent » – réquisitoire qui fut bien accueilli par Pie IX : le pape venait de publier, sous le titre de *Jamdudum*, une déclaration qui n'était qu'une âpre dénonciation de la société « moderne ».

Quelques semaines plus tard, à l'occasion de la canonisation des martyrs du Japon qui avait attiré de nombreux évêques à Rome, le souverain pontife s'en prit dans une homélie au principe même des libertés qu'il dénonçait ainsi : *Libertates illas ridiculas quibus modernae nationes gloriantur* (Ces ridicules libertés dont les nations modernes se font gloire). Et il fit distribuer le factum de Mgr Gerbet, à peine retouché par ses conseillers. A peine en avait-il pris connaissance, le plus notoire des prélats français, Mgr Dupanloup, évêque d'Orléans, fit savoir que la publication d'un tel document « déchaînerait un orage [22] ». De fait, organisées ou non par le prélat français, quelques « fuites » soulevèrent une telle émotion que le Saint-Siège dut surseoir à la publication.

C'est sur ces entrefaites que se déroula le congrès de Malines où Montalembert entonnait la « Marseillaise du catholicisme libéral » (Veuillot). Le leader des libéraux bravait ouvertement l'esprit régnant alors à Rome en dénonçant « l'impuissance radicale du système oppressif de l'ancienne alliance de l'autel et du trône pour la défense du catholicisme… » et en martelant ces formules : « L'inquisiteur espagnol disant à l'hérétique : *La vérité ou la mort !* m'est aussi odieux que le terroriste français disant à mon grand-père : *la liberté, la fraternité ou la mort !* La conscience humaine a le droit d'exiger qu'on ne lui pose plus jamais ces hideuses alternatives. »

C'en était trop ! Contre ces libéraux effrontés, qui osaient ainsi mettre sur le même pied Torquemada et Fouquier-Tinville, contre ces gens qui dénonçaient la vertueuse alliance du trône et de l'autel, celui que le cocher de la diligence de Civitavecchia exaltait jadis comme « le pape libéral » ne pouvait plus retenir ses foudres. L'encyclique *Quanta Cura* fut publiée le 8 décembre 1864, flanquée d'une annexe qu'on appela *Syllabus* (ou catalogue). Et si le premier texte, où étaient condamnés aussi bien le rationalisme, le gallicanisme et le socialisme que l'« économisme » et surtout le « naturalisme », ne retint vraiment que l'attention des milieux des spécialistes, le *Syllabus*, où les mêmes idées étaient formulées dans une langue très simple, accessible au public le plus large, fit se lever l'« orage » prévu par Mgr Dupanloup*. « Jamais, écrit l'excellent historien de l'Église qu'est Roger Aubert, un document pontifical ne souleva pareille émotion. »

Pour abracadabrant qu'il fût, et provocant, et attentatoire à une raison qui n'a pas plus à voir avec le « rationalisme » que la liberté humaine avec le libertinage, il faut donner un écho à ce texte fameux, quand bien même les jésuites n'auraient joué qu'un rôle modeste dans la mise au point du réquisitoire

* Qui s'employa habilement à jouer les paratonnerres en publiant un commentaire lénitif du texte pontifical.

de l'évêque de Perpignan : il suffit qu'ils l'aient entériné pour qu'ils en soient responsables. Tels leurs aînés associés, bon gré mal gré, à la révocation de l'édit de Nantes.

On pourrait naturellement s'en tenir à citation de la quatre-vingt-unième et dernière* des propositions condamnées par le *Syllabus*, qui les résume toutes : « Le pontife romain peut et doit se réconcilier avec le progrès, le libéralisme et la civilisation moderne. » Tout paraît dit en ces quelques mots. Dès lors qu'est tenue pour anathème la « réconciliation » entre l'Église et la civilisation moderne, qu'ajouter ?

Mais le texte venu de Perpignan et retouché à Rome va beaucoup plus loin que ce passéisme frileux d'exilé acariâtre. Il est une déclaration de la guerre non seulement à une société civile autonome par rapport à la papauté, mais à l'homme social, à sa tentative terrestre pour exister, à la parabole évangélique du talent, à l'humanisme enfin. Texte aussi irréductible à l'esprit jésuite, à l'inspiration ignacienne que tout Baïus et tout Saint-Cyran**.

Rien n'éclaire mieux les arrière-pensées (d'ailleurs peu camouflées) du *Syllabus* que la présentation qu'en fit cinq ans plus tard Mgr Maupied, « prélat de la maison de Sa Sainteté Pie IX, théologien du concile ». C'est à ce titre qu'il faut écouter cet ecclésiastique délirant, dont le texte semble sorti d'un « an mil » tout grouillant de sorcières et de bourreaux du Saint-Office :

> « Le *Syllabus* n'est qu'un recueil des doctrines sataniques élaborées et arrêtées dans les loges maçonniques et les hautes ventes.
>
> Ce vaste plan d'erreurs païennes, d'hérésies de tous les temps et de mensonges, contraires à toute saine raison, fut systématisé dans la réforme protestante par Cromwell, père de la franc-maçonnerie des temps modernes. Pour l'exécuter, cette secte satanique s'est appliquée à trois choses : indisposer les peuples contre les autorités légitimes, afin de s'emparer des gouvernements ; proclamer et établir la liberté de la presse ; enfin se rendre maîtresse de l'enseignement public dans les universités, les académies, les lycées, les collèges et les écoles

* Quatre des quatre-vingt-cinq « erreurs » signalées par Mgr Gerbet avaient été retirées.

** Cf. tome I, chapitre XI.

primaires, et arriver jusqu'à la théologie. Maîtresse de ces deux voies des intelligences et de toutes les forces gouvernementales, la secte a lancé ses armées d'écrivains et de professeurs sur le monde…

… En envoyant vos enfants aux écoles et aux cours des universités d'État, vous les envoyez aux écoles et aux cours de la secte satanique. Vous lui livrez leur âme et le plus souvent leur corps. Vous coopérez avec Satan pour chasser Dieu du monde et anéantir la société chrétienne. En assistant aux théâtres de la secte, en achetant ses livres, en vous abonnant à ses revues, à ses journaux, en les achetant et les gardant chez vous, vous lui procurez les moyens de propager ses doctrines empoisonnées et d'accomplir ses desseins de mort, vous êtes ses complices. Et ne le fussiez-vous qu'une fois, et en n'achetant qu'un petit roman, une brochure, un numéro de journal, vous coopérez à l'immense entreprise qui a pour but d'établir le règne de Satan à la place du règne de Dieu. Il conviendrait même que les écrivains catholiques qui réfutent les écrits de la secte se gardent de citer seulement leurs titres et les noms des auteurs […]

La seconde séparation entre la secte de Bélial et les enfants de Dieu est celle du parlementarisme. Pie IX a conseillé aux sujets du Saint-Siège de s'abstenir dans toutes les élections, dans lesquelles leur participation serait une couverture du mal sans aucun résultat pour le bien. Cette règle doit être suivie par les catholiques de tous les pays… »

Mais il y a bien pire encore, selon l'évêque Maupied :

« La liberté de la presse est l'empoisonnement des âmes, la désorganisation et la honte des familles, la perversion de l'esprit public, l'école de tous les crimes, l'abîme des gouvernements, le cloaque où les nations pourrissent et meurent. Elle s'attaque à Dieu, à sa parole, à son Église, à toutes les institutions qui en reçoivent la vie ; elle sème l'impiété, l'incrédulité, la haine de Dieu, le mépris de tout ce qui est juste et bien ; elle mêle ses filtres de mensonges et de mauvaise foi, ses poisons d'erreurs et de haine, tous les jours, sous toutes les formes, de journaux, de revues, de libelles, de romans immoraux qui enseignent les voies du vice et de la séduction, de romans historiques et scientifiques, qui font mentir l'histoire et la science, deux choses si respectables et qui ne doivent connaître et dire que la vérité. Elle proclame dans le monde contre Dieu, que le mal est bien et que le bien est mal.

> La plus terrible, la plus affreuse, la plus lamentable persécution que Satan ait suscitée contre l'Église, c'est la liberté de la presse. Néron, Domitien et les autres tyrans de tous les temps tuaient les corps mais les âmes arrivaient à la gloire éternelle, leur vraie destinée ; l'Église du ciel s'enrichissait des martyrs et des confesseurs de l'Église de la terre [23]... »

Cela fut publié en 1872, sous la signature d'un haut dignitaire de l'Église catholique... Mais retenons, comme un signe rassurant de la santé mentale de ce furieux, le titre d'un des chapitres de son factum : « Le *Syllabus*, clef de la restauration sociale. » Nous voici revenus sur terre, et éclairés...

On imagine l'accueil que purent faire à ces élucubrations romaines les compagnons de Lacordaire et de Montalembert, et leurs discrets amis d'*Études*. Mais, si les premiers ne cachaient pas leur consternation, les bons pères de Paris firent de leur mieux pour ne pas faire paraître leur désarroi. Ce n'est pas de leur groupe, c'est de l'archevêque de Paris, Mgr Darboy, que vint la plus honorable riposte au brûlot pontifical :

> « Vous venez de signaler et de condamner les principales erreurs de notre époque. Tournez maintenant vos yeux vers ce qu'elle peut avoir d'honorable et de bon et soutenez-la dans ses généreux efforts [...]. C'est à vous qu'il appartient de réconcilier la raison avec la foi, la liberté avec l'autorité [24]. »

Études essaya tout de même de tenir le cap, dans le sens, non pas du libéralisme, dont ne s'était jamais réclamée la revue, mais de la modération, plus conforme au tempérament de son chef de file, le R. P. Daniel. Le plus indépendant de ses collaborateurs, Ambroise Matignon, qui était devenu le confesseur de Montalembert, publia en 1866 une longue série d'articles, les *Doctrines de la Compagnie de Jésus sur la liberté*, soutenant que le « consentement de la communauté », l'assentiment du peuple, fondait l'autorité des souverains plutôt que le « droit divin ». Ce qui était aller à l'encontre de l'inspiration du *Syllabus*.

A une époque où l'on représentait partout les jésuites comme complices de toutes les formes du despotisme politique, spirituel ou théologique, Matignon rappelait que les auteurs de la Compagnie avaient toujours défendu des doctrines favorables à la raison et à la liberté :

> « Sur le terrain doctrinal, comme sur le terrain pratique, écrivait-il, la Compagnie de Jésus semble avoir reçu pour mission spéciale, non pas seulement de maintenir la loi divine, mais encore de défendre et de protéger la liberté humaine. Toutes les fois qu'on a voulu nier celle-ci ou l'altérer par des explications qui l'auraient détruite, les jésuites se sont levés pour revendiquer ses droits ; a-t-on cherché à rétrécir son domaine dans l'ordre moral, ils ont combattu pour faire prévaloir une doctrine plus douce et plus favorable ; volontairement étrangers aux questions politiques, ils n'en ont pas moins posé clairement les principes qui assurent au libre arbitre tous ses légitimes développements dans nos sociétés. »

Évidences… Mais fallait-il que la Compagnie eût dégénéré ! Effrayé par le rappel de ces vérités qui font si évidemment corps avec la doctrine jésuite, le « général » de l'ordre, le R. P. Beckx, successeur de Jan Philip Roothaan, écrivit, au provincial de France, le R. P. de Ponlevoy, pour mettre en garde *Études* contre de telles imprudences…

Plus grave : à la fin de l'année 1868, Pie IX lui-même, recevant en audience une délégation de la Compagnie de Jésus, insista sur le devoir de « ne pas transiger avec les principes », ajoutant que, si le père Matignon était présent, « il lui dirait les mêmes choses et lui demanderait s'il veut accommoder les doctrines de l'Église aux doctrines modernes ». On voudrait, continua-t-il, « modifier le *Syllabus*, et je ne puis le modifier ; les vérités resteront toujours des vérités, et il est impossible de concilier la vérité avec l'erreur, Jésus-Christ avec Bélial… ».

Bélial ! Voilà un maître que le malheureux Matignon n'avait pas cru servir… Ainsi admonestés, sinon exorcisés, les bons pères d'*Études* tentèrent pendant quelque temps de ne pas dissocier catholicisme et liberté. Vingt ans après la publication d'un terrible texte de Renan sur l'incompatibilité entre christianisme et tolérance, ils s'efforcèrent de nuancer à l'infini le droit de l'Église à censurer croyances et opinions. Mais, observe le R. P. Lecler dans un article publié près d'un siècle plus tard dans les mêmes *Études*, « l'action des intransigeants, en Italie et en France, rendait à ce moment l'atmosphère si irrespirable que le père de Ponlevoy suppliait le "général" Beckx d'intervenir pour dissiper ce climat de suspicion [25] ».

Requête vaine. Les pères d'*Études* durent capituler en rase campagne sur le principe proclamé par Montalembert, qu'ils avaient d'abord approuvé, de « l'Église libre dans l'État libre », pierre de touche du libéralisme. Église libre, oui. Mais État libre ! *Perinde ac cadaver*, les RR. PP. Daniel et Matignon s'alignèrent sans plus de réserve sur l'autoritarisme pontifical...

Ce temps fut, selon l'archevêque de Reims, celui de « l'idolâtrie de la papauté ». De Veuillot à Mgr Berthaud, évêque de Tulle, on multipliait les outrances et les provocations quasi blasphématoires : l'un saluait en Pie IX le « vice-Dieu de l'humanité » ; l'autre, le « Verbe incarné qui se continue ». L'évêque de Genève, Mermillod, parlait des « trois incarnations du fils de Dieu : dans le sein de la Vierge, dans l'Eucharistie et dans le vieillard du Vatican ». La très jésuite *Civiltà Cattolica* osait écrire que « lorsque le pape médite, c'est Dieu qui pense en lui ». Et l'on entendit des prêtres attribuer en chaire au pape les vertus par lesquelles les cantiques saluent le Christ « *pontifex sanctus, impollutus, segregatus a peccatoribus et excelsior coelis factus* [26] ». Cinq siècles plus tôt, au temps auquel ces gens rêvaient de revenir, on montait sur le bûcher pour moins que cela. Adorer un homme...

A cet Être suprême, il manquait un attribut – ou plutôt, que cet attribut fût sacralisé, incorporé à la doctrine catholique : l'infaillibilité. A partir de 1865 commença à circuler la rumeur de la convocation d'un concile à cet effet – le premier concile depuis celui de Trente, trois siècles auparavant... On entendait dire en même temps que Pie IX s'apprêtait à canoniser un inquisiteur, Arbues. Où allait-on ? Jusqu'où les gens de Rome pousseraient-ils leur offensive intégriste et passéiste ?

L'indignation des uns et le désarroi des autres s'intensifiaient dans nombre de milieux catholiques, débordant largement le groupe des libéraux du *Correspondant* de Lacordaire et Montalembert : en Allemagne, foyer d'une philosophie qui tentait de réconcilier raison et foi, où le grand historien de Munich, Ignaz Döllinger, jetait le holà ; en Angleterre, où John Acton faisait du *Rambler* le témoin de la vitalité d'un catholicisme britannique attaché aux libertés ; en France, où Mgr Maret tentait de tenir la faculté de Théologie de Paris hors du déferlement de l'idolâtrie papiste et où Mgr Dupanloup s'affairait à atténuer les outrances ou les outrages venus de Rome, on envisageait avec appréhension un concile qui aurait pour objectif d'exalter la papolâtrie. Laquelle s'affirma encore au cours de fêtes organisées à Rome en juin 1867, où Pie IX commémora les martyres des apôtres Pierre et Paul en présence de cinq cents évêques venus de toutes les parties du monde, les bras chargés de cadeaux somptueux. Les rois mages… On imagine, là-haut, l'éclat de rire de Luther ! C'est à l'issue de ces festivités que fut confirmée la convocation du concile.

Les jésuites parisiens des *Études*, rappelés à l'ordre depuis le *Syllabus*, firent chorus avec la majorité vaticane. Et, pour que leur soumission parût plus totale, leur docilité plus manifeste, c'est au R. P. Ambroise Matignon, le plus compromis naguère avec le libéralisme, qu'il fut enjoint de chanter le los d'une entreprise qui ne visait qu'à renforcer l'autoritarisme et le conservatisme pontifical. L'heure du courage étant passée, compte tenu des devoirs de la « sainte obéissance », voici qu'était venue celle de l'habileté.

Le R. P. Matignon déploya l'une après avoir manifesté une dernière fois l'autre – écrivant que « ce qui serait de nature à contrister tous les catholiques, ce serait si les pères conciliaires voulaient ressusciter des mesures restrictives qui, de l'aveu de tous, ne sont plus en rapport ni avec nos mœurs, ni avec les principes adoptés par les sociétés modernes ». Cette dernière flèche décochée, il s'employa, en étudiant la *Constitution de l'Église à propos du futur concile*, à faire valoir que le rassemblement du Vatican allait mettre en lumière les principes démocratiques du catholicisme… L'Église n'est-elle pas une monarchie tempérée par l'aristocratie, le pouvoir de l'épiscopat étant lui aussi d'origine divine ? L'esprit démocratique n'y règne-t-il pas, dès lors que, plus que dans les autres sociétés, toutes les charges y sont accessibles à tous ?

Brillant retournement dialectique, qui présentait le concile, moins comme l'exaltation du pontife qu'il prétendait assurer, que comme le rappel de l'équilibre des pouvoirs au sein de l'Église – dont Montesquieu n'était pourtant pas un docteur…

Bref, *Études* était ralliée à l'idée d'un concile, qui, s'il allait bien, en principe, dans le sens de l'ultramontanisme et du « papisme » inhérent au jésuitisme, s'apprêtait de toute évidence à cabrer l'Église dans le refus du monde et de la modernité où l'avait depuis plus d'un demi-siècle ligotée le Saint-Siège. Sinistre perspective dont les RR. PP. de Ponlevoy, Daniel et Matignon ne pouvaient manquer de prévoir les conséquences.

Ces hommes de talent et de caractère n'étaient pas des héros. Eussent-ils tenté d'interpréter la « sainte obéissance » dans leurs rapports avec la papauté fourvoyée au point de se glorifier d'un texte aussi pitoyable que le *Syllabus*, ils subissaient trois types de pressions qui les vouaient à la capitulation. D'abord, de la part de leurs confrères de province, notamment de Lyon et du Midi, qui autour du R. P. Ramière tenaient les « Parisiens » pour de redoutables libéraux. Ensuite, de la part de leur « général » de Rome, le Belge Pierre Beckx, qui semblait avoir pour objectif essentiel de dissiper les nuages flottant naguère entre son prédécesseur et *Pio nono*. Enfin, de leurs aînés et concurrents de la *Civiltà Cattolica*, qui faisaient de plus en plus figure de chevau-légers du papisme flamboyant et de hérauts de l'aventure conciliaire.

C'est la revue jésuite romaine, en effet, qui allait créer l'irréparable en publiant, daté de Paris, comme pour donner la leçon aux trop tièdes *Études*, l'article qui déchira les masques – s'il en restait – et fit paraître le concile pour ce qu'il allait être, dans tout son intégrisme.

Le 6 février 1869 parut dans la *Civiltà*, sous le titre *Correspondance de France*, un texte rédigé à Paris par un groupe de prêtres (non jésuites) proches de Louis Veuillot, et qui tranchait dans le vif :

> « Le gouvernement français craint que le futur concile œcuménique ne proclame la doctrine du *Syllabus* [et] l'infaillibilité dogmatique du souverain pontife [...] Il est en défiance vis-à-vis du futur concile [...] L'attitude du gouvernement a influé sur celle des évêques français et les a tenus dans une expectative isolée et silencieuse [...]
> Nul n'ignore que les catholiques de France sont malheureusement divisés en deux partis : les uns simplement *catholiques*, les autres qui se disent *catholiques libéraux*. [...] Les catholiques libéraux espèrent voir le concile modifier ou interpréter certaines propositions du *Syllabus* dans un sens conforme à leurs idées... Ils ont mis en circulation cette parole : "Si le pape est déclaré infaillible, il ne faudra plus dire *credo in ecclesiam* mais *credo in papam*"...
> Les catholiques proprement dits croient que le concile sera fort court [...]. Ils espèrent qu'il proclamera les doctrines du *Syllabus* en énonçant, au moyen de formules affirmatives et avec les développements nécessaires, les propositions qui y

sont émises sous forme négative. Ils accueilleront avec joie la proclamation de l'infaillibilité dogmatique du souverain pontife. Personne ne trouve étonnant que, par un sentiment de juste réserve, Pie IX ne veuille pas prendre lui-même l'initiative d'une proposition qui semble se rapporter à lui directement, mais l'on espère que la manifestation unanime du Saint-Esprit, par la bouche des pères du concile œcuménique, la définira par acclamation. »

L'infaillibilité par acclamation ! Doublée d'une promotion du *Syllabus* au rang de doctrine… Il s'agissait évidemment d'une opération de Pie IX et des jésuites romains* pour mettre le monde catholique devant le fait accompli, en ayant manœuvré pour que ce soit de la France elle-même, en dépit de ses traditions gallicanes, que partît la vague populaire en faveur de l'infaillibilité pontificale…

Les réactions à cet article-manifeste furent très vives, violentes même en Allemagne, où Ignaz Döllinger publia incontinent une série d'articles réunis en brochure intitulée *Le Pape et le Concile*, démontrant, documents à l'appui, que la montée en puissance de la papauté était due à une série d'usurpations datant du Moyen Age, et où le Premier ministre de la catholique Bavière, le prince Hohenlohe, appela les puissances à refuser l'infaillibilité. En Angleterre, où l'archevêque de Westminster, le cardinal Manning, affichait son « infaillibilisme », John Acton, l'homme qui devait écrire que, « si le pouvoir corrompt, le pouvoir absolu corrompt absolument », voyait poindre les risques d'une nouvelle Saint-Barthélemy…

Dans son *Vatican I*, Roger Aubert cite une correspondance adressée de Rome à la même époque par un correspondant de Mgr Dupanloup, où se reflète bien l'anxiété qu'éprouvait une partie du clergé devant ces préparatifs mystérieux d'un programme encore ignoré de l'épiscopat même :

« Le concile ne se passera pas sans orage […] L'infaillibilité papale reste à l'ordre du jour et il se pourrait qu'il y eût danger […] Il y aura huit cents prélats dont les trois quarts, complètement rétrogrades, seront disposés à accepter ce que la Cour vaticane leur présente, de sorte que je crains que notre épis-

* Bien que Pierre Beckx ait suggéré ensuite qu'il avait désapprouvé cette publication.

copat ne se trouve impuissant et que les jésuites ne triomphent si on ne les combat sans merci [...] Plus que jamais on songe ici à une réaction blanche, à la destruction de tout ce qui sert le progrès, les idées nouvelles. On est toujours en plein Moyen Age[27]. »

« Les jésuites triomphent... » On est à Rome bien loin des prudences d'*Études*. Ici, le « parti noir » domine et manipule, dans le sens de la « réaction blanche ». Dans les commissions préparatoires s'activent des pères très entreprenants, sinon dominateurs, les RR. PP. Perrone, Franzelin, Schrader, Sanguinetti, professeurs au Collège romain, auxquels Pie IX semble avoir donné une sorte de délégation générale. Et déjà, la *Civiltà Cattolica* a obtenu une sorte de monopole pour les informations relatives au concile. Après tout, n'est-ce pas elle qui « fait » l'événement ? On murmure que le « général » de la Compagnie estime que les choses vont un peu loin ainsi. Mais que n'a-t-il plus tôt maîtrisé le dynamisme fiévreux de ses « hommes noirs » ?

C'est dans le transept droit de la basilique Saint-Pierre qu'avait été aménagée une salle d'une quarantaine de mètres de long où devaient s'installer tant bien que mal les pères conciliaires – cinquante-cinq cardinaux, un millier d'évêques et archevêques et trente supérieurs d'ordres et de congrégations, dont le jésuite Pierre Beckx. L'inconfort des lieux, l'acoustique déplorable, le choix des divers commissions et secrétariats où l'élément italien était hégémonique – bien que le secrétaire du concile fût un Autrichien, Mgr Fessler – et fortement noyauté par les jésuites du Collège romain et de la *Civiltà*, tout contribuait à renforcer l'impression qu'il s'agissait d'une assemblée de pure forme, convoquée à la seule fin de fonder le *Syllabus* en doctrine et d'enregistrer l'infaillibilité du pape.

Dès la veille de l'ouverture des « débats », on pouvait délimiter deux camps. Une majorité « infaillibiliste » de plus des deux tiers*, conduite par les épiscopats italien (moins les évêques du Nord) et espagnol, une forte partie des prélats français

* 388 contre 140.

conduite par Mgr Pie, les cardinaux Manning (de Londres) et Déchamp (de Malines). Une minorité faite, soit d'adversaires de l'infaillibilité, soit de ceux qui la jugeaient « inopportune », conduite par les archevêques germaniques, dont les archevêques de Vienne et de Mayence, Rauscher et Ketteler ; les Français Darboy (de Paris) et Dupanloup (d'Orléans), le Bosniaque Strossmayer, l'Américain Kenrick (Saint Louis), le Canadien Connoly, l'Irlandais Mac Hale… Du monde extérieur parvenaient des appels contradictoires, pour l'infaillibilité de Veuillot, contre de Döllinger, Newman, Acton – et de Montalembert.

Exhortant les congressistes à éviter l'irréparable, l'ami de Lacordaire ne visait pas ainsi l'infaillibilité du pape, qu'il pouvait admettre en la limitant au domaine de la doctrine, comme le suggérait son confesseur jésuite Ambroise Matignon. Mais il aurait pu citer ce propos de son ami Mgr Gay : « Nous redoutons moins l'infaillibilité papale que la condamnation des idées libérales, le triomphe de l'absolutisme… »

Montalembert devait aller beaucoup plus loin. De son lit d'agonie, le 13 mars 1870, il lança une ultime adjuration contre ce qui, de toute évidence, était en train de s'accomplir au Vatican, ce « torrent d'adulation, d'imposture et de servilité où nous risquons d'être engloutis » par la faute de ceux qui acceptent d'« immoler la justice et la vérité, la raison et l'histoire, en holocauste à l'idole qu'ils se sont érigée au Vatican [28]… ».

Audace inouïe. L'« idole »… Pas un mot ici, proféré par le mourant illustre, qui ne vise au front le pontife romain et la camarilla. Pie IX en conçut une telle rage qu'il interdit la célébration d'une cérémonie solennelle à la mémoire du plus grand orateur catholique de son temps. Ce gêneur inhumé discrètement, l'opération vaticane pouvait suivre son cours…

En fait, peu d'évêques contestaient le principe d'une infaillibilité doctrinale du pape, mais près d'un quart d'entre eux estimait qu'en faire un article de foi était « inopportun », risquant de provoquer l'apostasie de catholiques libéraux, de creuser le fossé par rapport aux protestants et aux orthodoxes et, compte tenu de la démarche du Premier ministre bavarois et des avertissements du cabinet de Vienne, d'envenimer les relations entre l'Église et les gouvernements.

Les séances furent peu agitées, à l'exception de celle du 22 mars 1870, au cours de laquelle Mgr Strossmayer, bouillant porte-parole de la minorité, demanda que soit retirée de la rédaction du « schéma » une phrase qui faisait de la Réforme luthérienne la source de toutes les hérésies modernes : l'évêque de Diakovar, par ailleurs champion de l'affranchissement des Slaves, soutenait que beaucoup de protestants aimaient sincèrement le Christ et « se trompaient de bonne foi ».

D'aussi simples propos et la référence que fit Strossmayer à une « unanimité morale » sur ce point soulevèrent un tollé quasi général. « C'est Lucifer, celui-là... Anathème ! Anathème ! » ou encore : « C'est un second Luther ! Qu'on le chasse ! » Au point qu'il dut quitter la salle. Quand on pense qu'au colloque de Poissy, trois siècles plus tôt, Théodore de Bèze lui-même, cet autre Calvin, avait pu se faire entendre jusqu'au bout*, on mesure les progrès faits depuis lors par l'Église catholique...

Moins odieux, mais plus ridicules, furent les « mouvements divers » provoqués par l'évêque de Savannah, Mgr Vérot, tenu pour « l'enfant terrible du concile », quand il suggéra, lors d'un débat consacré à l'origine de l'homme où il ne fut évidemment pas question de Darwin, d'insérer dans le schéma final une clause spécifiant que les Noirs avaient une âme... Près de cent ans après les campagnes de l'abbé Grégoire !

S'agissant de la question cruciale, celle de l'infaillibilité pontificale, trente-neuf orateurs prirent la parole en faveur de la « proposition », vingt-six contre. Le 13 juillet 1870 intervint enfin le vote de la « congrégation générale » sur l'ensemble du projet. Le pape et ses stratèges ayant repoussé toutes retouches destinées à rappeler le rôle de l'épiscopat dans la définition de l'infaillibilité, cinquante-cinq prélats, outrés, avaient préféré quitter Rome...

Le texte controversé se lisait ainsi :

> « Le pontife romain, lorsqu'il parle *ex cathedra*, c'est-à-dire lorsque, remplissant la charge de pasteur et de docteur de tous les chrétiens, il définit, en vertu de son autorité apostolique suprême, qu'une doctrine sur la foi ou les mœurs doit être tenue par l'Église universelle, jouit, par une assistance divine

* Voir tome I, chapitre VIII.

> à lui promise en la personne de saint Pierre, de cette infaillibilité dont le divin Rédempteur a voulu que son Église fût pourvue en définissant la doctrine de la foi et des mœurs ; par conséquent, de telles définitions du pontife romain sont par elles-mêmes, et non par le consentement de l'Église, irréformables. »

Le scrutin décisif fit paraître 450 votes favorables (*placet*), 88 hostiles (*non placet*) et 62 conditionnels (*placet juxta modum*). Un quart de l'assemblée avait donc manifesté son désaccord, dont trois cardinaux, deux patriarches, les archevêques de Paris, Lyon, Milan ou Munich, de nombreux évêques, dont les plus célèbres, Mgrs Dupanloup et Ketteler. On était très loin de la fameuse unanimité morale qui n'était pas une condition pour la validité des décisions conciliaires, mais à laquelle Pie IX prétendait être fort attaché.

Quand, le 18 juillet, sous un orage effrayant, la constitution *Pastor Aeternus* fut lue en présence de Pie IX, ce fut en l'absence de la plupart des « rebelles ». Seuls deux d'entre eux avaient tenu à manifester leur désaccord en ces circonstances solennelles : Fitzgerald et Riccio, modestes évêques de Little Rock et de Cazazzo… Mais ils vinrent, en fin de compte, faire leur soumission. Le triomphe public de Pie IX était absolu.

De Munich, Ignaz Döllinger, soutenu par la plupart de ses collègues historiens germaniques, refusa de s'incliner, contestant le caractère « œcuménique » du concile et la liberté des prélats. Il fut excommunié. Ses partisans fondèrent l'Église dite des « vieux-catholiques », qui ne devait guère se développer. Mais la crainte formulée par la minorité conciliaire de voir la proclamation de l'infaillibilité altérer les relations entre l'Église et certains gouvernements se révéla fondée : la Bavière déclara la définition hostile à l'État ; la Prusse, sitôt réglé le compte de la France, s'en prévalut pour lancer le Kulturkampf ; l'Autriche y trouva l'occasion de dénoncer le concordat conclu en 1855.

Quant à Paris, sa réaction se perdit dans les fracas de la guerre qui, le 19 juillet, éclata entre la France et la Prusse, provoquant, le 5 août, le retrait des troupes françaises de la cité romaine – qui donna l'occasion à l'armée piémontaise d'y pénétrer sans coup férir en septembre, contraignant le pape à suspendre le concile *sine die*. Pie IX était infaillible, mais prisonnier de ses compatriotes au Vatican.

Et les jésuites en tout cela ? La légende qui fait d'eux les artificiers de cette salve absolutiste est-elle usurpée ? On ne peut douter de l'importance et de l'efficacité de leurs interventions en ce sens. « Infaillibilistes » par principe, ils avaient été, on l'a vu, par la voix de la *Civiltà Cattolica*, les hérauts d'armes annonçant l'ouverture de la campagne dès le mois de février 1869. Leurs théologiens de choc (qui qualifiaient les évêques de « pasteurs inférieurs »), les RR. PP. Schrader, Franzelin, Perrone, avaient constamment été à la pointe du combat pour l'intégrisme papiste. On est donc bien fondé à voir en eux, ici, les « grenadiers de Pie IX ».

Mais il s'en faut que ces « tendances extrémistes » (selon Roger Aubert) aient été la loi de toute la Compagnie, même en Italie, même à Rome. Si l'un des événements du concile fut le retournement du prestigieux archevêque de Cologne, Mgr Ketteler, qui, considéré comme un tenant de la suprématie romaine, se révéla chaque jour plus critique à l'endroit de l'infaillibilité, c'est en grande partie du fait de l'influence exercée sur lui par un théologien jésuite, le R. P. Quarella, professeur au Collège germanique de Rome. Un autre grand prélat germanique de la minorité, Mgr Rauscher, entretenait des rapports étroits avec la Compagnie. Et, si l'on peut difficilement mesurer quelle fut, dans la révolte anticonciliaire de Montalembert, la part prise par son confesseur le R. P. Matignon (qui suivit à Rome le déroulement du concile pour *Études*), on sait bien que le « général » de la Compagnie lui-même, le R. P. Beckx, déclarait au marquis de Banneville, ambassadeur de France, qu'il était « effrayé des emportements auxquels on cède au Vatican [29] ».

Les pères d'*Études*, à Paris, ne pensaient pas autrement. Ils avaient d'abord accueilli l'annonce du concile dans le même esprit que les catholiques libéraux, favorables au principe de l'infaillibilité limitée au dogme, hostiles à la promotion du *Syllabus*. L'opposition croissante des libéraux à l'exaltation de l'hégémonie papale et l'alliance qu'ils avaient alors nouée avec des gallicans les avaient séparés d'*Études*. La conclusion du concile était avant tout une défaite du gallicanisme et des libéraux, un triomphe de l'ultramontanisme et de l'absolutisme. Dès lors, se demande très pertinemment Anne Philibert, « au lendemain du concile et de la guerre, dans le contexte de réaction qui suivit, les pères des *Études*, qui étaient ultramontains de conviction et libéraux par tempérament, se trouvaient-ils dans le camp des vainqueurs ou dans celui des vaincus [30] ? »

Tandis que la *Civiltà Cattolica* manifestait à Rome un triomphalisme sans réserve, reflet de l'ascendant qu'exerçaient les pères ingénieurs et stratèges du concile sur le vainqueur-prisonnier du Vatican, faisant de cette fin de pontificat l'apogée du jésuitisme d'État, à Paris, les pères d'*Études* traversaient ce qu'ils appelaient des « années de plomb ».

Rien ne résume mieux ce climat que cette plainte adressée au R. P. « général » Pierre Beckx par le provincial de France, Armand de Ponlevoy, ferme protecteur d'*Études* : « On tourne tout à crime, et ce que nous disons, et ce que nous ne disons pas. » Qui est cet « on » ? Non seulement les intransigeants ou fanatiques « de l'extérieur », tel Veuillot, mais aussi des membres de la Compagnie indignés par la modération du groupe parisien, et dont le chef de file est cet Henri Ramière que nous avons vu naguère éconduit par *Études*, et qui prépare sa revanche…

A la vieille du concile, exaspéré par les attaques dirigées contre la revue, contre lui-même et son ami Matignon, le R. P. Daniel écrivit une lettre fort vive au « général » de la Compagnie, rappelant que les mêmes procureurs avaient formulé déjà des imputations aussi absurdes contre leurs prédécesseurs : le père de Rozaven n'avait-il pas été accusé de cartésianisme, le père Chastel de rationalisme, le père Cahour et lui-même de paganisme ? Quant à son « libéralisme », il s'agissait d'un procès de tendance : les accusateurs ne citaient même pas les textes des *Études* qu'ils jugeaient répréhensibles. Si ces gens étaient écoutés, arguait Daniel, « *être accusé* et *être condamné*, ce serait pratiquement la même chose… [31] ».

A cette interpellation vibrante, les supérieurs de Charles Daniel se gardèrent de répondre, se contentant de pieuses incitations à la patience. C'était beaucoup lui demander. On en veut pour preuve une lettre écrite en mai 1870, tandis que le concile déroule ses fastes, rapportant un entretien qu'il vient d'avoir avec un autre des « libéraux », pourchassés, le père Olivaint*. La colère donne à ces confidences du R. P. Daniel une âpreté pathétique :

* Onze mois avant l'assassinat de ce religieux par la Commune.

> « C'est la jalousie qui est le grand mobile. Toulouse, Lyon surtout, et même la Champagne voudraient avoir une maison à Paris [...] On a voulu, ne pouvant avoir une maison, être représenté à la rédaction des *Études* de manière à la gouverner. Repoussé encore sur ce point, on a prétendu fonder une autre revue, *toujours à Paris*. Enfin, ce dernier projet n'aboutissant pas non plus, il n'est pas de moyens qu'on n'emploie pour réussir. A Lyon surtout, on s'est déchaîné indignement dans ces derniers temps contre le P. de P. (père de Ponlevoy)[32]... »

Est-ce la guerre civile chez les jésuites de France ? Nord contre Sud, est-ce la guerre de Sécession ? Il est clair, et un aussi bon historien de la Compagnie que le R. P. Vallin ne le dissimule pas, que « pères de Paris » d'une part, « pères du Midi » de l'autre, se manifestaient là « deux types de jésuites » que « l'on opposait couramment entre eux ». Il serait plus simple de dire qu'ils « s'opposaient », et sans merci, et pas seulement par « jalousie » ou pour la conquête de la citadelle parisienne, mais sur des questions fondamentales, celles qu'avaient posées le *Syllabus* et le concile.

Les Parisiens étaient les héritiers de la tradition du père de Ravignan, de « large ouverture aux idées modernes ». Sous le drapeau du R. P. Ramière, les « pères » du Midi (ou de Lyon) se rassemblaient dans une commune résistance aux « Parisiens » et à ces mêmes « idées modernes ». Or il est clair que les jésuites du Midi furent, de 1860 à 1880, puissamment relayés à Rome (ou inspirés de Rome) par les hommes de la *Civiltà Cattolica*, dont les opinions, on l'a vu, s'imposaient chaque jour davantage à Pie IX.

« Ce que les pères des *Études* vécurent, au cours de ces années de plomb, n'était qu'une des péripéties de la lutte menée au nom de l'unité, dans la Compagnie comme dans le reste de l'Église, par les fanatiques de l'uniformité[33] » ? écrit Anne Philibert. Des mots qui vont loin.

Au-delà de « hors de l'Église, pas de salut », ce fanatisme conduit à « hors du *Syllabus*, pas de salut ». Conception totalitaire qui fut celle du pape idolâtré au Vatican, de sa camarilla, des pères de la *Civiltà Cattolica* – et contre laquelle ne tentait même plus de réagir le « général » de la Compagnie, si « effrayé » qu'il fût par les « emportements » du concile.

Pierre Beckx n'avait apparemment pas la stature de Jan Philip Roothaan. Souvent présenté comme un fanatique, c'était en fait un modéré, peu porté aux éclats, et moins soucieux de débats théoriques que de l'expansion des siens à travers le monde. Les effectifs de la Compagnie doublèrent au cours de son très long généralat (1853-1884), passant de cinq mille à onze mille. A porter en outre au crédit du généralat de Beckx l'organisation systématique d'une action de masse, populaire et paroissiale, et plus généralement missionnaire ; la plus touchante est à coup sûr celle qui, à partir de 1849, au bagne de Toulon, concerne le sort misérable des forçats, et s'étendra à Rochefort, à Brest : c'est là que prêche notamment Alphonse Ratisbonne, venu du judaïsme, dont « le témoignage de converti [...] bouleverse les malheureux bagnards [34] ».

Un grand *manager*, Pierre Beckx ? A coup sûr. Mais le « général » des jésuites est le chef d'une entreprise assez particulière pour qu'on le suppose attentif aux comportements des religieux dont il a la charge. On reste interloqué, abasourdi de ce que ce pieux détenteur d'un pouvoir presque illimité, dilaté jusqu'au *perinde ac cadaver*, ait cru bon de maintenir une si soigneuse réserve à propos des conflits internes de l'organisation, laissant se développer, publiques ou camouflées, les campagnes de calomnies contre *Études*, se contentant d'adresser au R. P. de Ponlevoy des lettres lénifiantes où il n'est question que de « malentendus », et tolérant la transformation de cette revue de recherches spirituelles en un organe de combat politique. Il ne s'agissait même plus là des « emportements » qu'il avait déplorés au Vatican mais de débordements qui violèrent à l'évidence les *Constitutions* ignaciennes. On reviendra sur ce point, citant des textes éloquents.

L'hégémonie absolue imposée au nom du *Syllabus* par les maîtres du Vatican, l'exclusion rageuse de tous ceux qui se réclamaient, au sein d'*Études* ou ailleurs, du monde moderne, de la liberté humaine et – osera-t-on écrire le mot ? – de la démocratie (anathème à ces gens, jusqu'à ce que Léon XIII, dix ans plus tard, la réhabilite...) ne pouvaient conduire qu'à des explosions. L'une d'elles fut la Commune de Paris, dont la violence anticléricale dut quelque chose au visage que venait de prendre l'Église.

Pierre Olivaint fut un des hommes les plus estimables de son temps. Historien de formation, alors agnostique et formé en un temps où rayonnait la gloire de Michelet, il fut attiré vers le catholicisme par Lacordaire et Ozanam, et vers les jésuites par la prédication de Ravignan. C'est au plus fort de la campagne en vue de la dispersion et de l'expulsion de la Compagnie conduite par Guizot en 1845 qu'il entra au noviciat des jésuites. Bravade ?

Peu d'hommes ont aussi étroitement associé la double vocation d'éducateur et de missionnaire parmi les déshérités. Humaniste réputé, recteur du collège de Vaugirard dont il redouble le prestige intellectuel, il fonde des Sociétés de jeunes gens, dites « conférences », dont l'une revendiquera son nom et l'autre, réservée aux étudiants en médecine, celui de Laennec*.

Il est le prestigieux supérieur du centre de Sèvres quand éclate le soulèvement communard. Arrêté le 4 avril après avoir refusé de se mettre à l'abri, il est parqué avec quarante-neuf autres otages dont l'archevêque de Paris, Mgr Darboy, que nous avons vu résister à la vague de « papolâtrie ». Le 26 mars 1871, Olivaint sera l'un des vingt-quatre ecclésiastiques (dont cinq jésuites**) fusillés contre un mur de la rue Haxo.

Entré en catholicisme par la voie du libéralisme après avoir été attiré par le mouvement socialiste (dit évangélique) de Buchez, il était l'ami du groupe d'*Études* (on a cité un extrait de sa correspondance avec Charles Daniel) et Matignon lui avait fait connaître Montalembert. C'est dire qu'en l'abattant – comme en fusillant l'archevêque de Paris, Mgr Darboy, l'un des opposants du concile du Vatican –, les hommes de la Commune avaient tué ce qui, dans le catholicisme du XIXe siècle, était de nature à faire converger les exigences de la foi et l'attente de la justice. Mais quoi de plus classique ? Qui oserait rechercher dans les divagations de la violence la moindre trace d'équité ?

Il est peut-être aventureux de rechercher des relations de cause à effet entre les « emportements » romains de 1870 et les fureurs de la Commune. Il l'est moins de lier à ces crimes le redoublement d'intégrisme qui va se saisir alors de la Compagnie de Jésus. Jusqu'à cette date, le jésuitisme parisien a tant bien que mal résisté aux pressions de Rome et du Midi. A

* Toutes deux encore très vivantes aujourd'hui.

** Les RR. PP. de Bengy, Caubert, Clerc, Ducoudray et Olivaint.

dater des salves du printemps 1871, quand les fantômes de la Commune eurent rejoint ceux de la Terreur, les derniers lambeaux de libéralisme, de modernité, de modérations même sont piétinés et balayés.

On en trouve le témoignage dans une singulière correspondance, qui montre que les *Études* des RR. PP. Daniel et Matignon se sauraient être considérées comme le reflet fidèle de l'état d'esprit des membres de la Société de Jésus en France au temps de Pie IX. Les textes que l'on va citer sont écrits par un jésuite que l'on n'ose qualifier de « moyen » car il fut supérieur du très notoire collège de Sarlat, puis du grand séminaire de Périgueux sous le second Empire, avant d'enseigner au noviciat de Vals.

Il s'appelait Augustin Bouissou et, entre bien d'autres missions, assura la « direction spirituelle » de son ancien élève Élie Chazarain, devenu prêtre, mais non jésuite, échangeant avec lui pendant trente ans une correspondance qu'a retrouvée et publiée Jacques Lalouette [35]. Lecture effrayante et qui, *a posteriori* justifie presque le réquisitoire frénétique de Jules Michelet contre l'obscurantisme des pères.

Étrange « direction » que celle de ce jésuite spécialiste de l'éducation. Prenant pour devise le « *Scientia inflat* * » de saint Paul, et arguant que « celui qui étudie est exposé à la vanité » (ô Loyola, ô « maître Ignace » et son *birettum*), il ne conseilla jamais au jeune prêtre soumis à sa direction la moindre lecture profane – sinon celle de Joseph de Maistre –, et son ultramontanisme était si fanatique qu'il interdisait la fréquentation des œuvres de Bossuet, cet « affreux gallican »...

Du point de vue politique, on est en plein délire. Déjà, sous le second Empire, le R. P. Bouissou se plaint de vivre un temps d'Apocalypse, mais que dire quand la France tombe aux mains de la « funeste » République « en proie à Satan », du fait de « gouvernements scélérats », manipulés par les loges maçonniques et la Ligue française de l'enseignement ? La mort du comte de Chambord le plonge dans l'affliction « comme tous les bons catholiques ». Et ce « directeur de conscience » jésuite,

* « La science porte à l'orgueil. »

ordre particulièrement consacré à la fidélité au pape, se refuse à faire la moindre allusion à la célèbre encyclique de Léon XIII dite « du ralliement » à la République…

Mais il y a pire, il y a bien pire, hélas… Au lendemain de la mort de Gambetta, ce prêtre voué – en principe – à la charité chrétienne ose écrire à un autre prêtre, son « dirigé », le 19 janvier 1883 : « En voilà un, et ce n'était pas le moins terrible, couché dans sa fosse. Le tour de ses complices viendra. » Y a-t-il des limites à l'abjection ? On jette l'opprobre sur tel malheureux prêtre infidèle à son vœu de chasteté. Mais quoi, pour ce crachat contre la charité, ou la rédemption ?

L'ordre noir est repris par l'ordre tout court. On ne peut même plus parler de « grenadiers » de Pie IX : c'est d'une milice de moines ligueurs qu'il s'agit. Quelques textes suffiront à l'attester.

Études avait interrompu sa publication après la débâcle de 1870. La question de sa reparution fut passionnément débattue dans les instances romaines et parisiennes de la Compagnie. Fallait-il les « crosser » radicalement, ou les « épurer » ? On s'arrêta à la seconde sentence, aggravée d'exil : le Saint-Office ne se contenta pas de chasser les pères les plus compromis, Charles Daniel et Ambroise Matignon, auxquels était substitué leur accusateur, Henri Ramière. Il décida d'arracher la revue aux miasmes parisiens et de l'installer à Lyon, sur la colline de Fourvière. Double camouflet imposé aux « Parisiens ».

Dès lors, tout se passe comme si *Études* avait fait du *Syllabus* son Ve Évangile. En prenant la revue en main, Ramière avait demandé une sorte de caution à Rome. Pie IX répondit par un bref qui, laissant planer sur le passé un silence redoutable, incitait les nouveaux responsables de cette publication à marcher « les yeux fixés sur le Siège de Pierre [36] ». Le rédacteur de cet « avertissement paternel », merveilleusement nommé Mercurialli, signifiait en outre au R. P. Ramière qu'« on ne guérit pas plus du virus libéral que du maçonnique » ! *Études* devrait donc subir une longue cure de désintoxication…

Les docteurs Purgon étaient bien décidés à l'opérer. Ramière, flanqué d'un acolyte nommé Marquigny, allait faire d'*Études* un bulletin de propagande intégriste et légitimiste. Propos excessifs ? Il suffit, pour s'en convaincre, de lire cet article publié par Henri Ramière en novembre 1873 :

« La Providence a choisi deux hommes que leurs vertus et leurs qualités rendent parfaitement dignes du principe qu'elles personnifient. Comment désirer dans un pape plus de sainteté, d'abnégation, de clémence, de vraie grandeur que nous en voyons en Pie IX ? Comment souhaiter dans un prince une vie plus pure, des sentiments plus élevés, une parole plus loyale que dans Henri V* ?… Il semble donc que les catholiques et les hommes d'ordre ne peuvent hésiter à s'unir autour de ces deux chefs pour faire face à la ligue des incroyants et des hommes de désordre… »

Rappelons que ce jésuite place ainsi sur les autels un prince qui est le descendant d'une lignée dont sa Compagnie n'a pas à se féliciter : Louis XV l'a chassée, Charles X l'a exclue de l'enseignement…

Dans le même numéro, le R. P. Marquigny renchérissait, commentant le refus par le comte de Chambord d'arborer le drapeau tricolore pour le cas où il serait rappelé sur le trône, attitude qui interdisait une nouvelle Restauration, les Français comprenant mal que l'on reniât Marengo et Austerlitz.

« Toute la rhétorique libérale et républicaine ne nous empêchera pas de le dire et de le redire, notre idéal, c'est ce pouvoir chrétien, tel que le comprend et le veut Henri de France. Ce prince ardemment catholique n'a accepté avec le libéralisme aucune compromission. »

Si rudement « mise au pas » que fût la revue des jésuites français, il s'y trouvait encore des pères que de tels « emportements » déconcertaient. Tel le R. P. Toulemont, qui faisait ainsi part de ses craintes au provincial de Paris, le R. P. Mourier : « Nos deux bons pères d'extrême droite [Ramière et Marquigny] […] paraissent avoir une foi en l'avenir qui les dispense de tout calcul de prudence. Le bon père Ramière professe un *millénarisme sui generis*. Croiriez-vous qu'il nous a dit le plus sérieusement du monde ceci : "Les *deux témoins* de l'Apocalypse (XI, 3), ce sont Pie IX et Henri V." Ceci vous donne la clef de la phrase suivante du P. Marquigny, en tête de sa chronique de décembre 1873 : "Il nous est donné d'admirer sans réserve ceux que Dieu s'est choisis pour rendre devant le monde témoignage de la vérité" » (mars 1874) [37].

* Le comte de Chambord, alors prétendant au trône.

Ramière et Marquigny n'en allaient pas moins redoubler leurs coups, le premier, en toute charité chrétienne, résumait « dans ces quatre mots le bilan de la banqueroute du libéralisme catholique : duperie, lâcheté, révolte, trahison… » (il s'agit du mouvement animé par Lacordaire, Montalembert et Ozanam…), tandis qu'un R. P. Dumas allait, en une série d'articles de 1875, soutenir que le *Syllabus* relevait strictement de l'infaillibilité papale !

Ceci était écrit dans une revue qui se réclamait de la Compagnie de Jésus, dont la *Constitution* proscrivait très fermement l'engagement dans le débat politique, et dont le précédent « général », Jan Philip Roothaan, avait écrit que « la Compagnie n'a ni hostilité ni préférence pour les régimes politiques où la Providence l'a placée… ». Mais il ne se trouvait plus, à la tête de cette société, d'homme capable de faire respecter ces principes élémentaires.

Pas même son « général », ce Pierre Beckx qui, en 1857, écrivait aux provinciaux de la Compagnie ce texte qui foudroyait d'avance les Ramière et les Marquigny :

> « Le public et la presse parlent beaucoup et en sens divers des doctrines et de la ligne de conduite adoptées par la Compagnie de Jésus touchant les différentes formes de gouvernement politique. […] Je me crois obligé par le devoir de ma charge de rappeler aux pères provinciaux quels sont les principes de la Compagnie sur cette matière.
>
> La Compagnie de Jésus, étant un ordre religieux, n'a point d'autre doctrine ni d'autre règle de conduite que celle de la sainte Église, ainsi que mon prédécesseur le révérend père Roothaan fut amené à le déclarer en 1847*.
>
> En fait comme en droit, la Compagnie de Jésus est et se déclare en dehors de tous les partis politiques quels qu'ils soient. Dans tous les pays et sous toutes les formes de gouvernement, elle se renferme exclusivement dans l'exercice de ses ministères, n'ayant en vue que sa fin bien au-dessus de tous les intérêts de la politique humaine. Toujours et partout le religieux de la Compagnie accomplit loyalement les devoirs de bon citoyen et de sujet fidèle au Pouvoir qui régit son pays.
>
> Toujours et partout il dit à tous par ses enseignements et par sa conduite : "Rendez à César ce qui est à César, et à Dieu ce qui est à Dieu."

* Voir p. 200.

> Tels sont les principes que la Compagnie de Jésus a toujours professés et dont elle ne se départira jamais...*. »

Et alors même que Léon XIII aura réorienté l'Église catholique dans le sens du ralliement à la République et au monde moderne, infligeant le plus cruel démenti au *Syllabus*, le R. P. de Scorraille, successeur de Ramière, tentera de minimiser la portée du texte pontifical en l'enterrant dans une note brève et sournoise ! L'autorité pontificale ne pouvait évidemment opérer que dans un sens.

L'histoire de la Compagnie de Jésus « restaurée » au XIXe siècle allait connaître d'autres péripéties, certaines douloureuses : mais nul renouvellement de la pensée, nulle correction de sa présence dans l'époque ne sera, de longtemps, perceptible. L'esprit nouveau insufflé à l'Église catholique par le plus grand pape qu'elle se soit donné depuis Sixte Quint la laissa longtemps indifférente – et même réticente, renfrognée. Ses ennemis auraient beau jeu de s'en prendre une fois de plus à cette société jadis si fameuse par son sens de l'adaptation aux autres, au temps, aux circonstances, au « monde » – et qui se repliait alors dans un fixisme qui n'en finit pas d'étonner ceux qui s'intéressent à son histoire.

Alors qu'était venu le temps de ce que le R. P. Lecler appelle un « examen patient, loyal et méthodique, des problèmes nouveaux que posait à l'Église le développement de la civilisation [38] », la Compagnie de Jésus se vouait ici à la restauration des Bourbons et là semblait s'appliquer à justifier la jubilante notation (1876) d'un certain chanoine Morel : « Dans le monde entier, excepté peut-être deux ou trois têtus de Belges**, un jésuite libéral est un phénomène qu'on ne rencontre plus.. »

* Sauf si César est républicain !

** Ce qui était anticiper sur l'action d'un « têtu de Belge » qui interviendrait un demi-siècle plus tard, Pierre Charles, s.j.

CHAPITRE VI

Les jésuites et la République

• Une Société monarchiste • Jésuite-et-Français • Le prêtre, la femme, l'enfant… • Gambetta, Ferry, Paul Bert • Le pape et le prétendant • Léon XIII et le « Ralliement » • Les décrets Ferry •* La figlia mia carissima… *• Le grand assaut de la rue de Sèvres • Trois régiments pour trente-sept moines • Vous avez dit « ralliement » ? • Impliqués dans l'affaire Dreyfus • Expulsion, méditation, reconversion •

La Société de Jésus est une institution monarchique. On ne saurait dire qu'elle diffère en cela des autres grands ordres chrétiens : ni celui de saint François, ni celui de saint Dominique ne sont précisément des républiques. La Compagnie de Loyola serait-elle plus monarchique en ce qu'elle se glorifie de l'emporter sur ses aînées par la rigueur de la discipline ? Nous savons, depuis les jacobins, que la démocratie peut être plus autoritaire que bien des pouvoirs couronnés.

En fait, c'est moins l'essence du jésuitisme ou la structure de la Société qui l'a faite si longtemps et si ardemment royaliste, que son existence. La Compagnie n'est pas seulement monarchique, elle est naturellement monarchiste. En quête d'efficacité à travers le monde, pour « faire du fruit » comme disaient les fondateurs, pour orienter les consciences vers un Dieu moins limité que la voûte du ciel ou pour défendre les Guaranis contre les chasseurs d'esclaves, Ricci ou Montoya, inspirés par les préceptes de leur fondateur, n'ont cessé de rechercher l'oreille et l'alliance du prince – roi, empereur, *daimyo*, sultan… Et que dire des confesseurs de Versailles, de l'Escurial et de Schönbrunn ? Ou de la symbiose spontanée des « hommes noirs » avec le monarque de Rome ?

L'histoire de la Compagnie s'entrelace avec celle des cours – leurs conflits, leurs alliances, leurs tragédies. Et il n'est pas jusqu'à ses rejets ou exclusions par ces mêmes cours qui n'aient revêtu un caractère de disgrâce royale, de répudiation passionnelle, d'exil découronné. En cinq actes et en alexandrins…

S'il est vrai, comme l'écrivait superbement le R. P. de Ravignan, que « le mot de jésuite est heureux pour la haine », il est non moins vrai qu'il évoque un climat monarchique, et ne pouvait s'ajuster qu'avec difficulté au système républicain. L'exception américaine n'est pas décisive : la démocratie fondée en 1776 resta longtemps aristocratique, et, quand elle se voulut plus plébéienne, la grandeur de Lincoln lui fit une couronne. Royaliste, régnicole même par destination, le jésuite ne s'accommodera que douloureusement du règne de la République, dont les racines poussent, en France, dans le terreau du jansénisme, du gallicanisme et du protestantisme – tous les vieux ennemis…

Philippe Joutard met judicieusement en parallèle cette histoire querelleuse des rapports entre l'Église et l'État français, et le modèle anglo-saxon, où « liberté, progrès de la démocratie et modernité politique n'entrent pas en conflit avec les religions établies [1] ». C'est bien vrai. Mais ces pays ne voient pas, ou plus, se poser la « question romaine ». Et n'oublions pas que si la République française naît dans les transes religieuses, il en va de même de l'Empire allemand, que Bismarck met au monde en déclenchant le Kulturkampf*.

Quel conflit, dans l'histoire contemporaine, fut plus inéluctable que celui qui, à l'aube de la IIIe République, oppose l'Église à l'État, ou, mieux, le cléricalisme monarchique exprimant dans ses profondeurs la société catholique du temps et l'anticléricalisme en quelque sorte biologique où les fondateurs du régime surgi des ruines du second Empire voyaient le fondement de leur entreprise ?

D'un côté, une institution millénaire, affaiblie certes, sans

* Qui n'est autre que la lutte contre le cléricalisme romain.

grande inspiration créatrice, arc-boutée au passé et y trouvant même son idéal et son arsenal, mais se réclamant d'un chef charismatique, le vieux pape Pie IX auquel ses récents malheurs avaient conféré l'auréole du martyre ; de l'autre, un groupe d'hommes durcis et grandis par l'opposition au régime impérial déchu, écœurés par la veulerie des élites civiles, militaires et religieuses qui avaient conduit le pays au désastre, et proposant aux Français une alternative résolue, la République, c'est-à-dire la rupture avec l'État monarchique et clérical.

Ainsi s'opposent ici une coalition passéiste entre un catholicisme qui a reçu comme une impulsion de la défaite et des cruautés de la Commune, et un prétendant, le comte de Chambord, réfugié à l'étranger et drapé dans son drapeau blanc ; et là, brandissant le drapeau tricolore, un syndicat tout entier dressé contre cette alliance du trône et de l'autel, assuré qu'il ne peut abolir à jamais celui-là qu'en assurant la liquidation de celui-ci.

Ce que Georges Clemenceau a si bien appelé le « discordat », c'est la confrontation idéale, la collision programmée, l'antagonisme sans échappatoire entre cléricalisme monarchiste et république laïque. Ni en 1789, ni en 1830, ni en 1848, le face-à-face n'avait revêtu ce caractère frontal, irréductible. Pour que l'un vive, il faut que l'autre meure, ou se dilue dans la masse. Tel est le schéma directeur de l'histoire de la IIIe République jusqu'à l'approche du premier conflit mondial qui, vers 1910, bouscule l'ordre des urgences et déclasse ce conflit interne.

Au cœur de cette mêlée, on voit s'agiter, s'élancer, se replier, s'exclamer, souffrir et protester une Compagnie de Jésus qui semble une fois de plus n'avoir pour objectif que de s'offrir pour cible à tous les coups, dressée comme jamais auparavant contre tout ce qui, en France et dans l'ensemble de l'Europe, exprime l'esprit du siècle – individualisme, démocratie, scientisme, esprit critique.

Cet âge de l'histoire de l'Église est à la fois jésuite et français. Jamais en effet le Saint-Siège n'a eu à ce point partie liée avec le catholicisme de France, tout affaibli qu'il fût par les désastres de l'été 1870. De quelque façon que Pie IX juge le comportement de Napoléon III dans la « question romaine », il est bien forcé de constater que c'est l'effondrement de l'Empire français qui a permis la liquidation par la monarchie piémontaise de son pouvoir temporel, et que, s'il existe une chance de le voir rétabli, elle repose sur la France. Et jamais peut-être ce pays ne s'est affiché aussi ultramontain, aussi papiste, aussi « papolâtre » même, aussi avide en apparence de mériter le titre de fille aînée de l'Église.

Mais c'est aussi un âge jésuite. Depuis la fin de l'ère des fondateurs, du concile de Trente et des grandes missions d'Asie, la Compagnie n'a jamais été aussi puissante à Rome. Des siècles durant, les jésuites, répartissant leur force de trône en cour, de capitale en principauté, conseillant ici, confessant et manipulant ailleurs, avaient amassé contre eux les rancunes, puis les haines que l'on vit culminer en 1773, provoquant leur anéantissement.

Depuis la restauration de 1814 par la grâce de Pie VII, ils n'avaient eu de cesse qu'ils n'eussent rétabli leur emprise sur Rome, délaissant pour ce faire les monarchies périphériques. Ardemment concentrés sur le lieu d'origine de leur puissance devenu le siège de leur condamnation, ils avaient pris un ascendant croissant sur Grégoire XVI puis sur Pie IX, ascendant exprimé par l'emprise sur les affaires romaines de leur revue, la *Civiltà Cattolica*, et le rôle déterminant joué par les RR. PP. Perrone, Schrader, Sanguinetti ou Franzelin dans la préparation et la manipulation du concile du Vatican.

Mais le plus remarquable n'était pas, en l'occurrence, que la papauté fût passée sous la coupe des jésuites, c'était que les jésuites fussent passés sous la coupe des Français. Cet ordre qui avait toujours eu en suspicion sa branche française, plus ou moins suspectée de gallicanisme (au point de ne jamais donner, en quatre siècles et demi et vingt-cinq scrutins, le moindre successeur français à Loyola) se « francisait » depuis trois décennies. En 1878, près d'un jésuite sur trois est français*, et davantage encore dans l'action missionnaire. Passées les quelques tensions provoquées à l'époque du *Syllabus* et à la veille du concile du Vatican par le très discret libéralisme des *Études* (depuis lors seulement « alignées » sur l'absolutisme pontifical), le ton était volontiers donné par les Français, chez le « pape noir » comme chez son voisin du Vatican.

* Les effectifs de la Compagnie sont passés en vingt ans de 5 194 à 9 795 ; en France, de 1 576 à 3 206 (chiffres donnés par J. Burnichon).

Que cet âge « français » de la Société surgie à Paris de l'expansion de l'humanisme, et qui avait su prendre sa place dans cette immense floraison en lui donnant sa tonalité chrétienne, fût aussi l'époque de l'obscurantisme le plus stérile au sein de la Compagnie, le plus propre à donner raison à Michelet, n'est pas à l'honneur du pays qui lui avait donné Pierre Coton et Jean-Joseph Surin.

Quoi qu'il en soit, c'est une trilogie fortement soudée, faite d'un catholicisme romain barricadé sur lui-même, d'une Compagnie de Jésus très « francisée » et d'un légitimisme bourbon ardemment prôné par l'immense majorité du clergé français, que voit se dresser devant elle la République naissante à Paris en 1875. La convergence de leurs intérêts est manifeste : le Saint-Siège met ses uniques espérances de restauration dans le rétablissement de la dynastie des Bourbons sur le trône français ; les jésuites y voient la seule chance de perpétuer les lois de 1850 et de 1875 qui assurent le libre développement de leur enseignement, secondaire et supérieur ; le légitimisme tient le très puissant clergé français – soixante mille prêtres, cent soixante mille religieux et religieuses – pour le garant de son influence dans toutes les couches de la société.

Si caricaturales qu'elles paraissent aujourd'hui, les préventions nourries par les fondateurs de la IIIe République contre les jésuites ne s'alimentaient pas seulement de fantasmes grotesques et de légendes essoufflées comme en 1828 sous Charles X ou en 1845 sous Guizot – ce qui n'avait pas empêché ces pouvoirs monarchiques de sévir, on l'a vu, contre la Compagnie. Sous Mac-Mahon, la Compagnie, forte de ses cinq mille membres français, de ses trente collèges, de ses onze mille collégiens, de ses succès dans l'admission de ses pupilles aux concours pour les grandes écoles, est en passe de contrôler la formation des élites dirigeantes, comme au XVIIe et au XVIIIe siècle. Sur les ruines de l'Empire qui ne l'a pourtant ménagé que par à-coups, dans le climat de contrition des lendemains de défaite, le système d'éducation du plus prestigieux des ordres enseignants réaffirme sa primauté.

Pour les hommes qui triomphent du régime d'« ordre moral » de Mac-Mahon, et s'apprêtent à faire du centenaire de la Révolution à la fois une apothéose et un prologue*, la République se

* Les funérailles de Victor Hugo joueront ce double rôle dès 1885.

résume en trois mots : Nation, Raison, Éducation. Cette mission ne saurait être confiée à ceux qui ne font pas de la raison la référence suprême de leur enseignement, et n'ont pas élu la nation des jacobins pour centre nerveux de leur énergie.

La République votée en 1875 (à une voix de majorité) attend d'être fondée dans les consciences et les volontés. Comment remettre ce soin, fût-ce partiellement, à une Société qui a sa tête à Rome et son cœur à Frohsdorf, résidence autrichienne du prétendant « Henri V » ? Comment faire confiance à un institut qui enseigne l'histoire, leçon suprême des citoyens, à partir de ce manuel du R. P. Loriquet où l'on décrit le sacrifice de la Garde impériale à Waterloo, sublimé par Victor Hugo, comme un barbare suicide collectif ? Peut-on laisser se forger ainsi deux jeunesses, deux consciences rivales, sinon antagonistes – l'une d'elles tenant Valmy pour un haut fait, l'autre pour un méfait ? La prise de la Bastille sera-t-elle un brigandage pour les uns, une libération pour les autres ?

Le R. P. Joseph Burnichon, auteur d'une copieuse histoire de la Compagnie au XIXe siècle que l'on a eu et que l'on aura souvent l'occasion de citer, s'efforce bravement de décrire (tome IV, page 61) le comportement politique des jésuites de son temps en distinguant l'homme et le religieux :

> « Chez le jésuite, l'homme a son hérédité, ses traditions de famille, sa première éducation : il en résulte un certain tour d'esprit, un tempérament moral, et d'ordinaire, dans notre pays, des préférences politiques qu'il a toute chance de conserver sa vie entière. Vainement ferait-il effort pour s'en débarrasser. C'est ainsi qu'un certain nombre de membres de la Compagnie de Jésus en France, usant du droit commun à tous les Français, sont demeurés partisans de la monarchie traditionnelle. Ils appartenaient, on peut le croire, à des familles foncièrement chrétiennes ; or, c'est parmi celles-là surtout que s'est conservée la fidélité à l'ancien ordre des choses. Quant au religieux, il en va tout autrement. Pour lui, il ne peut y avoir d'autre politique que celle de l'Église elle-même, qui s'accommode à toutes les formes de gouvernement, respecte tous les pouvoirs établis et leur demande seulement la liberté d'accomplir sa mission parmi les peuples. Tels sont, quoi qu'en dise la légende, les principes de l'ordre de Loyola. »

Voilà un cadre de comportement habilement tracé – encore que l'on voie mal en quoi un jésuite de la fin du XIXe siècle devait se sentir lié à une dynastie qui, par deux fois en deux générations, avait chassé, expulsé ou interdit son ordre… Mais qui dira que les excellents préceptes formulés par Joseph Burnichon furent respectés par ses confrères sous le régime républicain de Léon Gambetta et de Jules Ferry ?

On se propose de relater ici une « chasse aux jésuites » qui prit parfois des formes méprisables et aboutit à priver la jeunesse française de cadres et de méthodes d'éducation prestigieux et le plus souvent utiles. On ne prend ni Jules Ferry ni Émile Combes pour des parangons insoupçonnables de liberté ou même de progrès. Mais il faut tout de même voir que, dans sa lourdeur et son sectarisme, leur anticléricalisme s'opposait à un ordre qui, en violation des prescriptions formelles du fondateur, s'affichait sans vergogne comme une force d'opposition au pouvoir légitime et faisait ouvertement peser son influence en ce sens sur l'univers féminin et la jeunesse confiée à ses soins.

Les responsables de la Compagnie de Jésus auraient eu deux moyens de disqualifier la stratégie d'éviction menée contre eux par les fondateurs de la République : en donnant un autre contenu à la partie de leur enseignement consacrée à la formation de l'esprit civique ; en mettant au moins une sourdine à la campagne menée par les prédicateurs et les publications jésuites (comme *Études* passée aux mains du R. P. Ramière) contre le régime. Ce qui ne signifie pas, reconnaissons-le, que, si les bons pères avaient respecté ces règles de sainte prudence, Jules Ferry et ses émules eussent fait preuve de la même modération. Hippolyte Taine, d'une part, et Albert de Mun, de l'autre, exagéraient à coup sûr en soutenant que le catholicisme et la Révolution étaient irréductibles l'un à l'autre : mais, à la fin du XIXe siècle, le conflit n'était pas de ceux que règle une courtoise délimitation de compétences.

La République se constitue en trois temps. Elle devient légale le 30 janvier 1875, avec le vote – d'extrême justesse… – de l'amendement Wallon, par une assemblée confusément monarchiste. Elle s'implante l'année suivante, lors des élections de mars 1876, qui lui donnent une confortable majorité parlementaire ; elle confirme sa légitimité quand le maréchal-président Mac-Mahon, ayant dissous la Chambre le 16 mai 1877 pour ramener la monarchie par le suffrage universel, est mis en minorité et doit d'abord « se soumettre », puis, deux ans plus tard, « se démettre ».

Dès lors, les jésuites savent que leur avenir, en France, ne sera plus fait que d'une alternance d'escarmouches et de proscriptions. L'avènement du pape Léon XIII, qui leur est très favorable, mais tient à s'accommoder du régime républicain de Paris parce qu'il a besoin de la France pour rompre l'encerclement hostile où son prédécesseur a précipité la papauté, ne suffira pas à préserver la branche française de la Compagnie.

Tout « opportunistes » qu'ils se proclament*, les fondateurs du régime de 1877 sont au moins armés d'une conviction idéologique : que la République ne peut vivre qu'en desserrant l'étreinte de la religion sur la vie publique – ils la voient comme ces temples angkoriens enserrés dans les branches de banyans et les lianes de la forêt, par elles étouffés et disloqués. L'édifice qu'ils prétendent construire ne saurait s'élever et durer que libre de la contraignante végétation catholique. S'ils ne voient guère le moyen d'arracher la femme à l'emprise du prêtre si passionnément dénoncée par Michelet, ils sont décidés à détacher l'enfant de l'enseignement confessionnel.

Dans leur esprit, la République encore incertaine et balbutiante ne peut s'épanouir qu'en faisant des républicains. Et qui les créera, sinon ses maîtres, ses faiseurs de citoyens – ceux que Péguy appellera les « hussards noirs de la République » ? Prenant en charge une société encore attachée en majorité au catholicisme – quand bien même la pratique est passée en vingt ans de 60 à 20 % dans les villes, de 80 à 40 % dans les campagnes** –, qui lui-même n'a distendu ses liens avec le monarchisme que pour se rallier à l'Empire avant sa brouille de 1859 avec le Saint-Siège, les pères fondateurs de la IIIe République se donnent pour mission essentielle la formation de citoyens par l'école et l'université.

Leur idéologie est une pédagogie. Pour eux, la démocratie est, comme le disait Proudhon, une *démopédie*. Qu'ils se soient comportés avec un sectarisme grossier, qu'ils aient haï jusqu'à la maniaquerie les jésuites et leurs émules importe assez peu et n'aura qu'une valeur anecdotique : tout les opposait à des éducateurs dont les leçons, au-delà du latin et des mathéma-

* C'est la dénomination officielle du parti.
** Sauf en Bretagne et en Vendée.

tiques, visaient plus ou moins consciemment à détourner les jeunes Français de la République, sinon du monde moderne.

Fanatisme contre fixisme ? L'histoire de la République eût certes gagné à s'épargner des épisodes comme ceux que l'on va relater. Mais une authentique tolérance, le respect minutieux du pluralisme enseignant, l'« indifférentisme » pour parler comme le Vatican de ce temps-là, eût peut-être condamné la République à l'inexistence. La terreur de l'An III n'avait pas sauvé la République jacobine. Le sectarisme des hommes de 1880 a permis l'accouchement d'un régime né à l'école avant d'être unifié dans les tranchées de 1915.

Qui étaient donc ces hommes qui, après Choiseul, Fouché ou Guizot, s'apprêtaient à opposer l'autorité de l'État à l'enseignement catholique en général et aux jésuites en particulier ?

Gambetta est ici, comme en plusieurs domaines publics, l'initiateur. C'est lui qui, dès avant la défaite de l'Empire, a dénoncé un enseignement religieux où il voyait l'« école de la résignation ». C'est lui qui, avant : « Le cléricalisme, voilà l'ennemi* ! » du 4 mai 1877, a lancé : « Quand la patrie baisse, le jésuitisme monte. » Aveugle « bouffeur de curés » ? Non. Au moment de l'élection de Léon XIII, il écrit à son amie Léonie Léon : « Je salue cet avènement plein de promesses [2]. » Mais lui qui a été l'incarnation de l'esprit de résistance nationale ne peut admettre que, de la défaite qu'ils n'ont rien fait pour conjurer, les courants les plus conservateurs et les plus cléricaux semblent se faire un tremplin, et que, depuis 1870, la France ne semble avoir d'autre ambition que de « servir de refuge à tous les jésuites de la chrétienté ».

L'idéologue de cette stratégie, c'est Paul Bert, biologiste de renom, médecin estimé, qui, avant même que Gambetta lui confie le portefeuille de l'Éducation dans son « grand ministère » de 1881-1882, jette les plus gros pavés, et les plus fangeux, contre l'enseignement confessionnel. Voici un homme armé d'une vraie science, doté d'une indubitable valeur intellectuelle ; et, dès qu'il s'agit des jésuites ou des congrégations, il devient fou. Et même : bas.

C'est à lui par exemple qu'on doit la comparaison célèbre

* Formule d'ailleurs empruntée à Alphonse Peyrat.

entre le phylloxéra et l'enseignement religieux, formulée au cours d'un banquet électoral en 1879 dans l'Yonne, département viticole, mais aussi des imputations obscènes sur les relations entre les jeunes filles et les confesseurs jésuites. Pour Paul Bert, les « hommes noirs », c'est, venu de l'autre côté des Alpes et du Rhin, le cosmopolitisme, l'« autre », l'atteinte au « sentiment national ». Il est antijésuite comme Maurras est antisémite.

C'est sur un tout autre plan qu'il faut situer Jules Ferry, généralissime de cette campagne, ingénieur et symbole de déchristianisation de l'enseignement français. Regardons-le un instant, à peine échappé d'une page de Zola pour se glisser dans un chapitre d'Anatole France, ce laborieux nettoyeur de cerveaux, ce déconstructeur-reconstructeur au lourd visage précédé d'un nez bourbonien, enserré entre les favoris poivre et sel, si assuré de servir l'État, le citoyen, la science, le progrès, la liberté des hommes. Son anticléricalisme, dont on a dit les raisons, n'était pas maniaque. Il était celui d'un homme qui aimait à rappeler que, n'étant « pas un insensé [il] ne prétendait pas déclarer la guerre à une religion qui [était] celle de la majorité des Français ».

Nul n'a été plus calomnié que lui – le laïcisateur comme le colonisateur. Il suffit de donner la parole à un historien jésuite zélé comme Burnichon pour que soient mises dans sa bouche des horreurs : « Trois chancres dévorent la France, l'armée, la magistrature et le clergé » – propos d'anarchiste aviné qui expriment si mal ce patriote intransigeant, ce juriste, ce grand commis de l'État, qu'on est en droit de s'étonner que le prêtre-historiographe n'en donne pas la source[3].

Plus sérieusement, Adrien Dansette cite, de l'homme des lois de 1880, cette réponse faite à Clemenceau qui lui demandait quel était son programme : « Organiser l'humanité sans Dieu et sans roi. » Profession de foi – si l'on peut dire – complétée par ce propos éclairant : « Le catholicisme est devenu une aristocratie intellectuelle menaçante [qui] a déclaré la guerre non seulement aux principes de 1789, mais encore aux vieilles lois qui règlent depuis des siècles les rapports de l'Église et de l'État, à nos chères libertés modernes. » Et l'auteur de l'*Histoire religieuse de la France contemporaine*[4] d'ajouter, en forçant un peu la note sur la fin : « Oui, ces républicains éprouvent devant l'Église une impression de scandale, et ils croient sincèrement le catholicisme une religion pour imbéciles. » On verra ici et là que Jules Ferry était plus nuancé. Mais qui, lisant le *Syllabus*, n'eût été incliné à formuler un tel diagnostic ?

Il arrivera que l'on dénonce, dans les pages qui suivent, le sectarisme de Ferry, et plus encore les procédures choisies pour éliminer ses adversaires, à commencer par les jésuites. Mais Pierre Mendès France a rappelé que Ferry tenait à ce qu'en matière d'éducation fût réservée « la part des familles et, si ces dernières le désirent, celle [des] Églises », et que l'instruction morale et civique n'était pas la diffusion d'un « nouvel évangile » ou d'un « nouveau catéchisme ».

Dans l'une de ses circulaires aux instituteurs, il écrit : « Vous devez user de la plus grande réserve, dès que vous risquez d'effleurer un sentiment religieux dont vous n'êtes pas juge [...] Vous ne toucherez jamais avec trop de scrupules à cette chose délicate et sacrée qui est la conscience de l'enfant[5]. » Disons que ce Ferry-là n'est pas celui qui se manifesta avec le plus d'éclat. Mais il faut savoir qu'il a écrit cela.

Ni Gambetta, ni Paul Bert, ni Ferry n'étaient de simples exécutants. Chacun a inventé et contribué à construire la machine de guerre mise en place contre la forteresse cléricale. Mais, en amont de leurs actes, il faut voir se déployer l'ample système d'où se dégage le grand réquisitoire anticatholique de ces années-là.

Trois noms émergent de cette grande rumeur – ceux de Darwin, de Renan et d'Auguste Comte. L'influence du troisième s'exerce de façon singulière, bien que le mot de « positivisme » soit sur toutes les lèvres des pontifes de la laïcité, dans tous les discours des anticléricaux. Mais, si pressé qu'il fût d'enterrer théologie et métaphysique pour ouvrir la voie à l'âge positiviste, Comte est, par un détour que tous ne jugent pas mystérieux, un admirateur des jésuites : dans le panthéon de son « catéchisme » est inscrit Loyola, qui lui paraît avoir apporté à sa philosophie du réel une contribution aussi décisive que Machiavel ou Descartes. Quand le livre paraît, en octobre 1859, le sociologue l'adresse au « général » de la Compagnie, Pierre Beckx, dans la bibliothèque duquel on le retrouvera – non coupé... Fascinant malentendu.

On ne sait si Darwin eût aimé être utilisé comme projectile contre l'enseignement chrétien – pas plus peut-être que Claude

Bernard, bon catholique lui-même. Mais le fait est que la gloire de l'évolutionnisme contribua plus qu'aucune autre découverte scientifique depuis Copernic à déclasser ou remettre en question dans ses profondeurs une religion fondée sur les principes du Dieu créateur et de l'éternité.

Mais c'est Renan pourtant, c'est le prophète du criticisme, puis du « modernisme », qui aura apporté le plus d'aliments à la grande offensive anticléricale de la fin du siècle. Peu de textes (avant *La Vie de Jésus*) auront pesé aussi lourd en l'occurrence que celui qu'il publiait dès 1848, au temps où s'esquissait un rapprochement entre le christianisme et la démocratie :

> « Le passé est la loi infranchissable de l'Église [...] Ce passé lui interdit le libéralisme. Elle ne peut, sans se renier elle-même, adopter les idées modernes en politique [...] Les orthodoxes n'ont pas le droit de parler de liberté [...] S'ils en parlent, ils n'ont pas d'autre alternative que d'être des menteurs ou des hérétiques [6]. »

La stratégie de refoulement du catholicisme dont Jules Ferry, avant Combes et Clemenceau, se fera le bras séculier, n'est pas préparée ou inspirée par ces seuls procureurs. C'est tout un univers culturel, toute une idéologie diffuse, infuse, foisonnante, qui répudie alors le christianisme dans la France de la fin du siècle, un temps que Claudel évoque ainsi : « Tout ce qui portait un nom dans l'art, dans la science ou dans la littérature était irréligieux. Tous les (soi-disant) grands hommes de ce siècle finissant s'étaient distingués par leur hostilité à l'Église. » Il y aurait beaucoup à dire sur ce propos. Mais il reflète le climat où vivaient alors les intellectuels catholiques, saisis par la fièvre obsidionale qui en fit souvent des frénétiques – de Bloy à Barbey, sinon de Péguy à Claudel lui-même.

A l'offensive laïciste, le parti clérical, qui s'est épanoui au lendemain de la défaite, du temps de l'« ordre moral », n'oppose qu'un front peu cohérent. D'abord parce que les deux chefs de la coalition, le pape et le prétendant, sont à l'étranger, et que leur entente, étroite du vivant de Pie IX, se distend jusqu'à la brouille après l'avènement de Léon XIII. Ensuite parce que le comte de Chambord, dans son exil de Frohsdorf, se révèle irrésolu en tout, sauf sur le point qui voue son entreprise à l'échec : l'attachement au drapeau blanc. Dès lors qu'à partir des années quatre-vingt, la papauté a choisi de s'accommoder de la République en France, une ligne de défense des cléricaux est enfoncée. La mort du prétendant sans héritier direct, en 1883, disloquera l'autre.

Il est vrai que l'armature même du « parti catholique », le clergé régulier et séculier, est puissante, active et croissante. Soixante mille prêtres, près du triple de congréganistes de toute obédience, jamais peut-être le corps religieux n'avait été si dense, et articulé. Les angoisses et remords nés de la défaite, les violences de la Commune ont ranimé les aspirations d'une chrétienté très affadie par l'épanouissement matérialiste provoqué par la Monarchie de Juillet et la prospérité dont s'accompagne le second Empire. Mais, au moment (1873) de rechercher les raisons de l'effondrement de l'État impérial, Renan peut sans mauvaise foi dénoncer les faiblesses d'un enseignement catholique qui, régnant depuis le vote de la loi Falloux, en 1850, est partiellement responsable de l'arriération (par rapport à l'Allemagne) des élites politiques aussi bien que militaires. L'auteur de *La Vie de Jésus* reprenait ainsi, vérifié en apparence par l'événement, un diagnostic formulé quinze ans plus tôt par Proudhon qui dénonçait déjà l'« abêtissement » de la « France émasculée » par l'enseignement religieux [7].

Les chefs politiques du parti confessionnel souffrent d'un double handicap. Ils sont divisés entre disciples de Veuillot et du cardinal Pie, ultramontains, « infaillibilistes », fixistes, et qui tiennent pour diabolique tout ce qui n'émane pas de la curie romaine et de publications comme *L'Univers*, *Civiltà Cattolica* ou *Le Drapeau blanc*, et les « libéraux » héritiers de Lacordaire et de Montalembert, qui se rallieront en ordre dispersé à la République, se vouant ainsi à l'exécration sans limite des hommes à la fleur de lys.

Si les chefs du catholicisme légitimiste – Chesnelong, d'Haussonville, Mackau, Keller, Cassagnac, Mgr Freppel, se révèlent inaptes à conduire une action autre que de propagande en vue de la restauration de Chambord – et si possible du pouvoir temporel du pape –, leurs voisins « libéraux » sont à la fois incertains sur les fins et malhabiles dans le choix des moyens. Albert de Mun a une stature, et de l'éloquence. Mais son milieu le tient pour un traître, et sa vision ne va pas au-delà de l'espoir de la nécessaire substitution du corporatisme à l'individualisme, et de la constatation amère qu'« il est difficile de choisir entre la partie de son âme qui reste attachée au passé et celle qu'entraîne l'avenir ».

En fait, le seul adversaire à la taille de Gambetta* et de Ferry, c'est, à partir de 1878, Léon XIII. Adversaire mesuré, en demi-teinte, infiniment plus nuancé qu'eux sur la fin et les moyens, plus porté à l'escrime à fleuret moucheté qu'à l'assaut sabre au clair, homme de compromis plutôt que d'affrontement, et enclin à une formule de transaction. L'antithèse de ses deux prédécesseurs Grégoire XVI et Pie IX, ou de son successeur Pie X.

Grand personnage que ce cardinal Pecci, Richelieu par l'allure, Mazarin par les procédures, seigneurial et ductile, prince de l'opportunisme, très jésuite au fond par l'esprit qui le porte à l'optimisme à long terme et par la tactique que lui inspire le réalisme à court terme, fort avancé dans les choses du siècle, capable de souper avec le diable mais intraitable sur la doctrine, vantant le *Syllabus* mais le contredisant en tout, monarchiste ami de la République, romain mais francophile, et si féru d'intelligence politique et de sens des réalités qu'il en viendra à traiter le comte de Chambord de « canaille** » devant une délégation de fidèles légitimistes. Canaille à force d'étroitesse de vues…

On ne saurait s'étonner que le pape qui tenta d'inciter les catholiques français au ralliement à la République et plus tard au dreyfusisme ait provoqué des réactions comme celle de cet évêque de Poitiers qui créa une « ligue pour la conversion ou la disparition du pape »… (Le papicide, de quel châtiment est-il passible ?) Nous verrons plus loin à quel point les démarches de Léon XIII furent mal comprises en France, en dépit du talent de deux nonces éminents, Czacki et Ferrata. En tout cas, ce grand politique que l'on eût mieux vu à la tête de la Société de Jésus que sur le trône de Pie IX ne mènera jamais contre les gouvernants anticléricaux français une stratégie de rupture – tout au plus une bataille de retardement.

* Qui, on l'a vu, avait mis en ce pape les espérances d'un « mariage de raison entre l'Église et la République ».

** Cité par Dansette.

Quant à la Compagnie, son influence à Rome n'a guère été amoindrie par l'élévation du cardinal Pecci au pontificat. Politiquement moins en cour qu'au temps de Pie IX, déconcertée par les démarches de ce pape qui lui donne chaque jour des leçons de jésuitisme (de haute époque), elle se maintient au pinacle par la contribution doctrinale qu'elle lui apporte. Libéral en politique, Léon XIII est conservateur en matière de dogme, et trouve son compte à la résurrection du thomisme opérée par les théologiens du Collège romain de la Compagnie. Au surplus, le pape Léon est de ces esprits aristocratiques qui, se voulant « avancés », sont reconnaissants à leur entourage de mettre un frein à leurs ardeurs : ainsi était Charles de Gaulle. Les « hommes noirs » du Borgo Santo Spirito sont, auprès de lui, voués à ce rôle de frein confortable.

Au surplus, aucun des chefs du parti anticlérical n'est prêt à transiger avec la Compagnie : c'est elle, la cible première de leur offensive. Sitôt connu le résultat des élections de 1876 qui ont doté la Chambre d'une majorité républicaine, les jésuites ont cherché des abris à l'étranger, et hypothéqué leurs immeubles [8]… Comme toujours, au moment de tirer sur une soutane, on commencera par la déclarer « jésuite »…

Fermement établie en tant qu'institution depuis que son chef nominal Mac-Mahon a échoué à la détruire en mai 1877, la République passe à l'offensive deux ans plus tard, en vue d'affirmer son identité et son idéologie. A la tête de l'État, le républicain laïque Jules Grévy a remplacé le maréchal démissionnaire. A la tête du gouvernement, on va voir se succéder deux protestants, Waddington et Freycinet, d'ailleurs modérés et peu portés à régler des comptes avec le catholicisme. Ce n'est pas chez eux qu'il faut chercher l'impulsion de cette opération, mais chez le nouveau ministre de l'Instruction publique, Jules Ferry. A ce poste, ou comme président du Conseil, il sera pendant près de cinq ans responsable du dossier.

Le 16 mars 1879, le ministre dépose sur le bureau de la Chambre* deux projets de loi apparemment anodins, l'un excluant les enseignants catholiques du Conseil supérieur de

* Qui siège encore à Versailles, huit ans après l'écrasement de la Commune.

l'Instruction publique, l'autre retirant aux universités « libres » créées quatre ans plus tôt, au temps de l'« ordre moral », la faculté d'attribuer des grades. Mais le second texte était assorti, sous forme de son article 7, d'une disposition révolutionnaire ainsi formulée : « Nul n'est admis à participer à l'enseignement public ou libre, ni à diriger un établissement d'enseignement de quelque ordre que ce soit, s'il appartient à une congrégation religieuse non autorisée. » Sous cette forme marginale, au détour d'un texte plus bénin, c'était une déclaration de guerre à l'enseignement catholique. Et plus précisément jésuite. Ce que précisait d'ailleurs l'« exposé des motifs », mettant en cause « les grandeurs croissantes de la plus célèbre et de la plus prohibée des congrégations non reconnues, la Société de Jésus, qui ne rencontre plus de rivalité sérieuse dans les établissements ecclésiastiques concurrents ».

En fait, sur les cent quarante et une congrégations d'hommes qui se mêlaient alors d'enseigner, cinq seulement étaient « autorisées » – frères des écoles chrétiennes, lazaristes, sulpiciens, pères du Saint-Esprit et missions étrangères. Les jésuites n'étaient que l'une d'entre elles : mais les effectifs de leurs vingt-neuf collèges d'enseignement secondaire représentaient 55 % des jeunes gens (près de onze mille) échappant à l'enseignement public.

A l'intention de ceux qui auraient pu douter du « ciblage » de l'article 7 du projet de loi, Jules Ferry, dans un discours prononcé quelques jours plus tard à Épinal, sa circonscription, mettait lourdement les points sur les « i » :

> « Ce que nous visons, ce sont uniquement les congrégations non autorisées et parmi elles, je le déclare bien haut, une congrégation qui non seulement n'est pas autorisée, mais qui est prohibée par toute notre histoire, la Compagnie de Jésus. Oui, c'est à elle que nous voulons arracher l'âme de la jeunesse française. »

Voilà qui était clair, comme un texte de Pasquier, de La Chalotais ou de Michelet. Voilà qui annonçait une proscription inspirée de celles qu'avaient édictées Louis XV et Charles X et tenté d'imiter Louis-Philippe. Mais les porte-parole de la Compagnie, qui s'étaient chrétiennement résignés à subir les avanies infligées par trois monarques, virent cette fois se manifester la main du démon : Ferry fut traité d'« antéchrist », de Néron et de Caligula…

Le geste du ministre républicain était-il plus répréhensible que ceux des souverains bourbons, parce que, au lieu du gallicanisme, son mobile était l'anticléricalisme ? On ne voit guère en quoi. Louis XV ou Charles X prétendaient faire prévaloir une fraction du catholicisme, plus conforme à leurs intérêts, sur une autre. Ils sacrifiaient les jésuites au nationalisme français.

Ferry agissait au nom d'une autre forme de nationalisme qu'il estimait ennemie du cléricalisme : dans les deux cas, c'est l'« agent de l'étranger » qui est mis en cause – et de façon plus perverse, semble-t-il, quand il s'agit d'un monarque catholique à l'encontre d'un des instruments essentiels du catholicisme. L'homme de 1879, si sectaire qu'il fût, a pour lui l'avantage d'agir au nom d'une conviction profonde, et de ce qu'il prétend être l'intérêt national. Louis XV et Charles X n'avaient pu alléguer, pour justifier leur proscription, que leur propre commodité…

Commentant les réactions provoquées dans le monde catholique par la politique de Jules Ferry, le très pieux jésuite qu'est le R. P. Burnichon écrit d'ailleurs que « comme en 1828 et 1848, les anciens élèves des jésuites se firent un devoir de venger leurs maîtres des *infamies* que l'on *rééditait* contre eux [9] ». Ce qui est bien assimiler Ferry à Charles X et à Louis-Philippe…

La procédure caporaliste déclenchée par Jules Ferry n'en est pas plus louable. Contre lui, on se référera volontiers aux opinions (peu suspectes de conformisme clérical) d'Émile Littré, qui eût préféré « s'en remettre à la liberté pour conjurer le danger monastique et jésuitique », ou de Jules Simon qui, à la tribune du Sénat, lançait au ministre de l'Instruction publique : « Vous n'avez qu'un droit, c'est d'armer, de propager la liberté […] Il n'est pas possible de voter contre la liberté d'enseigner ou d'écrire… »

Paul Bert avait cru bon de lancer dans le débat, sous le titre *La Morale des jésuites*, une lourde compilation des écrits polémiques de Pasquier à Michelet. Il ne réussit qu'à faire rire de sa façon d'accommoder les citations – et de découvrir la lune. Camille Pelletan tenta de mettre en garde ses collègues contre « les fils de Loyola, cette épée dont la poignée est à Rome, et la pointe partout… ». Et Jules Ferry lui-même haussa encore le ton en proclamant que « l'horreur des jésuites est un sentiment national en France » – ce qui est un peu niais ; il surprit aussi en arguant que la liberté d'enseigner n'était pas en cause dès lors que les prêtres en question pouvaient se muer en précepteurs privés dans les familles – faisant ainsi usage, de façon quelque peu caricaturale, d'une « subtilité » empruntée à ses adversaires (ou à leur légende).

La Chambre haute n'en repoussa pas moins le fameux article de la loi Ferry – qui dut se contenter d'un expédient : c'est par décret (« les décrets », dira-t-on pendant plus de vingt ans) qu'il arrêta, le 20 mars 1880, qu'« un délai de trois mois [était] accordé à la congrégation ou association non autorisée, dite "de Jésus", pour se dissoudre et évacuer les établissements qu'elle occupe sur le territoire de la République ».

Jules Ferry avait cru habile de concentrer ainsi l'opération d'abord sur les jésuites, faisant mine de ménager les autres congrégations et de ne rien entreprendre contre le clergé séculier. En fait, il déclencha une triple réaction de solidarité : de la part des autres congrégations, du clergé en général et de la société catholique dans son ensemble – où les traditions antijésuitiques restaient pourtant vivaces.

La riposte de la hiérarchie, bien qu'associée au pouvoir par le concordat de 1801, fut très ferme. Les archevêques de Paris et d'Aix élevèrent des protestations véhémentes, se déclarant solidaires, en bloc, des congrégations. Celles-ci manifestèrent aux jésuites, premiers visés, une sympathie qu'elles n'avaient pas accoutumé de montrer, refusant de faire auprès du gouvernement les démarches qui leur eussent valu d'être « autorisées ». Et, dans le monde catholique, on releva des manifestations très remarquables d'attachement à une Compagnie si souvent décriée : des centaines de fonctionnaires d'autorité, magistrats notamment, démissionnèrent plutôt que d'être associés à cette opération répressive.

Plus décevant encore pour le ministre de l'Instruction publique : la majorité des conseils généraux, qui ne représentaient pas, eux, les idées et les intérêts de la bourgeoisie conservatrice, mais l'opinion moyenne de la province, se refusèrent à entériner les décrets d'application qui leur étaient soumis, les deux tiers d'entre eux se réfugiant dans l'abstention.

Si des élus républicains manifestaient ainsi leur désaccord, on peut imaginer ce que fut la réaction d'une opinion inspirée, animée ou contrôlée par le clergé. Des ligues de défense de la Compagnie de Jésus se formèrent un peu partout. Au petit séminaire de Meaux, quelques jeunes gens rédigèrent un manifeste qui se terminait par cet appel à l'insurrection : « Aux armes, fils de croisés, vive la liberté et vive la religion ! Vive le roi et vive le Christ ! Mort aux écorcheurs ! Tuez les républicains ! Aux armes ! Aux armes ! » Dans un petit séminaire [10]...

C'est sur un autre ton que s'amorçaient alors des pourparlers entre le gouvernement et le Saint-Siège, par l'intermédiaire de deux diplomates fort avisés, l'ambassadeur Desprez et le nonce Czacki. L'un et l'autre avaient en vue une transaction, qui était dans l'esprit du président de la République et du chef du gouvernement français, Grévy et Freycinet, sinon de Jules Ferry : on concentrerait les mesures de proscription sur les jésuites, en épargnant les autres congrégations, à condition qu'elles se soumettent aux prescriptions du 29 mars.

Léon XIII ne cachait pas sa perplexité : une telle conciliation lui semblait préférable à une guerre ouverte contre la République française. Il aurait confié à un cardinal français : « Les jésuites sont perdus. Tâchons de sauver les autres. » Il tenait à l'écart le nouveau « général » de la Compagnie, le R. P. Anderledy. Recevant à la fin de janvier 1880 le R. P. Monnot, provincial de Lyon, il lui suggéra (une fois encore plus « jésuite » qu'aucun d'entre eux) que les pères acceptassent de se « séculariser dans la foi extérieure » et devant la loi civile, pour se faire tolérer en tant qu'enseignants, mais en restant liés à leur supérieur par la foi intérieure... Des marranes, en somme... Le visiteur manifestant sa réserve, le souverain pontife insista : « Je comprends votre répugnance. Mais si on pouvait ainsi sauvegarder vos collèges... » Le R. P. Monnot fit observer que de telles habiletés seraient vaines, les documents et « catalogues » de la Compagnie étaient entre les mains du pouvoir. Léon XIII n'en conclut pas moins qu'il ne sacrifierait jamais la Compagnie, « *la figlia mia carissima* » (ma fille très chère) [11].

La tentative de transaction, avortée du côté du Vatican, fut à nouveau tentée par le chef du gouvernement, M. de Freycinet, auprès du R. P. du Lac, jésuite fort notoire, directeur de la célèbre école de la rue des Postes. Freycinet était un petit homme obstiné et subtil, fort ennemi des éclats ; protestant, il était peu porté à se faire persécuteur de catholiques. On appelait ce grignoteur de textes et de négociations « la souris grise ». Il déploya tous les artifices juridiques et financiers pour séduire du Lac, et l'amener à persuader ses confrères d'autodissoudre sereinement les établissements d'enseignement de la Compagnie en France : « Il faut vous effacer… Ce sera très court… Vous reviendrez vite [12]… » Du Lac resta sourd à ces avances peu crédibles, les jésuites n'étaient guère enclins à épargner au gouvernement, par un suicide obligeant, la rude épreuve de l'expulsion par la force.

Les décrets Ferry étaient datés du 29 mars. Trois mois plus tard, le 29 juin 1880, le ministre de l'Intérieur Lepère (ancien élève de la Compagnie) et son collègue Cazot, garde des Sceaux, mirent en place le dispositif d'intervention prévu pour le 30 juin au matin, qui mettait en branle non seulement les personnels de la police et de la justice, mais éventuellement aussi l'armée*. Les jésuites, chapitrés par leurs conseils juridiques, avaient arrêté leur ligne de conduite : n'opposer aucune résistance, céder à la force et en appeler aux tribunaux.

En guise de préface au récit des expulsions du 30 juin 1880, il faut citer une réflexion du préfet de police Andrieux, maître d'œuvre de l'opération dans la capitale : « … La perspective d'employer les commissaires de police et les gardiens de la paix pour ouvrir des chapelles et des cellules et pour en arracher des vieillards en prière, les actes de brutalité qu'allait m'imposer ma fonction m'inspiraient une répugnance qui devenait plus vive à mesure que l'exécution des décrets devenait plus proche [13]… »

Le récit qu'on va lire du « crochetage » des instituts jésuites a été écrit à partir de celui que rédigea peu après le R. P. de Rochemonteix** qui en fut le témoin indigné. Le ton n'est donc pas neutre : mais il ne s'agit pas d'une opération innocente.

Le préfet de police avait pris soin de faire notifier aux jésuites, dès la première heure du jour, l'arrêté d'exécution des décrets, espérant ainsi prévenir la manifestation préparée en vue de soutenir les expulsés. Peu après quatre heures, se présenta devant la résidence de la rue de Sèvres un certain Clément, commissaire aux délégations judiciaires, en redingote noire, « pâle, soucieux, osant à peine jeter un regard sur les témoins qui l'entouraient,

* Qui intervint en effet dans diverses localités, comme à Quimper.

** Biographe du R. P. Caussin, confesseur de Louis XIII (cf. tome I, chapitre XI).

comme honteux du métier qu'on lui faisait faire ». Et, de fait, la foule commençait à s'attrouper, en dépit de l'heure. Prévenu de ce qui se passait, le préfet de police Andrieux accourut. Comme il sortait d'une soirée, il portait encore l'habit et des gants gris perle qui devaient exciter depuis lors la verve des commentateurs : « le bourreau parfumé… ».

Devant la porte se dressent le R. P. Pitot, supérieur de la résidence, le sénateur monarchiste Chesnelong et le baron de Ravignan, neveu de l'illustre prédicateur jésuite qui, entouré d'une dizaine de journalistes, jette à Andrieux et Clément : « Nous connaissons vos décrets, mais nous ne saurions nous y conformer, en vertu des droits de propriété et de l'humanité. Je proteste contre la violation du domicile de citoyens paisibles et honnêtes et, au nom de l'humanité, contre cette expulsion, à quatre heures du matin, de vieillards de quatre-vingts ans… »

Le commissaire Clément demande par trois fois que soient ouvertes les portes de la résidence. En vain. Il appelle alors les crocheteurs : les rossignols opèrent, les coups de maillet redoublent, la porte cède, et le commissaire, suivi de ses agents, pénètre dans l'immeuble après avoir fait expulser tous les témoins et notamment les journalistes et les amis des religieux. Mais à l'intérieur, sur les marches de l'escalier, se tiennent plusieurs parlementaires. Les pères se sont barricadés dans leurs cellules.

Le sénateur Chesnelong essaie de barrer la route aux policiers, clamant : « C'est de la tyrannie ! » Peine perdue : Clément et ses agents parcourent les couloirs, somment les pères jésuites de sortir, ce qu'ils ne font que contraints et forcés, après, chaque fois, que la porte eut été crochetée, et l'un après l'autre flanqué d'un notable monarchiste – MM. de Kermenguy, de Kerdrel, du Bodran. Le dernier religieux expulsé est un vieillard asthmatique, le R. P. Hus, qui depuis des mois ne quitte plus sa cellule. On crochète sa porte. Il refuse de faire un geste : « Je suis impotent ; mon lit est là, je n'ai pu m'y coucher depuis de longs mois, il m'est impossible de marcher. C'est dans les établissements de Cayenne que j'ai contracté, au service de la France, toutes mes douleurs… Je ne sortirai que traîné par la police… » Ce qui est fait.

> « Les Pères sortent un à un, au bras d'un député ou d'un sénateur. Chaque fois qu'il en paraît un à la porte du couvent, la

> foule massée dans la rue et sur le square crie à tue-tête : Vivent les Jésuites ! Vive la liberté ! A bas la canaille ! A bas les décrets !… Un manifestant dit à l'un des agents : "Les jésuites sont plus faciles à arrêter que les communards* [14] !" »

Commentaire du préfet de police Andrieux :

> « Spectacle douloureux et humiliant pour ceux qui avaient la responsabilité de l'exécution. Il fallait pousser à la rue des prêtres sans défense. Leur attitude de prière, leurs physionomies méditatives et résignées, et jusqu'à la bénédiction donnée en sortant aux fidèles agenouillés, contrastaient péniblement avec l'emploi de la force publique. Il n'était pas nécessaire d'avoir la foi catholique pour éprouver l'impression que je décris ; et, quelles que fussent leurs croyances particulières, ce n'était pas pour de pareilles besognes que tant de vieux soldats avaient revêtu l'uniforme des gardiens de la paix [15]. »

Le 30 juin 1880, qui ne fut pas une journée beaucoup plus honorable pour la république que celle du 16 juin 1828** l'avait été pour la monarchie, servit de préface à nombre de scènes du même genre, d'Angers à Clermont et de Quimper à Paray-le-Monial – où l'armée dut prêter main-forte aux policiers. Et, chaque fois que les plaintes formulées par la Compagnie furent considérées comme recevables par les tribunaux ordinaires, il se trouva une juridiction administrative pour les rejeter.

Trois mois plus tard, Jules Ferry, qui a remplacé Freycinet à la tête du gouvernement, peut « mettre la main au collet des religieux ». La poigne du pouvoir ne s'abat plus seulement sur les jésuites, quoi qu'il ait dit l'année précédente : carmes, récollets, barnabites, prémontrés sont tour à tour contraints à déguerpir. La plus choquante de ces opérations se déroule au monastère provençal de Saint-Michel-de-Frigolet où un général, assisté du préfet Poubelle, déploie trois régiments d'infanterie, de cavalerie et d'artillerie pour obtenir, après quatre jours de siège, la reddition de trente-sept moines…

En fait, seuls les jésuites se verront traités avec toute la

* Lesquels viennent d'être amnistiés.

** Décret d'exclusion des jésuites de l'enseignement par le roi Charles X.

rigueur de la nouvelle loi : il suffit que l'un d'eux ait tenté de poursuivre son enseignement ou toute autre mission dans un établissement sécularisé ou laïcisé pour que cet institut soit fermé par l'autorité publique. Les autres congrégations, passées les brutalités de l'automne 1880, ne verront pas longtemps leur activité entravée. La violence des procédures cache mal le malaise du pouvoir : la plupart des congrégations n'attendent pas la chute du gouvernement Ferry (1884) pour reprendre sous diverses formes leur enseignement.

Aussi bien, l'ensemble de l'opération, qui eut surtout pour effet d'aggraver les rapports entre les catholiques modérés et la République, fut loin de recueillir l'approbation du courant anticlérical le plus déterminé, qui couvrit de sarcasmes le stratège Jules Ferry.

En 1881 paraissait à Paris, chez l'éditeur Perrinet, sous le titre d'*Histoire tintamarresque des jésuites*, une brochure signée d'un certain Fernand Delisle. L'auteur de ce pamphlet dénonçait la Compagnie et ses intrigues, mais aussi le « trompe-l'œil » de l'article 7 « qui fait la joie des jésuitières » où « les madrés fils de Loyola qui font semblant de pleurer d'un œil rient franchement de l'autre », sachant « imiter les repris de justice qui changent de costume pour dépister la police » et bien décidés à « remonter en chaire déguisés en prêtres séculiers ». Selon M. Delisle, le ministre aurait conclu à l'adresse des exécuteurs des décrets : « Surtout, ne bousculez pas trop les bons pères. N'oubliez pas qu'ils ne sont ni de misérables mineurs, ni de pauvres ouvriers… »

N'en déplaise à Fernand Delisle, l'opération du 30 juin 1880 porta un coup grave et prolongé à la branche française de la Compagnie de Jésus. Non seulement parce qu'elle la privait d'un mode d'action primordial, l'enseignement des cadres dirigeants de ce qui est alors, dix ans après un désastre militaire que compense déjà un intense effort de redressement, le plus important des pays catholiques, celui où se joue plus qu'ailleurs l'avenir de la religion romaine et que Léon XIII appelle « la colonne de l'Église ». Mais aussi parce qu'elle a démontré que la sympathie du souverain pontife n'était pas assurée sans réserve à la Compagnie. Enfin parce qu'elle marginalise les pères par rapport à la bataille décisive que livre alors le catholicisme français, tout au long du « règne » de Ferry (1880-1885).

Les chefs du parti légitimiste que nous avons vus rassemblés à l'aube du 30 juin autour des pères expulsés de la maison de la rue de Sèvres devaient qualifier ces mois-là d'« année terrible ». En fait, ils entraient dans une ère funeste – celle où se combinèrent l'exclusion des jésuites, les morts presque simultanées, en 1883, du prétendant Chambord, leur chef, et de Louis Veuillot, le vieux leader de l'intégrisme, la multiplication des signes de reconnaissance de la République par la papauté, et une législation laïque qui visait aussi bien l'enseignement primaire et celui des filles que la législation du divorce.

Des lois Ferry des années 1880-1885 datent non seulement la laïcisation de l'enseignement, mais celle de l'État. Près de vingt ans avant la séparation légalisée par les radicaux, le pontife de l'anticléricalisme républicain opère le découplage fondamental entre le politique et le religieux, entre César et Dieu. Alors que Luther et Calvin, détachant l'homme de la cléricature, avaient laissé le prince et le clerc régenter la science, Ferry et les siens détachent le domaine d'en bas du domaine d'en haut. On est « entre soi ». Dieu est-il mort ? Il est exclu en tout cas du débat public. Commentant la nouvelle législation, *Le Temps* écrit : « La direction de l'âme traditionnelle de la France va changer de mains [16]. » Mais s'agit-il seulement de « direction », et de « mains » ?

Cette législation où Charles Péguy, chrétien anticlérical, a voulu voir l'acte de naissance des temps nouveaux, comporte quatre dispositions assez fondamentales pour modifier en effet l'« âme » de la France. La première (1880) a trait à l'enseignement des filles, jusqu'alors réservé, dans les classes moyennes ou privilégiées, aux congrégations – ce qui faisait dire à Jules Ferry : « l'Église veut retenir la femme. C'est pourquoi la démocratie la lui enlève... » La seconde fait de l'enseignement une obligation. La troisième en proclame la gratuité*. La quatrième exclut l'enseignement de la religion des établissements publics – sans expulser des écoles primaires les trois mille frères des écoles chrétiennes et les quinze mille religieuses qui y assument de larges responsabilités : ce qui donne un caractère problématique, ou partiel, à cette réglementation.

* Dénoncée par les cléricaux, après avoir été revendiquée comme une gloire de la Compagnie au XVIe siècle...

Sauf en ce qui concerne les jésuites, l'ensemble de cette législation sera appliquée avec plus de réalisme qu'on ne l'a souvent soutenu. Et la plupart des quelque six mille congréganistes visés par les textes de 1880 auront, à partir de 1885, retrouvé des fonctions analogues.

Les jésuites, eux, sont bel et bien contraints à la reconversion, à l'exil ou à un semi-silence : *Études* cesse de paraître en 1880 (pour ressusciter d'ailleurs en 1888). Se reconvertir à d'autres tâches qu'enseigner n'est pas, pour la Compagnie, déchoir ou s'égarer. Les collèges ne sont pas sa raison d'être. Missionnaire à l'origine, la Compagnie est devenue polyvalente. Quand Fernand Delisle, le « bouffeur de curés » cité plus haut, parlait des « madrés fils de Loyola [qui] se rient des décrets Ferry », il fabulait. Mais il ne se trompait pas tout à fait. Écoutons un historien jésuite contemporain :

> « La persécution n'aura pas que des effets négatifs [...] La trop rapide expansion des collèges avait nui à la formation des jeunes. L'exil va donner une nouvelle vigueur aux études [...] Dans les scolasticats, des hommes préparent silencieusement une brillante carrière individuelle dans diverses disciplines [17]... »

De Grandmaison à Brémond, de Fontoynont à Valensin et à Teilhard de Chardin, c'est en effet une génération de la rénovation qui va se préparer dans ce climat d'exclusion, qui est comme une « khâgne ». Privés du droit d'enseigner, ils vont pouvoir s'instruire...

Reste qu'en tant que groupe de pression au sein de la société française, que protagoniste du débat public, la Société de Jésus est en 1880 brusquement déclassée. Et cela, au temps où se posent deux problèmes politiques majeurs, et qui la concernent, l'un au premier chef, l'autre dans la mesure où elle s'est instaurée depuis le XVIe siècle confesseur permanent de la nation : la tentative de ralliement de l'Église à la République et l'affaire Dreyfus.

Dans les deux cas, nous verrons se manifester les hommes de la Compagnie, son organisation, puissamment branchée sur les « élites » et les institutions, orientant les consciences et les votes. Mais, contrairement à la légende, la pénombre ne sied pas aux jésuites. La marginalité les déconcerte. Celle où les a jetés Jules Ferry émousse leur pointe, leur efficacité.

Le « Ralliement » fut l'une des grandes pensées du règne de Léon XIII, l'un des objectifs les plus constants de ce pape au regard neuf dont Gambetta avait saisi d'emblée qu'il pourrait être l'auteur du « mariage de raison » entre l'Église et l'État auquel Pie VII et Bonaparte avaient, au début du siècle, donné pour cadre un concordat désormais inadéquat. Entre l'État français dégagé de l'absolutisme, allégé de l'impérialisme, et inspiré d'une philosophie exclusive du christianisme, et l'Église romaine enfin libérée du pouvoir temporel mais ligotée par Pie IX dans un système de pensée médiéval, un nouveau type de rapport devait s'instaurer.

Léon XIII, royaliste en politique et conservateur en matière de théologie, s'était convaincu de trois choses : que l'avenir du catholicisme européen se jouait d'abord en France ; que le système monarchique y avait perdu sa légitimité, et ne disposait pas d'hommes capables de la réinventer ; qu'entre le christianisme et la République n'existait aucune incompatibilité fondamentale.

Pendant près de dix ans, le chef de l'Église catholique va déployer en direction de l'opinion catholique française des efforts admirables de pédagogie politique. La série d'encycliques qui va d'*Immortale Dei* (1885) à *Au milieu des sollicitudes* (1892) – significativement rédigée en français, geste tout à fait exceptionnel qui révèle bien l'objectif du texte – constitue un long plaidoyer pour la reconnaissance des institutions que se sont données en fin de compte les Français.

Le pape, qui a d'abord poussé en avant le plus volumineux et sonore des cardinaux français, Charles Lavigerie, archevêque d'Alger et primat d'Afrique, pour inciter le monarchisme catholique français à tenir compte des réalités (c'est le « toast » d'Alger de 1890), finit par mettre lui-même les points sur les « i », sous la forme alors presque scandaleuse d'une interview de presse : le 17 janvier 1892, *Le Petit Journal*, quotidien parisien, publie ces quelques mots fatidiques proférés par Léon XIII : « La République est une forme de gouvernement aussi légitime que les autres. »

Cette déclaration suscita la consternation qu'on imagine dans la grande majorité des milieux catholiques français. L'encyclique *Au milieu des sollicitudes* publiée trois jours plus tard nuançait légèrement la pensée de Léon XIII, qui opérait la distinction entre les « pouvoirs établis », qui doivent être respectés, et la « législation antichrétienne », qui doit être combattue « par tous les moyens honnêtes et légaux ». Il précisait que, si l'on ne peut retirer aux catholiques le droit de travailler en vue du retour de la monarchie, l'exercice de ce droit n'était pas recommandable, étant défavorable à la paix publique et contribuant à « faire passer la politique qui divise avant la religion qui unit… ».

Exiger des catholiques français qu'ils se réconcilient avec la République, c'est-à-dire avec la Révolution, assimilées à un « pouvoir venu de Dieu » – l'audace était extrême, vingt-cinq ans après le *Syllabus* et le concile qui les avaient déclarées anathèmes… C'était tout bonnement réconcilier l'Église avec la société moderne – l'hypothèse dénoncée comme impie par Pie IX en 1870… Dans son interview au *Petit Journal*, Léon XIII avait même précisé que, si aux États-Unis la liberté était le fondement des rapports entre le pouvoir et la conscience religieuse, il devrait en être de même en France. le modèle protestant proposé aux catholiques !

Le chef de l'Église ne pouvait contredire de façon plus flagrante ses deux prédécesseurs, et mettre en situation plus douloureuse, plus tragique même, tous ceux qui avaient participé aux croisades antilibérales de Grégoire XVI et de Pie IX – à commencer par les jésuites.

Ceux de Rome, moins directement concernés que les Français, eurent moins de peine à appliquer ici le *perinde ac cadaver*. Mais leurs confrères de Paris et plus encore de Lyon et de Toulouse, les Ramière et les Marquigny, qui avaient fait de « Henri V » une icône… Oserait-on écrire que certains d'entre eux bénirent en leur for intérieur Jules Ferry et ses « lois scélérates » qui les avaient réduits à un relatif mutisme, et ainsi allégé leurs responsabilités de directeurs de conscience publics ? Il est moins cruel de déchirer ses vêtements et de se couvrir la tête de cendres, comme il est dit dans l'Écriture, quand c'est dans la pénombre…

Mais *Études* reparaissait depuis quatre ans. Cette revue en quelque sorte officielle devait bien faire connaître le point de vue de la Compagnie sur la « scandaleuse » évolution du souverain pontife. A l'époque de sa reparution, *Études*, confiée à la direction d'un « père du Midi », le R. P. de Scorraille, avait salué avec enthousiasme les premières encycliques, bien que *Libertas* contînt des propositions frôlant le libéralisme :

> « Les papes précédents ne parlaient guère sans qu'une nécessité impérieuse les y contraignît [...] Leur but était de défendre la vérité catholique. Celui de Léon XIII est plutôt de l'exposer et de la faire resplendir de tout son éclat. Aussi n'attend-il pas qu'on le provoque à parler ; il choisit l'heure et le sujet de ses enseignements d'après la fin qu'il poursuit et le plan qu'il s'est tracé [18]... »

Mais quand, le 16 janvier 1892, Léon XIII, toujours dans le but de « faire resplendir de tout son éclat la vérité catholique », appelle les chrétiens à faire allégeance aux institutions républicaines, le directeur d'*Études* tempère son enthousiasme, jusqu'à prendre d'étranges licences avec les règles de la « sainte obéissance ». Un demi-siècle plus tard, l'un des meilleurs historiens jésuites, le R. P. Lecler, rendait ainsi compte de cette réaction, dans la même revue :

> « L'encyclique sur le *Ralliement* vint surprendre assez désagréablement le P. de Scorraille. De très vieille noblesse auvergnate, le directeur des *Études* n'avait aucune sympathie pour la République et le régime républicain. Il ne consacra tout d'abord à la lettre pontificale que quelques lignes trop brèves et un peu tendancieuses (mars 1892, p. 223). On lui fit comprendre en haut lieu que les temps étaient changés, depuis les manifestes du P. Ramière et du P. Marquigny... »

Mais ce n'est pas lui, Scorraille, c'est un autre jésuite, le R. P. Desjardins, professeur à l'université catholique de Toulouse, qui fut chargé de faire connaître aux catholiques français et aux membres de la Société de Jésus les nouvelles directives du souverain pontife, le ralliement d'*Études* (et de la Compagnie) au « Ralliement » de Léon XIII. Neuf mois plus tard, et de façon encore discrète [19]...

Il serait imprudent d'inférer, de la réaction du R. P. de Scorraille, que la Compagnie de Jésus, dans son ensemble français, combattit le ralliement. Nous savons à quel point la discipline dans ses rangs peut corriger les erreurs de discernement : disons simplement que la méfiance manifestée par les jésuites à l'endroit des idées « modernes » prit à partir de 1892 des formes moins voyantes qu'au temps du concile du Vatican, et que leur nom est moins lié à la dénonciation de l'anti-*Syllabus* qu'est *Au milieu des sollicitudes* qu'à l'acclamation du *Syllabus* vingt-huit ans plus tôt…

De la pénombre où la proscription de 1880 l'a jetée en France – nous verrons que sous d'autres climats, et notamment en Asie et en Afrique, ses activités se multiplient, et avec éclat –, la Compagnie va être tirée par les turbulences de l'affaire Dreyfus. On se gardera de prendre pour référence un numéro du *Crapouillot* qui, sous le titre « Les jésuites », reprend et orchestre les vieux griefs formulés depuis quatre siècles contre la Société. Mais il faut en citer quelques lignes, en tant que reflet d'une certaine opinion publique :

> « Vers 1890, ils ont en France la direction de conscience, non plus du roi […] mais de l'état-major, et c'est alors qu'éclate l'affaire Dreyfus […] La Justice et la Raison d'État se prennent aux cheveux. Les jésuites ne peuvent être que du côté de la Raison d'État [mais] le champ de bataille est mal choisi. Les jésuites trouvent en face d'eux une coalition, le monde juif et les francs-maçons font bloc dans une France où le socialisme gagne des points, ou l'anticléricalisme fleurit, où, surtout, l'antimilitarisme l'emporte. C'est jouer avec tous les atouts contre soi. Le R. P. du Lac a beau diriger Boisdeffre, chef d'état-major, Pellieux*, Henry**, les jésuites sont battus [20]… »

Il est peu de dire que ce résumé est tendancieux. Mais la légende a elle aussi droit de citation. Elle est constitutive, sinon d'une part de vérité, au moins d'une certaine recherche, et provoque d'utiles recoupements.

Essayons de prendre les choses sous un angle plus large, et d'un peu plus loin. Dans l'affaire du capitaine d'état-major arrêté en 1894 sur la foi d'un « bordereau » dont l'écriture ressemble plus ou moins à la sienne, hâtivement condamné par deux fois pour trahison sans que la défense ait pu prendre connaissance du dossier où figurait une pièce dont il suffisait de démontrer le caractère fallacieux pour anéantir l'accusation, et après même que le vrai coupable, le commandant Esterhazy,

* Adjoint du précédent.
** L'auteur du célèbre faux.

eut été démasqué, dans le déroulement de cette gigantesque erreur judiciaire préfabriquée à coup de forgeries et de faux témoignages impliquant plusieurs des grands corps de l'État et d'abord l'armée – la société catholique se fourvoya dans sa masse avec un entêtement fait à la fois d'antisémitisme et de militarisme.

Ni Clemenceau ni Zola, porte-parole fameux du dreyfusisme, ne sont en la matière des docteurs de la loi. Mais leurs imprécations proférées au cœur de la mêlée (1898) ont bien de la force, et quelques fondements.

Clemenceau :

> « Chassée des administrations par la révolution laïque, expulsée du prétoire […] n'ayant jamais compté pour son triomphe que sur la puissance de l'épée, [l'Église] a mis, depuis la Révolution, toute sa confiance en l'armée. »

Zola :

> « Les églises restaient désertes, le peuple ne croyait plus. Et voilà que les circonstances ont permis de souffler au peuple la rage antisémite. On l'empoisonne de ce fanatisme […] Quel triomphe si l'on pouvait déchaîner une guerre religieuse ! On persécute aujourd'hui les juifs, ce sera demain le tour des protestants… »

Il est de fait qu'au scandale innommable, le clergé a pris une part active. Le principal organe de presse catholique, *La Croix*, dirigé par le fameux abbé Bailly et rédigé par une équipe de religieux assomptionnistes, multiplie les provocations et se vante d'être « le journal le plus antisémite de France ». Est-il de leurs lecteurs, cet abbé Gros qui demande « une descente de lit en peau de youpin pour la piétiner matin et soir » ? Sont-ils ses abonnés, les trois cents ecclésiastiques qui cotisent pour le monument élevé à la mémoire du colonel Henry, cet officier qui s'est suicidé après avoir été convaincu d'être l'auteur du faux fabriqué pour obtenir la condamnation d'Alfred Dreyfus ?

Exceptions ? Dans la sauvagerie et la cruauté, oui. Mais dans l'esprit ? Un grand prédicateur comme le père Didon, dominicain, en appelle à l'armée pour qu'elle déploie *plus* fermement son « énergie bienfaisante et sainte ». L'archevêque de Toulouse, Mgr Mathieu, tonne en chaire contre « les tentatives de réhabilitation d'un traître [et] les efforts pour charger un innocent » (lequel « innocent », Esterhazy, n'ose même plus, alors, plaider non coupable...).

Jean-Denis Bredin est alors fondé à écrire que la presse catholique (la « bonne presse » !), imprégnant une province pieuse et appauvrie, conservatrice et xénophobe, et relativement peu informée sur « l'Affaire », fut en définitive plus importante, comme véhicule d'antisémitisme et de militarisme, que les brutales explosions de la presse « intellectuelle » parisienne [21].

Les ignominies ne cesseront même pas quand Léon XIII aura fait connaître sa désapprobation, d'ailleurs tardive, si l'on tient compte d'une démarche faite auprès de lui par l'épouse du condamné, en 1897, et qui serait restée sans réponse [22]. Mais le souverain pontife sortira de cette réserve avec un éclat tout particulier dans une interview accordée le 13 mars 1899 au *Figaro** : « Notre religion a déjà consacré la juste cause de plusieurs millions de martyrs [...] Heureuse la victime que Dieu reconnaît assez juste pour assimiler sa cause à celle de son propre Fils sacrifié [23]. » On imagine la stupéfaction des abbés Gros et Bailly, du père Didon ou de Mgr Mathieu en constatant que, sous le regard du chef de l'Église catholique, le « traître de l'île du Diable » était semblable au Christ...

Mais les jésuites ? Nous les avons vus, aux origines, et grâce aux incitations du fondateur, à contre-courant de l'antisémitisme médiéval – puis, un demi-siècle plus tard, ramenés aux errements communs sous l'influence des clergés ibériques. En cette fin du XIXe siècle, il faut encore une dispense à un catholique d'origine juive pour entrer dans la Compagnie (comme dans les autres ordres) – ce dont, après Alphonse Ratisbonne, s'apercevront les frères Valensin, compagnons et amis de Teilhard. Au moment où éclate « l'Affaire », la Société de Jésus participe banalement à la renaissance de l'antisémitisme chrétien.

En janvier 1898, alors que l'affaire Dreyfus, amplifiée par les péripéties du procès Zola, prend une dimension européenne, la *Civiltà Cattolica* romaine, principal organe de la Compagnie, publie un article dénonçant le « syndicat » constitué par les juifs et les francs-maçons financés par l'Allemagne,

* Organe de sympathies dreyfusardes.

et assurant même que « s'il y a erreur judiciaire, c'est l'Assemblée de 1791 qui l'a commise en accordant la nationalité française aux juifs[24]... ». Le ton est donné. Il est vrai que les ignominies de ce genre sont plus rares chez les jésuites que chez les assomptionnistes ou les dominicains d'alors. Mais c'est sur un autre plan que la Compagnie va devenir un « personnage du drame ».

Le R. P. Stanislas du Lac était l'une des personnalités les plus en vue de la Société de Jésus. Il avait été longtemps directeur de l'école Sainte-Geneviève de la rue des Postes, pépinière de lauréats des grandes écoles telles que Polytechnique, Saint-Cyr et Centrale. Après les décrets de Ferry de 1880, ses supérieurs l'avaient chargé de prendre à Canterbury la direction d'un « collège d'exil », St. Mary's. Rentré en France en 1890, il prêchait et « dirigeait » de célèbres pénitents comme Albert de Mun et le général de Boisdeffre, chef d'état-major de l'armée.

C'est à ce dernier titre qu'il se trouva impliqué dans la grande rumeur suscitée par les procès Dreyfus. Dans un si prodigieux feuilleton, comment ne pas découvrir la soutane d'un jésuite ? Il se trouve que celui-là avait beaucoup de relations dans les milieux les plus divers, de l'entregent, du charme même. Mais il semble avoir été peu doué pour l'intrigue, mal armé pour le mystère, et plus enclin à la sociabilité qu'à la dissimulation. Témoin l'histoire que rapporte Adrien Dansette, sur un ton qui fait paraître où vont ses sympathies :

> « ... Ce supermachiavel d'une compagnie qui ne comprend que des Machiavels a [...] l'idée, pour mettre les choses au point, de s'expliquer avec Joseph Reinach*. Les deux hommes ont une conversation de quatre heures chez une dame Dreyfus-Gonzalès qu'ils connaissent l'un et l'autre. Le père du Lac s'exprime comme s'il avait devant lui non pas un ennemi aux aguets, mais une âme inquiète en quête de certitude ; il parle avec abandon, avec tant d'abandon qu'il révèle incidemment ses relations quotidiennes avec le général de Boisdeffre. Reinach écoute et prend note ; il définira l'innocent religieux "un bavard un peu sot grisé par le bruit bouillonnant de toutes les intrigues[25]". »

* Qui sera l'un des premiers historiens, ardemment dreyfusard, de « l'Affaire ».

Sans craindre la contradiction entre ce jugement et le rôle qu'il assigne à du Lac, Joseph Reinach fera de ce « bavard un peu sot » (moins sot à coup sûr que bavard...) un autre abbé Rodin, le ténébreux et formidable héros du *Juif errant* d'Eugène Sue, précisant que les mots d'ordre de l'intrigue cléricale et antidreyfusiste viennent « de la cellule du père du Lac, si simple, un crucifix sur le mur et, sur la table de travail, toujours ouvert et annoté, l'annuaire de l'armée ».

Parler, à propos de Stanislas du Lac*, d'« innocent religieux » paraît aussi excessif que d'en faire l'abbé Rodin de l'antidreyfusisme. Dans le climat imprégnant alors les milieux qu'il fréquentait, religieux, militaires, mondains, l'« innocence » ne prévalait guère. Le plaidoyer de Dansette a le mérite de tempérer le réquisitoire d'un Reinach saisi par la passion qui animait alors les plus paisibles des hommes. Mais il pousse trop loin le déni, et exagère l'importance de chiffres qu'il présente comme preuves décisives de l'« innocence » du R. P. du Lac : « En 1889, sur 140 officiers d'état-major, 9 à 10 seulement sont des anciens élèves des pères, et il ne s'en trouve aucun dans l'état-major particulier de Boisdeffre. » Indication intéressante, mais qui est loin de « trancher le débat [26] », comme le voudrait Dansette. Le rôle des « jésuitières », dont les militants dreyfusards croient sortis les maîtres de l'état-major, n'est pas pour autant élucidé.

Pour sa part, le frère de l'accusé, Mathieu Dreyfus, écrit, avec une passion légitime mais aveuglante :

* Le R. P. Stanislas du Lac a publié en 1901, sous le titre *Jésuites* (déjà...) un livre où il n'est fait aucune référence à l'affaire Dreyfus (qui était pourtant en cours...), mais où il consacre un intéressant chapitre à « la doctrine politique de la Compagnie de Jésus ».
La thèse du confesseur du général de Boisdeffre est que la Société n'a aucune raison d'être hostile à la République (il écrit avant les lois Waldeck-Rousseau et Émile Combes) qui lui a permis d'ouvrir plus de collèges (23) que l'Empire (3) et lui a été « plus propice ».
Mais ce n'est pas le bonapartisme des pères qui éveillait la méfiance de beaucoup de républicains, c'était leur légitimisme monarchique dont témoigne éloquemment, à cette époque, la revue pilote de la Compagnie, *Études* (cf. p. 200). Sur ce point, le père du Lac est plus discret, non sans revendiquer le droit pour les historiens jésuites de dénoncer « l'assassinat légal de Louis XVI par la Convention » comme beaucoup de républicains le font de l'holocauste des Girondins, ou de défendre le droit à l'insurrection de la Vendée comme leurs collègues laïques le soulèvement des protestants cévenols contre Louis XIV (p. 209-216).

« Qu'on cherche quels sont les fanatiques seuls capables d'user de pareils moyens et d'y réussir, et on trouvera toujours et partout le jésuite. Lui seul est capable de luttes pareilles, sans espoir dirait-on. Lui seul va jusqu'au bout, comptant sur la lassitude et sur la peur. Lui seul est en état d'user de pareils moyens car lui seul estime que pour arriver à un but tous les moyens sont légitimes et bons [...] Les jésuites ont étendu sur la France militaire un immense et redoutable réseau en créant 96 cercles militaires [27] ! »

L'affaire Dreyfus a probablement moins « radicalisé » la politique de la France qu'on l'a longtemps écrit. Il est permis de trouver excessive la thèse de Léon Blum, selon lequel chacun se retrouva, après la bourrasque, inchangé. Mais il faut bien constater que les élections de 1893, un an avant la condamnation du capitaine, avaient déjà fléché l'évolution vers la gauche, de l'« opportunisme » au radicalisme. La grande crise de 1894-1906 dramatise une transition qui s'opérait en ce sens. Et l'armée, si malmenée qu'elle eût été, par sa faute, se retrouva debout, dopée par les urgences et les menaces de guerre.

Il est pourtant un domaine dans lequel « l'Affaire » joua un rôle bouleversant : les rapports entre les religions et la politique. Le judaïsme y découvrit une alternative à l'assimilation, celle de l'État national* ; le protestantisme s'y affirma comme une source irremplaçable de la conscience civique ; quant au catholicisme, il y fracassa les quelques chances de réconciliation entre l'Église et l'État que lui avait hardiment ménagée Léon XIII.

A la fin du siècle, la grande opération conduite par le chef de l'Église catholique semblait en train de venir à bout de l'immobilisme du clergé français, dont le nonce Ferrata, rentrant à Rome à la fin de sa mission, dénonçait l'« intransigeance fanatique ». Un religieux peu favorable à cette évolution, Dom Besse, estimait que « le ralliement l'emportait [...] Ce fut l'âge d'or. Les relations de la République et du Saint-Siège étaient empreintes d'une étroite cordialité [28] ».

Mais aux derniers temps de l'affaire Dreyfus, c'est-à-dire au tournant du siècle, on verra un modéré comme Jonnart, indigné par les lenteurs et détours de la justice où il décèle l'influence

* C'est en assistant à la dégradation publique de Dreyfus, en janvier 1895, que Théodore Herzl, type de l'assimilé, prit conscience de la nécessité de fonder un « État juif ».

de l'« internationale noire », dénoncer « l'odieuse doctrine flétrie par les *Provinciales* » et l'action des « congrégations non autorisées, puissantes et riches [29] ». Et voilà les jésuites repris au collet et remis au pilori, alors qu'ils n'ont été que des acteurs épisodiques de la tragédie, et qu'on les a vus, dans le numéro d'*Études* de 1892 déjà cité, résignés à suivre les directives de Rome.

Faut-il porter cette correction de tir au crédit du « discernement » de la Compagnie ? Les pères avaient-ils compris que, selon la prédiction d'Anatole Leroy-Beaulieu, « on commence par un juif, on finit par un jésuite... » ?

Attribuons plutôt ce « ralliement au Ralliement » à l'application de la règle d'obéissance. L'ordre papiste par excellence ne pouvait se tenir très longtemps à l'écart du mouvement impulsé par Léon XIII. Le R. P. de Scorraille avait pu faire la sourde oreille pendant quelques mois. Mais les mécanismes disciplinaires passaient, du Saint-Siège au Borgo Santo Spirito et à la *Civiltà Cattolica*, jusqu'aux instances parisiennes et provinciales. Le R. P. Ramière était mort à Toulouse en 1884, un an après « Henri V ». A l'orée du siècle, la Compagnie se rallie donc, *perinde ac cadaver*. Trop tard. Ou en vain ? Car c'est l'Église tout entière qui, dans cette honteuse occurrence, a perdu sa bataille sur le plan moral aussi bien que politique.

L'affaire Dreyfus, comme la nuée porte l'orage, a couvé le « combisme », que René Rémond appelle l'« anticléricalisme d'État », plus rigoureux, plus sectaire et surtout moins justifiable que l'anticléricalisme d'identité qu'avaient mis en œuvre les « opportunistes », luttant (dans un style de gendarmes) pour dégager la République naissante de l'emprise combinée du monarchisme et du cléricalisme.

Dans l'esprit de Gambetta et de Ferry, il s'agissait pour eux de consolider, de « définir » même un régime contesté jusqu'en 1883. Combes et Clemenceau, eux, prétendent sceller le tombeau du catholicisme, d'ores et déjà exclu du pouvoir et peut-être en voie de soumission à l'ordre républicain. Passant de la laïcisation au laïcisme, ils vont pratiquer un cléricalisme inversé.

La République a gracié l'armée, responsable de la terrible machination de 1894-1898, parce qu'on a besoin d'elle pour faire face aux menaces et aux sommations que multiplie l'empereur Guillaume et qui culminent à Tanger en 1905 ; mais elle s'acharne sur le clergé régulier. Il est vrai que les assomptionnistes qui ont fait de *La Croix* une feuille antisémite appelaient sur eux un châtiment qui prend la forme de la dissolution, prononcée en 1900. Mais les autres congrégations vont subir à leur tour les foudres du pouvoir.

La seconde guerre des congrégations débute sous le ministère de Waldeck-Rousseau, vingt ans après la première, par le vote de la loi du 1er juillet 1901. Ce texte ne comporte pas seulement la très populaire et libérale réglementation permettant de constituer toute association dont l'objet n'est pas contraire à la Constitution et aux bonnes mœurs : il soumet aussi les congrégations au contrôle de l'État, qui dispose d'un pouvoir discrétionnaire pour les autoriser* en fonction de leur « utilité » et peut les dissoudre par décret. C'est une guillotine – qui fera bientôt horreur à son inventeur, le juriste Waldeck-Rousseau.

Léon XIII, qui n'a pas de mal à discerner la menace, fait connaître son inquiétude au président du Conseil – dont l'objectif n'était pas de dissoudre ou expulser les congrégations, mais de les soumettre à la juridiction des évêques concordataires en obtenant d'elles l'abandon de l'« exemption canonique » qui les situait dans l'obédience romaine. Le pape n'était peut-être pas hostile, en son for intérieur, à la recherche d'une formule en ce sens. Mais, sachant qu'il ne pourrait pas convaincre les congréganistes de s'en accommoder – notamment les jésuites –, il prit le parti de s'y opposer, le faisant savoir par une lettre du cardinal Gotti aux évêques de France, en date du 10 juillet 1901.

Ainsi, cent quarante ans plus tôt, Louis XV, conseillé par l'ami des jésuites qu'était le président de Lamoignon, et pour éviter la proscription de l'ordre par le Parlement, avait-il suggéré le même type de solution, la « gallicanisation » relative de la Compagnie qui eût assuré l'autonomie de sa branche française par rapport à Rome. On n'a pas oublié la réponse péremptoire du pape Clément XIII, refusant que l'on changeât une virgule aux *Constitutions* de 1540 : « *Sint ut sunt, aut non sint !* » (Qu'elles soient comme elles sont, ou qu'elles ne soient plus** !)

Si différent qu'il fût du roi dit « le Bien-Aimé », l'austère Waldeck prenait ainsi les mêmes chemins. Et si antithétique

* La demande d'autorisation doit être faite dans les deux mois.

** Voir tome I, chapitre XIV.

que fût le pape Léon par rapport au pape Clément, on aboutit à la même impasse. Les jésuites français ne seraient décidément pas sauvés par la francisation, ou le francocentrisme : ils se disperseraient* plutôt que de solliciter une autorisation qu'ils savaient d'avance exclue.

Le 1er octobre, date limite pour la formulation des demandes, les principaux responsables de la Compagnie en France faisaient connaître par voie de presse leur décision :

> « Pour nous, entre le gouvernement qui persiste à mettre comme condition préalable à l'autorisation l'abandon par les congrégations de l'exemption canonique, et le Saint-Siège, qui déclare** ne pas permettre qu'on méconnaisse ou amoindrisse l'exercice direct et immédiat de son autorité suprême sur les Ordres et Instituts religieux, nous avouons, avec tous les religieux qui ont pris le chemin de l'exil ou se sont dispersés, ne pas trouver de formule de conciliation. »
>
> *Paris, 1er octobre 1901.*
>
> Signé :
>
> R. de Scorraille, s.j., provincial de Toulouse ;
> L. Peultier, s.j., provincial de Champagne ;
> M.-J. Labrosse, s.j., provincial de Paris ;
> M. Bouillon, s.j., provincial de Lyon.

A la différence de celle de 1880, dont on a évoqué les péripéties dramatiques, cette dispersion fut spontanée et discrète. A la date du 3 octobre, les commissaires de police vinrent perquisitionner dans les locaux des diverses congrégations « réputées dissoutes de plein droit » pour constater qu'aucun religieux n'y résidait plus – toute contravention pouvant entraîner des peines de prison.

Certains pères jésuites choisirent d'emblée de s'exiler, pour rester groupés ou continuer d'enseigner – ce qu'ils firent en Angleterre, en Belgique ou en Italie. Les autres choisirent de se disperser en vue d'exercer une des formes diverses du

* Plusieurs autres congrégations préférèrent elles aussi se disperser, notamment les bénédictins, les cisterciens, les carmes et les chartreux (sauf ceux de la Grande-Chartreuse). D'autre part, le gouvernement exempta cinq congrégations d'hommes de la proscription générale : celle de Saint-Jean de Dieu, les cisterciens de Lérins, les trappistes, les Missions africaines de Lyon et les Pères Blancs d'Alger.

** Par la lettre du cardinal Gotti dont il a été question plus haut.

sacerdoce. On estime que neuf cents membres de la Compagnie restèrent en France après la mise en application de la loi de 1901, dont six cents prêtres – environ le tiers des effectifs de la branche française de la Société à cette date.

Sur ce que fut la vie des pères dans les premiers temps, on cite volontiers cette lettre du provincial de Toulouse à ses supérieurs romains :

> « Avant le terme du délai légal, toutes nos maisons avaient été abandonnées et le mobilier transporté au-dehors. Je n'ai envoyé aucun des Nôtres chercher un refuge dans sa famille ; aucun d'ailleurs ne l'a demandé ; personne aussi dans les familles étrangères, malgré les nombreuses demandes de précepteurs qui m'ont été faites ; personne dans les couvents, personne dans les paroisses… Tous nos pères et frères sont donc prêtés gratuitement, d'autres fois loués. Pour les repas, on se réunit en général six ou sept ensemble. Jusqu'ici nous n'avons nullement été inquiétés… » (30 octobre 1901).

Deux mois plus tard, le provincial de Paris écrit de son côté : « La nombreuse communauté de Sèvres est divisée en 25 groupes, généralement composés de deux pères et un frère. Les pères sont tous occupés et continuent œuvres et ministères comme auparavant… »

S'agissant des collèges, noviciats et scolasticats, le précédent de 1880 contribua à faciliter les solutions : les maisons de refuge alors créées à l'étranger allaient permettre d'accueillir de nombreux jeunes gens ; les unes n'avaient pas cessé leur activité, les autres étaient demeurées vacantes depuis le retour de leurs hôtes en France. L'ancien collège de Cantorbéry avait été mis en vente, puis loué à une communauté de religieuses anglaises ; il se trouva à point disponible pour abriter quatre-vingt-six étudiants en théologie de Paris et de Lyon, réunis deux ans plus tôt à Fourvière. A la fin de 1905, la province de Lyon acquit à Hastings le parc d'Ore Place où fut construit un scolasticat : des centaines de jeunes gens (dont Pierre Teilhard de Chardin) y reçurent leur enseignement théologique.

Les provinces de Champagne et de Toulouse n'eurent point à chercher de nouvelle installation : leurs étudiants les plus avancés étaient réunis depuis plusieurs années à Enghien en Belgique, ou au Kasteel de Gemert, dans le Limbourg hollandais, tandis que ceux de Paris et de Lyon poursuivaient leurs études à Saint-Louis, l'ancien Imperial Hotel de Jersey. Mais le gouvernement de l'île s'émut de cette « invasion » : Jersey fut à son tour dotée d'une loi aux termes de laquelle les congrégations établies sur le territoire pouvaient y demeurer, mais sans acquérir de nouvelles possessions ; aucune autre désormais n'y serait admise.

Et les collèges, les fameux collèges ? L'article 14 de la loi du 1er juillet 1901 interdisant l'enseignement, de quelque degré que ce soit, aux membres des congrégations non autorisées, les jésuites décidèrent de remettre leurs collèges aux mains de *sociétés civiles propriétaires*. Certains de ces établissements avaient d'ailleurs déjà des directeurs laïques ou séculiers et un corps enseignant plus ou moins étranger à la Compagnie. Le R. P. de Scorraille décrit en ces termes les nouvelles pratiques qui s'instaurèrent dans les maisons de la province de Toulouse :

> « Les maîtres improvisés font de leur mieux ; mais certains indices font craindre déjà qu'ils aient beaucoup de peine à conserver l'ordre et le bon esprit. Nous nous maintenons en dehors du collège et de la direction ; ils nous y maintiennent, eux aussi, non par malveillance, mais par crainte des mesures gouvernementales. J'aurais voulu laisser aux Nôtres la direction spirituelle et les confessions ; on ne l'a pas cru prudent… » (30 octobre 1901).

Autant de cas, autant de solutions. Autant de jésuites, autant de comportements. Tel collège parisien s'exile en Belgique. Tel père s'efforce de poursuivre son enseignement sous forme de cours particuliers ; la cour d'appel de Montpellier condamnera le R. P. de Jonquières pour avoir, au lycée de Marseille, « fait acte d'enseignement ». Il groupait quelques anciens élèves, chez lui, en tant que répétiteur. Et tel groupe de pères, maintenant des contacts étroits (notamment à Paris autour du R. P. de Broglie), sont poursuivis pour reconstitution clandestine d'association non autorisée.

L'exercice des fonctions sacerdotales – dire la messe, administrer les sacrements – n'entraîne pas de poursuites, en principe. Le prêche en chaire conduit parfois un père devant les tribunaux, mais il est presque toujours relaxé – au moins pendant la première année d'application de la loi sur les autorisations.

En 1902, en effet, les élections envoient au Parlement une

majorité dominée par le Bloc des gauches, qui propulse à la tête du gouvernement Émile Combes, sénateur radical charentais. Cet ancien séminariste, qui tient d'un oncle curé une bonne connaissance du clergé et a présenté jadis une thèse de théologie sur « Abélard et saint Bernard », nourrit à l'égard de l'enseignement religieux et du catholicisme en général une aversion où l'on ne peut manquer de trouver des origines autobiographiques, et qui l'a conduit à un étrange cléricalisme anticlérical, qui le fait osciller, sous la pression de l'électorat ou des Assemblées, de l'athéisme radical à un spiritualisme vaguement théocratique et gardien de la morale – le tout animant un combat méthodique et obsessionnel contre les trois ennemis : les congrégations, l'enseignement confessionnel et le concordat.

Des convictions, en avait-il vraiment ? Oui, mais indécises. Dansette rapporte ce propos tenu à la tribune de la Chambre peu de temps après son accession au pouvoir : « … Je regarde les idées religieuses comme les forces morales les plus puissantes de l'humanité. » Stupéfaction sur les bancs radicaux ; on le somme de se rétracter. Il remonte à la tribune pour affirmer que « la morale est d'autant plus solide qu'elle est indépendante de tout dogme… ». Il avouera à l'un de ses biographes que ce sont « les énergumènes de l'extrême gauche » qui l'ont forcé à se dédire…

« Son anticléricalisme, écrit Madeleine Rébérioux, s'inspire moins du souci de sauvegarder l'indépendance de l'État que d'un mépris inquiet pour la vie vaine des couvents [30]. » (Où l'on retrouve quelques obsessions de Michelet.) Est-ce l'origine médiocre de cette idéologie corrective qui donne à la politique de ce petit médecin barbu, si dépourvu « d'éclat et de foudre [31] », son style de rongeur, d'huissier implacable et cafard ? Faute de convictions très claires, une animadversion si intense eût dû conférer une sorte de phosphorescence à son combat. Point. Il grignote, confisque, exclut, gratte et rogne. Bon père et bon mari, le « petit père » Combes consacra sa vie publique à la liquidation monotone de ces couvents qu'il exécrait, avec une obstination qui fait penser à la haine pour le siècle que nourrissaient un demi-siècle plus tôt les rédacteurs du *Syllabus*.

Son passage à la tête du gouvernement n'en a pas moins marqué l'histoire de son temps, et ajouté un mot au vocabulaire français : le « combisme ». Mais il n'aura pas joué dans celle du jésuitisme le rôle d'ange exterminateur que l'on peut attribuer à Choiseul ou à Jules Ferry : quand il accède au pouvoir, « les jeux sont faits ». La dispersion, on l'a vu, s'est opérée du fait d'un acte du gouvernement Waldeck-Rousseau. Le « petit père » n'a plus, face à lui, qu'une poussière de jésuites. Ne doutons pas que sa pugnacité en fut frustrée, et qu'il en éprouva du dépit. Une si belle cible…

Émile Combes trouva matière à se consoler dans l'application des textes de son prédécesseur, qui ouvraient la voie à des interprétations rigoureuses ou extensives, ou abusives, et en constatant que cette nébuleuse jésuite représentait des avoirs immobiliers considérables : il y avait encore de l'os à ronger…

Dans la mise en œuvre de la loi, le gouvernement du « petit père » va faire preuve d'une férocité digne des grands ancêtres du Comité de salut public, un Couthon ou un Collot d'Herbois. Il multiplie les circulaires, transformant la loi Waldeck-Rousseau en machine infernale – à l'indignation de son auteur qui multiplia les protestations : mais quand on invente une arme…

C'est ainsi qu'une circulaire Combes interdit tout exercice du culte dans les églises non expressément autorisées – ce qui amènera la fermeture provisoire de la basilique de Fourvière à Lyon, tandis que celle de l'oratoire de Saint-François-Régis à Lalouvesc, dans les Cévennes, se heurte à une résistance armée de la population. Une autre circulaire interdit aux pères d'exercer les fonctions d'aumônier ou de confesseur des institutions sécularisées : en 1903, le collège de Vannes se voit contraint de chasser le père jésuite qui y confessait les jeunes gens.

C'est surtout dans le traitement expéditif des avoirs de la Compagnie que le « petit père » fit sentir sa poigne. L'article 18 de la loi du 1er juillet 1901 prévoyait la liquidation de tous les biens détenus par les congrégations – non sans offrir aux religieux le droit singulier de *répéter* leurs apports ; moyennant certaines formalités, les propriétaires étaient admis à revendiquer leurs biens meubles et immeubles*.

Mais un problème, entre autres, se posait : très peu de religieux disposaient des titres qui leur eussent permis de faire valoir leurs droits, le vœu de pauvreté et la pratique commu-

* D'après les estimations fiscales faites au début du siècle, la « réalisation » des immeubles de la Compagnie rapporta à l'État entre trente et cinquante millions de francs.

nautaire excluant qu'un jésuite, par exemple, se vît attribuer un reçu en échange d'un don fait à la Compagnie.

Quant aux immeubles détenus par la congrégation, une étrange jurisprudence disposait que quiconque en revendiquait la propriété serait réputé « prête-nom », possédant pour le compte de la congrégation, et que ce serait à lui de faire la preuve du contraire… Que si une société civile se présentait avec des titres en règle, on remonterait à l'origine de sa possession, et s'il était établi que cette possession provenait d'une vente consentie par la congrégation, la vente était annulée de plein droit. Si même, parmi les actionnaires de la société civile, on trouvait le nom d'un seul religieux, la société tout entière était disqualifiée et déclarée « personne interposée* ».

S'agissant de la Compagnie de Jésus, un liquidateur unique fut désigné en avril par le tribunal de la Seine : il s'appelait Ménage. Son premier geste fut d'assigner les administrateurs des sociétés civiles constituées pour la reprise des avoirs de la Compagnie à comparaître en référé devant le tribunal de la Seine, « à l'effet de s'entendre dire que ledit Ménage sera mis en possession des immeubles et meubles desdites sociétés pour en jouir à son gré jusqu'à ce qu'il soit statué sur le fond ». Si le liquidateur avait gain de cause, tous les collèges et toutes les résidences passaient du coup entre ses mains. Le tribunal ne fit pas droit à la requête du liquidateur, mais l'autorisa à procéder à des inventaires, en tant que mesure provisoire.

Il y eut procès pour chacun des établissements de la Compagnie de Jésus : en tout une centaine. « Jusqu'ici tous nos procès sont perdus », écrivent en 1903 les provinciaux de France au « général » de la Société de Jésus. Si bien qu'un grand nombre d'actionnaires ou de prêteurs étrangers à la Compagnie qui avaient constitué des sociétés civiles ne purent récupérer leur mise de fonds.

Il n'est pas surprenant que le plus long de ces procès ait concerné la dévolution du plus beau fleuron de l'enseignement

* Un document inédit aimablement communiqué par un lecteur – le rapport du commissaire de police du quartier de Sèvres, en 1907 – confirme l'acharnement avec lequel est recherchée la présence de membres de la Compagnie (en l'occurrence le R. P. Joseph de Broglie) dans l'achat ou le rachat d'un immeuble sis au 42 rue du Cherche-Midi, qui communique « par une porte dérobée » avec la résidence de la Compagnie, 35 rue de Sèvres… Un écho d'Eugène Sue ?

des jésuites,, pépinière des grands corps de l'État, l'école Sainte-Geneviève de la rue des Postes : il traîna jusqu'en 1912. Une société civile s'était formée pour acquérir l'immeuble et y poursuivre cette formation prestigieuse. L'État « combiste » ne pouvait manquer de prévenir cet effort : il exigea un droit de préemption. La propriété lui fut adjugée ; les locaux de la rue des Postes furent affectés à l'École polytechnique, tandis que la chapelle était confiée aux religieux maronites*.

A Lyon, la dévolution du collège Saint-Joseph fut l'occasion d'une expérience savoureuse. Une société civile racheta une partie des bâtiments du collège et toute la résidence, y compris l'église, si bien que le fonctionnement du collège ne fut pas interrompu ; l'Instruction publique s'étant fait attribuer les constructions neuves avec la cour principale pour y installer une succursale du lycée, maîtres et élèves des deux établissements vécurent côte à côte, sous le même toit. « Ce sont les "deux France" en raccourci, et l'expérience prouve que le bon accord entre elles n'est pas impossible », commente, bon prince, le R. P. Burnichon.

A Tours, exemple inverse : le collège Saint-Grégoire, acquis par la ville, fut rasé pour des travaux de voirie. Les francs-maçons voulurent célébrer cette défaite de l'obscurantisme par une manifestation significative : un banquet dans le local de la chapelle désaffectée. Admirable ! Le menu publié par les journaux comportait une « tête de veau à la sauce liturgique ». Cette fois, le commentaire de l'historien jésuite est amer. « L'impiété, a dit Joseph de Maistre, est canaille. » Certes. Et la vulgarité basse.

La stratégie du « combisme », on le sait, allait bien au-delà de la chasse aux jésuites, de la chasse aux congrégations, de cette « guerre à la religion de la majorité des Français » que Jules Ferry jugeait insensée. Elle conduisait à une mesure qui, dans l'esprit de ses initiateurs, paraissait à coup sûr la plus audacieuse, et qui nous paraît aujourd'hui la seule qui fut inspirée par la sagesse : la séparation de l'Église et de l'État. Le concordat de 1801 exprimait un type de relations spécifiques entre le souverain pontife, maître en ses États, favorable à la France, et un Premier consul impatient de rétablir le catholi-

* L'école Sainte-Geneviève s'installa en 1913 à Versailles dans un ancien noviciat de dames.

cisme en tant que garant de l'ordre. Ces rapports n'avaient plus rien à voir avec la situation prévalant en France un siècle plus tard.

En fait, ce n'est pas le régime radical, avide de tailler des croupières au catholicisme, qui aurait dû dénoncer le concordat et assurer de nouveaux rapports entre l'Église et l'État, mais les républicains de 1879, seulement soucieux de libérer la société française du cléricalisme, d'affirmer l'indépendance de l'État et de manifester l'identité du régime. En transformant le concordat en un « discordat » hargneux, leur permettant de manipuler les « préfets violets » qu'étaient souvent les évêques, les pères fondateurs de la IIIe République avaient entretenu un abcès purulent, laissant aux radicaux le soin de faire table rase.

Aux radicaux : pas à Émile Combes. Le sectarisme en quoi se résumait désormais son pouvoir avait conduit l'Assemblée au vomissement : tandis que son ministre de la Guerre, le général André, faisait mettre en « fiches » les officiers catholiques, son fils, secrétaire général du ministère de l'Intérieur, signifiait par circulaire aux préfets que « les faveurs dont la République dispose doivent être réservées aux partisans du gouvernement »... Clemenceau parla de « jésuitisme retourné », Alexandre Millerand de « régime abject » et Jaurès décida de retirer au gouvernement Combes l'appui des socialistes.

Ainsi, en février 1905, le « petit père », lâché à la fois par ses alliés de droite et de gauche, doit s'effacer devant le financier Rouvier*, péripétie qui permit de faire l'économie de son projet de séparation qui eût doté la France d'une Église nationale à la botte du pouvoir – un régime, ricanait Clemenceau, qui ne pouvait être conçu « que dans une cervelle de vieux curé... ».

Le régime de séparation élaboré par un jeune magistrat du Conseil d'État collaborateur de Briand et apparenté à Léon Blum, Paul Grunebaum-Ballin, n'a rien à voir avec ces extravagances : c'est, écrit Adrien Dansette, « un acte de laïcité et non de laïcisme, c'est-à-dire une mesure de neutralité et non pas d'oppression [32] ».

La loi de séparation fut votée le 9 décembre 1905 : c'est toujours elle qui, sauf en Alsace, régit les rapports entre l'État et les cultes, non seulement catholique, mais protestant et juif – lesquels perdaient simultanément leurs privilèges. L'Église

* Dont la réputation, disait-on, « gagnerait à être douteuse »...

catholique ne relève plus que du Saint-Siège. Les dispositions de la loi de 1901 sont légèrement retouchées : les associations dites « cultuelles » se voient reconnaître la possession, pour une durée limitée, des bâtiments et monuments dont c'est la destination.

Que le catholicisme, comme les autres religions, fût désormais « ignoré » par l'État, était-ce un sujet de plainte pour les croyants, s'agissant d'un pouvoir qui ne s'intéressait guère à lui que pour le contester, ou manipuler ses desservants ? Prix minime à payer en tout cas pour une liberté réclamée depuis un demi-siècle par les responsables catholiques les plus clairvoyants, libéraux comme Montalembert ou conservateurs comme Mgr d'Hulst.

Par un singulier retour des choses, cette législation inspirée et votée par des adversaires implacables des jésuites faisait rentrer la Compagnie dans l'ordre commun du clergé : pas d'autre tête qu'à Rome… On ne saurait dire que les responsables de la Société de Jésus en éprouvèrent quelque satisfaction. Mais le moins que l'on puisse dire, c'est que cette situation de semi-exil alarmé eut pour effet, en France, de rapprocher les hommes de Loyola des autres religieux, réguliers et séculiers, et qu'elle correspond à une période de régénérescence intellectuelle de l'ensemble de l'ordre : c'est en ces vingt premières années du siècle que se sont formés les jésuites qui, de Grandmaison à de Lubac, de Valensin à Fessard et de Fontoynont à Teilhard, ont rendu à la Compagnie de Jésus son prestige intellectuel et sa vocation pionnière.

Quant à son influence publique, dans l'ordre du maniement des hommes, de la formation des cadres, de l'orientation du pouvoir, faut-il la voir perdue, en cette longue période de divorce avec les pouvoirs, de refus de la République, d'isolement enfin ? Rien n'est moins sûr, si l'on tient compte d'un fait qui ne devait prendre son importance que de longues années plus tard.

Au début de l'année scolaire 1907-1908, un jeune homme quittait Paris pour rejoindre, à Antoing, ses maîtres jésuites du collège de l'Immaculée-Conception réfugiés en Belgique du fait des relations orageuses entre la Compagnie et la République. C'est là qu'il acheva ses études préparatoires à Saint-Cyr. Il s'appelait Charles de Gaulle. Premier d'une longue lignée familiale à se rallier à la République, cet élève des jésuites fut membre du dernier ministère de la IIIe, chef du premier gouvernement de la IVe et fondateur de la Ve. Qui dira que l'enseignement des pères éloigne du système républicain ?

CHAPITRE VII

L'arbre de science

• Libido sciendi • *Principe d'autorité et esprit de recherche • Science et christianisation selon Kojève • Clavius et son bœuf • Le Collège romain • Sur l'« affaire Galilée » • L'incomparable Athanase Kircher • Chine et science d'Europe • La chiquenaude de Descartes • Boscovitch-le-Croate • Le R. P. Félix et Darwin • Des jésuites psychanalystes • Au nom de l'astronomie… •*

Est-il si terrifiant, le serpent qui propose au couple originel les fruits de l'arbre de la Science ? Pas aux yeux de Loyola, en tout cas, ni de ses compagnons. Quel groupe humain s'est jamais jeté plus avidement dans la quête du savoir que cette bande d'écoliers du Paris de la Renaissance, tout bruissant et germinant de connaissances et d'interrogations ?

L'historien protestant Heinrich Bohmer présente les pères fondateurs de 1534 comme une « association d'étudiants assoiffés d'en savoir assez long pour aller prêcher les infidèles… ». L'objectif ultime de cette confrérie est dès l'abord bien marqué. Mais son ambition collective passe par la conquête désirée d'autant de science qu'homme peut alors en engranger. Et jusqu'à leur mort, les « écoliers de Sainte-Barbe » resteront des docteurs de Paris. Ignace de Loyola sera appelé *padre maestro* par les siens et la barrette dont ils se coiffent, le *birettum*, restera le signe distinctif fièrement arboré par les jésuites.

Loyola n'est pas pour autant le docteur Faust. La quête fiévreuse de science est ici encadrée dans un projet qui ne la prend pas pour fin, mais pour moyen. Certes, mais où passe, entre celui-ci et celle-là, la frontière ? Le discernement guide cette recherche, la canalise. La « domestique » ? Telle est précisément la question que l'on se propose d'esquisser, du statut (« ancillaire » ou non) de la science par rapport à la foi – plus précisément, du rôle joué par la Compagnie de Jésus dans le grand dialogue entre l'institution ecclésiastique et la quête du savoir dont elle fut souvent l'inspiratrice, parfois la sentinelle ou la régulatrice, mais aussi, à l'occasion, l'ennemie…

Faut-il avoir revêtu l'uniforme ou le froc, avoir milité au sein d'un parti ou assumé des responsabilités administratives ou ecclésiastiques pour constater que la recherche de la vérité et le principe d'autorité sont souvent incompatibles ?

La Compagnie de Jésus a vécu sous le signe de la contradiction – entre la grâce et les œuvres, entre la liberté et la discipline, entre centralité romaine et dispersion universelle, entre légitimisme catholique et modernité politique. Mais aucune de ces tensions ne la fit entrer en agonie intellectuelle et spirituelle autant que celle qui, à propos de la recherche scientifique, fit souvent de ces pionniers de la connaissance les gardes-chiourme de l'immutabilité romaine, brillants chevau-légers assignés à la sombre mission de défendre l'indéfendable tombeau de dogmes démentis par la science, par *leur* science.

Le *eppur, si muove* d'un Galilée qu'ils avaient affronté, puis tenté de sauver avant de prendre leur part à une condamnation que beaucoup d'entre eux réprouvaient *in petto*, combien de jésuites ne l'ont pas murmuré dans l'accablement, qu'il s'agisse de la course des planètes, du cartésianisme, de l'atomisme ou des origines de l'homme ? Si obstinément que certains d'entre eux se fussent appliqués à accommoder les sublimes données poétiques et symboliques des Écritures aux découvertes scientifiques, les jésuites contribuèrent en fin de compte à assurer, par le recours à l'expérimentation systématique, l'autonomie progressive de la recherche scientifique par rapport aux enseignements de la théologie.

C'est un jésuite, du temps que Galilée était l'ami du Collège romain, qui lui souffla la formule par laquelle le Toscan résume brillamment, dans une lettre à Marie-Christine de Lorraine, sa conception des rapports entre la science et la foi, ou, mieux, entre la libre recherche de la connaissance et les impératifs du dogme fondé sur la révélation divine : « L'intention du Saint-

Esprit est de nous enseigner comment on va au ciel, et non pas comment va le ciel[1]... » Et c'est encore un jésuite, Athanasius Kircher, qui, un siècle après Copernic, allait secouer le plus brutalement l'arbre des dogmes intangibles en ouvrant la voie à l'évolutionnisme : « Ni au-dedans, ni au-dehors, la terre n'est restée au cours des siècles dans l'état du commencement... »

Les rapports entre la science et la Compagnie furent longtemps tragiques. La « faute » en incombe au fondateur, prophète contradictoire de la *libido sciendi* et de l'obéissance absolue à l'Église romaine. Tout l'environnement de Loyola, on l'a dit, conduit, dès la grotte de Manrèse, et plus encore à Paris, et mieux encore à Rome, à la recherche de la connaissance. Et toutes ses prescriptions, contenues dans les *Constitutions* et *Pour sentir avec l'Église**, imposent la pratique d'une discipline rigoureuse qui, s'exerçant dans le cadre d'une religion révélée, ne pouvait que provoquer tensions ou collisions entre le dynamisme impulsé là et la docilité prônée ici, entre la recherche de la connaissance qui n'est que mouvement, remise en cause et questionnement perpétuel, et une structure religieuse toute armée de réponses tenues pour définitives.

Cette tension, les jésuites l'ont accrue et vécue en poussant à l'extrême et le mouvement, du fait de leur génie de la vie et du risque, et la résistance, du fait de leur inféodation emphatique à l'autorité pontificale. Quand un moteur est si ardent à bondir, et un frein si puissamment bloqué, comment ne produiraient-ils pas un échauffement périlleux ?

Observons d'ailleurs que, dans l'immobilisme romain qui lui causa tant de souffrances, la Compagnie ignacienne a sa part, très lourde, de responsabilité. L'Église du XVe et de la première moitié du XVIe siècle était ouverte à bien des entreprises : elle avait réagi avec flegme aux audaces de Nicolas de Cues, avocat de la pluralité des mondes qu'elle promut cardinal, et fait mine de ne voir en Copernic qu'un hardi lanceur d'hypothèses. C'est à partir du concile de Trente que, réagissant violemment aux attaques de la Réforme et avide de réaffirmer son autorité, le système romain se pose et se comporte en censeur universel, en implacable gardien du dogme. La peur n'est jamais bonne conseillère. C'est elle qui porte la citadelle assiégée à se verrouiller ; et les clés du cadenas sont souvent tenues

* Voir au tome I, chapitre IV.

par les jésuites, conseillers ou porte-parole des pères conciliaires.

Comment et pourquoi la Compagnie de Jésus, si inventive et dévote à la fois, si « moderne » et avide d'exalter la gloire de Dieu à travers l'Évangile, mais aussi la mystérieuse beauté du monde, choisit-elle de lier obstinément son char à un philosophe « païen », génial à coup sûr, mais que près de vingt siècles, et la révélation christique, éloignaient de la pensée humaniste du XVIe siècle où elle avait poussé ses racines ?

Que le système d'explication du monde proposé par Aristote fût la plus grandiose construction intellectuelle de l'Antiquité ne fait pas plus de doute que la prééminence de Sophocle ou de Virgile dans le domaine esthétique. Mais que pour les ignaciens, ces hommes de Dieu, la sagesse, la logique, l'harmonie du monde n'eussent pas été remises en cause et refondées sur d'autres bases par l'Incarnation et le multiple discours évangélique, aussi riche en questions qu'en réponses, voilà qui déconcerte, quand bien même, deux siècles avant Loyola, Thomas d'Aquin avait paru réaliser la synthèse entre *ratio* et *fides*, entre la raison et la foi.

Est-ce par crainte d'être emporté par le milieu ambiant où se déroulaient ses études parisiennes, celui de l'humanisme renaissant qui privilégiait déjà la raison, qu'Ignace de Loyola négligea les cours du franciscain Roger Bacon, avocat, dès le XIIIe siècle, de l'autonomie de la science et de la méthode expérimentale, et préféra arrimer son système de pensée à celui de Thomas d'Aquin et de ses héritiers dominicains de la rue Saint-Jacques ? C'était à coup sûr un enseignement de haute volée – mais qui intervenait en un temps où il portait en lui des germes de désagrégation : dans la synthèse du docteur italien, les hommes du XVIe siècle voyaient se manifester des modes de raisonnement, une pensée rationnelle que beaucoup tendaient à dissocier de la foi.

Le désir allumé ou attisé par l'humanisme de connaître le monde au moyen de la raison et de l'expérience allait conduire les hommes à remettre en cause le schéma aristotélicien adapté par saint Thomas – que ne cessait de démentir l'observation scientifique. Le philosophe grec avait imposé une description autoritaire de l'univers qui dissociait un monde d'en bas, plat, limité, habité par les hommes, d'un ciel sublime, inaccessible. Entre eux, pas de communication, que le poétique va-et-vient de quelques déités. Sur cette trame, le dominicain du XIIIe siècle avait redessiné une cosmologie surplombée par un Dieu inaccessible et souverain. Qu'entre-temps l'Incarnation et la Résurrection aient jeté quelque trouble dans cette mécanique idéale ne semblait pas troubler la pensée scolastique – que Copernic, chanoine de Cracovie et fort bon catholique, bouleverse.

D'où l'étonnement qu'exprime Alexandre Kojève, observant que l'Église des XVIe et XVIIe siècles défendait des théories philosophiques et scientifiques « païennes » contre des chrétiens qui voulaient les moderniser, c'est-à-dire, en l'occurrence, les christianiser :

> « Qu'on le veuille ou non, écrit-il, les promoteurs de la science moderne* n'étaient ni païens, ni athées, ni même anti-catholiques en règle générale [...]. Ce que ces savants combattaient, c'est la scolastique dans sa forme la plus évoluée, c'est-à-dire l'aristotélisme restitué dans toute son authenticité païenne, dont l'incompatibilité avec la théologie chrétienne avait été clairement vue et montrée par les premiers précurseurs de la philosophie des temps nouveaux. [...] Qu'a fait Copernic, sinon projeter la Terre où nous vivons, avec tout ce qui s'y trouve, dans le ciel aristotélicien ? On a trop souvent répété que ce chanoine polonais a délogé la Terre de la place privilégiée que lui assignait la cosmologie païenne. Mais on avait toujours oublié de préciser que cette place n'a été "privilégiée" que dans la mesure où elle fut censée être ce qu'il y avait de plus bas au monde (au sens tant propre que figuré de ces mots). »

En fait, selon Kojève, la fondamentale et scandaleuse affirmation de Copernic, c'était « l'identité scientifique foncière de la terre et du ciel ». Scandale ? Banalisation de Dieu ? de la création ? Ruine des hiérarchies ? Le gigantesque chambardement cosmologique remettait bien des choses en question, et d'abord les assises et l'enseignement de l'Institution par excellence, l'Église catholique, qui, par nature, a horreur du mouvement. Mais Dieu, la « situation » de Dieu, ses rapports avec la création, avec l'homme ? Souffrait-elle de dépréciation, du fait de cette proclamation d'identité de la Terre et du Ciel ? Était-ce

* Copernic, Kepler, Tycho Brahé, Galilée...

rabaisser l'Incarnation que de la découvrir impliquée dans un mouvement cosmologique – cette incarnation opérée pourtant seize siècles auparavant au sein d'un petit peuple colonisé, dans une famille d'artisans pauvres – plutôt qu'à la cour de Rome ou de Pékin ?...

De cette réévaluation du cosmos et ce qu'elle impliquait par rapport à la grande machinerie aristotélicienne sacralisée par saint Thomas, les fondateurs de la Compagnie ne semblent pas avoir voulu saisir le sens. Merveilleusement ouverte à l'humanisme et à son optimisme vital, et mieux encore au dialogue des cultures amorcé dès les origines au Japon et sans cesse affiné, la Compagnie n'ose pas s'engager d'abord dans le combat pour l'autonomisation de la science par rapport à la théologie. La discipline l'emporte sur la lucidité. Sur le thème de l'« insuffisance des preuves » et en dépit de ses propres lumières, elle se plie aux directives du Saint-Office et se contente de manœuvres tactiques pour éviter le pire.

Le principe du *perinde ac cadaver* et les circonstances – la mission confiée aux meilleurs compagnons de Loyola d'être, au concile de Trente*, les défenseurs d'élite de la citadelle assiégée – engagent pour longtemps la Société de Jésus, mieux armée que d'autres pour opérer la greffe de la recherche scientifique sur la théologie, à défendre pied à pied un corps de doctrine qui refuse de reconnaître l'invalidation du philosophe de Stagire par la révélation christique.

C'est à partir de cet ébranlement général de l'Église et de la vision chrétienne du monde que fut élaborée la stratégie scientifique de la Société de Jésus, qui allait jouer un grand rôle dans l'histoire des sciences à partir de la seconde moitié du XVIe siècle, surtout au cours de la période qui va de 1590 à 1680, mais sans jamais cesser de rayonner, surtout dans les domaines des mathématiques et de l'astronomie.

De cette stratégie, on aimerait pouvoir fournir les motivations profondes. Exaltation de la gloire de Dieu par l'élucidation des merveilles de sa création ? Visée apologétique, restituant au foyer romain sa prééminence sur l'hérésie ? Construction d'un arsenal à objectif missionnaire, pour mieux capter la faveur des infidèles et les attirer dans les « rets de Dieu » ? Manifestation de l'idéologie jésuite de « présence au

* Qu'a précédé de dix ans la publication des thèses de Copernic.

monde », qui ne saurait être assurée sans ce type de conquête ?

On ne peut manquer de tenir compte de telle ou telle démarche de Matteo Ricci, qui fit constamment de son bagage scientifique un atout de « propagande » missionnaire, et moins encore de la très cynique formule de ce provincial jésuite d'Asunciùn au Paraguay, le R. P. Nicola Mastrilli-Duran, qui écrivait : « Il faut les avoir, même à la pipée. Toutes les inventions sont bonnes à la charité, qui se divinisent entre nos mains…* »

Mais il serait médiocre de s'en tenir à de telles indications. Dans la grande aventure scientifique de la Compagnie, il y a autant d'hymnes à la création et à la beauté du monde que dans la navigation de Xavier ou les escalades de De Smet. D'où il ressort que l'on ne saurait réduire à une finalité centrale la prodigieuse activité scientifique des pères, de Clavius à Teilhard. Tel cherche à « piper » pour Dieu, et tel autre est possédé par la splendeur de l'univers et la passion de la déchiffrer, et tel autre par l'appétit de gloire qu'il sera toujours temps de rapporter au Créateur.

Pas plus d'ailleurs que la fin ne justifie les moyens, la finalité d'une œuvre ne la définit, ou ne l'invalide. Dira-t-on de Fra Angelico ou de Jean-Sébastien Bach que leurs ouvrages sont corrompus par leur visée apologétique ? Que ceux de Voltaire ou de Nietzsche le sont en sens inverse ? Inventer en vue d'enseigner pour la plus grande gloire de Dieu ou pour écraser l'infâme est encore créer et prendre sa part du chant du monde.

Quelque fin que se soit assignée (ou vu assigner) l'un ou l'autre, et en tenant tout bonnement la « gloire de Dieu » pour la principale, les hommes de la Compagnie furent mêlés à la plupart des grands débats qui ont agité le monde scientifique depuis cinq siècles – « affaire Galilée », interrogation de Descartes, découvertes de Newton, querelle à propos du vide, « atomisme », évolutionnisme… En chacune de ces disputes, les chercheurs ou porte-parole de la Compagnie intervinrent – pour le meilleur et pour le pire.

On ne saurait manquer de distinguer ici les deux domaines scientifiques où ne cessa de se manifester la communauté

* Cf. tome I, p. 525.

jésuite, celui de la découverte et celui de la communication. Les pères furent-ils des pionniers du déchiffrement de l'Univers ? Furent-ils plutôt de judicieux diffuseurs de connaissances ? A la première question, on peut donner une réponse positive, avec quelques réserves. A la seconde, il faut répondre par un oui catégorique.

Inventeurs, découvreurs ? La Compagnie de Jésus n'a donné au monde ni un Copernic, ni un Newton. Elle a certes instruit Descartes, mais a refusé d'être, en retour, instruite par lui. Elle a produit quelques savants de haute volée, de Scheiner à Boscovitch, de Grimaldi à Wasmann, de Secchi à Teilhard*. Elle a suscité aussi de merveilleux excentriques, un Kircher, un Castel. On ne saurait donc présenter les jésuites comme de simples « colporteurs du savoir » ainsi que le faisait naguère une revue [2]. Mais la Compagnie fut surtout une foisonnante pépinière d'enseignants et de vulgarisateurs, sur le modèle de Clavius qui, tout admirable qu'il fût en tant que réformateur du calendrier julien et codécouvreur de la quadrature du cercle, reste surtout le créateur du Collège romain et un incomparable maître d'école**.

La renommée fit de Clavius, en son temps, le « nouvel Euclide ». Il ne prétendait pas à cet excès de gloire. Mais le maître des sciences du Collège romain, ami de Galilée, interlocuteur des princes, correspondant de Fugger, inspirateur de Descartes et de Leibniz, fut, à la fin du XVIe et au début du XVIIe siècle, consulté par l'Europe comme un oracle.

Les historiens des sciences lui assignent aujourd'hui « une place de choix parmi les savants d'ordre mineur qui ont contribué à l'éveil de la science moderne », non parmi les créateurs, marquant que ses droits à leur reconnaissance sont « d'un autre ordre ». En « précisant les idées admises, en les améliorant, en les rendant accessibles à tous », ses traités « ont transformé la société de son temps par la culture » et « acquis l'estime de l'histoire [3] ».

Christoph Clau, dit Clavius, était né en 1538 à Bamberg,

* On le vérifiera, entre autres, dans les textes des RR. PP. Secchi et Wasmann cités plus loin.

** C'est le jugement que porte sur lui le R. P. de Dainville.

petite cité de Franconie proche de Bayreuth. Entré très jeune dans la Société de Jésus, il fut formé au Collège romain fondé en 1551 par Ignace de Loyola et en devint le principal enseignant des sciences au temps où Montaigne, visitant Rome (1580), notait : « C'est merveille combien de la part que ce collège tient en la chrétienté, et crois qu'il ne fut jamais confrérie et corps parmi nous qui tint un tel rare [...] C'est une pépinière de grands hommes en toutes sortes de grand... [4]. »

Cette pépinière compte bientôt nombre d'hommes éminents, Grégoire Saint-Vincent, Scheiner, Grassi, Gabeo, Riccioli, Grienberger ; venus de toutes les parties de l'Europe, ils dépassèrent souvent leur maître par la fertilité et l'audace des conceptions, mais en rapportant toujours leurs mérites à ses leçons. C'est à l'un d'eux, le R. P. Bahusius, que l'on doit ce quatrain :

« Ce père par son art se piquait de connaistre
Les astres de bien loin, logé dans ces bas lieux,
Que je monte plus haut (dit-il) mon Dieu, mon maistre,
Pour les voir de plus près, et prompt, il vole aux cieux. »

Tous ses contemporains ne partageaient pas cet enthousiasme. Le très docte Scaliger, qui lui en voulait d'avoir fait prévaloir en tous lieux les sciences sur les lettres, et de l'avoir emporté sur lui dans la réforme du calendrier commandée par le pape, a laissé du jésuite savant ce portrait au couteau : « C'est un âne qui ne met pas d'eau dans son vin, et n'a rien fait en dehors d'Euclide [...] Une bête, lourde et patiente, comme doivent l'être les mathématiciens... » La légende voulait d'ailleurs que Clavius fût mort tué par un bœuf. On ne sait si c'est par le sabot, ou la corne...

Si « lourd » qu'il fût, et même dans l'ordre des mathématiques, Clavius joua un rôle essentiel de relais dans l'histoire de cette science ; selon Charles Naux :

« ... les siècles précédents avaient traité les textes d'Euclide à la manière des textes sacrés [...] sans rien modifier et surtout sans rien ajouter. Clavius rompt complètement avec cette façon de faire. Certes, il conserve les textes euclidiens tels que les manuscrits les ont fait connaître. Mais il les enrichit de commentaires qui infusent un sang nouveau à la géométrie

> que l'on enseignait depuis deux siècles. Il étend sa compétence et en fait une science nouvelle [5]. »

Mais si la gloire de Clavius lui fut surtout assurée par sa réforme du calendrier, qui de julien devint par lui grégorien*, imposant un rythme nouveau à la vie des hommes à venir, s'il contribua à la découverte de la quadrature du cercle et ouvrit des voies vers le calcul infinitésimal, c'est l'astronomie qui, en lui, retient surtout l'attention – tant ces rapports du ciel et de la terre allaient commander ceux des sciences et de la foi.

En ce domaine non plus, le père Clavius n'est pas un créateur, ni un révolutionnaire. Il est, là encore, un grand vulgarisateur, enseignant l'astronomie ancienne, celle de Ptolémée revue au XIIIe siècle par Sacrobosco et auparavant par les Arabes Battani et Farghani. Mais il enseigne aussi, avec la même autorité, le *De revolutionibus orbium coelestium* de Nicolas Copernic (1543).

Neutralité ? Indifférence ? Considérant les tempêtes que devait soulever la révolution copernicienne à travers le monde, l'histoire des sciences et celle de l'Église, on serait tenté de louer ici la hardiesse de l'accueil. Mettre sur le même pied géocentrisme et héliocentrisme était déjà contribuer à un progrès immense vers la vérité et prendre quelques risques. Quand le père Clavius, passant d'une théorie à l'autre, déclarait à ses auditoires : « … C'est pourquoi il n'est pas étonnant que Copernic ait considéré les phénomènes par une autre méthode », c'était préparer les voies à un ralliement progressif à Galilée, qui intervint en 1611. Cinq ans plus tard, la condamnation solennelle de l'ouvrage de Copernic allait mettre les jésuites face au *perinde ac cadaver*…

C'est en 1610 en effet que Galilée, braquant sur le ciel le télescope qu'il vient de mettre au point après tel ou tel confrère anglais ou hollandais, en a fait un déchiffrement de nature à confirmer, par l'observation irréfutable, les puissantes conjectures de Copernic, tant en ce qui concerne le mouvement des astres que leurs rapports et leurs structures. A ces observations qui anéantissaient les présupposés d'Aristote et de Ptolémée et consolidaient une astronomie scientifique déjà inventée par

* Accompli à la demande du pape Grégoire XIII en 1582, il aboutit à retarder de près d'un mois le décompte du temps.

Kepler et Tycho Brahé, Clavius apporta d'emblée son adhésion.

Accueilli chaleureusement au Collège romain, Galilée y parlait, le 17 octobre 1610, des propriétés de son télescope et de la nouveauté de ses observations : le vieux Clavius manifesta son intérêt de telle façon que le Toscan lui mandait, le 30 décembre : « Votre lettre m'a en grande partie soulagé d'un malaise [6] » – ce « malaise » provoqué par la cabale de ses ennemis, qui allait tourner à la tragédie. Mais, lors du grand défi, Clavius ne sera plus là pour conforter son ami. Vivant, aurait-il fait prévaloir sa conviction sur la « sainte obéissance » ?

Et, quand tel de ses disciples (parmi lesquels se rangeaient Matteo Ricci et les grands « chinois » de la Compagnie) lui demandait s'il fallait faire confiance au télescope, il répondait paisiblement : « Il nous fera découvrir bien d'autres monstruosités dans les planètes ! »

Si ouvert (ou entrouvert ?) qu'il fût au progrès représenté par les thèses de Copernic et les observations de Galilée, le père Clavius resta neutre dans le débat, de cet échange de lettres à sa mort, en 1612. Mais nous verrons que le climat créé par lui au Collège romain, où Galilée était fort admiré, prédisposait ses disciples à faire bon accueil à la révolution en cours. Avant d'y revenir à propos de l'« affaire Galilée » et du rôle qu'y jouèrent les jésuites, quelques mots sur les disciples du maître de Bamberg.

Peu, hors les spécialistes, ont retenu le nom de Grégoire de Saint-Vincent, mathématicien flamand qui, publiant en 1645 l'*Opus geometricum*, s'affirmait comme un émule de Kepler, affinant les observations du maître sur la constance de la courbure du cercle, puis comme un précurseur de Descartes et de Fermat sur les voies de la géométrie analytique. A peine plus connus sont Grienberger, successeur discret de Clavius en la chaire du Collège romain, Nicola Cabeo, auteur de la *Filosofia magnetica*, Zucchi, inventeur du télescope à miroir, et Guldin, dont un théorème porte le nom. Quant à Orazio Grassi, si son nom est passé à la postérité, c'est moins pour ses mérites réels que pour le rôle qu'il joua dans l'affaire Galilée : nous le retrouverons à ce titre.

Mais le plus célèbre des disciples du jésuite de Bamberg fut Christof Scheiner, qui, formé au Collège romain, enseignait la physique et l'astronomie à Ingolstadt, en Bavière. Au moyen d'un télescope qu'il prétendait antérieur à celui de Galilée, il avait observé des taches sur le Soleil – que son rival italien attribuait à des effets d'optique.

Le père Scheiner pouvait bien avoir raison contre le grand homme, mais non contre son supérieur. Informé pour la bonne règle – après tout, la découverte du jésuite bavarois remettait en cause, après celle de Copernic, le système d'Aristote, qui impliquait l'immutabilité du monde céleste –, ce prêtre, dont la position hiérarchique l'emportait à l'évidence sur l'ampleur du savoir, fit cette réponse exemplaire : « J'ai lu plusieurs fois mon Aristote entier, et je vous assure que je n'ai rien lu de semblable. Allez, mon fils, tranquillisez-vous et soyez certain que ce sont des défauts de vos verres ou de vos yeux que vous prenez pour des taches du Soleil. »

Ayant vérifié l'état de son matériel et la sûreté de ses observations (Clavius vivait encore), Scheiner publia sous l'anonymat trois lettres intitulées *De maculis solaribus* [Des Taches du Soleil]. Aggravant son cas, il soutint deux ans plus tard, dans la *Rosa Ursina*, que le Soleil tournait sur lui-même, et Vénus et Mercure autour du Soleil. De quoi ne s'occupait-il pas, ce Scheiner ? Affirmant que la rétine était le siège de la vision, il construisit un pantographe, et contribua plus que tout autre à « professionnaliser » l'expérimentation.

Ainsi les jésuites formés au Collège romain et disséminés à travers l'Europe étaient-ils bien équipés pour entrer dans le grand débat qu'allait mettre en branle Galilée. Ce n'étaient pas les moyens de déceler et apprécier la vérité qui leur manquaient. C'était la faculté de la proclamer. Ni Grienberger, ni Grassi, ni le mathématicien Guldin, ni aucun des élèves directs ou indirects de Christophore Clavius n'était de taille à se dresser contre le rappel à l'ordre formulé le 5 novembre 1624 par le R. P. Spinola dans sa leçon inaugurale du Collège romain :

> « La foi doit avoir la première place entre toutes les autres lois de la philosophie*, car ce qui est par autorité établie Parole de Dieu ne doit pas être exposé à la fausseté. La philosophie digne de l'homme chrétien et donc celle qui est placée au service de la théologie et conforme aux principes de la foi [7]. »

* Qui englobe alors la physique.

Le verrou est ainsi tiré, contre lequel viendront buter, nous le verrons, les trop savants astronomes du Collège romain des jésuites fascinés par Galilée Est-ce parce qu'il s'agissait là d'un domaine trop périlleux, et mettant trop rudement en cause l'enseignement officiel de l'Église, que les supérieurs de la Compagnie firent alors de leur mieux pour réorienter l'ensemble des recherches et de l'enseignement de la Compagnie vers les mathématiques pures, moins sujettes à caution, plus neutres ?

C'est la thèse que présentait naguère Pierre Thuillier dans un article de *La Recherche* [8] où, se référant à l'historien J.-L. Heilbron, il fait valoir que la promotion des mathématiques avait, pour les jésuites, l'avantage d'esquiver les grands débats relatifs par exemple à l'astronomie copernicienne :

> « Le pur "mathématicien", en effet, n'a pas besoin d'affirmer catégoriquement la vérité du géocentrisme ou de l'héliocentrisme. Il suffit que sa théorie lui permette de calculer juste, de "sauver les phénomènes". Le plaidoyer des jésuites pour les mathématiques n'était donc pas neutre. Mais il donnait l'occasion de poser en termes plus serrés cette question majeure : comment l'expérience fonde-t-elle la théorie ? »

L'objectif visé par la Compagnie en exaltant les sciences mathématiques n'est donc pas seulement la recherche d'une échappatoire, mettant de larges pans de ses activités à l'abri des foudres de l'Inquisition. Parallèlement, sa recherche tend aussi à promouvoir l'« expérimentation » systématique, à lui assurer la prééminence sur l'observation commune des « phénomènes ». Que cette volonté fût clairement établie, ou implicite, la rapide modernisation des techniques, l'invention du télescope et du microscope conduisaient à cette systématisation professionnelle de l'expérience.

L'historien américain Peter Dear a mis en lumière [9] cette contribution des scientifiques de la Compagnie à une nouvelle approche de l'expérimentation au début du XVIIe siècle en l'entourant de descriptions, de notations, de témoignages plus ou moins publics [10].

> « Quelles qu'aient été leurs arrière-pensées stratégiques, ils ont contribué à définir les "disciplines mathématiques" comme autonomes ; et donc à les soustraire à la juridiction des autori-

tés théologiques et philosophiques, écrit Pierre Thuillier. Ils ont compris que le développement des pratiques expérimentales créait une situation nouvelle et que l'invention de nouvelles *normes de légitimation* devenait nécessaire par la présence de témoins compétents, honnêtes et donc dignes de confiance. La Compagnie de Jésus n'a certes pas inventé la science moderne, mais elle a fait mûrir la théorie de la science qui lui correspond. »

La thèse du refuge dans les sciences mathématiques trouve un début de vérification dans l'élaboration du fameux *Ratio studiorum** que le « préposé général » de la Compagnie, Claudio Aquaviva, fit adopter en 1599, fixant les normes générales de l'enseignement jésuite pour les deux siècles à venir. Tous les observateurs du temps furent frappés de l'importance accordée, en ce programme, aux mathématiques, notamment à la géométrie.

Si, dans le domaine de la communication du savoir, la Compagnie de Loyola se gardait de l'aventurisme – et, en matière de philosophie, se corsetait dans la scolastique la plus traditionnelle, fermée pour longtemps à Descartes et à la pensée dite moderne –, en matière de recherche, les « hommes noirs » ne cessèrent, dans leur cabinet ou laboratoire, de franchir les bornes prudemment tracées par le supérieur de la Compagnie. L'astronomie restera, de siècle en siècle, de Curtius à Secchi, un champ d'action privilégié de la recherche jésuite, comme la physique avec Grimaldi, la mécanique avec Boscovitch. Et que dire de cette autre science à hauts risques qu'est la géographie ?

Hauts risques ? Certes oui. Liée aux navigations aventureuses, elle pose les problèmes de la nature de l'homme, de l'humanité des « sauvages », de l'esclavage, de la « colonisation des barbares** » proclamée juste par Aristote, des divisions du monde entre puissances. Sous forme de cartographie, elle est très étroitement mêlée au pouvoir, à la diplomatie, à la stratégie. On a évoqué*** les débats entre Matteo Ricci et les

* Voir tome I, chapitre VIII. Cette discipline générale de l'enseignement jésuite faisait du latin d'abord, et des mathématiques, les piliers de la formation assurée par les collèges de la Compagnie.

** Qui ne se sont vu reconnaître une âme qu'au XVIe siècle.

*** Tome I, chapitre IX.

grands mandarins chinois à propos de la carte de l'empire du Milieu établie par le jésuite de Macerata, un peu mince à leurs yeux bien qu'il l'eût, pour leur plaire, étendue… Et que dire du retour de mission des cartographes dépêchés par Louis XIV, qui reviennent avec une image de la France plus restreinte que celle dessinée par les Valois : « Votre voyage, Messieurs, me coûte mes conquêtes », aurait grommelé le Roi-Soleil.

Dès avant les grands cartographes de l'Asie et des Amériques – Guido Aleni, Parrenin, Fritz –, le « Pline jésuite » José de Acosta, qui multiplia au XVIe siècle les périples du Mexique à la Terre de Feu et publia l'*Histoire naturelle et morale des Indes*, fut, selon Alexandre von Humboldt, l'un des fondateurs d'une « physique du globe ».

Bien sûr, les travaux des géographes de la Compagnie, en cartographie, hydrographie, climatologie, ne se séparaient pas de préoccupations missionnaires. Pas plus que leurs autres recherches, celles-ci n'étaient, du point de vue scientifique, tout à fait désintéressées : en faisant progresser la science des courants marins avec le R. P. Fournier, ou celle des calculs topographiques avec le R. P. de Acosta, la Compagnie œuvrait *ad majorem Dei gloriam*. Mais, écrit François de Dainville, « les missions rendirent largement à la géographie ses services [11] ».

Les expéditions à visée apostolique ne furent pas les seules causes du développement des sciences géographiques chez les jésuites : au début du XVIIe siècle, le pouvoir royal, à partir de Henri IV et surtout de Richelieu, se fait demandeur de compétences en ces domaines, tandis que se manifeste à travers le public plus ou moins éclairé un intense appétit de l'« ailleurs », dû à l'humanisme universaliste tel que l'avait prôné Guillaume Postel, puis à la philosophie des Lumières. A ces sollicitations, les jésuites répondirent avec empressement. Furent-ils aussi bien inspirés de se faire, de Dieppe à Toulon, les hydrographes et ingénieurs des arsenaux et flottes du roi ? *Ad majorem regis gloriam…*

Ce qui est remarquable en tout cas à cette époque, c'est la convergence, presque la symbiose, qui s'établit au sein de la Compagnie entre recherche mathématique et travaux géographiques. F. de Dainville cite son lointain prédécesseur le R. P. de Chasles qui, au XVIIIe siècle, note dans le *Journal des Sçavants* :

« Il n'y avait point de cloisons entre les géographes "ou historiens des lieux" et les mathématiciens qui traitaient de la cosmographie. Les plans de bibliothèque continuaient en effet de répartir entre eux ouvrages, descriptions, itinéraires, cartes, classant l'hydrographie avec la géographie et les invitant à se consulter les uns et les autres… [12] »

Si bien qu'en 1708, dans un compte rendu de séance, l'Académie des sciences de Paris saluait ainsi l'œuvre accomplie :

« Nous reconnaissons devoir aux RR. PP. de la Compagnie de Jésus la connaissance et la détermination de la situation géographique des principaux lieux des Indes, de la Chine, du Japon et d'une partie de l'Amérique. Ces pères, depuis un siècle, se sont employés avec ardeur, en tous lieux où ils ont des missions, à observer les éclipses de Lune, etc. »

Les apports de la Société ignacienne à l'ensemble du savoir, surtout à partir du début du XVIIe siècle, sont manifestes, n'en déplaise à Michelet. Ce qui est en question à son propos n'est pas l'ampleur de la contribution, mais le rapport qu'elle implique du chercheur à la découverte, à *sa* découverte. C'est l'autonomie de la science, jésuite ou non, par rapport à l'institution religieuse. C'est le statut de la connaissance, au sein de la Compagnie d'abord, et aussi, compte tenu de son influence sur le monde catholique, dans l'ensemble de la communauté intellectuelle.

Tous ces problèmes sont noués en gerbe et en quelque sorte hurlés dans ce qu'il est convenu d'appeler l'« affaire Galilée » – si exagéré et même caricaturé qu'ait pu être le rôle joué en cette sinistre histoire par la Compagnie de Jésus en tant que telle –, « affaire » dont ses archives romaines, étrangement, n'ont rien retenu… L'intervention des pères dans les poursuites dirigées contre l'illustre avocat de l'héliocentrisme copernicien est extrêmement révélatrice de leur conception des rapports entre science et religion. Ce ne sont pas les jésuites qui ont condamné ni fait condamner Galilée : mais, du cardinal Bellarmin au R. P. Inchofer, les « hommes noirs » et le Collège romain furent associés, *per fas et nefas*, à la condamnation du savant de Toscane.

Impossible de ne pas rappeler les principales étapes et les rebondissements de l'affaire.

Doté en 1610 du télescope (qu'il n'a pas inventé mais perfectionné à partir de l'ouvrage d'un artisan hollandais), l'astronome pisan Galileo Galilei, dont les relations avec l'Église sont bonnes, mais qui vit dans un climat d'adulation où l'on peut voir la préfiguration des gloires médiatiques du XXe siècle, observe dans le ciel des mouvements qui confirment à ses yeux les thèses formulées en 1543 par le chanoine polonais Copernic dans le *De revolutionibus orbium coelestium* – à savoir que la Terre n'est pas le centre immobile du cosmos et tourne autour du Soleil.

Cet ouvrage révolutionnaire, qui remettait en cause les données de la cosmologie biblique et les enseignements de l'Église relatifs à la centralité de l'Homme (sinon de Dieu…) dans la création, n'avait pas été condamné par le Saint-Office, qui avait fait mine de le tenir pour un exercice intellectuel de savant, une hypothèse de géomètre utile à sa discipline. Au surplus, l'ouvrage avait été publié discrètement, et avant le concile de Trente, à une époque de relative souplesse doctrinale.

Le *Sidereus Nuncius* [Messager céleste] de Galilée, lui, relançait la thèse héliocentriste de Copernic dans un tout autre climat, celui de la longue « reprise en main » consécutive au concile de Trente, dans une Italie frémissante d'interrogations où naît ce qu'il faut appeler l'opinion publique, animée par des « intellectuels » – clercs ou non, tout dévoués à la gloire du savant : chantre prestigieux de l'héliocentrisme, le grand astronome toscan avait inventé en outre le « galiléocentrisme ».

Pourquoi ne pas rappeler que son œuvre est admirable ? Écoutons le R. P. Mayaud, qui n'est pas de ses dévots, et critique durement ses procédés, mais salue sa grandeur :

> « Ce petit livre est l'un des plus grands de l'histoire des sciences. C'est la première fois, en effet, qu'un homme utilise un instrument qui amplifie considérablement les pouvoirs des sens, et découvre ainsi des faits nouveaux et essentiels. De plus, tout chercheur ne peut pas ne pas être ému en lisant son récit de la découverte des satellites de Jupiter : la joie qui le traverse est celle qu'il aura pu, lui aussi, éprouver lors d'une découverte, même moins importante [13]. »

La Compagnie de Jésus, qui dispose, par le truchement du Collège romain et de son maître Clavius, d'une sorte de magistère, réagit favorablement. Galilée y est accueilli l'année suivante de telle façon qu'il parle de « triomphe » à ses amis. A-t-il apporté la « preuve » de la validité du système copernicien ? Certains pères en doutent – ni plus ni moins que la communauté scientifique du temps : mais l'admiration manifestée par le père Clavius donne le ton. La Compagnie soutient Galilée.

Non sans qu'un avertissement vienne de très haut : le cardinal Bellarmin, premier des jésuites à avoir accepté de revêtir la pourpre – cédant aux instances du pape mais dérogeant ainsi au principe posé dès l'origine par le fondateur –, alors considéré comme le théologien majeur du catholicisme et qui a pris en tant que tel une part décisive à la condamnation de Giordano Bruno*, fait savoir à l'astronome de Pise que l'héliocentrisme peut être admis comme hypothèse, non comme une révision des enseignements de l'Église. Qu'il s'en tienne à la supputation et n'en vienne pas à la proclamation.

Commentaire, trois siècles et demi plus tard, du R. P. Russo :

> « Si Galilée s'était rendu à la demande du cardinal Bellarmin, il aurait renié ce qui était au cœur de son combat. Ce combat est peut-être son plus grand titre de gloire, car, s'il ne l'a pas gagné, c'est lui qui a le plus contribué à la victoire : la reconnaissance de la portée et de la dignité de la science mathématico-expérimentale. Pour Galilée, la science vise la réalité. Sans doute, elle n'atteint pas la réalité en ce qu'elle a de plus profond – ce que Galilée a plus d'une fois tenu à souligner –, mais elle dit quelque chose de la réalité, elle est capable d'atteindre *du réel* [...] Ce qui était en jeu n'était pas l'usage de l'hypothèse dans la démarche de la science. C'était une tout autre question : la capacité de la science à atteindre la réalité. La position de Galilée à cet égard se résume dans les qualificatifs qu'il joint à son nom dans ses ouvrages : "*Galileo Galilei matematico e filosofo*". »

La gloire (et ses très réelles découvertes) donnent à Galilée des ailes, et une intarissable éloquence qui s'exprime en de multiples lettres distribuées, répercutées, commentées de Florence à Venise et à Rome. On pense déjà aux *Provinciales*...

* Dominicain supplicié en 1600, pour avoir, face au Saint-Office, proclamé et maintenu (entre autres) les thèses relatives à la pluralité des mondes.

Celles, non moins abondantes, qu'il reçoit, de princes de l'Église comme de ses admirateurs, avivent ses certitudes et son assurance. Le plus fameux de ces messages est celui qu'il adresse en 1615 à la grande-duchesse de Toscane, Marie-Christine de Lorraine, qui passe pour sa protectrice. Le ton en est saisissant :

> « Je me déclare prêt à souscrire entièrement aux opinions des savants théologiens [...], à condition que ces théologiens examinent avec le plus grand soin les expériences et les observations, les arguments et les démonstrations des philosophes et des astronomes soit dans un sens, soit dans un autre. Alors ils pourront avec assez de sécurité déterminer ce que les divines inspirations leur dicteront. Mais on ne saurait admettre qu'ils puissent se permettre de formuler des conclusions sans s'être livrés à une étude très attentive de tous les arguments dans un sens ou dans l'autre, et sans s'être assurés de l'exactitude des faits [...]. En somme il n'est pas possible qu'une conclusion soit déclarée hérétique alors que l'on n'a pas encore démontré qu'elle n'est pas vraie. Vaine sera la peine de ceux qui prétendent condamner la mobilité de la Terre et la stabilité du Soleil, si d'abord ils ne démontrent pas que cette proposition est impossible ou fausse...
>
> La prééminence royale n'appartient à la théologie qu'en raison de la sublimité de son objet et de l'excellence de son enseignement sur les révélations divines, qui nous apportent des conclusions concernant essentiellement l'acquisition de la béatitude éternelle que les hommes ne peuvent pas acquérir et comprendre par d'autres moyens [...] La théologie n'a donc pas à s'abaisser jusqu'aux plus humbles spéculations des sciences inférieures. Aussi ses ministres et ses professeurs ne devraient pas s'arroger le droit de rendre des arrêts sur des disciplines qu'ils n'ont ni étudiées, ni exercées.
>
> Il y a piété à dire et sagesse à soutenir que la Sainte Écriture ne peut jamais mentir chaque fois que son vrai sens a été saisi. Or je crois que l'on ne peut nier que, bien souvent, ce sens est caché et qu'il est très différent du pur sens des mots. Il s'ensuit que, si l'on voulait s'arrêter toujours au sens littéral, on risquerait de faire indûment apparaître dans les Écritures non seulement des contradictions et des propositions éloignées de la vérité, mais de graves hérésies et même des blasphèmes*. »

* Traduction du R. P. Russo, publiée dans *Communio*, septembre 1976.

Tout était dit. On ne pouvait tenter de laïciser plus hardiment la science, rejetant sur les clercs la charge de la preuve de l'hérésie ou même de l'erreur d'interprétation. En un sens, ce texte est à l'Église en tant qu'institution un défi aussi audacieux que la révélation de Copernic à l'autorité des Écritures. Les Messieurs de Rome sentirent passer le vent du boulet, et réagirent avec les moyens qui étaient les leurs. Trois mois plus tard, en février 1616, était instruit à Rome le « procès », non de Copernic, mort soixante ans plus tôt, mais du copernicisme, alors incarné par Galilée.

Le 24 février et le 5 mars 1616, la Congrégation de l'Index puis le Saint-Office décrétaient :

– La proposition que le Soleil soit au centre du monde et soit immobile est absurde et fausse en philosophie, et formellement hérétique, étant contraire à la Sainte Écriture.
– La proposition que la Terre n'est pas le centre du monde et n'est pas immobile, mais qu'elle se meut et aussi d'un mouvement diurne, est également une proposition absurde et fausse en philosophie, et considérée en théologie *ad minus erronea in fide*.

Bien que présentée comme un simple *avertissement*, la condamnation était claire, mais pas nominale. Galilée n'était pas directement mis en cause, ni soumis à un reniement, à tel ou tel interdit. Pour que les choses soient claires, il obtint même du cardinal Bellarmin, qui l'admirait fort, ce « certificat » ainsi formulé :

« Nous, Robert Bellarmin, ayant entendu dire que le sieur Galileo Galilei a été calomnié, comme ayant abjuré entre nos mains, et d'avoir, à cet effet, reçu des pénitences salutaires, sollicité de dire la vérité, nous affirmons que le susdit Galilée n'a abjuré ni entre nos mains ni aux mains de personne à Rome, ni ailleurs à notre connaissance, aucune opinion ni doctrine ; qu'il n'a pas, en conséquence, reçu de pénitences salutaires ni d'aucune sorte. Il lui a seulement été notifié la déclaration de Sa Sainteté le pape, publiée par la Sacrée Congrégation de l'Index, à savoir que la doctrine de Copernic, touchant le mouvement de la Terre et la stabilité du Soleil au centre du monde, sans se déplacer d'orient vers l'occident, est contraire à la Sainte Écriture, et par conséquent ne doit être ni défendue ni adoptée. »

Galilée préféra retenir le « certificat » que l'« avertissement », et se crut de taille à affronter les tribunaux d'Église, non sans se brouiller, entre-temps, avec les jésuites. En 1619, le R. P. Orazio Grassi publie, sous le pseudonyme de Lothario Sarsio, un traité des comètes (*De tribus cometis*) auquel un des disciples les plus véhéments de Galilée, Guiducci, consacre un commentaire, le *Discours des comètes*, peu charitable pour le jésuite – en dépit d'une mise en garde d'un autre ami du maître de Pise, Stelluti, qui le supplie de ne pas ruiner ses relations avec la Compagnie, car « on n'en a jamais fini avec eux ». Galilée n'en a cure et, à la réplique faite par le R. P. Grassi à Guiducci (*Libra astronomia*), prépare une riposte foudroyante.

Ce sera *Il Saggiatore* [L'Essayeur], déclaration de guerre aux jésuites (qui entre-temps avaient contribué à faire interdire l'*Apologie de Galilée* de Tommaso Campanella). Galilée y fait la leçon au R. P. Grassi : c'est, sous une forme très polémique, « son *Discours de la méthode* [14] », une apologie de l'expérimentation scientifique contre la pensée scolastique, dans laquelle il fait mine, sur un ton fort méprisant, de voir son adversaire enfermé. Fort, contre les jésuites, de l'appui des dominicains (il a fait relire son texte par l'un d'eux, le père Monstre), il est surtout persuadé du soutien du nouveau pape, Urbain VIII (dont il a été l'ami quand il était le cardinal Barberini), et se juge ainsi libéré de toute entrave.

La publication, en 1632, du *Dialogue sur les deux grands systèmes du monde*, qui est moins un ouvrage d'astronomie ou de physique, fait observer Alexandre Koyré, qu'un pamphlet à visée pédagogique, est, dans l'esprit du *matematico* et *filosofo*, le coup de grâce porté à ses adversaires, jésuites entre autres. Si le *Saggiatore* a été son *Discours de la méthode*, le *Dialogue* serait-il ses *Provinciales* ? Il s'agit, en dépit du titre, d'un débat entre trois personnes : *Simplicio*, conservateur aristotélicien et, comme son nom l'indique, plutôt benêt, est instruit avec éclat par le copernicien *Salviati*, sous le regard bienveillant d'un supposé neutre, *Sagredo**.

Deux erreurs, l'une tactique, l'autre de fond. Dans la bouche de Simplicio, certains alors crurent reconnaître des tournures dont usait le cardinal Barberini, devenu pape, et supposé protecteur de Galilée : ce qui ne devait pas conforter les relations

* Les deux noms sont ceux d'amis disparus de Galilée.

de l'auteur avec le souverain pontife. Quant à l'erreur de fond, elle consistait en ce que le savant toscan faisait du mouvement des marées l'une des preuves décisives de la rotation de la terre : sur quoi ses adversaires le prirent en défaut.

Mais l'Inquisition n'avait que faire de cette erreur-là : ce qui comptait pour elle, c'était que Galilée avait bravé l'interdit, l'« avertissement » de 1616, et, sur le ton le plus conquérant, prétendu balayer à coups de sarcasmes aussi bien les contradictions de ses confrères que les mises en garde de l'Église.

C'est du pape Urbain VIII lui-même, l'ancien ami, que partit la foudre. Il se disait « trompé » par l'astronome. Une commission est formée en vue d'évaluer la perversité des textes de Galilée : on assure que le représentant de la Compagnie de Jésus, le R. P. Inchofer, est le plus ardent à accuser l'auteur du *Dialogue*, qui est sommé de se justifier par le Saint-Office.

Le 13 janvier 1633, il est à Rome. Le 12 avril, il comparaît devant le Saint-Office, et tente de soutenir que l'Église n'a jamais fait obstacle à ses publications, et que le *Dialogue* est une critique du système de Copernic… Les juges n'ont pas de peine à lui faire avouer que sur ce dernier point, plus encore que sur le premier, il les prend pour des sots. Le 16 juin, le tribunal lui fait voir les instruments de torture* – sans qu'il y soit soumis. Le 21, il déclare tenir pour « vraies et indubitables la stabilité de la Terre et le mouvement du Soleil ». C'est une rétractation.

Alors, le 22 juin, au monastère dominicain de la Minerve, la sentence tombe :

> « Nous disons, prononçons, sentencions et déclarons que toi, Galilée, par les motifs déduits du procès et par toi confessés, tu t'es rendu véhémentement suspect d'hérésie devant le Saint-Office, pour avoir tenu et adopté la doctrine fausse et contraire aux Écritures saintes et divines, que le Soleil est au centre du monde et immobile, tandis que la Terre n'est pas au centre et se meut, opinion que l'on ne peut ni tenir ni défendre pour probable, alors qu'elle a été déclarée et définie comme contraire à la Sainte Écriture : en conséquence, tu as encouru toutes les censures et peines imposées et promulguées

* Dans *Galileo Galilei*, Bertolt Brecht fait dire au prisonnier : « Je me suis rétracté parce que j'avais peur de la douleur physique. » Ce qui est peut-être un peu court.

par les Sacrés Canons. [...] De ces peines et censures, nous acceptons que tu sois délié pourvu que d'abord, d'un cœur sincère et d'une foi non feinte, tu abjures, maudisses et détestes devant nous les susdites erreurs et hérésies et toute autre erreur et hérésie contraire à l'Église catholique et apostolique... »

Suit, pathétique, l'abjuration prononcée à genoux par le plus illustre savant de la chrétienté :

> « Moi, Galilée, fils de feu Vincenzo Galileo, Florentin, âgé de soixante-dix ans, personnellement présent devant ce Tribunal, agenouillé devant vous, très Éminents et Révérends Cardinaux, Inquisiteurs généraux [...] Je viens d'un cœur sincère et d'une foi non feinte abjurer, maudire et détester les susdites erreurs et hérésies, et en général toute erreur, hérésie et secte contraire à la Sainte Église. Et je jure qu'à l'avenir je ne dirai ni affirmerai jamais plus, ni verbalement ni par écrit, des choses qui puissent m'en rendre suspect.
> Si je connais quelque hérétique ou suspect d'hérésie, je le dénoncerai au Saint-Office ou à l'Inquisiteur du lieu où je me trouverai [...].
> Moi, Galilée, soussigné, j'ai abjuré, juré, promis et me suis engagé selon ce qui précède ; en foi de quoi, de ma propre main, j'ai signé la présente déclaration de mon abjuration et je l'ai récitée mot à mot à Rome dans le couvent de la Minerve, ce 22 juin 1633.
> Moi, Galilée, j'ai abjuré comme ci-dessus et signé de ma propre main. »

L'humiliant rituel, la retraite dans le village toscan d'Arcetri où, avant de mourir (en 1642), le vieux savant publiera son chef-d'œuvre, les *Discorsi*, mettent-ils un terme à l'« affaire Galilée » – sinon aux commentaires qu'elle a, de siècle en siècle, suscités quant aux rapports entre la science et l'institution ecclésiastique, entre le dogme et la recherche ? On aurait pu croire que, sur le fond, le procès était clos, la chose jugée.

De ce débat fameux et de cette détestable procédure, le R. P. Russo, s.j., a tenté, dans *Études*, en juin 1980, de tirer la conclusion, mettant l'accent sur le

> « processus de *purification progressive* de la foi qui [...] ne doit pas être entendue comme une altération de notre foi, mais comme l'abandon d'adjonctions inspirées par une certaine

> lecture religieuse des phénomènes empruntée à la culture du temps.
> On n'a pas suffisamment dit non plus combien l'avènement de la science moderne a contribué à cette purification, en dépit, soit de conflits graves et patents comme l'affaire Galilée, soit de sourdes mais pénibles oppositions et incompréhensions mutuelles. La science revendique un domaine propre où la foi n'a directement rien à dire. De ce fait, elle ne saurait faire l'objet d'interventions du magistère de l'Église. Cette revendication, Galilée eut le grand mérite de la formuler le premier… »

En 1983, cependant, un historien italien, Pietro Redondi, publiait *Galileo eretico*, bientôt traduit en France [15], où il soutenait que l'astronome de Pise n'avait pas été condamné pour héliocentrisme, mais parce qu'il avait professé des opinions « atomistes ». Présenter la matière comme constituée d'atomes mouvants était, selon les théologiens de Rome, se rallier à un matérialisme à la Démocrite, et surtout ruiner le sens de la transsubstantiation eucharistique. Un dogme fondamental du catholicisme était ainsi remis en question. En poursuivant Galilée, non pour cette « hérésie », mais pour son « copernicisme », Urbain VIII et ses juges lui auraient en somme sauvé la mise – on dirait presque « correctionnalisé » les poursuites.

Cette thèse sensationnelle, fondée sur la découverte par cet historien d'un document des archives du Saint-Office passé inaperçu depuis trois cent cinquante ans des innombrables chercheurs qui se sont légitimement acharnés à dévoiler les divers aspects de la tragédie, a trouvé, quatre ans plus tard (1987), un avocat prestigieux en la personne d'un religieux, le père Costabel, qui, dans une revue dotée de grande autorité, *La Vie des sciences* [16], l'accréditait en soutenant que, plus encore que la querelle de l'héliocentrisme, cette réévaluation de la condamnation de Galilée révèle « un choc violent entre science et foi ».

Contre cette double résurrection de l'affaire Galilée, un autre religieux, jésuite celui-ci, le R. P. Mayaud, a élevé une protestation véhémente, d'abord sous forme d'une lettre publiée en 1989 dans *La Recherche*, à laquelle répondit le père Costabel, disparu peu après ; puis, après trois ans d'enquête et de recherches menées dans les archives du Vatican, par un volumineux article encore inédit et qu'il a bien voulu communiquer à l'auteur.

L'argumentation de Costabel repose notamment sur le fait que, dans l'acte d'abjuration (dont l'original a été perdu et dont il a étudié l'une des versions), Galilée parle d'abord « *du* soupçon », puis « *des* soupçons » qui ont donné lieu aux poursuites contre lui. Mais la plupart des experts récusent cet argument. Ne pourrait-on plus simplement relever que, dans la version communément admise, Galilée déclare abjurer « les susdites hérésies » (c'est-à-dire l'héliocentrisme) « et en général toute erreur ou hérésie » – ce qui pourrait nourrir l'argumentation des tenants de la « face cachée » du procès ?

Pietro Redondi se fonde, pour sa part, sur un document anonyme qu'il a su dénicher dans les archives du Saint-Office, alors qu'il recherchait une lettre de Mario Guiducci (l'auteur du *Discours des comètes* de 1626 contre le R. P. Grassi*) avertissant Galilée d'une dénonciation du Saint-Office contre le *Saggiatore* – dénonciation qui aurait abouti à un non-lieu de l'inquisiteur Guevara. Échouant à retrouver ce rapport, Redondi apprit en revanche l'existence d'un document anonyme où était dénoncée, non le copernicisme de Galilée, mais une conception atomistique de la matière soutenue – brièvement – par l'astronome dans le *Saggiatore*. Et, non content de braquer le projecteur sur un point apparemment marginal, Redondi s'empresse d'attribuer la paternité de cette dénonciation anonyme au jésuite Orazio Grassi, qui venait de publier (1626) un livre abordant lui aussi le sujet de l'atomisme**.

L'historien anglais R. S. Westfall loue Redondi pour « sa réhabilitation du père Grassi [...] qui n'est aucunement le personnage ridicule auquel l'a réduit Galilée ». Il est certain qu'à propos des comètes, le jésuite tailla des croupières à Galilée, révélant ses incertitudes en mathématiques, et lui opposant Kepler. Mais la question porte moins sur la valeur scientifique de Grassi que sur le point de savoir s'il est l'auteur, à l'encontre de Galilée, d'une dénonciation infamante et de nature à vouer son contradicteur au pire.

Le moins qu'on puisse dire de la séduisante thèse de Redondi, celle de la « face cachée de la condamnation », est qu'elle repose sur des bases ténues – quelques phrases relatives à la théorie des sensations dans le *Saggiatore*, quelques autres dans

* Voir ci-dessus, p. 313.
** *Ratio ponderum librae et simbellae.*

le *Dialogue* de 1632, et à peu près rien dans l'immense correspondance de l'astronome toscan. Si cette question était le fond de l'affaire, et la plus redoutable, pourquoi Galilée ne s'en ouvrit-il à aucun des innombrables amis et protecteurs qu'il comptait à Pise, à Florence et à Rome ?

Quant à l'attribution du texte anonyme à Grassi, les arguments graphologiques ou épigraphiques de l'historien italien semblent sujets à la critique : il n'est pas jusqu'à la formule finale de la lettre anonyme, « *le fo reverenza* » (quelque chose comme « salutations »), que l'on n'hésite à attribuer à un jésuite, avisé par définition, s'adressant à un grand notable du Saint-Office… Croyons-en cet autre jésuite qu'est le père Mayaud !

Pietro Redondi soutient d'autre part que, réprouvant l'attitude du R. P. Grassi-le-dénonciateur, le pape l'avait chassé de Rome et exilé dans sa ville natale, Savone. Scrutant la biographie d'Orazio Grassi, on le retrouve à Rome (vice-président du Collège romain) et un peu partout à travers l'Italie. Enfin, le R. P. Mayaud cite cette lettre écrite par Grassi à un prêtre génois, trois mois après l'abjuration du vieux maître :

> « Quant aux ennuis [*disgusti*] de Galilée, je vous dis très sincèrement que j'en ai ressenti un très grand déplaisir [*dispiacere*] parce que je lui ai toujours porté beaucoup plus d'affection qu'il n'a daigné m'en porter ; et ayant été interrogé à Rome l'an dernier à propos de son livre concernant le mouvement de la Terre et l'opinion que j'en avais, j'essayais par tous les moyens d'apaiser les esprits irrités [*inaspriti*] contre lui, et de les rendre capables de comprendre l'efficacité de ses arguments, si bien que certains s'étonnèrent comment moi, qu'ils estiment offensé par Galilée, et peut-être bien peu apprécié, je parlais pour lui avec tant d'empressement. Mais il s'est ruiné lui-même en s'entichant de sa propre intelligence… »

Certes, Grassi peut « jésuitiquement » se faire plus généreux qu'il n'est. Mais là non plus, on ne trouve pas la moindre allusion à l'atomisme et à son incompatibilité avec l'eucharistie, sujet qui pourtant, nous le savons, intéressait particulièrement le physicien jésuite.

Est-on ici trop perméable à l'argumentation du père Mayaud contre Pietro Redondi ? Elle est si serrée, si minutieuse, haletante… On sera en revanche plus réservé sur la thèse implicite qui inspire le lointain avocat d'Orazio Grassi : à savoir que la Compagnie n'eut en fin de compte rien à voir avec la condamnation de Galilée.

N'est-ce pas anticiper audacieusement sur une heureuse évolution, la révision radicale opérée au cours des siècles, et surtout depuis cinquante ans, par les pères ? Dût-on exonérer Grassi de la dénonciation anonyme contre l'atomisme supposé du Toscan, il est difficile de ne pas retrouver la « main des jésuites » dans plusieurs épisodes des poursuites, interventions dues soit à leurs responsabilités institutionnelles (Bellarmin), soit à des conflits et polémiques entre savants (Grassi, et avant lui Scheiner).

Rappelons qu'à l'origine, les pères du Collège romain accueillirent avec une prudente bienveillance le discours copernicien ravivé par Galilée. En témoigne, outre l'accueil enthousiaste qui lui est fait en 1611 au Collège romain, cette lettre adressée par le grand érudit provençal Nicolas Peiresc à Gassendi, en 1633 : « Le père Kircher* ne put se tenir de nous avouer que le père Malapartuis et le père Clavius même n'improuvaient nullement l'avis qu'on les eusse pressez et obligez d'écrire pour les communes suppositions d'Aristote, que le père Scheiner lui-même ne suivait que par force et par obédience. »

On ne saurait dire que ces quelques lignes suffisent à décrire l'attitude de la Compagnie à propos de la mobilité de la Terre : Kircher ne contrôlait pas toujours son imagination, et Clavius, quand ce texte fut écrit, était mort depuis vingt ans, non sans avoir fait entendre que Galilée était sur la bonne voie dès 1611. Mais il est peu vraisemblable que ses élèves soient revenus ensuite à Aristote. Il est vrai que les rapports entre le maître de Pise et divers savants jésuites devaient s'altérer au point qu'il n'est pas tout à fait pervers d'imaginer qu'à divers moments de la procédure, tel d'entre eux fut aigri contre lui : ainsi le R. P. Scheiner, son compétiteur à propos des taches du Soleil. On a retenu en outre que, dans la commission théologique formée en 1632 pour vérifier l'orthodoxie du *Dialogue*, un jésuite, le R. P. Inchofer, s'était prononcé contre Galilée

* Qui était un ami de Peiresc, ayant travaillé avec lui sur les hiéroglyphes. On retrouvera plus loin cet ébouriffant génie.

(Redondi écrit qu'il « donna libre cours à ses compétences astronomiques pour manifester son zèle inquisitorial »).

Et il paraît difficile de ne pas citer cette observation faite par un autre professeur au Collège romain, le père Grienberger, quelques mois après le procès de 1633 : « Si Galilée avait su conserver l'affection des pères de ce collège, il mènerait en ce monde une vie glorieuse, aucune disgrâce ne l'aurait frappé et il aurait pu écrire tout à son aise sur n'importe quel sujet… » C'est Galilée qui rapporte ce mot, dans une lettre de juillet 1634 qui reflète l'obsession où il vécut dans les dernières années de sa vie, celle d'« un complot orchestré par les jésuites [17] ».

Ces plaintes d'un héros isolé et amer ont évidemment beaucoup fait pour accréditer la légende – l'une des innombrables légendes antijésuitiques – d'un Galilée-victime-des-jésuites. D'autant plus obsédante, cette légende, qu'elle ne se nourrit pas seulement des dénonciations de Pascal, peu crédible à ce propos, mais d'une lettre de Descartes au père Mersenne : en dépit de l'attachement porté à ses professeurs de La Flèche, le maître de la *Méthode* n'exclut pas qu'ils fussent responsables de la condamnation de Galilée – d'où ii tira de grandes leçons de prudence…

Prudence justifiée. Imputation abusive. Mais nous avons vu qu'on ne peut exonérer globalement la Compagnie des malheurs qui accablèrent, avec Galilée, l'autonomie de la science face à la théologie, la liberté du chercheur par rapport aux dogmes du pouvoir établi. Pour ambiguës qu'elles fussent, les interventions de Robert Bellarmin contribuèrent à enfermer le savant de Toscane dans le piège institutionnel ; ses démêlés avec Scheiner et Grassi – tenons les torts pour partagés – créèrent un climat envenimé, alourdissant en soupçons et isolant l'accusé ; et, au sein de la commission théologique de 1632, le R. P. Inchofer, s.j., fut l'un de ses accusateurs.

On a fait sa large part à l'impressionnante argumentation du R. P. Mayaud contre la légende noire d'une Compagnie acharnée à la perte du grand homme, emporté dans son vertige de gloire et son défi magnifique. « Les » jésuites ? Non. Mais « des » jésuites contribuèrent au sinistre épilogue du 22 juin 1633. Il eût mieux valu, pour l'honneur des ignaciens, qu'ils se maintinssent sans faiblir dans la ligne d'interrogation généreuse qui fut d'abord, à propos de Galilée, celle du père Clavius.

Avec Galilée, les jésuites avaient fait deux pas en avant, puis un pas en arrière. Avec Descartes, ce sera plutôt deux pas en arrière, suivis d'un pas – tardif – en avant. Non qu'ils ne fussent tentés par l'ampleur judicieuse d'un système fondé sur une recherche à laquelle ils ont part et qui vient à point pour se substituer à celui, évidemment exténué, de la scolastique.

Et comment ne seraient-ils pas fiers d'avoir enfanté et couvé le nouvel Aristote dans leur collège de La Flèche, lui assurant une formation si heureuse que le philosophe ne cessera tout au long de sa vie de leur rendre hommage, à l'égal de son condisciple Mersenne (qui, entrant dans les ordres, choisit pourtant de se joindre aux minimes) ?

Entre Descartes et ses premiers maîtres, bien des éléments de convergence paraissaient conduire à l'alliance : attachement au réel, appétit de recherches, souci de l'expérimentation, goût pour les constructions amples, conscience des impératifs de la révélation, soumission à la hiérarchie ecclésiastique, prudence éminemment politique... Tout poussait à la symbiose, sauf ceci, qui est essentiel : comme son aîné, l'astronome de Toscane, l'auteur du *Discours de la méthode* posait en principe la séparation des pouvoirs religieux et scientifique, du dogme et de la recherche, de la théologie et de la science.

Comme Galilée, Descartes se proclame bon catholique. Il ne met en cause ni la création du monde, ni la révélation, et son formidable mécanisme de l'Univers suppose, requiert le Dieu de la Genèse. On peut certes observer, comme Malebranche, que ce système est si magnifique qu'il pourrait presque se passer de Dieu. Et objecter avec Pascal-le-fulgurant que Descartes « aurait bien voulu, dans toute sa philosophie, pouvoir se passer de Dieu ; mais il n'a pu s'empêcher de lui faire donner une chiquenaude, pour mettre le monde en mouvement ; après cela, il n'a plus que faire de Dieu ».

Les jésuites pouvaient-ils, pour « récupérer » Descartes, se contenter de ce « presque », de cette « chiquenaude » ? Peut-être, dès lors que Descartes, admettant la suprématie de la théologie, eût mis la recherche à son service. Ce qu'il ne pouvait faire. La Compagnie, alors en avance sur l'institution catholique, pouvait bien admettre une certaine autonomie de la recherche. Mais non l'abandon de la hiérarchie essentielle.

Descartes ne prétend s'en prendre à aucun aspect du dogme chrétien, qu'il respecte globalement, tenant que « les vérités révélées sont au-dessus de notre intelligence ». Cela posé, qui n'est pas seulement tactique – c'est un thème qui court à travers sa correspondance –, il réclame la libre disposition des démarches de la raison. Fidéiste respectueux, il est rationaliste intrépide – ne voyant en cette dissociation des démarches et des domaines aucune incompatibilité. Descartes peut être bon chrétien. Mais sa philosophie, comme indépendante de son concepteur, ne conduit-elle pas à une radicale remise en question ? Georges Minois écrit pertinemment que « ce que l'Église n'admet pas chez Descartes, c'est le cartésianisme [18] ».

Les jésuites ne surent pas plus qu'à propos de Galilée renouer ici avec leurs origines humanistes, et discerner (ah ! le discernement, mes pères...) que le grand mécanisme cartésien était, mieux que l'aristotélicien, susceptible d'une lecture *ad majorem Dei gloriam*. L'enthousiasme commun pour les mathématiques, clé de l'univers, eût pu les conduire à la grande convergence sous le signe du décryptement du monde. Elle pourrait être de Grégoire Saint-Vincent, aussi bien que de Descartes, cette réflexion : « L'étude des mathématiques est nécessaire pour trouver les choses nouvelles, aussi bien en philosophie qu'en mathématiques [...]. Les mathématiques habituent à reconnaître la vérité, parce que dans les mathématiques se trouvent les raisonnements droits, qu'on ne saurait trouver nulle part ailleurs [19]. »

On trouvera certes des jésuites cartésiens, et des plus notables : le célèbre François de La Chaize ne devint-il pas confesseur de Louis XIV parce que ses supérieurs trouvaient son enseignement, à Lyon, trop marqué par la pensée du maître de la *Méthode* ? Un physicien comme Pardiès, un biologiste comme Fabri ne se cacheront pas d'être cartésiens, et le second fut exilé à Rome pour cela. A partir de 1690, Descartes se verra reconnaître une sorte de droit de cité dans les collèges de la Compagnie. Avec un demi-siècle de retard et beaucoup de réserves*.

Le rejet de cette lumineuse alliance ne retint pas la Compagnie, tout au long du XVIIe siècle, de foisonner de talents scientifiques et de découvertes, dont la plus éclatante est celle de la

* Qui ne sont pas toutes abolies en 1992...

diffraction de la lumière par le père Grimaldi. D'erreurs aussi, car, dans le grand débat sur l'existence du vide, on la trouvera du côté de Descartes, en contradiction, déjà violente, avec Pascal, sous l'impulsion d'un imbécile*, le R. P. Noël, dont on a conté les démêlés avec l'auteur de l'expérience du Puy de Dôme**.

Imbécile ? Ce n'est pas précisément l'adjectif propre à décrire le très singulier, très étonnant, très créatif et très erratique Athanasius Kircher, dont les travaux et les trouvailles jettent sur la Compagnie une lumière de baroquisme scientifique – qui vaut bien l'architectural, le pictural ou le musical, domaines où le génie des ignaciens s'est déployé avec un éclat souvent reconnu.

Kircher était allemand, comme Clavius et Scheiner. Né en 1602 près de Fulda, dans la Hesse-Darmstadt, très jeune novice au collège de Paderborn, il s'enfuit en 1622 devant les troupes protestantes jusqu'à Heiligenstadt, où il enseigna simultanément les mathématiques, l'hébreu et le syriaque : déjà tout un programme d'une vie de « polymathe*** », qui aborda tous les sujets, s'attaqua à tous les mystères, inventa, découvrit, polémiqua, suscita, inclassable, intarissable, en fin de compte génial.

Post-renaissant, pré-classique, Athanasius Kircher naquit « ou trop tard, ou trop tôt », assure l'un de ses biographes [20] – trop tard pour être de la grande phalange humaniste aux côtés de Postel, trop tôt pour cueillir les fruits de l'âge classique avec Leibniz, qu'il informa. Appelé à Vienne pour y succéder à Kepler dans la charge d'astronome impérial, puis à Rome pour y animer les travaux du Collège romain, il fut surtout le plus inventif des marginaux.

Sous le portrait qui orne la couverture des œuvres complètes du grand Athanasius, on lit cette sentence magnifique : « En vain le peintre et le poète proclament : le voici ! Sa figure et son nom sont connus par toute la terre ! » Avait-il jamais fait le vœu d'humilité ? Kircher enseigna tout, des mathématiques à la musique, de la philosophie à l'astronomie, et partout, à Mayence, Würzburg, Heiligenstadt, sans parler d'Avignon où

* Le mot est du R. P. Russo.
** Voir tome I, chapitre XI.
*** Savant en de multiples domaines.

le grand érudit Nicolas Peiresc, autre « polymathe », l'orienta vers l'étude du copte en vue du déchiffrement des hiéroglyphes égyptiens.

C'est à Rome, au collège de Clavius, qu'il mena l'essentiel de ses recherches astronomiques, physiques, médicales, philologiques. Dès son plus jeune âge, en Allemagne, il avait été saisi de passion pour la civilisation chinoise (ce pourquoi il demanda à ses supérieurs de partir sur les traces du père Ricci – en vain), et pour la culture de l'Égypte ancienne qu'il partit étudier à Rome où se dressaient dix-sept obélisques, donnant matière à son célèbre (et aventureux) *Œdipus aegyptiacus* (dont Champollion se fera le censeur impitoyable). Mais sa tentative d'interprétation des hiéroglyphes ne fut que l'un des multiples objets d'études de cet omniscient en perpétuelle effervescence.

Ses travaux sur la Chine sont presque aussi suggestifs que les précédents. Le *China monumentis* est plutôt une encyclopédie à l'usage des missionnaires en route pour Pékin, ce qui le consolait peut-être de n'avoir pu les y précéder. On y trouve compilés les récits et découvertes du grand Bento de Goès, ce jésuite portugais qui, au XVIe siècle, arpentant l'Asie, avait réinventé la route de la soie, ou de son ancien élève Martino Martini, devenu le mathématicien favori de l'empereur de Chine après Schall. Mais un tel volcan intellectuel ne saurait s'en tenir à la compilation, fût-elle lumineuse et d'une réelle valeur historique et ethnologique. Il s'aventure encore dans la linguistique, suggérant que l'écriture chinoise dérive de ses chers hiéroglyphes…

Dira-t-on que le père Athanasius fut surtout un prodigieux rat de bibliothèque, bourdonnant autour des inventions d'autrui ? Que non pas ! Homme d'action autant que de cabinet, il osa descendre dans le cratère du Vésuve pour observer de près les prodromes d'une éruption volcanique ; il étudia les causes de la peste ; il correspondit avec Leibniz ; il enseigna la perspective à Nicolas Poussin, étudiant à Rome, travailla à la mise au point de la lunette astronomique avec William Gascoignes, restaura l'église du Gesù et fonda le premier musée du monde, baptisé – pourquoi pas – *Kircherianum*…

Avons-nous ainsi rendu justice au mirobolant jésuite ? Pas du tout. Auteur de l'*Ars magna lucis et umbrae* [Le Grand Art de la lumière et de l'ombre], il a proposé les premières images de Saturne et répudié la cosmologie de Ptolémée et d'Aristote ; dans la *Musurgia universalis*, le père Kircher se présente, non comme le premier des musicologues (Boèce le précède de plus de dix siècles), mais comme le théoricien du passage du style polyphonique au baroquisme ; l'auteur aussi d'un traité d'acoustique qui propose cette formule troublante : « Le son est le singe de la lumière. » Faux ? Bien sûr. Mais de ces faussetés qui font surgir la découverte... On n'en aura pas fini avec le multiple Athanasius en rappelant qu'il fut encore l'inventeur, selon certains, de la « lanterne magique », et plus certainement de l'ancêtre du mégaphone, ce qu'il appelait la « trompette stentorophonique », qui, de la chapelle de Mentorella, lui permettait de convoquer les fidèles à plusieurs kilomètres à la ronde.

Tant d'éclectisme ébahit. On sent monter en soi comme un fou rire. Jules Verne, Pic de La Mirandole, Haroun Tazieff, qui n'est-il pas ? Que ne cherche-t-il pas ? Il faut se garder pourtant de ranger Athanasius-le-merveilleux au rang des grands excentriques et moins encore des « charlatans ». Non seulement parce qu'en suggérant que la connaissance du copte mettrait sur la voie du déchiffrement des hiéroglyphes, il eut sa part dans la victoire ultérieure de Champollion ; non seulement parce qu'en écrivant, on l'a vu, que « rien sur la terre n'est en l'état où l'a mis la création », il ouvrit la voie au transformisme ; mais surtout parce qu'il fut un grand universaliste, un citoyen du monde qui mit au service de son utopie des recherches et des conquêtes bien réelles.

Hanté par le problème des origines, « principe unificateur de toute son œuvre [21] », acharné à déchiffrer les mythes qui foisonnent autour de la création et de la pluralité des groupes humains de l'arche de Noé à la tour de Babel, Kircher fit culminer ses entreprises dans sa tentative d'établir une polygraphie réduisant à une seule toutes les écritures du monde, système dans lequel les hiéroglyphes eussent joué un rôle primordial*.

Qu'un jésuite du XVIIe siècle mît tant de soins, et si diversement éclairés, à persuader le monde catholique de porter sur les « païens » un regard positif au lieu de les exclure et de les maudire est la marque d'une grandeur singulière. Comme la

* Trente ans plus tard, Leibniz attribuera ce rôle au chinois.

ferveur avec laquelle Athanasius Kircher rechercha, dans la théogonie voilée par l'écriture cryptique de l'ancienne Égypte, « berceau postdiluvien de tous les arts et de toutes les sciences », le principe d'une religion universelle.

En Athanasius Kircher le polymathe se manifeste, mieux que chez tant de subtils praticiens du pouvoir dont regorge la Compagnie, cet esprit de connaissance et d'entreprise, de confiance en l'homme et d'espérance commune par la convergence, qui fait la grandeur de cette cathédrale des ambiguïtés – la Compagnie de Jésus. Fou de Dieu ou fou du monde ? Fou du monde de Dieu, peut-être…

Dans la lignée baroque de Kircher, on est conduit à citer des hommes comme les RR. PP. Fabri et Castel. Le premier semble tenté de l'emporter sur l'innombrable Athanasius par la multiplicité de ses interventions, en tout cas de ses signatures – la principale étant, sans modestie abusive, « Eustache de Divinis ». Il écrivit sur tout, se lançant dans toutes les causes perdues, polémiquant avec les jansénistes, en remontrant à Huygens sur la lumière, s'en prenant à Descartes avant d'être dénoncé comme cartésien, assurant avoir découvert les anneaux de Saturne. Devenu à Rome « grand pénitencier » (quel titre !), Honoré Fabri eut à procéder, en 1680, au réexamen du « cas Copernic » à la tête d'un tribunal du Saint-Office. Si cette instance persista à juger insuffisantes « les preuves de l'héliocentrisme apportées par le savant polonais » (et à sa suite par Galilée), elle n'en reconnut pas moins que l'Église était prête à admettre que « l'on peut entendre dans un sens figuré les passages des Écritures relatifs aux mouvements des planètes ». C'était là ouvrir largement les portes à la vérité – qui, de toute façon, était en marche…

Quant au père Castel, il faut le ranger parmi les héritiers directs de Kircher-le-musicologue. N'est-il pas digne de l'inventeur de la « trompette stentorophonique », ce jésuite qui travaille à un clavecin dont toutes les notes correspondaient à des couleurs, et déclenchaient, au fur et à mesure, des odeurs ? Art total qui sombre avec lui, mais mérite une résurrection.

Bon, heureux jésuite que ce Castel, qui avait choisi d'enseigner la géométrie sous une forme plaisante : les cônes étaient faits de pains de sucre, les cubes de dés à jouer, les ellipsoïdes d'œufs. Il appelait cela sa « méthode riante[22] ». Monsieur Pascal, n'en doutons pas, eût exécré ce trait de laxisme bien dans la tradition des confesseurs de la Compagnie : quand ceux-ci mettaient des coussins sous les genoux des pécheurs, leurs géomètres n'allaient-ils pas jusqu'à mettre du rire dans leurs leçons !

Ce n'est pas exactement ce que recherchait le remarquable père Paulian, professeur au collège d'Avignon, l'un des premiers jésuites newtoniens, qui plaçait ses élèves sur des gâteaux de résine pour leur faire sentir les effets du flux électrique, refaisant sept à huit fois chaque expérience et ne cessant d'enrichir, au collège Saint-Michel, son laboratoire.

Tandis que, sur son terrain d'origine, la Société de Jésus multipliait ainsi les manifestations d'une vitalité scientifique digne des fondateurs de Sainte-Barbe, ses ambassadeurs en Chine faisaient miroiter en Asie le génie de l'Europe renaissante et préclassique. Si le mot « miroiter » ne vient pas innocemment sous la plume – tant il est vrai que ce déploiement magistral recouvrait de très ardentes visées apologétiques, une sainte « pipée » pour reprendre l'étonnant aveu du R. P. Mastrilli-Duran à propos du Paraguay* –, il faut ajouter que la fascination était réciproque et que, s'il y eut miroir aux alouettes, celles-ci ne furent pas toutes chinoises… René Étiemble a intitulé son livre *L'Europe chinoise*[23], et non *La Chine européenne* : la conclusion la plus heureuse de cette gigantesque aventure fut, en effet, la fondation de la sinologie par Matteo Ricci et ses émules.

Ce qui ne diminue en rien les mérites des grands lettrés et savants jésuites qui, du début du XVIIe siècle à la fin du XVIIIe, se firent les dispensateurs en Chine de sciences et de techniques que l'empire du Milieu ignorait moins qu'il ne les avait proprement « oubliées ». En bien des domaines, la Chine des Ming, qui accueille Ricci, en savait moins long que celle des Han – comme l'Europe de Clovis s'était retrouvée moins savante que celle de Trajan. Et c'est d'ailleurs parce que, depuis les Grecs, utilisateurs de la « route de la soie », les meilleures têtes européennes, dont Leibniz n'est que la plus illustre, savaient

* Voir tome I, chapitre XIII.

l'ancienneté et la grandeur de la civilisation chinoise qu'avant même d'aborder à la Chine, les premiers jésuites et leurs émules franciscains ou théatins s'étaient préparés à un dialogue sur les sommes*.

Le dialogue eut bien lieu. Laissons de côté celui qui, relatif aux rapports entre christianisme et confucianisme, ne pouvait manquer de décevoir son merveilleux promoteur, Matteo Ricci, et déboucha sur la « querelle des rites chinois » où la Société de Jésus connut sa première défaite institutionnelle, put faire le décompte de ses ennemis français et romains et dut se préparer à l'anéantissement de 1773.

Entre-temps, néanmoins, la Compagnie avait conquis un grand, un incomparable allié : Leibniz, avocat de la justification de la foi par les sciences. « Les jésuites sont donc ses hommes », écrit Étiemble[24]. Il admire passionnément l'œuvre des pères en Chine, et écrit à Colbert que rien n'est plus utile à l'Europe qu'un « missionnaire géomètre ». Qui le fut avec plus d'éclat, un éclat digne du grand précurseur, que ses disciples jésuites Adam Schall et Ferdinand Verbiest ?

Avant de mourir, entouré de la vénération générale, Matteo Ricci, dit Li Mateou, avait réclamé à Rome l'envoi d'« un bon mathématicien ou astronome ». De sa longue familiarité avec les mandarins et le peuple chinois, il avait tiré la conclusion que rien, mieux que la science, n'était de nature à incliner les hommes de l'Empire à prêter attention aux lettrés d'Occident (« Si on te croit sur la géographie, on te croira sur le reste », avait-il entendu à Nan Ch'ang…). Et de toutes les sciences, il avait compris que la plus prestigieuse en Chine était l'astronomie – qui décrit, ordonne et harmonise les relations entre la société humaine et le ciel (ce *tien* bien réel qu'il tentait désespérément de confondre avec celui, métaphysique, des chrétiens…).

Cette grande partie, cette partie décisive, ou qui aurait pu l'être, cette révolution du ciel dans l'empire du Milieu par la réforme du calendrier, ce ne fut pas un, mais trois « bons mathématiciens et astronomes » jésuites qui l'accomplirent. Le premier, Sabbatino de Ursis, l'entama dès le lendemain de la mort de Ricci. Après lui, les maîtres d'œuvre de la grande entreprise, qui coïncide avec un profond bouleversement poli-

* Voir tome I, chapitre IX.

tique et dynastique de l'Empire, furent les RR. PP. Schall et Verbiest.

Adam Schall von Bell, né en 1591 à Cologne, aborde à la Chine en 1622, quarante ans après Ricci. « Il était maître de toute la science de son temps », écrit de lui le grand sinologue Paul Pelliot, maître même de la langue chinoise en laquelle il composa, dit-on, une centaine de traités. Bénéficiant de la protection de Paul Siú, le grand mandarin devenu *kolao*, ou principal ministre, après avoir été converti au catholicisme par Ricci, il fut bientôt chargé de la réforme du calendrier amorcée par le père de Ursis. Il lui fallut un peu plus de dix ans pour mener à son terme cette opération, achevée en 1638.

Qu'une telle révolution fût confiée à un « barbare d'Occident », et accomplie par lui, ne pouvait manquer de provoquer jalousies et révoltes. Faut-il trouver un lien entre cette « imprudence » de l'empereur et le soulèvement qui, deux ans plus tard, en 1640, provoqua la guerre civile, l'intervention des Mandchous et la substitution, à la dynastie des Ming, de celle des hommes du Nord ? Le fait est que la ruine de leurs protecteurs impériaux n'altéra que brièvement le prestige et l'autorité des pères. Mieux : la prévision et l'interprétation qu'ils présentèrent de l'éclipse de Lune du 1er septembre 1645 leur valut un surcroît d'autorité, et Schall fut fait président du Tribunal des rites, titre et fonctions entre tous prestigieux, auxquels s'ajouta celui de « père vénérable » du jeune empereur Tchouen-Tché. Sa gloire l'emportait encore sur celle de Ricci quand il mourut à Pékin en 1669.

Ferdinand Verbiest fut, à partir de 1659, son adjoint, puis son successeur. Né en 1623 près de Courtrai, en Belgique, il avait pris pied en Chine en 1659, partageant d'emblée la faveur dont était entouré son maître Schall, mais visé bientôt par les mêmes attaques des eunuques et des mandarins : leur supplice commun était même décidé, dit-on, quand l'incendie du palais impérial et l'apparition d'une comète jetèrent l'épouvante parmi leurs persécuteurs.

Sauvé par décret du ciel, Verbiest devint président du Tribunal des mathématiques où il imposa si bien les connaissances et la pédagogie de l'Occident que le poste resta pendant près d'un siècle aux mains des jésuites. Il ne se contenta pas de ce rôle de grand enseignant. Directeur de l'observatoire de Pékin, il le modernisa et le développa. Et si les maîtres de la Chine lui firent, le 29 janvier 1688 à Pékin, des funérailles grandioses, c'est aussi parce qu'il avait créé une fonderie de canons fort utile à la dynastie, et pris une part très active et utile aux négociations en vue de tracer les frontières avec l'empire des tsars moins défavorables à la Chine. *Ad majorem Dei gloriam*, comme toujours.

Grand savant, grand observateur, grand linguiste aussi, fut Joseph-Marie Amyot, Provençal né en 1718, qui sut gagner la confiance de l'empereur Qien-Long : il s'entretenait avec lui en tartare. Devenu l'un des conseillers du monarque, il trouva là un poste d'observation, qui fait de lui un incomparable témoin de la Chine de la deuxième partie du XVIIIe siècle ; avec lui s'inverse l'immense dialogue entre la Chine et l'Occident : c'est moins l'Europe qui fournit ses « modèles » à l'Empire que celui-ci qui, à travers la célèbre correspondance du père Amyot, vit et manifeste à la fois son génie et sa décadence. Ambassade culturelle d'autant plus méritoire qu'elle se déroule en grande partie après la « suppression » de la Compagnie, alors qu'Amyot n'est plus qu'un prêtre isolé, privé de ses arrières, et à la veille de la grande vague impérialiste occidentale déclenchée par la mission du diplomate anglais MacCartney [25] : dès lors, les relations entre l'Occident et la Chine ne seront plus commandées, pendant deux siècles, que par l'esprit de rapine.

Si cruel qu'il fût aux jésuites, cibles favorites d'un parti philosophique que leur enseignement servait discrètement, le XVIIIe siècle fut pour les savants et chercheurs de la Compagnie une haute époque – qui se prolongea d'ailleurs quelque temps après l'abolition de l'ordre ignacien par le Saint-Siège.

Restent fort actifs, non seulement un enseignement des collèges éclairé par le double ralliement à Descartes d'abord, à Newton ensuite, mais aussi les deux courants qui témoignent depuis les origines de la fertilité inventive de la Compagnie. D'abord le classique, qui conduit de Clavius et Grassi aux pères Grimaldi, rival de Huygens, découvreur de la diffraction de la lumière, et Saccheri, précurseur de la géométrie non euclidienne de Lobatchevski. Ensuite le baroque, qui va du merveilleux Kircher au savoureux Castel, pour aboutir à Boscovitch, l'un des génies les plus originaux qui soient sortis du « moule » du Collège romain.

Ràder Boscovitch, que les Croates, plus que les jésuites, tiennent pour leur savant le plus éminent, était né à Raguse, maintenant Dubrovnik, en 1711. Entré à quinze ans dans la Compagnie, il lui survécut quatorze ans. Étudiant en mathématiques et physicien au Collège romain, il y enseigna les mêmes matières à partir de 1736. Tenu pour le premier des disciples de Newton hors du Royaume-Uni, il consacra des travaux essentiels aux inégalités de la gravitation terrestre, l'aurore boréale, les « forces répulsives » – qui l'ont fait considérer comme le précurseur de l'électrodynamique de Maxwell.

Science jésuite par excellence, l'astronomie le captive pendant de longues années : il travaille à une théorie du télescope, à une étude des comètes, élabore une trigonométrie de la sphère, et crée plusieurs observatoires, dont celui de Brera, près de Milan, qu'il dirige pendant six ans avant d'être nommé professeur à l'Université de Pavie, en 1664. Boscovitch avait publié six ans plus tôt à Vienne son ouvrage le plus fameux, *Theoria philosophiae naturalis redacta ad unicam legem virium in natura existentium*, traduit en français sous le titre *Théorie de philosophie naturelle*. D'après Fechner, c'est lui, Boscovitch, qui est « le fondateur en physique de la théorie moderne de l'atomisme ayant pour base la notion d'atomes isolés et distincts », et le premier physicien à avoir tenté d'en tirer les principales théories de cette science. D'autres voient en lui un précurseur de la relativité.

Comme la plupart des jésuites, le père Ràder Boscovitch allait passer de la théorie la plus abstraite à la pratique la plus concrète. Chargé par le pape Benoît XIV de consolider le dôme de Saint-Pierre, puis de mesurer, avec le jésuite anglais Maitre, le méridien de Rome, enfin de procéder à une étude en vue de l'assèchement des marais Pontins, il n'en fut pas moins chassé des États pontificaux en 1773. Invité à la fois par le grand-duc de Florence et l'Académie royale de Londres qui lui demandait d'aller observer pour elle, en Californie, le deuxième passage de Vénus, il céda enfin aux sollicitations de Louis XV : ainsi fut-il nommé, tout jésuite qu'il était – d'ailleurs sécularisé et naturalisé français –, directeur de l'Institut d'optique de la marine, poste qu'il occupa dix ans. Mais il était encore trop jésuite pour son temps : brouillé avec la monarchie finissante, il revint en Italie pour y mourir, en 1787, non sans avoir publié un dernier ouvrage, *Opera pertinentia ad opticam et astronomiam*, dont Lalande, puis Faraday, devaient faire grand cas.

Le R. P. Russo, aujourd'hui, est plus réservé. Il reconnaît à Boscovitch deux thèses originales, au niveau microscopique : qu'à faible distance, une répulsion se substitue à l'attraction newtonienne ; que les forces sont l'élément fondamental de la nature, s'exerçant à partir de points immatériels, conformément au principe de continuité. Soulignant la fertilité de ces vues, François Russo observe pourtant que la relative faiblesse de l'œuvre de Boscovitch tient à l'absence, chez lui, de démarche mathématique – ce qui est d'ailleurs aussi le cas, parfois, de Newton et de Leibniz. Parfois seulement... D'où l'oubli où était tombé le savant croate* avant que plusieurs symposiums lui soient consacrés depuis 1980, en écho aux hommages rendus à ses travaux par Faraday, Maxwell ou J. J. Thomson, et à son rôle d'animateur du Collège romain au temps où furent liquidées les dernières résistances du Saint-Office à la reconnaissance de l'héliocentrisme copernicien.

« Philosophe de la nature original mais qui a fait preuve d'imagination plutôt que d'une réflexion scientifique [26] », Ràder Boscovitch apparaît avant tout comme l'archétype du « jésuite des Lumières », grand Européen polygraphe et polymathe, déchiffreur de la nature quand Rousseau s'en fait le célébrant. Véritable encyclopédiste hors de l'Encyclopédie, briseur de tabous, constructeur de machines, libérateur d'intelligences et fondateur d'observatoires, ce jésuite par excellence, homme de son siècle, peut ainsi survivre, égal à lui-même, à la destruction de la Compagnie par une papauté aveugle et terrorisée par les absolutismes.

Le génie inventif de Boscovitch ne suffit pas à créer un courant de vitalité scientifique capable de maintenir l'influx de la Compagnie durant la comateuse traversée du désert de 1773 à 1814. Là encore, on trouverait étrange que le « tranchant de la hache » n'ait pas provoqué un sursaut, une géniale réaction de l'inventivité, si l'on n'avait constaté à quel point l'institut de Loyola est, par définition**, nourri du pouvoir, de la pratique officielle, lié au socle de la puissance comme le lierre au mur.

* Quatorze pages lui sont consacrées dans l'*Encyclopaedia Britannica* en 1802, un quart de colonne en 1971...

** En tout cas jusqu'au XXe siècle.

Le fait est que, ni dans les communautés maintenues notamment en Russie, ni parmi les prêtres sécularisés ou rendus à l'état laïque, cette période d'exil et de proscription n'a été marquée par l'inventivité dont la Compagnie avait donné tant de signes au temps de sa gloire et de sa puissance. La seule exception notoire est due à Gabriel Grüber, ce jésuite viennois qui sera, un temps, le fondé de pouvoir de la Compagnie en voie de revitalisation : médecin, architecte, physicien, fort admiré par le tsar Paul Ier, il fut de ceux par qui un certain courant continua de passer, conduisant à la restauration.

Mais le XIXe siècle ne pouvait être propice lui non plus à la fertilité jésuite : du culte du passé entretenu par Clorivière et les siens à la chasse à la modernité dont Grégoire XVI puis Pie IX se feront les grands veneurs, la Société de Jésus, agrippée à Rome et plus ou moins harcelée ou chassée par tous les pouvoirs français, légitimiste, orléaniste, impérial et républicain, ne fut guère capable de donner sa mesure sur le terrain des sciences. Ce n'est pas la timide modernisation du *Ratio studiorum* opérée en 1831 à l'initiative du « préposé général » Roothaan qui était de nature à éveiller le génie inventif chez les pères.

Et pourtant, ce siècle, qui fut pour l'Église catholique, jusqu'à l'avènement de Léon XIII (1878), celui de tous les refus et tous les aveuglements, s'était ouvert par un geste apparemment libérateur : en 1822, le Saint-Office revenait sur le vieil anathème jeté en 1606 sur Copernic. Seulement toléré depuis un siècle comme hypothèse de travail – droit dont avaient usé maints savants jésuites –, le système héliocentrique, progressivement réhabilité par les RR. PP. Fabri et Boscovitch (entre autres...), était proclamé licite « conformément à l'opinion communément admise par les astronomes modernes ».

Ouf ! Mais on serait tenté de dire que cet effort de bon sens et de sagesse épuisa les ressources des Messieurs de Rome pour des décennies – à ceci près que le digne successeur de Boscovitch, l'astronome italien Angelo Secchi, jésuite de l'espèce la plus inventive, y trouva un blanc-seing sans lequel il se fût peut-être enfermé dans la routine.

L'homme (1818-1878) était à coup sûr éminent. Il avait eu la chance d'amorcer sa carrière de chercheur, non dans l'atmosphère confinée de la Rome de Pie IX, mais d'abord à Stonyhurst en Angleterre, puis à l'université jésuite américaine de Georgetown, aux côtés d'un maître à l'esprit fertile, le

R. P. Francisco de Vico, observateur de deux satellites de Saturne, Mimas et Enceladus, de huit nouvelles comètes, et qui s'assigna la tâche grandiose d'établir un nouveau « catalogue du ciel ».

Angelo Secchi, revenu en Italie en 1852, se vit confier d'emblée la direction du nouvel observatoire du Collège romain, où il procéda à une classification des étoiles, en dénombrant quatre mille. Ses recherches sur les cratères de la Lune, l'analyse spectrale des planètes et des nébuleuses, sa description du Soleil l'ont fait considérer comme l'un des fondateurs de l'astronomie moderne. Et le voici comblé de toutes les distinctions et de tous les honneurs. Reçu en héros par Napoléon III à l'Exposition universelle de 1867, membre des académies de Paris et de Londres, maintenu en place par la couronne piémontaise après la prise de Rome en 1870, lointain successeur de Galilée à l'académie romaine des Lincei, il règne sur l'astronomie de son temps.

En 1874, paraît à Paris son *Unité des forces physiques* où il expose non seulement ses découvertes dans les domaines de la météorologie et de la physique cosmique, de la thermologie, de la thermodynamique, mais aussi ses apports à la cinétique des gaz, à l'optique et à l'électricité. Ouvrage pionnier, mais qui, dans l'esprit du R. P. Angelo Secchi, a pour principal objectif un rigoureux discours apologétique, un plaidoyer en faveur de l'« éternel architecte ». On ne devrait pas s'en étonner, de la part d'un jésuite. Mais rarement la « gloire de Dieu » fut servie avec plus de soin que par cet astronome italien.

Elle ne le fut guère moins, à cette époque, par le biologiste allemand Erich Wasmann, dont les études fondatrices sur l'entomologie et la psychologie animale visent à préserver les enseignements du christianisme du désastre que semblait alors leur infliger le transformisme darwiniste. A la conception purement mécaniste du monde, qui fonde l'évolution des espèces animales sur la seule « lutte pour la vie », Erich Wasmann oppose une création si riche et chatoyante de gestes, de formes et de couleurs qu'elle suppose l'intervention d'un Grand Esthéticien. Et, si opposé qu'il fût à une telle hypothèse, l'adversaire de Wasmann que fut Forel présente l'œuvre de son rival comme la description « la plus merveilleuse et attrayante de la psychologie animale ».

Soucieux de s'en tenir au terrain scientifique dans l'étude sur l'origine des organismes primitifs, Wasmann n'en conclut pas moins qu'il faut qu'une « cause extérieure au monde » ait tiré ces premiers éléments de la matière. Et il trouve trop de traces de « perfection » dans l'univers qu'il étudie pour n'y pas voir des « caractères d'écriture » divins. La « division harmonique » où Kepler découvrait la *sectio aurea*, la proportion idéale des composants de la morphologie des insectes, lui paraît un indice irréfutable de l'action du Créateur, du « démiurge artiste [27] ».

Des longs et beaux développements que ce thème inspire à Erich Wasmann, René Fülop-Miller extrait cette conclusion qui résonne comme un hymne jésuite pré-teilhardien à la beauté du monde :

> « Les manifestations de la division harmonique deviennent ainsi la confirmation magnifique et générale de la conception idéale chrétienne de la nature ; les lois de la création matérielle et spirituelle s'unissent en une éclatante et merveilleuse harmonie à la louange de son Créateur, car elle n'est que l'écho terrestre des lois immuables de la vérité et de la beauté qui de toute éternité ont leur siège dans l'esprit de Dieu [28]. »

Si entraînants qu'ils fussent, les discours de savants comme les RR. PP. Secchi et Wasmann interviennent dans un climat alourdi par l'intégrisme inspirant la publication du *Syllabus* et les « constitutions » du concile du Vatican, crépitantes d'anathèmes et de déclarations de guerre à l'autonomie de la science et à un réexamen rationnel ou historique des dogmes fondateurs du christianisme.

En 1863, pourtant, à la veille du *Syllabus*, un grand prédicateur jésuite, le R. P. Joseph Félix, successeur de Lacordaire et Ravignan dans la chaire de Notre-Dame, avait tenté un effort de réconciliation en intitulant ses conférences « Le progrès par le christianisme ». Son exorde ne manquait pas d'allure : « Nous n'avons pas peur ! La science n'est pas contre nous, elle est pour nous [...] Nous attendons, humbles mais calmes, sûrs que nos mystères ne peuvent qu'éclairer vos sciences, et que vos sciences ne peuvent que glorifier nos mystères [29] ! »

Les portes du temple ouvertes ainsi à deux battants, le R. P. Félix, qui passait plutôt pour un esprit moderne et avait des amis à *Études**, s'efforça de manifester sa largeur d'idées à

* Celui des années 1860...

propos des origines du monde, qu'il voulait bien situer à cent millions d'années, ou de siècles. Mais, touchant à l'apparition de l'homme, notre éloquent jésuite se retrouvait intraitable. Moins de deux ans après la publication du grand livre de Darwin, et alors qu'était en cours la traduction de celui de Charles Lyell sur l'antiquité de l'homme, il se refusait à remettre en question la datation biblique : six mille ans écoulés depuis le déluge, pas un mois de plus ! Partout cependant, du Périgord à la Cornouaille, se multipliaient les preuves d'activités humaines datant de centaines de millions d'années. Joseph Félix n'en avait cure.

Eût-il bravé la sainte obéissance en manifestant plus de clairvoyance, il se fût heurté au magistère suprême : six ans plus tard siégeaient au Vatican les pères conciliaires qui ne proclamèrent pas seulement l'infaillibilité papale en matière de dogme, mais aussi, à propos des relations de la science et de la foi, la constitution *Dei Filius* – ce texte qui, ne visant qu'à proclamer la supériorité de la foi sur la raison, s'achève par ces propos dignes de l'Inquisition :

> « Si quelqu'un dit qu'il est possible que les dogmes proposés* par l'Église se voient donner parfois, suivant le progrès de la science, un sens différent de celui que l'Église a compris et comprend encore, qu'il soit anathème ! »

Ainsi étaient claquées les portes au nez de tout savant qui tenterait de traduire les touchantes métaphores surgies de l'épopée juive puis du Moyen Age chrétien en tenant compte des données d'une science qui accumulait alors les preuves du caractère poétique du discours biblique. L'Église et avec elle la Société de Jésus s'acharnent une fois de plus à attirer sur elles les sarcasmes de ceux qui cherchent, étudient, ou lisent, simplement…

Les jésuites n'étaient-ils pas mieux armés que d'autres pour entrer sans surprise excessive dans le grand débat sur le transformisme – comme ils eussent été en mesure de garder leur lucidité et de marquer leur clairvoyance à propos de l'héliocentrisme de Copernic ou du rationalisme de Descartes ?

Il se trouve pourtant que, jusqu'au début du XXe siècle, les

* Étrange formule : « proposés »…

publications de la Compagnie, ou d'hommes qui lui avaient été longtemps liés comme le laborieux abbé Moigno, renchérissent sur les publications officielles de la papauté en dénonçant avec mépris ceux qui, de Lamarck à Darwin, prétendaient décrire un monde en transformation, dont les origines ne sauraient se réduire au couple chassé du jardin d'Éden ou aux diverses espèces rescapées de l'arche de Noé.

Convié voici quelques années à établir un bilan des positions de la Compagnie à ce sujet, un savant jésuite contemporain recula, épouvanté. La lecture des textes émanant des porte-parole jésuites de la fin du XIXe siècle, notamment de ce R. P. de Scorraille que nous avons vu accueillir de si mauvaise grâce l'encyclique de Léon XIII dite « du ralliement à la République », a de quoi lasser la bienveillance. Poussé à ce point, le fanatisme décourage le récit et même la critique…

Penser que de ce bloc d'immobilisme intransigeant allait surgir quelques années plus tard un certain Pierre Teilhard de Chardin est matière à s'étonner. Mais le mot de miracle serait ici abusif. Il suffit de se reporter à l'histoire de la Compagnie, à la kyrielle de chercheurs et de grands esprits, de « bûcheurs » inlassables et de génies déconcertants qui s'y étaient succédé depuis un demi-millénaire, pour penser que, s'il fallut un siècle à la Compagnie pour rattraper Copernic, un demi-siècle pour s'accommoder de Descartes et un peu davantage pour concevoir un monde composé d'atomes, les recherches paléontologiques pratiquées en Chine et ailleurs par les RR. PP. Froc ou Licent conduiraient bientôt les pères à réviser, sans se croire frappés par quelque anathème pontifical, une conception du monde fondée sur la fixité de la matière comme sur l'immobilité de la Terre.

On retrouvera bien sûr Pierre Teilhard de Chardin*, mais il semble utile de tracer d'abord les contours du paysage culturel jésuite dans lequel se déroula la plus audacieuse percée conceptuelle opérée dans la Compagnie depuis le temps des fondateurs.

Au début du XXe siècle, l'Église catholique, entrouverte à la recherche et à la critique scientifiques et au monde moderne par Léon XIII, est verrouillée comme une bastille par le vertueux Pie X, dévot à l'entendement court. Les temps de Pie IX, voire de Grégoire XVI, sont revenus. Révélation, dogme, dis-

* Voir plus loin, chapitre XI.

cipline. Rien d'autre. La parenthèse « politique » de Léon XIII est close. Règne l'esprit du *Syllabus*, de l'immuable.

La Compagnie de Jésus est, par vocation et obligation, ligotée à cette borne, au moment même où se déclenche la crise dite du « modernisme », à propos de l'examen critique des textes saints auquel ont procédé certains écrivains catholiques, quatre siècles après ceux de la Réforme, qui s'y étaient attachés dans un esprit souvent fort étranger à la méthode historique, et Richard Simon, que Bossuet s'était empressé de vouer à un bûcher heureusement allégorique. Face à cette expression de l'esprit scientifique, on verra se manifester deux formes de l'esprit jésuite – celui du *perinde ac cadaver* et celui de l'agilité interrogative.

Le premier est puissamment représenté à Rome, autour du cardinal jésuite Mazzella, préfet du Saint-Office (mort en 1900), par une équipe de pères allemands – von Hummelauer, Knabenbauer et Cornely – qui, dès avant la mort de Léon XIII, avaient préparé les voies à l'intransigeance de Pie X. Contre tous les novateurs, les « libéraux », les « modernistes », ces personnages ne s'interdisent, au nom du pape, aucune violence d'expression, aucune injure : « perfides », « pervers », « venimeux » ! Tout leur est bon pour exterminer l'hydre moderniste ou scientifique – dussent-ils s'attirer cette réflexion de Mgr Duchesne, directeur de l'École française de Rome : « Le Saint-Père dirige la barque de Pierre à la gaffe [30] ! » Cette école trouve son relais à Paris, au sein même de la revue *Études*, où les RR. PP. Brucker et Méchineau montent la garde, eux-mêmes dénoncés comme « libéraux » par deux anciens jésuites en rupture de Compagnie, Barbier et Fontaine, devenus les champions frénétiques de l'intégrisme…

Face à ce bloc, se manifestent chez les jésuites des avocats de la critique scientifique : un R. P. Prat ose écrire dans *Études* qu'il ne « faut pas écarter *a priori* l'hypothèse de la fiction » pour le *Livre de Job* [31] et que « le roman historique » peut être le lieu d'une « inspiration divine ». Et le père Condamin, assyriologue, d'ajouter que « l'honnêteté scientifique qui ne néglige aucune des découvertes valables de la science moderne* » impose de tenir compte du fait que les prophètes étaient des hommes, des poètes, et parlaient hébreu…

* Comment définir ici « valable », et pourquoi « moderne » ?

Au-delà de cette école critique, qui se manifestera constamment et avec une vigueur croissante à propos de tous les débats scientifiques du siècle, surgit une phalange ouvertement contestataire qui ira jusqu'à la rupture avec Rome et la Compagnie. Son plus fameux champion est le jésuite irlandais George Tyrrell, qui soutenait que « les dogmes sont pour nous des symboles nécessaires mais transitoires » – y gagnant d'être exclu de la Société de Jésus en 1906 et de voir ses livres mis à l'index.

Les responsables de la Compagnie étaient trop perspicaces pour ne pas « sentir le malaise de l'intelligentsia catholique face à l'intransigeance de l'Église dans le domaine scientifique [32] ». Ils permettent au franc-tireur qu'est le R. P. Grisar de dénoncer « les erreurs qu'une piété mal éclairée maintient en dépit de l'histoire et de la critique ». Des hommes comme le R. P. de Grandmaison, à force de patience, tentent de venir à bout de la plupart des adhérences intégristes qui paralysent encore la recherche au sein de la Société, sans abolir celles qui allaient empoisonner la génération des libres chercheurs des années trente – de Lubac, Fessard, de Montcheuil, Daniélou, Teilhard, menacés ou « crossés » comme l'avaient été avant eux Bergson, Blondel, Laberthonnière, Le Roy, tout ce qui compte dans une pensée qui prétend faire converger ou au moins converser le christianisme et la science libre. Un vrai carnage qui ramène l'Église, bûchers en moins, des siècles en arrière.

On a évoqué brièvement le rôle des jésuites dans la bataille à propos de l'évolutionnisme. Que dire de celle que provoqua la psychanalyse ?

De Charcot à Janet, de Freud à Jung et d'Adler à Lacan, l'exploration des névroses et de l'inconscient et la découverte des thérapeutiques psychologiques avaient de quoi mettre en ébullition une société de prêtres qui, depuis près de cinq siècles, s'est acquis une gloire contestée mais éclatante dans la pratique de la confession et de la « direction des âmes ».

Rien en apparence ne contredit plus violemment la théologie morale et même la *Weltanschauung* des jésuites, fondée sur une volonté guidée par la raison consciente, que la description et le traitement des psychopathologies quotidiennes auxquels Freud a lié son nom. Rien n'est plus éloigné du freudisme, semble-t-il, que le système d'évaluation de la régulation du comportement humain établi par Loyola et ses disciples. Tout chez les pères tend à borner la responsabilité au champ de la conscience claire, du connu et du volontaire. Tout chez Freud semble d'abord nier ces frontières. N'a-t-on pas vu en lui un anti-Loyola ?

Bien plus. Nous avons vu François Xavier découvrir avec ravissement, et comme une preuve de son existence, l'idée de Dieu préformée dans des esprits non éclairés par quelque révélation que ce soit. Sigmund Freud prétend balayer cette illusion : l'invention de la divinité ne serait que le produit de sentiments névrotiques liés au parricide originel commis par la horde primitive – les rituels religieux n'étant plus que des gesticulations conjuratoires.

Sur ce plan, l'enseignement de C. G. Jung était d'un abord plus aimable aux gens de la Compagnie. Lisons le savant suisse : « Les symboles de la liturgie catholique offrent à l'inconscient tant de possibilités de s'exprimer qu'ils agissent sur l'âme à la manière d'une incomparable thérapie. » Que cette formule ait enchanté les bons pères, on n'en jurerait pas. Mais il y avait là un terrain de convergence. Comme avec Alfred Adler, dont ils louent, au-delà de conceptions « trop mécaniques », une authentique quête de la « vérité » dans la formation individuelle de la personnalité morale.

Si puissant que soit le génie d'adaptation des jésuites, ils n'ont investi que très lentement le champ freudien. Ils venaient de loin ! Charcot et Janet, déjà, les avaient désarçonnés. Il faut lire les pages étonnantes que consacraient les « spécialistes » de leur revue *Études* aux expériences de la Salpêtrière et aux travaux sur l'hystérie pour mesurer le chemin qui leur restait à parcourir à travers l'inconscient…

Le R. P. de Bonniot est fort décontenancé quand il entend lier l'extase mystique à la pathologie, l'ascèse à l'hallucination, telle ou telle névrose hystérique à la continence. « Bien au contraire, s'exclame cet honnête religieux, il n'est de prophylaxie de l'hystérie que la continence[33]… » Mais voyons… Ne nous étonnons pas que l'auteur de la notice nécrologique, en 1889, ait fait gloire au père de Bonniot d'avoir, dans ses études de psychopathologie, fait « œuvre de défense religieuse et sociale » en s'opposant aux « caprices de la mode ».

Mais le R. P. de Bonniot était un esprit avancé par rapport à son successeur, un certain père Martin, auquel on s'abstiendra soigneusement de donner du « révérend ». Pour ce personnage revêtu des attributs (extérieurs) de la dignité ecclésiastique : « La névrose est partout : chez les poètes symbolistes [...] dont le culte excessif du moi [...] peut aller jusqu'à l'aliénation mentale [...] Chez les défenseurs d'un Dreyfus qui donnent l'“accolade fraternelle” à l'anarchie. Tout le mal vient de la démocratie, car de la compétition égalitaire surgit l'asthénie des lobes frontaux [34]. »

Que la Compagnie ait pu s'arracher à tant d'imbécillité venimeuse pour déboucher, un siècle plus tard, sur les études psychanalytiques de Louis Beirnaert et Denis Vasse est signe de sa vitalité dans le domaine du « discernement des esprits ». Entretemps, le jésuite autrichien Pichlmayer avait qualifié la psychanalyse d'« indispensable » à la thérapie des âmes et à la pratique de la confession...

De quelque façon que les jésuites aient contribué au déchiffrement et à la maîtrise du monde par les diverses voies scientifiques – et nous avons vu que ce fut de façon éclatante dans les domaines des mathématiques, de l'astronomie, de la physique, de la géographie, en attendant la paléontologie –, on ne peut douter qu'ils aient mis le meilleur de leur génie pédagogique dans la communication de ce savoir, acquis par eux ou par d'autres.

Les ouvrages du R. P. François de Dainville*, que n'aveugle jamais le chauvinisme de compagnie, disent tout sur cette méthode du discours qu'est l'enseignement dans les institutions et les universités jésuites. Qu'ils aient eu à charge jusqu'à sept cents collèges en 1750, à la veille de leur suppression en Europe occidentale, donne la mesure d'une expérience, sinon d'une compétence.

Les tribulations du XVIIIe et du XIXe siècle ont amenuisé ce chiffre. Mais on évalue encore à quatre cents collèges et une centaine d'établissements d'enseignement supérieur les points de diffusion de l'enseignement jésuite, où les sciences exactes ont pris depuis un siècle une part congrue. De l'université grégorienne à l'école Sainte-Geneviève de Versailles et à l'Université de Georgetown, c'est un immense acquis scientifique

* *L'Éducation des jésuites*, notamment.

qui est ainsi transmis par les successeurs de ces hommes qui ont mis si longtemps à assimiler Copernic, Newton et Darwin qu'ils y ont acquis une sorte de familiarité râpeuse avec ces génies fondateurs.

Après ceux de Clavius, de Kircher, de Grimaldi, de Boscovitch ou de Secchi, le nom du R. P. Puppey-Girard fait petite figure. Mais c'est celui d'un homme qui, pendant près d'un demi-siècle, a donné une impulsion sans précédent à l'enseignement et à la communication des sciences dans la plupart des universités et collèges inspirés ou non par les jésuites, et notamment dans les grandes écoles françaises.

Diligents dispensateurs d'un savoir scientifique chèrement acquis, ou par eux-mêmes longtemps contesté, les jésuites sont tout aussi bien les fondateurs d'instituts ou d'équipements qui font aujourd'hui partie de la grande machine à inventorier, contrôler et manipuler le monde.

Si l'université Saint-Joseph de Beyrouth est surtout consacrée à l'enseignement de la médecine et de la mécanique, celle de Sophia, à Tokyo, forme surtout des agronomes et des océanographes. L'université L'Aurore de Shanghai est jusqu'à nouvel ordre muette, broyée par le maoïsme. Mais non l'observatoire, tout proche, de Zi-Ka-Wei, où le R. P. Froc a pendant trente ans, au début de ce siècle, conquis le titre de « père des typhons ». En Colombie, ce sont les jésuites qui sont en charge des opérations de nature astronomique.

De tous les établissements scientifiques de la Compagnie, le plus moderne est probablement l'observatoire du Vatican, fondé par Léon XIII. Transféré en 1935 à Castelgandolfo où l'air est plus limpide, il est depuis 1985 doté d'un nouveau télescope. Relié à celui de Tucson, en Arizona, il a permis l'observation du fameux « rayon vert » qu'émet le Soleil dans des conditions très particulières. C'est là qu'en juillet 1991 le R. P. George Coyne, jésuite américain, directeur de l'observatoire, prononçant devant une vingtaine d'évêques une conférence sur l'astronomie et l'astrophysique agrémentée d'expériences, concluait son exposé aux éminences par ces formules qui eussent jeté dans la consternation leurs prédécesseurs du siècle précédent :

> « Je ne vous garantis pas que mon exposé aura un effet très utile sur votre ministère, qu'il améliorera vos prêches, mais je

> crois que le motif qui doit inciter un évêque à suivre un cours d'astrophysique est qu'il le rapprochera du monde moderne, qu'il accroîtra ses capacités à ouvrir l'Église à la science, qu'il enrichira sa culture en faisant de lui un ministre plus adapté au monde moderne. »

Ô *Syllabus*… Un siècle plus tôt, le R. P. George Coyne n'aurait pu, au même lieu, achever sa péroraison.

Les hommes de science de la Société de Jésus auront à coup sûr contribué à dégager la recherche de l'emprise de la théologie. Passées les grandes luttes du XVIe et du XVIIe siècle qui les virent tour à tour lucides et asservis aux interdits du Saint-Office, ils ont servi la cause de l'autonomie de la science, et fourni, avec des savants comme Teilhard, Jousse, Legeay, Racine ou Mayaud, l'exemple d'une profonde indépendance intellectuelle – parfois affirmée dans la douleur.

Mais la nécessaire démarche de libération accomplie, pour une part grâce aux élèves de Clavius et de Riccioli, une étape complémentaire semble se proposer à l'intelligence inventive des clercs du christianisme : celle d'une interaction, d'une convergence libre et égalitaire. Son indépendance acquise, les interdits levés, le savant chrétien doit-il se contenter d'une sage dichotomie entre sa recherche et la foi ? Doit-il s'en tenir à une élégante distinction entre le « comment » scientifique et le « pourquoi » métaphysique ? Ici, la chapelle. Là, le laboratoire. Ou bien peut-il, comme Pierre Teilhard de Chardin, mettre en synergie les exigences de sa recherche et les interrogations de sa foi ?

Si réservé ou conservateur en d'autres domaines, le pape Jean-Paul II osa naguère s'aventurer dans ce débat autour de la quête du « sens ». Un symposium fut organisé à Rome en 1988 sur le thème : *Physics, Philosophy, Theology, a Common Quest for Understanding*, dont la cheville ouvrière était le jésuite américain George Coyne, déjà cité. Le pape y intervint. Chose étrange, son propos fut censuré dans les Actes du colloque : la rumeur attribua cet étrange escamotage à une intervention de la Compagnie. Mais nous avons vu qu'on lui prête beaucoup…

Il est significatif qu'entre beaucoup d'autres, de même nature, un vif débat se soit instauré naguère (1986) dans la revue *La Recherche* entre deux jésuites français fort notoires, Paul Valadier, alors directeur de la revue *Études* et par là interprète majeur de l'intelligentsia jésuite française, et François Russo, qui représente la tradition scientifique de la Compagnie telle qu'elle a évolué au cours du dernier demi-siècle.

Au premier, qui soutenait que, s'agissant du « sens », de la « destinée humaine », du rapport à la révélation, du problème des origines, la science n'apportait aucune réponse au croyant*, le second ripostait : « Certes, la science purement technique est entièrement autonome vis-à-vis de la foi. Mais il n'en va pas de même de questions scientifiques [...] telles que l'origine de l'Univers et de la vie, l'embryologie, le fonctionnement des êtres vivants, les rapports entre le cerveau et la conscience. »

Il est clair que le grand débat autour de ce que Fred Hoyle a, voici trente ans, appelé le *big bang*, et que d'autres désignent comme une « singularité initiale », frôle si constamment le « pourquoi » aussi bien que le « comment » des origines du monde que, de Hawking à Trinh Xuan Thuan, de Reeves à Jean Audouze ou à Bernard d'Espagnat, et en dépit des rudes mises en garde d'Evry Schatzman contre les « mystiques », il n'est plus guère de physiciens ou d'astrophysiciens qui ne se collette, par fulgurances, à la métaphysique – ni plus ni moins d'ailleurs que les biologistes et les généticiens.

Dans ce maelström de questions-réponses, les jésuites que nous avons vus constamment sur la brèche, de siècle en siècle, semblent se tenir sur une étrange réserve, s'enfermer dans une sorte de neutralité. Cette compagnie qui s'est si hardiment jetée dans toutes les « affaires », de Galilée à Darwin, semble se tenir désormais à l'écart des grands débats autour de l'astrophysique et de la génétique, et de ce qu'ils impliquent ou induisent pour un savant catholique.

Quand un physicien chrétien comme Xavier Sallentin lance travaux et colloques relatifs aux rapports entre la science et le christianisme**, sur le thème de « *l'inter-fécondation* » de la recherche et de la foi dans la quête du sens, de l'intelligibilité du monde, il s'étonne de ne recevoir de la Compagnie aucun signe d'intérêt.

* « Le discours scientifique n'a rien à dire, en tant que tel, sur le pourquoi des choses », écrit André Lichnerowitz (*Le Savant et la Foi*, Paris, Flammarion, 1989, p. 198).

** Notamment à la « Fondation Bena », dans les Pyrénées-Orientales.

Faut-il voir en ce silence des pères une manifestation de « discernement » supérieur ? Une conséquence de la primauté, de l'hégémonie du « social », tel qu'il fut mis en lumière par Pedro Arrupe lors de son généralat placé sous le mot d'ordre de la justice ? Ou faut-il trouver la cause de cette réserve dans quelque interdit pontifical, comme jadis ? Quand, en 1981, Stephen Hawking vint au Vatican parler des origines du monde, il s'attira cette observation du pape : « Les savants ne doivent pas s'occuper du *big bang*, car c'est le moment de la Création et donc l'œuvre de Dieu [35]. »

On ne saurait croire que ce type de mise en garde ait désormais prise sur la Compagnie qui vécut les épreuves imposées naguère à Pierre Teilhard de Chardin.

CHAPITRE VIII

Missions et colonisation

• *Des gyrovagues…* • *« Hors de l'Église, point de salut »* • *Le principe d'inculturation* • *« La langue huronne sera votre Aristote »* • *Dans les fourgons du colonisateur* • *Jésuites, proconsuls et malconfort colonial* • *L'encyclique* Maximum illud • *Pierre Charles contre tous les racismes* • *Le* delirium tremens *des brachycéphales bruns…* •

Le propre du jésuite est d'être mobile. Non en ses principes, quoi qu'on en dise, mais en ses comportements. Le mouvement ne va-t-il pas de soi dès lors qu'on a choisi de se colleter avec la vie, sur une terre sans vraie frontière et qui, on l'a appris dans la douleur, tourne ?

Née en quelque sorte sur la route, au fil de marches solitaires ou collectives d'Azpeitia à Jérusalem et de Paris à Rome, cette société d'essence vagabonde n'était pas faite pour l'enfermement. Qu'elle soit devenue pour partie casanière en se faisant enseignante ne fut que l'effet d'un inaccomplissement provisoire, d'un blocage matériel, et ne mit jamais un frein à son « extravagance ».

Le mot d'ordre originel est formulé dès avant la fondation officielle de l'ordre, dans la première ébauche de « formule de l'Institut » : les sept pionniers groupés par Ignace se donnent pour objectif de répandre l'évangile « soit chez les Turcs, soit chez n'importe quels infidèles*, même dans ces régions qu'on

* Qu'une société aussi riche en esprits déliés n'ait pas trouvé un mot plus pertinent pour distinguer ceux qu'anime une autre foi est déprimant. « Méfidèles », peut-être ?

appelle les Indes* ». Avant même que Loyola fût élu « préposé général » de la Compagnie naissante, François Xavier, son plus intime collaborateur, avait quitté Rome et ses compagnons pour missionner aux Indes orientales, suivi bientôt par d'autres au Brésil (1549) et en Chine (1555).

C'est plus tard que l'on pensera aux collèges. Et celui-là même qui fut le plus lucide initiateur de cette partielle reconversion, Diego Laynez, premier successeur de Loyola, n'en professait pas moins que « c'est dans la mission lointaine chez les infidèles que se réalise le plus pleinement la vocation du jésuite ».

Faut-il d'ailleurs opposer ceci à cela, la vocation missionnaire à la mission enseignante ? Outre que la première requiert la plupart des qualités ou aptitudes que l'on exige pour la seconde – entonner du grec à un adolescent gascon est à peine moins aventureux que d'exposer à un Huron le mystère de la Trinité –, la saga missionnaire a joué un grand rôle dans l'enseignement des collèges de la Compagnie.

En 1622, une de ces « tragédies » que proposaient les pères à leurs élèves du Collège romain mettait en scène le prince Pirimalo, de Ceylan, « martyrisé pour la foi », dialoguant avec Loyola et Xavier, tout fraîchement canonisés [1]. Au collège de Clermont étaient mis sur les planches le R. P. Silveria, apôtre du Monomotapa, et les martyrs jésuites du Japon. Pour entraîner vers l'Asie les jeunes adhérents de la « Société des Bons Amis », Alexandre de Rhodes faisait la tournée des collèges français, « viviers des missions ». Et c'est un familier du collège de La Flèche dont Descartes fut l'élève, Royer de la Dauversière, qui, instruit par les missionnaires de la Nouvelle-France, fut l'un des fondateurs de Villemarie, qui deviendra Montréal. Entre collèges et missions, une navette court.

Ite et inflammate, allez et enflammez (le monde) : le mot d'ordre d'Ignace de Loyola à ses compagnons sonne comme une devise de cette Compagnie que la légende veut si minutieusement ménagère du proche et du quotidien. En fait, des agités, des gyrovagues : ces gens-là ne songent qu'à franchir la ligne d'horizon. Qu'ils soient « lourds » comme Clavius, ou vissés apparemment à leur laboratoire comme Kircher, ou passionnément enracinés dans la terre natale comme Clorivière,

* Mot qui désignait alors deux parties du monde, à l'est et à l'ouest.

on les voit constamment prêts à boucler leur ceinturon pour se lancer dans l'inconnu – ou plutôt dans l'inconverti.

Ici déferle une vague de questions. De quel droit ? A quelles fins ? Par quels moyens ? L'évangélisation des « infidèles » est à l'origine, à la source de l'entreprise ignacienne. Bon. Mais la justification n'en découle pas pour autant. Le Christ a bien appelé ses disciples à « aller enseigner les nations », mais il avait d'abord mis l'accent sur le sort des siens, des juifs alentour, sur la réaffirmation de leur foi, la consolidation de leur fidélité. Dans l'état où était le catholicisme au milieu du XVIe siècle, la mission lointaine n'était-elle pas, pour les « prêtres réformés » venus se mettre à la disposition de Paul III, une fuite en avant ?

Et ces hommes que leur guide veut « tout à tous », soucieux des réalités du monde, de sa diversité, avides de s'y adapter, et respectueux du libre arbitre de l'homme face à toutes les formes du déterminisme et de la prédestination, étaient-ils bien voués à convertir, c'est-à-dire subvertir, répandre, bousculer, puis aligner sur un modèle ?

Poser de telles questions, c'est oublier à quel point les chrétiens militants de l'âge classique (et de naguère) étaient hantés par le problème de la damnation des « infidèles ». On a vu* François Xavier se désoler de ce qu'un de ses compagnons du Japon, noyé sous ses yeux sans qu'il ait pu le baptiser, venait de ce fait d'être précipité en enfer. Jusqu'à une époque récente, l'axiome fameux « Hors de l'Église, point de salut » était pris au pied de la lettre dans le monde catholique : la charité n'imposait-elle donc pas de courir en priorité au secours de ces condamnés, promis, quoi qu'ils aient fait, au supplice éternel ?

Le livre pionnier de Louis Capéran sur *Le Salut des infidèles*, publié au début du siècle [2], décrit le lent cheminement de la pensée chrétienne à propos du sort fait à ceux que n'a pas atteints l'évangélisation – que ne damnent d'emblée ni saint Justin, ni Tertullien, ni Clément d'Alexandrie, ni saint Irénée ou Abélard – alors que le terrible Augustin d'Hippone, en lutte contre les pélagiens avides de tout sauver, se proclame assuré de la damnation massive des infortunés que l'arbitraire divin a privés de la grâce en les plaçant en amont ou en marge de la révélation. Le tout pour aboutir enfin au « droit de cité théo-

* Tome I, chapitre V.

logique » accordé aux non-christiques notamment par les docteurs jésuites du XXe siècle, Billot, Rahner ou de Lubac*, non « dans » mais « par » l'Église, du fait de la « foi implicite au Médiateur ».

Que la pensée jésuite ait été à l'avant-garde de cette laborieuse évolution contre toutes les formes d'augustinisme et notamment contre le vieil adversaire, le jansénisme, eût pu tarir, au sein de la Compagnie, la ferveur missionnaire. Tout laxisme en ce domaine n'est-il pas une incitation à l'inaction ? Dès lors que vous tenez le « juste », antique ou moderne, prochain ou exotique, pour apte au salut, dès lors que l'entrée dans l'Église visible ou la pratique sacramentelle n'en sont pas les conditions mêmes, l'évangélisation ne revêt-elle pas un caractère artificiel ou superfétatoire ? Ne relève-t-elle pas moins de la charité élémentaire qui pousse à arracher un malheureux à l'inévitable damnation que de la volonté de l'enrôler sous la bannière catholique – *ad majorem Romae gloriam ?*

Le fait est que l'optimisme jésuite quant au salut des non-baptisés par la « foi implicite » n'a aucunement énervé le dynamisme missionnaire de la Société. Bien qu'il ne soit pas des leurs, on est tenté de résumer leur attitude en ce domaine par la formule d'un certain abbé Glorieux, selon lequel l'apostolat exotique « n'est pas tant une question de vie ou de mort pour les païens, qu'une question de *plénitude de vie* [3] ».

Cette approche de la question, qui arrache à l'opération missionnaire quelque chose de son caractère tragique pour lui conférer une certaine sérénité créatrice, donne peut-être la clé de la stratégie ou du comportement jésuite au sein des « peuples assis à l'ombre de la mort ». Ici encore, ils substituent au superlatif le comparatif, à l'absolu le relatif. Allergiques au « tout ou rien », on les a vus plus soucieux de s'adapter que de bouleverser, plus attentifs à converger qu'à faire table rase, moins en quête d'une rupture que d'un surcroît, et se donnant pour objectif ce qu'on pourrait appeler une mise en valeur. C'est en cela qu'ils peuvent être considérés comme les pionniers ou les précurseurs d'une colonisation intelligente. Les démarches d'Alexandre de Rhodes en Indochine ou de Ruiz de Montoya au Paraguay relèvent de l'histoire coloniale, à coup sûr idéalisée.

* Celui-ci à l'occasion d'un congrès tenu à Strasbourg en 1933.

Que beaucoup de jésuites aient mis leurs confrères de la Compagnie et le catholicisme en garde contre tout ce qui pourrait donner à l'évangélisation la signification ou l'aspect d'une mise en condition autoritaire des « sauvages » ou d'une opération de flanquement de l'entreprise impérialiste ne peut faire que leur génie du possible et la diversité de leurs talents n'aient souvent contribué à la mise en possession du monde par l'Occident chrétien. Ce qu'il faut constater, puis vérifier, et enfin nuancer.

Si le « pourquoi » du messianisme jésuite n'appelle pas de réponse simple, le comment ramène à quelques principes d'efficacité, d'agilité, de mesure ou de discernement propres à la Compagnie. Nous voici ramenés sur le terrain où cette société affirme le mieux sa maîtrise, qu'il s'agisse de l'art du contact, de la dextérité technique, de la méthode pédagogique, voire de l'art du voyage – le tout résumé en une formule, la science de l'Autre.

C'est un jésuite, François Xavier, qui a inventé une forme de mission lointaine fondée sur le respect des cultures différentes ; c'est un jésuite, Matteo Ricci, qui, le premier, a poussé jusqu'à ses limites la tentative de conciliation entre deux types de croyances aussi antinomiques que le confucianisme et le christianisme ; c'est un jésuite, Ruiz de Montoya, qui a intégré à la mission la préservation du langage originel, en pays guarani ; c'est un jésuite encore, Pierre Charles, qui, au XXe siècle, institue une « missiologie » qui doit beaucoup à l'anthropologie – lui payant ses dettes – et se définit d'abord comme un refus radical de toute forme de racisme*.

Il est vrai que de Xavier en robe de soie à Yamaguchi au père Ryllo drapé dans son caftan syrien, il n'est aucun des pères qui fût prêt à pousser le respect des croyances de l'autre jusqu'à la renonciation à l'objectif de conversion, voire à l'adoption d'une foi différente. L'échange ne porte que sur la culture et les rites. Il suffit pourtant à donner une vertu et un sens au dialogue.

Peu importe que le « faites-vous tout à tous » de Loyola soit emprunté à saint Paul, et que le respect du « sauvage » pratiqué

* Voir plus loin, p. 371 s.

par les « robes noires » d'Extrême-Orient, du Brésil ou de l'Oregon doive quelque chose à Montaigne et à ses « anthropophages », voire aux Persans de l'auteur des *Lettres*. Le métier missionnaire des jésuites est fait de pièces et de morceaux divers, contradictoires, mais bien appareillés. Ce n'est pas leurs pratiques qui appellent l'objection : c'est le lien établi entre leur intervention planétaire et les politiques de puissance ou de proie.

Entre toutes les techniques dont s'arme le missionnaire jésuite, primordiale est la pratique de la langue de l'hôte et la connaissance de son univers mental, religieux, de ses principes et de ses usages – qui inspire un type de relations fondées sur le respect. Quand Jean de Brébeuf, qui finira écorché vif par les Iroquois, rédige un « avertissement d'importance » à l'usage des novices, il met d'abord l'accent sur la connaissance du langage :

> « ...La langue huronne sera votre Aristote et votre saint Thomas, et tout habile homme que vous êtes et bien disant parmi les personnes doctes et capables, il vous faut résoudre d'être assez longtemps muet parmi les barbares ; ce sera beaucoup pour vous quand vous commencerez à bégayer[4]... »

On sait d'autre part le rôle joué en ce domaine par la maîtrise linguistique de Ricci, l'inventivité d'Alexandre de Rhodes – et que nul jésuite n'était admis à s'occuper des « réductions » chez les Guaranis s'il n'avait d'abord acquis l'usage de leur langue, analysée et codifiée par le R. P. Ruiz de Montoya. L'exception majeure est celle de Pierre-Jean De Smet qui, nous le savons, ne maîtrisa jamais l'une des langues indiennes, fût-elle celle de ses chères Têtes Plates. Mais l'implication du jésuite flamand à l'univers indien prit tant d'autres formes...

Et l'on n'a pas oublié non plus que, de la Chine au Paraguay, cet équipement linguistique alla constamment de pair avec une exceptionnelle dextérité matérielle. Pour les pères de Macao comme pour ceux d'Asunciùn, il n'était pas d'instrument, si savant ou trivial qu'il fût, pas de technique, si sophistiquée ou quotidienne qu'elle parût, pas de procédure qui ne fût mise au service de la « gloire de Dieu ». L'astronomie à Pékin ? Oui, mais aussi la cuisine à Trinidad, les pétards à Hué, la brouette dans l'Oregon. Le jésuite est comme Vichnou ou Mercure, comblé de savoir-faire multiples et riche en tours, détours, farces et attrapes.

Pour bâtir une cabane en bois près de l'église en pierre, pour trouver une source, creuser un puits, tracer un chemin, qui ferait aussi bien que le R. P. Cataldino en pays guarani, ou le père Nicolas Point dans les montagnes Rocheuses ? Qui peut vous monter une bombarde plus efficace que le R. P. Florian Paucke pour vous défendre contre les *Mameloucos* de São Paulo, ou une armurerie mieux équipée que le R. P. Ferdinand Verbiest en Mandchourie ? Pour ne parler ni des merveilles peintes à Nankin par le R. P. Castiglione, ni des belles cantates composées pour les chorales guaranies par le R. P. Domenico Zipoli…

Le jésuite, sous tous les cieux, et dans tous les regards, c'est l'ingéniosité diligente et serviable ou autoritaire, l'efficacité. Comment les « sauvages » de toute couleur n'en seraient-ils pas éblouis ? Mis à part, bien sûr, les bonzes ici, et là les chamanes, ou autres sorciers et docteurs « en grande médecine », qui voient beaucoup de malice chez ces trop ingénieux donneurs de patenôtres enveloppées dans trop de prestidigitation. D'où les tragédies qui ensanglantent, des rives du Saint-Laurent à Nagasaki, la grande aventure des « hommes noirs ».

Tant d'art à mettre des moyens composites au service d'une fin sublime condamnait-il d'emblée la Compagnie de Jésus à n'être que la branche dévote de la grande vague impérialiste déclenchée au cours de la dernière décennie du XVIe siècle, ce gigantesque mouvement de tenailles européennes dans lequel sont prises les deux Indes, occidentales en 1492 par Colomb, orientales en 1494 par Vasco de Gama contournant le cap de Bonne-Espérance ?

Il se trouve que l'histoire de l'apostolat chrétien est étroitement liée à celle de la colonisation, et qu'il n'est guère de percées de celui-là qui ne soient concomitantes des avancées de celle-ci. Ce qui ne permet pas de tirer de ce lien un postulat simpliste faisant du prêtre le doublet du conquistador. Les histoires de Bartolomé de Las Casas et de François Xavier imposent à elles seules de faire des distinctions qui ne reposent pas sur les seules motivations, les seules fins.

Pour si ambiguë, ou même perverse, que l'on juge l'entreprise visant à substituer une croyance à une autre, on ne saurait en faire le simple complément de la conquête, rapine, exploitation ou confiscation de souveraineté. On trouvera de nombreux cas de missionnaires mués en assistants du conquérant, en bénisseurs de charniers. On en trouvera aussi qui ont fait plus que de se désolidariser de telles entreprises, qui s'y sont opposés. Le fait est qu'il s'est toujours trouvé des prêtres, dominicains, franciscains ou jésuites, pour rappeler que la propagation de l'évangile à l'ombre des épées est une trahison.

La chronologie pourtant est là, particulièrement éloquente (ou sarcastique) à propos des jésuites. Que Loyola soit né quelques mois seulement avant le débarquement de Colomb aux Caraïbes ; que ses compagnons et lui aient prononcé les « vœux de Montmartre » au moment où Jacques Cartier pénétrait dans le Saint-Laurent ; que le premier vaisseau portugais ait touché le Japon dix-huit mois après la fondation de la Compagnie et que François Xavier meure à la veille de la fondation du « comptoir » de Macao, dont l'importance stratégique va se révéler un facteur décisif de la pénétration de l'Asie par les jésuites mais aussi par les autres « barbares d'Occident », il y a là un entrelacement de dates dont il ne faut pas tirer plus de leçons qu'elles n'en comportent, mais qui éveillent l'attention. L'important ici sera comme toujours de distinguer entre les causes et les effets, les concomitances et les enchaînements.

Ce qui est clair, en tout cas, c'est que les trois grandes vagues missionnaires jésuites coïncident avec les trois poussées majeures de la colonisation européenne : celle du début du XVIe siècle, qui accompagne ou suit les immenses percées de 1492, 1494 et 1510 (Colomb, Gama, Albuquerque) ; celle du début du XVIIe siècle, quand se réalisent les projets proprement coloniaux formés à Londres, Amsterdam ou Paris en vue de supplanter les deux empires ibériques ; et celle de la deuxième partie du XIXe siècle, qui pendant près d'un siècle va faire de l'Angleterre et plus modestement de la France les arbitres du monde périphérique.

En chacune de ces occurrences, on voit la Compagnie de Jésus affirmer sa présence dans l'ombre du conquérant catholique – quitte à lui mener la vie dure et à déranger ses plans, soit par la création d'entreprises autonomes et dérangeantes comme les « réductions » du Paraguay, soit par une association avec les pouvoirs autochtones comme en Chine, soit par la création, projetée ou réussie, de clergés indigènes qui modifient non les rapports de force, mais la nature des relations entre colonisateurs et colonisés.

C'est sous la protection du conquérant portugais, on l'a vu*, que François Xavier entame sa mission, à l'appel du roi Jean III, soucieux de donner une caution chrétienne à son entreprise impériale. Que Loyola ait deviné ce mobile ou qu'il ait préféré ne voir en cette invite que l'accroissement de la gloire de Dieu et l'arrachement de multitudes aux flammes éternelles, le fait est que le gentilhomme navarrais s'élance vers l'Asie en tant que « nonce du pape », doté d'une ambassade spirituelle mais accointée à un pouvoir très temporel et peu regardant sur le choix des moyens.

On a déjà raconté comment le nonce aux pieds nus prit conscience, sept ans après son débarquement aux Indes, de la fausseté de sa position (sinon de sa mission) ; comment il choisit de rompre avec cette évangélisation à l'ombre des épées ; et comment, « presque en [s']enfuyant », il quitta les Indes en voie de colonisation pour prêcher l'évangile auprès d'un peuple libre (au moins de toute domination étrangère) en faisant appel à sa « raison ».

Il y aurait bien sûr beaucoup à dire sur cette reconversion du convertisseur, sur ce qui le conduit à s'investir, et sa mission apostolique avec lui, sur cette terre lointaine, ce Japon seulement entrevu à travers les confidences d'un capitaine portugais et d'un néochrétien japonais rencontrés à Malacca. Le caractère aventuriste de la décision ainsi prise, de cette révision radicale, compte tenu des fonctions officielles que remplit le « nonce » Xavier, est déconcertant et sublime à la fois.

Sainte folie, qui va donner l'occasion au plus aimé des compagnons de Loyola d'inventer une forme d'action missionnaire, ou plutôt de la réinventer en se souvenant des apôtres qui n'avaient pas non plus, pour soutenir leur démarche, d'agents de l'ordre colonial. Mais n'oublions pas que saint Paul se targuait d'être « citoyen romain », ce qui lui conférait des droits très spécifiques – sauf l'impunité…

Coïncidence ? Convergence ? Il y a de tout cela dans la seconde vague apostolique des jésuites. Après la longue marche vers l'est sur les traces de Vasco de Gama, au XVIe siècle, les

* Tome I, chapitre V.

voici partis, au XVIIe, à la conquête des Amériques – à la fois Brésil et Paraguay, Floride et Canada. Les grands navigateurs ont ouvert la voie – José de Acosta au sud, Jacques Cartier au nord. Les hommes en noir s'embarquent pour fonder São Paulo ici, Québec là. Et « faire du fruit », bien sûr, dans l'ordre spirituel.

Il est très difficile, en ces occurrences, de mesurer la part qu'ils ont prise aux décisions du pouvoir, portugais, espagnol ou français. Dans l'*Histoire de la France coloniale* [5], Jacques Meyer fait d'eux les souples mais ardents avocats, auprès de Louis XIII et Louis XIV, d'une politique planétaire et expansionniste que combattent leurs ennemis jansénistes et gallicans, accrochés au pré carré national.

Mais il ne faut pas oublier qu'à la même époque, ce sont les réformés qui, notamment en raison des entraves mises à leur activité en métropole, sont souvent les promoteurs du développement outre-mer – si bien qu'en Amérique les colons français, catholiques comme protestants, sont appelés *lutheranos* par les Espagnols… Et c'est un protestant, Antoine de Montchrestien, qui engage le jeune Louis XIII à « aller faire connaître le nom de Dieu, notre créateur, à tant de peuples barbares, privés de toute civilité, qui sont près de s'assujettir », car le roi très-chrétien a sur ses rivaux l'avantage de régner sur un peuple assez nombreux pour « noyer et couvrir d'hommes » ces terres lointaines où l'on pourra « planter et provigner de nouvelles Frances [6]… ».

Reste que, dans la fondation du premier empire colonial français, celui dont les promoteurs furent Henri IV (contre Sully, protestant casanier, qui affirme que « les choses qui demeurent séparées de notre corps par des terres ou des mers étrangères ne nous seront jamais qu'à grande charge et à peu d'utilité […] Nous ne pouvons conserver de telles conquêtes, comme disproportionnées au naturel des Français que je reconnais, à mon regret, n'avoir ni la persévérance, ni la prévoyance requises… »), Richelieu (avec bien des réserves et mises en garde), Colbert, son fils Seignelay (le plus hardi et tenace) et les Pontchartrain, la Compagnie est partie prenante. Colbert critique fort les bons pères de s'accommoder trop des « us et coutumes de ces peuples, dont il faudrait hardiment faire des Français… ». Mais il sait mesurer l'importance de leur intervention sur le Saint-Laurent.

Aussi les jésuites, à la suite des RR. PP. Biard et Massé, promoteurs de la colonie aux côtés des Poutrincourt, se voient-ils bientôt reconnaître, à partir de 1630, une sorte de monopole de l'évangélisation. Laquelle ne constitua pas leur unique souci :

> « Ils se sont transformés en grands propriétaires détenant près du septième [du territoire], écrit Jacques Meyer. Ils ont beau clamer les réussites dans leurs fameuses relations des jésuites, vanter le bon sauvage, détenir* les sujets d'élite : on leur reproche la rapidité et la facilité avec laquelle ils baptisent. Du moins ont-ils su apprendre les langues indigènes [...] A Montréal, ils sont à la fois l'encadrement spirituel et temporel**. »

Leur férule dut être lourde. Moins tout de même que la main des Iroquois qui, en 1649, massacrèrent leurs missionnaires de la Nouvelle-France, torturant à mort huit d'entre eux, dont Jean de Brébeuf, Louis Lallemant et Isaac Jogues. On ne prétend pas relater ici cette tragédie, fût-elle l'une des plus exemplaires de l'histoire de la Société de Jésus, mais simplement rappeler quelques données de l'imbroglio qui déboucha sur le massacre du Saint-Laurent.

Quand, après une première tentative de prédication au début du siècle, dans la mouvance de Samuel Champlain, les pères jésuites reviennent en 1634 s'implanter en Nouvelle-France entre Québec et Trois-Rivières pour y fonder des missions plus ou moins inspirées de celles qui prospèrent au Paraguay depuis vingt ans, ils s'impliquent dans un jeu de forces et de négoces extraordinairement compliqué. En pays guarani, ils s'adossaient à la puissance espagnole pour faire pièce aux intrigues et rapines des chasseurs d'esclaves *paulistas*. Sur le Saint-Laurent, la partie n'opposait pas seulement deux puissances sur un fond indigène cohérent, mais trois nations européennes – la France, les Pays-Bas et l'Angleterre – trafiquant sur un patchwork de tribus d'où se détachaient les Hurons, les Algonquins et les Iroquois.

Quels qu'aient pu être les rapports (probablement mauvais) entre ces groupes autochtones avant les interventions de Jacques Cartier et de Champlain, l'irruption européenne les avait envenimés, en déclenchant entre eux la guerre des fourrures. Le

* Le mot paraît ici un peu excessif...
** Il faudrait nuancer : à quelle époque ?

castor était l'or de cette Amérique-là. Avant que Hollandais, Anglais et Français n'accostent, les peuples du Saint-Laurent et des Grands Lacs en faisaient leur vêture ordinaire : les colons survenants en firent un trésor, donc l'enjeu d'implacables convoitises, transformant ces semi-agriculteurs en féroces chasseurs. Processus inverse de celui que conduisaient les pères du Paraguay dans le sens de la sédentarisation pacifique des Guaranis.

Sur ce scénario commercial se greffait le jeu plus pervers encore des trois puissances européennes, fondation d'une colonie d'établissement pour les Français, visées stratégiques chez les Anglais irrités de cette intrusion des vieux ennemis malouins, souci des Hollandais (fondateurs de la Nouvelle-Amsterdam qui deviendra New York) de préserver leurs exclusivités commerciales et leurs voies maritimes.

Pour agiles qu'ils fussent, et rompus aux affaires d'outre-mer, les jésuites du Saint-Laurent se trouvaient confrontés à une situation inextricable. Laissés à eux-mêmes, se fussent-ils liés aussi étroitement à la cause des Hurons et des Algonquins ? C'était le choix qu'avaient fait Champlain et la cour de France, tenant ces Indiens pour les meilleurs fournisseurs de fourrure du continent. Jean de Brébeuf et ses compagnons sont-ils morts pour quelques peaux de castor ? Ou parce que, à la différence de leurs confrères du Paraguay, ils n'avaient pas su ou pas voulu créer une force militaire indienne, capable de résister aux raids meurtriers des Iroquois, ou plus précisément des Mohawks ?

Les supplices de mars 1649 ne mirent pas un terme à l'aventure coloniale des jésuites en Nouvelle-France. Leurs confrères de Québec, près de Montréal, et après eux le père Marquette voguant sur le Mississippi, allaient maintenir le dynamisme légendaire de cette Société en terre américaine. Mais l'épisode sanglant de la mission Saint-Louis montre les limites et les risques d'une activité missionnaire soudée à un pouvoir velléitaire et rapace.

Ce n'est pas le fanatisme religieux des Iroquois qui causa la perte des missionnaires du Saint-Laurent (Pierre Charles a montré qu'après leur écrasement, les Hurons survivants agirent sur leurs vainqueurs iroquois comme un ferment, déclenchant « un mouvement de conversions vraiment extraordinaire [7] »), ce furent les intrigues conjuguées ou contradictoires des puissances, des négociants et des tribus.

Mais comment ne pas citer ici, déchirant dans sa complicité, le commentaire fait sur cet épisode par le R. P. Ragueneau, supérieur des missions du Saint-Laurent, échappé au massacre ?

> « Lorsque je remontai cette rivière, il y a à peine treize ans, je trouvai tous ses bords peuplés d'Algonquins qui ne connaissaient pas même Dieu et se croyaient eux-mêmes des dieux sur terre. Ils avaient tout ce qu'ils désiraient : du poisson et du gibier en abondance, un commerce prospère avec les tribus alliées et, de plus, ils étaient la terreur de leurs ennemis. Mais depuis qu'ils ont embrassé la Foi et adoré la croix du Christ, il leur a donné une lourde croix à porter et les a livrés à la misère, à la mort et aux tortures les plus cruelles. En un mot, c'est un peuple qui a disparu de la surface de la terre [8]. »

Qu'on les juge abusifs, ou téméraires, il sera beaucoup pardonné à ces pères pour avoir, à partir de 1611, publié leurs « relations » d'une merveilleuse saveur ethnologique, dont on ne se retiendra pas de reproduire ces notations à propos de la médecine chez les Hurons, où l'on retrouvera accordés le langage de Rabelais et le ton de Montaigne :

> « Le Sauvage, se sentant mal extraordinairement, se couche tout au long du feu ; lors on luy dit : *Ouëscouzi, ouëscouzi*, il est malade [...] On luy donne sa part de ce qu'on aura rosty, bouilly ou traisné par les cendres, tout ainsi qu'aux autres [...] Si le malade mange ce qu'on lui aura baillé, bon prou luy fasse ; sinon l'on dira qu'il est bien malade. Et après quelques jours, si l'on peut, on mandera quérir l'Autmoin, que les Basques appellent Pilotois, c'est-à-dire Sorcier. Or, ce Pilotois, ayant considéré son malade, le souffle et le ressouffle auec ie ne sçay quels enchantemens ; vous diriez que ces vents pectoraux doivent dissiper la cacochymie du patient [...] sur quoy les spectateurs estans desia intimidez, luy, d'vn effroyable et vrayment energumenique ton, redouble ses dénonciations et mugissemens : Qu'on se garde, il est en fougues le satan, il y a du grand danger !
> Ayant bien dormy et songé, le Pilotois revoit son malade, et selon les prognostics qu'il recognoist, il le prononce debuoir ou viure ou mourir. Il n'est désia si-tost de dire qu'il viura, s'il n'en a des prorrhetiques asseurez ; il dira donc qu'il mourra, par exemple dans trois jours. Or oyez maintenant une belle

> façon de vérifier ses prophéties. Premièrement le malade, dés qu'il est ainsi jugé à mort, ne mange point, et l'on ne luy donne rien plus ; que si le troisiesme jour venu, il ne meurt point encore, ils disent qu'il y a ie ne sçay quoy du Diable, qui ne le permet pas expirer à son aise ; pour ainsi, on s'en court à l'aide : Où ? à l'eau ; quoy faire ? en apporter des pleins chaulderons. Pourquoy ? pour la luy verser toute froide sur le ventre, et ainsi luy esteindre toute chaleur vitale, si aucune luy reste. Il faut bien qu'il trépasse le troisiesme iour. Puis que s'il ne veut mourir de soy, on le tue. »

Associés à la première vague d'expansion européenne, celle des Ibériques en Asie au XVIe siècle, puis un siècle plus tard à la tentative de construction de l'empire colonial des Bourbons de Versailles et aux querelles latino-américaines de leurs cousins d'Espagne et du Portugal au XVIIIe siècle, les hommes noirs ne sont pas moins impliqués dans le troisième assaut majeur des États d'Occident : celui qui les jette, au temps des crinolines, vers le Congo, le Niger, le Nil et le Mékong.

L'Église catholique, engagée dans une procédure de divorce (par consentement mutuel) avec la modernité, et par là vouée à un dépérissement que beaucoup, comme Renan, jugent inéluctable, semble chercher une issue, une sorte de bain de jouvence, dans les périphéries. Ce sont les deux papes les plus hostiles au monde moderne, Grégoire XVI et Pie IX, le précurseur et le promoteur de l'imbécile *Syllabus*, qui vont donner les plus vives impulsions aux missions étrangères : comme si le catholicisme isolé par leurs soins du monde moderne et de la critique, de la science et des techniques, tentait de se ressourcer au contact des cultures traditionnelles, du bon sauvage encore incorrompu, préservé de la lecture de Voltaire et de Darwin*.

La vague se forme dès le début du siècle, avec la restauration de la Compagnie de Jésus (1814), la réanimation à Rome de la Congrégation de la propagande, la création en France de la Société pour la propagation de la foi. Quand Grégoire XVI monte sur le trône, en 1831, les moyens sont réunis pour le déclenchement de la nouvelle croisade.

Les conditions sont favorables, ou seront adaptées à la

* Ce qui donnerait un sens au *Syllabus* : faisons-nous idiots pour aller au-devant des idiots…

conjoncture. Bon coup d'œil d'ensemble d'un jésuite lucide, le R. P. Alexandre Brou :

> « Le monde a été se découvrant ; la géographie s'est fixée. L'apostolat ne progresse plus à l'aventure. Les empires, jalousement fermés à l'évangile, presque tous, les uns après les autres, sont forcés de s'ouvrir. Des portes que la diplomatie ne parvenait pas à entrebâiller vont être enfoncées à coups de canon : Alger, le Japon, la Chine, l'Annam, Madagascar. Seulement, les violences ont eu pour conséquences d'exaspérer les hostilités de races. Nationalisme contre impérialisme : les missions en subiront les conséquences[9]. »

Les jésuites, comme toujours, se postent en éclaireurs. Nous les avons vus, dès 1823, occupés à missionner sur le Mississippi. Mais le vrai départ leur est donné dix ans plus tard, le 3 décembre 1833 : prenant prétexte de la fête anniversaire de la mort du personnage emblématique entre tous qu'est saint François Xavier, le « général » de la Compagnie, Jan Philip Roothaan, lance un véritable appel à la résurrection des missions lointaines par la Compagnie qui, moins d'un siècle plus tôt, a subi en ce domaine le double et terrible camouflet de sa condamnation dans la « querelle des rites » chinois et de la destruction des missions du Paraguay : « Ressuscitez en vous l'esprit de votre vocation [...] Faites passer vos noms pour être inscrits au nombre des aspirants d'un si glorieux ministère ! Les Provinciaux ne doivent pas regarder les sacrifices qui en résulteront comme de véritables pertes[10]... » Le R. P. Roothaan a retrouvé le ton des grandes entreprises.

Historien de la Compagnie, le R. P. Duclos a recensé les effectifs de ceux qui, en France, ont entendu l'« appel de Roothaan ». Trente-cinq en 1840, les missionnaires jésuites sont quatre cent trois en 1850 ; en 1879, six cent trente ; et mille à la fin du siècle. Entre-temps, le provincial de Lyon, Louis Maillard, a lancé ce qu'il appelle tout simplement, comme on ne sait quel chef de guerre, un « appel aux braves » ; aussi bien le conquérant de l'Algérie, Bugeaud, tout mécréant qu'il fût, engage-t-il (pour commencer) sept jésuites dans l'aventure, dont le R. P. Louis de Parabère qui se fera une auréole de gloire comme aumônier de la guerre de Crimée. On voit à quel point la Compagnie épouse le mouvement de l'expansion impériale.

En ce temps où les conditions de vie ne sont plus celles du temps des conquistadors et des caravelles, le style de ces missions reste empreint, selon le R. P. Duclos, d'« héroïsme évangélique ». Répondre aux appels exotiques des supérieurs est souvent accepter un sort tragique. On ne se préoccupe toujours guère d'équipement, de précautions sanitaires : en quatre ans de mission indienne, au Maduré, une vingtaine de jésuites meurent, et à la même époque, en Chine, l'âge moyen de leurs confrères est de quarante ans (Ricci était mort à près de soixante-dix ans).

Les « pertes » qu'évoquait Roothaan seront lourdes : ces empires dont le R. P. Brou écrit que l'Europe « enfonce les portes à coups de canon » ont peu de goût pour les prêtres d'Occident et cette religion acoquinée à des puissances qui les tarabustent sans merci. Ni en Syrie, ni à Madagascar, ni aux Indes, ni en Indochine, ni en Chine, ni en Guyane, l'évangélisation n'est innocente. La Compagnie sera bientôt conduite à faire le bilan de sa longue collusion avec les pouvoirs, métropolitains et coloniaux.

On a dit à quel point les conceptions « possibilistes » de la Société de Jésus la rendaient apte à s'ajuster à une intelligente politique coloniale, celle que préconisaient ou tentaient de faire prévaloir des hommes comme Lord Ludley en Afrique occidentale, Ismaïl Urbain en Algérie ou Lyautey au Maroc. Comme les disciples de Ricci ou de Torrès Bollo, les plus intelligents proconsuls occidentaux fondaient leur stratégie sur le respect des cultures et des structures, sur les « égards » pour les croyances et les coutumes. Mais cette convergence avait ses risques : trop de similitudes menaient à une véritable connivence, sinon à la complicité.

Que les hommes en noir n'aient eu, depuis Loyola, que trop de propension à « accompagner » les pouvoirs, on l'a observé. Mais le principe de légitimité pouvait justifier, formellement, ce type de comportement : servir Philippe à l'Escurial ou Louis à Versailles n'était que « rendre à César » ; et, en un sens, « ne pas se mêler de politique », la présence de ces personnages sur leurs trônes respectifs ayant toutes les apparences d'une légitimité profonde, puisée aux sources originelles, confirmée par l'adhésion collective, sublimée par le sacre.

En terre indienne, ou arabe, ou bantoue, ce principe de légitimité implicite, ou infuse, ne jouait pas. Ce qui en Limousin ou en Aragon ne relevait pas de la politique mais du respect de l'ordre établi prenait dans le cadre colonial une autre signification. Au Louvre, Richelieu gouverne la France en vertu d'une manière de mandat du ciel, comme l'empereur Wang-Li à Pékin. Mais à Québec, aux Antilles ? Domaines de la couronne, englobés dans sa légitimité, sacralisés par elle ? Bien sûr, on baptise. Mais le commerce des fourrures ici, des épices là n'est jamais très loin, et, d'Isaac Jogues au R. P. de Lavalette, il n'y a que quelques décennies et quelques milles marins. Le discernement jésuite aura bientôt à s'exercer sur ce thème…

Pour le salut de la Compagnie ignacienne et des hommes noirs, une tradition de malconfort colonial ne cessera de balancer, voire de contredire, la tradition de confort métropolitain. Ces jésuites que l'on voit si puissants à la cour de Versailles comme à l'Escurial, confessant, suggérant, s'affairant, se courbant, se redressant, manipulant, publiant et murmurant dans l'orbite du maître, on les verra contestés, dénoncés, malmenés, pourchassés et réprimés d'Asunciún à Pékin, de Goa à Buenos Aires, aussi vivement exclus là-bas qu'ici fortifiés et pesants.

Leur génie vouait les pères à devenir partout les pisteurs, les fourriers, les experts, les têtes chercheuses de la colonisation. Mais leur expertise, leur ingéniosité, leur créativité allaient précisément les opposer un peu partout aux proconsuls et aux prépondérants, militaires, marins, administrateurs, colons, banquiers, détenteurs d'un pouvoir métropolitain féru d'immobilisme et d'exploitation lourde.

Sur le jésuite métropolitain a pesé longtemps le signe du conformisme. Son confrère colonial est marqué du signe de la contradiction – dût-elle s'exercer parfois dans le sens du conservatisme, comme au Liban, où, en 1943, les représentants du général du Gaulle se virent contraints de faire déguerpir d'un Levant placé sous le drapeau à croix de Lorraine quelques pères de l'université Saint-Joseph obstinément rangés sous la bannière du vieux maréchal de Vichy*…

Nous savons que le procès entre la colonisation armée et les jésuites remonte aux origines mêmes de la Compagnie, à ce moment de 1548 où François Xavier dénonce dans une

* On en vit d'autres choisir une voie opposée (voir chapitre XI).

lettre au roi Jean III de Portugal les crimes qui se commettent en son nom dans l'océan Indien, au point de ternir son apostolat. Cette évangélisation à l'ombre des épées (et de la rapine coloniale), le compagnon de Loyola ne se contente pas de la dénoncer dans quelques lettres indignées. Il tire les conséquences de cette situation et choisit de s'embarquer, les mains nues, pour un Japon libre d'agréer ou de rejeter la parole qu'il va lui annoncer.

Ses plus grands disciples, Ricci et Nobili, vont à leur tour scandaliser l'Europe catholique et impériale : pour avoir voulu, en Chine et en Inde, pousser jusqu'à ses conséquences logiques le « faites-vous tout à tous », ces grands jésuites, et à leur suite le R. P. de Prémare qui, au XVIIIe siècle, prétendait trouver dans les livres sacrés de la Chine « les mystères les plus sublimes du christianisme », se verront traiter comme ceux que deux ou trois siècles plus tard on appellera rageusement les « indigénophiles », voire les « tiers-mondistes ». L'homme serait-il égal à l'homme, semblable à l'homme ? Le prochain serait-il proche, si loin qu'il vive, et si différemment ?

Rome et les élites françaises, italiennes, espagnoles feront connaître que ces jésuites « confucéens » ou « brahmanistes » doivent être brisés, leur œuvre reniée, fût-ce par leurs successeurs : republié en 1879 et alors commenté avec faveur par Léon XIII, le livre sinophile du père de Prémare est rudement critiqué alors par l'historien jésuite Brucker…

Encore ce rejet-là est-il pacifique, parce que posthume. Celui qui vise les missions du Paraguay provoque un effondrement dans le sang et les larmes. Comment tolérer l'entreprise de ces jésuites qui se mêlent de faire des Guaranis des producteurs de maté, et de ces chasseurs semi-nomades des éleveurs compétents ? Qui se mêlent même d'en faire des soldats aptes à repousser, les armes à la main, les esclavagistes de São Paulo et l'armée dépêchée d'Europe par le marquis de Pombal ? Scandale, scandale…

Ricci n'a pas su voir que le catholicisme ne saurait se commettre, fût-ce par quelque confusion rituelle, avec ces croyances d'Asiates. Le R. P. Torrès Bollo n'a pas voulu comprendre que ses Indiens du « Paracuaira » ne sauraient être reconnus pour des sujets de droit, auxquels on fait des promesses dignes d'être tenues. Quelle dérision ! On croyait les jésuites réalistes, et respectueux des pouvoirs établis : et les voilà qui soutiennent des querelles de sauvages, après avoir pris au sérieux les gesticulations païennes du culte des ancêtres.

On les brisera donc, et, avec ces pionniers d'un nouveau type de relations à travers méridiens et parallèles, les aimables courtisans en robe noire de Versailles et de la curie : la « suppression » de 1773 trouve largement sa source dans l'étrange, l'audacieuse conception des rapports avec les cultures différentes qu'a fait mûrir, depuis François Xavier, la Compagnie de Jésus hors-les-murs.

On a dit à quel point sa mise au tombeau avait transformé la Société ignacienne. Imprégnée d'esprit « philosophique » au siècle des Lumières, alors avide de s'ouvrir à tous les courants de pensée, de rechercher sa parenté avec toutes les religions antérieures ou lointaines, osant donner dans le « figurisme » qui l'enracine en Chine aussi bien que dans l'Antiquité, elle ressuscite quarante ans plus tard animée d'une indignation militante, non contre ceux qui l'ont détruite en 1762 et 1773, mais contre ceux qui ont abattu ses bourreaux. Aussi bien le redéploiement de la Compagnie à travers le monde, notamment en Afrique, est-il alors plus impérial, plus dominateur, plus triomphaliste que ne le voulait la très spécifique tradition jésuite : inspiré de l'apostolat du premier François Xavier aux Indes mieux que de la mission conduite au Japon par le « nonce aux pieds nus » après sa révolution culturelle de 1548.

Évoquant cette période dans la revue *Études*, l'historien jésuite André Rétif admet que la « progression » de la Compagnie est alors « souvent dépendante de l'expansion politique [11] ». Ce qu'exprime plus crûment Adrien Dansette : « Derrière les soldats arrivent les missionnaires [12]. » Mais ceux qui sont alors en charge de la Société de Jésus ne s'en émeuvent pas outre mesure. Bien au contraire. Ce qu'il s'agit alors de prouver, c'est la vitalité de la Compagnie récemment restaurée et déjà malmenée par Michelet et Gioberti ; c'est aussi la vigueur d'un christianisme alors en butte aux objections ou dénonciations du rationalisme critique de la science. J'avance, donc je suis…

Jésuitisme de combat que celui-là, qui se manifeste par une sorte d'émulation avec les pouvoirs politique et militaire, à coups de bulletins de victoire. Il n'est pas indifférent que la première apparition de la question coloniale dans la revue

Études (créée en 1856) soit une lettre écrite de Madagascar par un commandant du génie à un curé de Lorraine et vantant les succès obtenus par les missionnaires « en vue de conquérir à la civilisation la population malgache [13] ».

Plus significatif encore de cet esprit dominateur du néojésuitisme du siècle de Pie IX est le commentaire dans les mêmes *Études*, en 1865, d'un livre d'ailleurs assez hargneux du pasteur Marshall opposant à l'action missionnaire des papistes l'évangélisation protestante :

> « Les missions catholiques sont la véritables démonstration évangélique des temps modernes. Sentinelles avancées de la vraie civilisation, elles indiquent à tous le chemin de la cité placée sur la montagne ; elles désignent la vraie lumière [...] Elles sont devenues, pour nos générations positives, comme la note et le signe caractéristique de la vérité. »

Clairons, fifres et tambours. Il n'y manque que le sergent-major. Ceci est écrit dans une revue jésuite (qui est en train de passer des mains du père de Ponlevoy, le modéré, à celles du père Ramière, l'intransigeant avocat d'un nationalisme monarchique*). Car le catholicisme de Pie IX et de la *Civiltà Cattolica* [Civilisation catholique] n'est pas seulement rétif à tout apport du monde moderne, barricadé dans ce Vatican dont il est devenu le prisonnier ; il recrute, pour son action missionnaire compensatrice, des légions en majorité françaises : en ce temps-là, un jésuite sur quatre est français, deux jésuites missionnaires sur trois le sont aussi**.

On a souligné la francisation de la Compagnie en son heure la plus rétrograde depuis des siècles. Il faut relever en même temps le rôle éminent joué dans l'ensemble de l'action missionnaire catholique par les prêtres français. Comme pour le captif semi-volontaire du Vatican, le monde exotique est à la fois une évasion et une revanche aux yeux des jésuites malmenés par la République de Jules Ferry. Cette évangélisation est une opération d'émigrés – matériellement ou spirituellement.

L'officier royaliste Lyautey, considérant avec dégoût le système républicain, s'en va chercher de Madagascar au Tonkin et au Maroc les champs d'action où exercer sa passion de servir :

* Voir chapitre III.
** En 1875, sur six mille missionnaires, plus de quatre mille sont français.

ainsi les jésuites monarchistes endoctrinés par les pères Ramière et de Scorraille s'en vont prêcher la parole sacrée loin des sentines du laïcisme démocratique – qui ne leur laisse pas toujours d'autre choix.

De cette force centrifuge qui fait s'élancer à travers le monde les prosélytes en robe noire, le Saint-Siège romain se loue sans réserve. Pie IX y trouve les raisons de raviver une francophilie quelque peu altérée par les palinodies de Napoléon III à propos de la question romaine, et par l'avènement à Paris de la république anticléricale. Pour un peu, le pape du *Syllabus* bénirait ces Paul Bert et ces Gambetta qui le fournissent en apôtres d'autant plus ardents qu'ils ont en quelque sorte, derrière eux, brûlé leurs vaisseaux.

Voués au commerce des barbares exotiques par la rage des persécuteurs métropolitains ? Ce serait trop simple. Car on voit bientôt se dessiner un très curieux phénomène de convergence outre-mer. Le jésuite tant odieux au politicien radical entre Dunkerque et Perpignan lui devient presque aimable sous d'autres cieux. « L'anticléricalisme n'est pas un article d'exportation ! » – la formule est de Gambetta, et elle restera une référence fondamentale pour les proconsuls, très souvent radicaux, qui représentent la République à Hanoï ou à Dakar.

Persuadés que ces éducateurs catholiques forment des cadres dociles pour la colonie en construction, et que leur action sociale coupe court à la montée du nationalisme plus ou moins révolutionnaire, des gouverneurs aussi barbus que les missionnaires subventionnent écoles chrétiennes et hôpitaux catholiques. Jules Ferry a financé les œuvres de Mgr Augouard et le très radical gouverneur de l'AEF, Augagneur, les écoles religieuses de Brazzaville. Sous le ministère Combes, précise Adrien Dansette, les instituts missionnaires émargeaient au budget [14].

C'est un jésuite fameux et peu enclin à ménager la République, le R. P. Doncœur*, qui devait, en 1925, rendre l'hommage le plus sonore à cette coopération exotique entre le radicalisme et le jésuitisme, d'autant plus frappant qu'il a trait à un personnage emblématique du laïcisme français, Édouard Herriot :

* A son sujet, voir plus loin, chapitre XI.

> « Je ne suis pas sûr des intentions qui dictaient à M. le président du Conseil un beau mot qu'il a récemment prononcé, mais c'est une joie de le faire nôtre en lui donnant un sens magnifique : "Non, disait-il, ce n'est pas le catholicisme qui en Orient sert la France, c'est la France qui y sert le catholicisme". »

On sera aussi prudent que Paul Doncœur sur les intentions auxquelles obéissait en 1925 le président du Parti radical, alors chef de la diplomatie française, pour nouer ainsi les deux forces romaine et impériale. Le fait est que la convergence est déclarée de part et d'autre, ou avouée. Paris ne se réclame pas seulement du « mandat » confié par la Société des Nations pour régenter le Levant, il excipe de ce qu'on appelle son « protectorat » sur les missions du Proche-Orient et de Chine. Intérêts coloniaux et positions religieuses sont étroitement imbriqués.

Ce qui provoque, ici et là, de Beyrouth à Pékin, des confusions dont les jésuites ne sont pas exempts. C'est l'un d'eux, le R. P. Bizeul, qui écrit en 1910 ces lignes surprenantes à propos de la Chine : « … Quand la cour de Pékin demandera des prédicateurs, quand le tribunal des Rites aura agréé une Constitution dont les articles relatifs au christianisme agréent au pape, alors la Chine pourra voir l'aurore de son émancipation… »

Ainsi, pour ce jésuite, pour ce lointain successeur de Ricci et d'Amyot, la Chine ne serait émancipée (louable préoccupation…) que quand le pape romain aurait *agréé* un texte émanant de la plus haute autorité intellectuelle de l'empire du Milieu ! Stupéfiante inversion de la valeur des mots, ou des concepts, venant d'un jésuite. Ô discernement…

La grande affaire, en effet, ce n'est pas tant l'imbrication entre le politique et le religieux, l'ordre spirituel et le pouvoir colonial – si infectieuse qu'elle puisse être, et fertile en abus ou forfaitures de tous ordres. La grande affaire, c'est, plantée au cœur de l'homme de mission, le nationalisme, le complexe de supériorité, l'esprit de domination. C'est donc son aptitude à s'en libérer, à faire prévaloir en lui le sens de l'universel, et la simple charité.

Typique de l'état d'esprit de certains jésuites au pays si puissamment marqué et aimé par leurs aînés Ricci, Schall et

Lecomte est cette notation d'un père supposé « ami des Chinois », datant de 1875, et qualifiée, soixante-dix ans plus tard, d'« incroyable » dans *Études*, revue de la Compagnie : « Les mœurs, le caractère, les instincts du peuple chinois ne m'ont jamais paru capables de soutenir une comparaison quelconque avec la loyauté, le dévouement, les qualités naturelles du peuple français. » Eh oui... (Nous verrons qu'à propos des Chinois il n'est pas jusqu'à Pierre Teilhard de Chardin qui, dans son *Journal**, ne se laisse aller lui-même à des confidences certes moins absurdes, mais guère mieux inspirées par le « discernement » ignacien.) Périlleux terrain.

Comment s'étonner de telles manifestations de complexes de supériorité nationalistes quand le pape Léon XIII jugeait bon de déclarer en 1901 : « Si admirable est l'activité des congrégations françaises qu'elle n'a pu rester circonscrite aux frontières nationales et qu'elle est allée porter l'évangile jusqu'aux extrémités du monde et, avec l'évangile, le nom, la langue, le prestige de la France. » Jeux olympiques, Alliance française, palmes académiques ou ruban bleu ? Vue sous cet angle, la question missionnaire risque de se transformer en tournoi des Cinq Nations.

D'autant que les bons pères veulent bien que l'on hisse à la hampe leur drapeau (ils souffriront pieusement de le voir tricolore, faute de fleurs de lys), mais s'inquiètent des progrès faits en Afrique par les missions allemandes : c'est tout juste s'ils ne s'alarment pas de voir les Camerounais baptisés par des soins germaniques et de constater que c'est le clergé allemand qui ouvre les voies au père Charles dans la fondation de la « missiologie » ethnographique**.

On s'indigna, dans la Compagnie, des critiques virulentes déclenchées en 1907 contre le nationalisme des missionnaires par le chanoine Joly [15] : car il s'était trouvé un prêtre, au moins un, pour dénoncer comme autant d'anomalies que « les missionnaires dussent leur sauvegarde à des canonnières et des garnisons, à des consuls qui menaçaient d'employer la violence (et qui l'ont fait) en cas de mauvais traitements, à des gouvernements qui mêlaient habilement prétexte religieux et

* Voir plus loin chapitre XII.

** Notons cependant qu'à dater de 1906 le « général » des jésuites est un Allemand, Franz Xavier Wernz.

ambitions commerciales et politiques » ; et pour s'étonner que d'autres pères puissent se féliciter que la *pax britannica* favorisât si bien les progrès du christianisme en Inde, alors que les « novateurs », Gandhi en tête, pourraient « mettre des limites à la liberté des conversions [16] ».

Bien sûr, des voix s'élèvent pour troubler une si bonne conscience. Dès la fin du XIXe siècle, à Hanoï, Mgr Puginier répliquait à Francis Garnier qui le priait de soutenir son opération conquérante : « …Si je suis Français, je dois me souvenir aussi que je suis évêque du Tonkin. Veuillez donc ne rien me demander qui puisse faire tort au gouvernement annamite, car je ne pourrais jamais m'y prêter, me devant à ma patrie d'adoption aussi bien qu'à mon pays d'origine. »

Mgr Puginier n'est pas membre de la Société de Jésus, mais, au sein de la Compagnie, la résistance au nationalisme apostolique s'affirme au début du siècle. On trouve dans *Études*, en 1909, un très curieux article où le spécialiste de ces questions, le R. P. Alexandre Brou, pose clairement la question : les missionnaires ont-ils le droit d'être patriotes ? Formulée ainsi et à une époque où approche, dans l'esprit de tous, le grand défi, la réponse ne peut être que positive. Mais elle est nuancée. Elle le sera plus encore, formulée par le même auteur, vingt ans plus tard : car, entre-temps, le pape Benoît XV aura publié l'encyclique *Maximum illud*.

C'est en 1919, au lendemain d'une guerre au cours de laquelle le souverain pontife s'est astreint à une neutralité naturelle, mais assez marquée pour lui avoir valu de se faire traiter de « boche » par des agités de l'Action française, que paraît ce texte. Charte politique des missions, il tend à les libérer des pulsions et carcans nationaux, leur enjoint de se fixer un idéal supranational et dénonce, chez certains, un esprit qui témoigne de « moins d'empressement pour les intérêts du royaume de Dieu que pour ceux de leur propre nation » et de la négation du principe évangélique : « Oublie ton peuple et la maison de ton père. » En dépit des murmures chauvins entendus de part et d'autre de toutes les frontières, c'est un « nouveau cours » qui est tracé là et sera tenu pour un mot d'ordre.

En se fondant sur ce texte de référence, les publications jésuites (*Civiltà Cattolica*, qui a fait taire son intégrisme conquérant de naguère, et *Études*, qui retourne à son prudent libéralisme originel) rejetteront en 1927 les sollicitations de l'auteur de *Défense de l'Occident*, Henri Massis, disciple de Maurras, qui voudrait entraîner l'Église dans une nouvelle croisade contre les diverses formes de « sémitisme » et d'exotisme plus ou moins oriental, au nom d'un Occident supposé chrétien.

La riposte du R. P. Lebreton, dans *Études*, est sèche :

> « L'Église catholique vivifiera toutes les nations de l'humanité. Elle ne leur imposera pas le moule uniforme de la civilisation occidentale ; elle se complaira dans la diversité de leurs dons et de leurs génies ; elle aimera, transformée par l'esprit du Christ, la ténacité chinoise et la courtoisie chevaleresque des Japonais, et même les humbles traditions des peuplades du Dahomey et de la Côte-d'Ivoire… »

Ce « même », ce « humbles », ce « peuplades »… Les pères de ce temps-là eussent gagné à relire (ou à lire…) leur Ricci et leur Montoya ! Mais tout de même, un effort s'amorçait vers la compréhension et le respect, des mains se tendaient : les pères du XXe siècle allaient inventer le mot d'« inculturation », sinon la chose. Ils allaient tenter d'être aussi modernes que François Xavier ou Roberto de Nobili…

Les jésuites n'avaient plus le privilège de l'innovation : en 1930, lors des Semaines sociales de Marseille, était posé le problème de la justification morale et théologique de la colonisation, et l'un des initiateurs de ces rencontres, Joseph Folliet, publiait sur ce thème un livre presque aussi hardi que, trois siècles plus tôt, celui de Francisco de Vittoria – rejetant toute forme de domination de l'homme par l'homme et d'une nation sur une autre*. C'est onze ans plus tard que le père de Lubac publiera une étude sur le *fondement théologique des missions* rappelant les principes relatifs au « salut des infidèles » sans poser les questions concrètes des rapports entre colonisé et colonisateur, entre celui-ci et l'évangile.

Pour l'honneur de la Compagnie, c'est de cette communauté néanmoins que jaillit le plus vigoureux rappel des concepts chrétiens** de l'unicité de l'homme et de la perverse inanité du racisme.

* Cest le sujet de la thèse écrite alors par un étudiant en droit nommé Hubert Beuve-Méry.

** Mais pas seulement chrétiens…

Impossible de mesurer l'importance et la fertilité d'une intervention comme celle de Pierre Charles et de son rejet radical de toutes les formes du racisme – fussent-elles dévotes, ou camouflées – sans rappeler quelques données historiques, ce qu'on pourrait appeler le « casier judiciaire de l'Église » en ce domaine.

Il fallut près d'un demi-siècle à la papauté après la prise de possession de l'Amérique par Colomb pour admettre que les Indiens avaient une âme. Si, en 1537, le pape Paul III (le parrain de la Compagnie de Jésus) plaide pour l'homme indien et soutient que son ignorance du christianisme n'est pas une raison de le priver de ses droits – y compris de celui de propriété –, trente et un ans plus tard, Pie V, dont l'Église a fait un saint, innocente une colonisation fondée sur l'esclavage et souillée des crimes que les dominicains espagnols Bartolomé de Las Casas et Montesinos, puis le jésuite portugais Antonio Vieyra, ont impitoyablement dévoilés.

Bien qu'en 1639 le pape Urbain VIII ait dénoncé l'esclavage des Indiens (mais pas celui des Noirs), c'est le personnage le plus illustre de l'Église de France, Bossuet, évêque de Meaux, qui se fit, en 1685, l'avocat du Code noir qui légalisa la traite des Nègres, alléguant que condamner cette pratique « serait condamner le Saint-Esprit qui ordonne aux esclaves, par la bouche de saint Paul, de demeurer en leur état et n'oblige point leur maître à les affranchir ». La cruauté d'un tel sophisme, sous la plume d'un prêtre, historien et précepteur du royaume très-chrétien, fait frémir.

Cette longue complicité avec la rapine coloniale et le système esclavagiste d'une Église qui veut bien reconnaître la qualité d'hommes aux Indiens mais la refuse aux Noirs*, en vertu d'une certaine « malédiction de Cham » sur laquelle on reviendra avec Pierre Charles, a conduit quelques historiens à s'interroger sur l'authenticité d'un texte fameux, l'*Instruction de la Sacrée Congrégation de la propagande*, « à l'usage des

* Les jésuites du Paraguay eux-mêmes, si bons défenseurs des Indiens, employaient des esclaves noirs dans divers instituts américains. Sur ce thème, voir l'excellente *Controverse de Valladolid*, de J.-C. Carrière, présentée par la télévision française en avril 1992.

vicaires apostoliques en partance pour les royaumes chinois de Tonkin et de Cochinchine ». On y lit ceci :

> « N'essayez jamais, ne demandez en aucune façon à ces peuples de changer leurs usages, leurs rites et leurs mœurs, à moins qu'ils ne soient, de toute évidence, contraires à la religion et à l'honnêteté. Qu'y aurait-il de plus absurde que de transporter en Chine la France, l'Espagne, l'Italie ou quelque autre partie de l'Europe ? Ce n'est pas cela que vous avez à apporter, mais la foi, cette foi qui ne regrette ni ne détériore les coutumes et les usages d'aucun peuple, mais veut au contraire les conserver et les protéger. »

Texte tellement dérogatoire à la pratique du temps, hormis celle qui se réclamait de l'« école Ricci », qu'on ne peut l'attribuer qu'à un disciple du maître italien, et, puisqu'il s'agit du Tonkin et de la Cochinchine, au cher Alexandre de Rhodes. Cette *Instruction* date au surplus de quatre années après son voyage en Europe (1646-1655) dont on a dit l'éclat et les retombées*. Si elle n'est pas de sa main, elle s'inspire évidemment de l'expérience et des acquis du jésuite d'Avignon.

La Compagnie se définirait-elle par le refus d'une longue tradition missionnaire marquée par le complexe de supériorité du prêtre « civilisateur » ? Non. Las Casas n'était pas jésuite, ni Jakob Libermann, ce fils de rabbin alsacien qui fonda la Société des pères du Saint Cœur de Marie pour évangéliser l'Afrique occidentale, ni la mère Anne-Marie Javouhey, ni Paolo Manna, inspirateur de l'encyclique *Maximum illud*, ni Dom Helder Camara... – qui tous ont veillé à une dissociation attentive de la mission et de la colonisation.

Mais il est vrai que de siècle en siècle s'est dessiné un certain projet spécifiquement jésuite de l'évangélisation, ancré sur l'idée que l'homme est un, que sa diversité fait sa gloire qui est celle de Dieu, que toute conversion commence par celle du convertisseur. C'est de ce projet ambigu, souvent contesté, que le R. P. Charles se fait l'héritier, si ingénieux et enthousiaste qu'il semble parfois en être l'inventeur...

* Tome I, chapitre x.

Pierre Charles est né à Bruxelles (Schaerbeck) en 1883. Famille aisée (Raymond Charles est magistrat) de catholiques dévots : le frère aîné et une sœur cadette entreront dans les ordres. Des études brillantes au collège (jésuite) de Saint-Michel le projettent d'emblée vers le noviciat de la Compagnie à Tronchiennes. De la faculté de Namur, où il étudie la théologie, il passe à celle de Louvain, puis chez les pères de Valkenburg, avant de rejoindre à Hastings, en 1907, et pour trois ans, les jésuites français exilés : il s'y lie aux plus originaux d'entre eux, Grandmaison, Valensin ou Teilhard. Carrière d'éternel premier de la classe, de « sujet d'élite » qui lui aurait ouvert la voie vers les plus hautes fonctions si n'avait vibré en lui une différence, grondé une véhémence, le goût pour des combats si aventureux qu'ils effarouchent les grandes institutions.

Certes, le R. P. Charles, ordonné prêtre en 1910, enseigne pendant quarante ans la « théologie dogmatique » à l'université de Louvain, s'y taillant la réputation d'un pédagogue vigoureux, sans que sa pensée tranchât sur l'enseignement classique. Mais on le vit, de 1912 à 1914, collaborer à Paris à *La Démocratie*, le journal du fondateur du Sillon, Marc Sangnier, qui avait fait sa soumission au pape après avoir été condamné, mais restait tenu pour socialiste, donc sulfureux aux yeux de la majorité des catholiques, jésuites compris. Là ne se limitent bien sûr pas les audaces de notre jésuite bruxellois.

Le 8 mai 1920, le *Times* de Londres publiait, sous le titre « The Jewish Peril » [Le péril juif], un article qui donnait un retentissement mondial aux *Protocoles des Sages de Sion*, pamphlet fabriqué par l'Okhrana, la police tsariste, et passé jusqu'alors à peu près inaperçu : ce texte se présentait comme un projet juif de conquête du monde. Seize mois plus tard, le même journal devait publier les confidences faites par un émigré russe à son correspondant à Constantinople, d'où il ressortait que les fameux *Protocoles* n'étaient que le démarquage d'un pamphlet antibonapartiste rédigé en 1864 par Maurice Joly, *Dialogue aux enfers entre Machiavel et Montesquieu*... Mais le mal était fait, le choc produit dans l'opinion.

Que le R. P. Pierre Charles, s.j., professeur de théologie à l'université de Louvain, se jetât dans la lutte contre les auteurs racistes des *Protocoles* n'allait pas de soi : les publications les plus en vue de la Compagnie, la *Civiltà Cattolica* et *Études*, avaient, quelques années auparavant, commenté avec faveur ou publié des textes à peine moins délirants à l'encontre des juifs*. La Société de Jésus, au surplus, n'avait pas laissé de prêter quelque peu la main à l'antisémitisme qui avait été la note dominante du catholicisme français pendant l'affaire Dreyfus.

Et pourtant, en novembre 1921, paraissait dans *La Terre wallonne*, sous la signature de Pierre Charles, une dénonciation véhémente de ce faux « dont l'incohérence, l'ignorance, l'impudence excessive, en un mot l'odieuse folie, suintent de toutes les pages [17] ». Au passage, le professeur de Louvain dénonçait bravement les campagnes d'un certain Mgr Jouin, chanoine parisien, auteur d'un *Complot judéo-maçonnique* qu'avait publiquement loué le pape Benoît XV. De son analyse attentive du texte des *Protocoles*, le père Charles tirait la conclusion ironique que de tels « sages », n'étant pas compétents, ne sauraient être redoutables pour l'Europe chrétienne... Mais il lui fallut bientôt constater que le grotesque factum de l'Okhrana était pris au sérieux par les bien-pensants de tout poil...

Alors Pierre Charles reprit la plume et, dans une nouvelle chronique de *La Terre wallonne*, publia ce qui constitue « la forme quasi définitive de la déconstruction » des prétendus *Protocoles* [18]. L'argumentation de Charles était d'autant plus forte qu'il ne se contentait pas de ridiculiser un plagiat misérable et de démonter une machination de faussaires sans talent. Il s'indignait de ce que

> « l'opinion catholique se fasse l'alliée d'un policier russe anonyme, calomniant sur ordre et de la façon la plus sordide l'"immonde Juif" [...] Voudrait-on peut-être revenir aux excellentes coutumes d'autrefois et rétablir, avec la rouelle jaune et les grilles ghettos, la persécution chronique et la "colaphisation" du Vendredi Saint ? Car tout ceci est de l'histoire, et la foule jadis en était fière et célébrait ces violences comme des exploits [...] On se sent un peu humilié de constater qu'un faux, qu'un plagiat aussi grotesque, aussi baroque, aussi ridicule que les *Protocoles* ; que l'œuvre hâtive, méchante et sotte d'un vulgaire argousin de l'Okhrana [...] ait pu passer, aux yeux d'Occidentaux sérieux et d'hommes de

* Voir plus loin chapitre x.

> lettres, pour une conspiration savante, un plan satanique et génial de destruction des sociétés [...] Il y a là matière à réflexions moroses ».

Ces réflexions, Pierre Charles ne trouverait que trop de matière à les réitérer, passant de la morosité à l'angoisse, et avec un courage accru, en 1938, alors que le nazisme faisait peser sa menace imminente*. C'est dans la *Nouvelle Revue théologique* que, devenu célèbre aussi bien par ses travaux scientifiques que par ses campagnes contre le racisme, le jésuite belge publia ce qu'un historien contemporain, Pierre Pierrard, considère comme « la plus solide, la plus posée, la plus décisive » des dénonciations des *Protocoles*. Conclusion du théologien de Bruxelles : « Si les hommes [...] sont effroyablement logiques [...] la logique se soucie rarement de se lier au réel » et « les haines sont, hélas, le trésor que l'homme garde le plus férocement ».

La longue et ardente campagne menée par le R. P. Charles contre l'antisémitisme ne fut que la manifestation la plus dramatique d'un combat permanent contre le racisme en général, et toutes les formes d'exclusion. En 1923, alors que s'affirmait sa réputation de théologien, il fit connaître à ses supérieurs de Louvain une décision qui les stupéfia : renonçant à son enseignement, il avait décidé de se consacrer à la « missiologie », qu'il définissait comme une réforme de l'apostolat à la lumière de l'anthropologie.

Comme la musique ou les arts martiaux, les activités religieuses ont leur hiérarchie : un théologien y fait plus grande figure qu'un missionnaire. Que le maître de Louvain prétendît donner le pas aux Bantous sur saint Thomas fit d'abord scandale. Le père Charles montrait en riant la lettre où son recteur l'admonestait savamment en citant le sculpteur latin auquel un savetier, consulté par lui au sujet de l'exécution des pieds d'une statue, s'était enhardi à en contester la forme du visage : « *Sutor, ne supra crepidam !* » (« Cordonnier, pas plus haut que la chaussure ! »). C'est à un « *Sutor, ne infra crepidam !* » qu'avait eu droit le professeur de théologie...

Infra ou *supra*, Pierre Charles se voue à la « missiologie », la

* Fiché par la Gestapo, Pierre Charles fut en 1940 contraint à l'exil : il passa les années 1940-1945 en Amérique latine, enquêtant, enseignant et prêchant.

fondant sur le refus de toute hiérarchie des races et le dialogue égalitaire entre les cultures. Face aux théoriciens (ou praticiens) chrétiens du racisme, qui prétendent fonder et perpétuer un ordre social et économique sur le concept de race supérieure, il avait pris pour cible le système d'*apartheid* sud-africain, dénoncé notamment dans une conférence prononcée à Lyon en 1948.

Le père Charles ne niait naturellement pas l'existence de supériorités individuelles, mais maintenait qu'elles ne sont en rien « raciales » ; et qu'on ne peut croire à la « transmission héréditaire de certaines qualités attribuées au psychisme humain ». A l'appui de sa démonstration à propos des « races humaines », Pierre Charles citait le cas d'un prêtre noir dont le père était cannibale et qui confiait en souriant : « Je possède un privilège peut-être unique dans la Sainte Église et dont le pape lui-même ne jouit pas. Je crois bien être le seul prêtre qui puisse parfois célébrer la sainte messe pour le repos de l'âme de ceux que son père a mangés. »

Avant de citer quelques fragments des textes les plus significatifs du grand jésuite belge, on voudrait tenter de résumer sa vision du monde en quelques formules qui lui étaient familières, et dont découle peut-être toute sa « missiologie ».

Ceci, qui pourrait être la réponse décisive du jésuitisme au jansénisme : « Vous n'avez rien haï, Seigneur, de ce que vous avez fait ! »

Cela, qui va très loin dans l'audace humaniste : « Si le bras de Dieu n'est pas raccourci, c'est que le nôtre le prolonge… »

Et enfin cette espèce de manifeste missionnaire, que ses amis choisirent de faire figurer au revers de son avis de décès : « Seigneur, vous n'avez jamais demandé que nous nous chargions de convertir le monde entier. Mais vous nous demandez de planter l'Église et de l'établir à la portée de tous sur la terre… »

Avec Maurice Olender, on peut voir exprimée là une « charité empreinte d'autant de tolérance que peut en soutenir un esprit convaincu de sa mission [19] ».

Cette Église « plantée » comme un arbre parmi d'autres arbres, et mise « à la portée de tous », libres d'y pénétrer ou de s'en écarter, résume assez bien la pensée de cet homme qui, après François Xavier, Ricci et quelques précurseurs, et à la différence de beaucoup d'autres revêtus des mêmes insignes et chargés d'une mission apparemment identique, sut constamment reconnaître l'Autre dans sa spécificité et sa dignité.

De l'œuvre de Pierre Charles, on voudrait citer plus qu'il n'est possible ici. On retiendra surtout les formidables réquisitoires prononcés par le théologien-missiologue contre les diverses formes de racisme – qu'il s'agisse de sa forme dogmatique, celle de la « mentalité primitive », théorisée par Lévy-Bruhl, ou de ses manifestations idéologiques avec Gobineau, Vacher de Lapouge et Stewart Chamberlain, ou de son expression mythique : la malédiction de Cham…

Lucien Lévy-Bruhl connut la gloire au temps du cinéma muet. *La Mentalité primitive, les fonctions mentales dans les sociétés inférieures* enchantait les cercles bien-pensants et les associations d'expansion coloniale : à la veille du centenaire de l'Algérie française, on pouvait, comme Aristote l'enseignait à l'Alexandre, diviser l'humanité entre hommes libres aptes à gouverner le monde et individus voués à la servitude – avec la caution d'un grand universitaire*.

Intrépide chasseur d'impostures, Pierre Charles ne pouvait manquer de mettre à nu celle dont le sociologue de la Sorbonne s'était fait le héraut, ce « Protocole des sages blancs » où la colonisation trouvait une arme commode. En février 1930, apogée de la gloire lévy-bruhlienne, la *Nouvelle Revue théologique* publiait un article du jésuite belge dont le système Lévy-Bruhl sortait en lambeaux, sous forme de « fictions littéraires […] absolument contredites par les faits », et, du point de vue des conséquences qu'on en tire, « pernicieuses ».

Les approximations de M. Lévy-Bruhl sur la mentalité des primitifs « prélogiques », leur incapacité à développer une conscience distincte, leur inaptitude à l'abstraction et à la « philosophie » ont été, depuis Pierre Charles et les grands ethnologues de son temps (Franz Boas, Paul Radin, Griffith Taylor), si patiemment ridiculisées qu'il est inutile de faire écho à son réquisitoire. Sauf sur un point, qui, touchant de près le missiologue, et bien qu'il ne fasse l'objet d'aucune note en bas de page, jette une lumière cruelle sur l'information du maître de la Sorbonne :

* Mis au programme par les pères jésuites, ô Pierre Charles, dans un collège de province des années trente…

> « Où [M. Lévy-Bruhl] a-t-il pris que "les missionnaires croient à la distinction de deux *substances*, l'une corporelle et périssable, l'autre spirituelle ou immortelle", et que la mort, en les séparant, "libère la substance spirituelle ou âme, *qui est l'individu véritable*, et qu'ils voient deux substances hétérogènes, temporairement unies" (*L'Ame primitive*, p. 25 et 252) ? Il n'y a pas un seul missionnaire qui admette un aussi misérable cartésianisme. Et si M. Lévy-Bruhl est si peu à même de débrouiller la mentalité du missionnaire dans les questions philosophiques qui sont sa spécialité professionnelle, à quelles aventures ne court-il pas en interprétant la mentalité des primitifs, dont il ignore jusqu'à la langue et qu'il n'a jamais vus* ? »

Bigre !

Nous retrouvons un père Charles plus pugnace encore face au mythe, si longtemps nourri par la tradition chrétienne, de la malédiction de Cham et de sa descendance noire, dont les divers impérialismes ne pouvaient manquer de tirer des conséquences aussi profitables que du primitivisme des « sociétés inférieures ». L'exorde est savoureux. Le reste aussi :

> « On a répété pendant des siècles que les poules d'eau naissaient spontanément du bois pourri ou mieux encore des feuilles de saule tombant dans les étangs. Des auteurs très savants ont reproduit graphiquement, pour le plaisir des yeux, ces étonnantes transformations. L'origine végétale de ces poules d'eau a conduit les moralistes** à déclarer qu'on pouvait les manger aux jours d'abstinence. Et cependant, depuis Albert le Grand, il était prouvé par des observations précises que les poules d'eau naissaient comme tous les autres oiseaux et que la légende de leur génération spontanée n'était qu'une folle imagination… »

* Lucien Lévy-Bruhl savait reconnaître ses erreurs. Dans sa préface aux *Carnets de L. Lévy-Bruhl*, publiés en 1949 aux PUF, le grand ethnologue Maurice Leenhardt écrit (p. XV) que Lévy-Bruhl « a abandonné la prélogique ». L'auteur se contente pour sa part d'écrire (p. 73, en date du 18 juillet 1938) : « Pour éviter les malentendus […] j'affirmerai une fois de plus que la structure logique de l'esprit est la même chez tous les hommes, et que, par conséquent, les "primitifs", tout comme nous, rejettent la contradiction quand ils l'aperçoivent » (observation amicalement communiquée par Maurice Olender).

** Y compris quelques confesseurs jésuites du temps des *Provinciales*.

Qui ne s'est pas fait l'écho de cette version tragique de la légende des poules d'eau qu'est le mythe de la malédiction de Cnam ? Charles cite pêle-mêle le cardinal Lavigerie, l'académicien Georges Goyau, pieux historien des missions, le grand géographe danois Malte-Brun, Cuvier, Louis Delmer, ardent militant anti-esclavagiste, et un texte du concile du Vatican rédigé par soixante-huit évêques – sans parler de textes de la Bible, de légendes rabbiniques et de la plus officielle des *Histoires des missions*, celle d'Henrion.

Le professeur de Louvain n'a pas de peine à démontrer que l'anathème qui pèserait sur les Noirs à travers Cham n'a aucun fondement doctrinal, ne serait-ce que parce que la malédiction biblique proférée par Noé ne vise pas son fils mais son petit-fils, Chanaan, le « mauvais drôle » qui l'a dévêtu dans son ivresse – et dont la terre sera ravagée par Josué. Il n'y a pas malédiction, soutient-il, mais sinistre prophétie, et celle-ci « ne peut viser que la branche palestinienne des descendants de Cham, et n'a rien à voir avec les Africains* ».

Et le père Charles, que nous savons peu suspect d'antijudaïsme, précise :

> « Il ne reste de la malédiction de Chanaan que la phrase pleine de sagesse du vieux Cornelius à Lapide, qui ne l'avait d'ailleurs pas inventée, mais qui résumait sur ce point la doctrine théologique, à une époque où la théologie existait encore : "Moïse a écrit tout cela à cause des Chananéens que les Hébreux allaient devoir expulser de leurs terres. Il prépare les voies à son histoire de l'expédition et de l'entrée des Hébreux sur le sol de Chanaan ; il indique la cause et l'occasion qui l'amenèrent et qui firent que, par volonté divine, les Juifs, sous Josué, occupèrent la région chananéenne." »

Mais ce ne sont pas les affaires d'exégèse biblique qui importent dans le discours passionné de Pierre Charles, c'est la dénonciation des conséquences qui en furent tirées : quelle chance de fonder sur une malédiction divine la réduction en esclavage de tout un continent ! N'est-ce pas accomplir pieusement la prescription de Dieu, commentée, théorisée, éclairée, affinée par des théologiens aussi prestigieux (jésuites ou non

* Un journaliste dirait qu'il y a glissement d'une rubrique à l'autre, de l'« Afrique » au « Proche-Orient »…

jésuites) que Molina, Sanchez, Ledesma ou Soto – sur lesquels renchérissaient des historiens protestants du XVIIe siècle comme cet Heidegger* qui, dans son *Historia sacra patriarchorum*, citée par Pierre Charles, décrivait ainsi la disgrâce du fils de Noé : « Aussitôt il gagna des yeux rougeoyants, une chevelure et une barbe de teinte brûlée, et il se trouva nu. »

Le père Charles constate que cette grotesque légende proliféra, en se donnant des allures scientifiques, au cœur d'un XIXe siècle où par ailleurs s'épanouissaient les sciences historiques et naturelles qui eussent dû la pulvériser. Il en rend responsable le déclin des études religieuses « qui marqua au XIXe siècle la période fatale du traditionalisme » et conclut :

> « Les Noirs ne sont pas plus maudits que les Blancs et ils sont plus malheureux. La charité et la vérité imposent ici les mêmes conclusions, et le "*nigra sum sed formosa***" est susceptible d'applications nouvelles et libératrices. »

Mais la plus violente des philippiques qu'ait proférées ce jésuite de haut bord visa les pères fondateurs du racisme moderne, Gobineau, auteur de l'*Essai sur l'inégalité des races humaines*, Vacher de Lapouge, magistrat languedocien partisan de l'eugénisme, et Houston Stewart Chamberlain, prophète du nazisme.

Quand Charles publie, en 1939, dans la *Nouvelle Revue théologique*, « Les antécédents de l'idéologie raciste », la guerre est aux portes, le nazisme à son zénith. Il n'a pas attendu ces imminences pour dire son fait à l'hitlérisme, mais il n'en cogne que plus dur. Certes, il prend pour cible les précurseurs, laissant à son jeune collègue le R. P. Lorson le soin de dénoncer dans le même numéro de la revue les aberrations spécifiques du IIIe Reich. Mais son réquisitoire vise les principes mêmes des crimes en cours, et les auteurs qui trônent au panthéon nazi.

On ne s'étonne pas de voir le jésuite belge d'abord attentif à exonérer le christianisme de « toute discrimination ethnique totalement exclue par l'évangile ». Que saint Jérôme ait cru à

* Eh oui…

** « Je suis noire mais belle » (Cantique des Cantiques 1.5 ; certains, depuis, ont dit : « belle parce que noire » – *black is beautiful*).

l'existence de monstres, satyres ou faunes, que tel ou tel théologien docile au pouvoir ait assimilé les Indiens aux animaux ne pouvait faire que l'unicité du genre humain ne fût reconnue par la doctrine et l'ensemble du monde chrétien – jusqu'au XIXe siècle où l'on vit « se former [...] sous l'impulsion de quelques amateurs, la doctrine du racisme et des supériorités raciales ». Doctrine « dénoncée, à peine née, par les ethnologues les plus qualifiés ».

Faut-il, à l'exemple de Charles, citer les calembredaines qui font la trame de l'*Essai sur l'inégalité*, cette confiture de phantasmes où l'on voit s'agiter des hybrides mulâtres et de jeunes primitifs perdus « dans les tourbières des îles Britanniques et dans les forêts scandinaves... ». Aujourd'hui, ce chapelet d'« inepties solennelles » et de « fariboles indécentes » nous fait balancer entre le bâillement et le fou rire*. Mais, en son temps, le jésuite avait raison de dénoncer avec une minutieuse férocité ces outrages à la raison et à l'expérience scientifique – qui faisaient le fondement de la doctrine au nom de laquelle une bande d'aventuriers en chemise brune prétendait régenter l'univers.

Sur Georges Vacher de Lapouge, fondateur de l'« anthroposociologie », pour qui l'histoire du monde se réduit à un débat entre l'*homo europeus*, dolichocéphale blond, protestant (comme l'auteur), et l'*homo alpinus*, brachicéphale noiraud, latin et catholique, « esclave-né [...] comme le chien », on imagine que la verve de Charles trouve matière à s'exercer sans plus de charité. Pour être féroce, il lui suffit de citer.

A propos de l'« eugénisme », par exemple, Lapouge assure que, par des procédés de fécondation nouveaux et mécaniques, un seul bon dolichocéphale sélectionné pourrait devenir père de 200 000 individus, à condition que soient trouvées les porteuses, bien dolichocéphales (ou phalettes ?). Avec un peu de patience, « au bout d'un siècle ou deux, on coudoierait les hommes de génie dans la rue, et les équivalents de nos plus illustres savants seraient employés aux travaux de terrassement [20]... ». Tandis que, pour se débarrasser des brachycéphales, faute de recourir d'emblée à la « solution sûre, écono-

* Les mânes du père Charles (et celles des innombrables victimes du nazisme) nous pardonneront-elles de rappeler qu'Arthur de Gobineau est aussi l'auteur des merveilleuses *Nouvelles asiatiques* ?

mique, énergiquement sélective : la mort », on pourrait déclarer que dans telle ville l'alcool est gratis, et, comme dans un piège à rats, tous les brachycéphales iraient spontanément y finir dans le *delirium tremens* [21]...

On entend d'ici, résonnant dans les rues de Louvain, à travers les murs du collège Saint-Albert, le rire formidable du père Charles.

Quelle sorte d'homme était-il, ce Bruxellois en robe noire que chacun, et surtout ses amis comme Teilhard et Valensin, appelaient Charles tout court* ? Bâti en force, les épaules puissantes, le visage massif assez vite rougi par l'émotion ou dans l'ardeur du débat, un regard de myope voilé par d'épaisses lunettes, des gestes assez rares, mais frappants, une voix puissante de baryton qui s'éraillait dans les *forte* : on peut voir en lui une version citadine et wallonne de son illustre compatriote Pierre-Jean De Smet, le jovial Samson des montagnes Rocheuses...

L'éloquence de Pierre Charles était colorée, véhémente, recourant volontiers à l'antithèse, voire à la provocation (sinon au scandale, ajoute l'un de ses disciples). Sarcastique volontiers, il faisait observer que ce qu'on appelle dans la vie quotidienne « intolérables lenteurs administratives » se traduit à Rome par « sagesse de la curie romaine »... Mémoire prodigieuse, comme sa force de travail : de quatre heures et demie à vingt-deux heures sans un jour de vacances, jamais...

Ses audaces à propos de l'adaptation des rituels aux diverses cultures – mais il n'y eut pas d'affaire des « rites africains » pour l'abattre – lui valurent de susciter des enthousiasmes, et pas mal de réprobation. Moins que ses campagnes contre le racisme, menées à une époque où le catholicisme en était infecté.

Anticolonialiste, Pierre Charles ? Pas dans le sens où l'on commençait à l'entendre à l'époque de sa mort, en 1954, qui fut aussi l'année de la fin de la guerre d'Indochine et du début de la guerre d'Algérie. Il n'avait jamais rompu avec l'Institut royal colonial de Bruxelles, dont il était l'un des augures, ni avec l'Institut colonial international.

* Je dois la plupart des traits de ce croquis à un disciple du R. P. Charles, J. Masson, s.j., et lui en témoigne ma gratitude.

Mais il suffit de lire l'un de ses derniers articles, publié dans *Zaïre* [22], pour mesurer l'originalité d'une pensée que n'entravait nul interdit : il y prônait, entre Africains et Européens, une « association » à laquelle bien peu songeaient alors – ni en France*, ni en Belgique –, et, pour cela, assurait que les anciens colonisateurs devaient « respectueusement, et même humblement [...] obtenir [des Africains] un consentement [23] ».

Que l'histoire des rapports entre l'Europe et l'Afrique, entre le catholicisme et les religions non chrétiennes, entre mission et colonisation ait pris d'autres formes, cela n'a pas dépendu de Pierre Charles, s.j.

* De Gaulle n'en parla que cinq ans plus tard, le 15 mai 1958.

CHAPITRE XI

Un collège de province dans les années trente

• La puissance et la gloire • Bordeaux et ses « fils à papa » • La « bonne éducation » et M. Durkheim • L'écureuil d'Estaunié • La « philosophie » contre les philosophes • John et le latin • Pour une élite du centre droit • Rhétorique et politique • Le sport et la vertu • La ville dont le prince est un enfant… • « Je continuerais à jouer à la balle » •

Cette grande bâtisse de béton pâle, moins glorieuse qu'étalée, moins pompeuse qu'utilitaire, nous n'étions pas en mesure, adolescents, d'en déchiffrer la signification. Il faut avoir étudié l'histoire de la Compagnie de Jésus, le projet audacieux qui la fonde, l'idéologie optimiste qui la porte, les épreuves qui n'ont cessé de l'abreuver, pour être sensible à ce que révèlent l'ampleur et la masse de la façade de Saint-Joseph de Tivoli, pour mesurer à quel point l'impression de puissance béate que donne ce collège construit par les pères jésuites de Bordeaux en 1931 dément la légende de cautèle, d'hypocrisie et de dissimulation que l'on fait à la Société ignacienne. Ce qui se manifeste ici, c'est tout au contraire son sens de la gloire – qui est peut-être celle de Dieu seul.

Trente-trois mètres au sommet, quatre-vingt-sept mètres en largeur : la magnificence de nos maîtres ne laissait pas de nous frapper. Nous étions à vrai dire peu informés des contradictions que les pères n'ont jamais fini de tenter de résoudre entre la méfiance manifestée par les fondateurs de 1540 à l'endroit de la pourpre cardinalice, des pompes épiscopales et plus généralement des honneurs et des richesses du siècle, et l'architecture théâtrale produite par leurs bâtisseurs, entre la frugalité des conditions de vie auxquelles s'astreignent, depuis Loyola, les membres de cette étrange société de prêtres dans le siècle et l'autocélébration collective qui, depuis l'*Imago primi seculi* de 1640, est, pourrait-on dire, leur péché mignon.

Lors de la construction, en 1857, du deuxième des collèges jésuites de cette ville, où s'exprimait une exubérance architecturale propre à enflammer l'imagination des naturels du Bordelais, le « général » de la Compagnie, Pierre Beckx, intervint pour condamner l'« apparence mondaine et luxueuse » de la façade dessinée par le R. P. Piérard.

Dans une lettre au provincial des jésuites, il écrivait : « Je vous conjure d'empêcher les dépenses et les ornements inutiles », tels que « les règles de la Compagnie sur les édifices ont été oubliées, ou pour vrai dire violées ». Ce religieux avait-il considéré le style du Gesù de Rome, des églises de Malines ou de Saint-Michel de Munich ?

Bref, notre collège de Tivoli affichait un jésuitisme dont l'ambition s'affirmait plus hautement que la sûreté du sens esthétique des bâtisseurs. Nous n'étions pas là, à vrai dire, pour apprendre à jouer les Ruskin, mais pour devenir, ou demeurer, les dignes continuateurs d'une société française à la fois inquiète et confortable qui, émergeant de la grande crise de 1929 et des turbulences qui agitaient naguère le monde chrétien, se résignait à la forme républicaine de l'État en se redécouvrant catholique et pansait les plaies d'une guerre sans voir venir la suivante.

Bordeaux ne se pique ni de dominer quelque pays, ni d'amasser des trésors. L'Aquitaine pour faubourg, le vin pour héritage lui suffisent – et, pour la vraie gloire, ses écrivains. Mais on y cultive une autosatisfaction qui se prononce à l'anglaise (*self* serait donc ici bienvenu) et le mot de modestie s'y écrit avec une majuscule.

Vers 1930, une bourgeoisie copieuse, et d'autant plus assurée d'elle-même que venue d'horizons plus divers et installée dans des demeures plus harmonieuses – urbaines et rurales –, y prospérait au carrefour d'une France métropolitaine tenue pour un peu vulgaire (Paris est loin…), d'un empire colonial assuré de l'éternité, et d'une culture anglo-saxonne enviée avec une infatigable nostalgie.

Le Front populaire approchait, pour le plus grand effroi de

ce petit monde qui, de ses ancêtres de la Gironde, gardait moins le souvenir des harangues prononcées par ces doux régicides plus ou moins indigènes chantés par Lamartine que des supplices auxquels les avaient soumis Robespierre et ses séides, en attendant que Wellington vienne, en ces terres restées fidèles au roi, rétablir l'ordre.

Le maire, Adrien Marquet, stomatologiste officiellement affilié au Parti socialiste mais impatient de s'en dégager aux côtés de Marcel Déat pour fonder un régime autoritaire qui s'enracinerait à Vichy, faisait face lors des scrutins électoraux à Philippe Henriot, fulgurant orateur catholique qui allait devenir la voix majeure de la collaboration avec le nazisme.

A ce Bordeaux somnolent dans un conservatisme mouillé, notre collège était depuis trois siècles censé fournir les élites nécessaires à sa reproduction – concurremment avec les lycées dits Montaigne et de Longchamp, et les collèges Saint-Genès et Sainte-Marie-de-Grand-Lebrun, celui dont Mauriac avait été l'élève. Peu sensible semble-t-il à la disgrâce de n'avoir formé ni l'auteur des *Essais*, ni celui des *Lettres persanes*, ni celui du *Nœud de vipères*, Tivoli s'efforçait d'assurer sa primauté en fabriquant des notables.

Le premier collège fondé à Bordeaux par les pères, le douzième en France, l'avait été en 1572, pour faire pièce à celui, dit « de Guienne », où avait étudié Montaigne et que la Compagnie tenait pour trop favorable aux « idées nouvelles »*. Un épisode de la Contre-Réforme ?

Débuts éclatants marqués par l'enseignement d'Edmond Auger**, puis de Louis Richeôme. En dépit d'une suspension de près de vingt ans due aux guerres de religion, c'est, à partir de l'édit de Rouen de 1603, ce concordat entre la Compagnie et le roi Henri, la prospérité. Le jeune Louis XIII, venu à la rencontre de sa fiancée Anne d'Autriche, y est accueilli avec solennité et en 1660, dans la postface qu'il donne à l'édition latine des *Provinciales*, Nicole*** écrit que partout en France

* Sous l'égide d'un ancien disciple de Loyola à Sainte-Barbe, André de Gouvéa.

** Le célèbre confesseur d'Henri III (voir tome I, chapitre XII).

*** Sous le pseudonyme de Wendrock.

deux partis se disputent à propos de ce livre, mais qu'« il n'y en a qu'un à Bordeaux : celui des jésuites ».

Le collège de la Madeleine, installé dans les bâtiments du prieuré de Saint-James, à l'angle du cours des Fossés* et de la rue du Mirail**, prospère de telle façon que l'université juge bon de coopérer étroitement avec lui, procédant à des échanges de professeurs. C'est la gloire : en 1659, Louis XIV, au plus fort des amours avec La Vallière, y est accueilli par un ballet de cinquante danseurs, tous formés par les bons pères.

Ce qui n'empêcha pas qu'un siècle plus tard le Parlement de Bordeaux votât lui aussi, à une majorité de cinq voix, la dispersion de la Compagnie : le collège de la Madeleine poursuivit quelque temps son enseignement, confié à des séculiers (dont quelques anciens jésuites), avant de se fondre avec le collège de Guyenne pour donner naissance au « Collège royal » – qui deviendra en 1873 le lycée Michel-Montaigne.

Dès la restauration de la société de Jésus, en 1814, un archevêque jésuitophile, Mgr d'Aviau, se démena pour ressusciter un collège confié aux pères. C'est son successeur, le cardinal Donnet, qui réalisa le projet, mettant à la disposition des jésuites les ruines de l'abbaye bénédictine de la Grande-Sauve, dans l'Entre-Deux-Mers, à vingt-cinq kilomètres de Bordeaux. Cinquante élèves la première année, deux cent quinze moins de sept ans plus tard.

On décide de s'installer à Bordeaux même : en 1858 s'élève dans le parc du château Labottière, rue de Tivoli (qui vaudra au nouveau collège un nom de résidence romaine lié aux souvenirs de la prise de la cité pontificale par les armées de Bonaparte en 1798), ce bâtiment dont on a dit qu'il avait, par son luxe, irrité les plus hautes autorités de la Société, peu sensibles aux charmes d'un néogothique qui devait être d'un effet incertain…

Faute d'accueillir les rois, on croît, on s'ébroue, on prospère : trois cents élèves en 1870, deux résidences campagnardes successives à La Tresne et à Saint-Médard (« Virginia »). On se juge même en droit de mener une diplomatie et une stratégie spécifiques. Quand Napoléon III abandonne les États du pape à son nouvel ami Cavour, le collège bordelais recrute des

* Aujourd'hui Victor Hugo.

** Où était située l'école maternelle de Mauriac.

zouaves pontificaux pour défendre le pouvoir temporel de Pie IX : plusieurs adolescents bordelais sont tués à Castelfidardo par les balles de l'armée piémontaise.

Une autre épreuve vient affecter le renom de l'institution jésuite : en 1868, deux maîtres de Tivoli, les RR. PP. de Lajudie et Comin, comparaissent devant les tribunaux parce que le second a fouetté un élève. Il apparaît que ce châtiment avait été administré à la demande du père – lequel, se ravisant sous on ne sait quelle influence, avait assigné les prêtres en justice. Nombre de parents viennent à la barre témoigner de leur faveur pour l'usage du fouet… Mais l'affaire tourne au scandale national. Des jésuites pris la main dans le sac ! Toutes les autorités de la Compagnie, jusqu'aux plus hautes, font amende honorable, produisant des règlements qui proscrivent expressément les châtiments corporels. Mais les deux religieux sont condamnés à dix jours de prison et trois cents francs d'amende…

Dans les archives de la Compagnie, on trouve, glissé comme par hasard, un papier où l'un des pères a transcrit une citation de l'*Ecclésiaste* : « Épargner le fouet à son enfant, c'est le haïr. » Et, quarante ans plus tard, les mêmes archives feront écho à un sermon d'un père Nodon qui ne semble pas répugner à l'usage, contrôlé, de tels arguments…

On a retrouvé, dans les mêmes archives, quelques notations d'un maître jésuite sur la jeunesse bordelaise, qualifiée de « réfractaire au sérieux » et de très encline à l'esprit « des fils à papa »… Le même professeur décèle chez ces adolescents de la cité de Montaigne comme un mélange d'« indolence » et de « suffisance » qui ne lui semble pas augurer bien de l'avenir…

L'avenir ? En ces lieux, il était bien menacé : si l'enseignement réussit à survivre aux décrets Ferry de 1880*, il fut suspendu par la loi d'expulsion des congrégations de 1901, et l'application très stricte qu'en fit, à l'encontre des pères de la Compagnie, le ministère Combes. Au surplus, les jésuites sont voués aux tragédies exemplaires : il ne suffisait pas que les champions du laïcisme multipliassent contre eux les avanies ; en 1904, le beau collège à demi déserté fut, pour des raisons très vraisemblablement accidentelles, la proie des flammes. Commentaire d'un savant historien de la Compagnie : « Des

* Voir chapitre VI.

trop voyantes architectures, il ne resta pas pierre sur pierre. *Etiam periere ruinae* [1]. » Autre commentaire, d'un chroniqueur laïque, mais peu républicain, M. Piéchaud : « Cet incendie fut combattu, semble-t-il, avec un certain flegme par les pompes anticléricales. » Et d'un journaliste local : « Près de 10000 personnes, grouillant dans toutes les rues, admiraient sans fin cette vision, tragique mais grandiose... » (*La Petite Gironde*, 3 février 1904).

Brûlés, peut-être ; mais abattus, les jésuites ? Que non pas. Une administration séculière, échappant à la législation contre les congrégations, va faire la soudure. Un enseignement « inspiré » par les pères se met en place dans un couvent mis à leur disposition par les dames de l'Assomption, le « château Dupuy », à la périphérie bordelaise, en vue de la barrière du Médoc ; et cela jusqu'en 1928. C'est alors qu'après un quart de siècle de patience la Compagnie rachète le collège à la société civile. Et voici les pères redevenus maîtres du jeu, toutes voiles dehors – mais toujours dans un cadre où cette société que nous savons misogyne* ne saurait être tout à fait à l'aise.

Le succès, du point de vue quantitatif, est immédiat : plusieurs centaines de familles revendiquent le droit de soumettre leurs fils à la méthode des pères. Mais, sur cette étrange période de transition, celle du pouvoir enseignant direct exercé en terre, sinon étrangère, au moins empruntée, il faut citer le rapport rédigé en 1945 par celui qui était en 1928 (et restera plus de dix ans) le « père spirituel » du collège, le R. P. Jean Dissard : on y verra qu'en dépit des apparences les rapports entre les jésuites et Bordeaux n'étaient pas faits que de convergences...

> « Dès l'arrivée**, on constata qu'il y aurait fort à faire. Accueil en somme assez peu sympathique, de la part du vieux corps enseignant et de la part des familles : on arrivait avec la réputation d'empêcheurs de danser en rond ! Il fallait imposer des méthodes un peu nouvelles. Quand on commença par exemple de parler de *concertations****, les non-initiés ouvrirent de grands yeux. Quand on voulut établir une discipline plus

* Voir tome I, chapitre VI.

** De l'équipe proprement jésuite au couvent de l'Assomption où était donné un enseignement religieux mais séculier.

*** Disputes savantes organisées entre deux « parties » de la classe.

> ferme, et ne pas céder aux familles pour octroyer des permissions insolites chez nous, telles que permissions d'absence le dimanche matin, à l'heure des cours de catéchisme, il y eut bien des murmures.
> L'esprit, dans certains groupes d'élèves, était franchement mauvais. Lors de l'élection du Préfet de Congrégation* en première division – octobre 1928 –, les votes se portèrent en majorité sur un qu'on devait renvoyer, avec deux autres, dès les vacances de Noël, pour des raisons voisines de l'immoralité. Or les camarades qui avaient voté pour ce Préfet de Congrégation le connaissaient parfaitement... État d'esprit lamentable qui se transmettait d'année en année... A tel point qu'une solution héroïque fut envisagée : décapiter le Collège, en supprimant pour une année la première division. Une coupure nette. Ainsi ne se transmettraient pas de fâcheuses traditions. On recula devant cette mesure radicale, et l'état des choses se perpétua. La Compagnie était, au début, si peu sympathique qu'on regarda comme un succès, deux ou trois ans plus tard, lors de la canonisation de nos Martyrs du Canada, d'avoir pu organiser une séance d'académie qui, pendant deux heures, avait parlé des jésuites pour les louer [2] ! »

Cinq cents garçons dans un couvent prévu pour deux cents filles... Il faut bâtir, mes pères ! Trois ans plus tard, sur le domaine voisin dit de Peyreblanque, se dresse la grande bâtisse évoquée, où les uns, les « grands », manifestant l'état d'esprit dénoncé par le R. P. Dissard, voient une caserne érigée sur un champ de manœuvres, et les autres, plus pervers encore, la manifestation d'un « style jésuite » du XXe siècle qui aurait gardé, des grands ancêtres, le goût du monumental en perdant le souci de plaire.

Entamés en 1930, les travaux furent achevés un an plus tard. Efficacité jésuite... Le bâtiment fut « inauguré le 31 mai 1931 dans la liesse générale et aux sons [*sic*] des intermèdes musicaux assurés par le Rallye-Gironde-Veneurs de Guyenne sous la direction de M. Brannens, premier prix du Conservatoire [3]... ». Ô mânes de Marc Antoine Charpentier, de Zipoli, de Carrissimi, musiciens chers aux jésuites de haute époque.

Cette inauguration donna d'autre part lieu à quelques incidents – rapportés avec amertume par le même Jean Dissard.

* Société pieuse où se retrouvaient en principe les meilleurs « sujets ».

« ... Vers la fin du repas, copieusement arrosé de crus les plus généreux de la Gironde, quelques anciens élèves avaient devancé les visiteurs dans les couloirs et salles de classes. Et ils s'étaient livrés à des plaisanteries regrettables. Ils avaient par exemple enfermé dans son bureau le comptable du collège avec le R. P. Aurel, provincial*... Et, plus lamentable encore, ces anciens élèves dont plusieurs devaient pourtant beaucoup au collège – à tous les sens du mot *devoir* – avaient tracé sur les tableaux noirs des classes des inscriptions mal-sonnantes et mal-odorantes à l'adresse de tel ou tel professeur. Stupéfaction des visiteurs qui pensaient trouver dans le collège une maison de bonne éducation [4]... »

« De bonne éducation »... Nous y voilà. Peu de thèmes autant que cette formation proposée (imposée ?) par les jésuites ont inspiré commentaires et sarcasmes. De Montaigne et Francis Bacon qui la portent aux nues à Michelet ou Paul Bert qui en font une agression contre la liberté humaine, l'éducation des pères est un thème fertile.

Il se trouva que l'un des fondateurs de la sociologie, Émile Durkheim, enseigna longtemps à l'Université de Bordeaux, mettant l'accent sur l'éducation ; et que, inspiré directement ou non par l'exemple des maîtres de Tivoli, il a, en divers écrits, traité de la pédagogie des pères, observant, dans *Éducation et Sociologie*, que les « jésuites se donnèrent comme but de former des humanistes » et que les hommes de sa génération « étaient encore élevés d'après un idéal qui ne différait pas sensiblement de celui dont s'inspiraient les collèges de jésuites au temps du grand Roi [5] ».

L'« humanisme jésuite », Durkheim ne le considère d'ailleurs pas sans méfiance : s'il y voit le fruit de « pédagogues éclairés », il y décèle une part de manipulation, une stratégie de canalisation du savoir au profit d'une orthodoxie enrubannée de rhétorique, et bien défendue contre les progrès et les questionnements de la philosophie. Et il met en garde contre un système très français d'émulation dont il se garde d'ailleurs d'« imputer toute la responsabilité aux jésuites [6] ».

On ne s'étonnera pas de lire, sous la plume du R. P. de Dainville, qui enseigna plus tard la géographie à Tivoli et ailleurs, une description quelque peu différente de l'éducation des

* Supérieur de la Compagnie pour la France.

pères. Bien que son ouvrage capital sur ce thème se limite à l'étude de l'enseignement à l'âge classique avant la suppression de la Compagnie, on n'y trouve pas seulement développé le thème de l'humanisme et de l'usage qu'en firent les maîtres ignaciens, mais aussi celui, plus neuf, des rapports entre ces microsociétés que sont les collèges et la société tout court.

François de Dainville dissipe, preuves à l'appui, la légende de clôture, de marginalisation, qui entoura longtemps les établissements tenus par les hommes en noir. Du fait du rôle réservé, en leurs collèges, à beaucoup d'exercices, talents et divertissements qualifiés de « mondains » (et excitant, de ce fait, la verve de Pascal et de tant de ses émules), du théâtre aux sports et de l'éloquence à la danse, les instituts enseignants de la Compagnie ne cessèrent de jouer le rôle de viviers de la société dominante, maintenant leur perméabilité aux pressions du monde et se gardant de barricader leurs pupilles – quitte, nous le verrons, à multiplier alentour ce que Beaumarchais appelle les « précautions inutiles ».

Encore faut-il nuancer. Dans son histoire de la Compagnie en France, le R. P. Burnichon met l'accent sur la « similitude parfaite » de toutes les maisons d'éducation de la Société de Jésus : qui en connaît une les connaît toutes, comme il convient à des sœurs, soutient-il, citant Ovide [7]. Non, révérend père. Non. Rien de moins jésuite que cette uniformité : qui a eu l'occasion d'interroger, à ce propos, un ancien de tel collège rural, de tel autre, parisien, ou de tel autre, septentrional, entend trois types d'expériences qui vont de la rudesse à la complaisance et du caporalisme larvé aux violons du jeune Montaigne. D'où, souvent, les comportements ultérieurs adoptés par celui-ci et celui-là à l'endroit des jésuites et du catholicisme en général.

Le plus souvent citée de ces réactions aux méthodes d'éducation jésuites* est celle dont Édouard Estaunié a fait la matière d'un livre plus vigoureux que le reste de son œuvre, *L'Empreinte*, publié en 1896, en pleine guerre scolaire et à la veille de l'affaire Dreyfus. Le thème de ce romancier est la dénonciation d'une éducation qui ne tendrait qu'à façonner des êtres dociles, voués à la discipline cléricale ou militaire :

* Plus souvent par exemple que les pages du *Scorpion* où Marcel Prévost évoque, avec mesure et un peu de nostalgie, ses souvenirs de collège.

« … Ils ont pétri ma conscience, soupire le héros, détruit ma vie, et j'ignore pourquoi. Quel était leur dessein ? Faire de moi un jésuite comme eux ? Soit. Mais encore, pourquoi le voulaient-ils ? Qui recrute des soldats doit vouloir combattre quelqu'un ou quelque chose. Je cherche. Ils n'ont personne à vaincre. Ils ne peuvent avoir de buts, n'ayant pas de désirs. L'argent ? Ils n'en jouissent pas. Le pouvoir ? Ils l'ont possédé sans l'utiliser. L'amour ? Ils sont chastes. L'autorité ? Ils passent leur vie à obéir.

Tel l'écureuil enfermé dans une roue, follement, fait tourner cette roue. Elle s'emballe, l'axe tressaute. Un vertige paraît emporter la cage. L'écureuil est resté à la même place : il n'avance ni ne recule, il ne produit rien*, il ne veut rien, il agit.

Dans l'ordre intellectuel, le jésuite ne pense que pour habituer sa cervelle aux subtilités. Il ne doit pas s'attacher aux idées, mais les regarder sous leurs angles divers. Le nombre de ces idées est volontairement restreint. Une foule encombrerait sans mieux servir. Saint Ignace recommande ainsi d'éviter certains sujets, le problème du mal, la théorie de la substance, etc., les bons esprits s'y égarant sans profit.

On fournit donc au novice un fagot de ces idées triées. Il doit se chauffer avec, toute sa vie durant. A lui de couper les branches en petits morceaux pour les faire durer. Encore les coupe-t-il rarement – il est indifférent au froid – et toujours avec méthode. Méthode stérile en ses effets d'ensemble car elle est sa propre fin ; redoutable en ses actions de détail, car l'ouvrier qui l'emploie est bien armé.

Un bon jésuite doit être indifférent ; il a, par suite, l'impassibilité nécessaire au jugement des situations. Il doit être croyant, c'est-à-dire convaincu aveuglément de son droit ; mystique, et dès lors contempteur des réalités qui l'entourent ; subtil, ce qui lui permet de faire face aux accidents imprévus ; obéissant, ce qui supprime la responsabilité ; dépourvu de désirs, ce qui laisse la place libre au désir du moment. Il n'est pas isolé, enfin : il fait partie d'une collectivité, ce qui lui donne le sentiment de sa force.

L'outil est merveilleux !

Et je songe que toutes ces qualités je les ai, que tous ces défauts je les possède… Il suffit que je rentre dans la collectivité pour qu'[ils me rendent] redoutable[8]. »

* C'est l'un des thèmes majeurs de l'argumentation antijésuite de Michelet (voir chapitre III, p. 123).

M. Estaunié devait être un honnête homme, et certaines de ses notations révèlent de la pénétration. Rien ici du tableau grand-guignolesque tracé par tel ancien élève de Saint-Acheul, par exemple*. Le portrait global du jésuite et de l'empreinte, supposée indélébile, qu'il laisse sur ceux dont il s'est vu confier le soin n'en apparaît pas moins si sommaire qu'il surprend beaucoup de jeunes gens ainsi marqués d'un fer qui leur fut indolore.

Mais y a-t-il, à vrai dire, une pédagogie jésuite ? Y a-t-il, à travers un système d'éducation, un projet de société jésuite ?

A ces questions, une expérience personnelle de quelques années, dans un établissement déterminé, ne suffit pas à apporter une réponse décisive. Mais celle qu'on va proposer peut contribuer à définir un type d'éducation fondée moins sur la contrainte que sur l'incitation persuasive, et tendant, nous semble-t-il, à former plutôt les cadres d'une société à dominante catholique que les très ardents militants d'un christianisme voué aux épreuves.

Quand il s'installa dans le bâtiment flambant neuf de l'avenue Félix-Faure, au mois d'avril 1931, le collège Saint-Joseph de Tivoli, l'un des trente établissements de ce genre alors gérés en France par la Compagnie, rassemblait cinq cent quatre-vingts élèves** groupés sous l'égide de vingt-six jésuites, dont quatorze prêtres ayant prononcé leurs quatre vœux. Cinq d'entre eux seulement exerçaient des fonctions d'enseignement.

Un recteur, le R. P. Paul de Jabrun ; un préfet, le R. P. Bernard de Gorostarzu ; un aumônier, le R. P. Jean Dissard ; les professeurs de philosophie et de rhétorique, les RR. PP. Romeyer et Cavalié, en composaient l'état-major permanent, mixte de notables débonnaires, de politiques pénétrants, de robustes professionnels et de consciences inquiètes, le tout assez divers et dévoué à la tâche pour animer cette grande machine.

Les pensionnaires y étaient une minorité : moins de cent élèves. Contrairement à ce qui fut souvent écrit, le pensionnat n'est pas l'idéal pédagogique de la Compagnie. Il est même

* Voir ci-dessus, chapitre II.

** Effectif supérieur à la moyenne des collèges, et qui allait croître assez rapidement.

considéré avec méfiance. Le vieux *Ratio studiorum* de 1599 ne lui faisait pas de place. C'est au XIXe siècle que le système a pris racine dans les collèges, et non sans restriction – sauf dans les établissements plus ou moins ruraux, comme celui de Sarlat, par exemple, où les pères de famille bordelais expédiaient volontiers les « fortes têtes » comme jadis le Roi-Soleil refoulait dans leurs terres les Grands trop redressés.

Il faut citer à ce sujet l'un des plus curieux pédagogues jésuites, le R. P. Tissot, fils de paysans, qui publia, en 1872, *L'Éducation dans la famille et dans les écoles*. Ses réflexions sont judicieuses :

> « Le système actuel du pensionnat, et pour ainsi dire du *casernement* [...], s'est développé sous Napoléon Ier, ce génie savamment révolutionnaire dont la France suit encore les idées après avoir répudié sa dynastie. Le premier empereur avait ses raisons pour changer l'esprit et les institutions de la France ; reste à savoir si ces raisons étaient bonnes et s'il est avantageux de garder encore pour les générations nouvelles le moule qu'une main despotique a façonné dans des vues personnelles. Jusque vers la fin du siècle, l'usage des pensionnats était rare. »

[Mais il faut ajouter que le système du pensionnat était une source de revenus (médiocres) pour la Compagnie qui, très rétive à abandonner le principe de l'enseignement gratuit, était fondée à se réserver une marge sur les services matériels fournis.]

Le reste des collégiens de Tivoli, répartis en deux collèges, le petit (jusqu'à la septième) et le grand (de la sixième à la philosophie), étaient externes soit « libres », soit « surveillés » (demi-pensionnaires, la majorité). Avant qu'ils fussent admis dans l'établissement, leurs parents avaient reçu une brochure spécifiant aussi bien les objectifs de cette éducation que les articles essentiels du règlement. Mais, vers 1930, le texte de cet avertissement n'était plus celui, délicieux, rédigé au siècle dernier par quelque émule de Fénelon :

> « La fin que l'on se propose dans cette maison est de former les jeunes gens qui l'habitent aux sciences, aux bonnes mœurs et à la piété. On ne peut atteindre ce but si important sans ordre et sans méthode ; il est donc essentiel d'établir des règles

pour déterminer ce qui est permis et ce qui ne l'est pas, pour fixer d'une manière uniforme la nature et la suite des exercices qui doivent partager les différentes heures de la journée et remplir utilement le cours de l'année scolaire.
Tous les motifs, la religion, la raison, les plus chers intérêts des élèves se réunissent pour les engager à l'observation d'une règle, qui ne leur est imposée que dans la vue d'assurer leurs progrès dans les lettres et dans la vertu. »

L'avertissement qui, après les cataclysmes du début du siècle – l'expulsion et l'incendie de Labottière –, fut substitué à celui-là avait moins de charme. Mais il restait savoureux :

« I – But et esprit

L'école Saint-Joseph de Tivoli a pour but d'assurer aux élèves, avec les avantages d'une instruction solide et en rapport avec les besoins du temps, le bienfait d'une éducation religieuse. C'est en formant des chrétiens que les maîtres espèrent préparer des hommes utiles à leur famille et à leur Patrie.
Exercer une douce et paternelle vigilance, exciter une louable émulation, agir sur le cœur par la foi et la piété, éveiller surtout une conscience ferme et droite, tels sont les moyens employés de préférence. On s'efforce de prévenir les fautes pour n'avoir pas à les réprimer.
En tout cas, l'irréligion*, l'insubordination, l'immoralité, une paresse habituelle et incorrigible sont des cas d'exclusion. S'il est nécessaire d'en venir à cette mesure, on prendra toujours, autant que possible, les précautions propres à ménager l'honneur des familles.
L'uniforme** est strictement obligatoire les dimanches et jours de fêtes pour tous les élèves du Grand Collège.
1 – Le port de la casquette d'uniforme en ville est rigoureusement obligatoire sous peine de sanctions graves.
2 – Les élèves ne doivent pas fumer dans les rues, places ou promenades publiques, ni s'arrêter aux cafés, bars ou autres établissements similaires.

* Un certificat de baptême est exigé lors de l'inscription (de rares dispenses semblent avoir été accordées).

** Costume bleu (avec gilet), pardessus bleu, casquette à visière noire l'hiver. Une paire de gants de peau tannée. Mêmes pièces gris clair pour l'été. Pour la confection de l'uniforme, précisait le règlement, les familles doivent s'adresser exclusivement et obligatoirement à La Belle Jardinière…

3 – Les élèves doivent se rendre directement du domicile de leurs parents au Collège et inversement.
Bien que leur tenue et leurs démarches au-dehors échappent au contrôle de l'école et n'engagent que la responsabilité des parents, la direction ne peut cependant pas rester indifférente à la présence des enfants dans les lieux, réunions, groupements, réjouissances et spectacles qui mettent en péril son œuvre d'éducation chrétienne ou nuisent à la bonne réputation de Tivoli. Elle se réserve de prendre, s'il y a lieu, toutes les mesures nécessaires.
Lectures, livres de classe : les élèves auront soin de prendre conseil de leurs maîtres pour le choix de leurs lectures. Ils ne peuvent introduire dans la maison d'autres livres que les éditions classiques adoptées par l'établissement. Toute autre édition est prohibée, à moins d'approbation. Aucun livre de lecture, aucun journal ne peut être introduit dans la maison sans autorisation expresse… »

C'est sur ce point à coup sûr que ce règlement-programme se révélait le plus fâcheux, en tout cas le plus rigide. Sur le port de l'uniforme, on s'arrangeait, même sur celui de la casquette (visière cirée, galon de velours bleu, portée en ville à dix-sept ans !). Seule la contrainte livresque était dommageable, et difficile à tourner, bien que la fraude s'imposât : un adolescent normalement attiré vers la littérature et l'histoire ne pouvait en aucun cas se satisfaire des manuels que lui imposaient ses maîtres en soutane ; celui du chanoine Desgranges aurait découragé n'importe quel admirateur de Molière*, et l'*Histoire de France* d'un certain Guiraud faisait des journées révolutionnaires de lugubres autodafés. Lanson et Faguet n'étaient tolérés qu'en rhétorique, mais Malet et Isaac ne pénétraient point en ces lieux où l'on avait charitablement oublié Loriquet, mais où Mathiez ou Aulard faisaient figure de diables velus.

C'est par là, beaucoup plus que par on ne sait quelle mesquinerie disciplinaire, que péchait cette formation circonspecte. La bibliothèque de Tivoli était pauvre, l'enseignement y était assez plat – sauf celui du latin, assuré notamment par l'excellent R. P. Cavalié. Quant à celui de la philo, on se retiendra d'en dire ce que l'on en pense, par sympathie pour le jovial Édouard Romeyer qui en était chargé – il vaudrait mieux dire « accablé ».

* Mais non celui du père de Parvillez, timidement admis bien qu'il fût l'œuvre d'un jésuite.

La philosophie, d'ailleurs, est traditionnellement le point faible de l'enseignement jésuite : si difficile de s'arracher à la théologie, à l'apologétique… Témoin cette étonnante lettre circulaire adressée aux pères de famille de la région lyonnaise par un recteur de collège du début du siècle, le R. P. Pillon : « Votre fils n'aura pas trop d'une bonne année de Philosophie* pour armer sa foi contre les attaques impies et des libertins qu'il rencontrera à l'École militaire et dans les garnisons… »

Il n'est pas jusqu'au père Olivaint, dont on citera plus loin des propos attestant une authentique largeur d'esprit, qui, en ce domaine, ne donne dans le simplisme :

> « Nous prétendons contribuer pour notre part à relever dans l'enseignement cette philosophie aujourd'hui si déchue, si trahie par les philosophes. N'est-ce pas, en effet, un devoir impérieux pour nous d'affermir les intelligences de nos élèves pour qu'en entrant dans le monde ils ne cèdent pas à tout système, à toute opinion comme à tout vent ? Il faut les armer d'une force dialectique pour qu'ils sachent au besoin attaquer ou se défendre[9]… »

Olivaint écrit au temps où l'Église du *Syllabus* dénonce ses amis d'*Études*, et où toute trace de libéralisme est anathème. Mais il ne s'agit pas seulement chez lui de prudence stratégique. Une continuité de la pensée jésuite à propos de la « Philosophie », que menaceraient… les philosophes, s'exprime là. Quatre-vingts ans plus tard, l'enseignement de cette discipline dans un collège de la Compagnie était moins belliqueux. Il était même éclectique. Mais comme engourdi par des liens trop anciens et trop rudement noués jadis.

Curieuse condition que celle d'enseignant dans une telle institution – hormis celle des professeurs jésuites de plein exercice qui accomplissaient là, en vertu de l'obéissance, une tâche qui eût pu revêtir, ailleurs, des formes plus rudes, ou plus ingrates. Quelques articles du règlement des professeurs en disent autant, sur l'esprit de cette maison, que ceux qui avaient trait aux élèves :

> « 1 – L'enseignement à Tivoli est un apostolat, qui exige, de la part de ceux qui l'exercent, désintéressement et abnégation.

* Avec une majuscule…

> Si donc le devoir de la direction est d'améliorer autant que possible la situation même matérielle du personnel, celui-ci doit, de son côté, s'employer de toutes ses forces au succès religieux, moral et intellectuel de l'œuvre commune.
> [...]
> 4 – Les maîtres ne recevront pas les élèves dans leurs chambres...
> [...]
> 6 – Ils doivent être rentrés le soir avant 9 heures en hiver et avant 10 heures en été ; sauf le jeudi et le dimanche où la porte reste ouverte jusqu'à minuit.
> [...]
> 10 – Il est interdit de tutoyer les élèves.
> 11 – L'usage est d'appeler les élèves par leur nom, sans dire : "Monsieur".
> [...]
> 14 – Les dix mois complets sont payés aux professeurs et aux surveillants bien que l'année scolaire s'achève le 14 juillet. Mais ils sont tenus, en plus de leurs heures de classe ou de service, à prendre leur part proportionnelle aux services généraux tels que la surveillance des retenues ou les divers examens à faire passer aux élèves.
> 15 – Il est absolument interdit de frapper les élèves. Les punitions doivent être modérées. Celles qui dépassent la mesure ordinaire ne peuvent être infligées sans l'intervention du P. Préfet. »

Un professeur éminent vivait parmi nous, ce François de Dainville qui allait s'affirmer comme l'un des maîtres de la géographie française. On a cité quelques-uns de ses ouvrages. Mais à cette époque, il était, la trentaine venue, réduit à un rôle de simple surveillant, et n'avait droit, comme tel, qu'à nos sarcasmes : on l'appelait « Din-Din ». Nous passâmes ainsi à côté d'un enseignant prestigieux. Était-il, cheminant à travers les rangs, notre « Din-Din », en train de rédiger dans sa tête *La Naissance de l'humanisme moderne* ?

La pédagogie jésuite était alors en pleine révision, on dirait même en pleine réanimation. S'inspirant d'un lointain disparu et d'un praticien encore à l'œuvre. Le disparu, c'est Pierre Olivaint, le fusillé de la Commune, qui avait été le directeur de l'école de la rue de Vaugirard, et dont les derniers textes pédagogiques (« Ne nous respectez pas trop, ne nous prêtez pas une dignité inaccessible ! ») résonnent comme un appel à

« ne pas faire une valeur ultime de l'ordre et de la discipline » et de « mettre la confiance au premier plan [10] ».

Le praticien alors à l'œuvre, c'était François Charmot, qui allait publier *La Pédagogie des jésuites*. Conservateur en d'autres domaines, le père Charmot, enseignant et aumônier de l'Action catholique, influencé par Le Play, l'abbé de Tourville et le scoutisme, plaida bravement pour que, chez l'enseigné, soit développé le rôle de l'initiative, plutôt que la discipline. On parla un temps d'« hérésie » dite « américanisme », qui fut bientôt qualifiée de « fantôme ». Pauvre Charmot… Le fait est que, dans la pratique quotidienne, l'enseignement des collèges évoluait très doucement du monologue au dialogue, à l'émergence de l'adolescent en tant que sujet.

Le bulletin trimestriel de Tivoli, en ces années-là, garde la trace de ces préoccupations, qui portent aussi bien sur les rapports entre les enseignants et la famille que sur les relations entre le maître et l'enfant. En janvier 1931, le R. P. de Gorostarzu prononçait une conférence en faveur de l'« individualisation » de l'enseignement de la spécification en fonction de chaque intelligence, de chaque tempérament. Un an plus tard, le R. P. Romeyer, professeur de philosophie, citant tour à tour Hegel et le R. P. Charmot, plaidait, lui, pour une éducation « active », participative. On n'en était pas à Freinet, mais les rapports de diffusion du savoir se diversifiaient.

L'intelligentsia jésuite ne faisait pas mauvais accueil, dans *Études* notamment, aux suggestions aimables de Mme Montessori, et faisait volontiers écho à la boutade fameuse de John Dewey : « Que faut-il connaître pour enseigner le latin à John ? – Le latin, bien sûr. – Non, John. » Un centre culturel jésuite avait demandé une conférence à Thomas Arnold, le célèbre professeur-poète de Rugby et d'Oxford, et on s'intéressait ici et là aux méthodes et aux enseignements du scoutisme réformé par Lord Baden-Powell*. Bref, une ouverture – disons plutôt un entrebâillement – du côté de la modernité.

A vrai dire, les collèges jésuites pratiquaient depuis bien longtemps la mise des enseignés en posture « active ». Faut-il s'attarder sur des procédures comme celle-ci, que relate le bulletin trimestriel du printemps 1934 : « Lors d'une fête de gymnastique en l'honneur du R. P. Recteur, on remarqua une

* Qui d'ailleurs n'était pas autrement prôné.

reconstitution de la bataille de Marathon par les FF. de Dainville et de Langlade, heureuse réalisation des méthodes actives dans les classes de lettres, tout à fait dans la tradition jésuite. Un général présidait. Affluence considérable. Grand succès. »

Plus original était, en ce domaine, ce qu'on appelait les « concertations ». Une fois par an, en présence d'un public de parents et d'amis, la classe était divisée en deux camps (Athéniens et Spartiates ? ou Grecs et Romains ?) qui se mitraillaient de questions, rendant coup pour coup et point par point. Un ancêtre des jeux télévisés ? La formule était propice à cette éternelle rhétorique qui tenait une place toujours éminente dans la formation jésuite.

Formation pour quoi ? Pour qui ? En dépit de ce qu'écrivait Estaunié, l'éducation des jésuites avait une fin autre que celle d'une agilité mécanique, moulinant du néant – dût-elle évoluer avec les époques.

Le premier établissement éducatif agréé par Ignace de Loyola avait pour objectif, on l'a vu, de former des jésuites – ou, mieux, de perfectionner les enseignants par la pratique même de cet enseignement*. C'était le temps où le fondateur voyait sa « petite compagnie » « comme une avant-garde missionnaire ». Quatre siècles plus tard, les célèbres fabriques de génies de Clermont, de La Flèche ou de Saint-Acheul d'où étaient sortis Descartes, Molière, Voltaire et Lamartine, témoignaient d'un profond changement d'objectifs.

Ce qui semblait clair à tout élève de Tivoli (était-ce vrai du Caousou de Toulouse, ou de Franklin à Paris ?) était qu'on ne l'avait pas embrigadé dans un « gaufrier », pour reprendre une formule de Mauriac, dans un moule à reproduire des jésuites. Rien ou presque ne semblait fait pour modeler, en ces lieux, de futurs prêtres. L'article premier du règlement cité plus haut cite les « bienfaits d'une éducation religieuse » comme l'un des buts de cette éducation : mais il n'est indiqué qu'après « une instruction solide ». Et c'est bien ainsi que les choses se présentaient.

Si l'assistance à la messe quotidienne était l'une des contraintes qui nous étaient imposées – que signifiait cette halte ensom-

* Voir tome I, chapitre II.

meillée de gosses repassant en hâte, à genoux, leurs leçons ? –, peu de place était faite ensuite à l'instruction religieuse. La plupart des lectures que nous écoutions au réfectoire pendant une partie des repas, ou au début de l'étude du soir, ne tendaient ni à l'endoctrinement, ni même à l'édification : récits de guerre, d'exploration, d'enfances prédestinées… Les quelques camarades protestants qui prenaient place à nos côtés (compte tenu de l'importance du rôle joué par les réformés dans la vie intellectuelle, économique et sociale de Bordeaux) n'avaient guère de problème de ce genre à résoudre, et leurs pasteurs pouvaient garder l'âme en paix : à condition d'arriver le matin après la messe…

Il n'est donc pas vain de s'interroger sur la visée qui était celle des pères sous l'égide desquels nous étions rassemblés dans la grande baraque bétonnée de l'avenue Félix-Faure, à quelques centaines de mètres du lycée de Longchamp d'une part, du collège des marianistes de Grand-Lebrun d'autre part. Si l'on écarte l'hypothèse d'écureuils moulinant minutieusement le vide en attendant le Jugement dernier, faut-il voir en eux les sculpteurs acharnés d'un certain type d'humanité ?

L'histoire de la Compagnie, mieux que la volonté de ses dirigeants, avait fait d'elle un ordre enseignant souvent aux dépens de sa vocation missionnaire. Mais ce n'est plus tout à fait le hasard qui avait dirigé vers les Collèges de la Compagnie les fils de la noblesse (bien que ni Descartes, ni Molière, ni Voltaire ne vinssent du premier des ordres…). Cette « spécialisation » n'était pas innocente. Nous savons que le pouvoir n'a pas cessé d'aimanter la Société de Jésus, et que la formation des futurs détenteurs de l'autorité au sein de l'État monarchique était conforme au souci d'efficacité reconnu pour pieux, *ad majorem Dei gloriam*.

Le XIXe siècle (le XVIIIe déjà…) avait modifié, non ces perspectives, mais leur champ d'application, ou leurs points d'appui. La montée du tiers état et de la bourgeoisie avait modifié le recrutement des collèges – où les enfants de l'artisanat, de la paysannerie, du monde du travail manuel semblaient voués, jusqu'au XXe siècle, à un rôle de figuration. Ce réaménagement de ce qu'on pourrait appeler la « clientèle », le R. P. Vallin l'a très bien résumé dans une conférence prononcée à Paris en 1989 :

> « Consciemment ou non, les jésuites, de 1850 à 1930, ont visé à réunir les héritiers de l'ancienne noblesse et les fils de la grande bourgeoisie nouvelle. Cela, dans une perspective d'efficacité socio-économique, dont on attendait, plus ou moins consciemment à nouveau, que se mettraient ainsi en place des élites, renversant le pouvoir social des majorités politiques d'inspiration révolutionnaire, ou du moins républicaine. A un niveau plus modeste, le réseau des collèges, de 1850 à 1930, et au-delà, incarne le projet d'une microsociété cohérente. La plupart des collèges sont fortement liés à un milieu social proche, un cercle de familles [11]... »

L'historien jésuite formule ici, entre autres, une idée un peu déconcertante, au regard en tout cas d'autres expériences : celle de la promotion recherchée d'« acteurs économiques efficaces » au sein d'une société contemporaine où la culture dite humaniste ne serait plus la référence suprême.

Auteur d'un livre consacré à l'histoire du collège Saint-Michel de Saint-Étienne, M. Paul Sordet observait devant nous que, dans une région alors fortement marquée par l'expansion industrielle et où les rapports de production et d'échanges dominaient les activités sociales, cet établissement prestigieux restait orienté sur la formation des élites traditionnelles – médecine, barreau, enseignement, service public – beaucoup plus que sur celle des agents économiques : parmi les cadres de la célèbre manufacture d'armes et de cycles, observe M. Sordet, rares sont les anciens élèves de Saint-Michel.

Incapacité des pères à s'adapter – bien contraire à leur génie ? Il faut tout de même relever que les jésuites dont l'enseignement paraissait se confondre avec l'usage des « humanités » classiques ont su être les fondateurs de la très remarquable école de préparation aux grandes écoles scientifiques, celle de la rue des Postes devenue Sainte-Geneviève de Versailles, et qu'ils ont fondé entre bien d'autres des collèges techniques d'agriculture à Angers et à Toulouse, un établissement renommé d'arts et métiers à Lille.

Mais, dans la mémoire d'un collégien bordelais des années trente, l'éducation jésuite restait centrée sur les « humanités », les belles-lettres, les langues anciennes, l'histoire et toutes les disciplines qui conduisaient alors à ce qu'on appelait les professions libérales. Signaler peu charitablement que la philosophie y était enseignée de la façon la plus baroque, la plus discontinue et de telle manière qu'un candidat à la seconde partie du baccalauréat pût être incapable de distinguer la pensée de Malebranche de celle de Spinoza et n'ait jamais entendu parler de Locke ni peut-être même de Hegel, ne changeait rien à la nature profondément « littéraire » de cette éducation.

Alors, un projet de société, par le truchement d'acteurs sérieux formés, modelés, endoctrinés ici ? Une stratégie des élites et des cadres en vue d'un pouvoir rêvé ou prévu, d'un réaménagement de la société bordelaise d'abord, française ou universelle ensuite ? On rendra ici la parole au R. P. Vallin, qui, traçant les perspectives qui furent celles de l'éducation jésuite dans la première partie du XXe siècle, ne pèche pas par timidité. S'il est « malaisé, écrit-il, de discerner ici un projet », on peut globalement dire que « tout le monde visait à une reconquête catholique de la direction de la société française, en misant pour cela sur l'éducation des jeunes à la responsabilité réfléchie. Mais il y a certainement aussi, sur ce fond commun, un contraste de teintes. Certains sont naturellement portés à miser sur le salut de la France par une "révolution nationale" de type autoritaire. D'autres s'orientent, durant les années trente, vers une reconnaissance plus ou moins étendue des bénéfices de la discussion démocratique [12] ».

Sans porter aussi loin un regard aussi hardi, on peut tenter de décrire ce qui semblait l'ambition de nos maîtres en soutane noire : former les cadres civils d'une société prudente, fidèle à elle-même ou plutôt aux orientations d'une bourgeoisie qui restaurait alors certaines valeurs religieuses ; qui, sentant venir le Front populaire, se rapprochait du clergé comme de l'armée, faisait fête à des écrivains catholiques ou marqués par la tradition catholique comme Montherlant* ou Bernanos**.

Un système de reproduction, pour recourir au langage de Pierre Bourdieu ? Certes oui. Une tradition culturelle entée sur le classicisme, la mesure, l'équité. Sur des facultés, l'efficacité sociale, la respectabilité, l'honnêteté des mœurs, une raisonnable pratique religieuse, la participation prudente à la vie publique – y compris la politique que l'on a cessé de diaboliser, voilà le cursus auquel est voué, dans ce collège bordelais des années trente, un adolescent-lauréat.

* Élève (infidèle ?) de Sainte-Croix de Neuilly.
** Jésuitophobe déterminé…

Les pères ne visent apparemment pas à former des saints, ni même des militants pour la cité de Dieu. Des citoyens plutôt, modérés mais éminents, des électeurs du centre droit, professeurs à la faculté de Médecine, bâtonniers du barreau de la ville, diplomates ou notaires, officiers d'« Affaires indigènes » au Maroc, présidents de sociétés bancaires, cadres des Eaux et Forêts ou ingénieurs des Ponts. Des hommes d'influence, en somme, des témoins actifs d'un catholicisme libéré du *Syllabus*, mais ardemment attaché à l'école « libre », rallié à la République et, non sans ironie ni précaution, à la démocratie.

A bien y réfléchir, cet établissement semblait avoir pour spécialité l'art incertain de la communication. Humanités, rhétorique, philosophie vagabonde, culte pour Corneille et Vigny, éloquence soignée : nos bons pères semblaient s'être voulus précepteurs de la parole, éleveurs d'avocats et de cliniciens, de jurisconsultes et de publicitaires, de courtiers et même, même, de journalistes… Tels sont les jésuites qu'ils n'ont cessé, depuis les origines, et de la Chine au Paraguay, du Québec au Vatican, de croire à la puissance justifiante du discours.

En tout cela, la politique paraissait peu. La bourgeoisie bordelaise faisait mine de ne guère s'en soucier – d'où son vote à droite, qui est la façon bien élevée de « ne pas faire de politique » –, à l'exception bien sûr des milieux ou familles acquis et fidèles à l'Action française.

On a dit à quel point les cercles dirigeants de la Compagnie – *Études* notamment – avaient été favorables au maurrassisme avant sa condamnation par Rome en 1926, condamnation d'autant plus fortement ressentie à Bordeaux que c'était l'archevêque de la ville, Mgr Andrieu, qui s'était fait le procureur du procès, assisté entre autres d'un jésuite bordelais que nous retrouverons, le R. P. Dieuzayde. Dans ces années encore proches du verdict romain, l'A. F. était plutôt mal vue à Tivoli, et ses militants aussi discrets qu'ils étaient bruyants et actifs à la faculté de Droit.

Quelques signes de frémissement politique, à la veille ou à l'époque du Front populaire ? Un temps, le fils de Philippe Henriot fut notre condisciple, en 1935. Il se signala en écrivant un matin avant le cours, au tableau noir : « A bas le pacte ! » quand Laval revint de Moscou, ayant signé avec Staline un traité (qui d'ailleurs visait surtout à embarrasser les communistes français…). Puis le jeune Henriot disparut de nos vies.

Tel camarade porta un temps à la boutonnière le bizarre

insigne orné d'une prophétique francisque du mouvement « franciste » de Marcel Bucard, où se manifestait en bégayant un fascisme rustaud ; tel autre arborait celui d'un groupe de démocrates-chrétiens qui jugeaient bon d'entrelacer la croix, la faucille et le marteau : on se gardait de houspiller celui-ci plutôt que celui-là. Ils paraissaient bizarres, surtout, nos porteurs d'insignes, incongrus.

Rappelés à l'ordre par les hommes en noir ? Non. Tolérance, ou discrète satisfaction que se manifestât un quelconque intérêt pour la vie de la cité ? Nous préférions, quant à nous, disputer du tour de France, de la coupe Davis ou du prochain France-Angleterre. Car le sport, sous toutes ses formes, était fort en honneur dans ces lieux.

Audace révolutionnaire, liée à une mode, aux victoires des « mousquetaires » sur les courts de tennis ou de Jules Ladoumègue, champion bordelais de course à pied, sur les stades ? Non. La pratique des exercices physiques était une vieille tradition dans la Compagnie, et on jurerait qu'à La Flèche le jeune Descartes jouait à la paume, et Corneille au collège de Rouen.

Il faut voir sur quel ton le grave R. P. Burnichon, historien de la Compagnie souvent cité ici, parle de cette tradition, alléguant une ancienneté attestée par ses deux confrères Nadaillac et Rousseau, auteurs des *Jeux de collège*. Il ferait beau voir que cette pratique nous vînt d'outre-mer !

> « ... On fit grand bruit chez nous autour d'une soi-disant éducation physique délaissée en France et très en honneur dans les pays anglo-saxons qui lui devaient la supériorité qu'on leur attribuait alors*. Des voyageurs nous rapportaient d'Angleterre et d'Amérique la description enthousiaste des jeux. Ils donnaient cela comme des découvertes [...] Leur propagande détermina dans certains milieux un renouveau des *sports*, vieux mot français** qui avait passé dans la langue anglaise et qui s'est réacclimaté dans la nôtre. Chez les jésuites, on suivit en souriant cette évolution [...] Aucun de ces jeux qu'on nous ramenait de l'étranger, affublés de vocables exotiques, qui n'eût sa place dans *Les Jeux de collège*[13]... »

* Le R. P. Burnichon écrit au début du XXe siècle.

** Cf. le *Robert* : « Aphérèse de *disport*, de l'ancien français *disport*, ou *déport*, “amusement” »...

Et quand on pense que tant d'historiens laïques ont fait grief aux révérends pères de leur absence de patriotisme, qu'ils ont prétendu que cette éducation ne formait « pas des Français, mais des Romains » ! Voilà une bien belle preuve d'un chauvinisme vigilant, pointilleux, et s'exerçant sur le terrain où il aura trouvé, au XXe siècle, son plus constant aliment...

Que le sport pratiqué à quinze ans ait revêtu une fonction de contrôle et de régulation sexuelle, il suffit pour s'en convaincre de noter la place qu'il avait dans cette institution, comme dans les *public schools* victoriennes. Les matches de football du jeudi après-midi, nos entraînements des autres jours avaient, dans l'esprit de nos maîtres, valeur de divertissement.

Combien, de ce fait, de vertus protégées ? Combien, dans Bordeaux, de liaisons détournées, d'amitiés devenues moins particulières ? Combien de chastetés soutenues jusqu'à l'extrême, *ad majorem Dei gloriam*, pucelages sacrés, vertus mesurées en dixièmes de seconde gagnés sur un cent mètres, en buts marqués, en jeux alignés sur les courts de terre rouge...

Les courts... Il est vrai que ces lieux-là avaient, chez nos confesseurs, mauvaise réputation. J'entends encore le R. P. Clergue me glisser, avec une sorte de douleur contenue dans la voix : « Et... vous fréquentez aussi Primerose ? » Il ne s'agissait pas d'une « créature », non certes – mais d'un club de tennis où l'on échangeait des balles avec des demoiselles imprévues par le règlement de Tivoli, et d'autant plus émouvantes...

Quand nous vint, après celles du sport et du cinéma – mais ne les abolissant pas –, la passion de la littérature, nous fîmes grand cas de ce propos de Jean Giraudoux, qui nous parut le comble de la sagesse :

« L'Église ordonne le sport, puisqu'elle interdit le suicide. » Réconcilier ainsi nos gesticulations sur l'herbe et l'auteur de *Suzanne et le Pacifique* nous fut d'un grand secours.

Récapitulant ces années d'apprentissage, ma surprise soudain se fait poignante : celle qu'impose rétrospectivement la disparition de la tradition théâtrale, si vivace, longtemps, chez les hommes en soutane. Il n'était plus question, certes, de monter dans ce collège bordelais des années trente une tragédie en vers latin comme le *Baphonius* joué vers 1860 par nos aînés de Metz [14] (dont la vedette portait le nom ininventable, inscrit au registre du collège, de Vadatus du Coëtlosquet...), ni même un Corneille, un Rotrou, un Rostand, un Courteline.

Peut-être est-ce pour relever ce flambeau chu des mains de nos maîtres qu'au temps de nos quatorze ans, nous nous mîmes à deux pour écrire – et représenter, par un après-midi pluvieux, dans un grenier – une tragédie en vers (et en quatre actes, originalité suprême...) intitulée *Cunegonda*, dont l'héroïne était une noble italienne en proie aux assiduités d'un seigneur abyssin, le *ras* Fisapappa. Nous étions en 1935, et la guerre faisait rage en Éthiopie. L'étonnant n'est pas que deux gamins aient ainsi versifié quelque parodie inspirée par l'actualité, mais que cette pochade informe fût retrouvée intacte par l'un d'eux, cinquante et quelques années plus tard, dans les archives du collège Saint-Joseph de Tivoli...

Qui étaient nos éducateurs ? Le recteur, maître à bord après Dieu, était Paul de Jabrun, patricien au poil blanc et au regard paisible dont l'unique passion terrestre était la photographie – il s'était fait installer un atelier près du bureau directorial –, qui devait se comporter dignement sous l'Occupation, alors que son frère Louis, déporté, ne revenait pas des camps*. Si l'autorité jésuite pouvait se voir appliquer la formule classique de la main de fer dans un gant de velours, le père Paul était à coup sûr le velours.

Il est vrai qu'ailleurs le fer n'était guère perceptible : ce n'est pas de ce métal qu'était fait à l'évidence son assistant, puis successeur, Bernard de Gorostarzu. Nous retrouverons, sur un terrain plus escarpé, ce personnage d'exception**. Disons tout de suite que ce petit homme agile, qui, avec son patronyme, une silhouette preste et menue à la Jean Gachassin, aurait pu jouer demi de mêlée à l'Aviron Bayonnais, était le charme même, sans rien qui pèse ou qui pose, et que le souvenir vaguement attendri que plusieurs d'entre les adolescents de ce temps-là gardent du Tivoli des années trente doit beaucoup à cet aimable compatriote du basque Loyola.

* Jésuite lui aussi, surveillant général de Tivoli, Louis de Jabrun devint aumônier du port de Bordeaux, s'occupant des marins, des dockers, des clochards, jeunes et délinquants, et autres déshérités.
Engagé de façon très active dans la résistance aux nazis, il fut arrêté en juin 1943 par la Gestapo, et déporté à Buchenwald où il mourut le jour de Noël 1943, le crâne brisé à coups de matraque par un gardien.

** Voir le chapitre XI.

Le « père spirituel » avait notamment pour mission de prononcer les homélies du dimanche. Celles du R. P. Jean Dissard manifestaient à coup sûr la piété et l'érudition de ce religieux à la stature imposante, au noble faciès surmonté d'une chevelure d'argent pâle. Les familles prisaient fort cette prestance, cette onction, ce discours sans orage – craignant ceux que pouvaient provoquer le R. P. Coulet, conservateur musclé au visage et aux propos d'inquisiteur, ou le R. P. Dieuzayde, que les bourgeois bordelais appelaient « diablezayde » : ne se mêlait-il pas, cet incommode aumônier des scouts, de rappeler que le Négus d'Éthiopie, puis les républicains espagnols avaient le droit pour eux – et que l'évangile n'est pas un hymne à la richesse ?

Lui aussi, Dieuzayde, nous le retrouverons plus tard, quand il sera question d'un totalitarisme plus poignant encore que ceux-là*. Mais il n'était pas abusif d'évoquer ici son nom, son personnage, ses idées, pour faire sentir le conformisme qui pesait alors sur ces adolescences « préservées », comme disaient nos éducateurs. Qu'un prêtre s'avisât de rappeler les exigences de la justice lui valait d'être accusé de parler de « politique », absente, bien sûr, des homélies consacrées aux rappels à l'« ordre »…

De tous nos enseignants, le seul dont le nom trouvera place ici est celui du R. P. Cavalié. Il était chargé de nous inculquer du latin, du grec, et un certain goût pour la littérature française. Massif dans une soutane tendue sur ses rondeurs joviales, le nez cassé dans un visage de paysan pyrénéen couleur de brique, il faisait penser à ces piliers de mêlée bigourdans qui opposent une constance rugueuse aux assauts de leurs rivaux gallois ou irlandais.

Ce latiniste trapu porta-t-il jamais le maillot du Stadoceste Tarbais ou du Boucau Stade ? Le fait est qu'il avait investi son génie dans Virgile et Térence. Quand, les yeux brillants d'un plaisir proche de la volupté, il se mettait à réciter l'*Énéide* :

> *Conticuere omnes, intentique ora tenebant*
> *Inde toro pater Eneas sic orsus ab alto :*
> *Infandum, regina, jubes renovare dolorem…*

* Voir chapitre x.

nous avions comme la chair de poule. Sur le bureau magistral, ses doigts frappaient comme les baguettes du tambour d'Arcole.. Une longue, deux brèves... Père Cavalié, vous nous teniez alors l'âme comme Gigli, dans *La Bohème*, celle des fanatiques du San Carlo, ou comme Casals, dans la Suite en ré, celle des dévots de Carnegie Hall. Nous connaîtrons tous d'autres envoûtements. Mais celui-là a compté, mes camarades...

Et puis il y avait les jours ordinaires, les incidents menus. Saisissons-nous de trois d'entre eux, pour faire surgir un climat. Dans la cour de récréation, un rappel à l'ordre un peu sec du R. P. Exbrayat. C'était une année où Beaumarchais était au programme des candidats au bac. L'un de nous, pour faire le fier, lance, parodiant Figaro : « Aux vertus qu'on exige des élèves, combien de professeurs seraient dignes de l'être ? » Abasourdi, l'homme à la soutane regarde l'insolent – et part d'un bon rire. C'est gagné.

Quelques semaines plus tard, lecture en salle d'études du soir. Nous sommes en 1937, la guerre d'Espagne bat son plein. De qui est le récit qu'on nous lit ? D'un chroniqueur de *L'Écho de Paris*, ou de *La Croix*, antirépublicain en tout cas. Il est question de malheureux prêtres pourchassés. L'un d'eux a été saisi par les « rouges », qui lui ont « coupé les oreilles ». L'automatisme joue, dans cette ville où les arènes sont proches de Tivoli, et fort actives – et le cri est parti, trop tard réprimé : « Et la... » Cas de renvoi ! Le coupable s'en tire avec une « colle » pour le jeudi.

En ces temps de Front populaire, les idées vont bon train, et les mouvements. Une grève des tramways, notre moyen de locomotion usuel, est décrétée. Une délégation de « grands » est reçue par le recteur, réclamant une dispense pour la messe du lendemain. Refus. Alors naît chez quelques « esprits forts » l'idée d'une grève de messe pour le lendemain, qui suscite l'enthousiasme. Alliance objective entre les traminots bordelais et les auditeurs du R. P. Dissard : douze heures plus tard, la messe achevée sans nous, les pères sont rassemblés devant le portail, visages courroucés, pour accueillir les « grévistes » de seize ans. Combien de renvois ? Aucun. L'air du temps est délétère et le « bachot » approche : ces « rebelles » seront bientôt médecins des hôpitaux ou substituts du procureur... Pourquoi retarder de si belles carrières et si utiles à l'harmonie sociale, qui chanteront la gloire de Dieu ? La clémence est le propre des institutions fortes.

Tout le monde, bien sûr, ne porte pas le même jugement sur l'établissement de l'avenue Félix-Faure. Retenons par exemple celui de Maurice Duverger, qui n'y fut pas instruit, mais y enseigna, quelques années plus tard, l'histoire, dans le même temps qu'il préparait l'agrégation de droit. Dans *L'Autre Côté des choses*, il évoque acidement son expérience chez les « jèzes » de Tivoli.

Un groupe de bourgeois bordelais, désireux d'arracher la jeunesse des classes modestes aux incertitudes de l'éducation laïque, s'étant cotisés pour créer en 1937 un système de bourses d'« enseignement libre », l'auteur de *La Démocratie sans le peuple* fut l'un des premiers lauréats de ce concours et choisit d'entrer, plutôt qu'à Tivoli, à Grand-Lebrun. Pourquoi ?

> « Disons que si j'avais été élève des jésuites, à Tivoli, je serais probablement gauchiste aujourd'hui parce que je ne supporte pas une discipline imposée de l'extérieur… Il peut paraître curieux qu'un collège catholique fût si peu répressif que l'était Grand-Lebrun dans les années 20-30. Ce caractère original tient à l'ordre religieux qui l'animait, celui des marianistes*, fondé à Bordeaux par le père Chaminade. Bien que prêtre réfractaire sous la Révolution, il avait inspiré un système d'éducation libéral. La discipline était légère et compréhensive. Une chose m'a frappé quand j'étais professeur d'histoire et de géographie en première et en philo, simultanément à Tivoli et à Grand-Lebrun. Les élèves copiaient beaucoup plus aux compositions à Tivoli qu'à Grand-Lebrun. Les règles des jésuites étaient rigides, ce qui poussait naturellement à les tourner. Celles des marianistes étaient moins rigides, mais plus intériorisées [15]. »

Faisons la part, chez Duverger, d'un certain « patriotisme d'institution ». Imagine-t-on un ténor du Capitole de Toulouse louant le Grand Théâtre de Bordeaux, un patron de la Mafia applaudissant Eliott Ness, un « lacanien » faisant l'éloge d'un « jungien » ? Grand-Lebrun, comme Carthage face à Rome, tire sa grandeur de l'abaissement de l'autre, et réciproquement.

* Ne pas confondre avec les maristes qui, eux, ne sont pas cantonnés à la région bordelaise.

Mais notre juriste eut le rare privilège de la double expérience. Retenons donc ses observations, non sans objecter que d'autres, peu enclins non plus à la servitude, purent sortir de Tivoli sans se jeter dans le gauchisme…

Plus saisissant encore est le témoignage suivant, adressé à l'auteur, en vue de la rédaction de ce chapitre, par un condisciple dont on ne saurait dire que l'humeur critique fut motivée par l'échec scolaire ou les ennuis disciplinaires. Si ce « bon sujet » manie le fouet de la satire, il est bon de savoir que ce n'est ni par rancœur anticléricale*, ni par dépit de cancre.

> « Étant un enfant d'un heureux naturel (*Livre de Sagesse*, VIII, 19), je n'avais aucune prévention contre les pères, qui me paraissaient d'esprit plus large et ouvert que les sulpiciens, par exemple… Il fallut que je quitte le collège pour m'apercevoir que la Bible avait été absente de notre enseignement, fût-ce au sein de la "Congrégation**" ; qu'en matière de liturgie, j'avais assisté pendant plus de dix ans à la messe quotidienne, dans la chapelle (affreuse) du collège, surveillée par quatre religieux campés sur des estrades comme sur des miradors de camp, sans faire la distinction entre l'Offertoire et la Consécration… Quand, plus tard, je demandais au père recteur pourquoi les élèves étaient contraints à la messe quotidienne, il me répondit : "S'il n'y avait pas cela, quelle serait l'éducation religieuse propre à Tivoli ?"
>
> C'était l'époque où l'une des sommités du collège nous démontrait en chaire l'existence de Dieu par l'argument irréfutable de l'œuf et de la poule… L'époque où un surveillant excédé ne trouvait pas de sanction plus intelligente que de faire copier cent fois : "Je ne toucherai pas au surveillant…" De quoi se demander ce que les jésuites, qui sont astreints à treize années d'études en plus de celles qu'on qualifie de normales, font de si longues veilles…
>
> A leur décharge, je relèverai que nos éducateurs n'exerçaient aucune pression en vue de nous persuader de quelque vocation que ce soit, et de nous attirer vers la Compagnie. Parce qu'ils ne nous en voyaient pas l'étoffe ? J'attribue plutôt cette attitude au respect de la liberté de conscience de chacun…
>
> Quelques années après la guerre, assistant à une réunion d'anciens élèves, j'entendis le président de séance entonner l'immortel couplet :

* Il est aujourd'hui prêtre – non jésuite…

** Qui regroupait les élèves les plus pieux.

> “Nous qui avons eu la chance de recevoir la formation de nos pères jésuites…” A quoi fit écho ce non moins sempiternel propos du recteur de l’époque : “Vous qui êtes l’élite de la bourgeoisie bordelaise…” Alors m’est revenue à la mémoire une phrase de l’évangile de saint Jean : “Ils tirent leur gloire les uns des autres, et ne cherchent pas la gloire qui vient de Dieu…” »

Qui étions-nous, à Tivoli ? C’est-à-dire quelles sortes d’adolescents et d’enfants, venus de quels milieux ? C’est ici qu’il convient, comme on l’a fait à diverses reprises auparavant, de remettre en cause quelques légendes.

Ce collège n’était pas un club de fils de notables. La majorité d’entre nous venaient certes de « l’élite de la bourgeoisie bordelaise », opulente ou moyenne. Mais un examen attentif de la liste des élèves que ce collège présentait à la première partie du bachot, en 1937, fait ressortir un bon tiers de fils de petits commerçants ou de fonctionnaires modestes : de cafetiers, d’employés des postes, d’agents voyers, de petits viticulteurs, de fonctionnaires municipaux… D’ouvriers ? Non…

La tonalité générale était bourgeoise, les « valeurs » étaient celles de la société des cadres catholiques locaux, mais l’ambiance ne devait pas différer profondément de celle qui prévalait alors dans le principal lycée de la ville. Qu’un débat opposât, pendant la récréation, un jeune Landais désireux de voir la ville donner le nom de Jaurès à son prochain lycée, à un Charentais qui avait riposté : « Et pourquoi pas celui de Maurras ? », il n’y avait rien là qui distinguât vraiment cet établissement catholique d’une institution laïque contemporaine.

Une « touche » de modestie était donnée par la présence des élèves de l’« École apostolique » destinée à la formation des prêtres venus des milieux ruraux, et qui semblaient parfois à peine allégés de leurs sabots. Mal fagotés, un peu balourds, ils formaient un petit groupe en sarraus noirs, qui attiraient les quolibets des plus stupides d’entre nous :

« Apostos l’haricot ! » était la plus spirituelle de ces saillies. En fait, ces témoins d’une pauvreté voisine passaient presque inaperçus – gênants mais pas pesants, comme le sont les pauvres de bonne compagnie…

On n’esquivera pas la question relative aux mœurs, dût-on

évoquer par ce biais l'œuvre nauséeuse d'un ancien diplomate qui s'est fait de cette question (et de l'injure biaisée) une fructueuse spécialité*.

Qui peut prétendre que les collèges jésuites, plus que les casernes ou toute collectivité rassemblant des hommes jeunes et moins jeunes dans un espace plus ou moins clos, sont exempts de pulsions ou relations homosexuelles ? Il est souvent difficile de prouver que quelque chose s'est produit. Il est presque toujours impossible de démontrer que la même chose ne s'est pas produite. Et l'on peut admettre que la loi des probabilités s'applique aux sociétés humaines, les mêmes causes produisant des effets analogues.

Ce que peut dire un témoin – assez naïf – de ces années-là, c'est que nul scandale de cet ordre ne fut signalé à Tivoli – que nulle sanction ne paraît avoir été prise, qui eût mis sur cette « piste » ; que nulle rumeur ne dénonça tel ou tel enseignant, tel ou tel adolescent, à la pieuse réprobation de leurs confrères ou condisciples. Nous ne vivions pas, semble-t-il, dans cette *Ville dont le prince est un enfant* où Montherlant a fait revivre des souvenirs très personnels de son collège parisien, de façon à donner une leçon de goût et de talent à l'auteur auquel on a, quelques lignes plus haut, fait allusion.

Mais on se gardera d'idéaliser cette microsociété d'hommes noirs et d'enfants « préservés ». Un constant « appel d'air », une communication aidée avec l'environnement social, la présence du monde et de la ville préservaient cette institution du terrible enfermement propice à l'éclosion de passions destructrices. Mais qui aimait qui ? Nos confesseurs eux-mêmes, accoutumés à un langage codé et scandé par les références aux « mauvaises pensées » (soupir…) et aux « mauvaises actions » (soupir plus prolongé…), eussent été probablement bien en peine de démêler ici les éléments de tragédie ou de drames bourgeois qui mûrissaient sourdement entre cour et dortoir.

Tivoli n'était pas une fabrique de saints, ni de héros, ni même une usine à génies. Un gymnase plutôt, un laboratoire ouvert sur la cité, visant à produire des cadres sociaux « performants », des catholiques démontrant leur aptitude à agir,

* On aura reconnu l'auteur des *Amitiés particulières*

dans le cadre des lois, sur les scènes les plus en vue de la comédie humaine. Pas de devise, pas de « mission », pas de vrai modèle.

Quand nous chantions, en procession : « Ô saint Procope*, enfant béni, tu n'as point vieilli sur la terre... », peu d'entre nous se sentaient appelés à suivre l'exemple de ce jeune martyr gallo-romain, ou celui de l'adolescent Tarcisius, autre héros de nos cérémonies, égorgé par quelque prétorien du temps de Dioclétien. Les bons pères nous donnaient plutôt pour exemple l'un de leurs disciples les plus fameux, Louis de Gonzague, qui, interrogé sur ce qu'il ferait au cas où, lors d'une partie de balle, on lui annoncerait sa mort imminente, répliquait : « Je continuerais à jouer à la balle. »

Nous jouions à la balle – et nous avons continué. Une fabrique de citoyens éminents ? Certains l'ont été, comme d'autres formés par le lycée Montaigne, ou Grand-Lebrun, ou Saint-Genès, certains le sont encore. L'un a présidé tel tribunal, l'autre opéré d'innombrables appendicites, un autre encore a plaidé pour quelques innocents et pas mal de coupables. Tel a élevé des chevaux, tel autre pourchassé les malfrats ; tel a vendu des vins fameux, tel autre s'est appliqué à améliorer les siens sans qu'on lui en sût gré... Celui-ci a raconté des guerres et celui-là les a faites, avec une vaillance admirée de ceux mêmes qui jugeaient ces causes contestables. L'un s'est donné la mort, et l'autre s'est fait prêtre.

Bon nombre d'entre eux se retrouvent, une fois l'an, pour un banquet où le haut-brion est meilleur que la plupart des souvenirs. Combien sont morts ? Les bons pères ne distribuent pas de certificats de longévité, ni même de discernement, ni même de vertu. Mais ils fournissent quelques méthodes, et d'abord celles d'un travail harmonieux, et d'un certain art de vivre en consonance avec son temps**.

* Dont les restes furent retrouvés, plus ou moins préservés, dans les catacombes de la ville.

** Ni la méthode, ni la « spiritualité » jésuites ne sont propres aux collèges de la Compagnie. Bon nombre d'institutions diocésaines du même ordre, du fait d'un confesseur ou directeur spirituel jésuite, ont donné à la jeunesse confiée à leur soin les mêmes atouts, la même tournure d'esprit : par exemple le collège Saint-Paul d'Angoulême, d'où sont sortis, presque simultanément, Paul Flamand, Pierre Guillain de Bénouville et François Mitterrand.

CHAPITRE XX

Le fascisme ? Décidément, non...

• *Une soutane en forme de cuirasse* • *L'encyclique* Mit brennender Sorge • *Jésuites maurrassiens* • *Gaston Fessard et Raymond Aron* • *Le renouveau spirituel de 1930* • *Christianisme et judaïsme* • *Doncœur et ses « cadets »* • *Les prudences de Pie XII... et du R. P. de Boynes* • *Le refus de Victor Fontoynont* • *Sabre et goupillon au Puy-en-Velay* • *Pierre Chaillet et le* Témoignage chrétien • *Un héros désavoué* • *Jacques Sommet et la « fidélité aux hommes du charnier »* • *Un jésuite au poteau : Yves de Montcheuil* •

Un jour d'avril 1941, tandis que le prestigieux prédicateur jésuite Paul Panici gravissait les marches de la chaire de Notre-Dame de Paris pour y prononcer un sermon de carême rédigé de telle sorte qu'il ne pût faire de peine au maréchal régnant à Vichy, tout près de là, sur la rive gauche de la Seine, la petite église de Saint-Séverin accueillait un autre père de la Compagnie de Jésus dont le nom était alors moins notoire que celui de l'hôte de la cathédrale, et qui allait parler sur un autre ton :

> « Si vous voulez, mes frères, savoir quelle conduite adopter en ces jours sombres, allez lire les mots écrits sur le socle de la statue de Danton, près de Saint-Germain-des-Prés. Les voici : "Pour vaincre les ennemis de la patrie, il faut de l'audace, encore de l'audace, toujours de l'audace..." »

De l'audace, c'en était, alors que les soldats en vert-de-gris sillonnaient le quartier alentour et que l'un ou l'autre avait pu pousser la porte de l'église ; alors que Darlan s'était installé la veille à la tête du gouvernement de Vichy ; alors que Hitler venait de gonfler son empire à l'est en occupant la Grèce et que se préparait à Paris une première rafle de juifs qui allaient être parqués (en attendant) à Beaune-la-Rolande.

La stupéfaction que pouvait provoquer l'intrépidité jacobine de ce prédicateur jésuite ne pouvait que s'accroître à l'énoncé de son nom, et de ses origines politiques et culturelles. Il s'appelait Michel Riquet, était né dans un milieu imbibé des thèses et des mots d'ordre de l'*Action française* (où l'on tenait Danton pour un diable) ; il avait pour parrain Louis Guimier, ami intime de Maurras et admirateur de Drumont ; lui-même, entré dans la Compagnie en 1919, encore revêtu de l'uniforme endossé en 1917, citait volontiers alors cette prière de son ami le R. P. de Quatrebarbe : « Monsieur saint Ignace, mon père, donnez-moi votre esprit militaire ! »

Sanglé dans cette soutane en forme de cuirasse, Michel Riquet s'était joint après la guerre à des manifestations sous la bannière du très conservateur général de Castelnau. Et il était l'ami du R. P. Doncœur qui saluerait bientôt le « sacre charismatique du maréchal »… Quel homme de cette génération fut plus évidemment voué à devenir en 1940 un héraut de la « Révolution nationale » ?

A quatre-vingt-treize ans, le R. P. Riquet n'a rien perdu d'une pugnacité légendaire. Il se rebiffe :

> « Non ! J'avais déjà un passé de rebelle. En 1924, dressé contre la législation laïciste du Cartel des gauches, j'avais publié un article intitulé "Sa majesté la loi" où je rappelais le précepte de mon cher Thomas d'Aquin, à savoir que l'obéissance n'est pas due à un ordre injuste… N'oubliez pas que nos pères du Paraguay, avant d'être indignement déportés par les pouvoirs de Lisbonne et de Madrid, avaient refusé de se plier aux injonctions venues de Rome […] Me référant, pour m'opposer au cartel, aux consultations des plus grands juristes de l'époque, Duguit et Hauriou, j'étais devenu un spécialiste du droit à la résistance ! »

Rebelle, il n'allait le devenir vraiment qu'en 1940. Mais déjà, à travers ce tricot aux mailles si bien serrées, faites de conservatisme et de nationalisme, couraient quelques fils différents. Michel Riquet avait entendu les leçons d'un professeur de philosophie nommé Jacques Maritain (petit-fils de Jules

Favre, l'un des pères fondateurs de la IIIe République) penseur d'une démocratie réconciliée avec le christianisme*, et dont la femme, Raïssa, avait révélé au jeune homme la richesse de la spiritualité juive ; il avait pris part ensuite aux diverses missions de soutien et d'accueil aux réfugiés d'Autriche, d'Espagne, et des diverses victimes du fascisme, du nazisme et du franquisme, en tant que directeur de la conférence Laennec, association d'étudiants en médecine catholiques, qui agissait en liaison avec divers groupements de solidarité où se retrouvaient François Mauriac, Louis Massignon et Claude Bourdet.

> « Dès 1938, j'étais devenu un antifasciste déterminé. Mes rencontres avec les éclaireurs israélites conduits par Simon Bouli et deux jeunes rabbins sionistes avaient aussi contribué à dessiller mes yeux. Quand survint le désastre, en 1940, j'étais préparé à la résistance... »

Très vite, en effet, il va faire de la conférence Laennec, où s'activent de jeunes médecins comme Paul Milliez et Louis Bertagna, une plaque tournante de la lutte contre l'occupant. Le 11 novembre 1940, il convoque ses étudiants pour leur lire des passages des mémoires de Clemenceau qui dénoncent le défaitisme récurrent de Pétain en 1918. Et, dès la fin de l'année, son ami André Noël – qui sera deux ans plus tard décapité par les nazis à Cologne – le met en contact avec ceux qui, comme le capitaine Guédon et (de nouveau) Claude Bourdet, deviendront les animateurs de Combat en zone Nord, où il recevra bientôt Henri Frenay, fondateur de ce mouvement.

Par ses amis Malaterre, qui l'ont jadis réconcilié avec la République, le R. P. Riquet rencontre un groupe de personnalités belges – De Staerke, De Jongh – qui sont les créateurs du réseau Comète, voué à l'aide aux aviateurs alliés abattus qui cherchent à reprendre le combat. Et c'est lui qui, entre autres, anime la lutte contre la participation des étudiants français au STO, le service du travail obligatoire en Allemagne : sa lettre au maréchal Pétain de février 1943 qui fonde ce refus en principe moral sert de manifeste à ceux qui ont choisi l'insoumission et vont grossir soudain les rangs de la résistance.

Tant d'audaces – puisque c'est le mot d'ordre qu'il a choisi –

* Non sans avoir été longtemps proche de Maurras lui aussi.

ne pouvaient manquer d'attirer sur lui l'attention de la Gestapo. Le 18 janvier 1944, deux policiers nazis pénétrèrent au 12, rue d'Assas, siège de la conférence Laennec. « Fini, monsieur, de dissimuler dans votre soutane tous les fils de la résistance. » Le voici rue des Saussaies, à Compiègne, dans le train de la mort et enfin au camp d'extermination de Mauthausen où il pourra accueillir les libérateurs quinze mois plus tard [1].

L'histoire de Michel Riquet ne résume pas celle de la Compagnie de Jésus face au nazisme et à la guerre. Pas même celle des jésuites qui luttèrent activement contre l'occupant. Henri Chambre ou Jacques Sommet, par exemple, ont affronté autrement le nazisme, autrement encore Pierre Chaillet ou Gaston Fessard, aussi Victor Dillard, Louis de Jabrun et Antoine Dieuzayde. Pour ne pas parler de ceux qui firent un autre choix – et choix est bien le mot, dès lors que, face à la nazification de la plupart des pays de l'Europe catholique, les hiérarchies romaines, celle du Vatican comme celle, la « noire », du Borgo Santo Spirito, adoptaient des attitudes que ne sauraient traduire tout à fait les mots de « passivité » ni d'« attentisme », mais plutôt celui d'« ambiguïté ».

Quand un Doncœur, un Panici, un Coulet rendait hommage au maréchal de Vichy, sinon à l'occupant, était-il plus ou moins fidèle à la « sainte obéissance » que de Lubac ou Montcheuil ? D'autant que les directives, en haut lieu, ne parlaient même pas d'obéissance au pouvoir « légitime », mais au pouvoir « établi »... Certes, on entendait bien parfois, venus du Vatican, des rappels de l'incompatibilité entre le racisme et la doctrine chrétienne : l'historien israélien Pinhas Lapide en a compté six [2].

Mais cet ordre dont la légende vante si fort la discipline « militaire » s'est retrouvé, face à ce défi majeur de l'histoire, aussi flottant et incertain que le peuple français lui-même, que le Parti radical ou la dernière promotion de Saint-Cyr. D'où l'éclectisme du comportement des jésuites, dont il faut tenter d'éclairer les raisons, et marquer les limites : car en fin de compte, et compte tenu des flottements et des faux pas, le fascisme aura trouvé, dans la Compagnie de Jésus, un adversaire.

A la veille de la Seconde Guerre mondiale, deux encycliques du pape Pie XI, publiées coup sur coup en mars 1937, avaient fixé la doctrine de l'Église catholique à propos des deux formes du totalitarisme athée dont la violence et la force d'attraction bouleversaient l'Europe depuis 1917.

La première, *Mit brennender Sorge* (Avec une brûlante anxiété), rédigée en allemand pour être plus accessible aux fidèles, dénonce le racisme nazi comme un paganisme de combat antichrétien. La seconde, *Humani Generis*, déclare le communisme marxiste « intrinsèquement pervers ».

Le second de ces textes « allait de soi », si l'on peut dire. Le « communisme athée » se situait d'emblée, du triple point de vue idéologique, politique et géographique, hors de la mouvance catholique, et, même sous forme de « progressisme », n'avait pas encore mordu sur la société chrétienne d'Occident. Combien de fidèles subissaient sa fascination – hormis quelques Espagnols du type de José Bergamin, dans les circonstances très particulières de la guerre civile et des alliances de guerre contre le franquisme soutenu par Hilter et Mussolini ? Aussi bien la Compagnie, si avisée, si attentive au siècle, ne semblait pas l'avoir mis au premier rang de ses préoccupations. La *Civiltà Cattolica* avait consacré des notes au marxisme et à la révolution d'Octobre ; en 1930, une cellule d'études avait été créée par le « général » Ledochowski, et confiée à un Canadien, le R. P. Ledit ; témoin aigu du temps, le R. P. Fessard s'intéressait au marxisme à travers Hegel ; et le R. P. Delaye observait la montée du stalinisme.

Ce n'est qu'après la Seconde Guerre mondiale que les hautes instances de la Société chargent quelques-uns de leurs meilleurs esprits – en France, ce sont les RR. PP. Chambre, Bigo, Calvez, Bosc – de l'étude systématique du marxisme et de son application concrète. Encore est-ce avec de nombreuses réserves. L'ancien maquisard Henri Chambre se voit bien confier en 1945 la mission d'explorer le marxisme non sans avoir passé auparavant trois années à apprendre le russe. Il en devient un des meilleurs experts mondiaux et publie un livre qui fait autorité, *Le Marxisme en Union soviétique*[3]. Mais, quand il veut compléter et vérifier sa science sur le terrain, à ses risques et périls, il se voit par trois fois refuser l'autorisation de partir pour l'Est… Où est l'esprit de découverte de jadis ?

Jusqu'aux années quarante en tout cas, l'intelligentsia jésuite avait prêté apparemment peu d'attention au phénomène soviétique*, rangé sans doute dans le troisième ou quatrième cercle de l'enfer ; et l'on sait que la Société de Jésus ne s'est pas fait une spécialité de l'étude du problème du Mal. Aussi bien, la qualification d'« intrinsèquement pervers » appliquée au communisme par Pie XI fut-elle engrangée paisiblement par les théologiens et stratèges de la Compagnie : les choses étaient dans l'ordre.

Il en allait différemment de la malédiction proférée contre les nazis – en leur langue, comme pour sommer plus impérativement ceux des catholiques allemands qu'il fascinait ou qui faisaient alliance avec lui : ainsi Franz von Papen, leader du Centre catholique et vice-chancelier aux côtés d'Adolf Hitler.

Non que le venin du nazisme ait pénétré la Compagnie de Jésus. Les cas de complaisance qu'il faudra signaler après 1940 en France relèveront de la religion de l'« ordre établi » et de ses exigences beaucoup plus que d'un envoûtement (bien qu'il y eût des cas où la « mystique de l'ordre » se confond avec celle de la violence). Mais l'alliance entre nazisme et fascisme était éclatante, prenant même en 1936 la forme solennelle du « pacte d'Acier ». Et le fascisme était, dans les années trente, un partenaire, un interlocuteur et une tentation pour le monde catholique, surtout en Italie et en Espagne.

S'agissant de la France, un lien, il est vrai, avait été tranché entre l'Église et le fascisme par la condamnation de l'Action française en décembre 1926**. En dénonçant comme « païen » le positivisme et le machiavélisme de Charles Maurras, laudateur sinon inspirateur partiel du fascisme romain, le pape Pie XI n'avait pas seulement irrité Mussolini et bouleversé une grande partie de la société catholique méditerranéenne ou latine, sur laquelle l'auteur de l'*Enquête sur la monarchie* exerçait un véritable magistère intellectuel. Il avait provoqué un vif émoi au sein de la Compagnie de Jésus, où le journal du « nationalisme intégral » comptait de nombreux abonnés, et ses thèses des partisans déclarés***.

Il est vrai que l'un des instigateurs les plus actifs du procès

* Mais n'oublions pas que l'abbé Boulier, l'un des ecclésiastiques les plus proches du PCF, avait été d'abord un jésuite.

** Accompagnée de la mise à l'index de la plupart des œuvres de Maurras.

*** Michel Riquet, entre autres.

intenté à l'AF était un jésuite, le R. P. Antoine Dieuzayde*, collaborateur de l'archevêque de Bordeaux, Mgr Andrieu, qui en avait été le procureur officiel. Mais, si la Compagnie comptait des adversaires déterminés du maurrassisme – tels Fontoynont, Fessard ou de Lubac, que nous retrouverons –, elle abritait aussi des tenants enthousiastes du « politique d'abord » et d'une « latinité » qui semblait faire corps avec son histoire.

N'oublions pas à quel point le légitimisme, l'attachement à la branche aînée des Bourbons, ces Bourbons qui avaient plus souvent sévi contre elle qu'aucun autre régime, sous Henri IV, Louis XV et Charles X, restait vivace (faut-il parler de masochisme ?) dans cette Société au début du XXe siècle. Nous avons relevé les témoignages de fidélité effervescents, il faudrait dire de dévotion, à « Henri V » qui émaillaient *Études* à la fin du XIXe siècle**, avant que, sous la direction des pères de Grandmaison et du Passage, la revue des jésuites français revînt à une plus stricte application des prescriptions de l'ordre.

Mais, jusqu'après la condamnation par Pie XI, on entendra s'exprimer hautement des avocats jésuites du maurrassisme. Ainsi le cardinal Billot, qui le paiera d'un exil discret dans la campagne romaine, ou le R. P. Descoqs. Quant au R. P. de Broglie – un nom qui compte dans l'histoire de la Compagnie, étant celui de nombreux pères –, professeur à l'Institut catholique de Paris et à la Grégorienne de Rome, il écrivait dans les *Recherches de science religieuse* que, pour servir l'intérêt bien compris d'un État, il pouvait être politiquement bon de faire ce que la morale réprouve. La référence à Maurras était manifeste.

Au-delà même de la condamnation de l'AF par Pie XI, le procès du « paganisme » maurrassien allait s'enfler, se systématiser, démasquant ce « catholicisme antichrétien » qui prétendait faire de l'Église de Rome un instrument de l'ordre étatique, en rejetant ce que Maurras appelait l'« hypocrisie théistique », ce « venin » qui, selon le maître de l'AF, relativise les valeurs politiques et l'hégémonie de l'État. Mais l'ascendant intellectuel du maurrassisme avait été tel (qui n'en a pas été quelque peu « coiffé », avec réticence ou non, dans les années vingt ?)

* Que la bourgeoisie monarchiste de Bordeaux appelait « Diablezayde ».

** En violation des *Consitutions* de la Compagnie.

que le « politique d'abord » et l'antiparlementarisme restaient vivaces jusqu'au sein d'un groupe comme la Compagnie de Jésus.

Par là, le fascisme romain – dont Maurras se voulait l'un des inspirateurs – gardait quelque prestige et restait une tentation. La signature des accords du Latran entre Mussolini et Pie XI, en 1929, avait été saluée par un jésuite aussi peu suspect de complaisance pour le totalitarisme que Gaston Fessard comme « un chef-d'œuvre de politique chrétienne ». Partenaire du pape, le dictateur italien tirait de ce traité, où se manifestait son sens politique, d'aussi copieux bénéfices que jadis Bonaparte du concordat de 1801.

Ni l'agression déclenchée contre l'Éthiopie par Mussolini, applaudi par des hommes comme Paul Claudel et Gabriel Marcel, ni la conclusion du « pacte d'Acier » entre les deux dictateurs de Rome et de Berlin, ni même leur collaboration agressive avec le franquisme béni par le clergé espagnol comme une croisade contre les « rouges », ne semblent avoir jeté une ombre très lourde sur le Duce dans les milieux de la droite catholique. Et, quand Hitler se saisit de l'Autriche en 1938, quatre ans après avoir fait assassiner le pieux chancelier Dollfuss, le geste de Mussolini, envoyant deux divisions motorisées sur le Brenner (sa nouvelle frontière avec la Grande Allemagne) pour marquer sa désapprobation, fut acclamé par tous les bien-pensants. Et il n'est pas jusqu'à la complicité évidente du dictateur italien avec Hitler dans l'opération de Munich qui ne lui ait valu les applaudissements de la majorité de la droite française.

Ainsi, jusqu'à la veille de la guerre, jusqu'à ce jour du 10 juin 1940 où, déchaînant ses forces sur les arrières d'une France abattue par les nazis et désormais sans défense, Mussolini révèle le vrai visage du « réalisme » machiavélique dont Maurras lui faisait (et continuera à lui faire…) le vibrant hommage, le fascisme est une tentation, une interrogation en tout cas, pour la société catholique française.

Non seulement les chefs du « nationalisme intégral » et les quelques émules français des « chemises noires » le donnent pour modèle, mais aussi maints porte-parole d'une droite bien-pensante et d'un catholicisme musclé – Philippe Henriot, Pierre Taittinger, Xavier Vallat, Jean Ybarnégaray –, ou du « réalisme », comme Flandin ou Laval. Tel prédicateur jésuite en quête d'« ordre », d'« autorité », au nom de l'« antibolchevisme », comme le R. P. Coulet, ne sont pas loin de prôner ce type de régime. Le fascisme est bien une hypothèse. Un recours ?

Mais déjà, du sein même de la Compagnie, un contre-feu est allumé. C'est en 1935 que paraît l'un des maîtres livres par quoi s'exprime, en ces années-là, le refus que la conscience chrétienne oppose au fascisme et à ses sinistres procédures, le *Pax nostra* du R. P. Fessard [4]. C'est à la demande de Gabriel Marcel (si ambigu, pourtant, en ce temps-là) que le professeur de théologie à Fourvière avait rédigé cet « examen de conscience international » où il rappelait, contre Maurras, contre Mussolini, contre Hitler, que la politique, que la gestion du bien collectif de la cité « est une dépendance finale de la morale [5] » et que « toute conduite politique est commandée par une prise de position spirituelle ».

Spirituelle ? C'est, de tout l'essai de Fessard, le seul mot peut-être que n'eût pas écrit son ami Raymond Aron – qui s'était lié à lui à l'occasion du séminaire consacré à Hegel qu'animait Alexandre Kojève*. L'auteur de *Paix et Guerre entre les nations* a souvent rendu hommage à celui de *Pax nostra*, notamment dans une conférence prononcée à Rome trente ans plus tard, saluant « la clairvoyance et le courage qui avaient animé ses combats contre le nazisme et le communisme », considérés dans le flux de l'histoire et du point de vue d'une morale en action.

Aron contribua-t-il à faire prendre conscience au jésuite de la centralité de l'homme juif dans l'histoire du monde ? Les leçons d'Henri de Lubac auraient suffi à en persuader Fessard, dont on ne sait s'il tenta de persuader son ami Aron de la centralité du Christ dans l'histoire des hommes. Ce que les deux auditeurs de Kojève avaient surtout en commun, c'était à la fois la conviction que la morale ne saurait être évacuée de la politique et qu'à la mépriser, le stratège politique se détruit à long terme ; et la conscience très claire que les réalités nationales, culturelles, linguistiques restaient des données fondamentales de la vie des peuples.

Raymond Aron a salué en son collègue « le directeur de

* Où se retrouvaient aussi Raymond Queneau, Georges Bataille, Maurice Merleau-Ponty et Jacques Lacan.

conscience par excellence […] celui qui a relevé les défis lancés aux Français et aux chrétiens[6] ». Nous les retrouverons plus loin, dénonçant (l'un à Paris, l'autre à Londres) l'occupant de 1940-1944, puis retournant contre le communisme les armes brandies vingt ans plus tôt contre le nazisme, assurés de mener le même combat.

Au cours des années trente, en tout cas, les avertissements solennels lancés par Gaston Fessard manifestent, au sein de la Compagnie, où nous le retrouverons flanqué d'une impressionnante cohorte, une conscience très claire de la nature essentiellement agressive du fascisme et du péril mortel qu'il fait alors courir au monde.

Pas plus que le réalisme libéral de Raymond Aron, le moralisme politique de Gaston Fessard n'est un angélisme. Il n'y a chez lui aucun refus de considérer, dans leur poids et leur épaisseur, les réalités de la vie publique et privée. Fessard s'adresse « à des hommes faits de chair et de sang, organisés en familles et en nations, conscients de la force de leurs liens », et non à quelques « anges égarés dans des corps humains », et convient que « toute vie ne se maintient que par la lutte ». Il décèle autant d'infantilisme dans le comportement du pacifiste que du nationaliste[7] et dénonce sans merci ceux qui ont fait leurs dieux de la nation, du peuple et de la race.

Ce bréviaire de l'antifascisme lucide, le R. P. Fessard allait le compléter, l'approfondir, l'engager dans le débat ouvert par la tragédie suspendue de Munich, avec *Épreuve de force*[8], commentaire « à chaud » de la crise de septembre 1938. Revenant sur ce « fait social primitif de l'histoire humaine qu'est l'opposition, la contradiction entre les groupes […] loi de l'être, loi de la liberté », Gaston Fessard voit dans le pacifisme l'ennemi de la paix comme dans le nationalisme l'ennemi de la nation. Son petit livre est un réquisitoire contre la naïveté aussi bien que contre la passivité. En 1939, c'étaient des mots qui pesaient lourd – fussent-ils aussi négligés que les *Vues sur l'Europe*[9] d'André Suarès, qui tentait simultanément de démasquer le fascisme.

Un tel sursaut de la conscience n'était pas le fait d'un seul homme, ou même d'un groupe d'hommes, du courant le plus lucide de la Compagnie de Jésus. Il était le fruit d'un mûrissement collectif de la société chrétienne auquel les protestants prenaient largement part, et qui se situe autour de l'année 1930. René Rémond a mis l'accent sur cette floraison qu'il compare pour sa richesse à celle des premières décennies du XVIIe siècle, au temps de Bérulle, de Saint-Cyran et de Surin, ceux d'une spiritualité ardente, ingénieuse et plantée dans le terreau contemporain.

Les années trente voient surgir dans les fièvres et turbulences provoquées par la crise économique aussi bien des œuvres individuelles que collectives, et des disciplines qui, à la veille du grand cataclysme, témoignent de la fertilité d'une religion dont le nazisme a juré l'anéantissement – y voyant l'expression spirituelle de cette « race » juive qu'il prétend exterminer, de ce génie « oriental » qui lui paraît, comme à Maurras, le principe du mal, de la corruption.

Est-ce parce que les tranchées de 1915-1918 ont provoqué un brassage social et spirituel qui a replongé le clergé français dans une vie dont l'avaient coupé ou détaché aussi bien ses traditions aristocratiques que la stratégie d'exclusion de l'anticléricalisme d'État ? Parce qu'à la tête de l'épiscopat français des hommes comme Verdier et Liénart ont fait prévaloir le souci de réimplanter l'Église en milieu populaire ? Parce que des associations comme la JOC, la JAC et la JEC* ont renoué les liens avec l'ensemble de la société ? Est-ce parce qu'un sociologue de l'envergure de Gabriel Le Bras anime des recherches sur la vitalité ou la décadence de la pratique chrétienne en France, arrachant les catholiques au ghetto où ils avaient tendance à s'enfermer ?

Le fait est que ces années trente sont celles d'un renouveau de cette Société que Renan, Gambetta, Zola, Ferry et Clemenceau avaient cru irréversiblement marquée du signe de l'imbécillité. Les revues qui surgissent alors – *Esprit*, *La Vie intellectuelle*, puis *Sept* et *Temps présent* – témoignent d'une exigence toute neuve, d'une liberté d'esprit intrépide, et se grandissent de la collaboration de plusieurs des écrivains marquants de l'époque, hardiment engagés dans les combats pour la liberté de l'homme allemand, russe ou espagnol : Mauriac, Bernanos, Maritain, Guillemin...

S'agissant des rapports entre catholicisme et fascisme, ces

* Jeunesse (ouvrière, agricole, étudiante) catholique.

revues sont d'une première importance. Moins prestigieuses qu'*Esprit, Études* ou *La Vie intellectuelle*, les publications des organisations de jeunesse, surtout de la JEC et de l'ACJF (Association catholique de la jeunesse française) dont les aumôniers sont souvent des jésuites, sont en alerte contre les régimes totalitaires voisins. *Les Annales*, organe de la dernière organisation, sont moins militants que *Messages* ou *Chantier*, où s'exprime la fondamentale méfiance de la JEC à l'encontre du maurrassisme ou du fascisme, mais le livre lucide de Wladimir d'Ormesson sur *La Révolution allemande* [10] et la brochure de l'abbé Delmasure sur *Hitler et l'Église catholique* y sont signalés et recommandés.

A ce renouveau de l'intelligence critique du catholicisme, les jésuites prennent naturellement leur part – légèrement en retrait sur les dominicains, dont les travaux sont impulsés par la remarquable équipe formée autour du père Boisselot par des hommes comme les RR. PP. Dubarle, Chenu, Congar et Maydieu, qui accueille des textes aussi rudement autocritiques que le célèbre « Par notre faute » d'Henri Guillemin (1937).

La pensée jésuite, une dizaine d'années après la Première Guerre mondiale, un quart de siècle après l'expulsion de 1904, s'est reconstruite notamment dans les retraites de Hastings et de Jersey, où se retrouvaient, autour de maîtres comme les RR. PP. de Grandmaison, Lebreton, Rousselot et Huby, les hommes qui allaient rendre à la Compagnie son éclat terni au XIXe siècle : Fontoynont, de Lubac, Teilhard, Fessard, Montcheuil, Daniélou…

Si riche et divers qu'il soit, c'est moins ce renouveau de la recherche théologique qui donne son originalité à la pensée jésuite de ce temps-là que l'étude systématique des origines du christianisme – origines que les chercheurs n'ont pas de mal à trouver dans le judaïsme. La fondation de la collection *Sources chrétiennes*, par Victor Fontoynont et Henri de Lubac notamment, est un geste décisif dans le sens du rapprochement entre la culture chrétienne et le monde juif – la vérification solennelle du « Nous sommes spirituellement des sémites » de Pie XI.

A cette reconnaissance de filiation contribuait avec une compétence alors incomparable le R. P. Joseph Bonsirven qui, attaché en 1910 à l'Institut biblique de Jérusalem, y avait écrit une thèse, *L'Eschatologie rabbinique et les Éléments communs avec le Nouveau Testament*, refusée par ses supérieurs. Entré dans la Compagnie de Jésus en 1919, il y poursuivit, de Rome à Fourvière, ses études sur le judaïsme et ses rapports avec le christianisme : *Les Juifs et Jésus*, publié en 1937, était un défi intrépide à l'antijudaïsme récurrent dans la société chrétienne. Comment se garder mieux du racisme et du néopaganisme nazi que par la mise en lumière de cette parenté essentielle ?

Le christianisme n'est pas seulement un surgeon du judaïsme. Il l'est aussi de l'hellénisme. Et c'est parce qu'il a contribué plus que tout autre à la redécouverte de cette évidence comme des sources juives que Victor Fontoynont est l'un des réinventeurs de la Compagnie au XXe siècle, et l'un de ses défenseurs contre le totalitarisme fasciste.

Qui dira la profondeur de l'influence exercée sur les intelligences de son temps par son *Vocabulaire grec*, publié en 1930 ? Maître très aimé d'Henri de Lubac et François Varillon, entre bien d'autres, il fut un véritable professeur d'humanisme, et, si la Compagnie fut mise en garde contre les tentations du totalitarisme garant de l'« ordre », c'est autant par les leçons de cet helléniste attaché à la liberté humaine que par celles des redécouvreurs des sources juives du christianisme*.

Mais ni la conscience informée et militante de Fessard, ni le retour aux sources juives du christianisme prôné par de Lubac, ni le rappel par Fontoynont de l'esprit de liberté inspiré de l'hellénisme ne pouvaient suffire à conjurer, au sein de la Compagnie, pas plus qu'au sein du catholicisme français, la tentation d'un autoritarisme fondé sur le mépris de la démocratie, sur un certain antibolchevisme pris pour une fin en soi et sur le souci de « refaire une chrétienté » à vocation dominatrice.

* Encore convient-il de ne pas faire trop naïvement de l'hellénisme un antidote absolu du totalitarisme. De Platon, on peut faire un usage fort peu démocratique. Renan soutenait qu'Athènes vivait en état de terreur permanente. Pierre Vidal-Naquet relève que la plupart des hellénistes allemands ont fait, en 1933, bon accueil au nazisme – et que, écrivant, sous l'Occupation, son *Histoire de l'éducation dans l'Antiquité*, Henri Marrou comparait Sparte au IIIe Reich, ce que faisaient aussi les universitaires nazis...

Reste que « la cité grecque, comme lieu de décision collective » et « la démocratie proprement dite, si limitée soit-elle » sont des « mutations d'importance gigantesque » et que « chaque fois que revient le débat sur la démocratie instituante [...] c'est tout de même vers Athènes que l'on se tourne... » (Pierre Vidal-Naquet, in *Citoyenneté et Urbanité*, Paris, 1991, p. 62, et « Une invention de la démocratie », *Quaderni di Storia*, n° 35, p. 25).

L'homme qui incarne cette tendance, c'est Paul Doncœur, que nous avons déjà croisé. Personnage vigoureux, et pourvu de ces dons physiques et rhétoriques qui font les « chefs ». Combattant très admiré de la Première Guerre, le R. P. Doncœur – dans le même temps qu'il faisait campagne comme Michel Riquet contre les lois laïques du Cartel des gauches – avait créé en 1924 un groupement de jeunes, les Cadets, qui se présentait comme une nouvelle chevalerie fondée sur le risque, l'effort, le stoïcisme. On n'y parlait ni de « faisceau* », ni de « phalanges** », on s'inspirait plutôt du scoutisme, on évoquait l'« ordre chrétien ». Mais, dans le manifeste du mouvement, le jésuite donnait comme objectif, non seulement « un pays à refaire », mais « une race à ranimer » [11].

Le mot n'avait pas encore pris l'atroce connotation que lui conférera le nazisme. On lui donnait alors une valeur « scientifique »... Mais, à examiner cinquante ans plus tard ces textes et ces documents, on est pris d'un profond malaise. La suite de l'histoire devait montrer que le ver, dans ce fruit, était vraiment corrupteur. Il ne fera pas de Doncœur, le moment venu, un traître : ce jésuite était fort anti-germanique et, à l'époque où il fondait les Cadets***, avait publié un essai intitulé : *Dieu ou Wotan* ?

Les débordements du fascisme et de son émule allemand se multipliaient, pourtant. Après qu'en 1934 l'assassinat du chancelier autrichien, le catholique Dollfuss, eut révélé ou confirmé le caractère crapuleux du nazisme, l'invasion de l'Éthiopie par Mussolini, l'année suivante, avait dévoilé le bellicisme du système romain, confirmé par son comportement dans la guerre civile espagnole.

On a peu d'informations sur l'attitude de la Compagnie à l'égard du conflit de 1936. Si les réserves du Vatican à l'encontre de l'intervention italienne en faveur de Franco sont visibles, mais prudentes, celles de la *Civiltá Cattolica* eussent gagné à être clarifiées. S'agissant de la France, on peut recueillir quelques témoignages. Un jésuite alors jeune comme François Varillon rapporte [12] qu'au réfectoire, un aîné clame : « En Espagne ça va mieux pour nous ! » Riposte à la cantonade :

* Comme en Italie fasciste.
** Comme bientôt en Espagne franquiste.
*** Où se retrouveraient des hommes qui résistèrent bravement au nazisme.

« C'est qui, nous ? » Et le R. P. Pontet, cité par Renée Bédarida dans sa biographie de Pierre Chaillet : « ... On était avec les Républicains parce qu'il y avait les Basques… Et Guernica avait beaucoup choqué [13]… » Quant à Gaston Fessard, rendant compte dans *Études* d'un essai publié par un juriste espagnol antifranquiste, il s'élevait avec vigueur contre le concept de « guerre sainte » revendiqué par Franco pour qualifier sa « croisade ».

Les persécutions qui se multipliaient en Allemagne contre les juifs d'abord, les chrétiens ensuite, la signature du pacte d'Acier entre les deux dictatures de Berlin et de Rome, dissipant les illusions de ceux, si nombreux dans la bourgeoisie catholique, qui auraient voulu conclure une alliance avec la seconde contre la première, tout concourt à convaincre les esprits attentifs de la nature essentiellement agressive de ces régimes.

Nous verrons que sur ce thème, et dans l'aveuglement quasi général, la Compagnie aura une fois de plus sécrété le contre-poison approprié, *L'Autriche souffrante*, publié [14] en 1939 par le R. P. Chaillet, témoin de la dévoration, par le IIIe Reich hitlérien, du petit État issu du traité de Versailles. Nous reviendrons sur ce témoignage capital. Mais, pas plus que les deux livres-manifestes de Gaston Fessard, ce cri d'alarme ne saura provoquer le déclic dans le sens d'une mobilisation des esprits face à l'agression nazie.

Indépendant de celui de ces jésuites, le dévoilement de l'hitlérisme était opéré par quelques germanistes autorisés, comme Edmond Vermeil ou Albert Rivaud. Plus pugnace encore était Robert d'Harcourt (inspirateur, sur ce plan, du colonel de Gaulle), dont parut en 1936 *L'Évangile de la force* [15], puis en 1938 *Catholiques d'Allemagne* [16], livres largement relayés et commentés par les publications des groupements de jeunesse comme la JEC ou la JOC qui puisaient au surplus une argumentation dans le texte énergique de l'encyclique *Mit brennender Sorge*. Le « corps de doctrine » de l'antifascisme était donc constitué dès la veille de la guerre, avec la contribution active de la Compagnie de Jésus.

Le rôle d'avant-garde joué en l'occurrence par les jésuites s'explique à la fois par la multiplicité des antennes internationales et la diversité des sources d'information dont dispose la Compagnie, et par la spécialisation germaniste ou en tout cas les contacts avec le monde germanophone de quelques-uns de ses théologiens.

Cantonné dans l'étude de Maine de Biran* au lieu que de glisser vers celle de Hegel, peut-être Gaston Fessard eût-il été moins attentif aux tragédies qui se préparaient. Si Chaillet ni Montcheuil ni Mondésert n'avaient visité l'Allemagne ou l'Autriche dans les années trente, en quête de la spiritualité allemande du XIXe siècle, peut-être eussent-ils été moins vigilants. Le fait est qu'en 1939 les hommes en noir de Fourvière ou de la rue de Sèvres sont mieux avertis que beaucoup d'autres, religieux ou laïcs, de la perversité, de la nature barbare et foncièrement antichrétienne du national-socialisme et de ses alliés.

Au surplus, bon nombre de jésuites avaient été mêlés aux activités des associations d'accueil aux réfugiés dont les tragédies autrichienne et espagnole avaient provoqué la création. On y a fait allusion à propos de Michel Riquet qui y avait trouvé l'occasion d'accentuer son évolution à l'encontre de l'autoritarisme de droite. Pour des pères comme Antoine Dieuzayde et Louis de Jabrun, animateurs à Bordeaux de plusieurs comités de soutien aux réfugiés et victimes de la guerre espagnole en même temps que du camp scout de Barèges, la cause était dès longtemps entendue, l'ennemi prioritaire à combattre était le fascisme du Nord, de l'Est ou du Sud. Ce type d'activité renforçait les liens avec de multiples organisations antifascistes, avec les hommes clés de ces associations comme l'abbé Glasberg, et préparaient ou esquissaient la constitution de réseaux qui allaient démontrer bientôt leur nécessité, et leur efficacité.

Toute guerre européenne provoque de profondes fractures au sein de la Compagnie, société internationale. La mort de Pie XI avait ouvert la voie à l'élection au trône pontifical du cardinal Pacelli, germanophile qui ne s'était pas signalé par une particulière fermeté à l'endroit du fascisme. La clarté des positions prises sur ce point par Pie XI, que les antisémites français du type de Céline appelaient Isaac Ratiche**, va se brouiller. Confusion aggravée pour les jésuites par la mort du préposé général, le Polonais Wladimir Ledochowski, qui provoquera une vacance du pouvoir et la remise des responsa-

* Sujet de sa thèse de doctorat.

** Il s'appelait Achille Ratti.

bilités « administratives » à un intérimaire, l'« assistant de France » Norbert de Boynes, jésuite normand dont le comportement sera aussi flou que celui du pape. Pour une fois qu'un Français assumait les responsabilités suprêmes à la tête de la Société de Jésus…

Le fait est que les habiletés « catholiques » de Pie XII vont se combiner avec les flottements « jésuites » du R. P. de Boynes pour créer, au sein de la Compagnie comme dans l'ensemble de l'Église, une ambiguïté dont on peut dire qu'elle ne fut pas à la mesure de cette tragédie majeure, du défi sans précédent lancé à l'ensemble de la civilisation judéo-chrétienne.

Les grands notables de l'Église et de la Compagnie, plus soucieux apparemment de la sauvegarde des institutions que de la défense des principes fondamentaux de leur religion, vont se comporter comme l'avait fait un quart de siècle plus tôt le pape Benoît XV, pris en tenaille dans un conflit entre puissances entre lesquelles il n'était pas de son ressort de trancher. Guillaume ou Clemenceau ? Bavarois ou Bretons ? Perplexité tout à fait compréhensible. Mais cette fois, l'affrontement n'était plus entre des empires, mais entre des visions du monde. En 1914, tout le monde pouvait clamer *Gott mit uns* ou « Dieu est français » ! En 1940, l'un des deux camps hurle contre Dieu. En retard d'une guerre, le pape le fut encore plus que les généraux français…

Le silence de Rome ne fut pas constant. Le 21 janvier 1940, les souffrances infligées par les nazis et l'Armée rouge à la catholique Pologne furent dénoncées par Radio Vatican comme « une nouvelle offense insolente à la morale du genre humain ». Radio Vatican était aux mains des jésuites : mais, souligne Xavier de Montclos, si les pères de la Compagnie « étaient en principe seuls responsables de leurs textes, il était évident qu'ils engageaient d'une certaine façon l'autorité romaine ». Se sentant précisément trop « engagé », « Pie XII fit prier Radio Vatican de ne plus parler de l'occupation nazie en Pologne [17*] ».

Les « prudences » de Pie XII ont été souvent évoquées, dénoncées (ou excusées) [18]. Celles du R. P. de Boynes, dont Jacques Sommet dira joliment « qu'en lui, la sagesse jésuite fut abîmée par la romanité », méritent d'autant plus d'être rappe-

* Mais, le 1er août 1941, Radio Vatican dénonçait « ce scandale […] le traitement infligé aux juifs… ».

lées qu'elles ont suscité l'exaspération de bon nombre de pères, jetés ainsi hors de la « sainte obéissance » de façon décisive. Les « rebelles » comme Henri Chambre se sont sentis sommés, devant tant de pusillanimité, à agir avec détermination.

C'est en août 1941, huit mois après qu'eut été promulgué à Vichy le « statut des juifs » et un mois après qu'il eut été aggravé par le régime maréchaliste, que le R. P. de Boynes crut devoir adresser aux jésuites de France un long mémoire dont il était prescrit de faire une lecture publique dans les communautés. Texte d'autant plus navrant qu'il est une réponse à une interpellation admirable du père de Lubac, conjurant ses supérieurs d'aider les pères et lui-même à « sauver leurs âmes » et à éviter que pénètre « dans les consciences cette impression que, face au terrible bouleversement du monde, le catholicisme démissionne ». A ces mots poignants, le R. P. de Boynes répliqua par ceux-ci, qui le sont d'une autre manière :

> « Voici les directives qu'en conscience je crois devoir vous donner pour faire face aux difficultés [*sic*] d'aujourd'hui. Il existe dans la France vaincue un gouvernement légitime dont le chef, universellement estimé par les honnêtes gens [*sic*] pour son patriotisme, son dévouement et son désintéressement, est le maréchal Pétain. En dehors de ce gouvernement il n'y a pas d'autre gouvernement français […] A côté du gouvernement établi, il y a le fait de la dissidence qui tend à détruire l'unité de la France. Quelle doit être notre attitude, à nous, membres de la Compagnie ? Nous devons tout d'abord accepter le gouvernement établi* et lui obéir en tout ce qui n'est pas contraire à la loi de Dieu, quelles que soient nos préférences politiques. En tout cas nous ne devons pas lui faire d'opposition soit à l'intérieur de nos communautés, soit à l'extérieur. Nous devons même user de notre influence […] pour amener les âmes à pratiquer l'obéissance que tous, surtout les catholiques, doivent au chef de l'État […] Il est clair que, pour les mêmes raisons surnaturelles [*sic*], nous ne devons en aucune manière favoriser la dissidence […] On a trop dit que les jésuites étaient opposés au gouvernement du maréchal Pétain […] Vous savez que, trop souvent, les erreurs et les imprudences de quelques-uns ou même d'un seul retombent sur le corps tout entier […] Vous pouvez aisément vous imagi-

* Qui est alors présidé par Pierre Laval.

ner quelle influence ces rumeurs peuvent avoir sur le gouvernement au moment même où la question si grave du statut des religieux se pose à lui*… »

Selon la règle, c'est au « préfet des études » qu'il incombait de lire le texte à la communauté rassemblée : à Fourvière c'était le R. P. Fontoynont. Sitôt qu'il eut pris connaissance de ce rappel à l'« ordre », le fondateur de *Sources chrétiennes* refusa tout net de le lire et demanda à ses supérieurs de le relever de sa charge. Comment aurait-il pu se faire le porte-parole de la soumission, lui qui avait inspiré à Henri de Lubac la brûlante adjuration qui incitait l'épiscopat à la résistance ?

Quand il visita Lyon, quelques mois plus tard, le R. P. de Boynes refusa de rencontrer les pères de Lubac et Fontoynont – le R. P. Fessard, lui, avait regagné Paris. Refus qui ulcéra de Lubac. « Je me suis senti rejeté de la Compagnie », confiait-il à ses proches.

Dès lors, la fracture est opérée entre deux camps, ceux que l'autorité siégeant à Rome appelle les « dissidents », et ceux qui, « pour des raisons surnaturelles » et (ou) pour la plus grande gloire du « statut des religieux », suivent les mots d'ordre de Vichy « en tout ce qui n'est pas contraire à la loi de Dieu » – notamment à propos du « statut des juifs », que Jésus ne saurait qu'approuver…

Bien sûr, le message de Norbert de Boynes ne peut être apprécié que si on le situe dans le climat qui est alors celui de la curie romaine, de l'épiscopat et du clergé français. Climat qu'illustrent cette sentence du cardinal Liénart : « Pour les Anglais, il y a de Gaulle ; pour les Allemands, Déat ; pour la France, il y a Pétain », et mieux encore cet avertissement de Mgr Marmottin, archevêque de Reims : « Un catholique français commet un péché s'il prend le parti des rebelles[19] ! » (1942.) D'où la condamnation portée par le chanoine Aubert contre ces prélats pour qui « les intérêts de l'Église passent avant la conscience chrétienne[20] ».

* Lisons, sur ce point, ce qu'indique la notice consacrée à Norbert de Boynes dans le *Dictionnaire du monde religieux dans la France contemporaine* (t. I, *Les Jésuites*, p. 55) : « … années difficiles (encore !) de l'Occupation, durant lesquelles ses directives aux jésuites français posent à nombre d'entre eux des problèmes de conscience… » C'est tout… Quand on sait ce qu'ont vécu les de Lubac et Fontoynont, Dillard, Fessard et Chambre, Sommet et Chaillet, les déchirements qui leur furent infligés…

Dans l'ensemble, on peut soutenir que la hiérarchie catholique, hormis quelques prélats comme NN. SS. Saliège et Bruno de Solages à Toulouse, Mgr Petit de Julleville à Rouen ou Mgr Théas à Montauban, a soutenu le régime de Vichy mais refusé la collaboration – si tant est qu'à partir du retour de Pierre Laval au gouvernement, en avril 1941, il soit possible de distinguer celle-ci de celui-là. Dans un livre publié deux ans après la fin de la guerre (1947), Mgr Guerry, qui fut l'un des acteurs de ce drame, a soutenu que l'Église de France avait su maintenir les valeurs essentielles – plaidoyer que l'historien catholique André Latreille a qualifié de « modèle d'improbité apologétique ».

Si l'on compare son attitude à celle de l'épiscopat, on peut soutenir que la Compagnie de Jésus (comme l'ordre des dominicains) manifesta plus d'éloignement et un refus plus ferme de la collaboration et de toutes les formes de collusion avec l'occupant – non sans rappeler que l'ensemble des séculiers étaient assujettis à des contraintes quotidiennes et des contacts inévitables par l'exercice de leur ministère.

Ce qu'il convient de préciser aussi, c'est que, réguliers comme séculiers, les superstructures se plièrent plus volontiers aux mots d'ordre des occupants que les infrastructures : simples jésuites ici, et là curés diocésains manifestèrent plus de courage en général que la majorité des prélats d'une part, des supérieurs d'ordres d'autre part. Le tout aboutissant d'ailleurs à un bilan tragique : près de deux cents religieux furent déportés entre 1940 et 1944, et cent quarante-trois fusillés, décapités ou massacrés du fait de l'occupant ou ses complices.

S'agissant des jésuites, nous avons cité le message éloquent du R. P. de Boynes. On peut ranger dans la même catégorie de notables avant tout soucieux de respecter l'« ordre établi » le R. P. du Bouchet, qui fut jusqu'en 1943 le provincial de France, en résidence à Lyon, alors que son successeur, le Savoyard Décizier, rompait avec ce vichysme béat. Il ne faut pas oublier non plus que, lors de la publication du « statut des juifs » (cette pierre de touche...), en octobre 1940, la revue *Construire*, qui avait été substituée aux *Études* et pouvait revendiquer la même représentativité de la Société de Jésus, écrivait qu'il s'agissait là de « mesures d'assainissement moral... ».

On a déjà évoqué des personnalités de la Compagnie qui, pas plus que RR. PP. de Boynes ou du Bouchet, ne ménagèrent leur faveur au régime. Tel ce R. P. Panici que nous avons vu prêcher en chaire de Notre-Dame au plus fort de l'Occupation un évangile qui n'était plus celui du respect des asservis et des humiliés : étrange personnage à la face de marbre et au regard glacé, qui semblait sorti de Port-Royal des Champs plutôt que d'une jésuitière et qui assénait ses vérités comme un procureur d'assises*.

Procureur encore ce Paul Coulet qui inspira tant de terreurs aux bonnes gens accourant dans les églises du Bordelais pour s'entendre promettre aux flammes de l'enfer. Masochisme ? Le thème de la grande « pénitence » imposé par le vieux maréchal allait comme un gant (de fer) à ce jésuite inquisiteur. Pour le R. P. Coulet, démocratie et libertinage avaient conduit la France à sa perte ; de cet univers maléfique, Dieu, dans sa miséricorde, avait décidé l'anéantissement par la poigne du maréchal, garant de l'ordre moral. Malheur à qui se mettrait en travers.

Tout autre fut le « parcours » du R. P. Gustave Desbuquois, qui, fils de boulanger d'une cité ouvrière de Roubaix, avait consacré sa vie à l'action sociale, y déployant un dynamisme et une ingéniosité admirables. C'est à Reims qu'il avait créé en 1905 son Action populaire, bientôt prestigieuse, qui allait induire diverses activités et publications ; et c'est à Paris d'abord qu'il anima les Semaines sociales. L'Action populaire, inspirée de l'enseignement de Léon XIII (l'encyclique *Rerum novarum* notamment), fut considérée à l'origine comme une « anti-Action française » et mal traitée par le très conservateur pape Pie X et l'aile monarchiste de la Compagnie de Jésus, dominante jusqu'en 1926. L'installation de l'Action populaire dans la région parisienne y suscita des résistances. Aux yeux des maurrassiens, une entreprise quasi bolchevique…

Survient 1940. Voici le R. P. Gustave Desbuquois (il a soixante et onze ans) à Vichy, comme beaucoup d'autres. Y trouvera-t-il les moyens de réaliser ses projets d'entraide sociale à l'abri des agitateurs marxistes ? Faisant confiance au maréchal et à son ministre le syndicaliste Belin, il accepte, non sans critique, leur « charte du travail », et crée deux revues, *Renouveau* et *Cité nouvelle*, aux titres éloquents et aux silences lourds – comme on le verra plus loin…

* Le nom de ce prédicateur très notoire ne figure pas dans le *Dictionnaire des jésuites*. Gêne.

Interrogé plus tard par un biographe, le R. P. Desbuquois devait résumer ainsi son comportement entre 1940 et 1944 : « J'ai trouvé [à Vichy] l'occasion d'obtenir quelque chose pour l'Église de France, je saisis cette occasion [21]. » On n'ironisera pas trop lourdement sur le thème de l'« occasion », qui a prétendu justifier tant d'autres comportements plus fâcheux (l'« occasion » de refaire un État, une armée, une justice, une police, une jeunesse...).

On préfère citer l'un des jeunes confrères de Gustave Desbuquois, qui lui dut d'ailleurs de pouvoir quitter la zone Sud pour militer dans la résistance à Paris : « Trop concentré sur ses objectifs de toujours et les problèmes posés par la charte du travail et le syndicalisme unique, il n'a pas su discerner alors la grandeur des enjeux et la hiérarchie des ordres de valeur... » Ajoutons que l'influence du R. P. Desbuquois au sein de la Compagnie était telle qu'un an après la Libération, au centre de Vanves où son prestige restait grand, on lisait encore au réfectoire une apologie du régime de Vichy – à la stupéfaction d'un résistant comme le R. P. Chambre*...

Peut-on ranger Victor Dillard dans cette phalange des dupes de Vichy ? Non, bien sûr, puisque sa biographie s'achève par « mort à Dachau le 12 janvier 1945 ». Mais ce spécialiste très réputé de l'économie politique et des questions monétaires avait d'abord été choisi par le cabinet du maréchal Pétain pour être le prédicateur de l'église Saint-Louis de Vichy.

Le R. P. Dillard, ayant accepté cette charge redoutable, s'y garda de toute servilité. Quelques semaines après sa première homélie, il fit appel, pour le suppléer en chaire, à son ami Gaston Fessard, dont il connaissait les opinions... Le sermon que prononça l'auteur de *Pax nostra*, le 15 décembre 1940, était si peu conforme aux idées des gens en place que Mme Pierre-Étienne Flandin, dont le mari venait d'être substitué à Laval à la tête du gouvernement, jugea bon de protester. Les sermons de Dillard lui-même n'étaient d'ailleurs pas beaucoup plus conformistes, lui valant l'honneur dangereux d'être qualifié par la radio de Londres de « seul homme courageux à Vichy ».

Quelques mois plus tard, le R. P. Dillard rendit visite aux pri-

* Le R. P. Bigo, qui fut le disciple du père Desbuquois, a bien voulu nous signaler que les organisations d'Action populaire ont servi de modèle aux nombreux centres sociaux qu'il a, lui, fondés en Amérique latine où il travaille depuis vingt-cinq ans (lettre du 16 mars 1992).

sonniers du château de Bourrassol, où le régime maintenait en détention, de façon purement arbitraire, les personnalités de la IIIe République et de l'armée (Blum, Daladier et Gamelin) que la cour de Riom n'avait pas trouvé matière à condamner*. Cas pendable, qui l'eût été plus encore si les nazis avaient eu vent de la lettre qu'il écrivit en décembre 1941 à Henri de Lubac :

> « Si l'on pouvait obtenir du Cardinal** une déclaration officielle sur la question juive, je crois qu'elle pourrait passer [il voulait dire : passer le cap de la censure] pendant qu'il en est temps encore… Je suis d'autant plus désolé qu'il y a déjà un an j'ai supplié le père Desbuquois et autres de prendre position dans *Cité nouvelle* ou dans *Renouveau*. Il me semblait alors que c'était notre devoir. Maintenant il est trop tard. »

Bref, Victor Dillard est contraint de prendre le large. Il s'est installé à Paris en 1943 quand la création du STO (service du travail obligatoire***) pose à tous les prêtres un problème poignant : accompagner le mouvement ou prêcher l'insoumission ? Nous avons vu que Michel Riquet, entre autres, a choisi la seconde voie. Victor Dillard opte pour la première, mais sous la forme la plus audacieuse : engagé comme électricien à Wuppertal, il s'est fait aumônier clandestin des « travailleurs obligatoires » – activité expressément interdite par la Gestapo sur intervention personnelle de Himmler. Démasqué en avril 1944, il est déporté à Dachau où il meurt bientôt, sous les yeux de son ami Jacques Sommet.

La figure emblématique des égarements de la Compagnie pendant la guerre, beaucoup plus que les RR. PP. de Boynes, Du Bouchet, Panici ou Coulet, c'est bien entendu le superbe Paul Doncœur – orateur, animateur, « chef » en un mot – que, nous avons vu, avant la guerre, fondateur des « Cadets », mouvement qui prétendait refaire une « race » française… Personnage en quelque sorte « préfabriqué » pour devenir une figure de proue de la « Révolution nationale ». Comment ne serait-il pas tombé dans ces filets ?

Non que le père Doncœur ait poussé jusqu'à ses ultimes conséquences l'engagement qu'à Montoire Philippe Pétain

* Le procès tournait si mal pour l'accusation que l'ordre vint de Berlin d'y mettre fin.
** Gerlier, archevêque de Lyon.
*** En Allemagne.

prétendait mener jusqu'à la collaboration avec le IIIe Reich. Le R. P. Doncœur ne prononça jamais les mots qui échappèrent à Mgr Baudrillart ou à Mgr Mayol de Luppé, aumônier de la LVF, faisant horreur à ceux des catholiques qui croyaient leur religion fondée sur l'amour, la paix et le refus du racisme.

Pour Paul Doncœur, l'instauration de l'« État français » de juillet 1940 fut-elle, comme pour Maurras, une « divine surprise » ? On ne saurait le dire. Mais ce qui est clair, c'est qu'il y adhéra avec enthousiasme, avec ferveur même, s'en faisant le chantre, voire l'idéologue*. Son *Péguy, la Révolution et le Sacré* parut à beaucoup de fidèles de l'auteur de *Notre jeunesse*, ce bréviaire d'antiracisme, une profanation – encore qu'il soit bien difficile de savoir où son évolution des dernières années conduisait le poète des *Tapisseries*.

Non content de ce rôle de directeur de conscience, Paul Doncœur se voulut conducteur de masses. Le 15 août 1942, en tant qu'aumônier de *La Route*, il organisa, au Puy-en-Velay, un énorme pèlerinage de la jeunesse catholique auquel participèrent le cardinal Gerlier, le nonce apostolique, de nombreux évêques et de hauts personnages de Vichy, de l'armée et de la Légion des combattants. C'est, écrit Renée Bédarida, l'« apothéose de l'union du pouvoir et de la religion ».

La grande ambition de Doncœur a été de s'assurer de la présence du maréchal Pétain. Celui-ci avait accepté. Mais, raconte Jacques Duquesne, « le représentant de l'épiscopat à Vichy, Mgr Chappoulie, fait remarquer [...] qu'il n'est pas prudent, ni pour les uns ni pour les autres, que le Maréchal participe à une telle cérémonie. Il se contentera d'adresser aux pèlerins un message radiodiffusé [22] ».

Chorales, oriflammes dévots, cantiques, uniformes, soutanes, bras tendus, bérets, psaumes-au-maréchal : le système de Vichy fut-il jamais plus fidèle à lui-même qu'en cette journée de pèlerinage ? Le catholicisme français fut-il jamais plus englué dans la « grande peur des bien-pensants » ? Tandis qu'à Auschwitz meurt une carmélite nommée Édith Stein ; que, dans son château voisin de Châteldon, Pierre Laval compulse les rapports de la rafle du Vel'd'Hiv, opérée un mois plus tôt ; qu'à Strasbourg, le *gauleiter* achève les préparatifs de la mobilisa-

* Le *Dictionnaire des jésuites* indique pudiquement qu'« il ne cache pas sa sympathie pour le maréchal », sans plus...

tion des jeunes Alsaciens dans la Wehrmacht, la francisque et le goupillon célèbrent leurs noces bénies par le R. P. Doncœur. (Mais c'est alors aussi que, pour l'honneur de la Compagnie de Jésus, paraît le troisième *Cahier du Témoignage chrétien...*)

Paul Doncœur ne pouvait pas savoir tout cela. Mais ce qu'il devait connaître, ou respecter, c'est une certaine attitude d'âme face au mal, au crime, à la souffrance. « C'était un être noble » soutiennent aujourd'hui des hommes qui ont choisi l'autre camp. Et pourtant, deux mois avant son triomphe du Puy, au sommet de sa carrière à Vichy, il adressait à un écrivain alors pourchassé nommé François Mauriac une lettre dont celui-ci rend compte ainsi à son épouse le 4 juin 1942 :

> « Reçu une lettre du père Doncœur en réponse à mon article "Les écrivains du néant"* qui me plonge dans un abîme de tristesse et d'angoisse. Il me rend responsable de toutes les misères d'une génération, me cite au tribunal de Dieu qui saura venger "mes victimes". Heureusement Dieu n'est pas jésuite, mais c'est atroce pour moi que cette lettre d'un religieux**. »

Il est temps de parler des autres jésuites.

Qui fut le « premier résistant » de la Compagnie – au moins en France ? Accordons la palme à Victor Fontoynont. Pendant l'été 1940, alors que la France, prostrée, s'interroge sur le vieux maréchal, François Varillon arrive à Lyon. « Pensez-vous que Pétain puisse nous tirer d'affaire ? » Réponse du préfet des études Fontoynont : « N'en croyez rien. C'est un vieux dégonflard. Il ne pensait qu'à capituler, déjà, en 1918... » Sans cet hoplite grec de haute époque chrétienne, les gens de Fourvière eussent-ils été tentés de suivre Paul Doncœur ? Non. Car la meilleure tête de la maison, la référence intellectuelle majeure, Henri de Lubac, auteur déjà célèbre de *Catholicisme* (publié en 1938) où sont rappelées les dettes du christianisme par rapport au judaïsme, n'était pas moins ferme dans ses convic-

* Publié dans la clandestinité et visant notamment Drieu La Rochelle (dans *Œuvres complètes*, t. XI, p. 316).

** Commentaires d'un jésuite résistant sur Doncœur : « Il croyait à l'"honneur" de l'homme, non aux droits de l'homme. Après la guerre, il avait beaucoup changé. Il se sentait condamné, exclu. Profondément triste... »

tions : témoin les deux conférences prononcées du haut de sa chaire de la faculté de théologie de Lyon, en janvier 1941, contre le racisme hitlérien.

Mais c'est le R. P. Fontoynont qui prononça, outre l'avertissement péremptoire à propos de Philippe Pétain cité plus haut, ces paroles qui, aux yeux de ses jeunes confrères, valaient un visa pour l'action : « Le théologien n'a pas à se mêler de politique, sauf quatre ou cinq fois dans sa vie. En voilà une ! » Dès la fin de 1940, il avait rédigé un commentaire de l'Épître aux Romains consacrée au peuple juif, qu'il concluait par ces mots : « Leur appartenance au Christ et leurs tribulations mêmes […] nous obligent à ne parler d'eux qu'avec respect. Selon le mot de saint Bernard, si vous les molestez, vous risquez de blesser le Seigneur à la prunelle de l'œil! [23] ! »

Les deux personnages centraux de la « résistance jésuite », ce sont tout de même Gaston Fessard et Pierre Chaillet. On peut situer plus haut l'inspiration venue du R. P. Jules Lebreton, tel ou tel texte d'Henri de Lubac, le sacrifice final d'Yves de Montcheuil, les souffrances de Jacques Sommet ou de Michel Riquet, l'intrépidité d'Henri Chambre, le combat, les armes à la main, de Lucien Fraisse. C'est tout de même autour de *Témoignage chrétien* que s'accomplit l'essentiel, à la fois le fulgurant et le durable, et en convergence avec des pasteurs protestants comme Roland de Pury, avec des laïcs comme André Mandouze et Robert d'Harcourt.

Nous connaissons déjà le R. P. Fessard, l'auteur de *Pax nostra* (1935) et d'*Épreuve de force* (1939), celui qui, dès avant la guerre, a dénoncé le totalitarisme, s'instituant, selon son ami Raymond Aron, le directeur de conscience des Français. Et il avait publié dans *Études*, à la fin de 1939, alors que tant d'autres flottaient, indécis, un article intitulé « Pourquoi nous combattons » qui était un concentré de ses réquisitoires contre le IIIe Reich.

On sait que certains de ceux qui avaient su percevoir et dénoncer la perversité et les crimes du nazisme avant juin 1940 marquèrent ensuite un long temps d'arrêt, comme assommés, hébétés par le cataclysme. Pas Gaston Fessard.

Certes, il « accuse le coup » de la défaite, écrivant le 16 juillet 1940 au père de Lubac : « Nous ne sommes qu'au commencement de nos souffrances… Cette période de démobilisation est affreuse. » Et sa première intervention publique, le fameux sermon de Saint-Louis de Vichy du 15 décembre 1940, est un cri de douleur, une dénonciation des « ténèbres actuelles » et du racisme plutôt qu'un appel à la résistance. Mais parler de « ténèbres » dans le Vichy béat des amiraux sans flotte, des généraux-vaincus-mais-contents et des bérets flasques, quelle audace… Dès cette époque, on répète ce qu'il dit de plusieurs de ses commensaux jésuites de Lyon (à commencer par Doncœur), qu'il appelle « les empétinisés »…

Si Gaston Fessard se retrouve alors à Lyon, en zone non occupée, c'est parce que ses supérieurs le savent visé par les nazis : ses ouvrages d'avant-guerre *Pax nostra* et *Épreuve de force* sont inscrits sur la liste « Otto » des ouvrages proscrits par l'occupant. Ce qui ne l'empêchera pas de faire plusieurs séjours à Paris à partir de la fin de 1941 – à l'époque, précisément, où le « dissident » qu'il était est devenu un opposant, un « résistant » –, avant même que *Témoignage chrétien*, créé par le R. P. Chaillet, lui-même associé au mouvement Combat d'Henri Frenay, n'affirmât très publiquement la dimension chrétienne de la Résistance, déjà manifestée par des personnages comme Michelet et Menthon, Michel Riquet et Stanislas Fumet, et, avec un certain décalage, Emmanuel Mounier. C'est par une autre voie en effet que le R. P. Fessard avait été amené à tirer la première salve.

Renée Bédarida, se fondant sur les témoignages successifs de Pierre Limagne, Henri de Lubac, Gaston Fessard, François Varillon, Jean Daniélou et Pierre Chaillet (dont elle a écrit la biographie complétée par une annexe consacrée à cette question controversée*), a mis au point de façon apparemment définitive la « préhistoire » de *Témoignage chrétien*.

C'est au début de 1941 qu'un étudiant catholique lyonnais, Jean Neyra**, vient trouver le R. P. François Varillon, qui achève au collège de Mongré, à Villefranche-sur-Saône, la formation dite « du 3e an », pour lui demander assistance contre la propagande en faveur de la collaboration dont ses amis et lui sont abreuvés. Avec son condisciple Jean Daniélou, Varillon pense à un texte rédigé par une autorité incontestable et songe aussi-

* *Op. cit.*, p. 305-323.
** Qui entrera plus tard dans la Compagnie.

tôt à faire appel au père Fessard, dont le prestige est sans égal. A Lyon, l'auteur d'*Épreuve de force* fait aux deux jeunes jésuites un accueil chaleureux : « Ah ! Enfin ça bouge. Ce n'est pas trop tôt. Tout le monde est aplati dans cette ville ! » Que veulent ses visiteurs ? Un appel de quelques pages ? Bon…

Fessard se jette dans le travail. Quand, la semaine suivante, Varillon vient chercher le texte promis, il se voit remettre un essai de cinquante pages. Comment imprimer et diffuser cela ? Varillon et Neyra avaient prévu la diffusion d'un tract, non l'impression d'un traité. Fessard pense à l'imprimerie de Radio Vatican qui fonctionne à Marseille. D'autres voudraient le confier à un imprimeur sympathisant de Salon.

Mais une solution s'impose vite : Fessard n'ignore pas que son ami Pierre Chaillet « prépare quelque chose », qui serait la synthèse et la projection de ses multiples activités de résistance. C'est donc à lui, déjà organisé, et en train de se donner des moyens sérieux d'impression et de diffusion, que s'adresse l'auteur du texte réclamé par Neyra, Varillon et Daniélou : ce sera le premier *Cahier du Témoignage chrétien*, publié sous ce titre saisissant : « *France, prends garde de perdre ton âme** ! »

D'entrée de jeu, Gaston Fessard, fidèle aux procédés de composition de la pédagogie jésuite, fait connaître ses thèmes :

> « 1. Sur le caractère foncièrement antichrétien de la mystique qui inspire le nazisme.
> 2. Sur le caractère sournois de pénétration et de persécution employé par les hitlériens.
> 3. Sur leur application en France et les résultats déjà obtenus. »

Un des développements majeurs du théologien de Fourvière s'ordonne autour du syllogisme fameux : « Collaboration au gouvernement du maréchal = collaboration à l'ordre nouveau = collaboration au triomphe des principes nazis. » Sur quoi Fessard précise à l'adresse des pieux maréchalistes : « Le maréchal a accepté le principe de la collaboration [qui] n'est en fait qu'un esclavage que le vainqueur exerce sur le vaincu […] que la reconnaissance de […] la conception du monde

* Ce sont les derniers mots du texte de Fessard, que Chaillet a choisis pour titre – non sans avoir expurgé deux phrases de l'auteur qu'il jugeait trop indulgentes à l'endroit du maréchal Pétain.

national-socialiste [fondée sur] la domination de l'Allemagne. »

Avant de conclure par la formule qui donne son titre à ce réquisitoire, Fessard se donne les gants de citer Radio Vatican, qui avait naguère exhorté les chrétiens à ne pas « pour se sauver, pactiser avec les ennemis de Jésus », car « la charité sans la justice est une faiblesse indigne du chrétien ».

Quand le *Cahier du Témoignage chrétien* paraît, diffusé d'abord à Lyon en novembre 1941 par les amis de Neyra et ceux de Chaillet, militants et sympathisants de Combat, Gaston Fessard s'est installé à Paris, 15, rue Monsieur, bravant l'occupant dans l'une des « jésuitières » les mieux repérées de la capitale. C'est là qu'il prend connaissance d'une brochure rédigée et publiée à la fin de 1941 par un certain abbé Lesaunier, avec l'imprimatur de l'archevêché de Paris. L'auteur ne se contentait pas de prôner l'obéissance « sans réticence » au maréchal, il ajoutait : « Je me soumets sans récriminer aux autorités occupantes », car « celui qui refuse l'obéissance à l'autorité légitime [*sic*] refuse d'obéir à Dieu lui-même et mérite châtiment » – précepte dont cet ecclésiastique soumis voulait faire un avertissement à l'adresse des gaullistes.

Indigné, Fessard court chez le cardinal Suhard, qui lui avoue son trouble, lui demande si, en se dressant contre l'occupant, il ne favorise pas le bolchevisme. « Ne le craignez-vous pas ? – Si, Excellence, mais il faut d'abord combattre le nazisme… – Croyez-vous qu'il nous menace… ? » Bref, le cardinal demande à Fessard de rédiger « un petit rapport » sur le sujet.

En accord et en collaboration avec son maître Jules Lebreton, directeur des *Recherches de science religieuse*, Gaston Fessard écrit un texte de cent pages, *La Conscience catholique devant la défaite et la révolution* – plus connu sous le titre fameux : *Le Prince-Esclave* –, qui fut remis au cardinal Suhard* à la fin d'août 1942, accompagné d'un tract du père Lebreton dénonçant une « vassalité spirituelle » mettant en danger « notre foi chrétienne »[24].

Le Prince-Esclave est l'un de ces textes majeurs par lesquels quelques Français ont exprimé un refus longtemps très minoritaire de toute forme de collaboration directe ou indirecte avec l'occupant. Ce n'est certes pas, et de loin, un appel aux armes.

* Dont le comportement par rapport à l'occupant allait se raffermir : six mois plus tard, le prélat protestera enfin contre les déportations de juifs.

Très jésuite en ce qu'il tient compte des données de fait en rappelant les principes intangibles, il admet par exemple que l'on puisse « devant la volonté du maître injuste, dire "oui" de la tête... en résistant de tous ses membres », Fessard n'en fonde pas moins son argumentation sur cette notion : que le chrétien ne saurait être tenu à une discipline que si l'ordre donné est conforme à sa conscience. S'il est légitime d'obéir au prince, il ne l'est pas d'obéir à l'esclavage – ni au prince devenu esclave.

L'hégélien qu'est Fessard se meut dans ces mouvements dialectiques entre liberté, légitimité et esclavage, sur un ton et à une altitude qui ne facilitent pas la lecture de cet essai austère et parfois ambigu*. Dans sa conférence sur le jésuite de Fourvière prononcée à Rome en 1983, Raymond Aron racontait que, recevant à Londres ce texte anonyme, il confiait à ses amis : « Il n'y a qu'un seul Français** capable d'écrire cela, c'est le père Fessard... » Entre praticiens de la dialectique...

Le manifeste du *Prince-Esclave*, dont on ne peut guère connaître que la version (retouchée par l'auteur ?) publiée en janvier 1945, dans *Études*, intégrée à son « Journal de la conscience française », fut très peu lu à l'époque – n'ayant pas eu, comme le précédent, la caisse de résonance de *Témoignage chrétien****. On peut juger plus opératoire, plus incisif, plus combatif tel ou tel texte de Pierre Chaillet ou d'Henri de Lubac – pour rester chez les jésuites. Mais le dernier des grands textes de guerre de Gaston Fessard (il avait projeté de donner deux autres contributions à *Témoignage chrétien*, dont l'une sur le caractère fallacieux du slogan de la « croisade contre le bolchevisme », qui sont restées inédites – et introuvables) est la puissante conclusion de la cascade de défis que ce théologien au regard doux lança au nazisme et à la collaboration.

* On assure que ce texte fut évoqué par le confesseur bénédictin de Bastien-Thiry au moment de la préparation de l'attentat du Petit-Clamart contre de Gaulle..

** Pensait-il : « A part moi ? »

*** A ceux qui, lors du colloque de 1984, déploraient que *Le Prince-Esclave* ait eu si peu de lecteurs sous l'Occupation (« quelques dizaines », suggérait Germaine Ribière, la meilleure collaboratrice du R. P. Chaillet), Jacques Prévotat répliquait drôlement, et après avoir sur ce point mené l'enquête : « Il a empêché le cardinal Suhard de dormir pendant plusieurs nuits. C'est déjà quelque chose... »

Pierre Chaillet nous est déjà, par ses actes, familier. Plus propre à l'action que Fessard, il est taillé en force, avec un regard intense sous les lunettes épaisses, un menton en galoche, la voix rude. Jésuite pour jésuite, du type Riquet plutôt que du style de Lubac. C'est un fils de paysans francs-comtois qui a, comme son compatriote Julien Sorel, choisi « le noir », pour d'autres raisons. Mais sans lui céder en rien pour l'énergie.

Passé de l'école laïque au noviciat des jésuites de Fourvière, il y trouve des professeurs éminents : Delaye, Huby, Condamin, en attendant de Lubac qui, à l'Université de Lyon, restera son maître de prédilection. Professeur de lettres à Dole, puis à Notre-Dame d'Afrique, en Algérie (sur laquelle il n'écrira que des banalités musclées), puis en Autriche (qui lui inspirera au contraire un livre excellent), il trouve en ce pays sa voie, car il y réside au moment de l'assassinat du chancelier Dollfuss – premier crime international de l'hitlérisme. Le voilà à jamais indigné, à jamais combattant.

Sa rencontre avec le germanisme ne prend pas seulement cette forme de résistance anticipée : elle est faite aussi d'attirance pour l'école de Tübingen, ce groupe de clercs catholiques du Wurtemberg qui, un siècle plus tôt, autour de Drey et Mölher, avaient élaboré un projet de réunification des Églises chrétiennes. Un séjour d'études à Rome, où il approfondit son amitié avec Yves de Montcheuil, le confirme dans son horreur du fascisme. Professeur de théologie à Fourvière, il manifeste sa largeur d'esprit en faisant l'apologie de Richard Simon, cet oratorien contemporain de Bossuet qui, prétendant appliquer les méthodes de la critique historique aux textes sacrés, avait vu ses œuvres jetées au bûcher par les soins de l'évêque de Meaux.

L'*Anschluss*, rapt* de l'Autriche par Hitler, le ramène à Vienne où les relations qu'il a nouées naguère lui permettent de réunir la documentation en vue de la rédaction d'un livre publié en 1939, *L'Autriche souffrante*[25], qui est comme une préface aux luttes à venir.

Connaît-il le livre de Malraux publié** sous ce titre quand il choisit d'intituler l'un des chapitres « Le temps du mépris » ?

* Largement consenti…
** Quatre ans plus tôt.

Son enquête n'est pas moins dénonciatrice que le roman de l'autre. Il s'en prend sans la moindre réserve à « la terreur politique et raciste et à la persécution religieuse », au « pouvoir absolu de la Gestapo », à « l'épidémie paralysante de la peur qui paralyse d'avance toutes les velléités d'opposition ».

Son indignation la plus vive est réservée à la persécution raciale. La visite de l'exposition *Der ewige Jude* [Le juif éternel] l'a horrifié. Évoquant l'« extermination impitoyable » de ceux qui sont livrés sans défense au déchaînement de l'antisémitisme « passionnel », « cette chasse honteuse à l'homme traqué comme une bête immonde », il conclut par cet avertissement : « Il suffit d'en avoir été témoin à Vienne pour ne plus pouvoir se résigner à un silence complaisant ou complice [26]. » Les nazis sont prévenus. En voici un au moins qu'ils ne sauraient circonvenir, et qui est prêt au combat.

Quand la guerre éclate, le 3 septembre 1939, le R. P. Chaillet ne se satisfait pas d'un rôle d'aumônier ou d'infirmier : il propose ses services au ministère de la Guerre, et plus précisément au 5e Bureau, celui du contre-espionnage. Un vrai jésuite : s'il s'agit d'abattre le diable, usons de tous nos talents... On l'expédie dans la zone d'influence germanique, en Hongrie, qu'il trouve inclinée vers le IIIe Reich. Les notes de renseignement que publie Renée Bédarida dans sa biographie montrent Chaillet fort doué pour ce métier d'informateur clandestin protégé par sa soutane.

Rappelé en France par ses supérieurs au lendemain de la défaite, l'espion vêtu de noir va se muer en militant de plus en plus clandestin : Lyon commence à fourmiller d'initiatives. A Fourvière, il trouve, chez Fontoynont, de Lubac, Ganne, l'esprit de détermination qu'il espérait. Il prend contact, s'affirmant constamment comme le plus intransigeant, le plus antivichyste, avec Stanislas Fumet (qui juge les jésuites « plus immédiatement résistants que les autres ordres religieux [27] »), avec Emmanuel Mounier qui s'efforce de faire reparaître *Esprit*, avec les animateurs de la *Chronique sociale* tels que le Lyonnais Marius Gonin, avec des syndicalistes comme Paul Vignaux – et enfin, au début de mai 1941, avec Henri Frenay, cofondateur avec Bertie Albrecht de ce qui deviendra le mouvement Combat et qui s'affaire à la publication d'un journal intitulé *Petites Ailes*, et un an plus tard *Vérités* : Chaillet va y tenir la rubrique « religieuse » sous le pseudonyme de *Testis*.

Curieusement, quand le très catholique François de Menthon fusionne son mouvement avec celui d'Henri Frenay, pour substituer *Combat* à *Vérités*, la rubrique confiée au jésuite est supprimée. Pour peser sur les événements, secouer l'opinion, il lui faut une tribune. Il l'inventera, en accord avec Frenay – non sans se dévouer, aux côtés de Jean-Marie Soutou et de l'abbé Glasberg, et avec le soutien de Mgr Gerlier, du pasteur Boegner et d'André Weil, à l'Amitié chrétienne, vouée à l'aide aux juifs et qui s'emploie notamment à organiser les passages clandestins vers la Suisse et l'Espagne.

L'idée du journal clandestin, née dans l'esprit de Pierre Chaillet au printemps 1941, prend forme pendant l'été, avec le très vif encouragement des pères de Fourvière, le soutien d'Alexandre Marc, vieux militant de la gauche euro-chrétienne, et de Louis Cruvillier. Elle reçoit enfin l'impulsion décisive quand Gaston Fessard remet à Pierre Chaillet le texte rédigé à la demande de Varillon et Daniélou*, qui deviendra : « *France, prends garde de perdre ton âme !* »

Le titre initial donné à la publication par Chaillet était *Cahier du Témoignage catholique*. Mais, à la dernière minute, et alors que l'imprimeur habituel de *Combat*, J. Martinet, mis à la disposition de Chaillet par Frenay, avait achevé son travail, « … le jésuite eut l'idée d'associer les protestants à l'entreprise** […] et de faire de celle-ci l'expression de la conscience chrétienne. Aussi procéda-t-on à la transformation du titre en collant sur l'adjectif "catholique" une bande de papier portant le mot chrétien [28]… »

Un mois plus tard (décembre 1941) était publié le deuxième cahier, intitulé *Notre combat*, qui rassemblait des textes de très notoires antinazis, protestants et catholiques – du grand théologien bâlois Karl Barth à l'intrépide évêque de Münster, Mgr von Galen, dont les homélies mettaient Himmler en une telle fureur que le chef de la Gestapo l'avait fait arrêter en vue de le faire fusiller, au risque de provoquer le soulèvement de la Westphalie catholique ; sur quoi Hitler avait ordonné la mise en liberté du prélat.

Les plus remarquables peut-être des *Cahiers* furent publiés

* Voir p. 442.

** Pierre Chaillet était un vieux militant de l'œcuménisme et travaillait avec les protestants à l'Amitié chrétienne.

en février et avril 1942, intitulés *Les Racistes peints par eux-mêmes* et *Antisémites*. On y trouve des textes effarants, des descriptions par le théoricien nazi Alfred Rosenberg du Dieu de la Bible, « un vieux juif typique, le vieil Hébreu », de Hitler comme de « l'être cliniquement pur de toute infection chrétienne », du Christ comme d'« un surhomme, un héros combattant à la tête de disciples dont le symbole triomphant est la croix gammée » et du royaume de Dieu comme « une rêverie juive ». Un florilège de crétinisme.

Les *Cahiers du Témoignage chrétien* ne se contentent pas de démasquer ce que Péguy appelait « la scélératesse et imbécillité » de l'antisémitisme. Ils dénoncent le caractère très précisément antichrétien et l'irrecevabilité juridique des lois antijuives de Vichy et, considérant dans sa profondeur historique le problème de la collectivité juive « émancipée par la Révolution française », proclament que « les chrétiens – catholiques ou protestants –, appartenant à des communautés spirituelles à la fois nationales et supranationales, n'ont aucune peine à reconnaître la légitimité de ce lien spirituel unissant les Israélites, sans les empêcher d'être loyalement et intégralement incorporés à leur nation ; c'est simplement reconnaître que la notion de "peuple", appliquée parfois aux Juifs au risque de créer un grave malentendu, a un sens spirituel et sacral, qui n'est pas un empêchement [pour] l'appartenance la plus sincère à une communauté nationale déterminée [29] ».

La publication de *Témoignage chrétien* est-elle au centre des activités de Pierre Chaillet ? Vraisemblablement. Mais elle ne les résume pas. Il continue de s'occuper de l'entraide pour les juifs. Il dirige une officine de faux papiers, est en contact étroit avec le colonel Descour, chef des FFI de la région Alpes-Rhône. Entre autres témoignages à propos de sa polyvalence, celui de Max Heilbronn, dit « Harrel », qui donne à penser que le jésuite jouait auprès de Frenay un rôle d'influence active et sélective : « … le père Chaillet avait une sorte de pouvoir sur […] Frenay… Alors que l'on parle de Frenay et de beaucoup d'autres, Chaillet, dont on ne parle pas, m'a donné l'impression d'être une espèce de "chef d'orchestre clandestin" [30]… »

A la tête de *Témoignage chrétien*, en tout cas, il cesse d'être un soliste. Les collaborations se multiplient. Après les historiens Joseph Hours et Henri Marrou, ce sont les philosophes Joseph Vialatoux, André Mandouze et Jean Lacroix, le germaniste Robert d'Harcourt, le prêtre alsacien Pierre Bockel qui dirige le cahier consacré à sa province annexée par le IIIe Reich, le pasteur Roland de Pury – mais aussi bien sûr ses confrères Henri de Lubac, Pierre Ganne, Henri Chambre, Yves de Montcheuil –, sans parler de Georges Bernanos, dont Chaillet a réussi à se procurer la célèbre *Lettre aux Anglais* publiée au Brésil en 1942 et qui fait la matière du cahier XVIII-XIX intitulé *Où allons-nous ?*

En 1943, le R. P. Chaillet, sur sa lancée, élargit la formule et lance les *Courriers du Témoignage chrétien*, triplant la diffusion de sa publication et en confiant la responsabilité à André Mandouze : c'est cette publication surtout qui mènera le combat contre le STO, le Service du travail obligatoire, publiant des textes décisifs d'Henri de Lubac sur le devoir de désobéissance. Défi majeur, que la hiérarchie prend pour elle. C'est l'époque où, irritée, l'Assemblée des évêques dénoncera les « théologiens sans mandat », ces théologiens dont Mgr Salièges dira plus tard qu'« ils ont été l'honneur de la pensée chrétienne en France », et Mgr Fontenelle, attaché à la curie romaine, qu'« on se passait les *Cahiers du Témoignage chrétien* comme des Épîtres de saint Paul… ».

Quand Pierre Chaillet devint-il « Prosper Charlier » ? Le préfet de Lyon, Angeli, l'a déjà envoyé en résidence surveillée à Privas, puis contraint à se cacher en Isère, à Saint-Julien-du-Retz, quand, en septembre 1943, le jésuite juge plus expédient d'entrer dans la clandestinité à Paris, où il est inconnu, sous le nom de Prosper Charlier. Il y habite, au 13, rue Jacob, l'appartement de ses amis Bédarida, d'où, sans renoncer à aucune de ses activités, il prend la direction du COSOR (Comité des œuvres sociales de la Résistance). Et c'est à ce titre que, dans les semaines qui suivent la Libération, ce jésuite est nanti d'un quasi-ministère de l'aide sociale aux côtés du provisoire ministre de la Santé, Pasteur Vallery-Radot. Quarante ans après le ministère Combes…

Témoignage chrétien devait-il survivre à l'Occupation ? La plupart de ses parrains – de Lubac, Fontoynont, Fessard, Lebreton – y sont favorables, et celui qui est devenu le bras droit de Chaillet, André Mandouze. *Témoignage chrétien* allait donc poursuivre sa publication, sur quelques thèmes majeurs :

l'équivoque communiste, le fédéralisme européen, la décolonisation.

Mais une crise allait profondément ébranler la rédaction en provoquant le départ de son principal collaborateur laïque. Au début de l'été 1945, le R. P. Fessard, fort de son passé de pionnier, avait remis à la rédaction un nouveau manifeste : « *France, prends garde de perdre ta liberté !* » qui, en pendant aux réquisitoires de guerre contre le nazisme, était un pamphlet contre le communisme et la pénétration de la société par le marxisme et ses agents. Le même Fessard qui s'était si vivement élevé naguère contre la « croisade antibolchevique » jugeait, Hitler vaincu, le moment venu de dénoncer ce qui était devenu l'ennemi principal – comme le faisaient alors son ami Aron et André Malraux.

Un tel texte divisait profondément la rédaction, certains comme André Mandouze jugeant abusif le parallèle établi entre les deux doctrines et les deux histoires, d'autres assurant que cette publication allait couper *Témoignage chrétien* du monde du travail. En dépit de quelques réserves faites par de Lubac et de critiques plus vives de Daniélou, Jean Baboulène et les nouveaux responsables de la maison se décidèrent en accord avec Chaillet pour la publication, provoquant ainsi la rupture avec André Mandouze.

Dix ans plus tard, Pierre Chaillet recevra de ses supérieurs l'ordre de se retirer de l'hebdomadaire dont sont dénoncés en haut lieu l'« esprit partisan et la tendance à l'autocritique nationale* ». C'est-à-dire le progressisme** et l'anticolonialisme : la guerre d'Algérie bat son plein et *Témoignage chrétien* est inflexible dans la dénonciation des méthodes d'investigation et de répression. L'homme qui, entre 1940 et 1944, avait tant contribué à préserver le clergé français de la honte, négligeant les mots d'ordre venus de Rome et du père de Boynes, n'était plus en mesure, la paix venue, de faire fi des contraintes de la « sainte obéissance ».

Ainsi, l'année suivante, invité par l'organisation juive B'naï Brith à participer à New York à un hommage aux Européens qui avaient risqué leur vie pour sauver des juifs pourchassés, se vit-il refuser par Rome l'autorisation de s'y rendre. A cet

* Attitude impie ?
** Dans lequel ne donna jamais Chaillet.

incroyable interdit, Renée Bédarida propose cette explication : que la présence du jésuite intrépide à New York eût souligné *a contrario* les silences de quelques autres pendant la guerre [31]…

Alors, de Grenoble à Dijon, éloigné de la direction de ce qui constituait la dernière de ses responsabilités, le COSOR, Pierre Chaillet acheva, dans un isolement croissant et jusqu'au sanatorium de Martel-de-Janville, une existence de héros désavoué. Lors de ses obsèques, le 29 avril 1972, les adieux furent prononcés par Jean-Pierre Lévy, fondateur du mouvement de résistance Franc-Tireur, et le R. P. Sommet, rescapé de Dachau.

Un vrai frère, celui-là. Né à la veille de la Première Guerre mondiale dans un milieu de petits artisans lyonnais voisins du quartier des canuts, d'un père catholique et d'une mère athée, Jacques Sommet ne découvrit le christianisme qu'aux approches de sa vingtième année, par le truchement d'aumôniers de la JOC et du scoutisme populaire : et, s'il choisit d'entrer dans la Compagnie de Jésus, c'est parce qu'il découvrit en elle une ardeur particulière à agir, un esprit d'entreprise, au plus fort de la grande crise de 1929-1930 qui condamnait des multitudes à un chômage sans recours ni secours.

Son adhésion à la Compagnie s'approfondit à la lecture du *Pax nostra* de Fessard, du *Catholicisme* d'Henri de Lubac et d'études menées avec des condisciples comme Varillon au cœur d'une effervescence spirituelle et intellectuelle inspirée par Lebreton, Fontoynont, Teilhard. Il sait qu'il a trouvé sa voie. La guerre venue, et l'Occupation, les choses lui paraissent claires. Eussent-elles semblé indécises, l'apparition de la première étoile jaune sur la poitrine d'un vieillard juif eût tranché. « Dirais-je que cette étoile fut ma lumière ? » Par l'intermédiaire de Fessard, il rejoint le groupe *Témoignage chrétien*. Est-ce cela qui lui vaut d'être convoqué par le R. P. provincial Marcel Bith ? Ou est-ce simplement le « compte de conscience » annuel que tout jésuite doit à son supérieur ?

Bith est un gros homme sans rayonnement particulier, à la voix lourde, un peu fatiguée. Il regarde le jeune jésuite :

> « Évidemment, vous vous occupez de certaines choses… Bon… Là-dessus, je n'ai rien à vous imposer, ni même à vous conseiller… Bon. Mais je vous demande ceci : trouvez quel-

qu'un que vous choisirez à votre gré, et que vous tiendrez au courant de ce que vous faites… Bon. Maintenant, passons au « compte de conscience ». Êtes-vous heureux dans la Compagnie* ? Et priez-vous encore Dieu ? »

Oui, Jacques Sommet était « heureux » dans la Compagnie. Oui, il priait « encore » Dieu… Mais il lui faudrait bientôt faire appel à toutes les ressources de son sens du bonheur et de sa foi pour surmonter les épreuves qui s'annonçaient. En 1942, il a fait un stage à Uriage, où, hormis celle d'Hubert Beuve-Méry, les analyses des animateurs lui paraissent naïves et irréalistes. Rentré à Paris, après un séjour à Lyon où il a eu la certitude d'entendre la vérité en écoutant de Lubac, Fontoynont, Montcheuil et Chaillet, il se consacre à la diffusion de *Témoignage chrétien*, à la recherche systématique des gens disparus après leur arrestation par la Gestapo, ce qui conduit à poser beaucoup de questions indiscrètes à beaucoup de gens trop discrets – ou pas assez. Et il coopère aussi, en liaison avec les RR. PP. Riquet et Pierre, à un réseau d'évasion de jeunes juifs vers l'Espagne.

En 1943, il a échappé à une rafle de la Gestapo. Mais, en mars 1944, rentrant de passer un examen à Sciences Po où il a été interrogé sur Montesquieu, il est attendu rue de Grenelle par deux personnages qui lui signifient qu'il est « arrêté au nom de la police allemande ». (Première réaction : « J'étais plutôt content que ce ne soit pas au nom de la police française… »)

Fresnes, Compiègne, le « train de la désolation », Dachau – la « condition inhumaine ». Au camp, il rencontre un personnage rayonnant, Edmond Michelet, et une organisation impressionnante (fût-ce pour un jésuite), celle du Parti communiste. Il y découvre aussi cette étrange marge de liberté individuelle qui résiste au pire enfermement, tout à fait indépendante de l'espoir de libération. Et « le mal à l'état pur », le mystère du mal.

Jacques Sommet, méditant un demi-siècle plus tard sur ce « point central de cristallisation » entre le « *nada* » de Jean de

* C'est la question rituelle par laquelle commence le « compte de conscience ». Interrogation sur le bonheur qui donne un éclairage intéressant sur cette Société – dont on ne s'étonne pas qu'elle parut frivole à Port-Royal des Champs.

la Croix et le « Dieu en toutes choses » d'Ignace, ne nie pas que « cet échec historique de tout, le christianisme, la société, l'histoire […] offusque la lumière de Dieu ». Mais conclut : « La fidélité au Dieu incompréhensible et fraternel […] ne peut que me conduire à une nouvelle fidélité, une fidélité aux hommes du charnier[32]… »

Quand, à la fin d'avril 1945, le rescapé de Dachau, épuisé, vient frapper à la porte de la « jésuitière » de la rue de Grenelle, à Paris, il évoque aussitôt ses amis perdus là-bas. On l'interrompt : « Il vous faut y ajouter un nom, celui du père de Montcheuil, fusillé à Grenoble… » Son ami.

« Un rocher breton*. » Yves Moreau de Montcheuil était né en 1900 à Paimpol. Entré à dix-sept ans dans la Compagnie, théologien d'évidence, disciple de Lebreton, de Lubac et de Blondel, acharné à l'étude de saint Augustin et de saint Jean de la Croix, de Kant, de Max Scheler et de Newman, il avait consacré sa thèse à *Malebranche et le Quiétisme*. C'est un philosophe de la liberté s'il en fut, charnelle, structurée dans le temps, historique, pour qui la vocation de l'homme est de s'accomplir dans l'action[33] « ici et maintenant ». Une action « transformante et encore à transformer » qui, portée par « une espérance sans limite », incite à « s'engager dans les nouvelles perspectives qui par là se trouvent ouvertes[34] ». Il s'agit là, soutient Jacques Sommet, d'une « anthropologie philosophique […] obsédée par la perspective synthétique de l'amour de Dieu et de l'amour de l'homme[35] ».

Professeur de théologie à l'Institut catholique de Paris où son enseignement se développe en liaison étroite avec le groupe de Fourvière, Yves de Montcheuil exerce une influence vigoureuse sur le monde étudiant, influence qui prendra la forme d'un véritable ascendant à partir de l'Occupation. Son prestige intellectuel se double alors de l'admiration que suscite sa fermeté de comportement et de propos, notamment chez les jeunes gens de la JEC étudiante.

Dès le 3 juillet 1940, Yves de Montcheuil avait écrit au père de Lubac : « Nous aurons peut-être (?) l'occasion de savoir ce que c'est que risquer pour assurer la liberté de la Parole de

* La formule est de Jacques Sommet.

Jésus. Ce sera le moment de prouver que tout ce que nous avons dit avant guerre était autre chose que le bavardage stérile de gens en sécurité. »

Nul plus que lui qui avait su distinguer ce qui est « dans l'Église » et ce qui est « pour l'Église » n'était persuadé de la justesse de ce propos de Gaston Fessard : que l'autorité ecclésiale est proportionnée aux risques qu'accepte de prendre l'institution, jusqu'à mettre en jeu son existence… Et le fervent lecteur du cardinal Newman qu'était Montcheuil aurait volontiers cité ce mot de l'auteur de l'*Apologia pro vita sua* : « S'il me fallait lever mon verre à la santé du pape, je boirais d'abord à la conscience, au pape après [36]… »

Avait-il consulté ses supérieurs, Yves de Montcheuil, quand il adressa ces paroles, en novembre 1940, quelques jours après la publication du « statut des juifs », à ses étudiants assemblés à l'église Saint-Séverin* :

> « … Un Français qui, en face d'un compatriote juif souffrant de la situation actuelle, resterait impassible, ne serait pas chrétien. Un catholique français ne peut laisser un de ses compatriotes juifs dans cette atmosphère d'isolement où il risque de se trouver rejeté, si la mentalité antisémite se développe. Il ne peut accepter de le traiter lui aussi en paria, parce que d'autres veulent lui imposer cette conduite. Rappelons que ce sera là l'"épreuve" de notre charité, de la charité chrétienne : au moment où les juifs sont le plus poursuivis, au moment où ils ne peuvent rien rendre, les abandonnerons-nous… ?** »

Un de ses auditeurs est, plus que d'autres, frappé par cette adjuration. Il s'appelle Pierre Danchin [37]. Il décide de demander audience à l'archevêque de Paris pour le mettre en demeure de relever ce défi que l'Église de France semble subir avec une passivité qui fait scandale. L'étudiant est reçu par un abbé*** qui s'indigne de sa démarche, allègue l'autorité du « maréchal qui vient de serrer la main du Führer à Montoire » et accuse « les aumôniers coupables qui vous ont mis ces idées folles

* Où, nous l'avons vu, le père Riquet allait bientôt citer Danton…

** Montcheuil était, entre autres, l'ami intime du père de Pierre Vidal-Naquet.

*** Danchin ne cite pas son nom, précisant toutefois qu'il est devenu plus tard archevêque.

dans la tête […] le père de Montcheuil et le père Beirnaert*… ».

Que, pas plus que Pierre Chaillet, Yves de Montcheuil n'ait été arrêté au cours de ces années où ils prenaient tous les risques, comme leurs confrères Riquet ou Sommet, relève de l'improbable. Le fait est que le professeur de théologie reste épargné par la Gestapo quand, au printemps 1944, sollicité par divers chefs de maquis, l'épiscopat qui jusqu'alors s'est obstinément refusé à envoyer des aumôniers auprès des combattants de la Résistance envisage de modifier son comportement : les faits sont là…

Au surplus, des hommes comme l'abbé Grouès (l'abbé Pierre) et le R. P. Lucien Fraisse, jésuite, et tel ou tel ecclésiastique comme l'archiprêtre de Die ou l'abbé Magnet, curé de la Batie-Rolland, avaient pris les devants. Et les pères jésuites de la faculté de théologie de Fourvière, inspirés par de Lubac, avaient formulé une suggestion ingénieuse : les maquisards pouvant être considérés comme « à l'article de la mort** », tout prêtre pouvait leur donner les sacrements…

C'est ainsi que le père de Montcheuil – qui, en juin 1944, avait publié dans le *Cahier du Témoignage chrétien* intitulé *Exigences de la libération* un article, « Vers le soulèvement de la nation », où il écrivait que ce serait « un déshonneur que de laisser les autres se battre à notre place » dans un combat « qui n'a jamais cessé d'être juste » – fut envoyé en mission dans le maquis du Vercors.

Ce n'est pourtant pas comme combattant mais comme aumônier du service de santé de l'Armée secrète qu'il fut accueilli dans le Vercors, où, depuis le débarquement de Normandie, le 6 juin, les effectifs s'étaient soudain enflés de cinq cents à deux mille cinq cents combattants sans qu'une infrastructure suffisante eût été créée et de façon telle que l'état-major allemand y vit une menace et décida de réagir. Deux divisions de la Wehrmacht partirent le 20 juillet, de Grenoble et de Valence, à l'assaut des maquis de la Drôme et de l'Isère.

Commandant en second des FFI de la Drôme dont le chef est Pierre Tanant, le R. P. Lucien Fraisse (qui, à l'instar de son

* L'un des jésuites qui se sont voués à la psychanalyse. Voir plus loin, chapitre XIV.

** Ce que leur rappelait l'un de leurs chefs, qui s'appelait André Malraux.

confrère le R. P. Henri Chambre, officier du génie, avait été réquisitionné comme combattant par le colonel Descour) a la surprise de retrouver au PC du Vercors le père de Montcheuil qu'il connaît et admire. Reçu le 17 juillet au PC de Saint-Martin par le commandant Huet, Montcheuil a été dirigé, le 20 juillet, au moment où débute l'offensive allemande, sur l'hôpital du Vercors, qui vient d'être évacué et installé dans la grotte de Luire.

S'efforçant de gagner la grotte par des pentes escarpées, Yves de Montcheuil y rencontre Juliette Lesage*, infirmière blessée lors d'une précédente offensive des Allemands et qui rejoint son unité. L'escalade est très dure, un avion « mouchard » est aux aguets, l'infirmière et le prêtre doivent constamment se dissimuler sous les arbres, ne serait-ce que pour ne pas guider les assaillants vers l'hôpital troglodyte.

Quand ils atteignent la grotte, ils y trouvent une terrible tension, une angoisse intense et, à l'égard du jésuite, une sorte d'hostilité, qui, selon Juliette Lesage, « a dû le faire souffrir terriblement ». Montcheuil reste confiné à l'écart, isolé des jeunes blessés qu'il souhaitait assister, lisant son bréviaire, ne disant la messe qu'une fois, sur une pierre. Méfiance de vieux maquisards à l'encontre de cet ouvrier de la onzième heure** ? Prévention de militants communistes vis-à-vis de ce « curé » venant faire de la récupération *ad majorem Dei gloriam ?* Pourtant les médecins, les docteurs Ullmann, Ferrier et Ganimède, avant de partager son sort, se lieront d'amitié avec lui.

Quand les assaillants font irruption « comme des fous », raconte Juliette Lesage (« Ne tirez pas ! leur crient les médecins. Il n'y a que des blessés ! »), ils poussent contre une paroi de la grotte les non-blessés et les femmes. « On va être fusillés là », pense-t-elle. Non, ils sont entraînés, sans entendre les salves qui achèvent, sur leur paillasse, les gisants de la grotte : pas un n'en a réchappé. Médecins, infirmières, aumônier, ils sont poussés vers la route en contrebas, embarqués sur un camion. Dans la forêt d'Harbouilly, un colonel allemand arrête le véhicule. Est-ce ici qu'ils seront abattus ? Non : l'autre se contente de taper sur le capot avec sa badine en rugissant :

* Dont le récit, fait à l'occasion du colloque de Biviers de 1984, est largement utilisé ici.

** Ceux qui rejoignirent tardivement les maquis ont connu ce genre d'accueil : l'auteur peut en témoigner.

« Bandits, on vous fusillera tous ! » Un officier français se dresse : « Moi, je ne suis pas avec ces bandits, je suis leur prisonnier ! » Montcheuil le fait taire…

Lors d'une halte à Villard-de-Lans, le père glisse à Juliette Lesage : « Je m'appelle le père de Montcheuil. Vous avez des chances d'en réchapper. Prévenez les miens rue Voltaire et dites à mon père que je ne regrette rien. »

Interné avec ses compagnons au quartier militaire de Bonne, dont les portes et les fenêtres ont été soufflées par une bombe posée peu auparavant par les maquisards, Yves de Montcheuil subit deux interrogatoires à la prison de Grenoble. A l'officier qui lui demande s'il était bien l'aumônier de ce maquis, il réplique : « Je suis venu de Paris tout exprès… » Il est incarcéré, du 20 juillet au 8 août, dans une cellule avec une trentaine de personnes, presque toutes promises au peloton d'exécution, dont les médecins de la grotte de Luire, et le colonel de Chivre. Il admire que le docteur Ullmann, qui est juif, connaisse l'*Imitation de Jésus-Christ*.

Dans la soirée du 8 août, Montcheuil est emmené avec les docteurs Ullmann et Ferrier, dans un lieu de détention écarté. Ils y subissent encore des interrogatoires. C'est dans la nuit du 10 au 11 août 1944, aux côtés des médecins, qu'Yves de Montcheuil est exécuté. En août 1942, il avait écrit à sa famille : « Il y a une intensité et une qualité d'existence plus grande dans l'acte de mourir pour être fidèle au devoir, que dans une longue vie comblée, sauvée par la lâcheté. »

CHAPITRE XI

Teilhard et l'obéissance

• *« L'agonie ou la tempête »* • Tête d'Or ? • *« Une désespérante sagesse... »* • *La guerre, « lune de miel intellectuelle »* • *Découverte du féminin...* • *... et de l'immémorial* • *« Exil » en Chine* • *Apparition du sinanthrope* • *Dans la Croisière jaune* • *Un pionnier gentilhomme* • *Fiasco au Vatican* • *« Un enfant d'obéissance »* • *Catholicisme ou panthéisme ?* • *Le couperet romain* • *Mort en exil* • *Comment lapider un mort...* • *Les tardives amendes honorables de Rome* •

A la tribune du Palais-Bourbon où siège l'assemblée constituante de la IVe République, le nom de Pierre Teilhard de Chardin retentit soudain, le 15 mars 1946. Celui qui le prononce, au cours d'un débat sur l'école confessionnelle, est un homme de science lui aussi, Paul Rivet, fondateur du musée de l'Homme, naguère inspirateur du Front populaire, incarnation vivante de la démocratie révolutionnaire en France :

> « Malgré l'estime que j'avais et que je garde à ce grand prêtre et à ce grand savant qu'est le père Teilhard*, je ne voterais plus pour lui s'il était candidat à une charge publique, parce qu'il m'est impossible d'admettre qu'un homme de science obéisse à des injonctions qui lui sont données par des sots et par des ignorants... »

Paul Rivet n'eut-il jamais affaire lui-même qu'à des sages compétents ? Le fait est que, s'il dénonce ici les « sots » et les

* Alors en Chine, sur le point de regagner la France.

« ignorants » qui imposèrent leur loi à l'auteur du *Cœur de la matière*, ce n'est pas lui, Rivet, qui choisit ces mots pour en souffleter la hiérarchie ecclésiastique : c'est Teilhard lui-même qui s'en était servi vingt ans plus tôt, lors d'un entretien avec Paul Rivet, pour qualifier ceux qui venaient de le chasser de l'Institut catholique, au premier rang desquels Mgr Baudrillart, son recteur*.

De cette éviction, la première des innombrables brimades infligées par l'Église catholique (et par son ordre même) au plus illustre jésuite du XXe siècle, celui par qui semblait renaître l'esprit pionnier des pères fondateurs, on sait que Pierre Teilhard de Chardin fut profondément blessé.

Dans une lettre à celui qui est alors et fut longtemps son plus intime confident, le R. P. Auguste Valensin, il écrivait en 1925 ces phrases d'où semble couler le sang :

> « J'ai fait bonne figure ; mais intérieurement, c'est quelque chose qui ressemble à l'agonie ou à la tempête [...] Quelle est la plus sacrée de mes deux vocations ? – Celle** que j'ai suivie, en gosse, à dix-huit ans ? – ou celle*** qui s'est révélée comme la vraie épouse, à la plénitude de ma vie d'homme ? – Je me dis qu'il n'y a pas de contradiction. [...] Oh ! mon ami, dites-moi que je ne suis pas infidèle à mon idéal en obéissant[1]... »

Les prophètes sont rarement voués à une vie paisible, aux carrières ronronnantes, aux chapeaux rouges et aux honneurs douillets. Teilhard avait assumé les risques de la fonction prophétique, ce jour du 15 mars 1916 où, du fond de quelque tranchée, il écrivait à son ami et ancien condisciple Victor Fontoynont :

> « ... l'*Objet*, la *Matière* même de nos passions humaines ne peuvent-ils pas se transfigurer, se muter en absolu, en définitif, en divin ? Je pense que oui. L'ivresse du panthéisme païen, je la détournerai à un usage chrétien, en reconnaissant l'action créatrice et formatrice de Dieu dans toutes les caresses et dans tous les heurts, dans toutes les passivités inévitables et irréductibles ; – la haute passion de la lutte pour savoir, pour dominer, pour organiser, je la déchaînerai sur ses objets natu-

* Qui devait devenir un chantre de la collaboration après 1940.
** La religieuse.
*** La scientifique.

rels, mais avec l'arrière-pensée et le but ultime de poursuivre l'œuvre créatrice de Dieu, commencée, par exemple, dans l'élaboration inconsciente du cerveau humain mais destinée à produire des âmes de tonalités plus raffinées ou de nuances nouvelles grâce aux influences et aux organes d'une civilisation supérieure ; – l'amour naïf ou inquisiteur de la γῆ μήτηρ*, je la diviniserai, en songeant que de ce Tout mystérieux qu'est la Matière quelque chose doit passer, par la Résurrection, dans le Monde des cieux, – mes efforts pour le Progrès humain étant même peut-être la condition nécessaire pour que s'élabore la Terre nouvelle. »

« Poursuivre l'œuvre créatrice de Dieu... » Propos de démiurge, digne d'un héros claudélien tel que *Tête d'Or*. Un grain de folie l'anime, quelque fièvre d'orgueil plus tard dompté par l'humilité – composantes égales de ce personnage grandiose auquel, entre autres, le très fidèle et affectueux conseiller que fut pour lui le père d'Ouince a consacré un livre qui met en lumière cette vocation « prophétique », et auquel on se référera souvent.

A l'occasion du service célébré à Paris après la mort** de l'auteur du *Phénomène humain*, c'est le même René d'Ouince qui, en tant qu'ancien « directeur » spirituel du disparu, devait ainsi le saluer, sans timidité :

> « Le père Teilhard avait l'ambition démesurée, exorbitante et naïve de donner le monde moderne à Jésus-Christ*** [...] Inhabile à se plier à la lenteur nécessaire des formulations progressives [...] sans souci de la précision des formules [...] donnant parfois l'impression de la témérité ou de l'irrévérence... »

Les jésuites vivants parlent-ils toujours avec cette intrépidité des jésuites morts ? On jugera une telle franchise bien digne de l'auteur du *Phénomène humain*, ce livre palpitant de « témérité », sinon d'« irrévérence », que les hiérarchies romaines – jésuite et non jésuite – refoulaient depuis près de dix ans dans la pénombre, réinventant des procédures auxquelles, quatre

* Terre mère.
** En exil à New York, le 10 avril 1955.
*** Une ambition qu'un laïc innocent pourrait croire celle de tous les prêtres.

siècles auparavant, avaient été soumis Copernic et Galilée (l'un de loin, l'autre de très près*) et renouvelant sans trêve l'« agonie » et la « tempête » vécues trente ans plus tôt par le professeur de géologie de l'Université catholique.

Dans son oraison funèbre, le R. P. d'Ouince assure que « l'ordre auquel il appartenait exerça sur lui une protection vigilante et lui demanda de sévères sacrifices », et que Teilhard « y consentit avec un loyalisme total ». Tant en ce qui concerne les « sacrifices » que le « loyalisme », l'auteur d'*Un prophète en procès* parle en orfèvre, nul n'ayant plus et mieux que lui tenté d'atténuer les avanies infligées au prophète par les bureaucrates romains, les rouges et les noirs.

Quant au mot de « protection », il faut sans doute avoir prononcé le vœu d'obéissance et faire grand cas des âpres vertus de la discipline pour lui trouver la résonance positive que lui donne, dévotement, le R. P. d'Ouince. Protection : ainsi use-t-on de certaines camisoles dans des lieux nommés « asiles ».

S'il est vrai que l'éducation jésuite tend à former les cadres diligents d'une société en harmonie avec le monde sous le regard d'un Dieu satisfait, celle que reçut Pierre Teilhard de Chardin confine au chef-d'œuvre et pourrait être donnée en modèle. En lui, les pères pouvaient se targuer d'avoir formé, pour une plus grande gloire de Dieu, le sujet sans histoire, lisse et soumis, le « gosse » (pour reprendre son mot) maintenu dans les traditions d'une famille exemplairement chrétienne et d'un milieu sagement conservateur.

Arrière-petit-neveu de Voltaire par sa mère** et quelque peu cousin de Pascal par les pierres*** de Clermont-Ferrand, l'enfant Teilhard disposait bien, dans son patrimoine génétique, de quelques gouttes de révulsif. Mais, issu d'une famille de hobereaux auvergnats confits en dévotion, quatrième des onze enfants d'Emmanuel – chartiste, naturaliste, chasseur – et de Berthe, née Dompierre d'Hornoy, à la piété militante, il fut celui que son maître de rhétorique au collège des pères de Mongré jugeait « d'une désespérante sagesse » : il est vrai que

* Voir chapitre VII.
** Arrière-petite-fille de Catherine Arouet, sœur de Voltaire.
*** La famille profita d'une des maisons où avait vécu Pascal.

ce maître était Henri Brémond, encore jésuite – qui oserait, lui, quitter un peu plus tard la Compagnie, mais non l'Église.

« Désespérante », cette sagesse ? En tout cas prometteuse de tous les honneurs, fonctions et magistères : le petit Teilhard est premier en tout. Quand il entre dans la Compagnie avant sa vingtième année, à la veille du nouveau siècle et de l'expulsion des jésuites de France, chacun voit en lui un autre Ravignan, un nouveau Rozaven, de ceux par qui les malheurs de la Compagnie sont mués, depuis des siècles, en restauration triomphante.

De cette carrière de sujet modèle et d'enfant sage, du noviciat d'Aix-en-Provence au « juvénat » de Laval, Pierre Teilhard de Chardin fut sauvé, n'en doutons pas, par son propre génie – ce feu qui couvait en lui, fait de l'irrévérence de Voltaire et de l'exigence de Pascal (bien que son message dût être le plus antipascalien qui soit). Aussi par les rencontres qu'il fit lors des dernières années de sa formation, de Jersey à Hastings, et par le cataclysme, pour lui fondateur, de la guerre.

Nous savons* qu'au début du siècle les jeunes jésuites poursuivaient et achevaient leurs études hors de France. Pour lui, ce fut à Jersey, s'agissant des lettres et de la philosophie, à Hastings, de la théologie – formation coupée par deux années d'enseignement de la physique au collège du Caire, où il ne manqua pas de subir l'envoûtement de la civilisation nilotique. A Jersey, et surtout à Hastings, il prit place dans une pléiade où, fouetté par l'exil, se manifestait un vigoureux appétit de renouveau – une génération avide de recherche et respectueuse de l'intelligence : sous l'égide du père de Grandmaison (le « divin Léonce », disait Teilhard**), se formait alors une génération de jésuites qui eût épouvanté le R. P. Ramière, Pie X et la curie romaine (et saura faire trembler leurs successeurs…) – Victor Fontoynont, Pierre Rousselot, Auguste et Albert Valensin, Christian Burdo, Pierre Charles, Joseph Huby et, dût-il « mal tourner », Paul Doncœur.

De Jersey à Hastings, entre l'expulsion de 1901 et la guerre de 1914, au temps de la grande querelle du « modernisme » qui donna à la Rome de Pie X l'occasion d'écraser, comme l'avait fait celle de Pie IX, l'esprit de science et de modernité, se

* Voir chapitre VII.

** Qui ne fut jamais son élève à proprement parler. Voir plus loin, chapitre XIV.

forma ainsi une cohorte de jésuites audacieux, inventifs, avides de savoir et d'expression, profondément conscients de l'impotence et de l'aveuglement de l'Église dont ils prétendaient être les ferments.

L'enfant sage, le « gosse » Teilhard, est en train de muer si vite, et si hardiment, que ses compagnons de Hastings, ayant été témoins de cette éclosion, auront moins de mal que tout autre à se retrouver dans son « panchristisme », sinon dans son « panthéisme d'Union ». Tout est déjà en germe dans les entretiens de l'étudiant qui dévore alors Blondel (*L'Action* a paru en 1893), Bergson (*L'Évolution créatrice* est publiée en 1907) et Édouard Le Roy aux côtés des frères Valensin, de Fontoynont – mais aussi les travaux des géologues et des préhistoriens, Pierre Termier, Marcellin Boule et l'abbé Breuil : en 1912, il se lance dans des études de paléontologie où il affirme d'emblée des dons saisissants.

C'est un esprit en plein bouillonnement que la guerre va saisir, le portant à l'état de fusion. Pendant quatre ans, le brancardier (puis caporal brancardier) Teilhard, qui a refusé obstinément d'être promu capitaine aumônier, manifestera au milieu des tirailleurs marocains et des zouaves, troupes vouées au feu le plus immédiat et aux pires cloaques des premières lignes, une intrépidité de comportement et une égalité d'âme qui lui valurent une cascade de citations éclatantes, la médaille militaire et la Légion d'honneur. Ce qu'il a appelé son « baptême dans le réel » provoque ce que Claude Cuénot, l'exégète par excellence, appelle l'« éveil de son génie », le datant de 1916 – ce que Teilhard lui-même a osé décrire (ces mots, et ces circonstances !) comme sa « lune de miel intellectuelle ». Ses *Écrits du temps de guerre*[2], où éclate l'étrange cantique-manifeste qu'on a cité plus haut*, sont comme une mine, une carrière où il viendra puiser le matériau de son œuvre pendant quarante ans.

Performance jugée « stupéfiante » par le père d'Ouince, qui ajoute :

> « J'ai moi-même fait cette guerre. J'y ai connu l'abrutissement de la veille et de l'effort physique – et j'avais vingt ans**. Le

* P. 460.
** Teilhard en a trente-cinq au moment de son manifeste.

> cas Teilhard me semble psychologiquement prodigieux. Il réfléchissait en ligne, de jour et souvent de nuit [...] Il gagnait le bois le plus proche, marchait de long en large pendant des heures, prenait des notes au petit matin. Au prochain repos, dans un presbytère ou une sacristie délabrée, il rédigeait avec une minutieuse netteté d'écriture [...] des textes de vingt à trente pages[3]... »

Choc du réel dans sa crudité la plus agressive, saisie de cet absolu qu'est la ligne de feu sans cesse côtoyée et qui lui inspira des pages lourdes de fascination. La guerre évoquée avec « nostalgie » fut l'accoucheuse de sa révolution intérieure. Quelle audace, après cela, lui serait interdite ? Quel défi ? De cette fournaise, où se sont trempés à la fois sa pensée et son style, il sort en homme libre (« Comment être aussi chrétien que pas un, tout en étant homme plus que personne ? »), et clame :

> « J'écris ces lignes par exubérance de vie et par besoin de vivre ; pour exprimer une vision passionnée de la Terre [...] Parce que j'aime l'Univers, ses énergies, ses secrets, ses espérances et parce qu'en même temps je me suis voué à Dieu, seule Origine, seule Issue, seul Terme... »

Tel il sortit de la guerre, le caporal brancardier[4] Teilhard, démailloté de la pédagogie des pères, arraché à sa soumission infantile, libéré des « cloisonnements de la vie coutumière », ayant mis en « déroute l'esclavage quotidien », lourd des leçons et échanges de Jersey et de Hastings, riche aussi des rencontres de l'univers très ancien, connaissant désormais la Terre, non plus abstraite mais dans son effrayante puissance de boue, de fer et de feu, ayant porté dans ses bras la vie en ses palpitations ultimes, et la mort en ses approches, en cela familier de la mort et plus proche de la vie, pleinement vivant parce que survivant, et digne de s'avouer amoureux de l'Univers.

Parce qu'il vient de réconcilier en lui l'abstrait et le concret, les leçons et la vie, l'enfant soumis et le marcheur sous le feu, il se croit appelé à réconcilier le spirituel et le temporel, et l'Église avec le siècle. C'est alors qu'il ose écrire, dans *Mon univers*, avec une candeur superbe :

> « ... Le sort m'a placé à un carrefour privilégié du Monde où, en ma double qualité de prêtre et d'homme de Science, j'ai pu

> sentir passer à travers moi, dans des conditions particulièrement exaltantes et variées, le double flot des puissances humaines et divines… »

L'homme plénier qui revient de ce presque au-delà, à la fin de 1918, s'est approché aussi, tout plongé qu'il fut dans la sauvagerie hirsute du combat, de ce qu'il appellera toujours « le féminin ». La plupart de ses textes de guerre étaient destinés à sa cousine Marguerite Teillard-Chambon, confidente de jeunesse en Auvergne, qu'il avait retrouvée à Clermont au moment de partir pour la guerre, professeur de philosophie et directrice, à Paris, d'une école religieuse, l'Institut Notre-Dame des Champs.

C'est elle aussi une personnalité ardente, généreuse, très cultivée et intrépide dans ses convictions. Elle choisit le pseudonyme littéraire de Claude Aragonnès*. Très brune, à l'espagnole, le teint mat, un regard pensif, elle fait penser à quelque Minerve. L'a-t-il aimée, adolescent ou à la veille de la guerre, à trente ans ? Jean Guitton, qui a bien connu l'un et l'autre, l'appelle « sa Béatrice ». Rien ne permet d'affirmer en tout cas que c'est à son propos que le R. P. Émile Rideau, l'un des biographes de Teilhard, écrit : « 1913. Découverte du "féminin", de la réalité et de l'importance du problème sexuel. Pourquoi le cacher ? A cette époque, la chasteté de Teilhard fut mise à l'épreuve. La tentation se renouvellera pendant son séjour à Paris en 1927-28 [5]. » Béatrice ?

Est-il excessif de soutenir, comme l'a fait Jacques Madaule, que « c'est d'abord par la rencontre du féminin que Teilhard a été conduit à la personne dans ce qu'elle a de précisément singulier et d'irremplaçable » ? Il faut en tout cas tenir compte de cette confidence de l'auteur du *Cœur de la matière* : « Rien ne s'est développé en moi que sous le regard et sous une influence de femme. »

Ce qui est clair, c'est que l'éclosion du génie de Teilhard au temps de la guerre s'est faite en projection et sous le regard de Marguerite Teillard-Chambon, destinataire de la correspondance où se déploie son expression et aussi des vingt essais qu'il compose alors. Pour un être de dialogue et d'échange comme l'auteur du *Cœur de la matière*, c'est une expérience proprement et doublement créatrice. Aussi fera-t-il à sa cou-

* On se référera de préférence à ce nom.

sine, à la fin de la guerre, cette confidence décisive : « Tu as été beaucoup pour moi pendant ces quatre ans – plus même peut-être que tu n'imagines. »

Les amitiés intellectuelles au sein d'un groupe fécond, au début du siècle, l'apprentissage de la biologie et de la paléontologie, les déchaînements exaltants de la guerre, l'approche du « féminin » : quand survient la paix, Pierre Teilhard de Chardin est, aux abords de la quarantaine, mûr pour les grandes aventures de l'esprit – qui vont mettre à l'épreuve sa foi.

Il l'a reconnu lui-même : ce n'est qu'« après plus de vingt ans de tâtonnements et d'expériences intérieures » – déjà, donc, au temps de l'« enfant sage » – que l'accord se fera « entre l'amour de la création et celui du Créateur ». Et René d'Ouince de commenter sans timidité : « Tempérament de panthéiste, attitude païenne, digne d'un fils de la terre plutôt que d'un enfant du ciel ? Sans doute, et il le reconnaît sans ambages. Pour qu'il se donnât sans réserve au Dieu révélé, il ne lui a fallu rien de moins qu'une conversion. »

Le mot est fort. Mais le R. P. d'Ouince sait de quoi il parle… Et il précise ceci : « La dualité radicale que [ses maîtres] maintenaient entre l'effort naturel de l'homme et l'œuvre surnaturelle du salut le déchirait […] L'attrait des biens terrestres était présenté comme un piège […] [dès lors que] le monde gît tout entier dans la puissance du Malin… » Mais bientôt « sa conviction est faite, il y a un saint visage du Monde, un engagement dans le Monde voulu par le Créateur […] Une communion avec Dieu par la Terre ». Conclusion du père d'Ouince : « Nous sommes au cœur de la pensée teilhardienne [6]. »

Certes. C'est-à-dire au cœur d'un débat implacable dont le brancardier de Verdun sortira meurtri – bien pis : muré dans le silence, parce qu'il a osé dire, écrire, clamer que l'homme est roi de la création dès lors qu'il a été fait libre, qu'il est porté par une conception plurimillénaire de l'évolution, dès lors que son action « s'accomplit en union avec l'achèvement de toute perfection cosmique [7] ».

Certitude que son ami Henri de Lubac formulera autrement, mais avec une égale audace : « L'homme moderne a commencé à comprendre que, dans l'immense évolution, il n'est pas, il ne peut être un simple spectateur. […] Il sait que ce Monde a, comme tel, un avenir et que cet avenir, c'est lui qui le construit [8]. »

Quand Teilhard émerge de la guerre, brandissant ces textes dangereux, « jésuite par toutes ses fibres, et jusqu'à l'excès », écrit bravement le R. P. d'Ouince, « résolu et original », au point d'« éblouir » et de « déconcerter » les jeunes émules qui croient retrouver en lui l'un de ces grands jésuites légendaires, Ricci ou Nobili, en route vers les continents inconnus, il est conscient des risques qu'il prend.

A Marguerite, il écrit que les supérieurs ont peur de le voir « sombrer dans le panthéisme » ; et il lui demande de prier « pour que ce soit le *bon* Esprit qui [l']anime toujours ». Et à Valensin, il rappelle les dangers qu'il court :

> « 1. Grandir l'Univers jusqu'à éclipser ou "matérialiser" Dieu.
> 2. … Utiliser les ressources et affections naturelles de la vie jusqu'à en […] profiter et jouir païennement. »

Sur quoi il tranche :

> « … Éviter [ces risques] est une question de sens catholique, et de prudence chrétienne [9]. »

Le malheur, pour Teilhard (et plus encore pour l'Église romaine), est que celle-ci ne cessa de s'interroger sur ce « sens catholique » et cette « prudence chrétienne ».

La « question Teilhard » peut alors, du point de vue de l'Église, se résumer en un mot : l'évolution. Depuis qu'il a entamé, vers 1911, études et recherches géologiques, préhistoriennes, paléontologiques avec l'abbé Breuil et Marcellin Boule, les thèses de Lamarck (surtout) et de Darwin lui ont révélé leur fertilité. Il faut en contester tel ou tel point, telle ou telle déduction. Il constate qu'en ce domaine le vieil enseignement de l'Église est irréductible à la connaissance scientifique, dès lors que, même sous sa forme la plus timide, les théologiens romains condamnent l'évolution, au motif que depuis un demi-siècle la position de l'Église n'a pas varié ! Le fixisme fixé sur le fixisme…

L'un d'eux tout de même avait découvert un argument « nouveau », et à coup sûr décisif : que l'évolution avait, entre autres inconvénients, celui d'affecter à l'homme une nature inférieure à celle de la femme. Tandis qu'Ève émerge à coup sûr du corps d'Adam, le premier homme, lui, naîtrait du règne animal ! Pas besoin d'être raciste pour voir là une déplorable disqualification du sexe dominant.

Au moment où Pierre Teilhard de Chardin entre en lice, pour entamer sa grande carrière de recherche et d'enseignement scientifique* – qui, dans son esprit, ne saurait aller sans signification apostolique –, l'Église catholique se prend encore pour une citadelle assiégée, et, pour mieux dénoncer le fanatisme de ceux qui pourchassent le modernisme, le pape Benoît XV a dû inventer le mot d'« intégristes ». C'est dans un climat de « chasse aux sorcières » qu'est menée, par le Saint-Office et ses zélotes, l'épuration de l'Église romaine. Pour ces gens, un jésuite évolutionniste est un scandale. Et ce scandale se manifeste paisiblement en plein Paris, à l'Institut catholique de la rue d'Assas où il occupe la chaire de géologie**. Il s'aggrave même quand l'auteur du *Cœur de la matière* pourfend avec éclat le savant catholique Vuilleton qui s'obstine à dénoncer l'évolutionnisme. Ce jésuite, décidément, dérange.

Il se trouve que Teilhard est généreux de ses paroles et de ses interventions, qu'il est éloquent et savant – et audacieux –, qu'il enchante les auditoires et que nombre d'institutions, catholiques ou non, lui demandent des conférences sur les origines de l'homme, notamment. Non content d'exposer sans ambages ses convictions évolutionnistes, il est ensuite mitraillé de questions auxquelles il répond du tac au tac, avec une sincérité dont abusent les adversaires qui noyautent les salles. S'agissant du paradis terrestre ou du péché originel, notamment, la liberté parfois nonchalante ou sarcastique de ses propos provoque d'autant plus d'émoi que beaucoup sont venus pour nourrir leurs alarmes. Des rapports sont envoyés à Rome. Le « général » des jésuites, Ledochowski, est alerté.

Un jour de 1925, Pierre Teilhard de Chardin est invité à parler dans le grand amphithéâtre de la Sorbonne. Son ami l'abbé Gaudefroy est dans l'assistance, à côté de Mgr Baudrillart, recteur de l'Institut catholique – qui, à la sortie, interpelle son voisin : « Votre ami Teilhard va nous quitter. Il est devenu suspect… » Et, pour aggraver la menace, Baudrillart précise que

* Il a, en 1922, passé sa thèse de paléontologie sur *Les Mammifères de l'Éocène inférieur en France*.

** Pendant deux ans, avant son premier séjour en Chine.

le supérieur des jésuites a reçu un avertissement du cardinal Merry del Val, tenu pour le plus puissant personnage de Rome. « Les jésuites sont bien capables de résister à un cardinal ! riposte Gaudefroy. – Vous ne le connaissez pas celui-là : il ferait plutôt supprimer la Compagnie ! »

Ainsi, écrit René d'Ouince de qui l'on tient l'histoire [10], « Teilhard [...] figurait sur la liste des suspects ». L'essentiel du dossier de ses accusateurs consistait en une « note sur le péché originel » qui mettait évidemment en cause le « paradis terrestre » (et le « concordisme » catholique qui tentait d'accommoder le récit de la Genèse aux données de la science). S'il ne récusait pas le concept de « péché originel », il se refusait à en donner une représentation historique incompatible avec sa vision du monde, informée par la science.

Cette note sur le péché originel ne fut pas exploitée d'emblée par le cardinal Merry del Val pour traîner le jésuite vers le bûcher – devenu métaphorique. On exigea du père général Ledochowski qu'il obtînt de Teilhard une reconnaissance écrite du dogme du « péché originel ». Le professeur parisien s'y résigna. Mais il était désormais un suspect, un pestiféré. Un soupçon définitif allait peser sur lui, au sommet de la Compagnie aussi bien qu'au sein de la curie romaine.

Ainsi, à la fin du premier quart du XXe siècle, au temps d'Einstein et de Branly, parce qu'il mettait en doute la véracité de la fable de la Genèse qui situe l'origine du monde et de la tragédie de l'humanité dans un enclos fleuri dont un pommier dissimule un serpent d'espèce indéterminée mais doté d'une main assez adroite pour tendre un fruit à la dame peu vêtue naguère extraite du corps endormi d'Adam qui lui fera deux fils dont l'un au moins enfantera avec elle la descendance humaine, l'un des grands penseurs chrétiens des temps modernes fut réduit au silence par son Église et condamné à se spécialiser, à des milliers de kilomètres de son pays, dans la chasse au sinanthrope. Lequel, justement...

De là date le cri de révolte de Pierre Teilhard de Chardin dont on s'est fait l'écho*, cette « agonie », cette « tempête » manifestée à Auguste Valensin, de là le sarcasme entendu par Paul

* Voir p. 460.

Rivet à propos des « sots » et des « ignorants ». De là date aussi l'exhortation de l'anthropologue socialiste au jésuite : quittez cette Compagnie qui vous brime et vous étouffe, quittez ce catholicisme qui s'est fait l'ennemi du Monde et de la Science !

Et de là date enfin le refus opposé par le prêtre jésuite à cette incitation logique de l'homme de science et du vieux démocrate libertaire. Bien sûr, il proteste, il enrage, il doute et il se moque. Tant sur le plan scientifique que dans le domaine « missionnaire », il juge son exil absurde et nocif. « C'est à Paris que j'ai mes racines, gronde-t-il. Jamais je ne me suis senti aussi bien installé pour agir, dans mon milieu, et on me demande de repartir ! »

Le père d'Ouince rapporte une boutade savoureuse. Une affiche couvrait alors les murs de Paris : « Le pneu Michelin boit l'obstacle. » Teilhard en tirait ceci, mi-rieur, mi-rageur : « Il faut boire l'obstacle par l'obéissance. » Assez belle métaphore du jésuitisme…

Son ami Valensin lui faisant valoir que cet arrachement au milieu intellectuel de Paris allait faire que Dieu viendrait relayer en lui des choses qui lui tenaient (trop ?) à l'esprit et au cœur, il rétorque : « Puis-je être sûr de ne pas "déserter" ?… Oui, je crois que je communierais avec une joie profonde à ce petit calice, mais que je sois sûr, du moins, qu'il est le sang du Christ… »

L'interrogation est là. Un doute : « Je communierais » n'est pas un futur, mais un conditionnel. « Que je sois sûr, du moins… » La décision n'en est pas moins prise, qui est l'obéissance. *Perinde ac cadaver ?* Non. Libre choix entre la révolte proposée par Rivet et une fidélité qu'il juge raisonnable, qualifiant une éventuelle rupture avec la Compagnie de « bourde biologique » (« bourde », pas scandale ; « biologique », et pas spirituelle…).

Le tout pour aboutir à cette conclusion déchirée ainsi formulée dans une lettre à Valensin :

> « Je crois voir que si je me rebiffais d'une manière quelconque (humainement, ce serait si simple et si "doux"…) je serais infidèle à ma foi en l'animation de tous les événements par N.-S., et en sa valeur à Lui, supérieure à celle de tous les éléments de ce Monde. Je compromettrais, en outre, aux yeux des Nôtres (sinon des autres), la valeur religieuse de mes idées. On y verrait éloignement de l'Église, orgueil, que sais-

je ? Il est essentiel que je montre, par mon exemple, que si mes idées paraissent novatrices, elles me rendent aussi fidèle que personne à l'attitude ancienne. »

C'est une soumission, le refus de cet « inimaginable » que serait une rupture avec la Compagnie, avec l'Église. Mais il ne faut se leurrer ni sur un point ni sur un autre, ni en ce qui concerne son consentement intime, ni du point de vue de l'Institution qui l'a réduit à l'obéissance. L'acceptation n'efface rien, ni de part ni d'autre. Écoutons, à propos de l'état d'esprit de Rome et de la Compagnie, le R. P. d'Ouince :

> « L'affaire n'en resta pas là. Elle eut bien d'autres conséquences que l'exil en Extrême-Orient du professeur parisien. Par le simple fait d'avoir été dénoncé à Rome, Teilhard était devenu suspect. Sa situation dans son ordre et dans l'Église en fut radicalement modifiée. Sa disgrâce de 1924, sans qu'il s'en doutât, était le premier épisode d'un malentendu entre le père et ses supérieurs romains, malentendu tenace qui ne fera que s'aggraver [11]. »

Il s'agit bien, précise d'Ouince, d'une « disgrâce ». Pierre Teilhard de Chardin a désormais, à Rome, un « casier judiciaire ». Le procès viendra plus tard, se poursuivant au-delà de la mort.

Quant à l'état d'esprit de celui qui repart pour la Chine en mai 1926, c'est celui d'un exilé. « Si l'on m'éloigne, écrit-il, nul ne doute que c'est pour mes idées [...] On a démoli mon édifice de recherches. » Pour décrire sa situation, a raconté le R. P. Leroy qui va devenir en Chine son meilleur confident, il n'emploie que le mot d'*exil*.

La Chine, ce n'est pas Sainte-Hélène, ni même l'Arcetri de Galilée*. C'est un magnifique champ de recherche, que Pierre Teilhard de Chardin a déjà arpenté de 1922 à 1924, aux côtés d'un homme qu'il estime et qui l'admire, le R. P. Licent, et où, très vite, il retrouvera une sorte de sérénité, en tout cas une exaltation de chercheur, une sublimation de savant.

Libre à nous de méditer sur l'étrangeté du choix fait par ses supérieurs de privilégier en lui le spécialiste sur l'humaniste, le paléontologiste sur l'apologiste chrétien, le rivant ainsi à la matière qu'est surtout pour lui la Chine, aux dépens de la spiritualité déployée auprès de ses interlocuteurs parisiens.

* Voir chapitre VII.

Libre à nous de constater que l'Église et la Compagnie – il sera temps ensuite de distinguer les comportements des deux institutions – choisissaient une fois de plus la prudence contre la création, le silence plutôt que le scandale de la Vérité, et la dichotomie précautionneuse entre analyse de laboratoire et synthèse créatrice. Thérapie de vieux confesseur « protégeant » le génie contre ses « excès », l'Église contre le vent du large, le dogme contre la vie ?

Voici donc Teilhard en Chine.

Ce qu'on peut appeler le « cycle chinois » de Pierre Teilhard de Chardin, si important dans son évolution et l'épanouissement de son génie scientifique, est fait de dix séjours de durée et d'importance inégales – le dernier, de près de sept ans (1939-1946), ayant été démesurément prolongé par la guerre. Notre propos n'est pas ici de raconter la vie, et moins encore d'évaluer l'œuvre de paléontologiste de l'auteur du *Phénomène humain*, mais d'évoquer ses rapports avec l'Église et son ordre. On ne saurait pourtant marginaliser cette odyssée scientifique au cœur de l'Asie sans entrer dans le jeu romain, celui de la dichotomie entre le monde de la recherche – autorisée, le plus loin possible – et celui de la religion – isolée, intouchable, immuable. En Chine, et par des voies dont il n'est pas seul à reconnaître le sens, Teilhard poursuit l'œuvre d'élucidation de l'Univers qui contribuera à remettre en question le paléo-catholicisme du *Syllabus* et de Pie X, vouant pour un temps le porteur de torche à une semi-clandestinité.

Deux ou trois questions plus ou moins naïves, d'abord. Pourquoi un paléontologiste se voyait-il, en 1925, dirigé sur la Chine ? Et avec quels moyens ? Et *quid* alors du sacerdoce, qui semble la vocation du prêtre ?

La Chine ? Du point de vue jésuite, elle était par excellence, et depuis plus de trois siècles, la terre des grandes entreprises, le musée fondé à T'ien-tsin par le père Licent étant, jusqu'à nouvel ordre, la dernière. Il se trouve aussi que, le Nord du pays n'ayant pas été affecté de bouleversements tectoniques depuis des millions d'années, les êtres vivants y ont évolué sur place. L'étude de leur transformation au cours des millénaires y revêt donc un intérêt et une signification exceptionnels. Ce n'est qu'à la fin de sa vie que Teilhard placera l'Afrique au premier rang des terres de recherche du paléontologiste.

Les moyens ? Que l'on croie ou non à quelque « trésor » des

jésuites, il est de fait que leurs entreprises, depuis les premiers maravédis mendiés par Ignace dans les rues de Barcelone, ne semblent jamais poser de problème de cet ordre. En l'occurrence, des subventions de musées et instituts parisiens intervinrent. Teilhard signale d'une lettre à l'autre que le voyage est payé par telle fondation, telle université américaine. Il est de ces hommes qui traversent le monde sans que semble jamais se poser ces problèmes si absorbants aux yeux du commun des mortels.

Quant au sacerdoce, il est dans le génie jésuite d'en faire une composante, une émanation de chaque geste. Nul ordre ne s'est plus audacieusement libéré des formalismes – jusqu'à faire parler d'hérésie antisacramentelle – et Teilhard de Chardin est le prêtre qui a écrit *La Messe sur le monde*, dégagée, précisément, de toute composante matérielle. Nul n'a jamais contesté d'ailleurs qu'il fut un religieux très attentif à l'accomplissement de ses devoirs – avec ou (plus souvent) sans soutane.

Le caractère laïque de ses activités n'outrepassa jamais les traditions de son ordre. Bien que la paléontologie ne fût pas une spécialité jésuite, à la différence de l'astronomie, des mathématiques ou de la cartographie, il ne fut ni plus ni moins « détaché » sur la planète des savants qu'un Clavius, un Kircher ou un Boscovitch. « Jésuitissime », donc…

On n'entrera pas dans le détail de ces nouvelles tribulations d'un jésuite en Chine comme on l'a fait pour Matteo Ricci, si savoureuses, si pittoresques ou fructueuses qu'elles fussent. On se contentera d'en rappeler quelques temps forts, regroupés* en quatre séquences très différenciées : les recherches de 1922-1924 avec Émile Licent ; les fouilles de Tcheou-k'eou-tien de 1929-1930 ; la Croisière jaune de 1931 ; la création de l'Institut de géobiologie avec Pierre Leroy.

C'est le R. P. Émile Licent, fondateur du musée d'histoire naturelle de T'ien-tsin, qui avait demandé à ses supérieurs de la Compagnie et à Marcellin Boule de le doter d'un collaborateur : le nouveau professeur de l'Institut catholique s'imposait. A quarante ans, doté de son tout neuf doctorat, Teilhard était mûr pour une telle aventure. Dix-huit mois durant, Licent et

* Comme l'a très bien fait le docteur Pierre-Louis Martin, président du groupe d'études Teilhard de Chardin à Bordeaux, dans un article du bulletin de Saint-Joseph de Tivoli (1991).

son adjoint sillonnèrent à dos de mulet le plateau de l'Ordos, à l'ouest de Pékin, la profonde vallée du Shara Ousso-Gol, puis la Mongolie orientale et la Mandchourie, multipliant les découvertes relatives à l'homme paléolithique au nord de l'Himalaya et sur la géologie quaternaire de l'Extrême-Orient. Assez loin des premiers chapitres de la Genèse et du « Paradis terrestre » selon les messieurs de Rome… Si loin que bientôt, à Paris…

Si riche soit la collecte, ou parce que la collecte a été d'emblée enrichissante pour le musée du père Licent, il regagne la France pendant l'automne 1924, les yeux, l'esprit et l'âme tout emplis de cette Asie où les millions de siècles s'allient aux millions de kilomètres carrés pour imposer comme une obsession l'idée d'un Cosmos en devenir, sans limite ni fin. Comme devant la ligne de feu de 1916, il a entrevu là une figuration de cet absolu auquel il aspire depuis l'enfance. Voilà qui n'était pas pour assouplir, face aux questionneurs parisiens et aux censeurs romains, le savant qui débarqua à Marseille en novembre 1924. On sait ce qu'il en advint.

Retour en Chine, donc, en novembre 1926. Meurtri cette fois par l'affrontement et l'exclusion, et tout en rédigeant ce qui sera *Le Milieu divin*, nourri par cette épreuve, Pierre Teilhard de Chardin entame son deuxième épisode chinois extrême-oriental, qui tient en trois syllabes chinoises, Tcheou-k'eou-tien, et un mot français, le *sinanthrope*.

Tcheou-k'eou-tien, c'est à une cinquantaine de kilomètres à l'ouest de Pékin, dans les Western Hills, le site qu'avait repéré dès 1921 le géologue suédois Anderson, bientôt suivi par deux collègues, le Canadien Davidson Black et l'Écossais George Barbour. De la découverte des premiers fragments fossiles à celle de blocs de quartz (étranger à la région) et à celle de dents de mammifères, on se persuada vite de l'imminence de la mise au jour des traces d'un être du paléolithique qui devait être le fameux sinanthrope, l'homme-singe qui résume et justifie Darwin.

En octobre 1927, Davidson Black déterre deux dents qui lui semblent prouver que la découverte est faite : il s'agit selon lui du *sinanthropus pekinensis*. Un an plus tard, on déterre une mâchoire humaine. Si bien qu'à la fin décembre 1929, ayant participé à la dernière phase des fouilles menées par le Chinois Pei Weng Chung, Davidson Black et George Barbour, le jésuite paléontologiste télégraphiait à Marcellin Boule : « Récupéré* Tcheou-k'eou-tien crâne sinanthrope adulte non écrasé, entier sauf face. Lettre suit. Teilhard. »

Moins révolution que confirmation des inventeurs et tenants du processus évolutionniste, la découverte du *sinanthrope* de Pékin, recoupant celle du pithécanthrope de Java, manifestait l'existence, sur ce plateau d'Asie, il y a peut-être cent mille ans, plutôt quatre cent mille**, d'un *homo faber* capable de maîtriser l'usage du feu : ce que révélaient des traces de foyers entretenus. Teilhard pouvait saluer comme « une conquête scientifique majeure » cette découverte d'« une phase pré-Néandertal traversée par l'humanité… ».

Que pouvait penser de ces extravagances, dans son grand bureau du Vatican, l'imposant cardinal Merry del Val ? Qu'aurait-il dit s'il avait pu lire cette notation d'une *Lettre de voyage* du jésuite aux sandales crottées de la boue des Western Hills : « La découverte fondamentale est faite : nous sommes portés par une onde marchante de conscience… » ?

Qui a pensé à faire appel à lui pour être le géologue de la Croisière jaune, lancée en 1931 à travers l'Asie par André Citroën pour retrouver la vieille « route de la soie » en testant son matériel à chenilles ? Le lien entre le sinanthrope et cette expédition n'était pas évident. Mais les jésuites sont familiers des longues routes d'Asie : le Portugais Bento de Goès n'avait-il pas été, au XVIe siècle, le premier Européen à marcher sur les traces de Marco Polo ? Bref, Teilhard se trouve, au printemps 1931, embarqué dans cette aventure dont les perspectives scientifiques pouvaient compenser à ses yeux les arrière-pensées commerciales. Un chartreux aurait-il pris la route ? Il était jésuite – le plus jésuite des jésuites depuis des siècles***…

Une colonne dirigée par G.-M. Haardt, directeur des usines Citroën, part de Beyrouth vers la Chine. Une autre, sous la responsabilité d'un officier de marine nommé Point, se dirige de Pékin vers l'ouest : celle dont fait partie Teilhard. Le rendez-vous est pris à Aksou, au nord de l'Himalaya. Embarqués sur quatre autochenilles, Teilhard et ses compagnons progressent à travers le Sin-k'iang enfiévré par la guerre civile et le Turkestan

* Noter la modestie ironique de la formule…

** Vers la fin de sa vie, Teilhard multipliera ce chiffre.

*** « A l'excès », a écrit, on l'a vu (p. 468), le R. P. d'Ouince.

chinois. Ils sont faits prisonniers à Urunchi, opèrent leur jonction comme prévu avec le groupe Haardt à Aksou, et, à travers le désert de Gobi, où le thermomètre descend à –33, regagnent Pékin en mai 1932.

Historiographe de l'expédition, Georges LeFèvre propose ce croquis, en hâte, du géologue aux longues jambes :

> « Ses yeux avertis découvraient la moindre pierre taillée qui se détachait en rouge sur la nudité grise du sol balayé par le vent. Il faisait arrêter sa voiture, descendant prestement, ramassait un caillou, puis un autre et repartait. S'agissait-il d'un véritable foyer de culture paléolithique moyenne ? Non… Mais d'une industrie en quartzite, d'apparence moustérienne [12]. »

Le maître d'œuvre de l'entreprise, Georges-Marie Haardt, écrivait pour sa part que « ce prince de l'Église [était animé], autant qu'il est possible, de l'esprit de l'expédition [13] ». Quant à lui, Teilhard, rentré à Pékin, il écrira à Claude Aragonnès qu'il avait, en cette aventure, « doublé [ses] connaissances sur l'Asie ».

Il est non moins sûr que, du sinanthrope à la Croisière jaune, ce « prince » que l'Église a voulu faire oublier dans les immensités lointaines vient d'émerger comme une figure de l'actualité internationale. Pour le meilleur ou pour le pire ? La force de Teilhard est que cette gloire un peu tapageuse ne l'entame pas plus que les banderilles vaticanes. Et bientôt, il n'y a plus de grande entreprise géologique ou anthropologique, que ce soit celle dite « Oxford-Cambridge » en Inde ou celle qualifiée de « Harvard-Carnegie » en Birmanie, qui ne fasse appel à sa participation.

L'un de ses biographes, Georges-Henri Baudry, a soutenu que l'exil en Chine fut « providentiel », la « chance de sa vie » ; que, « confiné dans les laboratoires de Paris, perdu dans les cercles mondains », il n'aurait pu atteindre la même « stature », une égale « audience internationale [14] ». On n'en croit rien. La sève de l'auteur du *Phénomène humain* pouvait se déployer où que ce soit, dans les laboratoires comme dans les tranchées, et les « cercles mondains » n'étaient pas de taille à le « perdre » – il l'a montré. Mais le « terrain » – pas seulement de Chine, aussi du Harrar, de l'Insulinde, de la Birmanie, de l'Inde, de l'Afrique australe, des États-Unis – ne cessa de le nourrir, et de l'enraciner dans ses convictions évolutionnistes : chaque coup de pioche du paléontologiste de Tcheou-k'eou-tien l'éloignait un peu plus de la vulgate romaine.

Le dernier séjour de Pierre Teilhard de Chardin en Chine devait être bref : de retour d'un voyage aux États-Unis (le troisième) suivi d'un séjour en France, il avait prévu de s'installer pour quelques mois à Pékin en vue d'y réorganiser les services géologiques avec l'aide de son ami Pei, l'homme qui avait déterré le crâne du sinanthrope. On était en août 1939. Le cours de l'histoire allait le fixer pour six ans en Chine – et même, pour l'essentiel, à Pékin, l'occupant japonais interdisant provisoirement les déplacements. Il y trouvera l'occasion de découvrir le peuple chinois, d'y nouer une profonde amitié avec son cadet Pierre Leroy et d'y fonder avec celui-ci l'Institut de géobiologie.

On peut être un grand biologiste, et paléontologiste, et préhistorien, sans être un grand sociologue. Tel fut Teilhard. Son regard sur la Chine de cette fin du millénaire, et sur les Chinois, n'a pas la finesse de celui de ses grands ancêtres Ricci, ou Amyot, ou Lecomte. Est-ce parce qu'il ne parlait pas le chinois, et ne s'était guère intéressé à la culture ancienne de la Chine ? Des diplomates-poètes affligés des mêmes infirmités, Alexis Léger ou Paul Claudel, ont jeté sur le Grand Est des regards plus perspicaces. Mais ce n'est pas parce que ce n'est pas le plus grand Teilhard, ni parce que cet optimiste fulgurant se laisse prendre ici en flagrant délit de pessimisme un peu court, qu'il faut se retenir de citer quelques traits pénétrants :

> « Plongée dans la masse chinoise, masse énorme, inerte, terre à terre, instinctivement* hostile aux étrangers qui viennent lui proposer des changements dont elle n'a pas besoin [...] Océan d'êtres primitifs, bons et affectueux sans doute, mais curieux, collants, indiscrets comme des sauvages [...] Pauvres êtres pas méchants et sans défense, dont la vie est dure [...] Entre les Chinois et les Européens, c'est toujours le conventionnel et l'à-peu-près qui dominent [15]. »

A vrai dire, Teilhard fixe son regard ailleurs, ramené à l'exercice de la géologie par ses fonctions, attiré vers la bio-

* Que de commentaires à faire sur ce mot !

logie par son ami Pierre Leroy, jeune jésuite qui vient d'arriver en Chine et qui deviendra, dans la dernière partie de sa vie, ce confident qu'a été, pour la première, Auguste Valensin ; et surtout écrivant et récrivant avec fièvre, avec acharnement, son ouvrage majeur, *Le Phénomène humain.*

Il a noué aussi de nouvelles amitiés féminines : avec l'Américaine Lucile Swan, sculpteur qui s'adonne à la paléontologie et consacre des années à la reconstitution des sinanthropes mâle et femelle ; et avec Claude Rivière, professeur de lettres qui s'est improvisée journaliste puis navigatrice, et dirige la radio française de Shanghai où Teilhard et Leroy font un séjour en 1942*.

Reste que, cette fois, l'« exil » chinois prend son sens littéral : pour un personnage de la taille de Teilhard, dont le nom a pris une résonance mondiale, rester à ce point coupé de la partie gigantesque qui se joue, de Londres à Tokyo, de San Francisco à Stalingrad et à Singapour, n'être que le spectateur enfermé et à demi aveugle de ce débat où ses amis Lebreton, Fontoynont ou Fessard – et d'autre part Doncœur – prennent une part active, conforme à cette construction d'un devenir dans lequel il se sent profondément engagé – tout cela est mutilant.

Quelle position aurait prise Pierre Teilhard de Chardin, resté en France ? Nous tenterons plus loin d'esquisser une réponse à propos de sa « politique ». Retenons tout de suite deux indications. Dans une lettre écrite le 9 décembre 1933, il écrit à Henri de Lubac : « … les fascismes me paraissent de plus en plus (dans la mesure où ils sont racistes et nationalistes) une réaction anormale, stérile, régressive [16]… ». (Le dernier mot est vraiment le plus accusateur du vocabulaire teilhardien…) Et nous tenons du R. P. Leroy qu'en 1942 Teilhard fit scandale, lors d'un dîner chez l'ambassadeur (vichyste) de France à Pékin, en prenant le parti des défenseurs de Stalingrad…

Tant en raison de ses liens avec « ceux de Fourvière » inspirés par Victor Fontoynont que du fait de son amitié d'élection pour Auguste Valensin, de son horreur spontanée (et scientifique) pour le racisme, ou du peu d'inclination qu'il avait pour l'opportunisme conservateur de style romain, tout donne à penser que Teilhard de Chardin eût été au côté de Lubac et de

* Elle a publié en 1966 *En Chine avec Teilhard*, Paris, Grasset.

Fessard, plutôt qu'à celui de Paul Doncœur et de Norbert de Boynes. Mais le fait est qu'il ne saisit aucune occasion, au cours de ces quatre années de confinement à Pékin, pour faire connaître à ceux qui refusaient toute forme de collaboration avec l'occupant sa compréhension et sa sympathie. Il y a un « silence de Teilhard » – qui est comme un manque dans cette grande et belle vie.

Ce n'est pas au moment de faire ses adieux définitifs à la Chine, en 1945, mais à l'époque de la Croisière jaune, dans *L'Esprit de la terre*, qu'il a écrit ceci qui peut servir de conclusion au « cycle chinois » et au premier exil, et ne le montre pas rentré dans le giron de la plus stricte orthodoxie : « J'ai voulu sortir du brouillard pour trouver la vue des choses elles-mêmes [...] Ce que j'ai vu d'abord, c'est que l'Homme seul peut servir à l'Homme pour déchiffrer le monde. » L'Homme seul... Tel est le Teilhard qui regagne la France au début de mai 1946, à soixante-cinq ans, fatigué, frustré par le long exil chinois, froissé par les tracasseries disciplinaires d'un supérieur revêche, le R. P. Marin, directeur du centre Chabanel où ils étaient hébergés, Leroy et lui, mais aussi maître de sa science, de sa pensée, auréolé d'une gloire estampillée par les universités américaines, et porteur, dans ses bagages, de ce qu'il tient pour son œuvre majeure, *Le Phénomène humain*.

Le personnage, son style, son *vibrato*, son *tempo*, nous les avons entrevus. Il faut s'y arrêter un instant, pour mieux mesurer et comprendre son rayonnement, l'emprise qu'il exerça sur tant de vieux chanoines et de jeunes étudiants, tant de femmes de tête et de prêtres rétifs, de savants susceptibles et d'hommes d'action. Qui n'a-t-il pas séduit – sans toujours convaincre –, ce jésuite ainsi voué « à l'agonie » par les Brid'oison ecclésiastiques, mis au pinacle et tenu pour un prophète par d'innombrables chrétiens assoiffés de liberté intellectuelle et d'incroyants en quête d'intelligence du monde ?

L'homme était, à proprement parler, irrésistible. Non seulement ses amis de Lubac ou Chenu, Pierre Leroy qui vécut si longtemps en Chine à ses côtés ou Paul Flamand qui l'édita, ou le père Sommet qui reçut de lui l'encouragement décisif, mais ses collaborateurs agnostiques et ses auditeurs à travers le monde disent le charme sans apprêt d'une personnalité lumineuse, offerte jusqu'à la témérité, ouverte jusqu'à la naïveté (plus franciscain, ici, que jésuite ?). Ce qui frappait, chez l'auteur du *Phénomène humain*, c'est une perpétuelle alacrité, où s'exprimaient une vitalité, un optimisme jubilant.

Cet aristocrate auvergnat amoureux de la terre traversa la vie à longues enjambées, d'un continent à l'autre, d'un millénaire à l'autre, du désert de Gobi aux forêts birmanes et au Harrar avec Monfreid, un béret sur le crâne, ou un casque colonial, ou un turban, une cape sur les épaules, en short ou en blouson, botté ou chaussé d'espadrilles – un peu Marco Polo, un peu Ricci, un peu Claudel, un peu Rimbaud, hardi, rieur, courtois, une pioche ou un marteau à la main, une parabole à la bouche, vingt histoires en tête, humain trop humain à la fois rivé à sa chaîne consentie et toujours en rupture de ban, prophète foudroyé et sans cesse renaissant.

Écrivains et savants, religieux et mécréants, dévots et sceptiques, tous se sont essayés à capter, en quelques lignes ou des centaines de pages, ce grand oiseau-prophète aux ailes déployées.

L'un – Marcel Brion – parle d'une distinction oxfordienne de grand *scholar* britannique qui ferait penser à la fois à Darwin et à Newman. L'autre, d'un mixte étrange de Louis Massignon-le-mystique et d'Eirik-Labonne, le fantasque inventeur du pétrole saharien. Un troisième aurait vu en lui une sorte de Liszt, tant « ses mains étaient musicales, comme s'il jouait sur les touches d'un clavier, tenant parfois au bout des doigts, comme une hostie, la dent d'un pithécanthrope, d'un hominien, pour nous faire mesurer le phénomène humain à travers ces reliques [17]... ».

Cette notation encore, très aiguë, de Jean Guitton, à propos de sa dernière visite à Teilhard :

> « Je fus frappé, plus que jamais, d'une sorte de désinvolture, d'indifférence*. Je voyais en lui non pas un maître, mais un pionnier. Les pionniers se déchirent les mains aux épines, ils tâtonnent : il faut leur laisser la liberté d'errer. Les pionniers précèdent les maîtres qui fabriqueront des routes pour les carrosses, qui mettront, comme le disait Péguy, des poteaux indicateurs [18]. »

* Vertu jésuite par excellence.

Teilhard homme de culture ? Teilhard « politique » ? Ici, on tâtonne. René d'Ouince et Pierre Leroy évoquent quelques lectures : Gide, plutôt que Claudel, curieusement ; Pierre Termier, René Grousset, Emmanuel Mounier, Jacques Maritain. Dans le pénétrant article qu'il a consacré à Teilhard dans le *Dictionnaire de spiritualité*, le R. P. Pierre Noir signale que, rentré en France en 1946, « il lit attentivement Sartre, Camus, Bachelard, relit Nietzsche, Freud ».

Hors de son domaine scientifique – paléontologie et géologie –, fut-il un grand dévoreur de livres ? Sa correspondance le montre assez traditionaliste, et, lorsqu'il évoque Descartes, Hegel ou Marx, c'est en tant qu'adversaires plutôt que partenaires. Il fut un lecteur passionné de Bergson, dont *L'Évolution créatrice* pourrait servir de titre à l'ensemble de son œuvre* : convergences et différences entre le prêtre et le philosophe ont été admirablement marquées par Mme Barthélemy-Madaule dans la première thèse universitaire consacrée à l'auteur du *Cœur de la matière*.

Son amitié pour Édouard Le Roy, dont l'œuvre fut mise à l'Index par le Saint-Office, contribua probablement à sa propre disgrâce : mais c'est avec Maurice Blondel que la parenté intellectuelle fut la plus affirmée, sinon avec Julian Huxley, le grand biologiste anglais, premier directeur général de l'Unesco, qui tenta d'inventer une sorte de religion sans Dieu.

Du point vue politique, Teilhard est inclassable, bien que, de *L'Osservatore romano* à *La France catholique*, son œuvre ait été dénoncée comme un « terreau de progressisme » et qu'il n'ait pas craint de fréquenter des personnages tels que le leader communiste Paul Vaillant-Couturier. Hobereau du Massif central, né dans un milieu conservateur, entré en religion dans un ordre qui alors ne l'était pas moins, marqué par la crise de la séparation de l'Église et de l'État, sa correspondance le montre peu soucieux de rupture, en ce domaine, avec les siens – avec ce qu'il appelle lui-même l'« élite ».

Il serait ridicule d'attacher une forte signification à cette notation (du 1er mars 1948) relevée dans sa correspondance avec Pierre Leroy : « … Qui pourrait dire si, dans l'intérêt même du règne de Dieu, une bonne plongée dans le marxisme n'est

* *Le Chant du monde* aussi – mais c'est Giono qui l'a choisi.

pas ce qui doit nous sauver ? » Boutade à coup sûr. Mais qu'on n'aurait pas trouvée sous la plume du cardinal Feltin…

En tout état de cause, Teilhard privilégie à tel point le « long terme » – et, à son propos, ces mots sont, on le sait, timides… – qu'il en vient à négliger à l'excès le court terme sur lequel de grands esprits n'ont pas jugé indigne de se pencher. Il est clair qu'il a minimisé des données essentielles de l'évolution de l'humanité, telles que la Nation et l'État, bien qu'il ait entretenu des relations d'étroite amitié avec un homme comme Fessard.

Se tenait-il pour un prophète ? On trouve, dans sa correspondance, un surprenant parallèle entre le rôle qu'il s'attribue et celui de Jean-Baptiste. Et il se trouve que son directeur spirituel, le père d'Ouince, qui savait de quoi il parlait – et comment parlait son illustre « dirigé » –, a intitulé l'excellent livre qu'il lui a consacré *Un prophète en procès*. De cette condition et de ce qu'elle implique de risques et de souffrances, on a l'expression tragique dans l'un des tout derniers textes du père Teilhard, écrit quelques semaines avant sa mort : « Comment se fait-il que, regardant autour de moi, et tout grisé encore de ce qui m'est apparu, je me trouve quasiment seul encore de mon espèce ? Seul à avoir *vu* ? » La dernière tentation du prophète, n'est-ce pas de se sentir d'abord solitaire, puis abandonné de tous ?

« Il faut lui laisser la liberté d'errer », écrivait Guitton, peu suspect de progressisme aventureux. On n'en est pas là en ces années d'après la guerre où, dans un monde qui panse ses plaies béantes, l'Église tente d'oublier ses silences tonitruants – non seulement, on l'a vu, à propos du génocide juif mais aussi du martyre de ces catholiques polonais sur lequel les jésuites de Radio Vatican reçurent l'ordre de faire silence en 1941…

Cette Église dont les sacrifices de Maximilien Kolbe, ou d'Alfred Delp, ou d'Yves de Montcheuil, ne peuvent suffire à racheter l'opportunisme ne trouve pas, dans ses fautes, autant de raisons de se corriger. Quand presque partout les « habiles » laïcs paient le prix de leurs manigances, le Saint-Siège et ses notables maintiennent au pouvoir des autorités désormais contestées. Les « poteaux indicateurs » restent inchangés.

Nul ne le sentira plus rudement que Pierre Teilhard de Chardin, alors que, revenant d'un exil beaucoup plus profond que ne l'expriment la distance géographique et les décalages culturels, il brûle de s'exprimer, de se défouler, de publier. Alors qu'une affection cardiaque l'a mis en juin 1947 aux portes de la mort, que la République le salue comme « une gloire de la science française », que le Collège de France lui propose de succéder à l'abbé Breuil, que l'Institut l'accueille – Rome lui enjoint de garder le silence sur tout ce qui n'est pas sa spécialité scientifique : parlez du sinanthrope, oui, mais pas du Christ.

Les interdits de 1925 frappaient un universitaire à l'aurore de sa carrière, brusquement aventuré sur un terrain escarpé et miné – le péché originel. Ceux de 1947 (et des années suivantes) visent et atteindront un savant illustre, qui a l'ambition de montrer à un monde encore en proie aux préventions positivistes qu'un chrétien peut ne pas être un imbécile calotté – et alors même qu'il parle de sa foi.

En août 1947, donc, le R. P. Jean-Baptiste Janssens, « général » des jésuites, a signifié aux supérieurs de la Compagnie en France l'interdiction faite au savant de s'exprimer hors de sa discipline. Teilhard n'est pas homme à se révolter. Encore moins homme à s'incliner sans avoir fait valoir ses arguments : le 25 septembre 1947, il écrit au R. P. Janssens :

> « Vous pouvez compter sur moi [...] J'espère seulement que le Seigneur m'aidera à trouver fidèlement ma route dans une situation psychologiquement difficile. J'ai heureusement autour de moi, ici, dans la Compagnie, de grands et sûrs amis que vous connaissez, et qui m'aideront à frayer ma voie.
> Me permettez-vous d'ajouter, en toute simplicité et confiance filiale, que, dans la mesure où je puis voir les choses, il y a, dans la situation qui m'est faite, une espèce de méprise ou de malentendu qui finira, je crois, à force de fidélité, par s'éclaircir. Depuis 1939 (tous mes papiers incriminés, je crois, sont antérieurs à cette date) j'ai – de l'avis des théologiens autorisés qui me suivent – fait de grands progrès vers l'explication correcte d'un point de vue qui (étant donné mon expérience des "gentils") semble vraiment avoir des chances de servir au Règne de Dieu. Ne pensez-vous pas qu'il serait dommage de rejeter sans examen un fruit qui est peut-être sur le point de mûrir[19] ?... »

Le message est adressé au plus fort de ce qu'on pourrait appeler une campagne de harcèlement contre lui : tandis que le silence est fait sur le manuscrit du *Phénomène humain*, soumis depuis plus d'un an à ses supérieurs, ceux-ci, après lui avoir interdit de présenter sa candidature au Collège de France en 1946, réitèrent l'interdit à propos d'une autre chaire en 1948.

Alors, il décide d'aller plaider sa cause à Rome – pour le Collège, et surtout pour *Le Phénomène humain*. L'idée de sa visite est approuvée : il verra le « général ». Plein de confiance, il écrit à son ami George Barbour : « Si cela marche pour la publication [...] il y a une grande chance que je sois autorisé à me présenter au Collège de France... » Et à son ami d'Ouince, devenu le directeur d'*Études*, il confie : « Je suis content de voir le grand chef. Je lui dirai ce que j'ai dans le cœur... » – un temps, puis : « ... dans le cœur et non pas sur le cœur, car je n'ai rien sur le cœur [20]... ».

Le voici à Rome, Teilhard à l'œil clair, le candide Teilhard au milieu des docteurs. Ces « lieux sacrés dont je n'aurais jamais pensé que je dusse m'approcher jamais », cet « effarant display* d'accoutrements ecclésiastiques [21] » ne le séduisent guère, encore que l'église du Gesù, son « grouillement de statues et de moulures », parle à sa culture jésuite et qu'il y trouve là comme des « souvenirs de famille » (« ne croyez pas que je "sirupe" et devienne déliquescent »). Il trouve tout ce monde « très gentil », et le « Grand Chef » (cette fois, il met des majuscules) « franc, direct et humain [22] » (décidément, on dirait d'un capitaine reçu au GQG par de Lattre ou Juin : ces jésuites...).

Janssens a eu beau le « conquérir », l'assurer de son soutien, rien ne sort de cette ambassade étonnée. Ses confrères « protecteurs » lui parlent de « révisions » faites à Louvain (où règne son ami le père Charles) et de patience nécessaire. Mais il n'est même plus question du Collège de France. Tout se passe comme si, dirait-on un peu vulgairement, le « franc et direct » R. P. Janssens l'avait « endormi ». Il fait semblant d'en rire, dans ses lettres à Leroy, se disant très « philosophe ». Mais il est moins déçu pour lui qu'humilié, non *par*, mais *pour* ceux qui l'ont ainsi traité.

Et, comme il y a toujours en lui plus de force explosive qu'autour de lui de ruses somnifères et de pièges tactiques, il écrit à Pierre Leroy, dans un post-scriptum apparemment inno-

* Exhibition.

cent, à propos de la « frustration des chrétiens modernes » signalée par son ami : « Aucune religion ne nous présente explicitement, officiellement le Dieu qu'il nous faut. Voilà pourquoi il me paraît si primordial, si fondamental, de repenser la christologie et de déployer devant le monde ce que j'appelle le Christ Universel [23]. » Bigre ! Et, rentré à Paris, il parlera bientôt d'« enfantement d'une nouvelle foi », d'une « religion de demain », mais par une « réforme du dedans » à partir de la « tige romaine » (sur ce point, il reste dans la ligne tracée quatre siècles plus tôt par Loyola et les siens).

Plus il est « lanterné », Teilhard, et plus il bouge ; plus les messieurs de Rome croient l'avoir aseptisé, attelé, et plus il s'ébroue et lâche ses fusées. Le tout, bien sûr, « du dedans ». René d'Ouince le décrit alors indigné par l'offre d'un religieux défroqué qui lui a proposé de rejoindre son Église de « vieux-catholiques » (parler de « vieux » à Teilhard qui ne pense qu'en termes d'avenir…) ; le même d'Ouince le décrit citant le mot de Saint-Exupéry : « Pour agir sur sa maison, il faut être de sa maison », ou répondant à tel interpellateur : « Me croyez-vous assez fou pour fonder une religion nouvelle ? ou pour me croire un second Jésus-Christ [24] ? »

Ainsi l'expédition romaine est-elle un fiasco. Le monde du Saint-Siège (et même celui du généralat de la Compagnie) est alors imperméable à ce type de pensée. Mi-ironique, mi-indigné, il constate qu'à Rome, vingt ans après la découverte du sinanthrope, on tient encore l'évolution pour une simple hypothèse – comme l'héliocentrisme au XVIIe siècle… (Un certain cardinal Ruffini publie même un livre pour la remettre en question : « Le cardinal en est encore à l'idée de Dieu insufflant une âme dans un corps de singe. »)

Divorce sans séparation de corps ? Il est clair que Teilhard s'est soumis à la règle, mais que pour l'esprit… Il se tient pour un exilé, non plus aux extrémités de la terre, comme de 1925 à 1945, mais de l'intérieur, ayant admis une fois pour toutes que cette Église dont il ne se séparera pas s'est, d'une certaine façon, séparée de lui, en tout cas de cette irréfutable vérité scientifique sur laquelle il faudra bien un jour réinventer à partir de la « tige », du « phylum* » romain, la « religion nouvelle », réconciliée avec l'univers.

* Vocable typiquement teilhardien, qui tient de l'espèce, de la lignée…

Distingue-t-il, dans ces perspectives, l'Église de la Compagnie ? Oui et non. Il voit bien, il éprouve avec joie que ses compagnons de la rue Monsieur, siège d'*Études*, parfois effarouchés, parfois même effrayés par ses audaces (« foi nouvelle », « religion à réinventer ») et le jugeant alors moins « défendable » qu'« excusable » (d'Ouince), que ce « premier cercle » à la fois fraternel et fier de lui, de son génie, lui constitue un cocon protecteur.

Mais il a pu constater aussi qu'au Borgo Santo Spirito, la « curie généralice » de Rome, il dérange et inquiète. On l'a reçu, il en convient, « extrêmement gentiment », mais aussi bien le père de Gorostarzu*, « assistant de France », que le père Janssens, le « général », sont moins sensibles à sa gloire et à son génie qu'aux périls qu'il fait courir à la Compagnie. Et la *Civiltà Cattolica* fait bien voir qu'à l'occasion le « pape noir » saura prendre ses distances ; saura en tout cas se faire le « bras régulier » des prescriptions du Saint-Siège.

En fait, la distinction se manifeste moins entre les deux institutions, papauté et Compagnie, qu'entre Rome et Paris. Teilhard se sent plus proche de maints dominicains parisiens comme Dubarle, Chenu ou Congar que des superstructures romaines de la Compagnie de Jésus. Pour ne pas parler de laïcs, chrétiens ou non...

On a beaucoup brocardé déjà l'institution vaticane et sa voisine jésuite. On les a vues plus attentives, en 1925 comme en 1948, à étouffer le « scandale » Teilhard qu'à faire leur miel de la richesse de ses vues, de son apport, de la greffe qu'il propose en style prophétique. Il serait équitable de s'interroger sur ce qu'on pourrait appeler la « recevabilité » de ce message par l'Église catholique au milieu du XXe siècle. Il ne suffit pas de dénoncer la myopie caricaturale de ces princes de l'Église, trois quarts de siècle après le *Syllabus*, quarante ans après les fulminations antimodernistes de Pie X. Il faut aussi s'interroger, naïvement, sur l'ampleur des audaces de Pierre Teilhard de Chardin. S'agissait-il encore d'une pensée catholique ?

La démarche de Teilhard, intégrant l'évolutionnisme au catholicisme – à moins que ce ne fût l'inverse... –, avait de

* Rencontré au chapitre IX, à retrouver au chapitre XII...

quoi bouleverser sinon indigner les mainteneurs d'un dogme fondé sur une révélation que vingt siècles de furieux débats, conciliaires ou non, avaient laissée inentamée. Proclamer Dieu « en devenir », Dieu « dans l'évolution », c'est aller beaucoup plus loin que beaucoup d'hérétiques voués jadis au bûcher.

L'auteur du *Phénomène humain* ne prétend pas faire de Lamarck ou de Darwin des Pères de l'Église. Mais il est l'homme pour qui Dieu « n'en finit pas de naître », Dieu « arrive » dans l'histoire du monde, ce monde dont les hommes sont les « cocréateurs ». L'homme aussi qui a écrit à sa confidente Jeanne Mortier qu'« il y a deux manières de comprendre "le cœur" comme "la Croix" de Jésus. Ici un "cœur" simplement souffrant qu'il s'agit de "consoler". Là un foyer d'énergie créatrice et motrice du monde [25] ». D'un christianisme doloriste à celui de l'énergie créatrice, le grand jésuite marche à longues enjambées…

Qu'à propos de l'œuvre de Teilhard de Chardin, l'un des théologiens majeurs de l'époque, Hans Küng, ait pu longuement évoquer Hegel et son « processus cosmique universel d'unification », tandis que Claude Cuénot, son exégète par excellence, se référait à Spinoza, alléguant que nul mieux qu'un spinoziste n'est incliné à devenir teilhardien, voilà semble-t-il qui en dit assez long sur la hardiesse d'une vision où l'auteur du *Phénomène humain*, admirateur de Gide*, relevait lui-même des éléments de panthéisme, de monisme et de matérialisme : « Comme le païen, j'adore un Dieu palpable. »

Il faut lire *L'Hymne à la matière* (« Bénie sois-tu, dangereuse Matière, mer violente, indomptable passion. Bénie sois-tu, puissante Matière, Évolution irrésistible, Réalité toujours naissante… ») pour comprendre ce que put être l'effroi des vieux prélats romains lisant aussi dans *Le Cœur de la matière* (p. 113) : « Avouons-le, si les néo-humanismes du XXe siècle nous déshumanisent sous leur ciel trop bas, de leur côté, les formes encore vivantes du théisme (à commencer par la chrétienne) tendent à nous sous-humaniser dans l'atmosphère raréfiée d'un ciel trop haut. »

Doit-on attribuer à l'ignorance de l'auteur de ce livre en matière théologique qu'il croie percevoir tant de dissonances entre la vision teilhardienne et ce qu'il pense savoir de la

* Comme en témoigne son ami Pierre Leroy.

doctrine chrétienne ? Celle en tout cas qu'ont figée quelques conciles et ossifiée Pie IX et Pie X ?

Dès lors qu'un théologien de la taille d'Henri de Lubac voit chez son ami plus de manques et de lacunes que d'erreurs, et puisque Teilhard n'a jamais été à proprement parler condamné par le Saint-Office, il serait étrange de prétendre se faire plus romain que Rome, et plus conservateur que Pie XII.

Tenons donc que, parmi les onze sortes de panthéisme que l'impeccable Claude Cuénot a entrepris de différencier à propos de l'auteur du *Cœur de la matière*, le seul que l'on puisse imputer à Teilhard est le « panthéisme d'Union » – schéma dérivé du panthéisme dit « de convergence », doctrine selon laquelle Dieu est tout en tous, le moi cherchant à rejoindre un Centre d'Évolution réel et transcendant.

Considérons que, si le toujours impeccable Cuénot n'a pas jugé utile, entre une centaine de mots composant le vocabulaire teilhardien [26], de retenir et définir le mot de « péché », ce n'est pas parce que l'auteur du *Milieu divin* n'intègre pas à son univers les concepts relatifs au mal ou à la faute* – mais parce que le mot est en effet fort rare dans l'argumentation de l'auteur de *La Messe sur le monde* (d'ailleurs mis en garde contre son maniement par sa cruelle mésaventure relative au « péché originel » de 1925).

Sur le rapport de Teilhard au « péché », Jacques Laberge, jésuite québécois et psychanalyste, écrit des pages fort pénétrantes dans un essai intitulé *Pierre Teilhard de Chardin et Ignace de Loyola*, composé à partir des notes de retraite du premier. Il fonde l'apparente indifférence au péché de l'auteur du *Cœur de la matière* sur le fait qu'il écrit avant tout pour les « gentils », pour des « contemporains qui ont perdu le sens du péché en tant que violation de la loi de Dieu et qui ne trouvent pas, autour d'eux, un Dieu à adorer. Teilhard se sent proche d'eux. N'écrit-il pas, au sujet du manque de précision de sa doctrine du péché, qu'il mène une "vie hors la loi" ? Il révèle ainsi un aspect important de sa structure psychologique : il "échappe à la loi" ».

Jacques Laberge cite à ce propos des notations saisissantes de Teilhard retraitant :

* De Lubac a longuement démontré le contraire.

> « Le péché m'affecte peu :
> 1. Parce que je m'arrange toujours pour *justifier* ce que je fais...
> 2. Parce que dans la "Via Tertia" où je tâtonne, le "code" n'est pas encore fait, – et donc les erreurs, non cataloguées, sont moins appréciables.
> – Ce qui me rend peu sensible à la Méditation du triple péché, c'est que l'"Univers laborieux" actuel *(déchu)*, me paraît *plus beau* que le Monde paradisiaque... [...] – Un autre obstacle à ma perception du péché, c'est que je discerne intensément le "dynamisme" du Mal [27]... »

Le « dynamisme du mal ». Ces textes n'étaient pas rédigés en vue d'une publication. Mais il est de fait qu'il valait mieux les soustraire à l'attention du cardinal Ottaviani, préfet du Saint-Office...

Quant au caractère fondamentalement et presque uniquement christique de son catholicisme, on est évidemment tenté d'y voir la marque d'une remise en question de la religion trinitaire, et surtout la volonté d'« humaniser » (ou, pour recourir au vocabulaire de l'auteur, d'« hominiser ») le christianisme en le confondant avec celui que Renan appelait « le plus sublime des hommes ». Mais, là encore, de bons théologiens exonèrent Teilhard, le retrouvant sur les traces de saint Jean et de saint Paul.

Ces quelques interrogations malhabiles et peu cohérentes ne visaient pas, on l'a compris, à chercher quelque noise, dans le style intégriste, au grand jésuite de Clermont. Tout porte l'auteur de ce livre à admirer l'héroïsme d'une tentative qui consiste à faire converger la science moderne et la foi chrétienne, l'humanisme profond qui sous-tend cette entreprise, l'optimisme qui l'anime. Rien de moins béat, rien de moins confortable qu'un tel effort, lié à une crise de tension où Teilhard n'a cessé de chercher sa voie en tentant de maintenir le cap.

Peu de visions aussi épiques que celles de l'auteur du *Phénomène humain*, cette course de l'univers évoluant depuis vingt milliards d'années et depuis des millions de siècles de l'*homo faber* vers cette récapitulation finale, le *point omega* placé sous le signe du Christ et de l'amour. Vision évidemment plus propre à fasciner les poètes ou les astrophysiciens que les vieux messieurs de la curie romaine.

Du Vatican, Pierre Teilhard de Chardin n'avait, jusqu'au début de 1949, reçu que des mises en garde par défaut, ou silencieuses et discrètes, transmises, filtrées par ses supérieurs et ses amis. « On » souhaitait… « On » regrettait que… « On » suggérait… Le 30 janvier 1949, à propos du compte rendu d'une conférence sur l'humanisme moderne où Teilhard était qualifié dans un journal d'"éminent théologien" (dignité à laquelle il n'avait jamais prétendu), *L'Osservatore romano*, organe quasi officiel du Vatican, publia un entrefilet d'où giclait le venin :

> « … Il est de notre devoir de préciser que, sans refuser au père sa spéciale compétence en paléontologie […] beaucoup de ses observations de caractère doctrinal sont sujettes à de graves réserves, étant donné que son système, sous l'aspect philosophique et théologique, n'est pas dénué d'obscurité et d'ambiguïté dangereuse. »

Le couperet suspendu depuis juin 1926 est tombé.

Comment s'étonner, après cela, que l'encyclique *Humani Generis**, publiée dix-huit mois plus tard, ait été lue d'abord comme une dénonciation du teilhardisme ? En fait, ce texte de Pie XII comporte une légère concession aux vues du jésuite, autorisant les savants catholiques à admettre comme « probable » la création du premier homme à partir d'« une matière préexistante et vivante… ». Oh oh ! Mais, pour le reste, le document pontifical est une si sèche mise en garde contre toute novation (appelée ici « témérité ») qu'il fut reçu comme un réquisitoire contre le pionnier – qui venait d'être reçu à l'Académie des sciences et rédigeait son autobiographie, *Le Cœur de la matière*.

Rudes réactions de Teilhard :

> « … Depuis dix jours, je passe mon temps à répondre, oralement ou par écrit, à des SOS venant de tous côtés. – En fait […] le fameux document me laisse fort calme. Ce n'est pas en criant qu'on empêchera la terre de tourner… […] Dans l'en-

* Réflexion d'un éminent jésuite : « Chaque fois qu'une encyclique commence par le mot "humain", on sait qu'elle va être impitoyable. »

> semble, il a une forte odeur intégriste : spécialement marquée dans la condamnation de l'"irénisme". Comme si c'était faire des "concessions" que d'ajuster la Christologie (que d'agrandir) la Christologie aux dimensions quantitatives et organiques du Monde nouveau ! – Je me demande même si, dans les deux gestes romains de l'année, un bon psychanalyste ne découvrirait pas des traces claires d'une perversion religieuse spécifique : masochisme et sadisme d'orthodoxie ; plaisir d'avaler, ou de faire avaler, la vérité sous ses formes les plus grossières, et les plus bêtes…
> Cependant le monde s'agite, tout perdu, parce que l'Église, détentrice du Monothéisme moderne, refuse de lui laisser adorer le Dieu qu'il attend… […] La question n'est pas de savoir si l'Église conserve à peu près sa cohérence interne, – mais de reconnaître si, avec cette misérable tiédeur d'adoration, elle est capable (ce qui est sa fonction spécifique) d'enflammer la terre !
> Je suis aussi peu amer, et aussi optimiste, que possible. Mais je sens bien que désormais, rien ne me fera changer d'une ligne dans ma conviction que nous avons présentement besoin – parce que l'esprit humain change –, d'une plus riche figure de Dieu [28]… »

Allons, s'il faut « enflammer la terre », il ne pourra décidément le faire qu'en reprenant le large, une fois encore. La Chine lui avait été imposée. Cette fois ce sera l'Amérique, mais c'est lui qui choisit de répondre à une invitation de la Fondation Wenner-Gren, mise au service de l'anthropologie. Objectivement, relève le R. P. d'Ouince, sa situation est « encore beaucoup plus dure qu'en 1926 ». Il est maintenant guetté, harcelé, comme en témoigne l'article de *L'Osservatore romano*. Mais il est désormais libéré « de toute tentation de révolte », installé dans une paix tantôt sereine et tantôt douloureuse » scandée par cette prière adressée à plusieurs de ses correspondants : « Seigneur, donnez-moi la grâce de bien finir. » C'est-à-dire dans une soumission sereine.

On n'évoquera que très brièvement les dernières étapes, essentiellement américaines, de l'existence du jésuite, que ses confrères de New York ont accueilli, non en pestiféré, mais en ami. Néanmoins, le « cordon sanitaire », autour de lui, est bien tendu. La Compagnie pousse la « protection » très loin : le père d'Ouince signale qu'au cours des années cinquante le R. P.

« général » Janssens n'acceptait de recevoir (rarement) les journalistes qu'à condition d'avoir obtenu l'assurance expresse que le nom de Teilhard ne serait pas prononcé au cours de l'entretien [29]...

Le « pape noir » était en alerte. Au mois d'octobre 1951, il avait reçu de l'auteur du *Cœur de la matière* un message peu banal où s'affirmaient à la fois l'indomptable indépendance et l'esprit d'obéissance du plus célèbre de ses « administrés » :

> « ... Avant tout, je pense qu'il faut vous résigner à me prendre tel que je suis – c'est-à-dire avec la qualité (ou la faiblesse) congénitale qui fait que, depuis mon enfance, ma vie spirituelle n'a pas cessé d'être complètement dominée par une sorte de "sentiment" profond de la réalité organique du Monde. [...]
> ... J'ai trouvé [là] une extraordinaire et inépuisable source de clarté et de force intérieures, et une atmosphère hors de laquelle il m'est devenu physiquement impossible de respirer, d'adorer, de *croire*. Et ce qu'on a pu prendre, dans mon attitude depuis trente ans, comme de l'entêtement ou de l'impertinence, est tout simplement l'effet de mon impuissance à ne pas laisser éclater au-dehors mon émerveillement. Voilà, psychologiquement, la situation de fond dont tout dérive, et que je ne puis pas plus changer que le nombre de mes années ou la couleur de mes yeux.
> ... Je me sens aujourd'hui plus irrémédiablement lié à l'Église hiérarchique et au Christ de l'évangile que je ne l'ai jamais été à aucun moment de ma vie. Jamais le Christ ne m'a paru plus réel, ni plus personnel, ni plus immense. Comment croire que la direction où je suis engagé soit mauvaise ?...
> Reste, je le reconnais pleinement, que Rome peut avoir ses raisons pour estimer que, sous sa forme actuelle, ma vision du Christianisme est prématurée, ou incomplète, et que par suite elle ne saurait être diffusée présentement sans inconvénients.
> C'est sur ce point important de fidélité et de docilité extérieures que je tiens particulièrement (en fait ceci est l'objet essentiel de cette lettre) à vous affirmer que, en dépit de certaines apparences, je suis décidé à rester "enfant d'obéissance". Évidemment je ne puis (sous peine de catastrophe intérieure et d'infidélité à ma vocation la plus chère) m'arrêter de chercher pour moi-même [30]... »

Le père Teilhard a mis les choses au net. Voilà ce qu'est sa conception du *perinde ac cadaver*. L'homme à laquelle elle est due, en fonction d'un certain choix, en sait à la fois les limites et le prix consenti. Les règles, de part et d'autre, sont connues et désormais mieux précisées. Mais, savant, il est trop conscient de son apport, et, prêtre, trop passionnément assuré de la nécessité de son message, pour ne pas chercher à faire de sa mort qu'il sait prochaine (quand surviendra sa troisième crise cardiaque ?) une libération intellectuelle.

Le 2 juillet 1951, Jeanne Mortier, secrétaire et amie de l'auteur du *Cœur de la matière*, venue lui rendre visite au siège de la revue *Études* où il réside pendant ses séjours à Paris, reçoit du père Jouve (adjoint du père d'Ouince, alors absent) une curieuse proposition : « Le père Teilhard part au Transvaal. Cette expédition peut aggraver son état cardiaque. Demandez-lui de vous léguer ses écrits car nous, jésuites, ne pourrons jamais les publier. » Aussitôt dit, aussitôt fait : Teilhard rédige sur-le-champ un testament par lequel il déclare « donner et réserver » à sa légataire « tous droits d'utiliser au mieux des circonstances (conservation, publication, distribution) – au cas où je disparaîtrais* – tous mes écrits, imprimés ou dactylographiés, en votre possession** ».

Juridiquement, l'affaire avait trouvé une de ces solutions*** que les mathématiciens disent « élégantes ». René d'Ouince ajoute que, dans des entretiens ultérieurs. Teilhard reconnut à la Compagnie le droit de « désavouer » son œuvre, ou de s'associer à la publication, ou de prendre ses distances en laissant la responsabilité à la légataire. Doutait-il que ce serait ce dernier parti qui serait pris – le parti de Pilate ?

L'Amérique des années cinquante, ce n'est pas la Chine des années trente : l'exil y est fort aéré, fructueux, riche de rencontres, voyages, conférences et colloques. De l'institut Wenner-Gren de New York à Washington et de Harvard à Berkeley, le jésuite paléontologiste est chez lui. Résigné en tant que chrétien à « travailler » dans l'ombre et l'éloignement, le savant vit dans une gloire discrète, au contact permanent avec ce qu'il appelle « la crème des savants américains », partout accueilli avec la cordialité respectueuse que les États-Unis savent dispenser. On finira même par l'installer dans le très élégant Lotus Club pour hommes seuls…

* Surprenante formule. L'optimisme teilhardien…

** C'est-à-dire la plus grande partie de cette œuvre.

*** « Approuvée par un grand canoniste », a précisé le R. P. Ravier à l'auteur.

Comment se consolerait-il de la perpétuation du schisme entre la science et le christianisme, entre le Monde et l'Église, lui qui vit jusque dans son intimité cette situation schizophrénique ? Ses lettres à Leroy, à d'Ouince, à Jeanne Mortier font constamment écho à cette frustration : « L'inconvénient de la politique de silence adoptée par Rome pour de Lubac*, moi-même et bien d'autres [est] que dans le couvercle imposé disciplinairement, les idées fermentent et se déforment ou même se corrompent dans l'esprit public... » Et encore : « Les gens ont une excuse quand ils me traitent de "païen" puisque Rome ne me laisse pas publier ce que je pense de Dieu... »

Jusqu'au dernier jour, il lance ainsi des appels mélancoliques qualifiés parfois de « posthumes ». Un dernier séjour à Paris en juin et juillet 1954 – avec un détour par Lascaux et la maison natale en Auvergne – est encore marqué par quelque vexation. Alors même qu'il décline « héroïquement » (d'Ouince) d'innombrables propositions de publications, conférences, colloques, interviews, essais biographiques, on lui refuse de faire traduire ses anciens articles en allemand, ou de participer à un congrès (de paléontologie !) à Paris ; on lui refuse même de préfacer un recueil de lettres de sa sœur morte : il pourrait y être question de Dieu... Et on ne cesse de le presser, en haut lieu, de regagner sa retraite américaine.

Il meurt à New York, le jour de Pâques (10 avril) 1955, abattu par son troisième infarctus, en gémissant : « Oh, cette fois, c'est terrible ! » Une dizaine de personnes seulement suivent deux jours plus tard ses obsèques d'exilé. Quatre jours auparavant, il a écrit à un ami qu'il ne voudrait pas mourir sans avoir confessé publiquement sa foi en le « crucifié, moteur spirituel le plus puissant de l'hominisation ». Vœu non exaucé. Un de plus.

Pour une fois plus jésuite qu'historien, René d'Ouince propose ce commentaire :

> « Ainsi, par ses représentants les plus autorisés, la Compagnie demeura-t-elle, jusqu'au bout, meurtrissante et maternelle. Jusqu'au bout, les supérieurs romains de Teilhard ont maintenu leurs consignes de silence, tandis que ses supérieurs immédiats, qui l'aidaient loyalement à obéir, l'encouragent dans sa recherche silencieuse et partagent son espérance[31]. »

* Voir plus loin, chapitre XIV.

Parfaite distinction entre la négation romaine – Compagnie comprise – et la solidarité des proches – jésuites compris. Mais le fait est que celle-là avait le pas sur celle-ci. Il est non moins vrai qu'à partir de 1951, écarté en Amérique, le vieil homme ne bénéficie plus de l'environnement fraternel d'*Études* et de ceux – d'Ouince, Jouve*, de Lubac, Fessard, Ravier, Leroy – qui « partagent son espérance ».

Plus « meurtrissante » en fin de compte que « maternelle », la Compagnie aura voué à une mort lointaine, muette et solitaire ce religieux qui, préférant être « étouffé » par elle qu'« asphyxié » hors d'elle, avait refusé de la quitter et librement choisi de vivre stoïquement ce que le théologien Hans Küng, évoquant le sort de Galilée, appelle son « calvaire », l'« ignominieuse exploitation de son obéissance [...] témoignage révoltant de la mentalité antimoderniste du système romain qui sent partout l'hérésie[32]... ».

L'épreuve de l'obéissance, Teilhard l'avait surmontée « de façon exemplaire[33] », tient à préciser celui qui avait autorité sur lui, le R. P. provincial de Lyon, André Ravier. Mais son « procès » était à peine entamé. Galilée avait vécu le sien ; le jésuite serait jugé par contumace. Et, comme il arrive souvent, cette procédure allait – au moins pour un temps – alourdir le verdict.

La disparition d'un aussi grand silencieux ne pouvait manquer d'être sonore, et de jouer le rôle d'une levée d'écrou. Dès le 13 avril, *Le Monde* publiait un article enthousiaste d'Étienne Borne. « ... Il est maintenant permis de dire avec la tranquillité de la certitude qu'il a été un génie religieux et l'un des grands penseurs de ce siècle... » ; alors que, dans *Témoignage chrétien*, Henri Marrou jugeait bon, après avoir salué ce « penseur personnel d'une hardiesse inouïe », de justifier les censures dont il avait été frappé, comme Origène et « tous les grands penseurs religieux » : ce qui était justifier, par les pratiques du lointain passé, celle du très sensible présent...

Étrange encouragement donné par le grand historien augustinien à la curie romaine pour s'obstiner, s'acharner sur Teilhard mort comme sur le vivant.

* Mort en 1952.

Sitôt l'auteur disparu, Jeanne Mortier s'affaira à exécuter les dispositions du testament de juillet 1951 et, à cet effet, entra en contact avec les Éditions du Seuil, où l'accueillit avec joie Paul Flamand, ami de longue date du disparu. Sitôt qu'il fut connu que l'éditeur se préparait à publier *Le Phénomène humain*, Rome s'alarma, et déclencha la contre-offensive.

Deux religieux de haut rang furent dépêchés par leur hiérarchie auprès de Flamand : « En tant que catholique, vous ne pouvez ignorer que Rome désapprouve la publication de cet ouvrage. – Oui, mais ce livre fait honneur au christianisme, et peut atteindre et toucher beaucoup de non-chrétiens*… – Vous persistez ? – Oui. » Les deux pères se retirent en bon ordre. La porte n'est pas plus tôt fermée qu'elle s'entrouvre à nouveau. La tête de l'un des deux visiteurs apparaît : « C'est un livre magnifique** ! »

La publication du *Phénomène humain* – d'emblée, un immense succès public – ranima la polémique autour de Teilhard avec d'autant plus d'acuité que la *Civiltà Cattolica* avait eu le bon goût d'écrire peu après la mort du père qu'il eût mieux valu « que les controverses provoquées par les écrits du père fussent ensevelies avec leur auteur ».

Il est vrai que les jésuites italiens pouvaient se sentir encouragés à l'aigreur par leurs confrères français. Après un bon article du R. P. Russo publié au lendemain de la disparition de Teilhard, *Études* choisissait, au moment de la parution du *Phénomène humain*, de mettre l'accent sur les aspects « contestables » de l'œuvre. « C'était, écrit René d'Ouince***, plaider coupable… » (Je ne connais plus cet homme !) Et, pendant sept ans, il ne se trouvera pas un jésuite français**** pour témoigner en faveur de Teilhard…

Le premier qui osa – le plus grand – porta à son paroxysme la réaction antiteilhardienne. Mais désormais, le dialogue était ouvert. Henri de Lubac ne s'était pas lancé dans l'aventure d'un plaidoyer (critique) pour Teilhard sans qu'un avis favo-

* Au sein de la maison d'édition, où se côtoyaient catholiques, non-chrétiens et agnostiques, l'accord se fit d'emblée et sans réserve pour la publication.

** Paul Flamand dément que le visiteur ravisé était Jean Daniélou.

*** Qui avait alors quitté la direction de la revue.

**** Sauf, en 1958, le R. P. Russo à nouveau dans *Études*, à propos de trois ouvrages consacrés à l'auteur du *Phénomène humain*.

rable eût été donné par le R. P. Janssens, sensible lui-même à l'évolution de certains notables autour de Jean XXIII. *La Pensée religieuse du père Teilhard de Chardin* parut en avril 1962*.

Son auteur n'était pas tenu pour teilhardien, et avait parfois fait connaître quelques désaccords avec son célèbre confrère. L'hommage, assorti de réserves très fermes, n'en parut que plus éclatant :

> « Aucun penseur vrai n'est vraiment "de tout repos". Son audace n'en fut pas moins, à la considérer d'ensemble, la "joyeuse audace de la foi". A l'heure précise où "l'humanité prend conscience de sa destinée collective et ne peut la recevoir que terrestre ou transcendante", il est venu [...] lui indiquer la seule direction viable. Compte tenu, bien sûr, des inévitables imperfections de la nature humaine, l'Église catholique [...] à laquelle il serait trop peu de dire qu'il demeura toujours et en toute circonstance immuablement fidèle, peut reconnaître elle-même avec joie qu'en Pierre Teilhard de Chardin, elle a enfanté, tel que notre siècle en avait besoin, un authentique témoin de Jésus-Christ[34]. »

C'en était trop pour la vieille garde romaine. Teilhard clandestin était irritant. Teilhard en gloire, insupportable. Au Saint-Office, on envisagea une mise à l'Index. Le pape Jean mit le holà**. Le Saint-Office obtint de pouvoir exprimer sa rancœur sous la forme mineure du *Monitum*, ou avertissement – lequel parut le 30 juin 1962 dans *L'Osservatore romano* :

> « Quelques œuvres du père Pierre Teilhard de Chardin se répandent et connaissent un vif succès sur ce qui a trait aux sciences positives. Il est bien manifeste que, sur le plan philosophique et théologique, ces œuvres regorgent d'ambiguïtés telles, et même d'erreurs graves, qu'elles offensent la doctrine catholique...
> C'est pourquoi les éminentissimes et révérendissimes pères de la suprême sacrée congrégation du Saint-Office invitent tous les Ordinaires, ainsi que les supérieurs d'instituts religieux, les

* Précédée deux mois plus tôt d'un pénétrant article de Jean Daniélou dans *Études*.

** Mis en garde, d'ailleurs, par le président Senghor du Sénégal, teilhardien fervent.

> supérieurs de séminaires et les recteurs d'universités à mettre en garde les esprits, particulièrement ceux des jeunes, contre les dangers que présentent les œuvres du père Teilhard de Chardin et celles de ses disciples. »

Ce coup de crosse était assorti d'un article d'où suintait le venin, accusant Teilhard de s'opposer à la religion chrétienne sur cinq points capitaux du dogme, et le père de Lubac de prêter main-forte à cette tentative de « naturaliser le surnaturel ».

Le père Janssens, que nous n'avons pas vu jusqu'alors très pressé de secourir ses compagnons en péril, avait senti le vent tourner du côté de Saint-Pierre. Justement ému par cette double agression contre un mort et un vivant, il écrivit donc à Henri de Lubac qu'il comprenait bien que les deux textes parus dans *L'Osservatore romano* lui eussent été « douloureux » mais que « pour le moment » une intervention de sa part serait « inopportune ». Le « général » ajoutait que « la cause de la vérité » serait mieux servie par « notre souffrance silencieuse » que par des « interventions intempestives », ajoutant qu'un « changement » pourrait intervenir dans « quelques mois ». Le R. P. Janssens ne se retenait pas de rappeler au théologien de Lyon que c'est lui qui avait voulu que son livre fût publié – non sans tenter un tour de force dialectique en assurant que son ouvrage constituait « une mise en garde » contre les extrapolations de la pensée du père « dans l'esprit même du *Monitum* » (!).

Nous allons voir encore plus fort, dans le genre tortueux. Le concile, tout imprégné qu'il fût de l'esprit d'ouverture et de rénovation de Jean XXIII, et bien que telle ou telle de ses formules fussent inspirées de l'imagination dynamisante de Teilhard, n'avait pas su rendre expressément justice au grand jésuite. Il fallut attendre encore seize ans pour que vînt d'un grand notable de l'Église l'hommage à Pierre Teilhard de Chardin que d'innombrables catholiques (et de très ironiques « gentils ») attendaient.

C'est à l'occasion du centenaire de la naissance de l'auteur du *Cœur de la matière* que le personnage le plus important du Vatican après le pape, Mgr Casaroli, secrétaire d'État, adressa au recteur de l'Institut catholique de Paris, Mgr Poupart, un message* qui valait absolution (de qui à qui ?) et semblait tendre

* Où il était spécifié que le texte était rédigé « au nom du Saint-Père ».

à effacer la longue animadversion romaine à l'encontre de Teilhard :

> « … L'écho étonnant de ses recherches joint au rayonnement de sa personnalité et à la richesse de sa pensée ont durablement marqué notre époque.
> Une puissante intuition poétique de la valeur profonde de la nature, une perception aiguë du dynamisme de la création, une vaste vision du devenir du monde se conjuguaient chez lui avec une indéniable ferveur religieuse.
> De même, sa volonté continuelle de dialogue avec la science de son temps et son optimisme intrépide face à l'évolution du monde ont donné à ses intuitions, à travers le chatoiement des mots et la magie des images, un retentissement considérable. Tout orientée vers l'avenir, cette synthèse à l'expression souvent lyrique et traversée par la passion de l'universel aura contribué à redonner à des hommes en proie au doute le goût de l'espérance. Mais dans le même temps, la complexité des problèmes abordés comme la variété des approches utilisées n'ont pas manqué de soulever des difficultés, qui motivent justement une étude critique et sereine – tant au plan scientifique que philosophique et théologique – de cette œuvre hors du commun.
> […]
> Sans doute notre temps retiendra-t-il, par-delà les difficultés de la conception et les déficiences de l'expression de cette audacieuse tentative de synthèse, le témoignage de la vie unifiée d'un homme saisi par le Christ dans les profondeurs de son être, et qui a eu le souci d'honorer en même temps la foi et la raison[35]… »

Beau texte, et qui eût donné à penser que la Curie romaine avait bien changé si, quelques semaines plus tard, à la suite de la publication par *Le Monde** d'un article d'Henri Fesquet relevant, pour s'en féliciter, les corrections apportées par le Vatican à son point de vue sur Teilhard, du *Monitum* de juin 1962 au message de mai 1981, un « communiqué de presse » du Saint-Siège ne s'était donné le ridicule (l'odieux ?) d'assurer que la lettre du cardinal Casaroli était « loin de constituer une révision des précédentes prises de position du Saint-Siège », dès lors qu'elle comportait des « réserves » comme l'avertissement

* Du 22 mai 1981.

de 1962… Autant assimiler un discours de réception à l'Académie assorti de rosseries confraternelles à une condamnation à mort avec circonstances atténuantes…

Mais la Compagnie ? Cette Compagnie à laquelle Pierre Teilhard de Chardin était attaché comme le jésuite de Claudel à la croix flottant sur l'océan au premier acte du *Soulier de satin*, cette Société de Jésus « meurtrissante et maternelle » ? Allait-elle s'en tenir à quelques beaux essais de théologiens ? Ne devait-elle pas, face à tant d'outrages, de manœuvres, de pièges et de dénis, affirmer sa solidarité institutionnelle avec le plus original de ses esprits contemporains ? Avec l'homme qui avait exprimé avec le plus d'éclat depuis les fondateurs l'essence même du jésuitisme, de ce qui en fait l'antithèse du jansénisme : la conviction que, dans l'Univers, l'Homme est le porteur actif d'une espérance fondamentale sous le regard de Dieu ? Optimisme, humanisme, croyance que la renaissance n'est plus la résurrection du passé, mais l'invention de l'avenir.

Le jésuite capable de ranimer l'esprit qui avait jeté les fondateurs à la rencontre de la pluralité des mondes et des cultures ne méritait-il pas que ceux qui parlent au nom de son ordre prissent, pour lui, quelques risques ? Osassent, pour lui, se compromettre ?

C'est ce que fit enfin le R. P. Pedro Arrupe, seize ans après son élection au généralat de la Compagnie, le 15 juillet 1981, dans une lettre adressée au R. P. Henri Madelin, alors provincial des jésuites de France, à l'occasion d'un colloque organisé par les facultés de théologie de la Compagnie et le centre culturel des « Fontaines », à Chantilly. Cette fois, Teilhard est salué, incorporé, brandi.

Rendant hommage « à la recherche opiniâtre d'une meilleure intelligence de la foi, pleinement actualisée » et « l'attention missionnaire à annoncer cette foi à ceux qui en sont éloignés » dont Teilhard avait donné de si frappants exemples, le R. P. Arrupe rappelait qu'en osant « dire que seul le christianisme, l'Église, peut apporter au monde la lumière sans laquelle il est voué à la ruine. […] arrachant à leur étroitesse trop de chrétiens craintifs […] P. Teilhard annonçait l'ouverture au monde et le souci d'inculturation qui ont caractérisé l'enseignement du Concile… Son amour brûlant pour le Christ, au centre de sa passion pour le monde transformé, accompli dans le christianisme […] le disait, le proclamait aussi bien aux incroyants qu'aux croyants.

Exemple actuel après un temps de discrétions abusives ». Le R. P. Arrupe tenait à souligner enfin l'inlassable attachement de Teilhard à l'Église : « Et qu'il ait obéi par profonde foi en l'Église et par amour pour elle, nous le savons par le poids de souffrance qu'il lui en a coûté. »

Faut-il voir, en ce dernier trait, comme une « amende honorable » ? Quelles qu'aient été les pressions subies, c'est bien le prédécesseur de Pedro Arrupe qui avait pris, contre l'auteur du *Phénomène humain*, les innombrables mesures disciplinaires que l'on sait. Pedro Arrupe n'a probablement pas voulu désavouer son prédécesseur. Mais ces mots résonnent comme l'expression d'un regret douloureux, d'un remords, tel que Rome l'a formulé enfin à propos de Galilée.

Ce n'est pas un « esprit fort », dans le sens que Saint-Évremond donnait à ces mots*, c'est un jésuite qui a voulu mettre en parallèle Teilhard et Galilée. Le R. P. Russo, observateur minutieux des procédures romaines de 1616 et 1634** et fort bon exégète de son ami, l'auteur du *Phénomène humain*, écrit :

> « Comment ne pas rapprocher les deux grandes figures de Teilhard et de Galilée ? Les deux cas sont, sans doute, à bien des égards différents. Mais tous deux se sont trouvés à un moment critique où une mutation majeure de la science semblait porter atteinte à la Foi. Tous deux, affirmant leur volonté de rester indéfectiblement attachés à leur foi, à l'Église ont lutté pour que la pensée chrétienne s'ouvre sans crainte à ces vues nouvelles, convaincus qu'elle pouvait en tirer de grands bienfaits, qu'elle avait là une occasion providentielle de se purifier, de devenir plus authentique.
> Tous deux aussi sont demeurés exposés, leur vie durant, à la contestation de leur pensée, par le magistère de l'Église. […] Si le grain ne meurt… C'est seulement longtemps après leur mort que le magistère de l'Église a reconnu qu'ils avaient raison sur bien des points qu'il avait contestés[36]… »

Le « procès » de Teilhard est-il conclu par un acquittement ? Les centaines d'ouvrages qui, depuis près d'un demi-siècle, lui sont consacrés, comme la dizaine de colloques qui l'ont pris

* Voir chapitre III.
** Voir chapitre VII.

pour sujet, pourraient le faire croire. Celui notamment qui fut organisé par l'Unesco, à Paris, en septembre 1981, pour le centenaire de sa naissance, au cours duquel Pierre Emmanuel le mit, en expert, au rang de poètes tels que Saint-John Perse et Claudel, tandis que le chef de l'État, François Mitterrand, rappelait que « la démarche de Teilhard n'a rien de béat [...] car le pari n'est pas gagné d'avance. L'épopée commencée il y a des millions d'années peut avorter. L'enthousiasme de Teilhard face aux conquêtes scientifiques et techniques se double d'une vigilance aiguë [dès lors que] la tentation prométhéenne guette le progrès ».

Prométhée ? Teilhard est ce héraut d'apocalypse qui a écrit, dans *Mon Univers* : « Au sein d'un océan tranquillisé, mais dont chaque goutte aura conscience de demeurer elle-même, l'extraordinaire aventure du monde sera terminée. Le rêve de toute mystique, l'éternel songe panthéiste, auront trouvé leur pleine et légitime satisfaction [37]... »

Ce chant trouve-t-il, à la fin du siècle, son écho ? Après le long silence plus ou moins compensé par la circulation de type *samizdat*, cette gloire quasi clandestine qui contribua au prestige du grand jésuite mal bâillonné, puis après l'explosion de ferveur (la « mode », dirait-on) des années soixante, après les flèches et la reconnaissance de Rome, au terme de cet itinéraire galiléen, quel est, quarante ans après sa mort, le statut de Pierre Teilhard de Chardin ?

Sa gloire est, dirait-on, comme « en veilleuse ». Avec une légère odeur de soufre, des cierges brûlent, certes, autour de la « pensée Teilhard », des « cercles Teilhard » s'activent et se perpétuent. Mais l'écho des batailles livrées, s'assourdissant, atténue-t-il aussi la force du message ? On rencontre de jeunes jésuites (ou de moins jeunes) qui, admirant sa grandeur et plaignant ses épreuves, le jugent moins « inspirant » que naguère. Parce que moins révulsif ?

Si l'on s'en tient aux nouvelles venues de Rome, l'Église catholique aurait pourtant bien besoin du souffle décapant, énergétique, d'un nouveau Teilhard. Ou, pourquoi pas, en attendant, d'un retour à Teilhard ? Ou d'un accueil fait à Teilhard, tout simplement...

CHAPITRE XII

Pour en finir avec la « perfidie » des juifs

• De Loyola à l'affaire Dreyfus • Face aux nazis • Joe Golan et la liturgie pascale des chrétiens • « Voyez les gens du Borgo ! » • De Tisserant à Gorostarzu • Augustin Bea, confesseur du pape • Jean XXIII un Vendredi Saint… • Paul VI prend le relais • Quelques prélats inguérissables • Le cardinal ira jusqu'au bout • Auschwitz et Valadier •

De la longue et cruelle histoire de l'antijudaïsme chrétien, la Compagnie de Jésus a, pendant près de quatre siècles, pris sa part : originale, et parfois dissonante.

On a vu que*, dès la fondation de l'ordre, Ignace de Loyola, tout imprégné qu'il était d'une culture ibérique manifestée par l'expulsion des juifs rebelles à la conversion au catholicisme, avait tenté de réagir contre un état d'esprit public responsable de cette réglementation barbare.

Les multiples rappels qu'il fit de l'enracinement du christianisme dans le judaïsme, et sa nouvelle approche du traitement à réserver aux juifs convertis, avaient conduit ses compagnons à juger tout naturel d'élire pour son successeur un fils de convertis, Diego Laynez, « scandale » qui avait empêché l'élection ultérieure au généralat du second secrétaire d'Ignace, Juan de Polanco, lui-même issu d'une famille de *conversos*.

Plus significatif : le fondateur avait mis son veto à la participation des jésuites à l'Inquisition imposée à Rome par Paul IV, le plus antisémite des papes italiens, et qui fut, des quatre sou-

* Voir tome I, chapitre VI.

verains pontifes auxquels il eut affaire, le seul qui entretint avec Loyola des relations conflictuelles.

Et quand, à la fin du siècle, ayant échappé à la férule du fondateur et emportés par la passion du temps, les pères espagnols réunis à Tolède adoptèrent un texte interdisant l'entrée dans la Compagnie (comme dans les autres ordres catholiques) de descendants de familles dont était contestée la « pureté du sang », le vieux Pedro de Ribadeneira, dernier survivant des intimes d'Ignace, éleva une véhémente protestation contre cette violation des principes qui avaient inspiré son maître.

Quelles qu'aient pu être les collusions ultérieures, non entre juifs et jésuites, mais entre antisémites et jésuitophobes (de l'assimilation faite par Pasquier entre « juiverie » et « jésuiterie » au « On commence par un juif, on finit par un jésuite » écrit au temps d'Alfred Dreyfus), la Société de Jésus s'était alignée au cours des siècles sur l'antisémitisme récurrent de la société catholique.

Et ce n'est pas parce qu'au XIXe siècle le plus fameux des juifs convertis au catholicisme, Alphonse Ratisbonne, décida d'entrer dans la Compagnie pour se dévouer aux bagnards (avant de la quitter pour rejoindre son frère dans le clergé séculier) que les jésuites de ce temps-là se signalèrent par leur libéralisme en la matière.

Au début du XXe siècle, peu après l'« Affaire » où les jésuites ne s'étaient pas distingués par la fermeté d'âme, Albert et Auguste Valensin choisissaient d'entrer dans la Compagnie où ils allaient devenir les intimes de Pierre Teilhard de Chardin. L'enquête menée par leurs maîtres à (propos) de tout postulant leur révéla qu'ils avaient, sans le savoir, une ascendance juive : il ne fallut rien de moins qu'une « dispense » du pape pour leur permettre d'intégrer la Société de Jésus… C'est dire que l'ordre ignacien n'abordait pas en toute innocence la grande mise à l'épreuve de la conscience chrétienne par la croisade des nazis, institutionnalisée en 1933 lorsqu'ils eurent conquis l'État allemand.

Nous savons qu'en dépit de fâcheuses exceptions, la branche française de la Compagnie sut pour l'essentiel faire face au déferlement du racisme nazi, comme le faisaient de leur côté des pères allemands (Rupert Mayer, Alfred Delp*) ou polonais

* Tous deux fusillés par les nazis.

(tel Joseph Warszawski*, aumônier de la Résistance), ou tentaient de le faire leurs confrères de Radio Vatican, avant d'être « ramenés à la raison » par le Saint-Siège…

Mais il ne suffisait pas que, parmi d'autres religieux ou simples catholiques, des jésuites eussent mis en œuvre, à propos des juifs persécutés, les préceptes évangéliques, sauvé des enfants, mis à l'abri des hors-la-loi, contribué au ressaisissement de la conscience chrétienne face au nazisme et pour certains, comme Yves de Montcheuil, donné leur vie aux côtés de résistants juifs. L'antijudaïsme catholique restait enraciné, non seulement dans une tradition vécue, mais aussi dans des textes liturgiques exprimant un refus fanatique de reconnaître les origines abrahamiques du christianisme, textes où il est question du peuple « déicide » et de « perfides juifs ».

Définit-on jamais les peuples anglais, français ou russe par le « régicide » ? Résume-t-on l'histoire de la république de Genève dans le « serveticide » ? Celle de la papauté par le supplice de Giordano Bruno ? Celle des gens de Bagdad par le martyre d'Al-Hallâj ? A partir de l'hystérie provisoire d'une foule manipulée par quelques pouvoirs, comment qualifier un peuple, et son histoire, et sa « nature » ?

L'idée d'expurger la liturgie – et plus généralement les textes – catholique des débordements antijudaïques les plus propres à entretenir parmi les chrétiens l'exécration des juifs « perfides » et « déicides » ne germa peut-être pas d'abord dans le cerveau de militants sionistes. Des chrétiens comme Maritain n'avaient pu manquer d'y penser. Dans l'intelligentsia juive, des hommes comme l'historien Jules Isaac s'entretenaient depuis longtemps de ce projet avec des amis chrétiens, et les « Amitiés judéo-chrétiennes » examinaient patiemment les chances de réformes ou d'élimination des formules les plus perverses quand fut prise l'initiative qui va être ici contée. Simple épisode ? Peut-être. Mais il fut à l'origine d'un développement décisif dans le débat millénaire entre judaïsme et christianisme.

Il se trouve en tout cas qu'en 1957, tandis que des chrétiens s'interrogeaient encore sur les moyens de corriger le pire, un groupe de juifs assez conscients de leur droit à la vérité et assez

* Sous l'Occupation, nombre de jésuites polonais furent victimes des nazis, signale l'historien Georges Mond, combattant de la Résistance.

respectueux de la religion chrétienne pour la croire capable de s'amender, déclencha une opération qui contribua à faire mûrir les décisions conciliaires de 1965 grâce à la coopération efficace de divers responsables de la Compagnie de Jésus.

Le récit que l'on va lire nous a été fait un jour de l'été 1991, en Provence, par un ami israélien, Joe Golan, qui fut longtemps l'adjoint et le conseiller pour les affaires arabes de Nahoum Goldmann, président de l'Agence juive et du Congrès juif mondial, organisations qui prennent soin du judaïsme de la diaspora, en liaison avec l'État d'Israël mais non dans sa dépendance*.

C'est au cours de la préparation des « colloques méditerranéens » de Florence, qui groupaient, autour de leur inspirateur Giorgio La Pira, maire de cette ville, divers partisans de la paix au Proche-Orient comme en Afrique du Nord, que nous nous étions liés avec cet ancien officier israélien, capable de ne refuser aucun contact de nature à mener à la négociation** et disposant, de Rome à Paris et d'Afrique aux États-Unis, d'un réseau de relations incomparable.

Fils d'un prestigieux pionnier sioniste (d'origine russe) en Syrie, Joe Gouldin, dont le nom était « israélisé » en Golan, avait tissé des liens d'amitié aussi bien dans les milieux de la démocratie chrétienne d'Italie (La Pira, Fanfani, Mattei...) que dans le catholicisme français. C'est au contact de ces amis qu'il conçut son projet.

La démarche entreprise par Golan était d'une admirable pertinence – tranchant sur l'aveuglement des catholiques « libéraux » qui n'avaient guère fait jusqu'alors pour purger leur liturgie de tels poisons ; car, à moins d'admettre que le racisme, que l'antisémitisme et plus précisément l'antijudaïsme sont les fruits de pulsions innées, inscrites dans les gènes de l'être, il était clair que, pour faire de pieux chrétiens des ennemis des juifs, rien n'avait été plus efficace que la répétition incantatoire de formules dénonçant, au nom de la religion du Christ, la « perfidie » et la nature homicide des Hébreux. Ainsi fabrique-

* Ceux qui ont connu le docteur Goldmann savent jusqu'où il pouvait mener l'esprit d'indépendance...

** Ce qui excitait contre lui l'animosité de Golda Meir.

t-on, à coups de mythes et de cantiques, à coups d'histoires de « boches » et de « ratons », des générations de chauvins imbéciles et de racistes sans états d'âme.

Les formules antijudaïques qui émaillent la liturgie catholique, pascale notamment, les dénonciations globales lancées par tel ou tel évangéliste contre « les juifs », la mise en cause, à travers Caïphe et Judas, de la « nature perfide » du peuple hébreu, étaient de toute évidence à l'origine de perversions qui allaient conduire tant d'êtres humains jusqu'aux camps de la mort. Qui souhaitait instaurer entre juifs et chrétiens des relations d'estime et d'amitié devait naturellement penser à expurger la liturgie catholique de ces relents d'une histoire d'intolérance dont l'holocauste venait de faire éclater la perversité.

Ce n'est pourtant pas au cours d'un entretien avec l'un de ses amis chrétiens, c'est à l'occasion d'un échange de vues avec son « patron » Nahoum Goldmann, et à propos de déficiences juives, que Joe Golan conçut l'idée de sa campagne en vue de désamorcer quelques-uns des explosifs de l'antisémitisme chrétien.

Ce soir-là, comme souvent, le vieux président ami de Weizmann, de Buber et (non sans éclipses…) de Ben Gourion était en veine de confidences. Il confia à son ami Golan qu'il restait hanté par la passivité de la diaspora juive qui, pendant la guerre, avait accepté presque sans réagir le développement implacable de la *shoah*. Joe Golan lui demanda si de telles horreurs restaient possibles.

> « Oui, fit Goldmann. Après tout, les Allemands n'étaient pas plus racistes que d'autres, c'est du monde chrétien qu'a surgi le monstre, et ce monde n'a pas tellement changé : le christianisme reste animé de sentiments défavorables aux juifs, entretenus par des traditions et des textes…
> – Ces textes, précisément, ne pourrait-on obtenir des catholiques de les amender ? Je dispose de nombreuses relations à Paris et à Rome : donnez-moi une mission en ce sens ! »

Aussitôt, le feu vert est donné. Et Goldmann d'ajouter :

> « Ne négligez surtout pas de prendre contact avec les notables chrétiens qui se sont compromis face aux nazis en faveur des juifs persécutés ; notamment le cardinal Roncalli, patriarche de Venise, qui en tant que nonce à Istanbul, pendant la guerre, a

sauvé de nombreux juifs et convaincu le roi Boris de Bulgarie d'en protéger d'autres. Et sachez utiliser vos amitiés françaises... »

C'est ainsi que, mandaté par le Congrès juif mondial, Joe Golan, ancien élève de Sciences-Po, débarqua au début de février 1957 à Paris pour mettre au point sa stratégie romaine. Par qui amorcer sa campagne ? La société française compte bon nombre de juifs convertis, dont quelques ecclésiastiques – l'abbé Glasberg, inlassable protecteur de réfugiés, le père dominicain Jean de Menasce, longtemps très proche collaborateur de Chaïm Weizmann, le premier président d'Israël et ami de Golan. Mais celui-ci a été mis en garde contre cette « filière », dont l'intervention risque, lui dit-on, de rouvrir plus de plaies qu'elle n'en peut guérir.

Golan prend contact de préférence avec des hommes liés à la fois à la Résistance, aux pouvoirs d'État et au monde catholique, comme le gouverneur Roland Pré et le colonel Claude Arnoux, ancien camarade de promotion du général de Gaulle à Saint-Cyr et animateur d'un réseau d'assistance aux juifs pendant la guerre aux côtés du R. P. Riquet*. Tous deux, ardents partisans de son entreprise, lui donnent deux « adresses » : celle du cardinal Tisserant, doyen du Sacré Collège, et celle du « Borgo » – c'est-à-dire la résidence des jésuites à Rome.

Le vieux prélat est-il un ami déclaré des juifs ? En tout cas, c'est un vieil antinazi, et le meilleur connaisseur du labyrinthe romain. Quant aux jésuites, Pré et Arnoux s'en portent garants : ce seront, en tant que corps, et fort efficace, ses meilleurs alliés.

Le cardinal Tisserant reçoit l'émissaire du Congrès juif à Paris. L'accueil est discret, très politique. Il se dit fort peu surpris de la démarche de l'émissaire du Congrès juif, et s'étonne qu'elle n'ait pas été faite plus tôt. Le vieux prélat ne la juge pas moins délicate, et prévient son hôte que cette cause n'a pas, à Rome « que des amis... ». Tout ou presque tout dépendra de la procédure suivie, et des alliés qui se déclareront. Il cite des noms : celui du cardinal Lercaro, archevêque de Bologne, courageux mais trop ouvertement hostile à Pie XII, du cardinal Roncalli, patriarche de Venise, sympathique mais peu en cour au Vatican.

* Sous le pseudonyme d'Olivier.

A en croire Tisserant, le « dossier juif » ne sera utilement présenté et plaidé que par un ou plusieurs familiers du pape, par des hommes qui ont de l'influence sur lui et dont les démarches peuvent être discrètes ; toute publicité reviendrait à faire resurgir un passé humiliant : l'opération ne doit être connue qu'en voie de conclusion. Et il faut bien se dire, d'après le cardinal, que tout dépend de la décision du pape, de ce Pie XII pour qui tout rappel des années 1940-1945 est cruel, et qui n'est pas homme à paraître chercher un « rachat ».

Eugène Tisserant, visiblement bien disposé, demande à Joe Golan un peu de temps pour préparer les voies. En attendant, il pense que la meilleure porte où frapper, à Rome, est celle des jésuites, le « Borgo Santo Spirito » – où le colonel Arnoux qu'il connaît bien a, entre autres, un ami, le R. P Bernard de Gorostarzu, « assistant de France », c'est-à-dire adjoint du « général » pour les affaires de ce pays. Et *in fine* il met son visiteur en garde contre les imprudences éventuelles du P. Daniélou*.

Sur la route de Rome, Joe Golan s'est ménagé deux escales. A Fribourg, il est reçu par l'abbé Journet**, supérieur du grand séminaire, judéophile notoire, animateur pendant la guerre d'un réseau d'évasion par la Suisse. Ce prêtre exemplaire est à la fois sceptique et encourageant. Il met l'accent sur la virulence de l'antijudaïsme qui infeste encore les milieux romains, mais voit lui aussi quelques pistes à explorer : du côté de Lercaro et Roncalli, et des confesseurs du pape, deux jésuites…

Le nom du cardinal Lercaro étant revenu plusieurs fois dans ses entretiens exploratoires, l'émissaire du Congrès juif lui a fait demander une audience à Bologne. L'archevêque le reçoit avant la messe solennelle du dimanche, monté sur un tabouret d'où il est revêtu peu à peu de ses ornements sacerdotaux…

> « La question juive ? Il est honteux que l'on ait tant tardé à l'aborder. Vous savez que, pour Pie XII, c'est un sujet pénible… Vous allez trouver sur votre route beaucoup d'antisémites. Ça fourmille, au Vatican… Mais vous découvrirez des alliés. On vous aidera ! »

* Qui était lié avec Golan par les colloques de Florence.
** Futur cardinal, et l'un des inspirateurs du concile de 1962.

Joe Golan est à Rome le 17 février 1957. Dès le lendemain, il sonne à la porte du 5, Borgo Santo Spirito, curie généralice des jésuites. Il y est aussitôt reçu par un petit homme au teint coloré, coiffé d'un béret basque, volubile et cordial. C'est Bernard de Gorostarzu, que ses divers interlocuteurs français lui ont décrit comme son meilleur allié potentiel*. Le petit jésuite est tout essoufflé. Vient-il de ranger dans le couloir la bicyclette sur laquelle il aime à circuler dans Rome ?

Visiblement, l'hôte de Golan est très au fait de sa démarche, et très bien disposé :

> « Nous avons très souvent étudié les rapports judéo-chrétiens depuis la guerre, l'holocauste et la création de l'État d'Israël. La position de la Compagnie a évolué, non seulement par rapport à d'autres communautés religieuses mais surtout par rapport au gouvernement de l'Église. Depuis fort longtemps, nous avons renoncé à croire que les juifs doivent payer pour la mort du Christ.
> – Dans vos collèges, pourtant, on parle toujours de la responsabilité collective du peuple "déicide"...
> Gorostarzu ne rétorque pas, et s'empresse d'enchaîner :
> – Dans le complexe univers romain, il vous faut choisir vos alliés. Nous vous y aiderons. Vous verrez notre père général... »

Le R. P. Janssens réserva à Golan un accueil courtois, mais sans grand intérêt apparent. Ce haut prêtre, mince, casqué de blanc, au visage pâle et ridé, affligé d'un asthme épuisant, ne dit rien que d'assez traditionnel. Selon lui, la dispersion du peuple juif et son très long exil étaient les conséquences de son refus de reconnaître la divinité du Christ. Mais la résurrection d'Israël en tant qu'État signifiait un changement fondamental de la volonté divine à propos des juifs. Si Dieu avait voulu cette création, soulignait le vieux jésuite, c'est qu'il avait « pardonné ». Joe Golan n'obtint rien de plus de son hôte, qui disait ne pouvoir « aller au-delà »...

Pas au-delà ? Cet entretien décevant en soi allait pourtant se révéler décisif. Deux jours plus tard, l'émissaire du Congrès juif mondial apprenait de Bernard de Gorostarzu que le « général » l'avait « autorisé à guider M. Golan » à travers les méandres

* L'auteur ne peut manquer de rappeler ici que le R. P. de Gorostarzu fut le directeur du collège de Tivoli quand il y était élève, entre 1930 et 1939. Voir au chapitre IX.

du Vatican. Ce qui signifiait que les jésuites se reconnaissaient pour ses alliés et que le visiteur allait être dirigé vers le cœur même de la citadelle, introduit auprès de ceux qui, dans la Compagnie, avaient plus que tous l'« oreille » de Pie XII : ses confesseurs jésuites, les RR. PP. Leiber* et Bea, tous deux allemands.

Joe Golan ne se le fait pas dire deux fois. Il appelle au numéro communiqué par Gorostarzu. « Ici Bea. » Visiblement, le confesseur du pape est au courant. Il invite son interlocuteur à venir prendre le thé le lendemain à l'Université grégorienne.

Augustin Bea est allemand, comme presque tous les familiers de Pie XII. Né en 1881**, il est originaire d'un village badois, Riedböhringen, à la lisière de la Forêt-Noire. Son père, le charpentier local, a dû se faire aider par la famille et des voisins pour payer les études du jeune homme, à Constance puis à Rastatt. Entré dans la Compagnie de Jésus en 1902, alors qu'expulsée par Bismarck elle envoie ses recrues à l'étranger, Bea poursuit sa formation à Valkenburg aux Pays-Bas, à Innsbruck en Autriche, à Berlin enfin où il se spécialise dans l'exégèse biblique.

Provincial des jésuites pour l'Allemagne du Sud en 1921, il est nommé en 1930 recteur du célèbre Institut biblique de Rome, régnant pendant près de vingt ans sur l'exégèse catholique de l'Ancien Testament – bonne initiation à la spiritualité hébraïque. Si l'on en croit ses héritiers et ses disciples, le R. P. Augustin Bea, tout formé qu'il avait été par l'illustre école allemande de Gunkel et de Bultmann, n'était pas un grand savant. Il avait été nommé à la tête de l'Université, non pour y faire progresser la recherche ou tracer des chemins nouveaux, mais pour faire respecter la discipline en un domaine où, depuis le début du siècle, des jésuites comme le R. P. Prat, et surtout un dominicain, le R. P. Lagrange, avaient semé le trouble en posant quelques questions dignes de véritables historiens à propos des rapports entre Moïse et le Pentateuque*** et sur l'unicité ou la pluralité d'Isaïe…

* Robert Leiber a été auparavant le secrétaire de Pie XII.
** Il est l'exact contemporain de Teilhard de Chardin.
*** Les cinq premiers livres de la Bible.

Sur cette boîte de Pandore, Augustin Bea, qui en connaissait bien les risques, avait reçu mission de tenir fermement la main, non pour châtier, mais pour prévenir : un Lagrange suffisait. Nul mieux que lui n'était capable de mettre doucement en garde les téméraires. On lui prête un mot, adressé à l'un de ses administrés : « N'oubliez pas, mon père, que, si vous avez la connaissance, nous avons le pouvoir... » Le « nous » se rapportait-il à la Compagnie, au Saint-Office ? Le fait est que, *Bea regnante*, l'Institut biblique travailla ferme, mais sans éclat : en 1943, l'encyclique *Divino Afflante Spiritu*, dont le jésuite allemand était au moins le corédacteur, avait rappelé que les soubassements du dogme chrétien n'étaient pas un champ d'expériences... « On lui avait mis en main une grenade dégoupillée : il sut éviter l'explosion », nous disait l'un de ses élèves. C'est grâce à sa prudence que l'Institut biblique put éviter d'être supprimé lors de la publication de la *Nouvelle Exégèse* d'Alonso Schökel, qui souleva les passions.

Prudent sur le terrain du dogme, le R. P. Bea manifesta ailleurs son courage : son Institut biblique étant pourvu de souterrains spacieux, il y recueillit pendant la guerre de nombreux membres de la communauté juive de Rome – en interdisant l'accès, en octobre 1943, à un officier de SS (ou de la Gestapo ?) [1]. La légende voulait même qu'il y convertît au catholicisme le grand rabbin Zolli : en fait, c'est un autre jésuite, le R. P. Paolo Dezza*, qui joua ce rôle, Bea se contentant, après la guerre, d'inviter l'ex-rabbin à enseigner à l'Institut et d'approfondir, aux côtés de cet expert, ses connaissances de la culture juive.

Appelé en 1945 à assumer les redoutables fonctions de confesseur du pape Pie XII (il remplissait les trois conditions : être allemand, jésuite, et avoir eu à l'égard du nazisme une conduite irréprochable...), d'abord comme assistant de son confrère le R. P. Leiber, puis seul, Augustin Bea devint quatre ans plus tard consulteur du Saint-Office – à ce titre chargé de tout ce qui concerne l'unité des chrétiens et les rapports avec les religions non chrétiennes.

Ainsi était-il considéré à la fin des années cinquante comme l'une des figures centrales de l'Église. A tel point que Jean XXIII, à peine élu pape, le fera cardinal, en novembre 1959, réalisant

* Que nous retrouverons confesseur de Paul VI et « délégué personnel » de Jean-Paul II à la tête de la Compagnie.

ainsi un vœu de son prédécesseur Pie XII* auquel avait longtemps fait obstacle le « pape noir » J. B. Janssens – la tradition jésuite** étant défavorable à de telles élévations.

Au moment où Joe Golan se présente à lui, le fils du charpentier de Riedböhringen ne porte pas encore le chapeau rouge. Mais il est en train de devenir un personnage clé du catholicisme, plus proche confident du pape, gardien de la doctrine, agent de tous les contacts avec les non-catholiques (et les non-chrétiens) et qui plus est entouré de la sympathie générale. Ce qui, pour un grand notable romain, relève du miracle…

Tout disposait donc ce jésuite de haute époque, homme de l'unité des « gens du livre », versé en science biblique et donc porté à l'admiration d'Israël – il invitait volontiers ses compagnons et amis à visiter l'État juif –, à être l'interlocuteur privilégié de Joe Golan. Et sa familiarité avec Pie XII donnait à espérer que la visite à l'Université grégorienne ouvrirait le champ à d'autres progrès.

Pénétrant dans la salle de réception de l'Université grégorienne, l'émissaire du Congrès juif aperçoit deux religieux âgés, qui se lèvent et viennent vers lui. Le plus mince et ingambe s'avère être Bea, et précise que le R. P. Leiber a tenu à participer à l'entretien. C'est même celui-ci qui amorce, parlant de Jérusalem, de paix nécessaire, interrogeant Joe Golan sur ses origines familiales, sur sa jeunesse en Palestine, sur ses relations avec les jésuites de l'Université Saint-Joseph de Beyrouth : on n'est pas pour rien le confesseur du pape, et ancien professeur de collège.

Golan entre dans le vif du sujet, parle des « textes dangereux » que véhicule la liturgie catholique, des rapports entre ces textes et l'holocauste, qui n'a pas été déclenché par hasard en terre chrétienne, rappelle-t-il. Mais il ajoute que ni son organisation ni lui-même n'ont de correctif à proposer, se contentant d'assurer qu'une initiative venant de Rome aurait d'heureuses conséquences.

De toute évidence, Bea a dès longtemps réfléchi au problème. Il ne formule rien de précis mais il laisse les propos du visiteur pénétrer en lui, et se contente de conclure : « C'est

* Qui l'avait, semble-t-il, nommé *in petto*, par-devers lui.
** Qui, depuis Bellarmin, a d'ailleurs souffert de nombreuses exceptions.

un problème grave, qu'il faut résoudre. Si nous pouvons y contribuer, nous le ferons… »

L'émissaire de Nahoum Goldmann se précipite chez le cardinal Tisserant pour faire le point. Le doyen du Sacré Collège considère-t-il qu'il est sur la bonne voie ? Le cardinal n'en doute pas. Il considère que l'affaire s'engage bien, et avec les meilleurs interlocuteurs, dès lors qu'ils sont non seulement jésuites, mais confesseurs du pape : les meilleures garanties d'efficacité et de discrétion. Selon Tisserant, Joe Golan doit revoir les pères le plus souvent possible, les accoutumer à sa présence.

Leiber, bien sûr, parce qu'il fut, avant d'être confesseur du pape, son introducteur à Munich (où Pacelli avait été nonce) et à la culture allemande, et qu'il reste son bibliothécaire très érudit ; mais Bea surtout, parce qu'il est devenu (seulement depuis 1945, hélas…) la conscience de Pie XII et qu'il exerce sur lui une profonde influence. Selon Tisserant, c'est Bea la carte maîtresse qu'il faut « jouer ». C'est lui qui aura les informations, et qui pourra faire la décision…

Au Borgo Santo Spirito, le R. P. de Gorostarzu est enchanté, et encourageant. Il s'est fait l'animateur de la campagne : « C'est le père général qui a convaincu les RR. PP. Leiber et Bea de vous aider. La question qui se pose maintenant n'est pas s'ils vont le faire, mais quand ils pourront aborder le sujet avec le souverain pontifie. »

Le lendemain, Golan est de nouveau à l'Université grégorienne, où cette fois le R. P. Bea le reçoit seul. Visiblement, le confesseur du pape est persuadé de la validité de la démarche du visiteur, et le fait voir. Il est devenu son allié *in petto*. Mais ses fonctions font de lui un négociateur. Et qu'est-ce qu'un négociateur qui ne cherche pas à marquer des points ?

Le propos qu'il tient, d'entrée de jeu, donne à penser que son illustre pénitent Pie XII l'a incité à la contre-attaque : il parle de « peine », et même de « blessure » à propos des « campagnes » menées selon lui contre le pape à propos de son attitude au temps de la domination nazie. Il pose même la question de savoir si Pie XII pouvait, dans ces circonstances tragiques, « agir autrement »…

Joe Golan n'est pas prêt à laisser grignoter l'ascendant qu'il a pris sur le vieux jésuite. Il se sent sur un terrain solide et rappelle que le Saint-Siège était au courant des actes et même, avant les organisations juives, des projets d'extermination des hitlériens. Cela ne faisait-il pas de Pie XII et des siens des témoins de l'holocauste ? En tant qu'ami des Allemands, compte tenu des relations qu'il avait nouées avec ce peuple et cette culture, Eugenio Pacelli pouvait plus que tout autre intervenir, mettre en garde, au nom de la charité, ou simplement de l'humanité.

Le réquisitoire que Golan a voulu impitoyable, a porté sur le jésuite, dardant sur lui son regard pâle. Bea est visiblement touché. Il reconnaît la force des arguments du visiteur, mais tente d'objecter que le pape avait en charge la sauvegarde des communautés chrétiennes et le salut de l'Église « dans la tempête », qu'il n'est pas pour autant resté silencieux – et que tout ce qu'il a fait n'était pas du « domaine public »...*

Joe Golan tient à rester sur le terrain de la convergence. Il est lui-même touché par l'émotion et la sincérité de son interlocuteur, et rappelle que sa mission n'a d'autre objectif que la « concorde ». A quoi Bea rétorque avec chaleur qu'il espère, pour bientôt, de bonnes nouvelles...

L'année 1958** ne devait pas s'achever sans qu'intervînt une péripétie capitale : la mort du pape Pie XII, dont le nom était devenu un symbole, et le passé un obstacle apparent*** à la démarche de l'émissaire du Congrès juif mondial.

Cette démarche avait d'ailleurs été élargie et solennisée, Nahoum Goldmann étant venu en personne la soutenir à Rome, mais sans grand fruit, sa réception par le « général » des jésuites n'ayant rien apporté de plus que ce que Golan avait mis en train avec le succès qu'on a vu, et la visite « privée » au pape qui avait été projetée s'étant transformée en une audience publique qui, de l'avis de ses interlocuteurs et amis jésuites, n'avait pas de sens : le président du Congrès juif mondial était-il venu à Rome pour recevoir la bénédiction collective du pape ?

Le successeur de Pie XII pourrait-il accélérer la procédure

* On a déjà signalé les livres de P. Lapide, J. Nobécourt et S. Friedländer, qui en tiennent compte.

** Marquée en France, on le sait, par le retour du général de Gaulle au pouvoir.

*** En fait, le Pie XII des derniers temps fut favorable aux efforts de Bea.

amorcée par les démarches de Joe Golan ? En attendant de connaître l'élu du conclave, les experts faisaient prévoir que, si le cardinal Siri, conservateur, était élu, une entrave serait mise à la démarche. Si c'était le cardinal Lercaro, une accélération lui serait donnée. Ce fut, on le sait, Roncalli – grâce, semble-t-il, aux efforts des jésuites pour éviter l'élévation de Siri et permettre, après le bref pontificat d'un vieux pape de transition, l'avènement de Mgr Montini que Pie XII avait refusé jusqu'au dernier moment de faire cardinal, lui barrant ainsi la route du conclave.

Que pense, de tout cela, l'homme clé du dialogue judéo-chrétien, Augustin Bea ? Golan obtient un nouvel entretien du jésuite dans sa nouvelle résidence, Via Aurelia. Joe a gardé un grand souvenir du tête-à-tête, avec ce vieillard allègre, débordant d'optimisme qui, tout à sa tâche de mettre en ordre les papiers de Pie XII, ne lui cache pas – jubilant – que son « affaire est en de bonnes mains »*. Bien sûr, la discussion s'impose plus que jamais. Rien ne peut être fait avant l'élection du nouveau pape : mais il croit pouvoir rassembler, sur le thème du rapprochement avec le judaïsme, une large approbation. Patience, patience, glisse-t-il dans un demi-sourire.

Le visiteur a tout de même hâte de savoir si sa démarche est « classée » parmi les papiers du pape défunt, comme une « affaire à régler ». Bea semble hésiter. Puis il se décide à confier à l'émissaire que c'est bien le cas, car, précise-t-il, il eût été « dommage que tant d'efforts restent sans effet ».

Golan se retire avec l'impression qu'il a gagné, que l'Église a pris son virage. Mais il sait que beaucoup va dépendre de l'élection, de la personnalité, de l'entourage du nouveau pape, de l'influence qu'auront sur lui les jésuites…

L'élection de Giovanni Roncalli, d'abord accueillie avec réserve par les « progressistes » comme La Pira, va bientôt manifester ses heureux effets : quelques mois après son élection, Jean XXIII fait connaître son intention de réunir un concile, le premier depuis bientôt un siècle**. L'occasion est belle de faire aboutir la réforme projetée – entre tant d'autres !

Au moment où se réunit, fin janvier 1959, à Saint-Paul-hors-les-Murs, ce qu'on appelle le « pré-concile », Joe Golan a un

* Ce sont les siennes.
** 1870.

long entretien avec Bernard de Gorostarzu et son collègue de Souza, autre assistant général de la Compagnie de Jésus. Les deux pères sont optimistes. Non seulement, disent-ils, le dossier relatif aux rapports de l'Église avec les juifs fait partie des « affaires courantes » de la papauté, qui vont automatiquement passer de l'administration Pacelli à celle de Jean XXIII, mais Montini va être fait cardinal. Jean XXIII l'a installé dans un appartement du palais pontifical, au même étage que lui. Ils prennent souvent leurs repas ensemble : la rumeur veut que l'ancien secrétaire d'État de Pie XII dirige l'Église par personne interposée en attendant de le faire directement. Ce qui est fort abusif, mais prometteur dans le domaine des relations judéo-chrétiennes, affirment ceux qui connaissent bien Gian-Battista Montini – à commencer par les jésuites*.

De fait, un progrès décisif va être fait quelques semaines plus tard, confirmant que l'action menée à Rome depuis deux ans n'a pas été vaine : au cours de la messe solennelle du Vendredi saint, à Saint-Pierre de Rome, en avril 1959, Jean XXIII interrompt la prière et donne ordre d'effacer du texte les mots « perfides juifs »...

D'ores et déjà, on peut dire que, du point de vue des rapports moraux entre juifs et chrétiens, une bataille essentielle a été gagnée, et que la campagne menée à Rome par Joe Golan, avec l'appui de plus en plus déclaré et efficace des pères jésuites, a abouti à un premier succès. Il reste à Augustin Bea d'user de son élévation au cardinalat, en décembre 1959, et au poste clé de secrétaire général de l'une des plus importantes commissions du prochain concile, pour purger solennellement la liturgie catholique de l'ensemble de ses venins antijudaïques.

Les démarches entreprises en 1957 par la partie juive allaient recevoir, plus de deux ans avant l'ouverture du concile, un appui prestigieux : le vieil historien Jules Isaac, coauteur du célèbre manuel d'histoire qui a formé le sens civique de deux générations de Français, était reçu le 13 juin 1960 par Jean XXIII, qu'il priait de constituer dans la perspective du concile un organisme chargé de réduire les préjugés hostiles aux juifs. Fort ému par cette démarche, le pape pria le cardinal Bea de s'entretenir avec l'historien en vue de mettre sur pied un secré-

* Nous verrons qu'entre ceux-ci et celui-là les rapports s'aigriront...

tariat permanent auquel serait donnée la mission d'assainir les relations entre chrétiens et juifs. Les entretiens Bea-Isaac aboutirent à la décision, le 18 décembre 1960, de préparer une déclaration conciliaire en faveur des juifs : le cardinal jésuite était officiellement chargé de sa rédaction.

Jean XXIII n'était pas homme à s'aventurer dans l'inconnu : « Je suis le chef, confiait-il à l'un de ses proches, mais il me faut consulter [2]. » Cette façon de faire, pour si honorable qu'elle soit, peut provoquer des embarras. L'année précédente, après avoir fait sensation, lors de la cérémonie du Vendredi saint, en annonçant la suppression des mots « perfides juifs », le nouveau souverain pontife avait eu l'idée de consulter l'épiscopat mondial sur la politique de conciliation avec le judaïsme ainsi amorcée, et sur l'ensemble des sujets susceptibles d'être traités par le concile.

Les avis de deux mille cinq cent quatre-vingt-quatorze évêques furent ainsi recueillis. Dans le *Bulletin des Sœurs de Sion* [3], T. F. Stransky relève que, compulsant les sept volumes constitués par les réponses adressées au Vatican par ces prélats des cinq continents, il n'avait trouvé qu'une réponse explicite à propos des relations de l'Église avec les juifs ; et le moins que l'on puisse dire est qu'elle n'encourageait guère Jean XXIII à aller de l'avant.

Dû à un évêque d'Amérique latine, continent peu marqué en apparence par l'antijudaïsme, ce texte plaide pour la « condamnation de toute persécution contre les juifs pour des raisons religieuses ou ethniques », mais ajoute que le concile ne doit pas oublier « les faits du passé et les claires affirmations du judaïsme international. Pendant des siècles les chefs de ce judaïsme ont méthodiquement conspiré avec une haine sans répit contre le nom de catholique et ils préparent la destruction de l'ordre catholique et la construction d'un Judaïsme impérialiste mondial. Devons-nous haïr ? Non ! Mais vigilance, charité, combat systématique contre le combat systématique de cet "Ennemi de l'Homme" dont l'arme secrète est le ferment des pharisiens, c'est-à-dire l'hypocrisie ». Des échos du catholicisme du temps de l'affaire Dreyfus…

Cruellement déçu par l'épiscopat, Jean XXIII allait recevoir l'année suivante de meilleurs encouragements des universités catholiques et des instituts de recherche religieuse. L'Institut biblique de Rome, notamment, adressa une communication intitulée *De antisemitismo vitando*, où étaient données les raisons pour rejeter les notions de « malédiction », de « réprobation » ou de « responsabilité collective » des juifs dans la mort de Jésus, et l'idée d'un châtiment divin qui en serait la conséquence.

Peu après, Mgr Dougherty, professeur d'exégèse au séminaire de Darlington, aux États-Unis, présenta à Rome une requête pressante en vue de l'amélioration des relations des catholiques avec les juifs. Puis, en août 1960, des prêtres et des laïcs convaincus de la nécessité d'agir en ce sens se réunirent aux Pays-Bas, à Apeldoorn, adressant leurs conclusions à Rome, imités par l'Institute of Judaeo-Christian Studies de South Orange (États-Unis).

A la fin de 1960, Jean XXIII et le cardinal Bea se trouvaient ainsi en possession d'un dossier « catholique » répondant plus ou moins aux incitations émanant du Congrès juif mondial ou de Jules Isaac.

Mais l'entreprise restait hérissée de difficultés. A l'intérieur même de l'Église catholique, le parti « révisionniste »* auquel le pape avait décidément accordé sa protection en en confiant la direction au cardinal jésuite, et qui regroupait aussi bien les gens du Borgo Santo Spirito que des cardinaux comme Tisserant ou Lercaro, était en butte aux critiques et aux attaques de conservateurs très puissants et groupés autour de princes de l'Église tels que Tardini ou Ottaviani et de bon nombre de dignitaires des Églises d'Orient, plus ou moins influencées par un nationalisme arabe alors intolérant en ce domaine. Leurs objections trouvaient partout des échos inspirés de la déclaration du prélat latino-américain cité plus haut.

« Si j'avais pu prévoir toutes les difficultés que nous y aurions rencontrées, je ne sais pas si j'aurais eu le courage de me lancer dans cette entreprise… », devait déclarer le cardinal Bea à son ami et biographe le R. P. Stepan Schmidt [4]. Il est de fait que l'homme paisible, âgé et fragile** qu'était le cardinal jésuite ne semblait pas fait pour ce type de bataille

Mêlé de près à ces démarches préconciliaires, T. F. Stransky a joliment évoqué l'ancien confesseur du pape promu héraut de la paix avec le judaïsme :

* Ne pas confondre avec les « négateurs » du génocide.

** Atteint de tuberculose à quatorze ans, il avait souffert d'une attaque cardiaque en 1942.

> « J'ai rencontré pour la première fois le cardinal Bea en septembre 1960, après qu'on m'eut demandé d'être l'un des trois membres de l'équipe du nouveau secrétariat pour l'Unité des Chrétiens. Je vis alors en cet homme de quatre-vingt-deux ans* aux épaules courbées, la marque de quelqu'un depuis longtemps penché sur un bureau, presque confondu avec lui, son dos aminci comme un arbre frêle exposé constamment au grand vent du savoir [5]. »

Le « grand vent du savoir ». Nous avons vu qu'Augustin Bea, recteur de l'Institut biblique, avait tout fait pour qu'il ne soufflât pas en tempête. Mais, contenant l'exégèse dans des limites « prudentes », le vieux jésuite ne s'en était pas moins imprégné, jusqu'à la plus intense familiarité, de l'histoire et de l'espérance juives.

Au contact des protestants et (plus rarement) des juifs, il avait appris à considérer la Bible, non comme un grand texte mort, mais comme l'expression d'une réalité vécue. Familier du monde et de l'esprit de la Bible, il vivait en contact réel avec le Dieu de l'Ancien Testament, en harmonie avec les « signes des temps ». L'aventure de Dieu avec son peuple était son aventure. Comment aurait-il pu ne pas ressentir comme un scandale la diabolisation du peuple de la Bible, l'élu ?

Sans compter l'influence exercée sur ce notable de la Compagnie de Jésus par les travaux de ses confrères, les fondateurs et animateurs de *Sources chrétiennes*, Fontoynont, de Lubac ou Daniélou, et par les recherches de Joseph Bonsirven. Si autonome qu'il se voulût par rapport à la Compagnie, il était et restait un jésuite imbibé des traditions et inspiré par les impulsions venues des « siens », et, par-dessus tout, la redécouverte et la reconnaissance des racines juives du christianisme.

Vents et marées ne peuvent faire que le vieux capitaine n'entrevoie la terre promise : le 14 janvier 1962, parlant à l'université *Pro Deo* de Rome devant un auditoire d'experts représentant quarante-trois nations et dix-huit religions, dont la juive, Augustin Bea donna une première indication sur l'esprit du futur document conciliaire. S'il ne mentionna pas explicitement le judaïsme (pas plus qu'aucun peuple ou religion), ses auditeurs juifs comprirent comme tous les autres que le cardinal avait ouvert la voie à une nouvelle attitude de l'Église

* En fait, quatre-vingts.

envers les croyances différentes. A plusieurs reprises et en diverses occasions avant le concile, Bea donna à espérer que la déclaration conciliaire sur les rapports avec le judaïsme serait très neuve, et positive.

Après plus de deux ans de préparatifs, de pourparlers, de consultations et de débats internes et externes, le deuxième concile du Vatican s'ouvrit enfin le 11 octobre 1962, à Saint-Pierre de Rome, dont la nef centrale était aménagée en salle de débats. Deux mille cinq cent six « pères conciliaires » étaient ressemblés – évêques, supérieurs d'ordres et de congrégations dotés du droit d'intervention et de vote –, en présence du corps diplomatique, de consultants, d'observateurs et de la presse. Comme toujours, l'essentiel du travail était confié aux commissions. Mais les échanges publics furent parfois vifs.

La première session (du 11 octobre au 8 décembre 1962), qui se déroula sous l'égide de l'« inventeur » du concile, le vieux pape Jean, fut marquée par la première bataille « pour les juifs » et l'échec initial du cardinal Bea, qui très vite avait fait circuler parmi les congressistes un premier texte en faveur de la réconciliation judéo-chrétienne.

Au cours d'un de leurs derniers entretiens, Joe Golan avait demandé à son interlocuteur jésuite qu'au terme de « juifs » soit substituée la formule « peuple juif ». Bea s'y était opposé : la jugeant personnellement préférable, le vieil exégète objectait à l'émissaire du Congrès qu'elle donnait une consonance trop politique à la démarche, et ne pouvait qu'aviver les résistances, notamment du clergé proche-oriental.

Le document soumis à l'assemblée par le cardinal Bea n'en souleva pas moins d'emblée des objections passionnées, et qui allèrent en s'aggravant. Il se trouva un groupe de prélats pour réclamer, pour exiger même, que fût très explicitement maintenue la formule en question, de « peuple déicide ». Au cours du débat, Mgr Luigi Carli, de la curie romaine, remit à Bea un mot écrit de sa main pour lui « rappeler que le Peuple juif au temps du Christ a été collectivement responsable du crime de déicide, responsabilité qui, objectivement, lui incombe toujours ».

Il ne fallut rien de moins que l'intervention du pape pour apaiser le débat – au prix, d'ailleurs, d'une concession majeure, le retrait du « schéma sur les juifs » élaboré par le vieux jésuite allemand dont le biographe Stepan Schmidt loue la « patience » qu'il dut alors montrer. Échec personnel ? Oui. Mais échec bien plus terrible d'une Église encore empoisonnée par le racisme.

Apprenant la nouvelle, Joe Golan se précipita chez le vénérable cardinal Tisserant, qui ne dissimula pas son irritation, estimant que le cardinal jésuite avait « mal manœuvré », n'ayant pas tenu suffisamment compte de la force de résistance des conservateurs. Selon le vieux prélat, il était possible, mais déjà difficile d'abolir les traits antisémites du rituel catholique. Mais exiger des notables de l'Église de dénoncer les persécutions, la haine et le racisme de naguère, de faire amende honorable en somme était viser d'emblée trop haut.

Comment oublier, rappelait Tisserant à Golan, qu'à Rome l'Inquisition établie par Paul IV en 1555 avait fait la loi pendant des siècles et envoyé des juifs au bûcher, qu'il avait fallu attendre 1846 pour que les droits des juifs y fussent rétablis ? Tout cela, soupirait Tisserant, « c'était hier – et pour certains, aujourd'hui… »

En somme, le vieux cardinal était déçu par la naïveté du jésuite, qui aurait dû savoir, selon lui, qu'une telle proposition ne pouvait être agréée par le Concile que présentée au nom du pape lui-même, si respecté que fût le nom de Bea. Pour réparer cette « gaffe », concluait Tisserant, il ne fallait pas moins que les plus hautes instances, de la Compagnie, faisant corps avec Jean XXIII[6].

On ne sait quelle suite fut donnée à cette demande d'intervention des jésuites, appelés en renfort dans l'épreuve et la défaite provisoire ; mais, ce qui est clair, c'est que leur confrère Bea, pour « patient » qu'il fût, et soumis à l'ordre du pape de surseoir à ses démarches, avait remis son « schéma » sur le métier, en contact avec des juifs et des membres d'associations judéo-chrétiennes de divers pays. Constamment à l'écoute, il recevait des *memoranda*, des suggestions d'organisations juives, qui, comprenant l'importance de l'enjeu, faisaient naturellement son siège comme l'avaient entrepris depuis près de cinq ans Goldmann et Golan.

En juin 1963, la nouvelle de la mort de Jean XXIII sembla d'abord porter un coup mortel au concile et à ce type de démarches, tant le vieux pontife, avec toutes ses prudences, était l'inspirateur visible et le protecteur de tout ce qui contribuait à libérer l'Église catholique de ses rides et de ses tares –

et en premier lieu le racisme. Mais la rapide élection de Gian-Battista Montini fut le signe de l'irréversibilité du mouvement, l'ancien secrétaire d'État de Pie XII s'étant impliqué sans réserve dans l'entreprise conciliaire aux côtés et dans l'esprit du disparu.

Chez les jésuites, en tout cas, et autour de Bea notamment, on tint pour encourageante la passation de flambeau. Et le secrétariat du cardinal rédigea un nouveau texte qui, diffusé le 25 septembre 1964, mettait plus vigoureusement encore que le précédent (retiré) l'accent sur « l'étroite association entre l'Église, le peuple élu du Nouveau Testament, et le peuple élu de l'Ancien Testament… ».

Le vieux jésuite multipliait les interventions, se réservant avec un soin jaloux la présentation du schéma concernant l'attitude envers les juifs, ce qu'il fit les 19 novembre 1963, 25 septembre 1964, 20 novembre 1964 et 14 octobre 1965. Pourquoi tenait-il ainsi à opérer lui-même ? L'un de ses adjoints rapporte que « sur ce point il était très précis ; les membres et les conseillers du Secrétariat le savaient et ils étaient sûrs qu'il le ferait… Quand le cardinal Bea allait parler dans l'Aula du Concile, tout le monde écoutait. On savait que quelque chose d'important serait dit ».

Écoutons ce témoignage d'un de ses interlocuteurs, Lukas Vischer :

> « Ses discours avaient quelque chose d'émouvant, quelque chose qui anticipait sur l'avenir. J'ai commencé à lire les écrits du cardinal Bea sur l'unité seulement après l'avoir entendu parler pendant la première session du Concile et je dois dire que la lecture m'a apporté une surprise. J'avais l'impression que les interventions conciliaires du cardinal Bea allaient plus loin que ce qui se trouvait dans ses écrits soigneusement rédigés. »

Le bulletin des Amitiés judéo-chrétiennes décrit ainsi les efforts déployés tout au long de la troisième session du concile, celle de 1965 :

> « Le cardinal Bea se montrait un maître de clarté, de persévérance et aussi de souplesse […] Il était prêt, pour sauver la substance et l'essentiel, à céder sur des points d'importance plus ou moins secondaire. [Mais] sa figure prophétique a vrai-

ment inauguré une nouvelle époque dans les relations entre l'Église et le judaïsme [7]. »

Le texte final de la déclaration conciliaire sur les religions non chrétiennes fut adopté et promulgué le 28 octobre 1965 par 1 763 voix contre 250. On ne saurait manquer de citer dans leur intégralité les huit paragraphes qui concernent la religion juive. Qu'il ait fallu des siècles, et tant d'efforts, après tant d'horreurs, pour que fussent proférés par la plus haute instance du catholicisme des choses aussi évidentes a de quoi faire pleurer, comme le fait qu'il se soit trouvé 250 notables « chrétiens » pour les rejeter en 1965… Mais le fait est qu'elles étaient dites, le plus solennellement du monde, et que, sans rien réparer, elles ouvraient des perspectives neuves.

Déclaration *Nostra Aetate* sur les religions non chrétiennes, du 28 octobre 1965 :

> « Scrutant le mystère de l'Église, le Concile rappelle le lien qui relie spirituellement le peuple du Nouveau Testament avec la lignée d'Abraham.
>
> L'Église du Christ, en effet, reconnaît que les prémices de sa foi et de son élection se trouvent, selon le mystère divin du salut, dans les patriarches, Moïse et les prophètes. Elle confesse que tous les fidèles du Christ, fils d'Abraham selon la foi, sont inclus dans la vocation de ce patriarche et que le salut de l'Église est mystérieusement préfiguré dans la sortie du peuple élu hors de la terre de servitude. C'est pourquoi l'Église ne peut oublier qu'elle a reçu la révélation de l'Ancien Testament par ce peuple avec lequel Dieu, dans sa miséricorde indicible, a daigné conclure l'antique Alliance, et qu'elle se nourrit de la racine de l'olivier franc sur lequel ont été greffés les rameaux de l'olivier sauvage que sont les Gentils. L'Église croit, en effet, que le Christ, notre paix, a réconcilié les Juifs et les Gentils par sa croix et en lui-même, des deux, a fait un seul.
>
> L'Église a toujours devant les yeux les paroles de l'apôtre Paul sur ceux de sa race "à qui appartiennent l'adoption filiale, la gloire, les alliances, la législation, le culte, les promesses et les patriarches, et de qui est né, selon la chair, le Christ" (Rom. 9,4-5), le Fils de la Vierge Marie. Elle rappelle aussi que les apôtres, fondements et colonnes de l'Église, sont nés du peuple juif, ainsi qu'un grand nombre des premiers disciples qui annoncèrent au monde l'évangile du Christ.

Au témoignage de l'Écriture Sainte, Jérusalem n'a pas reconnu le temps où elle fut visitée ; les juifs, en grande partie, n'acceptèrent pas l'évangile, et même nombreux furent ceux qui s'opposèrent à sa diffusion. Néanmoins, selon l'Apôtre, les Juifs restent encore, à cause de leurs pères, très chers à Dieu, dont les dons et l'appel sont sans repentance. Avec les prophètes et le même Apôtre, l'Église attend le jour, connu de Dieu seul, où tous les peuples invoqueront le Seigneur d'une seule voix et "le serviront sous un même joug" (Soph. 3,9).

Du fait d'un si grand patrimoine spirituel, commun aux chrétiens et aux Juifs, le Concile veut encourager et recommander entre eux la connaissance et l'estime mutuelles, qui naîtront surtout d'études bibliques et théologiques, ainsi que d'un dialogue fraternel.

Encore que des autorités juives, avec leurs partisans, aient poussé à la mort du Christ, ce qui a été commis durant sa Passion ne peut être imputé ni indistinctement à tous les Juifs vivant alors, ni aux Juifs de notre temps. S'il est vrai que l'Église est le nouveau peuple de Dieu, les Juifs ne doivent pas, pour autant, être présentés comme réprouvés par Dieu ni maudits, comme si cela découlait de la Sainte Écriture. Que tous donc aient soin, dans la catéchèse et la prédication de la parole de Dieu, de n'enseigner quoi que ce soit qui ne soit conforme à la vérité de l'évangile et à l'esprit du Christ.

En outre, l'Église, qui réprouve toutes les persécutions contre tous les hommes, quels qu'ils soient, ne pouvant oublier le patrimoine qu'elle a en commun avec les Juifs, et poussée, non pas par des motifs politiques, mais par la charité religieuse de l'évangile, déplore* les haines, les persécutions, et toutes les manifestations d'antisémitisme, qui, quels que soient leur époque et leurs auteurs, ont été dirigées contre les Juifs[8]. »

Une « ouverture » ? Certes. Une plaie débridée ? Non. Très proche collaborateur de Bea au sein du Secrétariat romain pour les relations entre catholiques et juifs créé au lendemain du concile, C. A. Rijk fait observer que nombre de juifs, surtout parmi les plus religieux, étaient au début du concile très réservés sur ce qu'on pouvait en attendre, ne croyant pas que l'Église puisse fondamentalement modifier ses rapports avec le judaïsme.

* Le prélat autrichien Mgr Osterreicher exprima publiquement son regret que « déplore » ait été substitué à « condamne » qu'il avait figurer dans une première version.

La promulgation de *Nostra Aetate* leur sembla en général un important pas en avant, bien que la version finale les ait déçus. Ils craignaient beaucoup en effet « que l'attitude proclamée par le concile ne soit une nouvelle méthode, plus humaine cette fois, de les intégrer dans le christianisme ».

Le fait que cette nouvelle « ligne » du catholicisme s'inscrive dans le cadre d'un organisme intitulé Secrétariat pour l'unité des chrétiens avait en effet de quoi inquiéter les juifs. Aussi bien le cardinal Bea obtint-il la création du Vatican Office for Catholic-Jewish Relations, qui situait le dialogue dans une tout autre perspective.

Le vieux jésuite savait en effet que le texte conciliaire n'était qu'une amorce :

> « Nous ne pouvons changer en deux ans une mentalité forgée en deux mille ans… C'est après le concile qu'il faudra travailler pour en répandre l'esprit et les principes, et trouver peu à peu les formes concrètes pour améliorer les relations entre catholiques et juifs. Ce sera un long travail qui exigera beaucoup de patience et de persévérance, mais c'est le seul qui portera des fruits durables [9]. »

La réserve, le scepticisme qui ont continué à se faire jour dans beaucoup de milieux juifs après le concile ne semblent pas avoir visé la personne et les démarches d'Augustin Bea, s.j. Chacun savait qu'il ne cessait de harceler les uns et les autres pour que les contacts se multiplient, que des associations judéo-chrétiennes se constituent, pour que les Sœurs de Notre-Dame de Sion voient leurs actions facilitées. Il s'impatientait devant la lenteur des changements de mentalité, en tout cas du côté catholique.

Quand il mourut, en 1968, âgé de quatre-vingt-sept ans, le fils du charpentier de Riedböhringen s'était attiré, après celui de protestants, le respect de ses partenaires juifs. Il était devenu le symbole du rapprochement, si maigres, si lents, si décevants que fussent les progrès. C. A. Rijk rapporte qu'au cours des quelque vingt entretiens qu'il eut avec le cardinal au cours des deux dernières années de sa vie, le vieil homme était le plus souvent entouré de juifs venus le remercier de ses efforts, et qu'émouvaient sa sincérité, son ardeur à convaincre ou à comprendre, dussent-ils être en désaccord avec lui sur ses interprétations théologiques des rapports entre l'Ancien et le Nouveau Testament.

Il est frappant que ce vieillard épuisé, dont seul semblait vivre le regard très clair, presque gai, alors qu'il se déchargeait chaque année de l'une ou l'autre des innombrables missions que lui avaient confiées la curie romaine et son ordre, n'ait jamais voulu sacrifier à son repos – à sa survie – la tâche entreprise dans le sens du rapprochement judéo-chrétien.

Qu'un concile, un homme juste, la lucidité des jésuites*, le dévouement de nombreuses associations, l'historiographie de la *shoah* n'aient pas suffi à apurer deux mille ans de mépris ou d'aveuglement, la preuve en fut donnée (une preuve parmi d'autres) lors de l'affaire dite du « Carmel d'Auschwitz ».

Quoi qu'on puisse penser à l'origine du souhait des sœurs carmélites « de préserver un lieu de prières et de vie sur l'emplacement du plus horrible des camps de la mort nazis » (où sont morts aussi des chrétiens), la réaction de rejet douloureux que cette initiative avait provoquée dans le monde juif qui pouvait se réclamer ici d'un affreux privilège aurait dû couper court au projet et entraîner une renonciation immédiate de tout catholique conscient des souffrances endurées voici un demi-siècle en ce lieu tragique par les communautés juives d'Europe, et du rôle joué en ce supplice par le monde chrétien.

On sait que, d'aveuglement en incompréhension, les religieuses, soutenues par le cardinal Marcharski, archevêque de Cracovie, et en dépit d'objurgations et de mises en garde pathétiques émanant de bon nombre d'autorités catholiques (françaises entre autres), en vinrent obstinément jusqu'au point de rupture avec les représentants des diverses communautés juives, blessées de ce qu'elles considèrent comme une tentative de récupération par les chrétiens d'un espace, d'un symbole, d'une mémoire éminemment juifs. Que la querelle fût, en 1992, en voie de règlement n'empêche pas que des tensions révélatrices s'étaient manifestées.

A cette occasion, des paroles de vérité et de lucidité vinrent,

* Qui, particulièrement diligents dans l'affaire du concile, n'ont pas le monopole de cette attitude : le R. P. Dujardin, animateur des Amitiés judéo-chrétiennes, est oratorien.

entre autres, d'un religieux français. Si elles trouvent leur place ici, c'est que, exprimées par un jésuite, elles témoignent de la constance d'un effort de compréhension et de réparation qui remonte, on le sait, aux origines de la Société de Jésus et a pris, au cours du dernier demi-siècle, de Joseph Bonsirven à Michel Riquet et à Augustin Bea, valeur d'engagement pour que justice soit faite au peuple juif.

L'auteur de cet article* est Paul Valadier, qui prit souvent à propos de la hiérarchie catholique des positions « en flèche » et le paya de sa mise à l'écart de la direction d'*Études* en 1989**. Son intervention, en l'occurrence, ne fut pas saluée seulement par ses supérieurs de la Compagnie, mais aussi par le cardinal-archevêque de Paris, Jean-Marie Lustiger, qui passait pour entretenir avec lui des relations difficiles – et qui est au demeurant une autorité reconnue en matière de relations judéo-chrétiennes.

Une fois marqué l'« accablement » éprouvé par bien des catholiques devant l'obstination des carmélites et de Mgr Marcharski, Paul Valadier, refusant de s'en tenir à une commode indignation de circonstance, savait rappeler qu'au-delà d'un débat ponctuel où s'affirmaient clairement les droits des uns et les erreurs des autres, « la relation entre judaïsme et christianisme [...] est conflictuelle ». L'admettre, selon Paul Valadier, n'est pas « aviver les différences », mais être lucide, car « elles peuvent toujours resurgir ». Pourquoi ? Parce que « la relation entre juifs et chrétiens se noue sur un fond commun [...] qui divise ».

> « ... On ne fera pas que les Écritures portées par Israël ne soient les textes mêmes dans lesquels et sur lesquels les chrétiens aussi lisent la volonté de Dieu, son dessein rédempteur, son désir et son acte d'Alliance avec l'homme ; voilà une identité et une continuité on ne peut plus forte. Mais, d'un autre côté, on ne fera pas que ces mêmes Écritures ne soient lues différemment par les uns et par les autres : les chrétiens tiennent que ce n'est pas la loi qui sauve, mais le Christ Seigneur, et donc que l'Ancienne Alliance n'a été que la préfiguration de la Nouvelle, qu'à la Loi s'est substituée la Grâce. Voilà la différence et une discontinuité on ne peut plus forte.

* Publié dans le quotidien *Libération*.
** Voir chapitre XIV, p. 515 n.

Il y a donc entre juifs et chrétiens une querelle d'héritage comme entre l'aîné et le cadet, ainsi qu'on en trouve tant d'exemples (préfiguratifs ?) dans la Bible. Et donc, pour parler comme saint Paul, une sorte de jalousie insurmontable ou une rivalité sans trêve ne cesse de surgir entre eux.

C'est bien parce qu'au fondement il y a rivalité ou "jalousie" que tout doit être fait, de part et d'autre, pour que les préjugés, les passions, les outrances ne viennent pas aggraver un contentieux difficile, qui, répétons-le, le sera toujours (jusqu'à la fin des temps ? – pour citer saint Paul). C'est cette rivalité qui exige une attention, une délicatesse et une intelligence particulière dans les relations entre juifs et chrétiens. Comme entre jumeaux, la rivalité mimétique est latente et explosive. Raison de plus pour raison garder, ou plutôt pour creuser assez loin l'héritage spirituel commun et retrouver ce qui unit et, en toute franchise, ce qui sépare. Le chrétien catholique, pour sa part, doit plus que tout autre (par saine rivalité ?) veiller à éliminer tout ce qui, dans son Église, paraît et est attentatoire à la mémoire et à l'intelligence que le juif a de lui-même : non par tactique ou par complaisance, mais au nom de ce qui l'unit au juif. … C'est dans sa lecture même des Écritures, des dogmes, de sa tradition, dans l'appréciation même de son identité, que le chrétien ne doit donner prise à aucun antisémitisme. Car celui-ci est si contradictoire avec l'essence du christianisme (puisque "le salut vient des juifs") que sa trace en nous, toujours possible hélas, serait le meilleur signe de notre idolâtrie, donc de notre infidélité à la foi.

Si cette analyse est juste, il faut à la fois déplorer la surdité catholique qui est à la base de l'affaire du Carmel, et ne pas imaginer un avenir radieux entre juifs et chrétiens une fois l'orage passé. L'extrême proximité dans l'héritage spirituel provoquera encore des incompréhensions. Raison de plus pour chercher toujours et encore à surmonter les rivalités, celles qui naissent de faux pas, de l'absence de contact, de dialogue – qu'on évite par la connaissance réciproque, par le travail et les engagements communs dans lesquels on s'apprécie tel qu'on est. Proches et différents [10]. »

Qu'ajouter à ce texte magnifique, où s'exprime le meilleur de la tradition jésuite, née avec Loyola, ranimée par *Sources chrétiennes* après avoir été longtemps trahie, et bravement restaurée par Augustin Bea ?

CHAPITRE XIII

Pedro Arrupe et la justice : un pape noir, trois papes blancs...

• Le concile de Jean XXIII, cause première... • Le rôle des jésuites et l'esprit du temps • Un Basque au Japon : Inigo chez Xavier • Hiroshima mon obsession • « Un solide conservateur »... • Paul VI en la chapelle Sixtine • États généraux chez les jésuites • Medellín et la théologie de la libération • Gurvitch ou saint Matthieu ? • Le décret 4... • « Qui êtes-vous ? Où allez-vous ? » • L'antipathie de Jean-Paul II • Des « silencieux » qui n'en pensent pas moins • Un pape contre les **Constitutions** ***• Le « calvaire » de Don Pedro •***

Si la Compagnie de Jésus entre, vers 1965 et pour plus de vingt ans, dans une zone de tempêtes – les uns disent « en mue », d'autres disent « en transes » –, ce n'est évidemment pas pour une raison unique ou du fait d'un seul homme, fût-il exceptionnel.

Il est vrai que l'élection, le 22 mai 1965, du « préposé général » Pedro Arrupe, vingt-septième successeur d'Ignace de Loyola, ne fut pas un geste de routine. Ce jésuite basque, qui avait consacré la moitié de sa vie au peuple foudroyé sous ses yeux à Hiroshima et vivait de ce fait en particulière intimité avec le malheur des hommes, amorça la réanimation de l'ordre ignacien, et son assimilation – fort abusive – à la « théologie de la libération » d'inspiration progressiste. Il eut, du fait de son ingénuité prophétique, sa part de responsabilité dans les tensions qui se manifestèrent alors entre le Vatican et la Compagnie, et plus encore peut-être au sein même de la Société de

Jésus entre « anciens et modernes ». C'est à ces turbulences que beaucoup attribuent la fonte des effectifs de la Société, passés de trente-cinq mille à vingt-cinq mille de 1965 à 1990. Ce temps d'expansion spirituelle et de repli matériel peut donc se placer sous le signe d'Arrupe.

Mais la Compagnie de Jésus n'est pas une île au large du continent catholique. Une presqu'île, tout au plus, placée en brise-lames. L'isthme ne saurait être coupé que par la volonté de Rome – ou du fait de la soumission de la papauté aux pressions extérieures, comme en 1773*.

Quand le frémissement de la vie agite, de siècle en siècle, le grand corps du catholicisme et que les vraies questions se posent enfin, les impulsions peuvent partir de la Compagnie – ouverture du dialogue avec les cultures et les croyances « différentes » par François Xavier puis Matteo Ricci, mise en cause des thèses augustiniennes sur la grâce par Molina**, redéfinition des rapports entre la science et la foi par Teilhard : mais c'est encore et toujours « monsieur de Rome » qui arbitre, pose les jalons, ordonne les rythmes, tire ou pousse les verrous.

L'histoire des jésuites a certes son autonomie par rapport à celle de l'Église. Nous avons vu la Compagnie en pointe ou à la traîne, ouvrant les pistes ou pesant sur les freins. Mais la sujétion posée en principe dès avant 1540, quand Loyola vient mettre ses neuf compagnons et lui-même à la disposition, à la discrétion du souverain pontifie dont il se veut et se fait le fer de lance, n'a jamais été remise en cause.

Les avancées les plus téméraires de la Société de Jésus n'ont été décisives qu'autant qu'elles étaient encadrées par l'évolution du magistère romain, en amont parfois, en aval plus souvent. Toujours les grandes audaces des pères ont été sanctionnées par des « corrections » radicales ; plus grand est le dynamisme, plus ardent est le zèle, plus dure sera la reprise en main, de Paul IV à Jean-Paul II : c'est la loi.

La grande aventure jésuite du XXe siècle, qu'appelait le piétinement du XIXe***, a sa spécificité par rapport à l'*aggiornamento* de l'Église catholique, proclamé de 1962 à 1965 lors du deuxième concile du Vatican. Mais, si les jésuites de 1992

* Suppression de la Compagnie, voir tome I, chapitre XIV.
** Voir tome I, chapitre XI.
*** Le « parti stationnaire », disait Lacordaire.

sont, en corps, et pour beaucoup dans leur intimité, fort différents de ceux du début du siècle, ce n'est pas seulement parce que cette Société, plus directement immergée que d'autres dans les turbulences du monde, en ressent plus fortement les contrecoups que la hiérarchie romaine et parce qu'elle a connu, conjointement, une floraison intellectuelle sans précédent depuis le début du XVIIe siècle. C'est mieux encore parce que l'Église catholique opérait une mutation profonde, à l'appel du prélat débonnaire élu en 1958 sous le nom de Jean XXIII.

Quel qu'ait été le rôle joué dans la préparation et l'orientation générale du concile par des jésuites tels qu'Augustin Bea, Karl Rahner, John Courtney Murray, Henri de Lubac, ou Jean Daniélou*, c'est l'intelligence qu'eut le nouveau pape de l'état d'anémie où stagnait l'Église du fait de son enfermement, de son éloignement du monde réel – et aussi la conscience qu'il avait des richesses proposées par ce siècle frénétique et du bouleversement provoqué au sein du christianisme par la décolonisation et l'apparition récente de trente nouvelles nations – qui fit germer l'idée de l'*aggiornamento*. Et c'est son courage qui lui donna impulsion.

L'Église du XIXe siècle avait refusé de reconnaître la liberté de conscience, les droits de l'homme, la critique historique, le progrès technique, l'optimisme scientifique, le principe de l'Église libre dans l'État libre. Le catholicisme du XXe siècle était trop handicapé par ces aveuglements en chaîne, et trop rudement défié par le marxisme, le fascisme, le fait nucléaire et la décolonisation pour ne pas faire face, enfin, aux réalités. S'y refuser toujours, c'eût été se résigner à n'être plus qu'une secte pour la défense des sociétés nanties.

Que la Société de Jésus et l'ordre des dominicains s'en soient avisés avant les grands notables de la chrétienté (sinon avant les prêcheurs des Églises réformées) ne change rien à l'affaire : c'est parce qu'à la fin de 1959 le pape Jean décida de la convocation d'un concile, qui, étant donné l'état où végétait l'Église, devait prendre le sens d'une levée d'écrou, que les forces de rénovation du catholicisme ont pu se manifester. Et, dans la Compagnie de Jésus, avec une intensité particulière.

Le concile ouvert en 1962 par Jean XXIII était nourri de

* Aux côtés des dominicains Chenu et Congar, de Hans Küng, d'Edward Schillebeekx…

telles attentes et dynamisé par de si profondes frustrations que ses travaux survécurent à la disparition de son inventeur en juin 1963, et à l'élection de Mgr Montini (devenu Paul VI), non moins averti des urgences et soucieux de réanimation mais plus timoré, encore marqué par l'influence de Pie XII dont il avait été le secrétaire d'État.

Vatican II ne pouvait être que l'antithèse de Vatican I, sa dénégation, sa réparation. Le concile de 1869 avait clamé, hurlé le refus opposé par l'Église au monde moderne, à la démocratie et même à l'humanisme. Un siècle plus tard, il ne pouvait être question que de libérer ce grand corps ligoté.

Peu d'institutions ont, au cours de l'histoire, fait un tel retour sur elles-mêmes. Il s'agit cette fois d'une véritable amende honorable. Pas un des textes du *Syllabus* et de Vatican I, de ces anathèmes lancés contre la liberté et la modernité, qui ne fût cette fois contredit dans la lettre et l'esprit. C'est ainsi qu'en 1962 le cardinal Beran, archevêque de Prague, en vint à déclarer que « l'Église semble expier les fautes commises en son nom contre la liberté ». En son nom, ou par elle ?

Ce monde dénoncé comme pervers par les prélats de Pie IX en 1870, le voici en 1965 loué, salué par la constitution *Gaudium et Spes*, chant de réconciliation avec « l'activité humaine, ce gigantesque effort par lequel les hommes, tout au long des siècles, s'acharnent à améliorer leurs conditions de vie, [effort qui] correspond aux desseins de Dieu ».

C'est de là, bien sûr, et d'autres formules du concile sur « les injustices et l'inégalité dans la distribution des biens », qu'il faut dater le « cours nouveau » dans lequel s'inscrira l'action du père Arrupe à la tête de la Compagnie de Jésus – action naturellement dotée du dynamisme propre à l'impétueuse Société ignacienne. Ce qui déconcertera, et fera voir les jésuites des années soixante-dix et quatre-vingt comme « en flèche » par rapport à l'Église, c'est moins leur audace que leur fidélité, leur « papisme ».

Plus ou mieux que d'autres, en effet, et du fait d'un homme inspiré dont l'élection coïncidait trop bien avec l'explosion conciliaire pour n'être pas vue comme un signe, ils prirent au pied de la lettre les décisions, constitutions et recommandations de Vatican II. Par obéissance ? C'est évident. Mais aussi parce que l'*aggiornamento* allait dans un sens que beaucoup d'entre eux avaient préconisé, planifié ou espéré. Et, alors que, de la curie romaine à tel ou tel bastion du monde catholique, on allait rogner, émonder ou amender le message conciliaire, la Compagnie, pleinement engagée dans le mouvement, se trouve exposée, aventurée en tête de la troupe. Par discipline, ou par naïveté ? Parce qu'elle y a cru…

Peut-être aussi parce qu'elle avait anticipé sur le mouvement. On reviendra sur le fourmillement intellectuel et spirituel qui fait du second quart du XXe siècle l'une des périodes les plus riches de l'histoire des jésuites, le temps de la vraie renaissance – qui a bien peu à voir avec la restauration du XIXe siècle.

Mais, pour saisir l'interaction entre le concile du Vatican et le généralat de Pedro Arrupe, il faut bien comprendre que, si celui-ci fut pour beaucoup une conséquence de l'épanouissement conciliaire, le concile lui-même avait reçu, dans sa phase préparatoire, une vigoureuse impulsion de la Compagnie. Ainsi les effets et les causes s'emboîtent-ils harmonieusement : pas d'Arrupe sans concile, mais pas de concile sans les précurseurs, les électeurs d'Arrupe. Comment s'étonner que le concile eût trouvé son champion parmi ses promoteurs de naguère ?

Il est donc moins juste de parler, à propos de ce chapitre de l'histoire de la Compagnie de Jésus, d'une « ère Arrupe » que d'une ère conciliaire. C'est dans ce cadre, à l'intérieur du cycle de l'*aggiornamento* catholique, de la réconciliation proclamée par les congressistes de Rome avec le monde moderne, que se développe cette opération à cœur (et à cerveau) ouvert à laquelle Pedro Arrupe a imposé sa lumineuse marque personnelle, moins pionnier qu'exécutant et interprète d'une stratégie globale. Ainsi le « général » basque apparaît-il surtout comme le plus intrépide et fidèle disciple du pape Jean.

Mais ce n'est pas parce qu'on se refuse à propager la légende d'un Arrupe avant-gardiste, aventuriste, mué en une sorte de « Che » Guevara sacerdotal, que l'on doit minimiser le caractère charismatique du personnage, pas plus qu'on ne saurait sous-estimer, en l'occurrence, les pulsions propres à la Compagnie de Jésus, les motivations qui poussaient cet ordre à une action particulièrement novatrice.

On a évoqué un certain nombre des épreuves vécues par les jésuites du XXe siècle, on en signalera d'autres. Il est de fait qu'au début des années soixante, la Compagnie est un corps rayonnant d'imagination et tout couturé de cicatrices – celles-ci dues à celle-là. Il ne suffisait pas que, pendant la guerre, les pères de Radio Vatican, impatients de dénoncer les crimes du nazisme, eussent été rappelés sèchement à la prudence, comme les inventeurs de *Témoignage chrétien* ; que Pierre Teilhard de Chardin eût été contraint à une soumission voisine de l'humiliation, à un silence mutilant comme son confrère Henri de Lubac et ses compagnons de Fourvière* ; il avait fallu encore que le Saint-Siège, ordonnant en 1954 l'interruption du travail des prêtres ouvriers (décision qui frappait également les dominicains), appliquât cet ordre avec une particulière précipitation à la Société qui mettait sa gloire à obéir sans barguigner aux décisions de Rome.

Ne négligeons pas l'esprit du temps, que les jésuites ont assez d'antennes pour capter et transformer en énergie. En ce début des années soixante, tout est mouvement. Entre Kennedy et Khrouchtchev, entre l'URSS et la Chine, entre l'Algérie et de Gaulle, entre Cuba et Washington, tout se bouscule, tout craque pour renaître différent. Ce printemps redoutable et radieux fait passer comme une onde sur toutes choses. Un temps à mettre quelques jésuites dehors…

Comment s'étonner après cela que, derrière ce pontife aux allures de chanoine hédoniste qui déclenchait paisiblement une nuit du 4 août à l'échelle du monde, se soit élancée ardemment cette grande Compagnie attentive et blessée, avide de reprendre les routes de jadis à la rencontre des *daimyos* et des Guaranis, des mandarins et des brahmanes du monde moderne ?

Une impulsion intellectuelle donnée à la préparation des textes novateurs, l'infléchissement de la pensée des notables du concile dans le sens de la liberté, de toutes les libertés, la marque presque teilhardienne mise sur tel ou tel texte imprégné de l'esprit du cosmos en évolution, toutes les idées lancées par Rahner ou de Lubac ne suffisaient pas à ces activistes en soutane : ils prétendaient que leur ordre lui-même intervînt et accélérât le nouveau cours, comme un champion, afin d'imprimer son rythme à la course, prend la tête du peloton.

« Nous avons besoin, disait alors l'un des plus éminents d'entre eux**, d'un général qui mette la Compagnie en contact

* Voir chapitre XIV.

** Le R. P. Maurice Giuliani, dont le nom fut prononcé parmi ceux des *papabili* noirs – bien que les Français soient traditionnellement « hors course » –, prononça l'allocution d'ouverture de la congrégation qui donna l'impulsion et peut-être même l'orientation des travaux.

avec le monde auquel il faut porter le salut. » Pour cela, il fallait que parût un homme neuf, libre des sujétions ordinaires de Rome, assez simple pour prendre au mot le message lancé du Vatican sous le regard paterne de *monsignori* qui en avaient vu d'autres. Il fallait un homme venu de loin.

Être originaire du pays de Loyola n'implique pas que l'on devienne « général » des jésuites. Pas plus que d'être né, en 1907, d'une pieuse famille de Bilbao et d'avoir pour père – par ailleurs architecte – l'un des fondateurs du journal catholique *Gaceta del Norte*.

Pedro Arrupe, étudiant en médecine à Madrid, entra dans la Compagnie de Jésus à vingt ans, cinq ans avant que la République espagnole n'expulse les pères, comme l'avaient fait jadis Charles III et Espartero. D'où le déploiement à travers le monde de ce qu'il a appelé son « itinéraire en zigzag ». Formule contestable : venu des terres de Loyola pour consacrer sa vie au dernier pays évangélisé par François Xavier et rappelé d'Extrême-Asie pour être élu « préposé général » de la Compagnie, on peut dire qu'Arrupe a plutôt parcouru la « voie royale » du jésuite.

Auparavant, celui que sa famille et ses amis appelaient « Perico » avait vécu une jeunesse heureuse, donnant libre cours notamment à sa passion pour l'opéra*, au temps où l'Espagne chérissait un ténor aussi populaire que ses toreros, Miguel Fleta, interprète éclatant de *Turandot*. Une visite à Lourdes où il est, assure-t-il, témoin d'un miracle, contribue à ancrer sa vocation – qui ne va pas d'abord sans une étrange distanciation par rapport aux tragédies du temps. Interrogé par le R. P. Dietsch en vue d'une biographie en forme de dialogue [1], il se contente d'observer, à propos d'un séjour en Allemagne à la veille de la guerre, que « la mentalité nazie a été un grand choc culturel ». (C'est tout. Nous avons vu que Pierre Chaillet était plus explicite...) Ce Basque qui eut trente ans à l'époque de Guernica ne lisait jamais les journaux. Quand par hasard il s'informait auprès de ses compagnons, ceux-ci riaient : « Tiens, voilà Don Pedro qui descend de sa planète ! »

* Il avait lui-même une belle voix de baryton, qui surprenait par rapport à un timbre plus aigu dans la conversation.

On le spécialise dans les questions d'éthique médicale, et, pour un congrès à Vienne, il rédige un travail sur « la castration euphonique ». Veut-il, pendant un séjour aux États-Unis, s'orienter vers la psychiatrie ? Un de ses supérieurs new-yorkais coupe court : « Les jésuites qui veulent étudier la psychiatrie ont eux-mêmes besoin d'un psychiatre ! » Bon. Il partira pour le Japon, où il débarque en 1938.

Trois ans plus tard, arrêté et jeté en prison à Yamaguchi*, il n'apprendra qu'après sa libération qu'il était accusé d'espionnage. Expérience formatrice (« le mois le plus instructif de ma vie », dira-t-il). En 1945, il est maître des novices à Yamatsuka, à cinq kilomètres d'Hiroshima. Ce qu'il a vécu dans la matinée du 6 août de cette année-là, il l'a conté dans *Yo viví la bomba atómica*[2]. Alerté par l'effroyable déflagration, il monte sur la colline qui sépare Yamatsuka d'Hiroshima et découvre que cette ville a fait place à un lac enflammé... Ce châtiment très spécifique infligé à un peuple qui, blanc, n'eût pas été traité de la sorte contribuera à faire de Pedro Arrupe un militant de la justice : près de mille conférences sur Hiroshima prononcées en vingt ans.

On ne saurait surestimer l'importance de cette expérience dans la vie d'Arrupe, l'ancien étudiant en médecine voué pendant des années à des soins d'infirmier, courant d'hôpital en hôpital, écoutant les récits horribles, entendant les plaintes, étudiant la terrible évolution des plaies. Cette souffrance l'aura marqué au plus profond et fait « descendre de sa planète ». Il est impliqué, charnellement, dans la tragédie du XXe siècle comme d'autres dans l'enfer concentrationnaire.

Pedro Arrupe est provincial du Japon quand s'ouvre à Rome, le 7 mai 1965, la trente et unième congrégation générale de la Société de Jésus, composée de deux cent vingt-quatre pères convoqués pour élire le successeur du R. P. Janssens, « général » depuis 1946. Est-ce parce que les jésuites, entrevoyant la montée du Japon au sommet de la puissance, veulent se doter d'un interlocuteur *ad hoc* ? Parce que Arrupe a acquis à propos d'Hiroshima une sorte de célébrité en tant qu'avocat du malheur ? Le fait est que, le 22 mai 1965, ce Basque de cinquante-huit ans qui parle sept langues, dont le japonais**, est élu, au

* Chose curieuse, contant cet épisode, il ne rappelle pas que cette ville fut une des étapes majeures de François Xavier.

** Mais pas le basque...

troisième tour d'un scrutin secret, « préposé général » de la Compagnie.

Ainsi projeté d'un coup au pouvoir, comment avez-vous réagi ? lui demande Dietsch. « Je l'ai dit dans ma première allocution, citant Jérémie : "*A, a, a… nescio loqui…* je ne sais pas parler." Je n'avais aucune qualification, et je me suis trouvé face à la Compagnie, avec ses grands maîtres, ses grands docteurs, ses grands spirituels… Voici un petit homme parachuté : que peut-il faire ? C'est un moment de grande confusion [3]… » (N'exagérons rien, Don Pedro : un jésuite de cinquante-huit ans qui a beaucoup roulé sa bosse, tâté de la psychanalyse et assure depuis douze ans la direction de son puissant ordre dans l'un des plus grands empires du monde…)

Dans quel esprit fut élu Arrupe ? Écoutons un bon témoin (et acteur) de cette congrégation, le jésuite italien Bartolomeo Sorge :

> « Pedro Arrupe n'était certes pas le jésuite le plus en vue quand il fut élu… Dans l'ambiance romaine d'alors, ceux qui le choisirent étaient persuadés d'avoir élu un robuste conservateur… Mais dans l'Église, les surprises viennent à retardement. Pensez que Jean XXIII fut élu en tant que "pape de transition" [4] !… »

Bref, voici Pedro Arrupe aux commandes, en pleine effervescence conciliaire, promu dans un climat de mutation, de débats et d'espérance. Chose curieuse, passée la pittoresque « jérémiade » inaugurale devant les siens, Don Pedro, appelé à intervenir lors de la quatrième session du concile, va faire devant les notables du Vatican des débuts à « contre-emploi » : quatre mois après son élection, il prononce devant les pères conciliaires une allocution qui manque le faire taxer d'impérialisme ou d'intégrisme : prétend-il « faire de l'Église la Compagnie de Jésus » ? En fait, s'il a été maladroit, la brièveté du temps de parole et des erreurs de traduction ont faussé le sens de son intervention [5]. Il lui reste près de dix-huit ans pour corriger cette erreur d'optique. Quelles années ! Et quelles corrections…

Au cours d'un colloque organisé en 1985 au noviciat de l'Arbalétière, près de Lyon, le R. P. Maurice Giuliani, qui fut l'un des premiers « assistants » d'Arrupe, décrit ainsi le comportement du vingt-huitième « général » de la Compagnie :

> « … il portait toujours un regard positif sur toutes les grandes requêtes de la conscience moderne […] Opter pour le monde tel qu'il est, sécularisé, humain au point de ne plus laisser paraître aucune référence religieuse, traversé par d'intenses courants de solidarité autant que de combats, découvrant avec ivresse les conquêtes de liberté de son ère. C'est cela le monde d'aujourd'hui : le prendre tel qu'il est, l'accepter de manière positive. Notre devoir, pensait le père Arrupe, c'est d'y entrer, non seulement sans peur, mais sans les précautionneuses garanties d'un mode d'existence qui ne serait pas celui des autres hommes.
> Son rêve était d'aller s'installer avec les pauvres de Rome dans les taudis de la Via Appia. Rêve irréalisable, il en convenait, mais pas tout à fait… En tout cas, son action comme Général fut d'ouvrir sans cesse la Compagnie à toutes les formes de présence au monde moderne. En cela, il se montrait bien sûr ignacien, mais son impulsion répétée fit bouger quelque chose au fond de nos consciences. On l'accusa d'être naïf, d'être utopique, de pratiquer la fuite en avant. Il le savait, mais il suivait son chemin [faisant] une confiance absolue aux personnes […] acceptant d'être compris ou, à la limite, d'être dupé – et il le fut plus d'une fois… »

Au cours de l'office célébré à Paris au lendemain de la mort de Pedro Arrupe, Jean-Yves Calvez, pendant plus de douze ans son plus proche collaborateur, nuançait ainsi le portrait :

> « Pedro Arrupe a cru vivre une aube, un tout premier commencement. Pas seulement à cause du concile mais à cause de la vive perception qu'il avait des nouveaux pas qu'accomplissait l'humanité, dans les sciences, dans les techniques et dans la découverte intime de soi par l'homme. »

Et, pour être plus explicite, le R. P. Calvez citait ce propos d'Arrupe lui-même :

> « Il semble que tout ce qui peut faire l'objet de droits de l'homme est très loin d'avoir été épuisé. De même que nous ne savons pas encore quelle est la limite des capacités physiques de l'homme, quand on le voit battre des records que l'on croyait impossibles à dépasser. Nous ne pouvons pas encore fixer jusqu'où une conscience morale développée et le sentiment de la fraternité et de l'égalité chrétiennes pourront aller avec le temps pour définir ce qu'est le droit de l'homme. »

Pour être concret même dans cet espoir, il ajoutait : « L'histoire des mouvements syndicaux et sociaux nous le montre d'une manière incontestable[6]… »

Quand les délégués qui venaient de l'élire tinrent à lui rappeler que l'une des préoccupations majeures de la Compagnie devait être l'« apostolat social », conduisant à la mise en cause des « structures » existantes, peu d'entre eux pouvaient imaginer à quel point cette directive d'ensemble entrait dans les vues de ce « robuste conservateur »… Je suis leur chef, il faut donc que je les suive : le vieil adage trouvait une application à double sens. De la base au sommet, un état d'esprit régnait.

Pedro Arrupe était le quasi-sosie d'Ignace de Loyola. Moins petit que le fondateur, moins décharné ou désincarné, plutôt fluet. Mais la forme du visage en amande est la même, et le front osseux, fuyant, dégarni, le crâne comme un casque d'ivoire, le nez en bec d'aigle et les orbites dessinées comme des arcs de voûte, l'allure preste, une sorte d'apesanteur dans le comportement. Tête et silhouette sont bien de par là-bas, du pays Basque, entre vieille église et fronton, avec en elles du rocher, de la dureté marchante, escaladeuse, chasseresse – et le coup d'œil du contrebandier.

Le regard d'Ignace, aussi ? Non. Celui du fondateur, d'après tous les portraits, est d'un noir d'encre de Chine, dense et lourd comme l'eau de certains lacs de très haute montagne. Celui d'Arrupe est gris, vif, perçant. Le geste de l'épigone est plus méridional que celui que l'on prête au modèle, l'élocution plus douce. Ce qui n'est pas de Loyola non plus, c'est l'extraversion, une sorte de gaieté diffuse, comme une allégresse de pelotari qui vient de marquer un point.

Une version rieuse du fondateur, qui aurait troqué le fameux « don des larmes » contre un art du sourire ? Tous ceux qui ont pratiqué Don Pedro, fût-ce au temps de sa puissance de « pape noir » et des drames qui émaillèrent son généralat, ont été frappés par l'alacrité qui marquait tous ses gestes, sa disponibilité, son aisance à vivre en groupe. Une très intense force d'attention, d'écoute, où l'on retrouve le fondateur – avec lequel il a en commun, aussi, la « présence ». Il est de ces hommes qui paraissent – et tout est changé. Petit volume, grand rayonnement : ce qu'on appelle tout bonnement le charisme.

La tâche du « petit-homme-qui-ne-sait-pas-parler » n'apparaît pas moins redoutable. Non, semble-t-il, du fait du concile, dont les textes majeurs lui traçaient un cadre tel que ce citoyen du monde l'eût souhaité. Mais en raison des problèmes de structure posés par la Société de Jésus, qui impliquent ce qu'on appellerait ailleurs des « réformes constitutionnelles ».

La congrégation de 1965 ne s'était pas plus tôt réunie qu'avant même l'élection d'Arrupe fut posé un problème singulier : celui de la pérennité du mandat du « préposé général ». Une sorte de consensus s'était manifesté pour que soit remis en question le principe du généralat à vie formulé d'emblée par Loyola et admis par ses compagnons – non sans que, dix ans plus tard, le malveillant pape Paul IV ne tentât de contraindre le fondateur à renoncer à ce privilège qui devait être, selon lui, réservé au chef de l'Église.

La mort de Paul IV avait permis de revenir aux dispositions initiales. Mais les pères de la deuxième partie du XXe siècle étaient conscients des défauts du système. Les « généraux » sont élus plus jeunes que les papes. D'où de trop longs généralats, vouant la Société à des périodes de direction sénile. Six « généraux » en un siècle…

Le mandat du dernier « général », Jean-Baptiste Janssens, avait été marqué par des crises pénibles, une sclérose croissante, un évident manque de communication. Comment traiter plus mal une affaire que celle de Teilhard ? D'où le souci des nouveaux jésuites de prévoir des formules de démission, d'invite à la retraite, sinon d'*impeachment* à l'américaine… Mais la Compagnie, qui avait dû se battre quatre siècles plus tôt contre le pape pour maintenir le généralat à vie, allait devoir lutter contre le Saint-Siège pour le remettre en cause…

L'élection d'Arrupe s'était faite dans le cadre des constitutions existantes. Mais une réforme était prévue avec son accord dans le sens du système dit du « siège éjectable* ». L'élu avait droit à la démission** s'il sentait ses capacités décliner. En revanche, la congrégation avait renforcé l'autorité du préposé général en lui accordant le pouvoir de nommer lui-même les quatre « assistants généraux » jusqu'alors élus par la congrégation pour encadrer le détenteur du pouvoir suprême.

* Ne devrait-on pas dire plutôt « éjecteur » ?

** Alors qu'il n'a pas celui de décliner l'honneur de l'élection.

En fait, Pedro Arrupe n'usa pas du droit nouveau qui venait de lui être accordé en compensation de la remise en cause du généralat à vie. Mais l'ensemble des propos tenus au cours de ces assises, ces remue-ménage institutionnels, la personnalité phosphorescente du nouveau préposé général, certains de ses propos relatifs à la liberté, à la justice, aux rapports avec les incroyants, à la suprématie du congrès sur son propre pouvoir, tout était de nature à mettre en alerte le nouveau pape. Paul VI, personnage naturellement angoissé, avait bien entériné les audaces de Vatican II, mais voyait sans plaisir se manifester, au sein de la milice noire de ses « grenadiers », une effervescence induite du concile et lui ajoutant sa « pointe » jésuitique.

Le conflit (le débat, tout au moins) était inévitable entre le souverain du Vatican et sa garde impériale en ébullition. De telles contradictions pouvaient-elles rester dissimulées, enfouies dans le secret du tête-à-tête – mensuel entre « pape blanc » et « pape noir », ou quasi quotidien entre le pape et son confesseur jésuite Paolo Dezza ? Devaient-elles revêtir une forme publique ? C'est celle-ci que choisit Paul VI, révélant ainsi l'intensité de son émoi.

Gian-Battista Montini n'était pas hostile aux jésuites. Au contraire. Il leur devait une grande partie de sa formation, admirait leur diligence, leur efficacité, et parfois même leurs audaces intellectuelles. Henri de Lubac a raconté que, lors d'une audience au Vatican, le pape l'entraîna dans sa bibliothèque privée où s'alignaient les œuvres complètes de Teilhard de Chardin, alors anathème à la curie romaine. Et Montini avait été l'allié très efficace des pères lors du conclave de 1958 qui avait, grâce à eux, élu Jean XXIII.

Mais ce pape émotif ne pouvait supporter ni les tendances à la sécularisation de l'ordre papiste par excellence, ni son assouplissement disciplinaire, ni la moindre réforme conduisant à l'autonomisation de la Compagnie par rapport à lui. Comme beaucoup d'êtres fragiles, il pouvait aller jusqu'aux limites de la violence. Il allait le prouver.

La trente et unième congrégation n'eut pas plus tôt achevé ses travaux que Pedro Arrupe et ses quelque deux cents compagnons étaient convoqués par Paul VI dans la chapelle Sixtine du Vatican, et apostrophés sur un ton pathétique par le pape qui venait de présider à l'*aggiornamento* de l'Église catholique :

> « … Nous avons choisi ce lieu, sacré et redoutable par la beauté, par la puissance, par la signification de ses images, […] ce lieu où le destin se cherche ou se fixe, [pour exprimer] non seulement la louange [mais] le gémissement de notre esprit… »

Le ton était donné, celui de l'adjuration solennelle, ainsi accentuée :

> « Cette rencontre prend une signification historique : il nous est donné, à vous et à Nous, de déterminer les rapports qui doivent exister entre la Compagnie de Jésus et la Sainte Église… »

Qui ne se fût senti visé, parmi les pères assemblés sous les voûtes de Michel-Ange ? Et ce qu'ils allaient entendre ne ferait pas baisser la tension :

> « … Voulez-vous, fils de saint Ignace, soldats de la Compagnie de Jésus, être aujourd'hui encore, être demain et toujours ce que vous avez été depuis votre fondation jusqu'à maintenant* pour la Sainte Église et pour Notre Siège Apostolique ? Cette demande que Nous vous adressons n'aurait pas de raison d'être si n'étaient parvenues à Nos oreilles des nouvelles et des rumeurs concernant votre Compagnie – et d'ailleurs d'autres familles religieuses également –, au sujet desquelles Nous ne pouvons dissimuler Notre surprise et, pour certaines d'entre elles, Notre peine.
> Quelles étranges et funestes suggestions ont pu conduire à se demander, dans certaines parties de votre vaste Société, si elle doit continuer telle que l'a établie, par des règles très sages et très fermes, le saint qui la conçut et la fonda, telle que l'a modelée pour la gloire de Dieu, la défense de l'Église et l'admiration du monde, une tradition multiséculaire, mûrie par une expérience très attentive, confirmée par les approbations les plus autorisées ? Peut-être même, dans l'esprit de certains des vôtres, l'opinion s'est-elle introduite que les choses humaines sont enchaînées à la loi absolue de l'histoire…
> [Avez-vous cru que] pour donner une plus grande efficacité à votre activité, il fallait renoncer à grand nombre d'habitudes spirituelles, ascétiques, disciplinaires, qui ne seraient plus une aide mais un frein à une expression plus libre et plus person-

* Compte tenu du temps de la « suppression » par Clément XIV ?

nelle de votre zèle ? Il aurait alors semblé que l'austère et virile obéissance qui a toujours caractérisé votre Compagnie, et qui a même rendu toujours évangélique, exemplaire et très solide sa structure, devait être détendue, comme si elle s'opposait à la personnalité et faisait obstacle à la mobilité de l'action ; on aura oublié ce que le Christ, l'Église et votre école spirituelle elle-même ont magnifiquement enseigné au sujet de cette vertu.

Il y en eut peut-être aussi pour croire qu'il n'était plus nécessaire d'imposer à son âme l'« exercice spirituel », c'est-à-dire la pratique assidue et intense de l'oraison, l'humble et ardente discipline de vie intérieure, d'examen de conscience, de conversation intime avec le Christ, comme si l'action extérieure suffisait à maintenir l'esprit éclairé, fort et pur, à assurer par elle-même l'union avec Dieu ; et comme si cette richesse de pratiques spirituelles convenait seulement au moine et n'était plus pour le soldat du Christ l'armure indispensable. Peut-être encore certains eurent-ils l'illusion que, pour répandre l'évangile du Christ, il était nécessaire de faire siennes les habitudes du monde, sa façon de penser et d'agir, son caractère profane, de partager les jugements naturalistes que l'on porte sur le monde moderne… »

Ayant prononcé ce réquisitoire en forme de questions menaçantes, Paul VI voulut bien conclure par une manière d'absolution :

« Nuages dans le ciel, que les travaux de votre congrégation générale ont en grande partie dissipés ! Nous avons, en effet, appris avec grande joie que vous-mêmes, forts de la rectitude qui a toujours animé vos volontés, après un ample et sincère examen de votre histoire, de votre vocation, de votre expérience, vous avez décidé de demeurer fidèlement dans la ligne de vos Constitutions fondamentales, sans abandonner votre tradition, qui était toujours restée chez vous actuelle et vivante. »

Mais la mise en garde la plus solennelle, la plus impérieuse aussi, était proférée. Désormais, Pedro Arrupe et les siens savaient qu'ils œuvraient sous le regard le plus critique, le plus prévenu. La Compagnie n'était pas condamnée, mais en sursis. Le 16 novembre 1966 s'ouvrit ainsi, entre le pape Paul et le « général » Pedro, l'ère du soupçon.

Les forces qui jouaient et les attentes qui se manifestaient alors à l'intérieur comme à l'extérieur de la Compagnie et de l'Église n'étaient pourtant plus de celles que peut maîtriser une admonestation pontificale, d'autant que celle-ci émanait du pape de la dernière phase du concile, la plus « libératrice », mettant ainsi la Compagnie en garde contre l'*aggiornamento* dont il était le principal responsable…

Fallait-il penser que, dans l'esprit de ce pontife, la libéralisation globale du catholicisme devait être compensée par un durcissement de sa propre autorité, d'une musculation de ses instruments de pouvoir, de sa milice jésuite ? Tendre la main au monde, oui, mais à condition de disposer, plus soudée et soumise que jamais, de la fameuse « garde noire », à la fois force d'intervention et conservatoire des traditions…

La Compagnie qui avait depuis un demi-siècle donné au monde Pierre Teilhard de Chardin, Karl Rahner, John Courtney Murray et Henri de Lubac, immergée plus que toute autre dans un siècle qui, à peine libéré des divers totalitarismes, s'élance vers des modes de vie libertaires, vers les rêves de la société permissive, ne pouvait entrer dans ces vues (implicites). Mobilisée au XIXe siècle pour opposer à la démocratie, au romantisme social et au scientisme la matraque du *Syllabus*, elle ne saurait réitérer la même opération face aux pulsions d'un XXe siècle enfin revenu de certains de ses emportements criminels. Si longtemps levain de la pâte, comment la Compagnie pourrait-elle se résigner à devenir l'Inquisition d'une Église en voie de se réconcilier avec le monde ?

La réforme de cette Société qui avait eu pour fondateurs ceux qu'on appelait en leur temps les « prêtres réformés » était en marche, Arrupe ou pas. Mais il est vrai que c'est à l'initiative du nouveau préposé général, et pour donner tout son sens et sa portée au « concile noir », au « Vatican II des Jésuites » de 1965, que fut alors lancée une enquête dite « sociologique » auprès des trente-cinq mille jésuites alors recensés dans le monde. Chaque communauté était sollicitée de donner son point de vue sur la situation et l'avenir de la Compagnie au sein de la société contemporaine. « Cahiers de doléances » en vue de la convocation de nouveaux états généraux ? C'est bien à ce précédent que l'initiative de 1966 fait penser. Et bon nombre des réponses reçues des pères au Borgo Santo Spirito ouvrent des perspectives plus audacieuses que celles que suggéraient les parlements et communes de France en 1788…

La convocation de 1966 est déjà explicite. Il s'agit, écrit Arrupe, de rechercher et de définir « le genre de service que la Compagnie doit rendre à l'Église dans cette période de changement rapide du monde, et de répondre ainsi au défi que le monde nous lance. […] Le monde et l'Église, et donc aussi la Compagnie, ont connu de si profondes et de si rapides mutations que j'estime nécessaire de soumettre la situation actuelle à une considération approfondie, objective, largement ouverte ».

Le « général » n'est pas timide – tel Jean XXIII sept ans plus tôt. Mais on va voir que ses « administrés » le sont encore moins. Que dire en effet du rapport envoyé aux organisateurs de l'enquête par les responsables de la Compagnie aux États-Unis, où s'amassent déjà (1966) les nuages porteurs du grand orage contestataire :

> « … La vie religieuse telle que nous l'avons connue, écrivent les jésuites américains, est parfaitement incongrue [*unfit to*] dans le monde américain moderne. Elle paraît immobile dans une période de changement ; elle prône le célibat dans un monde profondément attaché à l'expérience émotive ; elle parle de pauvreté sans être pauvre ; elle réclame l'engagement là où le changement rend l'engagement déraisonnable ; elle appelle certaines choses sacrées dans un monde désacralisé ; elle demande l'uniformité à un moment où la créativité et l'individualité sont recherchées*…
> La vie religieuse est faite d'un vocabulaire, de motivations et d'un ensemble de valeurs qui étaient partagées naguère par tous les prêtres, les religieux et une grande partie de la population catholique ; or toutes ces choses sont de plus en plus mises en question et abandonnées […] Bref, la vie religieuse se trouve affrontée à sa propre crise de marginalité. »

Trois ans après avoir lancé leur enquête, Don Pedro et son équipe avaient en main près de quatre cents rapports venus de toutes les parties du monde. Si différents, contradictoires même qu'ils pussent être, une tendance globale se dégageait, une puissante exigence de justice, de rupture entre l'Église et le monde des puissants et des riches. Et aussi, mais plus difficile à interpréter, une revendication de pluralisme et de liberté.

* C'est l'époque des hippies et du *Do it*.

Mais, comme on disait volontiers à cette époque, « ce n'est qu'un début ». Tandis que les dossiers revendicatifs s'accumulent dans les bureaux du Borgo Santo Spirito, le monde catholique s'ébroue dans les espaces libérés par le concile du pape Jean. De 1968 à 1974, date de la convocation de la congrégation dont la plupart des jésuites de ce temps-là attendaient une rénovation de leur ordre, il n'est pas d'année qui ne soit marquée par une manifestation plus ou moins contestataire mettant en cause l'une ou l'autre des institutions catholiques. On voit alors s'ouvrir, entre celles-ci prises dans leur ensemble et la Compagnie de Jésus, une sorte de compétition dans l'ordre de la modernité et de l'engagement social.

En 1967, deux ans après les terribles émeutes de Watts, en Californie, Pedro Arrupe écrit « aux pères jésuites des États-Unis », pour les mettre en garde contre l'insuffisance du traitement de la question noire par la Compagnie qui n'a pas, selon lui, mené la lutte contre la discrimination raciale et « a tendu de plus en plus à s'identifier avec une portion de la population, la classe moyenne […] Trop de jésuites sont coupés du mode de vie des pauvres, et donc de la plupart des Noirs […] On a trop oublié que la Compagnie est au service de l'humanité, et plus spécialement des pauvres, des groupes défavorisés, comme le Christ… ».

L'année suivante se tient à Medellín, en Colombie, la deuxième Assemblée de l'épiscopat latino-américain, qui se fait l'interprète de la grande plainte des miséreux, exclus ou pourchassés de ce continent. L'impact de cette manifestation est énorme : moins d'un an après la liquidation physique en Bolivie du « Che » Guevara, qui a paru signifier à ces peuples la fin d'un espoir, si fallacieux fût-il, l'Église, par la voix de ses notables, semble se porter candidate à prendre la relève de la « cause des peuples ».

Ce n'est pas par hasard que l'on emploie cette formule, si politique, si révolutionnaire même que Sartre la reprendra à son compte. A dater de cette conférence de Medellín, qui est en quelque sorte le « Bandung » de l'Église, un vent violent (de violence) souffle sur le catholicisme à partir de l'Amérique latine, où l'échec de Cuba et la liquidation du « Che » ont en quelque sorte fait glisser le flambeau de la « libération » entre les mains des prêtres, de Dom Helder Camara à Mgr Romero. Et Pedro Arrupe sera, plus que d'autres, pris dans cette déferlante. En lui, la culture latine et la sympathie pour les souffrants acquise au Japon s'unissent pour faire un militant de Medellín. Leur « 1968 », ce n'est pas dans les campus californiens ou dans les rues de Paris ou de Berlin que les jésuites l'ont vécu, mais dans les bidonvilles de l'Amérique méridionale.

Le vent nouveau souffle sur tous les terrains. Au congrès des catholiques allemands réuni à Trèves en septembre 1970, le R. P. Arrupe déclare que « pour des centaines de milliers de catholiques dans le monde, la vraie crise de la foi ne provient ni du matérialisme de fait, ni d'une réflexion théologique mal maîtrisée, mais d'une misère brutale… Pour les hommes du tiers monde, il est difficile de prendre au sérieux une "Bonne Nouvelle" qui n'a pas réussi à les rendre heureux… ». Le scandale de la misère, le besoin de justice proclamés à la face de chrétiens nantis ! De tels propos susciteront des réactions offensées dans ses auditoires : à Valence, au congrès des anciens élèves des jésuites, le président sera assez indigné pour démissionner après avoir entendu Don Pedro…

Mais ce discours justicialiste au nom de l'Église serait-il le fait du seul Arrupe, des seuls jésuites, à propos du seul tiers monde ? Certes non. C'est au Vatican même, dans les pompes et les ors, sous des voûtes somptueuses où s'assemblent des prélats solennels, que le synode des évêques de 1971 fit vraiment de « la justice dans le monde » le leitmotiv de l'enseignement de l'Église, dans le prolongement de l'encyclique *Populorum Progressio* (1967) et de la conférence de Medellín de 1968.

On imagine l'effroi, la stupéfaction qu'auraient éprouvés les prélats qui refusaient quelques décennies plus tôt de saluer la dépouille de Montalembert en prenant connaissance du texte central du synode de 1971 : car les évêques prônaient désormais, comme des syndicalistes, le « combat pour la justice », et la « transformation du monde par la réforme des structures »… Fallait-il donner une formulation encore plus explicite à ces mots d'ordre audacieux ? Un prêtre péruvien le crut, Gustavo Guttierez, qui publia alors sa *Théologie de la libération*, bréviaire de la revendication sociale sous le signe de la croix, visant à muscler, sinon à armer la lutte pour la justice évoquée au Vatican – bientôt imité par le franciscain Leonardo Boff et par le jésuite Juan-Luis Segundo.

La tendance se faisait mouvement, les états généraux tournaient à la levée en masse. A l'exemple des pères fondateurs, il était temps de « boucler le ceinturon » pour un nouveau voyage. Paul VI, apparemment effarouché par les mouvements qui se réclamaient désormais de son encyclique de 1967* et des recommandations du synode romain de 1971, tenta bien de dénoncer l'« ambiguïté » du mot de « libération », où certains confondent message spirituel et combats sociaux. Mais il est des mots difficiles à apprivoiser : celui-ci a pris un vol sauvage – et les « hommes noirs » ont le regard perçant, l'ouïe fine, le pied agile…

En vue du grand rendez-vous de l'*aggiornamento* jésuite que doit être la congrégation prévue à la suite de l'enquête lancée quatre ans plus tôt et désormais fixée en 1974, Pedro Arrupe a formé en 1971 une commission présidée par le R. P. Calvez dont les travaux permettront de mieux préciser les deux objectifs majeurs : démocratisation de l'institution jésuite et affirmation de sa vocation sociale. Le « solide conservateur » que beaucoup de jésuites avaient cru élire en 1965 est désormais le symbole d'une libéralisation interne (limitation du mandat, égalité entre les diverses composantes de la Société) et externe : le « général » n'a pas craint d'aller visiter en prison le R. P. Daniel Berrigan, incarcéré aux États-Unis pour son opposition active à la guerre du Viêt-nam.

Que les débats de la trente-deuxième congrégation dussent être mouvementés, diverses manifestations en témoignaient. A Chantilly, haut lieu de l'activité culturelle de la Compagnie, cent quatre-vingts jésuites de moins de quarante ans se rassemblaient en présence du R. P. Arrupe au printemps 1973 pour faire entendre leurs revendications. L'un de leurs compagnons, le Québecois Pierre Lucier, écrivait alors :

> « Pour un jeune jésuite, comme pour l'homme d'aujourd'hui, vivre dans la vérité c'est refuser de maintenir les façades, de tenir à des positions théoriques que la vie quotidienne contredit. Ainsi il n'accepte pas qu'un voyage de détente soit appelé un ministère ; qu'une vie de parasite soit assimilée à un travail de recherche à long terme ; qu'on appelle "pauvres" des riches qui administrent mal leurs biens ; que la voiture d'un individu soit "officiellement" celle de la maison ; que la neutralité politique recouvre la collusion avec l'ordre établi ; qu'un flirt emprunte les apparences d'une direction spirituelle**… »

* *Populorum Progressio.*
** P. Lucier devait quitter la Compagnie deux ans plus tard.

Ainsi, pour un jeune jésuite, le mot d'ordre n'était pas seulement la justice, pas seulement l'égalité, mais aussi la vérité...

De telles visées, un tel dynamisme étaient évidemment de nature à effaroucher bien des pères d'une Compagnie pourtant fondée, en 1540, dans un esprit qui parut alors profondément réformiste, et déjà « sécularisté ». D'où les tensions qui se manifestèrent entre deux courants (ou deux générations). Quatre-vingts pères français (parmi lesquels on comptait peu de jeunes gens) écrivirent une lettre indignée au « général ».

Ces tensions prenaient parfois une tournure ridicule. Alain Guichard rapporte que le futur cardinal Daniélou en vint à suggérer de regrouper pères conservateurs et jésuites progressistes dans des maisons séparées* – lui-même habitant rue Monsieur celle des *Études*, dont il goûtait si peu l'esprit d'avant-garde qu'il l'avait dénoncé en haut lieu[7]. Rome se contenta de lui répondre qu'il serait bien avisé de déménager...

Ainsi la « congrégation d'Arrupe », voulue, préparée dans un climat et par des méthodes expressément démocratiques par le « général » élu en 1965, va-t-elle s'ouvrir dans un climat de véhémence et de contestation. Depuis six ans, la tornade de mai 1968 a creusé des vides au sein de la Compagnie, comme des reclassements au cœur de la société tout entière : jamais les rapports d'autorité n'ont été aussi radicalement contestés dans le monde occidental à dominante chrétienne ; jamais les cadres familiaux, les rapports éducatifs n'ont été aussi profondément mis en cause. La permissivité règne – avant les tentatives de retour à l'ordre moral qui seront perceptibles dans les années quatre-vingt.

La Compagnie doit faire face à une crise terrible de dissémination : la plupart des « jeunes gens en colère » de Chantilly sont encore fidèles ; mais combien d'autres, parmi les plus zélés, les plus brillants, les plus prometteurs, ont quitté la Société de Jésus*, à leurs yeux trop lente à se mouvoir, trop

* Comme, au stade, on range les « supporters » des deux équipes dans des tribunes distinctes... Il est vrai que, dans certaines communautés dominicaines, cette étrange solution fut adoptée, les tensions étant extrêmes entre « conservateurs » et « progressistes ».

** Il est peu de domaines où le père Arrupe ait montré une plus généreuse lucidité que dans celui des défections de la Compagnie. A une époque où Paul VI parlait encore à leur propos de rupture avec « Judas », le « général » des jésuites fit montre de la plus fine compréhension : on le vit, à Rome, s'entretenir longuement, sur le parvis de Saint-Pierre, avec hiérarchisée, et trop indulgente à certaines violations du vœu de pauvreté ? Quelques mois avant le rendez-vous autour de Pedro Arrupe, ce n'est pas un « jeune », c'est le grand théologien allemand Karl Rahner qui observait que les mutations indispensables allaient intervenir trop tard pour ne pas revêtir les formes « bizarres et dangereuses » d'un « rattrapage » trop brusque ou trop rapide. C'est dans ces cas-là que la réforme tourne à la révolution…

Dépouillés à la veille de la réunion de Rome, les rapports des commissions préparatoires venus du monde entier appellent à des révisions profondes. Les pères indiens, dénonçant « la condition abjecte et injuste où vivent de larges portions de l'humanité », déclarent « impossible qu'un jésuite d'aujourd'hui n'en fasse pas sa préoccupation constante » et réclament que la Compagnie se démarque « des forces et des structures qui perpétuent le péché dans notre société ».

Quant à leurs confrères du Brésil, ils exigeaient « la libération des esclavages, y compris celui qui est dû à des excès de prospérité… » et « une mobilisation générale de nos forces en faveur des plus déshérités […] permettant de retrouver notre image d'avant-garde mobile de l'Église [alors que] la majorité des jésuites est aujourd'hui au service de la minorité qui en a le moins besoin [8] ».

Mais ce discours justicialiste suscitait des ripostes, des contradictions véhémentes. Auteur principal de la synthèse des rapports (juin 1973), le R. P. Calvez signale qu'« une minorité non négligeable critique ces propositions comme susceptibles de "déformer notre apostolat en un humanisme et un activisme social", y trouvent des "relents de démagogie et de marxisme", et proclament : "L'évangile est conversion au Père, non à la sociologie. Jésuites, faites retour à l'évangile !" »

Entre les deux camps – Gurvitch contre saint Matthieu ? –, une motion de synthèse ou de compromis allait venir du Mexique, sous forme de ce qu'on appela le « postulat-modèle » qui reprenait les recommandations émanant du tiers monde asiatique ou américain, sous une forme moins militante, réclamant simplement que la Compagnie se prononce, lors de la prochaine congrégation, pour une « option fondamentale » en

l'épouse de l'ancien jésuite Peter Hebblethwaite, devenu chroniqueur religieux. Et jamais il ne s'en prit à un « défecteur »…

faveur de la « justice internationale ». Les mots de « combats », « luttes », « abjection » étaient gommés. L'inspiration « justicialiste » demeurait.

Dans le même temps, les relations entre Paul VI et Pedro Arrupe continuaient de s'altérer. Un observateur privilégié des choses romaines a démonté ainsi pour nous le mécanisme de cette dissociation. Personnage type de la « culture » ecclésiale romaine, rompu à ses détours, le pape Montini ne recevait pas Arrupe sans commencer par louer maints hauts faits de la Compagnie, pour mieux lui glisser, *in cauda*, le venin d'un avertissement grave sur les excès de tels pères péruviens ou philippins. Et le « général » basque revenait au Borgo transporté de joie : « Le Saint-Père a encore loué notre action sur onze points. Il n'a fait de réserves que sur le douzième ! » Ainsi s'approfondit le malentendu, le subtil Montini ne pouvant imaginer que son noir visiteur au regard candide n'avait pas entendu ses mises en garde. Une telle simplicité ne dissimulait-elle pas une profonde obstination dans l'erreur ?

La trente-deuxième congrégation de la Société de Jésus (organisme qui en quatre siècles et trente-trois ans ne s'est réuni que quatre fois pour un autre propos que l'élection du préposé général) s'ouvre le 3 décembre 1974. Deux cent trente-sept pères jésuites, représentant les quatre-vingt-dix « provinces » qui quadrillent les cinq continents, y sont assemblés pour les « cent jours de la Compagnie ».

Les textes votés par l'assemblée jésuite sont appelés « décrets ». Quelle qu'ait pu être l'importance des autres décisions, l'attention des participants, des observateurs et de l'opinion publique fut aussitôt focalisée sur le « décret 4 », si marquant, et si vite entré dans la légende qu'un religieux notoire allait bientôt y voir « le nouvel évangile des jésuites »…

Chacun savait qu'indépendamment des questions de discipline et de hiérarchie, le leitmotiv de la congrégation allait être la justice sociale. C'est parce que le « décret 4 » lui est consacré qu'il a pris si nettement l'allure d'un manifeste de la congrégation – comme *Gaudium et Spes* avait paru résumer le concile de Vatican II.

On lui donna pour titre *Service de la foi et Promotion de la justice*. N'aurait-il pas été plus pertinent d'intervertir les termes et de placer en exergue la justice plutôt que la foi ? Le père Calvez, que l'on ne saurait soupçonner de vouloir radicaliser aux yeux de l'opinion la signification du message de Pedro Arrupe, reconnaît que « la nouveauté dans le décret ne concernait guère les propos sur le service de la foi, mais presque exclusivement les affirmations sur la promotion de la justice [à laquelle] étaient consacrés les plus longs développements […] les expressions les plus fortes […] D'emblée, on pouvait prévoir que cet aspect […] aurait le plus d'impact [9] ».

Impact : le mot n'est pas trop fort. En proclamant que l'action « sur les structures est un objectif apostolique » et que la solidarité avec toutes les victimes de « l'injustice sous toutes ses formes » est une « exigence », en rappelant aussi que tels membres de la Compagnie sont bien souvent bénéficiaires des inégalités sociales, au moins sur le plan de la culture et de la sécurité (« nos origines souvent, nos études et nos appartenances nous protègent de la vraie pauvreté […] nous avons accès à des pouvoirs que les autres n'ont pas »), les pères de la congrégation entraient bien dans les vues exprimées par leurs confrères d'Asie et d'Amérique latine.

Ceux-ci devaient d'ailleurs revendiquer la paternité exclusive de ce texte majeur : en fait, assure Jean-Yves Calvez, la rédaction du « décret 4 » doit beaucoup aux congressistes de l'Europe du Nord et du Canada – les pères de l'Europe de l'Est, qui vivaient encore dans l'étau stalinien, ayant entre-temps mis en garde leurs interlocuteurs contre l'abus qui peut être fait du mot et de l'idée de « justice », et les crimes qui se commettent en son nom…

Le « décret 4 », tout amendé qu'il fût par les modérés pour ne pas jeter dans le désespoir certain parti espagnol qui menaçait de créer une « province » à part, non plus géographique mais idéologique, regroupant tous les pères de l'Europe méridionale indignés par le virage « progressiste » de la Société, et pour ne pas, d'autre part, décevoir tels jésuites hollandais ou américains partisans d'audaces plus radicales, reste un texte d'une grande clarté, et se présente comme le document de référence et d'orientation pour l'avenir de la Compagnie.

Ce manifeste porte la marque d'un temps où tout parut possible, où, de Berkeley à Amsterdam et de Varsovie à Guernica, les idées fusaient, les oppresseurs culbutaient, les espérances s'amplifiaient. Il a vieilli, avec ceux qui l'ont conçu. Mais il exprime un moment très fort de l'histoire de la Compagnie de Jésus, un temps de grand vent gonflant les voiles et de très chaude solidarité humaine.

Comment s'étonner de l'émotion, puis de l'anxiété qui se manifestèrent au Vatican dès avant la fin des travaux de la trente-deuxième congrégation ? Les critiques formulées par Paul VI à l'encontre des travaux du « concile jésuite » sont notoires, et ont été abondamment commentées. Mais pas toujours à bon escient. Car la bataille ne fut pas livrée sur le terrain le plus en vue, celui que nous venons d'arpenter.

Si l'on ne peut nier que c'est surtout le « virage à gauche » manifesté par le « décret 4 » qui provoqua les dissensions internes dont la Société ignacienne ne s'était pas tout à fait remise près de vingt ans plus tard – surtout parmi les Espagnols et les Polonais, mais aussi chez nombre d'Italiens, d'Irlandais et de Français –, ce n'est pas sur ce terrain que se manifesta surtout la désapprobation du Saint-Siège.

« Il ne semble pas que le pape ait vu dans la discussion sur l'engagement en faveur de la justice un danger en soi… » La formule du père Calvez va loin : que le mot « danger » soit rapproché de celui de « justice », fût-ce pour en être en fin de compte dissocié, en dit long sur l'état de l'Église catholique jusqu'en ce siècle… Mais il se trouve que le pape qui avait signé l'encyclique *Populorum Progressio* ne s'indignait pas que le plus puissant des ordres chrétiens se donnât pour mission de lutter contre l'injustice… C'est à d'autres sources que s'alimenta son courroux.

Nombre de jeunes jésuites dénonçaient la « sacerdotalisation » de la Compagnie, qui (selon eux) tendait à former des ministres du culte donnant les sacrements et prêchant en milieu déjà chrétien plutôt que des apôtres confrontés aux risques de l'évangélisation « en plein vent », « au-dehors ». Soif d'héroïsme, refus de la « banalisation »… Défi au pape ?

« La vraie crainte de Paul VI, précise J.-Y. Calvez, « avait trait à la perte d'identité de la Compagnie [du fait] de réformes qui lui feraient abandonner son caractère presbytéral [10] ». En fait, les informations (les dénonciations ?) parvenues au Vatican tout au long de l'année 1973 avaient donné à croire au pape que la Société était en train de se laïciser et de se muer en une société de bienfaisance, une ligue de solidarité sociale, une manière de syndicat… Certains ne louaient-ils pas le marxisme ?

D'autres ne remettaient-ils pas en question le célibat des prêtres ?

Dans une lettre écrite à Pedro Arrupe en septembre 1973, Paul VI dénonçait « certaines tendances d'ordre intellectuel et disciplinaire qui, si on les favorisait, entraîneraient des changements très graves, peut-être irrémédiables […] dans la structure même de votre ordre » – ce qui visait « certaines interprétations ruineuses de l'obéissance ignacienne, voire de la chasteté [11]… ».

Si bien que, le jour même du début des travaux de la congrégation, le 3 décembre 1974, Paul VI tint à mettre en garde les congressistes contre de telles erreurs. Cette fois les paroles du Saint-Père ne furent pas répercutées par les plafonds de la chapelle Sixtine ; elles n'en étaient pas moins pathétiques.

« D'où venez-vous ? Qui êtes-vous ? Où allez-vous ? » L'apostrophe lancée aux deux cent quatre-vingt-quatre pères assemblés n'était pas timide. Le pape dénonçait chez les jésuites « une profonde incertitude […] une remise en cause fondamentale de [leur] identité », et martelait : « … l'esprit de service peut dégénérer en relativisme […] en sécularisme, dans la fusion avec le profane… » Et, accentuant encore le pathétisme de son adjuration, Gian-Battista Montini se référait à Isaïe : « Puissiez-vous ne pas être pris, nous vous en conjurons, par le *spiritus vertiginis* ! » Le vertige ? L'abîme ?

C'est donc les oreilles encore emplies de cet appel véhément émanant du chef de l'Église catholique qu'avaient travaillé les pères – et qu'ils avaient choisi, imperturbablement, de donner une priorité absolue à l'engagement pour la justice. Encore une fois, cette orientation n'était pas anathème au pape ; ce qui put lui apparaître comme un défi, c'est la priorité qui, malgré ses incitations, lui était donnée, dans une perspective moins sacerdotale que séculière.

Mais un autre thème de dissentiment aviva la querelle. Les jeunes jésuites n'étaient pas seulement férus de justice à rendre, mais aussi d'une relative égalité au sein de la Compagnie. Ils prétendaient amenuiser les différences entre prêtres et non-prêtres* dans l'organisation, et même atténuer la rigueur

* Age moyen d'entrée dans la Compagnie : vingt-trois ans. Age moyen de l'ordination : trente-deux ans. C'est donc la question des jeunes qui était posée.

disciplinaire en élargissant le droit de « représentation », c'est-à-dire l'objection à certains ordres donnés – non seulement par leurs supérieurs directs, mais par le pape lui-même : initiative qui parut tout à fait incongrue à Paul VI, avivant son irritation.

Ce qui était en question n'était pas seulement l'absolutisme papal. Un certain nombre de pères proposaient que les non-prêtres puissent jouer un rôle croissant dans la Société de Jésus, jusqu'à accéder au « quatrième vœu », celui d'obéissance au Saint-Père, réservé aux « profès » de la Compagnie. Un tel projet, qui semblait accroître l'autorité du pape, avait à ses yeux pour conséquence de dévaloriser la dignité sacerdotale, d'accélérer le nivellement et l'évolution de l'ordre vers un statut d'« institut séculier ». Paul VI croyait voir se dissocier, se désacraliser, se laïciser sous ses yeux cette légion sacrée que ses prédécesseurs avaient tenue pour leur garde impériale – dût l'un d'entre eux la dissoudre.

Soit par la bouche de son secrétaire d'État, le cardinal Villot, soit de lui-même, le souverain pontife fit connaître à diverses reprises sa désapprobation à propos des multiples réformes et projets que les hommes noirs dessinaient sous ses yeux. Tandis que Villot se déclarait « perplexe », l'ancien secrétaire d'État de Pie XII exprimait son « doute devant les orientations et prises de position » émanant de la trente-deuxième congrégation jésuite.

Les rapports entre le pape Paul VI et les jésuites parvinrent-ils jamais à un point de tension si vive que le souverain pontife envisageât de dissoudre à son tour la Compagnie, quelque temps avant sa mort ? C'est ce qu'affirma un auteur américain, ancien jésuite lui-même, Malachi Martin, dans *The Jesuits*. « Roman », « pure forgerie », affirment tour à tour le R. P. Sorge et le R. P. Kolvenbach dans leurs livres-interviews.

Jusqu'à sa mort survenue trois ans plus tard, en 1978, Paul VI ne devait plus aller au-delà dans la désapprobation, ni réitérer devant Pedro Arrupe et les siens la scène de tragédie de la chapelle Sixtine, ni le « Qui êtes-vous ? » de 1974.

Si un très relatif apaisement était donc intervenu dans les rapports entre ce « pape blanc » et le « pape noir », les tensions allaient en revanche s'aggraver au sein même de la Compagnie, où, pour bon nombre de notables, Pedro Arrupe et ses « séides » – l'Américain O'Keefe, les Indiens Divarkar puis Alamendros et le Français Calvez* – faisaient figure de « commando rouge ».

Le dernier cite quelques lettres écrites au préposé général par des « jésuites chevronnés » et d'ailleurs peu suspects de rejet de l'apostolat social dans lequel ils étaient depuis longtemps engagés, qui réagissaient ainsi à la lecture du « décret 4 » :

> « Le document est très déficient en ce qui concerne le "contenu" d'une action en faveur de la justice et peut prêter en conséquence à beaucoup d'ambiguïté dans l'interprétation […] Le concept de justice, tel qu'il est présenté dans le document […] semble s'identifier à celui de "socialisme" : l'égalité des hommes dans la communauté des biens […] On parle souvent dans le décret du changement des structures là où elles sont injustes. Mais ceci n'est possible que si l'on a au moins une conception globale d'alternatives possibles […] Sans modèle de substitution à proposer, nos activités vont être exposées à adopter le modèle "marxiste", qu'il faudrait d'ailleurs appeler "léniniste", caractérisé par la dictature d'un parti, avec toutes les déficiences de ce modèle et les nouvelles formes d'injustice qui en découlent… »

Et voilà Don Pedro Arrupe, vingt-huitième successeur d'Ignace de Loyola, soupçonné par les pères mêmes de vouloir faire de la Compagnie une machine de guerre communiste, voire léniniste, dans le même temps que le pape Paul VI, son supérieur, s'inquiète publiquement de le voir « brader » la vieille Société, d'en faire une ligue charitable rongée par le laïcisme, reniant sa tradition, sa mission sacerdotale.

Essayons de l'imaginer, Don Pedro au pâle visage en lame de poignard, méditant au quatrième étage du Borgo Santo Spirito, sous le regard d'encre noire du Fondateur dont le portrait orne l'un des murs de son bureau, face à une ample photographie de la Terre vue de la Lune. Celles-ci contre celui-là ? La vocation temporelle substituée aux *Exercices spirituels* ? Le petit groupe des « séides » justicialistes peut bien se resserrer autour de lui, commentant l'immense courrier approbateur qui parvient de partout : l'épreuve est rude pour le « petit homme-qui-ne-sait-pas-parler »…

Arrupe n'était pas le premier préposé général en difficulté

* Auteur d'un livre classique sur *La Pensée de Karl Marx* : riche thème pour une campagne de dénonciation…

avec le pape : les rapports entre Loyola lui-même et Paul IV avaient été orageux et tendus, comme ceux de Roothaan avec Pie IX. Mais c'est là une situation plus difficile à vivre en un temps où les médias font d'une tension une guerre, d'un désaccord un scandale : ce face-à-face entre « pape blanc » et « pape noir », quelle aubaine pour *La Stampa* ou la *RAI* !

Ni en tant que jésuite, ni même en tant que Basque, le promoteur du « décret 4 » n'était homme à cultiver le risque pour le risque, à s'enfermer dans une stratégie de tension. Il s'en fut à travers le monde pour faire valoir que la cause de la justice n'était pas celle de la révolution et s'inscrivait aisément dans le cadre évangélique, et aussi pour rectifier le zèle de ceux qui, disait-il curieusement, « interprètent notre mission d'une façon trop "horizontale" et politisée… ».

Dans l'action même, sur le terrain, il intervint pour que l'action des pères en faveur de la justice – qui, en Amérique latine, en Inde, aux Philippines, pouvait prendre des formes militantes – fût orientée plus souvent dans le sens de l'aide aux réfugiés, créant même un corps spécial de « Jésuites pour les réfugiés » : c'est l'époque des déplacements massifs de populations en Afrique et en Asie, l'époque surtout des premiers *boat-people* du Viêt-nam, fuyant un régime asphyxiant.

Et pourtant, la contradiction entre le Vatican et le Borgo Santo Spirito était si forte, si tenace, qu'elle réussit à se manifester même au cours du très éphémère pontificat de Jean-Paul Ier, mort moins de cinq semaines après avoir coiffé la tiare. Le malheureux Luciani n'était pas plus tôt élu qu'il convoquait au Vatican une délégation de « procureurs » de la Compagnie : il n'eut pas le temps de la recevoir, mort la veille du jour fixé pour l'audience. On imagine ce qu'une telle péripétie eût suscité d'insinuations et d'imputations deux siècles plus tôt : encore un pape empoisonné par les jésuites ! D'autant que l'allocution préparée à cet effet par le secrétariat pontifical et dont Arrupe obtint communication était, selon un bon observateur, « plutôt sévère ». On y lisait notamment : « Sachez distinguer les tâches des religieux de celles qui sont propres aux laïcs [...] Les prêtres ne doivent pas se substituer à eux en négligeant leur tâche propre… »

La vieille antienne – assez insistante pour rappeler qu'entre les papes noir et blanc, il ne s'agissait pas d'un conflit de personnes, attribuable au tempérament anxieux de Paul VI opposé à l'*alegría* de Pedro Arrupe, mais d'un débat sur les limites entre le spirituel et le temporel, sur les rapports entre politique et religion, et sur l'hégémonie du Saint-Siège par rapport au Borgo Santo Spirito.

Comment ces dissensions n'auraient-elles pas été avivées par l'accession au pontificat de Karol Wojtyla, archevêque de Cracovie, émanation de ce clergé polonais qui, à une vieille tradition conservatrice, ajoutait une antipathie bien naturelle à l'encontre de toute manifestation de bienveillance ou de « compréhension » à l'égard du communisme ? Au pays du père Popieluszko assassiné par des policiers communistes en octobre 1984, le moindre accommodement avec le « socialisme réel » tel que le pratiquaient les disciples de Gustavo Guttierez, de Leonardo Boff ou de Juan-Luis Segundo prenait l'allure d'un pacte avec le diable*.

Dans un livre intitulé *The Jesuit Factor*[12], Peter Rawlinson rapporte un entretien qu'il eut à cette époque avec un très influent jésuite polonais, le R. P. Stanislas Opiela. Évoquant ses débats avec ses confrères américains – du Nord et du Sud – et ses propres mises en garde de prêtre en proie à la domination du « marxisme institutionnalisé », ce compatriote de Jean-Paul II concluait à l'adresse de son visiteur anglais : « Mais que voulez-vous enseigner à quelqu'un qui ne veut pas vous écouter ? » Ainsi les pères polonais accusaient leurs confrères américains ou français non seulement de naïveté à l'endroit du communisme, mais même de mauvaise foi ou de surdité volontaire : de vrais « compagnons de route »…

Devenu Jean-Paul II, le cardinal Wojtyla avait, lui, les moyens de se faire écouter par quelque jésuite que ce fût, Américain, Français ou Basque. Et avec d'autant plus de force qu'il pouvait se prévaloir non seulement d'une assez bonne connaissance du marxisme et du pouvoir léniniste, mais d'avoir mené avec une hardiesse reconnue, tout au long de sa vie de prêtre, un très actif apostolat social.

L'attitude de Jean-Paul II à l'égard de Pedro Arrupe et de la Compagnie en général a été résumée dans la revue *America* par le très attentif observateur de la scène romaine qu'est Peter Hebblethwaite, ancien jésuite lui-même, en deux mots : « *cold-*

* Encore qu'à Varsovie le cardinal Glemp ait su parfois donner l'exemple de compromissions très « réalistes » avec le « socialisme réel ».

ness » et « *hostility** ». L'historien anglais ne propose aucune explication de ce qu'il estime un « *undoubted fact*** ». Mais il ajoute que Jean-Paul II semble avoir fait de la Compagnie « le bouc émissaire de la crise du catholicisme ».

Pedro Arrupe n'aurait certainement pas admis que le nouveau pape pût être « hostile » à la Compagnie, mais il ne pouvait se dissimuler que les années quatre-vingt allaient entraîner la mise à l'épreuve de la « stratégie du décret 4 », et que, du fait de la personnalité du nouveau pape, de son aptitude à l'action, de sa compétence politique à propos des rapports avec le marxisme, le débat allait s'intensifier. Ce qui ne le retint pas de revenir avec force sur des formes d'action qui depuis des années le faisaient taxer de progressisme jusqu'au sein de « sa » Compagnie.

La pression exercée à partir de l'Amérique latine restait très forte. La conférence de l'épiscopat latino-américain tenue à Puebla, au Mexique, en janvier 1979, en fut l'expression la plus puissante depuis celle de Medellín. Dans son récit autobiographique, le bouillant jésuite italien Bartolomeo Sorge*** assure que cette réunion fut l'« expérience la plus impressionnante de [sa] vie », le « cri du peuple qui souffre », l'« urgence de proclamer l'évangile des pauvres [13] »… Pedro Arrupe, dont l'intervention s'accordait à ce climat pathétique, n'en revint pas plus disposé à se soumettre aux prudences vaticanes.

C'est à propos de ce continent en ébullition qu'il lançait des formules chocs, rappelant que « l'évangile est écrit en langage d'opprimés, de marginaux de la société… », annonçant que « si les opprimés ne reçoivent pas aide dans leur libération, leur foi pourrait en être affectée… », et qu'il citait de terribles apostrophes à lui lancées : « Père Arrupe, nous en avons assez de savoir qu'on brûle beaucoup de cierges dans nos églises et que nos morts reçoivent une sépulture ecclésiastique, nous devons nous occuper des vivants ! »

Un an plus tard, il assemblait les représentants les plus notoires de la mission ouvrière jésuite en Europe – organisme constamment tenu en suspicion par le Saint-Siège, et soumis à maintes tracasseries. Son allocution, en l'occurrence, allait ranimer la polémique :

* Froideur et hostilité.
** Fait indubitable.
*** Sur B. Sorge, voir chapitre XIV.

« … en Amérique latine, l'action pour la justice, la défense des plus pauvres, la lutte pour le respect des droits de l'homme conduisent à un travail commun. Les décisions à prendre exigent alors une analyse approfondie et un grand discernement. […] Adopter, non pas quelques éléments ou quelques vues méthodologiques seulement, mais l'analyse marxiste elle-même ne saurait être notre fait. En même temps, soyons, à l'égard des marxistes, fraternellement disposés au dialogue. Ne refusons pas, d'autre part, dans l'esprit de *Gaudium et Spes* (n. 21, §6), les collaborations pratiques déterminées que peut requérir le bien commun. Mais tenons compte de notre rôle propre de prêtres et de religieux, n'agissons jamais en francs-tireurs par rapport à la communauté chrétienne et ses responsables, et assurons-nous que la collaboration ne porte que sur des actions acceptables pour des chrétiens…

Nous devons aussi nous opposer fermement aux tentations de quiconque voudrait prendre occasion de nos réserves à l'égard de l'analyse marxiste pour condamner comme marxistes ou communistes, ou pour moins estimer, l'engagement pour la justice et pour la cause des pauvres, la défense de leurs droits par les exploités, les justes revendications. N'avons-nous pas souvent observé des formes de l'anticommunisme qui ne sont que des moyens de couvrir l'injustice ? A ce point de vue encore, restons nous-mêmes, ne permettons pas qu'on abuse de notre jugement critique sur le marxisme, y compris sur l'analyse marxiste… »

De tels propos ne pouvaient qu'aviver les préventions du pape polonais. Dès la fin de l'année 1979, les contradictions entre Don Pedro Arrupe et Jean-Paul II avaient pris une telle intensité que le préposé général de la Compagnie décida de remettre son mandat entre les mains de ceux qui l'avaient élu quinze ans plus tôt. Après tout, son action rénovatrice ou dynamisante sur la Société de Jésus était déjà longue et fructueuse. Il avait replacé sa Compagnie dans le mouvement du monde, en tête du courant qui portait le catholicisme contemporain, enfin arraché par le pape Jean et le concile de 1962 à l'asthénie généralisée.

Si la situation devenait par trop conflictuelle, d'une part avec les puissants conservateurs de son ordre, ensuite et surtout avec le chef de l'Église romaine, peut-être valait-il mieux ouvrir sa succession, en appliquant la réforme esquissée dans ce sens lors des deux congrégations de 1965 et 1974, distinguant le mandat du « général » de la durée de son existence. Don Pedro avait acquis le droit à la retraite. Sa mission était apparemment remplie, une orientation irréversible était prise, la Compagnie restaurée en tant que « levain de la pâte ». Si sa personne faisait problème… Ainsi fit-il connaître autour de lui son intention de remettre son mandat à la fin de 1980 et de convoquer une nouvelle congrégation – la troisième en quinze ans – en vue de désigner son successeur.

Tout donnait à penser que le souverain pontife apprécierait ce geste à sa juste valeur : n'était-ce pas la façon la plus habile de dénouer la crise, en tout cas de remédier à ce qu'elle avait de personnel au-delà de désaccords sur la conception de la « justice » et sur les questions disciplinaires ? N'était-ce pas sortir d'un tête-à-tête trop rugueux entre deux leaders charismatiques, le Polonais et le Basque – issus de deux peuples qui ont la réputation d'avoir, comme celui de la Bible, la « nuque raide » ?

De sa raideur, propre ou polonaise, le pape Wojtyla donna une manifestation inattendue en refusant obstinément la solution envisagée par Arrupe. Il s'opposa à cette retraite unilatérale. Comment ce jésuite osait-il ainsi modifier de son chef sinon les dispositions, mais (selon lui) l'esprit de ces *Constitutions* ignaciennes dont lui, souverain pontife, était le garant, on dirait presque le cocontractant ? Au surplus, Jean-Paul II, considérant l'évolution globale de la Société de Jésus au sein du monde catholique, craignait de la voir se démocratiser, se parlementariser. Il ne pensait pas que le successeur élu de Pedro Arrupe pût être en 1980 plus maniable, ou plus conservateur, que l'homme en place. Il préférait attendre des jours plus calmes, une retombée des fièvres, pour que la Compagnie, déprise de ses enthousiasmes téméraires, pût choisir pour chef un prêtre moins impulsif et plus adapté à la prélature romaine.

C'est ainsi qu'échoua, à la fin de l'année 1980, l'opération de passage du relais préparée par le R. P. Arrupe, enfin conscient du caractère malsain des rapports établis entre son puissant interlocuteur et lui – ressentant aussi une extrême fatigue, due à la terrible tension où il vivait entre deux congrégations, deux voyages, deux décisions capitales, et pris dans l'étau de contradictions apparemment insurmontables.

Donnons ici la parole à l'un des vieux sages de la Compagnie, qu'un tempérament libéral et une profonde connaissance de l'histoire des siens ne mirent pas toujours à l'abri de certaines surprises, ou ébahissements, au cours de ces années de fièvre :

> « Le père Arrupe était trop bon, trop simplement optimiste pour guider le mouvement torrentiel qu'il avait contribué à déclencher. Comme Teilhard avant lui, il ne voyait pas le mal, littéralement. En fait plus mystique qu'actif, faisant confiance à tous, il ne veillait pas suffisamment à la mise en œuvre de ce qu'il impulsait magnifiquement. Il avait laissé s'instaurer dans la Compagnie une permissivité excessive. Ainsi en arriva-t-on à ce que les pères chargés de missions importantes et très en vue jugent bon de prendre le large avec leur secrétaire.
>
> Tenez compte aussi de l'épuisement où sa mission mettait le père général, de complexion fragile. Sans cesse entre Rome et Santiago, entre Vienne et Paris, entre Madrid et Manille, courant ici pour faire prévaloir une idée, pour apaiser une tension, pour convaincre des "dissidents" spirituels. On ne peut se faire une idée des orages qui s'amoncelaient parmi les conservateurs espagnols – ou latino-américains, ou polonais – et des impatiences qui se faisaient jour en Europe du Nord, en Inde, et en France ! Arbitrer, apaiser, plaider, toujours entre deux avions : le pire devait arriver ! Mais quelle bonté, quel rayonnement émanaient de cet homme ! Envoûtant, sans le moindre artifice… »

Un saint vaut mieux que dix mille jésuites : ce mot de Pedro Arrupe, on pourrait l'appliquer à son cas. Peut-être fut-il lui-même un saint : et peut-être aussi est-ce sa sainteté, cette confiance désarmée, cet élan qu'il n'entourait d'aucune prudence humaine, qui fut la cause de l'hémorragie alors subie par la Compagnie : dix mille jésuites, précisément*…

A dater du veto opposé par Jean-Paul II à la convocation de la Compagnie par Arrupe en vue de lui présenter sa démission et de faire élire un successeur, les rapports entre les deux pouvoirs semblent avoir atteint un point de rupture. Cette obstruction révèle une sorte de désaccord de principe, la volonté d'une épreuve de force. L'objectif du pape semble moins de faire prévaloir un point de vue que de manifester, à cru, son pouvoir, sa suprématie. Je m'oppose pour m'imposer…

Les deux autorités ainsi confrontées vont encore tenter d'éviter le pire en rivalisant, sur le fond, de volonté de conver-

* Trente-cinq mille en 1965, vingt-cinq mille en 1990.

gence. Au printemps 1981, tandis que le pape publie l'encyclique *Divas in misericordia*, rappel du souci de justice qui doit animer les chrétiens non sans être sublimé par la charité, Pedro Arrupe prononce* et diffuse une conférence intitulée « Enracinés dans la charité », qui est un plaidoyer pour une justice fondée sur l'amour, non sans rappeler avec une belle cruauté qu'« il y a une charité apparente qui est une injustice déguisée par laquelle on accorde à un être par "bienveillance" ce qui lui est dû en justice. L'aumône n'est alors qu'un subterfuge… » Le jésuite candide semble ici plus aigu que le pontife, réputé politique. Mais chacun a fait un pas vers l'autre.

Au cours de ces semaines de mars et avril 1981 s'esquisse d'ailleurs un dialogue direct : par deux fois, Jean-Paul II reçoit Pedro Arrupe en audience privée. Ce qui se dit au cours de ces conversations n'a pas été publié : selon le père Calvez, qui était l'un des confidents du « général », le climat des échanges était détendu, et pouvait faire prévoir une solution amiable du conflit entre les deux « papautés », et une troisième entrevue était prévue…

De ce débat, le R. P. Arrupe chercha d'ailleurs à donner une interprétation lénifiante. Témoin les propos tenus en avril 1981 à son jeune confrère Jean-Claude Dietsch, qui recueillait alors ses confidences pour son livre publié sous le titre *Pedro Arrupe, itinéraire d'un jésuite*. Son interlocuteur, lui posant la question qui était alors sur toutes les lèvres, à Rome ou ailleurs : « Concrètement, quelles sont vos relations avec le Saint-Père ? » s'attire cette réponse très nuancée :

> « Nous ne sommes pas papistes, selon une ancienne terminologie. Et nous ne constituons pas une autre "garde suisse" du Saint-Père… Non, non ! Mais nous lui devons une pleine loyauté… Plus encore que les autres jésuites, je dois écouter, comprendre et exécuter ses désirs et ses volontés… Et je peux aussi, comme l'a fait saint Ignace lui-même, exprimer au Saint-Père notre conception de la vie religieuse, ce que nous sommes et ce que nous faisons… »

Et comme son compagnon lui objecte les « tensions » qui ont marqué l'histoire des rapports de la hiérarchie de la Compagnie avec les souverains pontifes, Arrupe rétorque :

* Le 7 février 1981.

> « Ces tensions sont dans la nature même des choses. Elles relèvent de ce qu'est et fait la Compagnie… de sa position d'avant-garde, de sa présence aux points chauds… et aussi, parfois, des personnalités… »

Et quand le père Dietsch lui demande de préciser ses relations avec les trois papes qu'il a eus pour interlocuteur, Pedro Arrupe se refuse à traiter de ses rapports avec Jean-Paul II, se contentant d'évoquer ceux qu'il a entretenus avec Paul VI, décrits comme « très cordiaux », bien qu'il lui soit arrivé de se faire « tirer l'oreille ». Quelle oreille, mon révérend père, et quel tir ! Mais ce qui importe, dans ces quarts de confidence, c'est le souci du « général » de ne rien envenimer, de faire baisser la fièvre – bien que soit très significatif son refus de parler de Jean-Paul II…

C'est pourtant en l'absence du pape que la haute hiérarchie romaine prononça contre Arrupe ce qu'on peut considérer comme son exil de toute forme d'autorité. A l'occasion d'une conférence de la Commission épiscopale sur l'Amérique latine (CAL), le 9 juin 1981, le père Arrupe fut en quelque sorte sommé par le cardinal Baggio, président de la séance, de désavouer les jésuites du Nicaragua, dénoncés par divers informateurs de ce prélat comme « marxistes ». Don Pedro répliqua qu'il se portait garant de « ses » jésuites et que les mettre en cause était l'incriminer lui-même. Il était fidèle aux siens. Mais il avait achevé là de dresser définitivement contre lui les maîtres du Vatican.

Le 13 mai 1981, un Turc nommé Mehmet Ali Agça braque à bout de bras son revolver sur l'homme blanc qui, debout dans un 4 × 4, fend la foule qui emplit la place Saint-Pierre, et, faisant feu à moins de dix mètres, blesse grièvement le chef de l'Église catholique qui restera des semaines immobilisé et isolé. Sans ce coup de pistolet turc, le dialogue Wojtyla-Arrupe aurait-il pu être renoué ?

Il sera rompu, et pour de bon, trois mois plus tard. Le 7 août 1981, Pedro Arrupe achève à Rome un voyage en Asie particulièrement harassant, qui l'a conduit de Manille (où les jésuites sont impliqués dans l'action politique de façon à provoquer des interprétations diverses du « décret 4 ») à Bangkok (où le capitalisme sauvage provoque d'autres déviations et tensions sociales). L'escale ne sera que de quelques heures.

Devant un petit groupe de pères, le préposé général s'épanche librement, avec une pointe de mélancolie charmante :

> « La Compagnie est partout redoutée… On dit de nous : "Ces jésuites sont très malins ! Et ils sont si puissants !" Je disais l'autre jour à l'Ateneo de Manille : nous ne sommes pas aussi mauvais que les gens le disent, mais nous ne sommes pas aussi bons qu'ils le pensent ! Non ! Nous sommes des gens ordinaires – ordinaires en ce sens que nous ne sommes pas des génies. Peut-être avons-nous des génies dans la Compagnie, mais bien peu ! On a dit, il y a longtemps, que la grande force de la Compagnie était d'avoir une médiocrité bien formée… Dans la pensée de saint Ignace, l'excellence n'est pas d'ordre intellectuel ; elle peut être aussi de cet ordre. Mais la véritable excellence est dans notre don de nous-mêmes [14]… »

Et cet homme épuisé de conclure : « Je tenais d'autant plus à vous dire tout cela que c'est peut-être mon chant du cygne dans la Compagnie… » L'idée de la retraite est ancrée en lui, et il sait bien que ses forces le trahissent. Il ne peut savoir à quel point, et jusqu'à quelles conséquences…

C'est donc le 7 août que le R. P. Arrupe, vingt-septième successeur d'Ignace de Loyola, préposé général de la Compagnie de Jésus depuis seize ans, atterrit à l'aéroport romain de Fiumicino. Il n'a pas plus tôt salué ses compagnons venus l'accueillir qu'il est frappé d'une thrombose cérébrale, maladie-sanction des hommes harcelés par trop de tâches et soumis à trop de tensions.

Le petit homme d'ivoire et de feu survivra à cette terrible épreuve. Mais diminué de telle façon que la solution du retrait qu'il a proposée de lui-même au pape, avant d'être frappé, s'impose d'elle-même. Hémiplégique, à peu près privé de l'usage de la parole*, cloué à la chaise longue installée dans l'infirmerie du Borgo Santo Spirito, Don Pedro Arrupe n'est plus en état de remplir la dévorante mission que lui ont confiée en 1965 ses compagnons, et qu'il a encore aggravée par sa générosité téméraire.

Quel dramaturge aurait inventé cette tragédie romaine : deux papes foudroyés presque simultanément, au plus fort d'un débat

* Il pourra bientôt s'exprimer – en espagnol seulement.

qui les oppose, mettant en cause l'économie générale de la chrétienté ? Le fait est que le blessé de Saint-Pierre, de quelques années plus jeune que le jésuite, recouvrera bientôt une énergie intacte, que l'on peut qualifier de débordante, assez en tout cas pour terrasser un contradicteur voué au silence…

De sa chambre de malade, Pedro Arrupe, flanqué de son petit état-major de quatre « assistants généraux », s'est immédiatement préoccupé de mettre en place, conformément aux règles et traditions de la Compagnie, un dispositif provisoire de relève. Parmi ses quatre « lieutenants », d'autant mieux rodés aux grandes affaires et aux décisions graves qu'il a été depuis dix ans très souvent absent de Rome, il a choisi dès le 10 août le R. P. Vincent O'Keefe, l'Américain (bien que citoyen d'une grande puissance, ce que ne goûtent pas particulièrement les pères…), pour exercer les fonctions de « vicaire général* », en attendant que pût être réunie la congrégation générale chargée d'élire le successeur.

Tout paraît donc en ordre, ou ordonné en vue de l'exercice de la légalité et du fonctionnement normal de la Compagnie, quand se produit cette chose inouïe, inconcevable, aussi improbable que l'assassinat du pape par un Turc (et beaucoup plus surprenante que le mal qui a frappé le maître des jésuites) : ce qu'il faut bien appeler un coup d'État pontifical.

On avait vu, depuis le Moyen Age, des papes assiégés en leurs États, vaincus ou vainqueurs par la force des armes, enlevés par un empereur des Français, chassés par le peuple de Rome ou dépossédés par un roi piémontais : mais jamais encore imposant leur volonté souveraine contre les règles et les pratiques d'une Société vouée à leur service, et dont les *Constitutions* s'imposent d'autant plus à eux qu'elles émanent d'un groupe qui a fait, envers eux, vœu d'obéissance. Qui doit être plus ou mieux respecté que celui qui jure, par avance, de s'incliner ?

Ce respect, Jean-Paul II ne s'y crut pas tenu ; les décisions de son interlocuteur abattu ne lui furent pas des lois. Ces volontés du général des jésuites, qui avaient toutes les apparences d'être les dernières et ressemblaient si fort à un testament, Karol Wojtyla décida de dresser contre elles ses propres dispositions.

* Le dernier précédent étant celui du R. P. Norbert de Boynes pendant la Seconde Guerre mondiale (voir chapitre IX).

Le veto qu'il avait cru devoir opposer un an plus tôt au respectable souhait formulé par Pedro Arrupe, désavoué par lui et épuisé, de se retirer, voici qu'il le renouvelait à l'encontre de l'homme qui n'était plus capable de lui opposer qu'une supplication d'aphasique…

La désignation du R. P. Vincent O'Keefe comme vicaire général datait du 10 août 1981. C'est à ce titre que, le 6 octobre suivant, le jésuite américain présidait la « consulte » de la Société de Jésus, composée des quatre assistants généraux, en vue de préparer la congrégation appelée à élire le futur « général », quand on vint le prévenir que le cardinal Casaroli, secrétaire d'État (c'est-à-dire Premier ministre du Vatican), se présenterait à midi pour être reçu par le père Arrupe.

Les responsables du Saint-Siège ne savaient-ils pas que le « général » en titre n'était plus en état de conduire une conversation ? Était-il honorable de traiter une affaire grave en tête-à-tête avec un grand infirme, alors qu'il était doté d'un suppléant tout à fait légal ? Le R. P. O'Keefe s'en fut donc attendre à la porte le cardinal secrétaire d'État – qui, faisant valoir ses instructions, exigea de voir le malade seul à seul, et pria le vicaire général de s'éloigner de l'infirmerie.

Laissons ici la parole à Alain Woodrow dont l'excellent récit est de toute évidence puisé à bonne source :

> « La visite dura quelques minutes. Sans dire un mot, le cardinal se fit reconduire à la sortie. Quand il retourna chez le père Arrupe, Vincent O'Keefe découvrit la lettre du pape, posée simplement sur une petite table. Le général pleurait [15]. »

Le R. P. O'Keefe nous a donné une version à peine retouchée :

> « Le cardinal, après avoir lu la lettre du pape au père Arrupe, m'a fait appeler parce qu'il ne pouvait pas le comprendre. Je suis entré et j'ai parlé avec Arrupe qui m'a demandé de conduire Mgr Casaroli dans une autre salle pour rencontrer le père Dezza* […] Après cela, je suis entré chez Arrupe et j'ai lu la lettre pour lui. Étant donné le contenu de la lettre, il était fort ému – et moi aussi [16]. »

* Que Jean-Paul II désignait, dans la lettre, comme son « délégué personnel » à la tête de la Compagnie.

Si Don Pedro ne pouvait retenir ses larmes, ce n'était pas seulement parce que la lettre du souverain pontife venait de lui infliger le désaveu le plus cinglant en refusant de reconnaître la désignation du R. P. O'Keefe et en lui substituant celle d'un « délégué personnel » du pape, mais aussi parce que ce geste manifestait un mépris humiliant pour l'institution à la tête de laquelle il était le vingt-septième successeur élu d'Ignace de Loyola.

Le vieux « général » infirme, incapable de formuler la moindre protestation, le moindre rappel des procédures légales, était ainsi placé devant le fait accompli, contraint à constater son néant, et réduit aux plus douloureuses conjectures : un tel dédain de la légalité signifiait-il que le souverain pontife ne se satisfaisait plus de l'obéissance *perinde ac cadaver* imposée naguère à un Teilhard, que c'était l'originalité, l'autonomie de gestion et le comportement de la Société qui étaient ainsi mis en question ? Comme on disait du temps de la colonisation, rebroussait-on chemin du protectorat à l'administration directe* ?

S'agissait-il en outre d'une condamnation sur le fond de toutes les initiatives de la Compagnie depuis son généralat, du « décret 4 » de la trente-deuxième congrégation, de la conception de la « justice » formulée et appliquée par lui et ses compagnons depuis 1974 ? Ainsi pouvait méditer amèrement l'infirme prisonnier du Borgo Santo Spirito.

Cette méditation du « général » désavoué et désarmé, le journaliste italien Giacomelli l'a décrite comme « le calvaire du père Arrupe [17] ». L'ancien assistant indien de Don Pedro, le R. P. Divarkar, a écrit pour sa part dans la revue des jésuites américains, *America*, que ce fut en réalité pour le malheureux muré dans son silence une véritable « crucifixion ».

Pour « délégué spécial » à la tête de la Compagnie, Jean-Paul II fit choix d'un jésuite (tout de même**…) de quatre-vingts ans, le R. P. Paolo Dezza, ancien confesseur de Paul VI, assisté du R. P. Giuseppe Pittau, ancien provincial du Japon comme le père Arrupe. Deux Italiens tenus pour « modérés »,

* Comme il advint parfois en Tunisie et au Maroc dans les années cinquante…

** La presse italienne rapporta que le pape avait d'abord pensé pour ce rôle au cardinal Paolo Bertoli, mais que l'archevêque (jésuite) de Milan, Mgr Martini, lui avait fait valoir que confier ce poste à un non-jésuite aurait sur ses compagnons un effet moral désastreux…

aucunement mêlés aux audaces de l'« ère Arrupe ». De l'aveu même de l'une des cibles de l'arbitraire pontifical, le R. P. Calvez, « assistant général » de Pedro Arrupe, le R. P. Paolo Dezza fut toujours mesuré, conciliant ; il ne se fit pas une règle de l'abus de pouvoir auquel il devait sa promotion*. Mais, fût-il traité avec doigté, un coup de force reste un coup de force. Et celui-là provoqua une intense émotion et de vives réactions, pour ne pas parler d'indignation, au sein de la Compagnie et ailleurs.

Les jésuites français réagirent avec une particulière modération bien qu'ils fussent dans leur grande majorité fort attachés à la « ligne » et à la personne de Pedro Arrupe, et que la tradition gallicane, manifestée au temps du père de La Chaize ou de Xavier de Ravignan, eût pu les inciter à mettre l'accent sur l'illégalité de l'opération.

Le R. P. Henri Madelin, provincial de France, envoya aux divers responsables de la Compagnie un message où s'exprime avec une audacieuse solennité une vraie douleur :

> « Il s'agit d'une mise à l'épreuve de notre foi [...] Ce qui nous arrive [...] s'inscrit hors du déroulement normal du droit qui nous régit [...] La période où nous entrons est délicate. La Compagnie, avec les déficiences et les qualités qui lui sont propres, ne devra pas chercher à s'autojustifier [...] Elle devra résister aux suggestions de ceux qui voudraient l'ériger en Église rivale de la véritable Église [...] [elle] sera jugée sur la qualité de sa "discrétion" en face de ce qui lui arrive [...] sur la force de l'unité qu'elle est capable de vivre. »

Mais cette abnégation française, cette « discrétion » si peu gauloise, ne furent pas imitées par toutes les provinces. Et, bien que très peu de ruptures avec la Compagnie eussent été provoquées par le *pronunciamiento* papal, ici et là s'exprimèrent des protestations parfois véhémentes, une stupeur indignée qui ne tenait guère compte du célèbre *perinde ac cadaver*.

En Angleterre, où les porte-parole du catholicisme manifestent toujours un « britannisme » qui ajoute au gallicanisme voisin sa touche d'insularité, l'excellente revue *The Tablet* dénonça l'« insulte » faite par Jean-Paul II à l'un des « géné-

* Et nous verrons (chapitre XIV) que le R. P. Pittau, envoyé en mission en Amérique latine, y fut fidèle à la « ligne » Arrupe.

raux de la Compagnie les plus respectés et admirés depuis Loyola ». En Allemagne, où la tradition critique de Döllinger reste très vivante, un collectif d'une vingtaine de pères, dont le très prestigieux Karl Rahner, fit savoir qu'il ne reconnaissait pas le « doigt de Dieu* » dans l'initiative du pape.

Quant aux jésuites canadiens, ils poussèrent encore un peu plus loin l'audace en déclarant à la presse, convoquée à cet effet, que Karol Wojtyla, originaire d'un pays de l'Est et rompu aux pratiques des régimes au sein desquels il avait exercé son sacerdoce, n'était pas très au fait des méthodes démocratiques pratiquées dans la Compagnie de Jésus [18]. De là à traiter le pape de stalinien…

La brutalité du procédé, appliquée à un homme physiquement diminué et à une société fragilisée par la rapidité et la pluralité des mutations provoquées par le concile de Vatican II, pose naturellement des problèmes plus essentiels que ceux qui ont trait au caractère de Jean-Paul II, à sa culture ou à sa biographie politique, et aux traditions polonaises. Ce qu'une telle mesure met en question, c'est à la fois la nature des rapports entre le Saint-Siège et la Compagnie, et les frontières de l'obéissance.

S'agissant de cette discipline cadavérique, nous avons déjà cité aussi bien les commentaires très nuancés du R. P. Ravier** mettant l'accent sur le rôle du « discernement », vertu spécifiquement ignacienne, plus encore que sur cette « obéissance » tant vantée qui ne saurait être que « sainte », c'est-à-dire éclairée des lumières de l'Esprit. Si les conditions de la « sainteté » de l'obéissance ne sont pas réunies – du fait de la nature de l'ordre reçu, ou des procédures qui l'accompagnent –, que faire ? Il va de soi que le « discernement » est, par nature, susceptible de contredire l'automatisme disciplinaire. Prôner celui-là est mettre en cause celui-ci.

Ce type de contradictions, nul ne l'a mieux mis en lumière que Karl Rahner : à propos de la destruction des « réductions » du Paraguay, le grand théologien jésuite dénonçait l'« obéissance » de la Compagnie aux injonctions papales, la qualifiant de « sotte*** ». Et nous avons pour notre part posé quelques questions naïves (ou incongrues) à propos de la « suppres-

* Allusion à la formule du pape Paul III commentant les *Constitutions* de Loyola.

** Voir tome I, chapitre IV.

*** Voir tome I, chapitre XIII.

sion » de la Société de Jésus par un bref de Clément XIV entaché de tous les vices de fond et de forme qui eussent pu inciter les responsables de l'ordre de Loyola à ne voir nulle « sainteté » en une telle obéissance.

Bref, en 1981, le viol, par le souverain pontife, des règles successorales de la Compagnie n'incita pas les principaux responsables de l'ordre à mener contre lui la même résistance qu'avaient opposée les pères fondateurs à Paul IV prétendant modifier les *Constitutions* en supprimant le « généralat à vie » et en établissant l'obligation de la prière en commun et du chant choral. Alors, les jésuites avaient préféré le respect de leurs lois à l'obéissance. Quatre siècles plus tard, ils préférèrent l'obéissance au respect de leurs lois.

N'était-ce pas encore assez, pour Jean-Paul II ? Le 27 février 1982, le pape accueillit au Vatican les provinciaux de la Société. Après avoir rendu hommage à la façon dont les pères avaient subi l'« épreuve » (*prova*) dans un « esprit authentiquement ignacien » (connaît-il, ce pontife, l'épisode de Paul IV ?), Jean-Paul II, visiblement encouragé à l'autoritarisme par cette docilité, déclara à ses visiteurs qu'ils devraient étendre l'application du « quatrième vœu » (d'obéissance) du chef de l'Église romaine (comme le prévoient les *Constitutions* ignaciennes) à toutes les instances hiérarchiques du monde catholique…

Ainsi, le souverain pontife ne se contentait pas d'avoir fait plier jusqu'à l'humiliation la Société vouée entre toutes à son service, il prétendait la mettre désormais à la discrétion de l'épiscopat et de structures qui n'avaient jamais eu le pas sur elle. L'opération de reprise en main vaticane prenait des allures de domestication. De tour d'écrou en tour de vis, que resterait-il de la profonde originalité de la Société inventée en 1534 à Montmartre par Loyola et ses six compagnons ?

On impute souvent la fonte des « effectifs » de la Compagnie au laxisme dominant dans les années soixante, sous le généralat d'Arrupe. Pourquoi rester jésuite si cette appartenance ne peut plus être vue comme un sacerdoce, mais seulement comme une sorte de militantisme social ? Autant adhérer à Médecins sans frontière ou à Amnesty International. Bien. Mais pourquoi se faire jésuite, si cette adhésion n'est plus sous le signe d'une inventivité, d'une liberté, d'un dynamisme particuliers ? Contre la banalisation de la Compagnie dans le siècle, faut-il opérer sa banalisation dans l'Église ?

Le pape Jean-Paul II avait imposé, à la Compagnie décapitée par la maladie de son chef, son propre « délégué », doté des pleins pouvoirs. Il ne prétendit pas prolonger indéfiniment la situation induite par cet abus de pouvoir. Il entendait seulement purger l'ordre ignacien de ses fièvres « progressistes », lui faire subir une cure de discipline, resserrer les liens entre les jésuites et la hiérarchie commune, au risque de leur faire perdre leur saveur propre – celle des Ricci et des Nobili, des Teilhard et des Charles.

La « cure » ne pouvait pas, sans risque, se prolonger au-delà de dix-huit mois. Il importait de revenir à la légalité ignacienne. C'est ainsi qu'en 1983 fut convoquée la trente-troisième congrégation, en vue de l'élection du successeur de Pedro Arrupe – toujours confiné dans sa chambre de l'infirmerie du Borgo Santo Spirito où lui revenait peu à peu l'usage de la parole, mais non le goût ni même le pouvoir d'intervenir.

Entre-temps, que de coups de cravache, que de rappels à l'ordre – ou plutôt à la prépondérance papale. Un jour, c'est le R. P. Drinan, seul prêtre catholique qui ait jamais été élu au Congrès des États-Unis (par le Massachusetts), qui se voit intimer par Rome l'ordre de renoncer à se porter candidat au renouvellement de son mandat, exercé dans un sens très peu favorable à l'*establishment* (notamment lors de la guerre du Viêt-nam) et fort incommode aux pouvoirs établis : c'est dans ce cas seulement que l'on est accusé de « faire de la politique »*…

Un autre jour, c'est, au cours d'un voyage de Jean-Paul II en Amérique latine, la très virulente et publique admonestation adressée par le visiteur à Fernando Cardenal, ministre de la Culture du gouvernement sandiniste du Nicaragua qui, bien qu'il ait quitté la Compagnie de Jésus, était considéré comme l'archétype du « jésuite rouge », et à son frère Ernesto, prêtre non jésuite, ministre des Affaires étrangères. Autant de manifestations du recentrage autoritaire qui levaient les derniers doutes sur la politique « jésuite » du Vatican…

Dès lors, faut-il juger excessive, trop systématique, la description de cette stratégie proposée par Alain Woodrow dans son essai de 1984** ?

* Sur le père Drinan, voir au chapitre XIV.

** *Les Jésuites, op. cit.*, republié et enrichi en 1991, p. 291.

« On a parfois l'impression que, face aux forces incontrôlables de décentralisation et de sécularisation déclenchées par le concile Vatican II, Jean-Paul II a rêvé d'opérer une nouvelle Contre-Réforme – une restauration plutôt – pour limiter ce qu'il considère comme les "dégâts du concile"[19]. »

Les rapports entre le Saint-Siège et « ses » jésuites (est-ce ainsi qu'il faut désormais parler ?) se sont tout à coup radoucis à partir de la trente-troisième congrégation qui, en septembre 1983, a élu Peter-Hans Kolvenbach*, qui succéda – légalement – à Pedro Arrupe. On reviendra sur la personnalité et le comportement de cet homme sagace, venu d'Orient pour apaiser les tumultes de l'Occident. Mais, plus significatifs encore que ce choix évidemment judicieux, ce sont les textes publiés par la Compagnie à l'issue de ces travaux qui donnent le ton de ce qu'est devenue la Compagnie dans les années quatre-vingt-dix.

On ne saurait les définir que comme des aménagements, plutôt que comme des correctifs, de la « ligne Arrupe ». Pas de rupture nette, pas de reniement honteux. Mais, de même que les relations entre « pape blanc » et « pape noir » ont été modifiées par la brutale reprise en main de 1981, plaçant plus étroitement la Compagnie dans la dépendance du Saint-Siège, de même les déclarations de 1983 semblent bien mettre un « bémol » sur les audaces de naguère.

Le ton général respire un parfum de contrition. On parle « avec humilité » de « déficiences », de « déficits » et de « difficultés » :

« L'interprétation du décret 4 de la trente-deuxième congrégation générale a pu être parfois "tronquée, partiale ou mal équilibrée**". Nous n'avons pas toujours eu devant les yeux cette vérité que nous devons rechercher la justice sociale à la lumière de la "justice de l'évangile", laquelle est en quelque sorte le sacrement de l'amour et de la miséricorde de Dieu. Nous avons difficilement compris que nous devions nous consacrer entièrement à une mission qui n'est pas un ministère parmi d'autres, mais "l'élément intégrateur qui unifie tous nos ministères" ; ou bien nous n'avons pas bien vu la manière dont l'Église nous pressait récemment de changer les structures de la société, et quelle était la manière dont nous devions

* Voir chapitre XIV.

** Formule empruntée d'ailleurs à Arrupe.

agir lorsque nous collaborions avec les laïcs dans ce processus de transformation. Déficits de plusieurs sens donc, cependant liés surtout aux tendances à réduire la conception de la justice à une vue trop humaine… »

Des « tensions » dans la Compagnie et alentour, comment pourrait-il ne pas y en avoir ? D'autant que…

> « certains ont parfois indûment accentué et d'une façon unilatérale un aspect de cette mission au détriment de l'autre. Et pourtant pas plus un spiritualisme désincarné qu'un activisme purement sécularisé ne servent vraiment une proclamation intégrale de l'évangile dans le monde d'aujourd'hui. L'expérience de ces derniers temps nous en persuade chaque jour davantage : plus un jésuite s'engage dans des situations et des structures étrangères à la foi, plus il doit renforcer sa propre identité de religieux… ».

Citant ces divers textes, Jean-Yves Calvez en conclut qu'après tant de controverses, tensions, débats internes et interventions papales (qu'il se garde de qualifier…), « le décret 4 tient ». On peut lui en donner acte, non sans citer le qualificatif dont il est affecté à partir de 1983, et qui le situe dans une perspective différente : « Le service de la foi et la promotion de la justice entendus de façon *intégrée*. » C'est-à-dire en le replaçant dans un contexte global où ses aspérités, sa « pointe » sociale, sont moins marquantes. Il s'agit toujours d'un « profond renouveau de l'humanité selon le concile du Vatican II », donc d'un message humaniste. Mais tout ce qui prenait en 1974 une tonalité novatrice, une signification dynamique, est davantage « intégré », ramené à l'ordre commun. Pas d'avant-garde, a décrété le chef suprême, « monsieur de Rome ». D'où cette formule émanant naguère d'une publication de la Compagnie :

> « Nous croyons que nous avons davantage besoin aujourd'hui de mettre en pratique ce qui nous a été transmis que de produire de longues déclarations ou de nouveaux décrets. »

D'aussi bénins propos, qui, si l'on se hasarde à quelque comparaison tirée de l'art militaire, remettent la Compagnie de Jésus en posture de ce qu'on appelle l'« exploitation du terrain » au détriment des percées, découvertes et autres prises de risque, rendant un son moins ignacien en apparence qu'épiscopal, suffiront-ils à apaiser, au sein de la Société, les orages déchaînés par le « décret 4 » et l'ère Arrupe ?

Point du tout. L'enquêteur qui s'affaire à évaluer les tendances ou dissonances perceptibles au sein ou aux abords de cette institution toujours frémissante ne cesse pas de relever des signes d'anxiété dans divers secteurs, et notamment parmi les aînés ou les contemporains de Pedro Arrupe. Entre eux, ces hommes d'expérience et de grand savoir s'appellent « les silencieux ». Non qu'ils soient voués à la clandestinité ni à rien qui ressemble à la répression, mais parce qu'ils jugent n'avoir qu'insuffisamment accès aux postes de direction et surtout aux publications les plus prestigieuses de la Société.

Est-ce à dire que le « commando des arrupistes » tient toujours le haut du pavé ? Non. Mais le recul ou le stationnement qui leur a été imposé n'a pas jeté ces hommes hors des lieux de pouvoir. La Compagnie a resserré les voiles et le maître d'équipage a changé. Le cap reste, très largement, le même. Et bon nombre d'anciens jugent que la primauté accordée au « social » transforme toujours l'essence même, en tout cas rétrécit l'esprit de la Compagnie, au détriment de la recherche scientifique, de l'enseignement, de la méditation, de la prédication.

Sans parler de ceux qui reniflent toujours, dans le type d'action déclenchée ou popularisée par le gouvernement d'Arrupe, un parfum de progressisme, de socialisme – pourquoi pas de marxisme ? Il ne faut pas oublier que la Compagnie de Jésus était, au début du siècle, compagne de route de l'Action française ; que, si elle a bien résisté au nazisme, elle n'a pas toujours refusé, en son temps, les avances du fascisme italien ou du franquisme espagnol. Et que, si la « théologie de la libération » est venue d'Amérique latine, du même continent se font entendre constamment des réquisitoires indignés contre tout ce qui peut encourager ou absoudre la « révolution » au nom du légendaire « pragmatisme » jésuite.

Atténuée à coup sûr depuis la congrégation de 1983 et l'élection du père Kolvenbach à la tête de la Compagnie, « la guerre civile au sein de la Société de Jésus [20] » (Peter Rawlinson) suit un cours souterrain. Les « silencieux » n'ont pas désarmé. Ils n'ont pas cessé de protester contre ce « drapeau rouge » que le général basque aurait hissé en 1974 sur la Compagnie, en proclamant une « option pour les pauvres » qui, observent-ils, n'a jamais cessé d'être au premier plan des objectifs de la Société – des « maisons » créées à leur intention par Loyola et ses amis romains aux missions auprès des esclaves du père Claver au siècle suivant et aux Centres d'action sociale des RR. PP. Desbuquois et Bigo en Europe et en Amérique latine.

S'il y eut un « silencieux » dans la Compagnie, de 1981 à 1991, ce fut Don Pedro Arrupe, de plus en plus enfoncé au creux de son fauteuil d'hémiplégique, de plus en plus diaphane, murmurant chaque jour, en espagnol, quelques phrases mal perceptibles. Au monastère de San Yuste où il s'était volontairement cloîtré, Charles Quint ne suivait pas sans anxiété les interprétations données à sa politique par son fils Philippe. De quel œil le « général » exilé du pouvoir suivait-il les retouches apportées à son œuvre ?

Nous l'avons laissé en pleurs après la lecture de la lettre du Saint-Père – défaisant son choix et imposant à la Compagnie celui d'un « délégué personnel ». De divers témoignages de visiteurs, on recueille la certitude qu'il vivait dans les souffrances physiques et l'angoisse spirituelle. Comment reçut-il le propos de son successeur, admettant devant Peter Rawlinson que, dans les années soixante-dix, à l'époque du « décret 4 », la Compagnie était trop « mondaine » *(« worldly »)*, trop sécularisée, et que l'intervention du pape Jean-Paul, en 1981, lui avait apporté une « thérapie salutaire » *(« healthy therapy »)* [21] ?

Don Pedro Arrupe avait surmonté depuis bien longtemps les tentations de la mélancolie ou de la rancœur. Venu lui rendre visite à la fin de 1991 pour le féliciter de l'exemplaire résignation de la Compagnie soumise aux verges, le pape lui avait demandé de le soutenir « par ses prières et ses souffrances »… A quoi l'infirme avait répondu, tant bien que mal, par une protestation de « totale obéissance ».

Au-delà de l'amertume que cet homme très bon ne conçut peut-être jamais, il avait le loisir et le droit d'esquisser un premier bilan de l'époque placée sous le signe de son nom : les « années Arrupe », 1965-1981… Mis à part quelques intégristes acariâtres (il s'en trouve aussi dans la Compagnie de Jésus), tel rédacteur de chronique religieuse radiophonique, un quarteron de théologiens espagnols ou de canonistes romains, qui peut contester encore que ce temps fut, pour la Société de Jésus, un bain de jouvence ?

Fallait-il s'élancer ainsi « sans carte d'état-major vers un avenir inconnu » ? A cette question qu'il se posait à lui-même, Karl Rahner s'empressait de répondre que oui. Que la Société jésuite fût amputée (allégée ?) de près d'un quart de ses membres en vingt ans par les contradictions entre ses missions temporelles et spirituelles, entre certaine acception de la foi et certaine vision de la justice, entre ce qui restait de corset disciplinaire et les pulsions libérées par la créativité et la permissivité de l'époque, ne pouvait qu'aviver sa vocation et libérer ses aptitudes au mouvement*.

Pedro Arrupe était l'homme qui avait osé proclamer que « l'injustice est un athéisme pratique ». Jamais peut-être personne n'avait lié plus fortement la plus respectable des aspirations humaines – en vue de l'instauration de plus de justice – à une plus forte exigence religieuse. Que lui restait-il à dire ? Rien de ce qui concernait les affaires de pouvoir et d'autorité ne le concernait plus. Il avait lancé ces mots-là.

Le R. P. Pedro Arrupe, vingt-huitième préposé général de la Société de Jésus, est mort à l'infirmerie de la curie généralice des jésuites, âgé de quatre-vingt-quatre ans, le 5 février 1991.

* A un journaliste qui déplorait devant lui le départ d'un millier de jésuites de la Compagnie, François Mauriac ripostait : « A ce moment de son histoire, l'Église a moins à redouter de ceux qui la quittent que de certains qui y demeurent » (*Le Dernier Bloc-notes*, avril 1969).

CHAPITRE XIV

La troisième Compagnie : pluralisme ou diaspora ?

• Une flottaison glauque • Le « divin Léonce » • Trois défis pour un réveil • La grande génération • Karl Rahner et les « chrétiens anonymes » • Les souffrances du père de Lubac • John Courtney Murray et le « carabinier » • Dans la prison de Danbury • L'« extase blanche » du* staretz *Michel • La* Civiltà, *le père Sorge, la Mafia et l'Enfer... • Mourir pour la théologie de la libération • Un linguiste et le discernement •

Quelle nation, ou société, quel organisme national ou international ne connaît, entre ses époques d'expansion et ses heures d'accablement, entre chutes et sursauts, des périodes de stagnation morose ?

Au début de ce siècle, une centaine d'années après que Pie VII l'eut restaurée dans ses prérogatives, sinon dans son éclat de jadis, la Compagnie de Jésus semble flotter entre ses souvenirs de gloire et ses hantises de proscription universelle, non plus écrasée comme en 1773, mais acculée aux replis et aux esquives, refoulée ici, surveillée là, impopulaire où elle n'est pas interdite et privée, en apparence, de tout souffle reconstructeur.

Le XIXe siècle n'a pas été propice à la Société de Loyola. Ni le romantisme à son goût pour la raison, ni le scientisme à son fidéisme, ni le culte des nationalités à son internationalisme fondamental. Hugo, Darwin, Mazzini l'ont refoulée dans une pénombre amère qui ne sied pas, quoi qu'on en dise, à sa tradition expansionniste ; et les stratèges de l'enseignement d'État, Bismarck ou Ferry entre autres, l'ont dépouillée de sa mission la plus apparente, celle de la formation des cadres dirigeants.

Pis encore : son inventivité (dût-elle relever du talent mieux que du génie, et afficher sa diversité plutôt qu'affirmer sa profondeur) semble tarie. Quel physicien, quel prédicateur, quel astronome, quel pédagogue, pour succéder à Boscovitch, à Ravignan, à Secchi, à Olivaint ? Le génie de la Compagnie semble s'être réfugié dans sa vocation première, celle des missions lointaines. Mais, là encore, l'héroïsme individuel semble avoir pris le pas sur la fertilité culturelle, sur l'imagination anthropologique qui avait fait la grandeur originale de Ricci ou de Montoya.

Dans un texte vigoureux écrit trois quarts de siècle plus tard, le R. P. Rideau propose une autocritique de la Compagnie qui semble la saisir dans cette ère de flottement glauque, entre l'antimodernisme de l'Église de Pie X et l'attente d'un renouveau que rien ne signale en surface :

> « … La Compagnie a pâti d'un aveuglement relatif à l'histoire : infidèle ici à l'esprit de son fondateur, elle n'a pas su ou pas pu reconnaître à temps les signes des temps ; son réalisme a manqué de lucidité et de discernement prophétique. Étroitement rivée à une Église dont elle était la servante, elle a subi la pesanteur et la lenteur d'une chrétienté passablement émigrée du monde.
>
> Généreuse et presque irréprochable dans l'exécution de ses tâches quotidiennes, elle a hésité à se "reconvertir" à la mesure des progrès de la conscience ; elle a vécu au jour le jour, trop occupée, trop contredite aussi, pour penser l'histoire et s'y réadapter sans cesse ; plus contrôlée que d'autres par une autorité ecclésiale, elle-même en dépendance de l'état général des esprits*, elle n'a pas pu prendre toujours les initiatives voulues pour aller de l'avant…
>
> En un sens, on peut parler d'une sous-utilisation de la Compagnie, qui a notablement diminué son rendement. Elle avait tout cependant pour infléchir le cours de l'histoire et pour introduire, deux siècles à l'avance, le dialogue de l'Église avec l'humanité moderne [1]. »

Cet « aveuglement » des jésuites de naguère par rapport aux « signes des temps** », il ne faut pas l'attribuer seulement à un esprit de réaction contre les persécutions des héritiers de la

* Ces mots étonnent de la part d'un historien comme le R. P. Rideau.

** Titre d'une revue des dominicains.

Révolution française et d'un laïcisme de combat, ni à son inféodation à une « autorité ecclésiale » romaine rivée au *Syllabus* et à l'antimodernisme de Pie X, mais aussi à une déperdition, pour ne pas dire une asphyxie, de l'esprit de connaissance et de recherche qui, à l'origine, est la marque même imprimée à leur ordre par les fondateurs.

Comment faire mieux sentir ce rétrécissement intellectuel, au moins dans le domaine de la formation des jeunes jésuites, qu'en citant des extraits d'une lettre écrite par un maître formé en ces temps de disette à l'un de ses cadets, quelques décennies plus tard ?

C'est à l'occasion d'un débat où avait été évoquée l'incommunicabilité entre diverses générations de jésuites que le R. P. Christian Burdo, condisciple de Teilhard et de Valensin, décrivit ainsi à Michel Guervel ses années de formation et le bagage intellectuel reçu par les scolastiques de la Compagnie au début du XXe siècle :

> « Les études ? Je dois respecter la mémoire de mes maîtres. Mais, vraiment, à quoi pensait-on ? Aucun cours d'histoire de la philo. Rien sur aucun moderne. Les grandes questions qui nous passionnaient étaient l'objectivité des couleurs, l'effet formel de la quantité (trois semaines de classes), le fondement des possibles en Dieu. En sciences, un seul professeur pour *tout*… Et un père spirituel de quatre-vingts ans qui nous parlait de tout, sauf de notre âme. Un saint et un bon recteur, heureusement ! L'étonnant est que nous suivions les classes avec l'aveugle confiance que cela nous servirait à quelque chose [*sic*]. Nous n'avions presque aucun rapport avec nos professeurs. Et vous pensez bien que jamais il ne nous serait venu à la tête que la philo pût aider à notre vie spirituelle !
> … L'enseignement nous comprimait. On nous disait en classe que, si nous étions un jour attirés par la distinction réelle d'essence et d'*esse**, il faudrait repousser cela comme une tentation contre notre vocation. On m'interdit au dernier moment une conférence où je voulais exposer avec sympathie la théorie électronique toute neuve de l'unité de la matière. Je faillis être collé en deuxième année pour avoir lâché la stricte unicité de la forme. Cette étroitesse, et plus encore l'abus de la preuve pour des choses évidentes (une thèse à trente-quatre syllogismes pour démontrer l'infaillibilité du sens quant à son

* Être.

> objet propre...), me fit faire une douloureuse crise de scepticisme. J'en sortis avec un fidéisme aveugle, qui ne valait pas mieux. Je retrouvai l'équilibre, par hasard, dans un article d'Henri Brémond sur l'Irrationnel de la foi. Et, ayant perdu le goût des spéculations vaines, je stabilisai le calme retrouvé dans les études positives, sciences et histoire [2]... »

L'admirable (le miracle, diraient nos pères) est que de cet enseignement pour honnêtes desservants de paroisse aient surgi Fontoynont, Lebreton, Rousselot, Teilhard, Fessard et de Lubac, les hommes qui vont incarner la renaissance jésuite.

Les bandelettes de la momie étaient bien serrées, et pas seulement dans le domaine de l'enseignement où, le R. P. Burdo le signale encore, l'œuvre la plus moderne qu'il ait lue en 1910 était le *Tableau de la France* de Michelet, où il n'avait jamais entendu parler de Bergson, et où – on a peine à le croire, mais il l'écrit – on n'était pas plus instruit de saint Thomas d'Aquin... Suarez, Suarez seul !

L'institution elle-même allait en s'ossifiant, avide en apparence d'opposer la rigueur des structures à la mobilité, l'invariance du dogme aux turbulences du monde. En 1923, aux temps austères du généralat de Wladimir Ledochowski, la réunion de la vingt-septième congrégation générale de la Compagnie fut l'occasion, pour ce religieux polonais dont la vertu la plus éminente n'était pas l'ouverture aux « signes des temps », d'accentuer le caractère immuable des *Constitutions* de l'ordre.

Pour bloquer une fois pour toutes les « changements » éventuels, la vingt-septième congrégation avait déterminé des points dits « intouchables », et, parmi eux, distingué les « points substantiels de premier ordre » et « de second ordre »... Elle avait même fait un « catalogue », le mot qui avait été traduit soixante ans plus tôt à Rome par *syllabus* ! Ainsi, faisait observer naguère le R. P. Maurice Giuliani, « la vie de la Compagnie se retrouvait rigoureusement dans un cadre juridique, et ce cadre prenait une telle importance qu'il tendait à s'imposer aux congrégations générales suivantes [3] ».

Rarement dans l'histoire société avait osé se verrouiller ainsi sur elle-même*, pour l'avenir comme pour le présent, s'imposant la discipline imitée du *Syllabus* qui avait naguère voué l'Église catholique à une longue asphyxie. Comment s'étonner

* Oserait-on écrire qu'à la même époque, à Moscou...

qu'à cette époque (1925) Pierre Teilhard de Chardin ait été dénoncé, pourchassé et exilé pour délit d'imagination et d'évolutionnisme ? Quel mot, plus que celui d'évolution, pouvait être anathème aux porteurs de clés qui régnaient à Rome, drapés de rouge ou vêtus de noir ?

C'est pourtant du fond de cet abîme de restriction éducative et de réglementation disciplinaire que va surgir et s'épanouir ce que l'on voudrait appeler la « troisième Compagnie », celle qui fut non pas « restaurée » (comme en 1814) mais ranimée par la génération formée au temps des expulsions de France en 1901 et 1904, de la croisade déclenchée par Rome contre le « modernisme », c'est-à-dire l'application de la critique historique et scientifique à l'étude des Écritures, et par conséquent des dogmes chrétiens.

A la veille de la Première Guerre mondiale, tandis que les intégristes veillent au créneau à coups d'interdits philosophiques et d'imprécations contre le siècle, à l'intérieur de la Compagnie, dans les cercles les plus paisibles, par le truchement des personnages les plus « rassurants », un courant se forme, s'amplifie, qui va porter les quatre ou cinq révolutions d'où la Compagnie sortira transformée et réconciliée avec le monde en quête de science, de liberté et de justice : celle de Teilhard qui inscrit le christianisme dans la transformation immémoriale du cosmos, celle de Rahner et, par ailleurs, d'Henri de Lubac qui libèrent l'Église catholique de son monopole de distribution du salut (Charon au bord du Styx...) pour lui réserver un rôle de témoignage et d'assistance plus humain, celle de John Courtney Murray qui fait prévaloir en 1965 les principes de pluralisme et de liberté religieuse, celle enfin d'Arrupe qui incarne la charité en justice.

Le personnage qui symbolise alors ces tendances, tout au moins en France, est Léonce de Grandmaison qui, à l'orée du siècle, maître de théologie à Fourvière, directeur d'*Études*, fondateur des *Recherches de science religieuse*, enfin protecteur des diverses formes d'apostolat social, semble avoir ouvert (entrouvert ?) les fenêtres du temps présent que trois générations de supérieurs, de provinciaux et de confesseurs avaient passionnément calfeutrées*.

Sur l'homme, l'aménité du maître, l'ouverture d'esprit du

* Compte tenu d'exceptions comme Pierre Olivaint...

directeur, la qualité intellectuelle de l'apologiste, on ne lit ou n'entend que des éloges. Pierre Teilhard de Chardin, dont il fut le supérieur d'études à Jersey, l'appelle dans sa correspondance le « divin Léonce », ce qui donne une bonne indication. D'entre ces mains entrouvertes vont s'envoler pour d'ambitieuses aventures de l'esprit les jésuites de la « grande génération » de 1930 – Fontoynont, Lebreton, Rousselot, Teilhard, Valensin, Charles, Fessard, de Lubac…

C'est dans la tempête soulevée par l'affaire du « modernisme » et l'enseignement de Maurice Blondel que se manifeste la fermeté d'âme de ce gentilhomme naturellement porté à la bienveillance et dont l'axiome favori était que c'est dans la bonhomie que se reconnaît la grandeur, que rien de souligné ni de bizarre n'y contribue. Contre les novateurs – exégètes bibliques tels que Harnack*, Loisy, théologiens comme Blondel ou Tyrell – qui critiquaient le refus du catholicisme de se mettre à l'épreuve de la science et du monde moderne, l'institution romaine avait fulminé ses anathèmes, le décret *Lamentabili* et l'encyclique *Pascendi* (1907), donnant le branle à des campagnes virulentes contre tous ceux qui semblaient pactiser avec le diable moderniste.

A cette chasse marquée de l'imbécillité propre à tous les intégrismes, Léonce de Grandmaison décida d'opposer les arguments de la raison, dans un éditorial d'*Études* intitulé « Critiques négatives et tâches nécessaires ». Ce jésuite ne se proclamait certes pas moderniste. Ce qu'il rejetait, c'était le fanatisme des chasseurs de sorcières, qui fustigeaient *Études*, tenue pour complice des modernistes. Après avoir posé la question fondamentale : « N'y a-t-il plus de travail scientifique possible dans l'Église ? », Grandmaison défiait les fanatiques et interrogeait le Saint-Siège : « Ce qui est extraordinaire et plonge dans le désarroi, c'est l'étendue de la dénonciation […] Il ne reste plus d'autre moyen de vivre en communion avec Rome que de se mettre à la suite et à la merci des meneurs de cette campagne [4] ? » On voit que, sous sa forme bénigne, l'interpellation allait loin : le foyer de cette rage est-il au Vatican ?

L'œuvre** du R. P. Léonce de Grandmaison pourrait se limi-

* Théologien protestant.

** Peu abondante et qui culmine avec l'article « Jésus-Christ » dans le *Dictionnaire apologétique*. Sur l'homme, bon article nécrologique d'*Études* en 1927, mais bien médiocre, de P. Doncœur, dans la même publication en 1956.

ter à ce plaidoyer d'*Études* pour les droits de la science, et de la conscience : elle ne garderait pas moins d'importance. Ces quelques pages de 1914 ouvrent la voie à une reconversion profonde, à une ère de fertilité intellectuelle au sein de la Compagnie. Teilhard, Bouillard, de Lubac, Daniélou et d'autres pourront être brimés, désavoués ou déplacés par leur supérieur, aucun d'entre eux ne doutera jamais qu'en fin de compte ses idées ou ses travaux y trouveront leur place ou leur écho.

Il faudra attendre quelques années encore pour voir paraître *Pax nostra* de Fessard ou *Catholicisme* de De Lubac, et plus encore pour lire *Le Phénomène humain* et les premières œuvres de Michel de Certeau. Mais dès 1914, grâce à Léonce de Grandmaison, le bâillon est dénoué. Le magistère romain reste reconnu, mais par des jésuites vivant et créant. La « sainte obéissance » n'est plus un « saint mutisme ». *Études* ne cessera pas de parler, désormais, et de parler du monde.

Le corps encore un peu engourdi de la Compagnie est ou va être disponible pour les vraies batailles du temps présent. Pour qu'il y fût entraîné, et par elles rendu à sa vocation plénière, il fallut que se produisent divers phénomènes (liés entre eux par l'histoire), qui ont agi sur elle comme des révulsifs, par des voies différentes mais convergentes : la crise mondiale de 1929, le surgissement du nazisme comme structure d'État en Allemagne et la décolonisation que met en branle, au début des années trente, le mouvement émancipateur animé aux Indes par Gandhi.

Que la tragédie économique et financière qui secoua le monde à partir du krach de la Bourse de New York, en 1929, ait joué le rôle d'un coup de fouet pour une Société jusqu'alors associée au monde des nantis plutôt qu'à celui des misérables – ce qui ne tend pas à faire oublier une œuvre missionnaire longuement évoquée dans cet ouvrage –, on en veut pour preuve divers témoignages de jésuites qui entrèrent dans la Compagnie au cours de cette décennie-là. Jacques Sommet, par exemple, giflé par la misère qui soudain autour de lui, dans le Lyon du début des années trente, se fait comme palpable, rejoint la Compagnie comme d'autres adhèrent à un syndicat ou à un parti, par solidarité. (Inutile de préciser que d'autres motivations ont leur place dans son engagement…)

Les fondateurs du XVIe siècle avaient ouvert la voie, à Paris, à Venise ou à Padoue, suivis par Vieyra au Brésil, Claver en Colombie avec les esclaves indiens et noirs, Ratisbonne avec les bagnards, Lhande dans la « banlieue rouge » de Paris, Dieuzayde dans le Sud-Ouest, Diffiné à Clamart, Dillard ou Desbuquois dans le Nord. La brusque paupérisation provoquée par la crise des années trente n'en entraîna pas moins la Compagnie – comme les dominicains et les franciscains – dans une activité sociale neuve, et régénératrice.

Les jésuites n'ont pas été ressuscités par la seule convocation des pauvres, mais la misère est l'une des sommations qui, par l'« action populaire » et la présence du monde ouvrier, leur ont restitué l'une de leurs raisons d'être, et qui fut très vite perçue comme telle. Si intensément que la Compagnie ressentira comme une offense et une agression majeure la suppression des prêtres-ouvriers, vingt ans plus tard, et fera d'un homme comme le R. P. Jean Lacan l'un de ses personnages emblématiques du XXe siècle.

On a dit et redit à quel point l'histoire de la Société de Jésus est liée à celle de la colonisation, de François Xavier aux pères de l'université Saint-Joseph de Beyrouth. Complice parfois, rétif souvent, et couramment ambigu, le comportement des jésuites est un facteur constant de la vie des empires, surtout latins. Aussi bien, les craquements entendus à travers le monde à partir du double apogée que fut la célébration du centenaire de la conquête de l'Algérie, en 1930, et l'exposition coloniale de Paris, en 1931, ne pouvaient qu'affecter et remuer la Compagnie.

Si manifeste qu'ait été son évolution au cours du premier tiers du XXe siècle à propos des pouvoirs proconsulaires et de l'ordre colonial, les héritiers des missionnaires du Paraguay avaient encore beaucoup de chemin à faire pour épouser la cause des libérations nationales d'outre-mer. La revue *Études* n'avait-elle pas exprimé naguère son inquiétude de voir les « novateurs comme Gandhi ralentir le mouvement de conversion aux Indes* » ?

Comment ne pas esquisser un parallèle avec la situation où

* Voir chapitre IX, p. 369.

se déploya, au XVIe siècle, l'entreprise ignacienne ? A partir de la Seconde Guerre mondiale, comme au temps de la Renaissance, le monde se démultiplie. Certes, l'Afrique, l'Asie, l'Amérique latine n'attendent plus d'être « découverts ». Mais le surgissement des indépendances, ou des consciences nationales et sociales, réinvente le paysage humain.

Les vieux empires, l'anglais et le français surtout, vont se désagréger. L'américain se voit vivement contesté au sud du Rio Grande. Le russe semble encore capable de résister quelques décennies, mais à Varsovie, bientôt… Et le resurgissement de la Chine met en cause l'équilibre du monde. Bref, une internationale comme celle des « hommes noirs », si imprudemment associés aux puissances impériales, se voit contrainte, par la double analyse des faits et de la conjoncture, de réviser profondément son implantation planétaire.

Le temps est bien passé où l'appartenance à la Compagnie de trois ou quatre confesseurs royaux ou impériaux, à Madrid, à Lisbonne, à Paris, à Vienne, permettait aux jésuites d'exercer sinon un contrôle, au moins un magistère intellectuel et moral sur les grandes instances du monde. Désormais, cent États peuvent prétendre à exercer un minuscule, un infime pouvoir de décision ou d'interdit. Désormais, on prie, dans les églises, en plus de trente langues. Désormais, les droits, dans les cinq continents, ne seront plus octroyés (quand ils ne restent pas déniés ou piétinés), mais revendiqués ou arrachés.

Face à de tels bouleversements, le « discernement » ignacien est à l'épreuve. La Compagnie va devoir se mettre en quête d'un nouveau type de mission, celui qu'a entrevu, dès 1930, Pierre Charles. Rien de tel qu'un nouveau défi, et de nouvelles perspectives, pour ranimer une telle société.

Ainsi, le mouvement de « dépossession du monde » (Jacques Berque) trouvera les jésuites en éveil, ou plutôt réveillés par lui, et fort aptes à l'encourager, et d'abord à l'analyser avec sympathie. Il faudra attendre 1945 et l'orientation prise en ce domaine par *Témoignage chrétien** pour voir ces inflexions se manifester. Mais l'immense reflux des empires coloniaux amorcé par les campagnes gandhistes du début des années trente ouvrirent la voie à une révision déchirante (et inspirante) de la Compagnie de Jésus.

* Par des personnalités indépendantes de la Compagnie, d'ailleurs…

Le facteur de réanimation décisif fut tout de même le défi jeté à cette Société impliquée dans le siècle par l'avènement du national-socialisme en Allemagne. Certes, le léninisme en Russie et dans une partie de l'Europe centrale et le fascisme en Italie avaient déjà fait peser le péril totalitaire sur l'Europe chrétienne. Mais, on l'a dit, le premier agissait dans une aire périphérique du point de vue de l'Église catholique ; et, avec le second, qui affectait une certain respect pour l'institution romaine et n'affichait ni paganisme de combat, ni racisme d'exclusion, la papauté – et la Compagnie – avait établi des relations de voisinage poli.

Le nazisme, lui, empiétait carrément sur le domaine du catholicisme, en Bavière, en Rhénanie, bientôt en Autriche. L'agression y était patente, au nom d'une idéologie très éloquemment antichrétienne. On a mis l'accent* sur les réactions de jésuites témoins du déferlement de la horde, et rappelé que la plupart des responsables de la Compagnie, allemands ou non, surent percevoir, sous les leçons d'« ordre » et d'« efficacité » et au-delà du discours antibolchevique, l'antihumanisme frénétique de l'entreprise hitlérienne.

Plus clairement encore que la vague de misère déclenchée par la crise de 1929 ou le mouvement d'émancipation des colonies, l'éruption nazie marque ou inaugure une nouvelle ère de conscience dans l'histoire de la Compagnie. D'innombrables compromissions, de lourdes ambiguïtés sont à cet instant levées. La Société qui n'a pas su discerner, dans l'ample mouvement révolutionnaire de 1789, ce qui servait la cause de l'homme et l'avenir de la justice, cette Compagnie qui a été complice de l'obscurantisme imposé par le Vatican de Pie IX et des intrigues qui ont mené à la déportation de Dreyfus, reçoit le nazisme comme une insulte – dût-elle, en sa réaction salutaire, prendre quelque avance ou quelque distance par rapport au Vatican.

Faire d'Adolf Hitler l'accoucheur de la « troisième Compagnie » serait à coup sûr abusif. Mais le flot d'acide jeté en 1933 à la face de la société européenne aura contribué à restituer vigueur, légitimité et bravoure à la vieille Société ignacienne,

* Voir chapitre X.

toujours menacée d'une certaine complaisance à l'endroit des pouvoirs établis, de l'ordre dominant. En relevant ce défi, la Compagnie des années trente et quarante a renoué avec ses origines combattantes et un sens très aigu de sa vocation au cœur du monde.

Aucun de ces facteurs de réanimation n'aurait suffi à doper et redresser la Compagnie de Jésus vers le début des années trente et à ouvrir la voie à la « troisième Compagnie » si, de l'intérieur même, divers foyers intellectuels ne s'étaient allumés. En 1773, la proscription des jésuites n'avait pas suscité un puissant mouvement de résistance d'abord, puis de renaissance à moyen terme, parce que les « hommes noirs » ne brûlaient plus guère du feu de la recherche et de la connaissance. Un siècle et demi plus tard, un bref du type de celui de Clément XIV eût provoqué sans doute d'autres effets.

En 1930, crise sociale et bouleversements politiques et diplomatiques défient un corps déjà agité de questions et d'attentes, une Société débordante d'énergies comprimées et d'autant plus impatientes de se manifester, fourmillante d'inventivité. C'est cette rencontre entre l'apparition d'une génération créatrice, capable de lancer coup sur coup des revues aussi neuves que *Manresa* en Espagne et *Christus* en France, et une cascade d'événements bouleversants, qui va produire l'émergence de la troisième Compagnie et les « révolutions » en chaîne qui vont émaner d'elle.

On a parlé déjà de Teilhard et d'Arrupe – de celui qui tenta d'inscrire la tragédie chrétienne dans un immense élan d'optimisme cosmique et de cet autre qui rappelle que la justice matérielle est indissociable de la spirituelle. Ils ne sont pas seuls. Cette Compagnie naguère figée en sentinelle gardienne du passé ne cesse de proposer au vieux catholicisme les voies de la libération et des thèmes de renouveau : tandis qu'Henri de Lubac réintroduit dans la vie un « spirituel » étiolé à force d'être isolé de la nature, John Courtney Murray fait admettre par le concile le principe fondamental de la liberté de conscience, et Karl Rahner universalise avec intrépidité le thème du salut.

On ne rendrait pas vraiment justice à ces pionniers si on ne rappelait que leur œuvre s'édifie dans le cadre d'une Société encore sclérosée et chapeautée de 1914 à 1965 par deux personnages frileusement enveloppés dans un primordial souci d'ordre et de discipline. On a déjà évoqué le R. P. Ledochowski. Dans *America* [5], la revue la plus influente de la Compagnie aux États-Unis, Peter Hebblethwaite a décrit le R. P. Janssens comme « un vieux bâton sec en quête d'arrosage », ridiculisé par ses recommandations aux jeunes jésuites à propos du cinéma *(bis sex in anno...)*, et qui semblait « se contenter de siéger à Rome pour y transmettre les interdits du Saint-Office à John Courtney Murray ou Karl Rahner* ».

Janssens était un canoniste, c'est-à-dire avant tout un gardien des règles. Bien que ses illustres prédécesseurs du temps de Pascal eussent montré que le légalisme peut se nuancer d'imagination, cette austère sentinelle ne se jugeait pas promise à l'innovation, ni même à l'interprétation. L'un des rares témoignages de libéralisme que nous lui avons vu donner, à l'occasion de la campagne contre l'antijudaïsme menée par l'émissaire du Congrès juif à partir de 1957, se fondait sur un décret du Seigneur : puisque Dieu lui avait permis de retrouver la Terre sainte, et par là mis un terme à son « châtiment », pourquoi persister à injurier le peuple « déicide » ?

Mais Teilhard, de Lubac et quelques autres en faveur desquels le Tout-Puissant ne s'était pas si ouvertement prononcé devaient subir les effets de la passivité conservatrice du R. P. Janssens, d'ailleurs encouragée, sinon envenimée, par quelques professeurs jésuites de l'Université grégorienne, souvent français...

Un homme court et trapu au visage animé du sourire le plus jovial, la bouche charnue, le front très dégagé qu'encadrent des mèches blanches, le regard intense derrière les verres épais, arpentait l'estrade du grand amphithéâtre de la faculté catholique de Munich. Une impression de vigueur, de pugnacité, d'audace. Ses étudiants notaient les signes de nervosité qu'il donnait, toujours en mouvement, froissant les tentures des fenêtres, fixant soudain une tache de soleil sur le bureau ; mais ils goûtaient intensément le privilège d'entendre l'un des grands penseurs chrétiens de ce temps, Karl Rahner, s.j.

* Cet auteur n'a, semble-t-il, jamais entendu parler de Teilhard ou de Lubac, sur lesquels s'abattirent des verdicts plus sévères que sur les précités...

Ce privilège, d'autres l'ont eu à Paris le 27 mars 1984, quand, peu de jours après son quatre-vingtième anniversaire et peu de mois avant sa mort, Rahner vint au centre des jésuites de la rue de Sèvres parler, avec une bonhomie sans rivale, de « la patience intellectuelle envers soi-même ». Le vieux jésuite allemand avait-il enfin conquis cette *docta ignorantia* à laquelle il avait si longtemps aspiré – et travaillé –, cette claire connaissance des limites « qui porte tout le savoir humain » ? Il venait en tout cas présenter avec une humilité jubilante la traduction française de l'ouvrage *(Traité fondamental de la foi)* qui aura contribué plus que tout autre à abattre, autour et au sein du monde catholique, barbelés et poteaux-frontières.

Non que l'œuvre de cet Allemand né à Fribourg-en-Brisgau soit d'accès facile... Son frère aîné Hugo*, historien et lui aussi jésuite, aimait à dire que, s'il avait le temps, il s'efforcerait de « traduire Karl en allemand ». Mais qui se mêle de traduire en ce langage Kant, Hegel ou Heidegger ? Son élève Louis Roberts en a proposé, en français, une interprétation elle-même fort austère, qui fourmille de références au *transcendantal*, à l'*existential* et au *catégorial*, concepts dont le présent auteur n'est pas en mesure de donner les clés – mais a le mérite d'inscrire le théologien de Fribourg dans une double tradition. L'une est résumée par le nom de Martin Heidegger : Rahner, qui fut son auditeur à Fribourg, et non, précise-t-il, son disciple, lui a consacré l'un de ses premiers articles (1940), mais considère que Louis Roberts a exagéré l'influence exercée sur lui par l'auteur de *L'Être et le Temps*. Karl Rahner revendique de préférence une autre filiation, celle qui le relie à Maurice Blondel, Joseph Maréchal et Pierre Rousselot – sans parler bien sûr des *Exercices spirituels* qu'il a interminablement commentés, et où il a puisé la certitude du rôle des sens dans la recherche de la relation avec Dieu.

De cette œuvre immense, on voudrait signaler surtout ce par quoi elle aura contribué le plus clairement à faire sortir le catholicisme de son ghetto : le concept de « chrétien anonyme ». On a déjà évoqué, à propos des missions, l'effacement progressif (depuis guère moins d'un demi-siècle) de l'axiome totalitaire : « Hors de l'Église, pas de salut », et le rôle joué, dans un sens

* Auteur d'*Ignace de Loyola et les Femmes de son temps*, cité au tome I.

plus compréhensif, par des hommes comme l'abbé Glorieux, le cardinal Billot et, autrement, le R. P. de Lubac.

Depuis lors, le concile Vatican II, notamment ses constitutions *Lumen gentium* et *Gaudium et Spes*, a refoulé vers le Moyen Age (ou simplement vers le XIXe siècle) les principes d'exclusion auxquels les jésuites avaient prêté la main, et auxquels sont désormais substituées ces considérations plus raisonnables :

> « Ceux qui, sans faute de leur part, ignorent l'évangile du Christ et son Église, et cependant cherchent Dieu d'un cœur sincère et s'efforcent, sous l'influence de la grâce, d'accomplir dans leurs œuvres la volonté de Dieu qu'ils connaissent par la voix de leur conscience, ceux-là peuvent obtenir le salut éternel.
> … Le salut n'est pas réservé seulement à ceux qui croient au Christ, mais bien à tous les hommes de bonne volonté, dans le cœur desquels, invisiblement, agit la grâce. En effet, puisque le Christ est mort pour tous et que la vocation dernière de l'homme est réellement unique, à savoir divine, nous devons tenir que l'Esprit Saint offre à tous, d'une façon que Dieu connaît, la possibilité d'être associés au mystère pascal*. »

Selon de bons exégètes officiels, ce rejet radical de « Hors de l'Église, pas de salut », et plus encore du principe augustinien de la grâce réservée à quelques-uns, renoue avec une doctrine « authentiquement traditionnelle » en dépit, souligne Henri de Lubac, « de regrettables éclipses »… Observation bienvenue sous la plume d'un jésuite, dont les aînés, trois siècles plus tôt, au temps de l'une de ces « éclipses », eurent bien du mal à soutenir en Sorbonne des thèses plus timides que celles de Rahner contre les augustiniens. Au point que l'on en vient à se demander comment l'Église peut toujours tenir pour saint un si grand hérétique, tout génial que fut l'auteur des *Confessions*.

Il est difficile de ne pas trouver, dans ces textes conciliaires, la trace et l'influence des écrits de Karl Rahner consacrés aux « chrétiens anonymes ». Depuis les années cinquante, le théologien jésuite ne cessait d'approfondir ce concept à propos de

* Comment ne pas penser au : « Elle a trop de vertu pour n'être pas chrétienne », du *Polyeucte* de Pierre Corneille, élève des pères ?

l'homme justifié hors de la prédication du christianisme. Mais c'est dans le *Traité fondamental de la foi*, son œuvre maîtresse, qu'il le formule avec le plus de force :

> « Plus d'un a rencontré Jésus sans savoir qu'il saisissait […] celui que les chrétiens appellent à bon droit Jésus de Nazareth. […] Dieu et la grâce du Christ ne sont-ils pas donnés comme l'essence secrète de toute réalité que l'on peut élire ? Celui qui […] assume alors son existence, et donc son humanité, en silencieuse patience (mieux : dans la foi, l'espérance et l'amour), qui l'assume comme le mystère qui se cache au mystère de l'amour éternel et porte la vie dans le sein de la mort, celui-là – même s'il ne le sait pas – dit oui au Christ. […] Qui assume pleinement son être-homme (à plus forte raison, naturellement, celui de l'autre), celui-là a accueilli le Fils de l'Homme. Et si l'on trouve dans l'Écriture qu'a accompli la loi celui qui aime le prochain, voilà qui est l'ultime vérité, pour la raison que Dieu est devenu ce prochain lui-même, et qu'ainsi, en tout prochain, c'est toujours cet unique proche et lointain qui se trouve tout à la fois accueilli et aimé [6]. »

Commentant dans *Études* ce texte si ouvert qu'il semble proposer au christianisme des voies nouvelles, le R. P. Sesboüé met l'accent sur deux traits qui donnent sa double signification humaniste et chrétienne à l'argumentation de Rahner : l'acceptation par l'homme de sa propre existence, de son humanité personnelle, mais aussi l'accueil de l'autre – « Celui qui aime son prochain accomplit la loi ». L'espace, soudain, se libère – comme dans les textes de Teilhard…

Mais le jésuite de Fribourg ne se contente pas de constater, comme une évidence, l'existence de « chrétiens anonymes* ». Il va plus loin en parlant d'un « christianisme anonyme », semblant juxtaposer à une religion, une structure, une société, une autre religion, une autre structure, une autre société :

> « Il existe un christianisme implicite, anonyme. […] Nous avons déjà eu très souvent à souligner qu'existe parfaitement et doit exister un rapport dans une certaine mesure anonyme et cependant réel de l'homme individuel à la concrétude de l'histoire du salut, et par suite aussi à Jésus-Christ, et cela en

* « Amorphes », c'est-à-dire « privés de forme constituante », ne serait-il pas une meilleure formulation ?

celui-là même qui n'a pas encore fait toute l'expérience historique concrète, en même temps qu'explicitement réfléchie, dans la parole et le sacrement, qui le lierait à cette réalité de l'histoire du salut, mais possède un rapport existentiellement réel de façon simplement implicite, dans l'obéissance [...] au Dieu de l'autocommunication absolue. [...]
A côté de quoi il y a le christianisme plénier, venu explicitement à lui-même dans l'écoute croyante de la parole de l'évangile, dans la confession de l'Église, dans le sacrement et dans l'accomplissement explicite de la vie chrétienne, cet accomplissement qui se sait lui-même en rapport avec Jésus de Nazareth [7]. »

C'est sur ce concept de « christianisme anonyme » qu'achoppera, nous le verrons, Henri de Lubac, si fort qu'il ait admiré Karl Rahner. Réaction qui se situait dans le climat de l'après-concile, où tant de choses – de son fait à lui, de Lubac, comme du fait de Rahner, de Küng ou de dominicains comme Chenu et Congar – étaient remises en cause... Dans ce grand vent qui emportait structures, repères et traditions, et ces frontières abolies par le théologien allemand, une angoisse saisit certains libérateurs. Jusqu'où iront-ils ? « Je n'ai pas voulu cela », murmurent souvent les initiateurs des révolutions...

Rahner ne fut pas de ceux-là. Impavide dans l'orage libérateur, il ne cessa de se poster aux lieux les plus exposés, aux côtés d'Arrupe contesté par ses compagnons, comme des prêtres-ouvriers. Qui a jeté un regard plus libre que ce théologien jésuite sur le devenir de l'Église, et sur celui de la Compagnie de Jésus, parlant pour l'une et l'autre, à partir des années soixante, d'une entrée en « diaspora » ?

Dans un entretien avec Alain Woodrow, il faisait valoir que le christianisme ne devait pas nécessairement revêtir une forme « spectaculaire », et suggérait que l'Église pourrait bien n'être plus qu'un petit groupe témoin de la « possibilité du salut » et que l'adoption des langues vivantes dans la liturgie postconciliaire ouvrait la voie à la diversification du catholicisme, voire à la prolifération d'Églises autonomes, expressions de diverses sphères culturelles et non plus « exportations européennes ». Inculturation qui n'est autre que le couronnement d'une puissante tradition jésuitique, impliquant des rituels, des pratiques et des mœurs fort diversifiés : « Pourquoi un chef de tribu africain ne vivrait-il pas comme le patriarche

Abraham [8] ? » Rome a donné tort aux jésuites et à leurs rites chinois au XVIIIe siècle. En sera-t-il toujours ainsi* ?

Quant à l'avenir de la Compagnie proprement dite, le théologien de Fribourg estimait que les pratiques démocratiques inaugurées par le concile et développées parmi les siens par Pedro Arrupe excluaient que l'on reconstituât l'« armée monolithique » de naguère. Il faut lire les pages qu'il consacre à l'obéissance dans son *Discours d'Ignace de Loyola* pour mesurer l'audace de ses conceptions. Il ne se contente pas de qualifier de « sotte » la formule *perinde ac cadaver* ; il déplore que la Compagnie ait été trop « soumise » aux instances séculières et que, pour défendre leurs « réductions », les pères du Paraguay n'aient pas su opposer la force à l'injustice, et recommande qu'à certains « ordres » donnés par les supérieurs soit opposé un « non modeste et sans ambiguïté [fondé sur] la conscience [9] ».

Multipliant les rappels de conflits entre la papauté et la Compagnie, de Pie V et Sixte Quint à Clément XIV (« contre lequel on mobiliserait aujourd'hui Amnesty International ») et à Pie X qui, au temps de sa croisade contre le modernisme, voulait déposer le « général » des jésuites Wernz (1906-1915) parce qu'il ne le trouvait pas assez intégriste, Karl Rahner exhorte ses confrères à ne pas avoir « honte » de ce que Paul VI n'ait « pas été précisément satisfait de notre trente-deuxième congrégation générale »... On ne saurait s'étonner que les catholiques conservateurs, ecclésiastiques ou non, aient fait de Rahner un diable. Peter Rawlinson le décrit, dans *The Jesuit Factor*, comme une figure « ambiguë [...] de plus en plus marquée par son antagonisme à l'encontre de Rome [10] ».

En fait, l'auteur du *Discours d'Ignace de Loyola aux jésuites d'aujourd'hui* est allé plus loin, et plus haut, posant le problème de la présence ou de la conscience de Dieu au sein de l'humanité en devenir :

> « ... Y aura-t-il un jour des hommes qui [...] ne se poseront plus la question de l'Indicible ? [...] Si une chose pareille était possible, qu'adviendrait-il ? [...] L'histoire de l'humanité marquée par la liberté, la responsabilité, la faute et le pardon serait alors achevée et seul aurait changé le mode de la fin que nous,

* Même pronostic de Michel de Certeau dans la revue *Cultures et Foi*, n° 55, 1977.

chrétiens, attendons en tout état de cause. Les hommes qui méritent ce nom auraient quand même trouvé la vie éternelle[11]. »

« Les hommes qui méritent ce nom... » ne sont-ils pas ceux qui luttent pour la « justice » selon Arrupe ? Cette fois, l'ouverture est sans limite. Pour peu que l'on implique ces hommes-là dans le mouvement plurimillénaire décrit par Teilhard, on constate que – parmi d'autres – les jésuites de ce temps ont ouvert les portes de leur Église à deux battants.

Henri de Lubac ne bouscula jamais avec autant de pétulance les règles de son ordre et les enseignements de la théologie traditionnelle. Mais, alors que son collègue et ami allemand traversait les orages – y compris ceux qu'il avait déchaînés – dans la plus joviale impunité, le jésuite français se heurtait constamment à l'intolérance de ses supérieurs, animés ou non par la hiérarchie romaine : si bien que le cardinalat accordé par Paul VI au théologien de Lyon* plutôt qu'à celui de Munich** ressembla à un baume administré pour panser des plaies depuis longtemps ouvertes.

Autant Karl Rahner affichait robustesse, dynamisme et santé plébéienne, autant Henri de Lubac, de six ans son aîné, faisait figure de gentilhomme fragile, sensible aux coups, mal armé pour les combats sans merci auxquels les gens d'Église donnent une pointe très spécifique, marquée du sceau de l'Éternel. Nul ne ressentit plus douloureusement que lui les avanies infligées – et nul moins que lui ne sut s'en guérir. Autant son ami Teilhard, les premières peines subies, les noyait dans un grand rire libérateur, autant de Lubac restait obsédé, ulcéré par l'injustice ou l'étroitesse des jugements, semblant à la fin de sa vie, moins courbé par le grand âge que par une sorte de remâchement des injustices subies, saigner de l'inguérissable plaie du roi Amfortas, dans *Parsifal*.

Ce constat de fragilité – avivée par les souffrances, souvent atroces, infligées par une blessure reçue en 1916 à Verdun et mal guérie – ne donne que plus de prix à des actes de courage. On a déjà signalé sa fermeté d'âme face aux contraintes de

* Originaire de Cambrai.
** Originaire de Fribourg.

l'Occupation, dès 1940, l'impulsion qu'il ne cessa de donner au parti du refus et l'encouragement décisif qu'il apporta à la création et l'expansion *Témoignage chrétien* – et aussi la douleur que lui infligea le R. P. de Boynes quand, désapprouvant ce comportement, le supérieur intérimaire refusa de le voir lors d'un séjour à Lyon en 1942*.

D'une autre nature, mais non moindre, fut le courage manifesté par Henri de Lubac quand il courut à la rescousse de son ami Pierre Teilhard de Chardin en butte aux dénonciations romaines, lui consacrant un gros ouvrage** qui constitue le meilleur plaidoyer en faveur de l'auteur du *Phénomène humain*. Initiative d'autant plus respectable que Lubac ne se tenait pas pour « teilhardien » et que son effort n'était susceptible de lui attirer que des épreuves, à partager avec son ami.

Mais pourquoi, hors ces cas d'engagement contre l'occupant nazi ou en faveur d'une pensée amie mais différente, Henri de Lubac, auteur en 1938 d'un *Catholicisme* qui fit sa gloire sans éveiller d'abord la méfiance des censeurs romains – jésuites entre autres –, fut-il l'objet de leur part d'une si constante suspicion ? Pourquoi, en 1950, fut-il démis et chassé de sa chaire de la faculté de théologie de Lyon ? Et pourquoi, pendant les préliminaires du concile de 1962 qui devait si souvent s'inspirer de ses thèses, fut-il tenu en lisière de la façon la plus humiliante par les grands notables de l'Église, avant de se voir écouté enfin, en tant que consulteur, par les experts et l'entourage de Jean XXIII ?

Ne négligeons pas, bien sûr, les rancunes provoquées, à Rome et dans l'épiscopat français, par son attitude sous l'Occupation, et les jugements très sévères alors portés par lui sur le comportement des dignitaires catholiques. Que le fameux*** rapport adressé en 1946 à Jacques Maritain, ambassadeur de France auprès du Saint-Siège, à propos de l'attitude du haut clergé français sous l'Occupation, soit entièrement de sa main (comme l'a soutenu devant nous l'un de ses proches) ou qu'il l'ait seulement inspiré, le fait est qu'un tel réquisitoire devait laisser des traces… Mais c'est sur un autre plan que la crise intervint.

* Voir chapitre X.

** *La Pensée religieuse du père Teilhard de Chardin*, voir chapitre XI.

*** Dénonçant durement le comportement de l'épiscopat français face à l'occupant, publié par la *Revue des Deux Mondes* en 1991.

L'affaire de 1950 naît de ce qu'on peut tenir pour un malentendu. *L'Osservatore romano* ayant en 1941, sous la plume d'un monsignore Parente, attaqué les « *nuove tendenze teologiche* » venues notamment de Paris, le R. P. Daniélou crut bon, au lendemain de la guerre, de lui répliquer en prenant la défense de ce qu'il appelait lui aussi « théologie nouvelle » pour désigner, globalement, les courants très divers d'une recherche soucieuse de ne rien rejeter des efforts de la science moderne.

Daniélou ne polémiquait nullement, ne plaidait pour aucune des déviations imputées cinq ans plus tôt par le prélat romain aux dominicains aussi bien qu'aux jésuites. Mais la curie romaine prit feu contre l'insolent. Recevant le 15 septembre 1946 la congrégation jésuite qui vient d'élire général le R. P. Janssens, Pie XII décrète qu'« on a trop parlé depuis quelque temps de *théologie nouvelle* ». Pour les supérieurs romains de la Compagnie comme pour l'ensemble de la hiérarchie, la formule vise Fourvière – où on ne l'a jamais employée ; et Henri de Lubac (dont le nom est associé à Fourvière, bien qu'il n'y ait pas enseigné*...) restera désormais marqué de cette inscription au fer rouge, à jamais suspect d'hérésie...

Des années durant, ulcéré de ces suspicions et d'ailleurs mis en garde par les pères de l'Université grégorienne, Henri de Lubac se terre dans un demi-silence, publiant enfin, en 1950, *L'Intelligence de l'écriture selon Origène*. Travail de spécialiste de l'exégèse pour ne pas effaroucher ses supérieurs ? Pas du tout ! Origène avait gardé, après seize siècles, son odeur de fagot, et de Lubac, lui, continuait d'indisposer la prélature vaticane : c'est alors que, selon le R. P. Guillet, excellent exégète et bon historien de la théologie française au XXe siècle, « s'abattent les mesures décisives ». En mai, voici l'auteur de *Catholicisme* chassé de sa chaire de la faculté de Lyon, et expulsé de Fourvière en même temps que ses amis Bouillard, Ganne**, Durand et Delaye.

Trois mois plus tard paraît l'encyclique *Humani Generis* où, selon le R. P. Guillet, « l'enseignement des professeurs visés ne se retrouve que sous une forme défigurée » : ce qui n'empêche pas le père « général » Janssens d'adresser à toute la

* Il n'en appartenait pas moins à cette « communauté ».
** Grand ami de Paul Claudel.

Compagnie une lettre où il parle à leur propos d'« erreurs pernicieuses sur les points essentiels du dogme » (ce qui va beaucoup plus loin que les dénonciations visant Teilhard : voici un « général » plus soucieux de préserver ses relations avec le pape et la curie que de protéger les grands esprits de la Compagnie…).

Blessé au plus profond – par ce comportement de ses supérieurs autant que par l'animosité du Vatican –, Henri de Lubac tenta de se défendre, en appela à son provincial pour savoir au moins de quoi on l'accusait. Le père Guillet lui-même ignore s'il reçut seulement une réponse :

> « Le fait certain est qu'en cette affaire douloureuse, il a souffert affreusement de voir ses supérieurs assurément* bienveillants incapables de le comprendre et de le défendre. Et de savoir que, s'ils étaient eux-mêmes tenus par des puissances supérieures, il y avait parmi ces puissances des frères dont il connaissait le nom. Lorsque, dans ses dernières années, il s'attachait, sans toujours convaincre, à montrer que la hiérarchie de l'Église avait toujours manifesté pour lui beaucoup plus de compréhension que certains jésuites, il gardait les traces des blessures qu'il reçut [12]… »

Pas plus que Pierre Teilhard de Chardin, l'auteur de *Catholicisme* ne choisit de quitter la Compagnie. Mais la tentation lui vint à coup sûr. Quatre ans après la proscription de Fourvière, atteint d'une très grave maladie et arraché d'extrême justesse à la mort par le docteur Colson, il fit venir auprès de son lit d'agonie (ou qui semblait tel) son ami le R. P. Ravier et lui dit : « Je vous supplie de dire au R. P. général que je suis son fils soumis au sein de la Compagnie et de l'Église. » Adjuration assez pathétique pour témoigner de la profondeur du débat.

Mais enfin, que reprochait-on, à Rome, à ce théologien prestigieux ? On voit bien ce qui, dans le teilhardisme, pouvait effrayer les prélats romains, et aussi bien ou presque dans l'œuvre de Karl Rahner. Mais de Lubac n'avait jamais frôlé le panthéisme, ni prétendu flanquer l'Église d'une rivale « anonyme ».

La question relative aux « erreurs pernicieuses » du théologien de Lyon ne suscite pas chez ses compagnons de réponses très

* Assurément ?

claires pour un profane. Commentant cette crise, le R. P. Kolvenbach, actuel « général » de la Compagnie, grand admirateur de Lubac, soupire : « Quand on traite du surnaturel, on se situe sur la ligne de crête, qui est très exposée… »

Ce par quoi son ouvrage de 1946 intitulé précisément *Surnaturel* déconcerta si fort les censeurs, c'est, semble-t-il, sa remise en cause de la distinction classique entre le « surnaturel » et la nature, la démonstration qu'il n'existe pas plus de surnaturel que de la nature « à l'état pur ». Ce qui conduit à soutenir qu'en toute créature, il y a aspiration au salut, que tout homme est bien à la ressemblance de Dieu et que l'incarnation provoque en chaque être moins une naissance qu'une « restauration ».

En ce sens, de Lubac rejoint Rahner – encore que, acceptant le concept de « chrétien anonyme », il ait rejeté, on l'a vu, celui de « christianisme anonyme ». Ses rapports avec Karl Rahner, longtemps excellents, en vinrent ainsi à se distendre dans les années soixante : ayant salué naguère le philosophe allemand comme « le plus grand théologien vivant », Lubac devait réviser ce jugement dans tel ou tel entretien ultérieur : « Je vous ai reconnu cette prééminence. Je ne la reconnais plus [13]… »

Lorsque fut connue en 1959 l'intention du nouveau pape Jean XXIII de réunir un concile, chacun s'interrogea sur la contribution qui serait demandée au théologien du *Surnaturel*. Sa disgrâce, que semblait proclamer l'encyclique *Humani Generis*, survivrait-elle à cette urgence ? On savait le pape admirateur de son œuvre. Mais Lubac avait tant d'ennemis dans les couloirs du Vatican – et du Borgo Santo Spirito…

Écoutons le récit du R. P. Guillet :

> « En 1960, Jean XXIII, qui vient d'annoncer la convocation du Concile, le nomme, en compagnie du P. Yves Congar*, consulteur à la commission théologique préparatoire. Ce geste de réparation publique devait d'abord apporter au père de nouveaux tourments. Cette commission avait pour noyau de base le Saint-Office de l'époque, dirigé par le cardinal Ottaviani. Les consulteurs n'y jouaient qu'un rôle secondaire, assis sur des tabourets le long des murs et ne prenant la parole que pour répondre aux questions des cardinaux. La commission préparait le Concile en rédigeant un texte qui, reprenant les

* Grand théologien dominicain.

> condamnations d'*Humani Generis*, devait leur donner leur portée solennelle et définitive. Le père se trouvait assister à son propre enterrement. Chaque fois que nous le voyions revenir à Fourvière, pensant le trouver réconforté, nous nous étonnions de le trouver au contraire abattu et défait [14]... »

Le développement des travaux conciliaires lui permit cependant d'apporter une contribution digne de son œuvre. Mais, pour que Lubac puisse figurer comme théologien aux côtés des prélats patentés, il fallut qu'un évêque jésuite, celui de Fianarantsoa (Madagascar), Mgr Thoyer, lui cédât sa place... Moyennant quoi, l'auteur de *Catholicisme* put donner sa pleine mesure et inspirer les textes majeurs.

Dès lors allait s'ouvrir pour lui, passant par son élévation au cardinalat, la voie royale d'une vieillesse prestigieuse au sein d'une Église rénovée selon ses vœux ? Mais non... Henri de Lubac n'était pas fait pour les eaux calmes et les bonheurs crépusculaires. Lui qui avait tant contribué à l'*aggiornamento* de l'Église en vit avec angoisse les manifestations, qui ne pouvaient aller, Rahner l'avait prévu, que dans le sens d'une « diaspora » riche de promesses, mais porteuse d'innombrables remises en cause... Le grand trouble de 1968, avec les ruptures, les départs, les dislocations qu'il entraîna, fut surtout pour lui un sujet d'alarmes.

Au sein de cette Compagnie dont il avait reçu tant de coups, sans stoïcisme, les turbulences de l'ère Arrupe le décontenancèrent profondément. Il aimait l'homme, sa pureté, son dévouement, et s'en savait admiré. Mais cet aristocrate mélancolique ne vit pas sans ombrage tant de novations, tant de risques pris, ce qu'il tenait pour des « abandons » ; et, dans les débats qui opposaient Paul VI et le « général » basque, on ne saurait dire qu'il n'écoutait pas plutôt les arguments de l'homme en blanc.

« ... Il en souffrait profondément. Il faisait également souffrir, communiquant son angoisse à des confidents proches, portant dans sa lucidité des jugements qui pouvaient faire mal... », écrit Jacques Guillet, qui fut l'un de ces « confidents ». A la fin de sa vie, pourtant, il resserra ses liens avec la Compagnie, quittant l'appartement de la rue de Sèvres où il vivait à l'écart pour s'installer rue de Grenelle, au sein de la célèbre « jésuitière », avant d'être recueilli par les petites sœurs des Pauvres.

L'histoire de la Compagnie de Jésus est souvent faite de ce type de relations amères entre la Société et ses plus illustres sociétaires. Le récit qu'en fait le R. P. Guillet, des désaccords, des amertumes et des tensions, prend ici d'autant plus de force qu'il a été recommandé à l'auteur par l'actuel « général » de la Compagnie, le R. P. Kolvenbach*, comme le meilleur portrait d'Henri de Lubac, et la plus fidèle évocation de ses rapports avec les siens.

Rapports si étranges que celui qui souhaite se faire une idée de la façon dont les disciples ou collègues de l'auteur de *Surnaturel* jugent aujourd'hui son œuvre, se référant, naturellement, au *Dictionnaire de spiritualité*** publié par quelques-uns des meilleurs théologiens de la Compagnie, cherche en vain son nom à la lettre « L » : trente ans après la publication des œuvres maîtresses du père de Lubac, entre « Loyola » et « Luc », il n'y a rien…

La théologie ne passe pas pour être le point fort du jésuitisme américain, que signale plutôt l'excellence de son système éducatif et de sa formation universitaire. Mais il est de notables exceptions, comme Joseph Fuchs et Richard Cormack, et surtout John Courtney Murray, qui, du haut de sa chaire de l'université Woodstock de New York, ouvrit les voies à la reconnaissance, par l'Église catholique, de la liberté de conscience enfin proclamée à Rome en 1965.

Tous ceux qui ont rencontré le R. P. Courtney Murray ont gardé le souvenir d'un personnage de grand style – et ceux qui ont lu son ouvrage le plus classique auquel il a donné pour titre une formule célèbre de Lincoln : *We Hold These Truths* [Nous tenons à ces vérités] [15], le tiennent pour un incomparable avocat du pluralisme auprès de ses coreligionnaires catholiques. Qui, mieux qu'un Américain, pouvait alors se réclamer d'une telle pratique, et de ses heureux effets ? C'est en novembre 1960 que John F. Kennedy, catholique, fut élu président des États-Unis.

Personne ne fut moins téméraire, moins agité, moins « contes-

* Qui, au cours de son très long séjour à Paris, dans les années soixante, fut témoin de ces orages et de ces tensions.

** Dans l'édition utilisée à la bibliothèque du Centre Sèvres en 1992.

tataire » que le père Murray : libéral, il l'était dans une tradition de grands *scholars* de la Nouvelle-Angleterre qui subjuguèrent Tocqueville et nourrirent Raymond Aron. Longtemps éditorialiste de grandes revues comme *America, Modern Age* et *The Critic*, il consacra une grande partie de son œuvre à démontrer, non que le catholicisme est compatible avec la démocratie américaine *(« The question is invalid as well as impertinent »)*, mais que « la démocratie américaine est compatible avec le catholicisme ». C'est là, écrit-il, « l'une de ces vérités auxquelles je tiens [16]… ».

John Courtney Murray ne s'est jamais lassé de rappeler que, fidèle à une religion millénaire et universelle, le catholique américain éprouve des difficultés spécifiques à conjuguer son appartenance à l'Église et le respect d'une Constitution qui implique « l'assentiment et le consentement » de tous les citoyens : il est clair que le système américain pose ainsi un problème à l'Église – mais que ce problème doit être résolu dans le sens de l'adhésion à la liberté de conscience et au pluralisme religieux.

Quand parut, en 1961, l'essai majeur du R. P. Murray, ses idées étaient fort connues*, combattues par le très conservateur Mgr Fenton, et étudiées par les commissions préparatoires au concile. Le jésuite américain se rendit à Rome pour tenter de les faire inscrire à l'ordre du jour des travaux : il savait Jean XXIII favorable à ses thèses. Mais il se heurta au cardinal Ottaviani, patron du Saint-Office, qui lui lança : « Vous prétendez aligner l'Église catholique sur la doctrine d'un État fondé par les protestants, et qui reflète une idéologie franc-maçonne ! Vous me trouverez sur votre route. N'oubliez pas que je suis le carabinier du Vatican [17] ! »

Pour que John Courtney Murray pût défendre ses propositions devant le concile, il fallut l'intervention d'un autre « carabinier », celui de l'Empire américain, le tonitruant cardinal Francis Spellmann qui allait se faire le prédicateur de la croisade au Viêt-nam… Pour une fois, l'« arrogance du pouvoir** » fut bénéfique. Promu expert des assises romaines « *ad majorem Americae gloriam* » par la grâce de l'archevêque de

* Son livre est essentiellement une collection d'articles parus entre 1950 et 1960.

** Mot du sénateur J. W. Fullbright pour qualifier la stratégie des États-Unis en Asie.

New York, le R. P. Murray put plaider, avec une autorité et une science impressionnantes, pour la liberté religieuse et la séparation de l'Église et de l'État, faisant valoir en bon Américain (et bon jésuite…) les éminents avantages que le catholicisme retirerait d'une telle attitude.

Tous propos qui, un siècle plus tôt, au temps du premier concile du Vatican, l'eussent conduit, non plus au bûcher, mais à une ignominieuse mise à l'Index. Quand on pense que, pour en avoir dit le tiers sur le thème de « l'Église libre dans l'État libre », le malheureux Montalembert avait été maudit en 1870 par les pères conciliaires, refusant à sa dépouille le plus modeste hommage…

Le plaidoyer de John Courtney Murray pour la liberté de conscience et le « droit au respect » de tout homme, fût-il dans l'erreur, s'appuyait sur une formidable documentation ecclésiologique : être capable de citer, dans le feu d'un débat conciliaire, l'argumentation du moine Gelasius contre le césaropapisme de l'empereur Anastase, en 494, lui permit de faire taire la carabine d'Ottaviani…

Ainsi ce jésuite américain imprégné des grands souvenirs de John Adams et de Lincoln, et qui n'oubliait pas qu'un ancien jésuite, Mgr Carroll, avait été proche des pères fondateurs de la république de 1787, sut-il greffer sur le catholicisme un esprit venu tout droit du puritanisme des pères fondateurs, sinon de la franc-maçonnerie écossaise. Audaces comparables à celles de Rahner et de Lubac, qui, se heurtant à une intraitable arrière-garde conciliaire, révélèrent en ce grand jésuite impassible ce que son cadet le R. P. Charles Graham appelle l'« esprit du cavalier sur la ligne de feu [18] ».

Cette Société de Jésus, naguère vouée à la préservation sans nuance de la religion farouchement antimoderniste et antidémocratique de Pie IX et Pie X et de la puissance temporelle de la papauté, contribue ainsi, avec Courtney Murray, comme avec Teilhard, Rahner et Lubac, en attendant Arrupe, à l'épanouissement de la liberté religieuse, à la réconciliation entre le siècle et la foi, à la sortie de leur Église de ce temple* en forme de forteresse où elle était barricadée dans un Vatican hors duquel tout salut était inaccessible.

* On verra plus loin que le jésuite italien B. Sorge a donné pour titre à ses mémoires *Uscire dal tempio :* sortir du temple.

Tous les jésuites américains n'adoptent pas le style majestueux et n'empruntent pas la voie conciliaire de John Courtney Murray. Ceux, universitaires, parlementaires, journalistes ou étudiants, américains ou non, qui furent mêlés à la contestation de la guerre du Viêt-nam gardent en mémoire un nom flamboyant qui à partir de la fin des années soixante symbolise les formes les plus radicales du refus de la guerre : celui du R. P. Daniel Berrigan, héros d'une guérilla pacifiste qui le conduisit en prison, puis d'un film qui émut les campus universitaires et d'une pièce qui fit courir New York – sans compter les biographies qui lui sont consacrées.

Au début d'avril 1971, plusieurs journaux américains, dont *Newsweek*, et quatre grandes revues chrétiennes – deux protestantes, deux catholiques – publiaient *We Accuse*, violent réquisitoire contre le président Nixon et dix des principaux responsables des opérations militaires au Viêt-nam, conclu par une citation du R. P. Berrigan : « La paix ne triomphera pas sans une action entreprise [...] par un grand nombre d'hommes et de femmes honnêtes. »

Dan Berrigan ne parlait pas pour inciter les autres à l'action : le 9 octobre 1968, il avait été condamné à trois ans de prison pour avoir, cinq mois plus tôt, brûlé au napalm les fiches de mobilisation subtilisées dans le bureau de recrutement de Catonsville au Maryland. Quelques mois plus tôt, son frère cadet Philip, lui aussi prêtre (mais non jésuite), lui avait ouvert la voie en arrosant de sang de porc les documents militaires du centre de Baltimore, écopant de six ans de prison.

Daniel Berrigan, professeur à l'Université de Cornell, poète prestigieux approchant la cinquantaine, n'était pas un hurluberlu, un irresponsable ; mais il choisit de prendre le large avant d'être incarcéré et vécut six mois dans la clandestinité, jouant les Robins des Bois du pacifisme, défiant la police, surgissant dans une église pour une brève homélie, disparaissant, lançant quelques mots au cours d'un meeting, avant d'être pris et incarcéré.

Dans sa prison de Danbury (Connecticut) où il passa vingt mois, le R. P. Berrigan ne cessa pas de présenter son incarcération à la fois comme une affaire purement volontaire et un « devoir chrétien », un témoignage et un symbole, une contribution à « la libération poétique de la conscience américaine ». Il écrivit alors un grand poème, *No Bars to Manhood, the Trial of the Catonsville Nine**, tandis qu'était tourné un film intitulé *The Holy Outlaw***, *Father Dan Berrigan*, et que l'une des grandes revues jésuites, *The Holy Cross Quarterly*, lui apportait, sous la plume très notoire du R. P. Edward Duff, une sorte d'absolution. Le père Arrupe lui-même, qui, dans une conférence de presse, avait déclaré que, s'il faut être incarcéré pour défendre la liberté, un jésuite doit accepter le risque de la prison, vint lui rendre visite dans sa cellule – « non pour approuver son acte, précise le « général », mais parce que je me dois à tous les nôtres ».

A la fin de 1970, l'« affaire Berrigan » se corsa : les frères insoumis, toujours incarcérés, étaient accusés par J. Edgar Hoover*** d'avoir préparé la destruction par explosif du système de chauffage dans les sous-sols de la Maison-Blanche, d'avoir appelé à la résistance armée contre la conscription et… d'avoir comploté l'enlèvement de Henry Kissinger, le plus proche collaborateur du président Nixon ! D'où leur comparution devant le grand jury fédéral de Harrisburg, qui ne retint aucun de ces chefs d'accusation.

Libéré en 1972, Daniel Berrigan reprit la campagne contre la guerre, aux États-Unis et hors de son pays : à Paris, au mois de mai, il en vint à déclarer que « les évêques américains sont plus responsables de cette guerre que les évêques allemands de Hitler », ce qui suscita un tollé, et les plaintes les plus amères du cardinal Spellmann – qui se retrouvait dans son camp naturel… – auprès des plus hautes autorités de la Compagnie.

Mais qu'est devenu *the holy outlaw*, vingt ans après ? Réponse de ses supérieurs : « Le père Daniel Berrigan va très bien. Il vit à New York. Il continue son travail pour la paix et contre toutes sortes de guerres et d'oppressions » (juillet 1992).

C'est une autre voie que choisit un troisième jésuite américain, le R. P. Drinan, pour toucher ce peuple innombrable : celle du Congrès. Ainsi, pour la première fois dans l'histoire des États-Unis, un prêtre catholique fit en 1971 son entrée à la

* *Pas de barreau pour l'humanité, le procès des neuf de Catonsville* (les frères Berrigan avaient entraîné sept compagnons dans leur opération).

** Le saint hors-la-loi.

*** Le chef du FBI.

Chambre des représentants des États-Unis*, élu par une circonscription de la périphérie de Boston. Il y passa près de dix ans, jusqu'au jour où le pape Jean-Paul II exigea qu'il renonçât à postuler pour son troisième mandat en 1980.

Juriste éminent, auteur de divers ouvrages de droit international, professeur à la faculté de Georgetown, le père Robert Frederik Drinan fut un *congressman* démocrate très en vue, très actif, plusieurs fois réélu par un électorat composé non seulement d'Irlandais catholiques, mais aussi d'une forte communauté juive. Ce qui – sympathie spontanée ou calcul démagogique ? – le porta à se faire l'avocat particulièrement véhément de la politique israélienne, et de telle façon que le Vatican s'en émut.

Si le R. P. Drinan s'attira les foudres du Saint-Office, c'est tout de même sur un terrain encore plus périlleux. Ses votes répétés en faveur de la légalisation de l'interruption de grossesse firent scandale. A son visiteur anglais (catholique) Peter Rawlinson qui s'en étonnait, il fit une réponse qui eût excité la verve de Pascal : « Comme prêtre catholique, je réprouve l'avortement. Mais en tant que membre du Congrès élu par une société pluraliste, je n'ai pas à imposer les vues de mes coreligionnaires en une telle matière [19]... »

Son opposition déclarée à la guerre du Viêt-nam, à la stratégie « impérialiste » des États-Unis en Amérique latine (au Chili, au Nicaragua notamment) et ses campagnes contre l'armement nucléaire le brouillèrent avec une large fraction de son Parti démocrate. Si bien que, quand le souverain pontife (intervenant de façon abusive dans la vie publique américaine) réclama son retrait du Congrès, Robert F. Drinan, s.j., ne trouva plus guère, pour l'encourager à résister, que ses électeurs. Ce qui n'était pas suffisant...

C'était le 13 janvier 1986. Dans l'église Saint-Ignace, rue de Sèvres, à Paris, se pressait une assistance peu banale, où ceux que l'on appelle les croyants n'étaient pas en majorité, non plus que ceux qui cherchent à l'église quelque promotion ou affirmation de leur statut social. Des « intellectuels », pour

* Précédé par quatre-vingt-seize pasteurs de différentes Églises réformées.

tout dire, avec des jésuites : mélange qui eût, un siècle plus tôt, fait crier au scandale (les uns), au miracle (les autres).

Durant l'office, on entendit les versets sur « la folie du Christ » tirés de l'épître de Paul aux Corinthiens, un fragment des admirables *Cantiques spirituels* de Jean-Joseph Surin, et, en fanfare d'adieu, la voix d'Édith Piaf chantant : « Non, rien de rien, non, je ne regrette rien*… » Des regards se croisèrent. Étonnés, admiratifs, scandalisés ? Croisés, en tout cas.

Celui dont on allait conduire la dépouille au cimetière voisin de Vaugirard, dans un caveau de jésuites où elle voisinerait avec celles d'un maître, Louis Beirnaert, et d'un compagnon, Henri de Lavalette, morts peu auparavant, c'était Michel de Certeau, qu'un mot, un titre, un emploi, une œuvre même ne sauraient définir (historien ? mystique ? sociologue ? analyste ? sémioticien ? anthropologue ?), prêtre en tout cas, et l'un des hommes de son temps qui aura incarné avec le plus de miroitements créateurs la pluralité, la diversité, la plasticité du jésuitisme au sein d'un christianisme éclaté.

Mais, puisqu'il n'est pas de flamme qui ne se laisse définir par un trait, ni de liberté que ne puisse apprivoiser le pinceau de Delacroix, ni d'errance qu'un mot ne saisisse, il avait accepté de se présenter ainsi : « Je suis seulement un voyageur […] un particulier entre beaucoup d'autres, racontant seulement quelques-uns des itinéraires tracés en tant de pays divers, passés et présents, par l'expérience spirituelle [20]. »

C'était un Savoyard, comme celui qui inspira d'abord ses travaux, Pierre Favre, le premier des compagnons d'Inigo de Loyola ; mais non simple berger comme lui. Les de la Barge de Certeau, alliés aux Tardy de Montravel, faisaient dès longtemps figure à Chambéry. Bonnes études classiques à Grenoble, Lyon et Paris, licence ès lettres, vocation religieuse vers la vingtième année, qui le conduit au séminaire d'Issy-les-Moulineaux, puis à la faculté catholique de Lyon où il entend, ébloui, les leçons d'Henri de Lubac. Jésuite par fascination intellectuelle ? Luce Giard, confidente et exégète, nuance les mobiles de cette adhésion :

* Si belle que soit cette chanson, on s'étonne qu'un être aussi projeté vers l'avenir que Michel de Certeau l'ait choisie, toute tournée vers le passé…

> « … Ayant rêvé des terres d'Asie, puis, adolescent, admiré Gandhi, il entra dans la Compagnie pour "partir en Chine". De cet ordre, il connaissait peu de choses : il n'avait pas été éduqué dans un collège jésuite*, sa famille avait surtout des liens avec le clergé séculier et les bénédictins. La Compagnie l'avait attiré par sa mobilité, ce mixte d'action et de contemplation vécu dans des contextes et des tâches diverses aux quatre coins de l'horizon. Il avait été séduit par l'universalisme ignacien, le refus du texte fondateur de fixer les compagnons dans des lieux, des œuvres : "Si nous ne trouvions pas dans telle ou telle cité le fruit spirituel désiré, nous passerons chaque fois ailleurs" [21]… »

Si légèrement qu'elle ait pesé plus tard sur ses démarches, c'est la Compagnie qui lui donne l'orientation décisive, le détournant de l'étude de saint Augustin (juste revanche ?) pour le diriger (à partir de sa pénétrante analyse du *Mémorial* de Pierre Favre) vers les mystiques jésuites du XVIIe siècle, Louis Lallemant puis Jean-Joseph Surin. Rencontre illuminante : désormais (1960), l'auteur du *Guide spirituel*, l'antagoniste des diables de Loudun, deviendra son compagnon, son *socius*, dit-on dans la Compagnie – et jusqu'au-delà de la mort, nous l'avons vu.

C'est beaucoup plus tard qu'il rencontrera, ou en tout cas étudiera, un autre de « ses » personnages fondateurs, le huguenot Jean de Léry, auteur de l'*Histoire d'un voyage fait en terre du Brésil*, qui, parallèlement aux grands missionnaires jésuites d'Asie, et un demi-siècle avant les fondateurs des « réductions » du Paraguay, reconnaît l'Autre dans sa très respectable et créatrice différence, et fonde l'ethnologie.

Déjà, pourtant, Michel de Certeau se meut à travers des mondes plus séparés en apparence, sinon antinomiques, qu'entre eux des « barbares » et des « civilisés », des païens et des chrétiens. Dans le Paris fiévreux des années soixante, et plus encore à partir de la grande « prise de parole » de mai 68, « étranger chez soi », « sauvage », marginal aux institutions, il passe de la théologie (enseignée à l'Institut catholique) à l'histoire, de l'ethnologie à la psychanalyse, de la sociologie à la sémiotique, de Spinoza et Montesquieu à Teilhard (dont il édite les *Lettres à Léontine Zanta*), de Foucault à Barthes, de Lacan à

* Mais chez les maristes.

Greimas, de Merleau-Ponty à Wittgenstein, *joker* érudit et inspiré d'une république de la connaissance aussi fertile que le Paris de François Ier où les écoliers de Montmartre s'étaient découverts, liés et fécondés.

Quelques livres clés scandent ces années fertiles, *La Possession de Loudun* (1970, 1980)[22], *L'Écriture de l'histoire* (1975, 1984)[23], *L'Invention du quotidien* (1980)[24], *La Fable mystique* (tome I, 1984)[25] – avant que son exécuteur testamentaire, Luce Giard, ne rassemble quelques-uns de ses plus beaux essais épars à travers les revues sous le titre *La Faiblesse de croire*, sommé par ce qui apparaît comme son bref testament spirituel, *Extase blanche*[26]. Sans compter d'innombrables articles publiés dans *Christus*, *Études*, *Esprit*, la revue d'*Histoire de la spiritualité*, mais aussi dans *Politique aujourd'hui*, *Traverses*, *Libération* ou *Le Nouvel Observateur*[*].

Le tout entrecoupé de voyages à l'étranger ; à Genève où il enseigna ; au Brésil d'où il rapporta de rudes analyses de la dictature et de la misère ; en Californie surtout où, à Berkeley puis à San Diego, il fut plus et mieux écouté peut-être que nulle part, s'y sentant merveilleusement étranger, libre, mais concerné.

Mort de stoïcien informé par les mystiques. En juillet 1985, la maladie brusquement dévoilée impose une cruelle opération. Tardive... Il sait vite à quoi s'en tenir, et décide de se battre contre l'inexorable avec l'appui de ses proches, éclairés. Luce Giard témoigne :

> « Il s'acharne à reprendre son travail en octobre, à recommencer son séminaire[**] à la date prévue, à achever le second tome de *La Fable mystique*. Il enseigne jusqu'à la fin décembre, y consacre ses dernières forces. Il meurt chez lui au soir du 9 janvier 1986, avec une élégance, une fortitude venues d'un autre siècle : c'est lui qui réconforte les visiteurs qu'il demande à voir dans les derniers jours, c'est lui qui leur parle d'avenir. Il explique en souriant que les vieux traités sur l'"art de mourir" étaient de bonne lecture, que Surin dans *La Science expérimentale* lui avait enseigné l'essentiel sur la vérité du "sentiment intérieur"[27]. »

* Où il publie, à propos de la merveilleuse bande dessinée consacrée par Claire Bretecher à Thérèse d'Avila, un texte jubilant.

** Plus mal traité par l'institution universitaire que par la Compagnie, il avait fini par être élu, à cinquante-huit ans, à l'École des hautes études. En même temps que Jacques Derrida, son ami.

Oserait-on réduire ce génie pluriel à trois mots ? Alors ce seraient altérité, errance, rupture. En tête du très beau *Cahier pour un temps* qui lui est consacré et où s'assemblent, pour le saluer, Marc Augé, Françoise Choay, Pierre Vidal-Naquet, Jacques Derrida, Christine Buci-Glucksmann, Luis Mizón, Charles Malamoud, Edmond Jabès et bien d'autres, Luce Giard a donné pour titre à son portrait de Michel de Certeau, reflet de mille conversations et confidences, « La passion de l'altérité ».

N'est-ce pas lui qui a défini le chrétien comme celui qui doit « faire place à l'autre » et caractérisé l'historien par le « goût de l'autre » ? Rien qui ressemblât moins à la curiosité, au goût de l'exotique, à l'appétit de conquête. L'Autre, chez lui, n'était pas seulement celui que l'on altère, mais surtout par lequel on est altéré (faut-il se prendre pour Lacan si l'on ajoute « et désaltéré » ?).

Tel François Xavier partant pour les Indes « faire du chrétien » et se retrouvant, à Yamaguchi, inculturé dans le Japon des *daimyos*, il ne cessait de s'investir et de s'offrir, de tenter de s'accomplir dans l'autre, d'être saisi par lui : Surin ne l'avait-il pas fécondé, entre beaucoup d'inspirateurs inspirés ?

L'Autre, de qui l'on reçoit tant, ce n'est pas seulement le prochain, le lointain, le différent : aussi la discipline d'à-côté, la voie différente, la croyance lointaine, la méthode croisée et découverte, qui se refuse et s'entrouvre. Du Montesquieu des jeunes années au Lacan de la maturité, de la théologie à l'histoire et de la psychanalyse à la sémiotique, c'est un tricot, un enlacement, une déprise de soi permanente. Dans *La Culture au pluriel*, il a admirablement marqué à quel point « la création est une prolifération disséminée » et que seule « une idéologie de propriétaires isole "l'auteur", "le créateur" et "l'œuvre" ». Tout est affaire de réseaux, à travers lesquels s'inscrivent les opérations culturelles, toujours en mouvement, reliées par de mystérieuses cohérences.

Plus encore que cette passion de l'altérité, ce qui définit l'auteur de *La Fable mystique*, c'est celle de l'errance. Il était mouvement – et lui qu'obsédait la recherche du « lieu », lui qui eût volontiers fait de la topographie un art majeur et tenait de ses aînés les grands jésuites du XVIIe siècle la passion de la cartographie qu'il communiqua à Michel Foucault, n'était que départs et fuites. Toujours en route, comme un des « pères fondateurs » du temps où Inigo-le-boiteux ne laissait à son âne cheminant à ses côtés de Salamanque à la Sorbonne que le soin de porter les livres…

De l'autobiographie de Loyola, il aimait, nous dit Jacques Revel*, raconter l'épisode où le pèlerin en route pour Jérusalem, cheminant un temps aux côtés d'un Maure converti mais peu assuré de la virginité de Marie et qui lui a faussé compagnie, se sent saisi d'une fureur vengeresse mais laisse à sa mule le soin de décider, selon qu'elle prendra l'itinéraire emprunté par l'insolent, ou un autre, s'il devra se faire sacrificateur par piété mariale. Non que Certeau se soit jamais posé en bourreau potentiel. Mais cette fable où s'entrelacent le coureur de routes et l'exigence spirituelle le reliait mieux que d'autres au fondateur…

Ce n'est pas par hasard que, tour à tour, il s'attacha à Pierre Favre, infatigable marcheur des bords du Rhin qui revint mourir à Rome épuisé par ses randonnées à la rencontre (pacifique) des luthériens. Puis s'enflamma pour l'intrépide Surin, quittant tout, Bordeaux, ses livres et ses fidèles, pour courir, de chemins en bocages, vers Loudun et ses diables. Ni qu'il se voua à la mémoire de Jean de Léry, inlassable découvreur de mondes et de gens d'Amérique.

« Penser, c'est passer », écrivait-il à propos de Michel Foucault [28] ; et passer « sur un chemin non tracé ». Il n'est pas d'évocation de lui qui ne le présente en mouvement, en élans, en route. Bien jésuite en cela – lui que nous avons vu entrer dans la Compagnie en vue du plus lointain voyage, celui qui mène vers la Chine. « Marchant parce qu'il “manque de lieu”, ne pouvant que marcher, il est “ce marcheur innombrable” dont les cheminements aspirent à se perdre dans la foule [29]. »

De tous les portraits esquissés par ceux qui l'ont aimé, on retiendra celui d'Alain Arnaud, qui le surprend en sa marche, à peine suspendue par les mots :

> « L'apercevant de loin, la plupart du temps nanti d'une énorme serviette bourrée de livres, on le reconnaissait à sa démarche. Légère, allègre, touchant à peine le sol, traversant l'espace sans insister. Cela ressemblait à quelque danse nomade et joyeuse. On pressentait dans cette vivacité à la fois une éner-

* *Mystique et Politique chez les jésuites*, colloque de Sèvres, décembre 1989.

gie prolifique et une curiosité sans cesse en éveil, toujours prête à saisir la chance d'une nouvelle découverte qui se présenterait sur son parcours, dût-elle le modifier. Cet *allant* du pas s'accordait à celui de l'esprit. Il citait souvent le vers de l'*Énéide : vera incessu patuit Dea**. S'il y a longtemps que les dieux ne se révèlent plus à leur démarche, faut-il supposer qu'ils ont délégué ce privilège à quelques élus, messagers initiateurs, participant de mondes multiples, ne résidant en aucun, ne se sentant chez eux qu'aux limites, aux frontières, aux carrefours [30]... »

Ainsi allait-il, de départs en errances, obsédé par l'idée, le projet de « rupture instauratrice », allergique à l'institution – bien que n'ayant jamais rompu avec celle, si forte, qu'il avait choisi de rejoindre à vingt-cinq ans, dans la plénitude de sa conscience. Ce que pensaient de lui les plus vieux jésuites de la rue Monsieur, du scolasticat de Laval ou de Fourvière, on ne saurait le dire... Mais le fait est qu'il remplit les missions qu'on lui confia avant de prendre un vol sans limite – ne se désolidarisant jamais de son ordre, mais, dans les débats publics, se définissant moins comme jésuite que comme prêtre, et moins comme prêtre que comme « religieux ». Écoutons-le se situer, lors d'un dialogue avec Jean-Marie Domenach publié sous le titre *Le Christianisme éclaté* :

« ... C'est ma place qui bouge. Je suis prêtre. Par mon expérience que j'ai en commun avec beaucoup d'autres, je sais ce qu'a représenté de positif et de fondamental l'exercice de cette fonction d'attention et de rassemblement autour des signes évangéliques. Mais elle appartient à un temps qui s'en va [...]. Leur cheminement conduit beaucoup de prêtres, dont je suis, vers quelque chose qui ressemble davantage à ce qu'a été, en certaines périodes du christianisme, le *staretz* russe ou le moine occidental... En somme, pour le dire bêtement**, je me sens de moins en moins prêtre et de plus en plus "religieux" [...] [sans] appartenance à un groupe doté d'une image sociale et de patentes ecclésiastiques [31]... »

Si déconcertante que puisse paraître cette situation plus proche du Zossime des *Frères Karamazov**** que du cardinal

* La vraie déesse se reconnaît à son pas.
** Ce qui est pousser loin l'humilité...
*** Il sait bien ce que Dostoïevski pensait des jésuites : le Grand Inquisiteur !

Daniélou* – elle ne l'est pas plus que celle qu'il attribue globalement à l'Église catholique au cœur du XXe siècle, dans cette ère postconciliaire dont il a dénoncé ce qui lui est apparu comme des illusions, de fausses synthèses, de vaines tentatives de « replâtrage » d'une institution exténuée :

> « Dans l'histoire humaine, Dieu a précédé l'Église et paraît devoir lui survivre. Ne serait-elle qu'une figure historique de la question de Dieu ? [...] L'institution vire vers l'administration [...] Je reste scandalisé de voir le discours officiel bien plus préoccupé par les fonctionnaires de l'institution [...] que par la question de Dieu et par ses cheminements secrets dans l'existence [...] On peut considérer comme close la période pendant laquelle les chrétiens pouvaient s'en tenir à des cris ou à des protestations contre l'institution [...] S'en prendre à Rome, au pape, à l'infaillibilité, aux évêques, c'est une occupation devenue dérisoire. Entre des théologiens et des hommes du pape, les combats d'Horace et de Curiace peuvent encore faire partie du théâtre ecclésiastique ; ils ne concernent pas la vie des chrétiens[32]. »

Il est peu de dire que ce jésuite scintillant se situe hors de l'institution. La voit-il carrément atomisée, seulement « éclatée », vouée au pluralisme anthropologique qu'a si bien décrit Rahner** ? Peut-être. Dans un article écrit à la même époque pour la revue *Cultures et Foi*, il opposait à une centralisation très récente (XIXe et XXe siècles) de l'institution romaine le retour à leurs autonomies anciennes de « formations chrétiennes » qui désormais « suivent leurs trajectoires particulières, entraînées par des courants locaux, nationaux et internationaux qui échappent au contrôle du centre ». Pronostic qui recoupe, on le voit bien, celui du théologien de Fribourg.

Si hardiment que son discours ait saccagé les conformismes sinon les structures du christianisme contemporain***, si audacieuse que soit sa course dans l'escadron galopant des grands non-conformistes du XXe siècle, Michel de Certeau restera, dans l'histoire du christianisme, l'un des hommes qui auront su proposer à leurs coreligionnaires éperdus, en quête, non

* Qui disait de Certeau à Pierre Vidal-Naquet : « Il a quelque chose d'inquiétant... »

** Voir ci-dessus, p. 594 s.

*** Admirons tout de même qu'il n'ait subi aucune censure d'exclusion.

plus d'institution, mais de sens, cette vision d'une éternité sans rivage et sans ombre :

> « Voilà ce que serait l'éblouissement de la fin : une absorption des objets et des sujets dans l'acte de voir. Aucune violence, mais le seul déploiement de la présence. Ni pli ni trou. Rien de caché et donc rien de visible. Une lumière sans limites, sans différence, neutre en quelque sorte et continue [...] Il n'y a plus de lecture là où les signes ne sont plus éloignés et privés de ce qu'ils désignent. Il n'y a plus d'interprétation si aucun secret ne la soutient et ne l'appelle. Il n'y a plus de paroles si aucune absence ne fonde l'attente qu'elles articulent. Nos travaux s'engloutissent doucement dans cette extase silencieuse. Sans catastrophe et sans bruit, simplement devenu vain, notre monde, immense appareil né de nos obscurités, finit.
> Il est incompréhensible que la peur se mêle à la fascination chez les marcheurs partis en quête de la vision. Quel pressentiment les précipite vers la clarté ? Je m'imagine que ces pèlerins cherchent ce qu'ils sont assurés de ne pas trouver. Et puis, voilà, un beau jour, un jour aveuglant, ça leur arrive. S'ils s'en tirent, ils portent désormais cette mort éblouie, muets d'avoir vu à leur insu [...]
> ... Je me laisse prendre moi-même au désir de voir, comme tout le monde je suppose. J'oublie les avertissements de nos auteurs, car, tout compte fait, en écrivant sur cette chose sublime et terrible, ils s'en protégeaient et ils nous mettent en garde. Alors s'insinue la captation de ce qui *est* sans nous, la blancheur qui excède toute division, l'extase qui tue la conscience et éteint les spectacles, une mort illuminée – un "heureux naufrage*" [33]. »

Dans sa préface (intitulée « Cherchant Dieu ») à *La Faiblesse de croire*, Luce Giard rapporte que Michel de Certeau hésitait à publier en volume ce texte « écrit d'un trait », en 1983, deux ans avant que la maladie ne le condamne à court terme. Si elle choisit d'en faire la cérémonie des adieux de son ami, c'est que, dans *La Fable mystique*, il avait décrit « cette clarté [...] éclat même d'un désir venu d'ailleurs [...] Elle est testamentaire : c'est un baiser de la mort ».

S'agissant de « ce jésuite devenu braconnier » (Michèle Per-

* Cette formule, dans ce texte, est attribuée aux « anciens », mais ailleurs Certeau l'a accordée à Surin.

rot), qui aurait volontiers repris à son compte l'autodéfinition de Daniel Berrigan, *the incontinent seeker* (le chercheur insatiable), on préfère tout de même laisser le dernier mot à cet avant-lui-même que fut Jean-Joseph Surin, parce que Certeau n'a rien écrit d'aussi beau, en tout cas d'aussi personnel :

> Je veux aller courir parmi le monde
> Où je vivrai comme un enfant perdu ;
> J'ai pris l'humeur d'une âme vagabonde
> Après avoir tout mon bien répandu ;
> Ce m'est tout un, que je vive ou je meure
> Il me suffit, que l'amour me demeure[34].

Du siège de la *Civiltà Cattolica*, plus importante des revues jésuites, nul ne pourrait dire qu'il inspire, mieux que la façade des grands collèges de la Compagnie, la compassion. On ne sait si l'un ou l'autre des « généraux » Ledochowski ou Janssens, fit reproche aux responsables de la revue, comme aux constructeurs du Tivoli bordelais, de manquer de modestie.

A vrai dire, ce n'est pas la Société de Jésus qui bâtit à Rome ce palais, mais l'ancien chancelier du Reich von Bülow. Le fait est que les pères de la *Civiltà* en firent voici un demi-siècle l'acquisition et qu'ils prospèrent sans trop d'ostentation dans cette demeure où un junker tenta d'oublier l'empire de Bismarck en s'installant sur la terre de César.

Le maître des lieux est, en 1992, un jeune homme à l'œil vif et à la parole preste, Gian-Paolo Salvini, avec lequel on a d'emblée envie de parler d'Umberto Eco, de Bernardo Bertolucci ou de Bruno Maderna tout autant que des débats entre Jean-Paul II (appelé ici Jean-Paul « hors-les-murs », du fait de son goût pour les voyages) et le cardinal jésuite Martini, archevêque de Milan, dont on dit au Vatican que « ce Martini rouge voudrait se muer en Martini blanc ». Charité romaine…

La *Civiltà Cattolica*, créée en 1850 sous l'égide de Pie IX et dont les collaborateurs, à la différence des *Études*, sont tous des jésuites, a depuis longtemps cessé d'être la sentinelle postée à la porte du Vatican pour alerter le Saint-Siège contre toutes les offensives de la révolution (fût-elle l'émergence de la nation italienne) et du modernisme. La mutation s'est produite dès avant l'avènement de Jean XXIII et l'élection de Pedro Arrupe, sous l'aiguillon d'une autre revue jésuite, milanaise et « avancée » celle-là, *Aggiornamenti sociali*, de publications comme *Manresa* en Espagne, *Études* en France et *America* aux États-Unis, et sous l'influence plus ou moins directe des maîtres intellectuels de la Compagnie, surtout de Karl Rahner.

C'est le R. P. Tucci qui fut le maître d'œuvre de cette prudente reconversion, en liaison étroite avec trois papes – Pie XII, Jean XXIII et Paul VI –, maintenant par rapport au Saint-Siège une « ligne » ainsi définie par le R. P. Salvini : ni officielle, ni même officieuse, la *Civiltà*, revue de la Compagnie, est assez soigneusement contrôlée pour que rien de ce qui s'y publie ne puisse être considéré comme en contradiction avec le Vatican. Il n'y a pas coïncidence automatique (comme entre la papauté et *L'Osservatore romano*), mais il ne saurait y avoir de dissonance notable.

Ainsi, la crise de 1981, qui aboutit au coup de force pontifical contre le fonctionnement des règles de la Société de Jésus, ne fit l'objet d'aucun commentaire dans cette revue censée refléter les vues (mais apparemment pas les sentiments...) de la Compagnie ignacienne. C'est tout juste si, près de dix ans plus tard, à l'occasion de la mort de Pedro Arrupe, ce jésuite qui a réappris au monde à respecter la Compagnie et subi de ce fait ce qu'un de ses pairs appelait, on l'a vu, une « crucifixion », la *Civiltà* fait allusion à cette souffrance...

La véritable réinvention de la *Civiltà Cattolica* (que le roi Ferdinand de Naples chassa d'abord de ses États, la tenant pour « anarchiste », et que les pères allemands considérèrent longtemps comme un repaire d'intégristes) fut l'œuvre d'un jésuite tumultueux dont la gloire occupe la scène italienne autant qu'ailleurs celle de l'abbé Pierre ou de mère Teresa : le R. P. Bartolomeo Sorge*. Pendant douze ans (1973-1985), cet apôtre au verbe haut et à l'imagination rutilante, fort peu vaticanesque par le style, l'allure, les initiatives, insuffla à la vieille revue jésuite une pugnacité où certains ont voulu voir, avec stupéfaction, ou avec effroi, les germes de la révolution : bien à tort...

Bartolomeo Sorge, issu d'une famille sicilienne, né à l'île d'Elbe, formé en Vénétie, semble être la synthèse des très diverses vertus italiennes liées à ces origines multiples et de la

* On prononce Sôrdjé.

vitalité jésuite. Robuste, le visage épanoui, le teint coloré, volontiers rieur, doté d'une éloquence torrentielle, hardi, impatient (mais sachant contrôler ses élans), à la fois Peppone et Don Camillo, frère Jean et Panurge, jamais à court d'une idée, d'une formule, d'une repartie, il est un événement perpétuel – et comme tel adulé par les médias.

Autant de vertus pour animer une campagne, conduire une croisade, éveiller les énergies, alerter les courages face à la catastrophe – mais qui ne désignent pas forcément leur détenteur pour diriger une revue alignée sur les calculs et les sinuosités des messieurs rouges et noirs du Vatican. On aurait tort, précise le R. P. Salvini, l'un de ses successeurs, de voir son éloignement de la *Civiltà* comme une censure politique ou religieuse, comme le fut en fin de compte celui de Paul Valadier des *Études*, en 1990*. Le R. P. Sorge ne fut pas jugé par le Saint-Siège ou le Borgo Santo Spirito trop « rouge » ou trop « engagé ». Trop sonore, tout simplement.

Si fort qu'on louât son ardeur et son éloquence (et d'ailleurs sa fidélité), on estima qu'elles faisaient trop de bruit et finissaient par encombrer, compromettant l'Église et la Compagnie de façon trop frontale, ou trop bruyante. Qui parlait par sa bouche ? Un prêtre-citoyen ? Un jésuite ? La Compagnie ? L'Église ? Dans la revue, ses articles étaient « sous influence ». Mais à la radio, à la télévision, ses propos ne l'étaient pas : sa faconde était la plus forte. Au Vatican, on n'apprécie guère… Un éclat, s'il appelle un démenti, le veut éclatant. Quel prélat goûte cet exercice ? Si sensation il doit y avoir, ou coup de cymbale, ou *fortissimo* à l'orchestre, Jean-Paul II s'en réserve l'exclusivité.

Bref, la prestigieuse revue jésuite perdit son pilote charismatique – sans que Bartolomeo Sorge, lui, ait perdu son goût des initiatives à risques. Son autobiographie est intitulée *Uscire dal tempio* (Sortir du temple). Sortir, oui. Mais cette fois, vers où ? Son ascendance lui dicta sa conduite : à Palerme, la lutte contre la Mafia peut prendre la forme d'une croisade. Ce sera la sienne. La presse parle d'exil. Pas lui. Le 25 juillet 1985, il atterrit en Sicile en clamant : « Je reviens au pays… »

* Quelque soin qu'il prenne de minimiser l'opération, de la réduire à un incident ou à un malentendu, le R. P. Valadier fut écarté de la direction des *Études* (où il continue d'écrire) pour excès d'indépendance à l'endroit de la hiérarchie (non jésuite).

Ainsi, en octobre 1986, transforme-t-il le Centre d'études sociales de Palerme en « Institut Pedro Arrupe » destiné à la « formation politique », une école de cadres pour ceux qui prétendent assainir la vie publique en Sicile, avec l'encouragement très sonore du président Cossiga et en liaison avec Leoluca Orlando, l'ancien maire de Palerme engagé, plus qu'aucun des hommes publics de l'île, dans la lutte contre les *mafiosi* et qui a créé à cet effet la RETE (réseau).

Le R. P. Sorge est-il un « curé rouge », comme l'en ont accusé divers commentateurs, en Italie et ailleurs ? Gian-Paolo Salvini rit de cette imputation : « Le père Sorge est un anticommuniste avéré. Cent textes de lui le prouvent. C'est un très typique démocrate-chrétien de gauche, dans la ligne tracée par Giorgio La Pira et Aldo Moro. Il a soutenu l'*apertura a sinistra*, bien sûr, qui impliquait un compromis historique avec le PCI, mais n'entraînait aucune compromission. »

Le bouillant jésuite de Palerme, qui fut l'un des grands électeurs de Pedro Arrupe – ses Mémoires en font un portrait enthousiaste –, n'a jamais ménagé ses critiques à l'adresse de publications comme *Trenta Giorni* ou *Communione e liberazione*. Il a toujours marqué des réserves à l'égard de la « théologie de la libération » et a naguère pris ses distances vis-à-vis de la RETE et d'Orlando, trop radicalement politisés à son gré.

Une publication catholique* présentait naguère Bartolomeo Sorge comme un « jésuite à hauts risques », l'un de ceux que semblait désigner le père Arrupe lorsqu'il déclarait : « Appliquer notre "décret 4 sur la justice et la foi" comportera pour certains d'entre nous les risques du martyre. » Est-ce le cas, pour le fondateur de l'Institut Pedro Arrupe, face à la Mafia ? Tous ceux qui se sont impliqués dans cette lutte ont accepté ces risques, bien sûr. Et Sorge ne peut se déplacer sans garde du corps.

> « Mais, fait observer le R. P. Gian-Paolo Salvini, le père Sorge s'attaque moins à tel ou tel personnage ou à tel groupe, ou à telle opération, qu'il ne rappelle les principes de vertu publique et de charité chrétienne. Les *mafiosi* s'en prennent plutôt à ceux qui désignent une cible, un réseau, un crime précis. En ce sens, son confrère le R. P. Pintacuda, très lié à la

* *ARM (Actualités religieuses dans le monde)*, novembre 1991.

RETE et à Orlando, semble plus visé que lui. Mais tous sont menacés. Tous manifestent un courage admirable. »

A Palerme, en effet, l'Institut Pedro Arrupe est un défi permanent à la Mafia. En ce sens, le jésuite à la voix sonore est devenu un symbole. Il est l'un des rares à croire à la possibilité d'éradiquer « *la mala planta con le sue radici** » : pour cela, il croit qu'il faut se donner un délai de deux générations[35]. Il croit qu'est en train d'émerger une nouvelle Sicile, dans laquelle la Mafia doit perdre son statut « culturel » pour endosser la livrée de la délinquance pure et simple. Mais, reconnaît-il, un risque demeure, celui que la *onorata società* découvre une nouvelle « raison sociale » ou économique, et soit tôt ou tard en mesure de lancer le slogan « *Con la Mafia si Lavora, senza no** !* » Pour Sorge, il ne s'agit pas seulement d'une bataille globale, mais d'une bataille de tous, sans exclusion : « *Vae soli !* » (« Malheur aux isolés ! »)

Quant à la *Civiltà Cattolica*, on ne saurait dire que le départ du R. P. Sorge l'ait rejetée sur la « droite » ; pas plus en tout cas que la Compagnie après l'éviction de Pedro Arrupe. Les propos tenus à l'auteur en avril 1992 par le R. P. Gian-Paolo Salvini, venu des *Aggiornamenti sociali*, s'inspiraient du même esprit de liberté que ceux quelques jours plus tôt du R. P. Jean-Yves Calvez à *Études*. A un trait près, qui suffirait à prouver que la revue romaine n'a pas desserré les liens qui la rattachent à la curie romaine, et plus précisément au cardinal Ratzinger, gardien des vérités immuables.

Dans l'avion qui le ramène vers Paris, le visiteur des jésuites romains ne peut manquer de se plonger dans la lecture de la dernière livraison de la *Civiltà Cattolica*. Stupéfaction : l'éditorial de cette revue dirigée par le charmant, le très allègre Gian-Paolo Salvini est consacré à l'enfer (*Inferno*...). Non pour étudier l'évolution historique et l'état présent de ce mythe étroitement lié aux concepts de péché et de rédemption, mais pour en rappeler, en assener, en marteler l'existence, effective, effrayante, pour évoquer en termes précis les souffrances physiques intolérables infligées aux damnés – éternellement, éternellement...

* « La mauvaise herbe et ses racines. »
** « Avec la Mafia, du travail, sans elle, pas ! »

Retour au siècle de Dante ou à l'Inquisition, retour à l'Augustin de la *Massa damnata*, retour à la terreur… A l'« extase blanche » proposée par Michel de Certeau, les jésuites romains imposent donc cette alternative rouge, dont le caractère répressif, pénitenciaire, totalitaire, s'inspire à la fois de la tradition féroce évoquée jadis par nos maîtres de collège et des expériences d'un temps qui a inventé Auschwitz.

Qui ne serait curieux de connaître les réflexions qu'a inspirées ce texte parmi les vingt-cinq mille religieux que compte aujourd'hui, à travers le monde, la Compagnie de Jésus (le miséricordieux) ?

Cette nuit-là, dans la grande maison qu'il avait bâtie quasiment de ses mains, Habib Ayrout, dit « le lion », rugissait, en appelant à tous les pouvoirs de l'Égypte royale, à ses amis ministres, policiers, évêques*, pachas et matrones. On lui avait pris son fils !

Le chef du gouvernement lui jura, par téléphone (*ya habibi !*), que tous les navires amarrés aux quais d'Alexandrie ou de Port-Saïd seraient fouillés. Mais entre-temps, Henry, second fils du « lion », s'était pelotonné dans la cale d'un cargo en partance de Suez pour la France : c'est ainsi que devint jésuite le plus étonnant remueur d'hommes que la chrétienté ait donné depuis des siècles à l'Égypte.

Henry Ayrout a raconté que, s'il renonça, pour entrer dans la Compagnie, à la succession de son père, l'un des constructeurs de l'Héliopolis du baron Empain, aux abords du Caire, c'est pour avoir vu sur un de ses chantiers un chef de travaux battre férocement un petit apprenti. De là la passion qu'il voua à l'enseignement des enfants, se faisant pour cela jésuite – et, de tous les jésuites, celui peut-être qui ouvrit le plus d'écoles : cent trente-deux entre Le Caire et Assouan…

De son cargo accosté à Marseille, Henry, dix-huit ans, avait gagné Lyon où il fit de 1925 à 1938 la presque totalité de ses études, religieuses (aux côtés de Jacques Guillet, exégète et théologien) et universitaires, celles-ci couronnées par le doctorat ès lettres : sa thèse *Mœurs et Coutumes des fellahs d'Égypte* (1938), publiée en 1952 sous le titre *Fellahs d'Égypte*[36], est

* Sa famille est de rite « grec catholique » dit *melkite*.

devenue un classique, traduit en six langues, dont l'arabe et l'hébreu.

Qui, à partir de cette date, eût osé aborder l'Égypte et ses énigmes sans se munir du livre d'Henry Ayrout ? Pour tenter de déchiffrer quelques signes de cette civilisation rurale incessamment refaçonnée par les millénaires et les religions, le meilleur bréviaire, après celui de Lane, était celui de ce Champollion des villages enfouis dans le limon qu'il a lui-même qualifiés de « prisons géométriques ».

Rien n'était plus simple que de rencontrer cet homme constamment disponible, ouvert à tous et comme émerveillé de faire partager sa science : mais ce n'est plus l'ethnographe que l'on découvrait, c'était un bâtisseur, un remueur de volontés. Son livre écrit, il ne s'agissait plus pour lui que d'en tirer les conséquences en corrigeant les injustices et les humiliations, en arrachant les fellahs à leur condition serve d'emmurés, d'aveugles-nés collectifs, en leur enseignant l'autonomie de la vie.

Maadi était, voici un demi-siècle, une sorte de cité modèle à dix kilomètres du Caire, fondée et habitée par quelques dizaines de notables, pour la plupart juifs et protestants (suisses). Un soir de 1942, les habitués du cercle de conférences virent surgir, sanglé dans sa soutane de coton blanc, l'auteur de *Fellahs d'Égypte*, le verbe haut, crépitant de sommations : ce pays où vous vivez heureux, vous ne le connaissez pas ! Vous ne connaissez pas ceux qui le font, enfouis dans la boue de la vallée du Nil. Apprenez à le connaître, aidez-moi à l'arracher à sa mortelle ignorance, celle surtout où stagnent les petits coptes, les petits chrétiens qui n'ont même pas les écoles coraniques pour les éclairer. Aidez-moi à créer des écoles !

Parmi les auditeurs fascinés du jésuite se trouvait une jeune fille juive, Lydia, fille de Misrahi pacha. Elle allait devenir avec quelques autres, musulmanes, chrétiennes et juives, l'une de celles que l'on appellera « les dames du père Ayrout* », inlassable commando de jeunes femmes par qui une certaine connaissance de l'Égypte va émerger, se banaliser, d'îlot en îlot, révélant plaies et merveilles**. Pour financer la création

* Auxquelles se joignit parfois Simonne Lacouture.

** Certaines sont communistes, joignant à l'admiration pour Henry Ayrout leur attachement à Henri Curiel.

d'écoles, elles multiplient les expositions d'artisanat, d'ethnographie, de photos…

Ce jésuite, on ne lui résistait pas, fût-on rétif à la calotte, aux « jèzes », ou plus généralement au christianisme. Comment imaginer autrement les grands jésuites du temps de Ricci et de Nobili, d'Alexandre de Rhodes ou du père Amyot ? La stature, l'éloquence, l'*impetus*, une barbe pointue couleur d'acier comme pour mieux labourer les champs de coton, un *tempo* de conquistador, une voix de baryton – Verdi, le geste ample, la foulée entraînante, toujours au pas de charge : un type qui vous aurait fait traverser la mer Rouge à pied sec…

Rien n'arrêtait cet intrépide. Un soir à Abou-Khourkas, en haute Égypte, les fellahs chrétiens l'accueillent en larmes : la croix de bois de leur église a été détruite la nuit précédente. Il envoie tout le monde se coucher. Puis, au cœur de la nuit, il réveille ses compagnons (dont quelques-unes des fameuses « dames ») et se met avec tous à bâtir un mur où reste, découpée en creux, une croix. Comment démolir le vide ?

En 1958, deux ans après la bataille de Suez*, Lydia et ses amis juifs de Maadi viennent le prévenir que la synagogue de la ville est fermée par la police : des scellés sont apposés. Faites quelque chose, père Ayrout ! Six mois plus tard, jubilant, le jésuite, barbe en proue, leur apprend qu'il n'y a plus de scellés sur la porte de la synagogue. Bien. Mais, entre-temps, le rabbin a gagné Israël, ou l'Europe… Que faire ? Ayrout à Lydia : c'est à vous de prendre la chose en main. Lisez les textes sacrés, puisque votre religion permet aux femmes de le faire ! C'est ainsi qu'à la fin des années cinquante, à l'appel d'un jésuite, une femme (d'ailleurs agnostique) fit à Maadi l'office du rabbin.

Il n'est pas de tête-à-tête qu'il ait refusé, le jésuite à la barbe pointue. On le vit argumenter trois grandes heures avec le fameux Hassan el-Banna, fondateur des Frères musulmans**, obtenant de lui un vibrant appel à la tolérance envers « nos frères chrétiens, comme nous gens du livre ». Avec Gamal Abdel Nasser, qu'il tenait pour le premier Égyptien détenteur du pouvoir à se préoccuper réellement du peuple des cam-

* Novembre 1956, ce que les Égyptiens appellent « la triple et lâche agression ».

** Assassiné en 1937 par la police de Farouk.

pagnes, il entretenait des relations d'extrême liberté, dût-il s'entendre dire par le Raïs qu'il n'était pas en son pouvoir de changer le Coran et que le temps n'était plus à la construction d'édifices religieux, mais des écoles et des hôpitaux.

Animateur de la Badaleyya, groupe de prières associant chrétiens et musulmans (inspiré par Louis Massignon), ami du Dr Mohammed Ghallab, professeur de théologie à l'université islamique de l'Azhar qui tint à traduire et préfacer les *Fellahs d'Égypte*, cet impétueux, ce *zaïm* était un pacifique, inventeur de convergences. Il est mort à New York, en 1969, à l'issue d'un long périple africain, au cours duquel il cherchait les origines nilotiques et africaines de sa patrie, l'Égypte.

Les Indes (orientales) sont une des terres d'élection de la Compagnie. Marqué dès ses origines par les grandes figures de François Xavier, de Roberto de Nobili – qui y mena une stratégie aussi audacieuse que celle de Matteo Ricci en Chine, fondatrice de l'« inculturation » –, le sous-continent n'a cessé de jouer dans la saga jésuite un rôle très spécifique, très « dérangeant ». Ici, la spiritualité ignacienne en croise une autre, très haute, très ardente et originale, qui ne peut manquer de la greffer, étant greffée par elle.

Dans la vie de la Société de Jésus, l'Amérique latine semble plus présente, ou plus sonore, de l'affaire des « réductions » à la conférence épiscopale de Puebla et à la « théologie de la libération ». Mais l'Inde pose beaucoup plus de problèmes « en profondeur » aux responsables du Borgo Santo Spirito que le Brésil et le Pérou. C'est là peut-être que se manifeste avec le plus de force la volonté centrifuge qui se fait jour un peu partout. Ici, il s'agit de pères qui appartiennent à une grande civilisation inspirée par deux grandes religions, à l'un des deux pays les plus peuplés du monde, à l'une de ses grandes puissances, à une société enfin où la misère hurle plus fort que nulle part au monde.

On l'a vu* à propos des textes sollicités par Pedro Arrupe avant la trente-deuxième congrégation de Rome : c'est de l'Inde (autant que des États-Unis ou de l'Europe du Nord) que sont parvenues à Rome, au début des années soixante-dix, les

* Voir chapitre XIII.

plus virulentes condamnations d'une politique ecclésiale autocentrée et insuffisamment préoccupée de soulager la misère du monde, et les plus rudes revendications autonomistes.

Quelques années auparavant, c'est de Bombay qu'avait été lancé l'un des défis jetés par le jésuitisme à la papauté : Mgr Thomas Roberts avait osé plaider, très publiquement, en faveur de la contraception. Aux rappels à l'« ordre » vatican, ce prélat intrépide avait riposté qu'il remplissait là un devoir d'« obéissance chrétienne rationnelle ». Et il ponctuait ces propos audacieux par cette formule : « Je suis fils de Dieu, et pas esclave… »

Mgr Thomas Roberts, on l'imagine, ne conserva pas longtemps après cet éclat son archevêché. Mais il pouvait se targuer d'avoir posé, avant d'autres, un problème majeur, et d'avoir suscité cette mise au point d'un des notables romains de la Compagnie, le R. P. Correia-Alonso, qui ne lui donnait pas tout à fait tort : « L'obéissance demandée par le père général doit être active, intelligente et ouverte à des recherches ultérieures [37]… »

Mais la prise de position de Mgr Roberts eût pu être formulée partout dans le monde où la pression démographique pose, à court terme, un problème tragique de survie collective, et d'abord de vie décente. Il arrive au jésuitisme indien de manifester son originalité de façon beaucoup plus déconcertante, et qui annonce des développements imprévisibles. Rien à ce sujet n'est plus savoureux que les pages inspirées à Peter Rawlinson [38] par l'enquête qu'il a conduite en 1989 de Bombay à Delhi et à Poona.

Les découvertes que fait le vieux gentleman catholique dans ces milieux de *radicals* (mot qui, en anglais, sonne très fort à gauche – presque « rouges ») le mettent dans un état voisin de la prostration. Ces sociologues jésuites au teint sombre qui se déclarent en train de bâtir « *an evolving church* » (une Église en évolution) lui font venir la chair de poule, comme jadis le « petit fakir nu » au jeune Winston Churchill.

Ne seraient-ils pas communistes ? « Non, nous rejetons le matérialisme dialectique. » Bon. Mais pourquoi restent-ils prêtres ? « Parce que c'est la seule manière de rester jésuite… » Et comment sont vos relations avec les non-chrétiens, dans ce pays ? « Des relations de dialogue. » Ce « dialogue » a, aux yeux de Lord Rawlinson, une odeur que l'on qualifierait de

« munichoise ». Pourquoi pas le syncrétisme ? Parlant de Roberto de Nobili vêtu en brahmane, voici trois siècles, les vieux prélats romains n'étaient pas plus épouvantés…

Dans ce Viêt-nam qu'au XIIIe siècle le jésuite avignonnais Alexandre de Rhodes dotait d'une écriture que de grands intellectuels chinois envient à leur voisin du Sud, que sont les jésuites devenus – après trente ans de guerre, quarante-cinq ans de marxisme-léninisme au Nord, bientôt vingt ans au Sud ?

On ne saurait préciser s'ils étaient plus de deux cents au temps de la colonisation française, plus de trois cents à l'époque de l'intervention américaine au Sud. Le fait est qu'en 1992 l'enquêteur – vérification faite à Rome – dénombrait trente et un jésuites au Viêt-nam dont deux venaient d'être libérés d'une très longue détention.

Pourquoi ? Écoutons, dans la périphérie saigonnaise, ce père au regard d'adolescent, à la démarche de champion de tennis, svelte dans son polo clair : l'évocation des pires épreuves qu'il a subies ne réussit pas à assombrir son visage safrané, plissé de l'un de ces sourires qui, sous ces latitudes, semblent jouer le rôle d'invincible bouclier.

> « On est venu me chercher à la sortie de mon église pour me jeter en prison, sans explication d'abord. Après quelques jours passés au milieu des "droits communs" – gentils, très gentils avec moi –, on m'a amené devant trois juges. Polis, très polis. "Nous avons retenu contre vous deux chefs d'accusation, me disent-ils. Le premier, c'est, alors que vous étiez à Rome, d'avoir regagné Saigon en avril 1975, deux jours avant la libération de la ville par l'Armée populaire. Vous ne nous direz pas que vous n'avez pas été alors infiltré dans la ville, dont chacun savait qu'elle allait tomber aux mains de nos forces, et infiltré par la CIA. Quel mobile pouviez-vous invoquer pour entrer à cette date-là dans la ville, qu'allait contrôler un pouvoir dont vous ne pouviez pas espérer qu'il vous ait en sympathie ?" "Je suis rentré pour être aux côtés de mes frères dans l'épreuve." Le président ne manifeste ni hilarité, ni scepticisme, ni mépris, mais reprend : "Sur le second chef d'accusation, vous n'aurez rien à répondre. Selon nos informations, vous prêchiez en chaire l'*aggiornamento* de l'Église catholique. Vous n'allez pas nous dire qu'une ruse si habile n'a pas

été soufflée à vos directeurs et à vous par la CIA : c'est tout à fait le genre de manœuvres qu'elle sait inventer..."
« Que répondre à cela ? Que la Compagnie n'a pas attendu, pour écrire droit en lignes courbes, l'intervention de services spéciaux de Washington ? Ils me condamnent donc à neuf années de camp, que j'ai faites, sans trop de mal.
« Très brave type, le commandant de ce camp. Nous étions en excellents termes. Pour me ménager, il a réduit à quatre les heures de travail pour tous. La nourriture était médiocre, mais je n'ai pas maigri là-bas. J'en garde un assez bon souvenir. Le seul problème était l'interdiction de dire la messe. Bien caché sous la moustiquaire, le drap sur la tête, on y arrive...
– Et maintenant ?
– Maintenant, je peux circuler librement. J'ai interdiction de dire la messe en public, et de prêcher... Mais j'ai beaucoup d'activités de solidarité : il y a tellement de pauvres, de misérables plutôt... »

Depuis qu'il ne parle plus de son procès, du camp, de ses épreuves, mais de sa vie d'homme dans la grande ville du Sud du Viêt-nam, son visage a perdu sa lumière. Une tristesse poignante l'a envahi. Pire que cette misère, cet abandon, ce désarroi moral, cette désintégration sociale – quoi ? Quelle réponse apporter ? Dans la pénombre du parloir, mon interlocuteur ne trouve plus les mots.

Le 30 septembre 1981 – peu de semaines après que le père Arrupe eut été foudroyé à Rome –, se déroulait à Guatemala-City un surprenant spectacle. Le corps diplomatique, le haut clergé et la presse étaient conviés dans un local du ministère de l'Intérieur à entendre la confession du R. P. jésuite Pellecer Faena, enlevé quatre mois plus tôt, le 9 juin, et considéré depuis lors, par tous ceux qui connaissaient les procédés du gouvernement du général Romeo Lucas, comme « disparu » sans retour.

Comment, pourquoi ce jésuite guatémaltèque de trente-cinq ans, connu pour ses sympathies « de gauche » et passé depuis des mois sous le contrôle du régime militaire, resurgissait-il ainsi du néant pour s'accuser d'avoir « versé le sang du peuple de [son] pays » sous l'influence de ses supérieurs et dénoncer la « théologie de la libération » et l'évolution du clergé latino-américain depuis les conférences de Medellín (1968) et de

Puebla (1979) et la trente-deuxième congrégation jésuite (1975) ?

Le R. P. Pellecer ne se contentait pas de faire l'éloge de l'armée, « respectueuse de la vie » (dans un pays où la répression était d'une férocité notoire), et de désigner nommément diverses personnes à l'attention de la police. Il dénonçait une trahison globale de l'évangile par un clergé accusé de caricaturer le Christ, d'en faire un « Jésus révolutionnaire » et « sanglant », un « rebelle [...] opposé au système capitaliste », aux « riches » et au « gouvernement », porteur d'une « mission spécifique » visant à « édifier le royaume socialiste » par la « prise du pouvoir » – à l'instigation des jésuites, « formés à la science du marxisme-léninisme » dont l'étude, assurait-il, était obligatoire pour tous ceux de sa génération. Le « repenti » jetait aussi en pâture aux colonels guatémaltèques la congrégation américaine « Mary Knoll » et les sœurs belges de Schent...

Si la confession de Luis Pellecer frappa si fort l'opinion*, ce ne fut pas seulement en raison de la gravité des accusations portées contre l'Église et les jésuites, pas seulement du fait de la solennité de la mise en scène, mais aussi des péripéties rocambolesques qui avaient précédé la présentation du jésuite par les colonels.

Le transfuge déclara à ses auditeurs que, pour passer de la guérilla à la légalité, il avait organisé son « auto-enlèvement ». Mais de nombreux témoins avaient assisté à l'opération, fort brutale, menée par six hommes armés, et le secret absolu où avait été tenu Pellecer pendant cent douze jours ne donnait pas l'impression qu'il eût agi spontanément et que ses nouveaux protecteurs fussent assurés de ses propos. Apprenant sa capture, ses amis avaient pris son deuil, avant qu'Amnesty International ne signalât, sans convaincre, qu'il avait été aperçu dans un couloir de la prison centrale. La réapparition soudaine du jésuite, après tant de disparitions définitives, avait stupéfié.

Quant à ses propos, ils semblaient, aux dires de ceux qui avaient connu Luis Pellecer, émaner d'« un autre homme » – non seulement pour le fond, mais par le ton et le comportement du personnage. Tous ceux qui ont étudié les cassettes de

* Alertée en France par *Le Figaro Magazine*, où un certain Bonomo s'efforça d'y voir la preuve que l'Église latino-américaine était passée sous la coupe du communisme, que Pellecer connaissait en « expert ».

la « conférence de presse » ont parlé de « lavage de cerveau » réalisé avec des moyens sophistiqués. Au surplus, ces aveux étaient émaillés d'invraisemblables erreurs de dates, de faits et de qualifications, au sujet de l'histoire récente de l'Église et de la propre biographie du transfuge – notamment à propos des titres universitaires du jésuite, ouvertement majorés : comme s'il s'agissait de démontrer qu'un prêtre révolutionnaire est d'autant plus pervers qu'il est un intellectuel de plus haut vol.

En tout état de cause, cette déclaration, puissamment orchestrée dans l'ensemble des pays centraméricains où la guérilla était alors en plein développement, tendait à démontrer : a) que le choix fait par l'Église conciliaire en faveur des pauvres était une incitation à la subversion ; b) que cette subversion était de caractère marxiste-léniniste, fomentée par Moscou ; c) que la Compagnie de Jésus, autre organisation inspirée et dirigée de l'étranger, était, par ses universités et ses collèges, l'école des cadres de la guérilla, lui fournissant à la fois ses idées et ses chefs : Pellecer n'avouait-il pas sa participation directe à la lutte armée de la « guérilla des pauvres » ?

Face à cette opération menée au moment même où la Société de Jésus semblait paralysée par l'infirmité de son chef, l'épiscopat guatémaltèque réagit de façon ambiguë, exprimant ses « regrets qu'un prêtre ait opté pour la voie de la violence subversive », mais s'élevant contre l'amalgame fait par le transfuge entre la rébellion armée et l'« option pour les pauvres », émanation « du plus pur de Vatican II », et saluant « le travail pastoral des jésuites » et leur « riche contribution à la foi de notre peuple » en dépit du « comportement de certains d'entre eux ».

La Compagnie, pour sa part, réagit avec moins de nuances, aussi bien sur place, où le père provincial démentit en bloc les assertions de Pellecer, dénonça le « lavage de cerveau » auquel il avait été soumis et exigea des autorités sa « libération » – qu'à Rome d'où fut dépêché le R. P. Pittau, l'adjoint du « délégué personnel » substitué à Arrupe par le pape Jean-Paul II*, donc peu suspect de quelque complaisance que ce soit pour le marxisme.

Réussissant à entrer en contact avec Luis Pellecer, l'envoyé de Rome lui proposa de l'emmener avec lui, se heurtant à un

* Voir chapitre XIII.

refus « embarrassé ». Le père Pittau déclara au retour qu'il était certain d'avoir rencontré un homme ne disposant pas de sa liberté.

Cette opération* était évidemment l'une des pièces d'un mécanisme alors monté pour déconsidérer une Église et un ordre dont les positions se révélaient de plus en plus gênantes pour les divers régimes militaires latino-américains, et pour terroriser les clergés locaux.

L'« affaire Pellecer » mettait brutalement en lumière le rôle des jésuites dans le débat social et politique du « cône Nord » de l'Amérique latine. De toute évidence, la Compagnie était désignée comme cible stratégique. Observateur privilégié de ce secteur, Charles Antoine, prêtre et directeur de *Dial***, la décrit comme « le fer de lance intellectuel des églises locales ». Un « fer » et une « lance » dont certains, jusqu'au sein de la Compagnie en Amérique, estiment qu'ils sont maniés avec un dynamisme excessif, du fait des « imprudences » et de la « naïveté » apostolique de Pedro Arrupe. Mais retenons que ce type d'imputations n'est aucunement retenu par les responsables de la Compagnie, de part et d'autre de l'Atlantique, fût-ce après la mise à l'écart du « général » basque.

Est-ce parce que l'opération Pellecer n'avait réussi ni à isoler ou marginaliser les dynamiques jésuites de l'aire centraméricaine ni à obtenir leur désaveu formel par Rome que l'un des régimes militaires les plus menacés par la guérilla choisit de passer de la manipulation à la terreur ?

L'« affaire Pellecer » n'avait guère eu d'écho hors de l'Amérique latine, des cercles intégristes et des spécialistes. Le massacre du Salvador allait, lui, secouer l'opinion mondiale, tournant à la confusion des assassins et modifiant le rapport des forces à leur détriment : « Le coup, dit-on dans les casernes, est parti par la culasse… »

Au milieu de novembre 1989, le pouvoir du président Cristiani semble sur le point de s'effondrer : les guérilleros du FMLN (Front Farabundo Marti) qui encerclaient San Salvador,

* Symétrique de celle dont venait de faire l'objet à Moscou le père Doudko, fameux prédicateur orthodoxe « retourné » par le NKVD.

** *Diffusion de l'information en Amérique latine* (les citations de Luis Pellecer sont extraites de la version de cette publication).

la capitale du Salvador, intensifient leur offensive*. Dans ce climat d'angoisse, la radio d'État profère des menaces de mort – certaines émanant du vice-président Merino – contre les « complices » politiques et religieux des assaillants, notamment le R. P. Ignacio Ellacuria, recteur de l'Université centraméricaine (UCA), constamment menacé : et nul n'oublie l'assassinat, encore dans toutes les mémoires, du R. P. Rutilio Grande, autre jésuite solidaire des pauvres.

Le 16 novembre à l'aube sont découverts dans le jardin commun de l'université jésuite et du « centre pastoral Mgr Romero** » les cadavres criblés de balles et défigurés du R. P. Ellacuria, de cinq autres jésuites, de leur femme de ménage, Julia Alba, et de la fille de celle-ci, Celina, âgée de quinze ans. Les archives et les locaux sont dévastés ; sur le portail de l'UCA a été apposée une pancarte portant ces mots : « Le MLN*** a exécuté des mouchards. »

La réaction de l'archevêque de San Salvador, Mgr Rivera, est cinglante : « Ce sont les mêmes**** qui ont assassiné Mgr Romero et auxquels soixante-dix mille morts ne suffisent pas ! » Provincial des jésuites, le R. P. Tojeira reprend la même accusation, parlant d'« évidence absolue ». Le président Cristiani se déclare pour sa part décidé à « châtier les coupables, quels qu'ils soient ». Une servante des jésuites, Lucia, signale à l'archevêché qu'elle a vu des militaires pénétrer la nuit du crime chez les jésuites, puis demande asile à l'ambassade d'Espagne. Elle est dirigée sur Miami où elle est mise au secret, soumise au détecteur de mensonge.

Qui étaient les victimes ? Le père Ignacio Ellacuria, Basque espagnol naturalisé salvadorien, sociologue réputé, directeur de la revue *Estudios centroamericanos*, était tenu pour un critique modéré du gouvernement : ami personnel du président Cristiani avec lequel il venait de s'entretenir à plusieurs reprises, ayant des antennes chez les guérilleros – bon nombre de ses anciens élèves avaient rejoint les maquis –, il était tenu pour le médiateur idéal. En le tuant, c'est la solution politique que les militaires voulaient exclure, Ellacuria éliminé, Cristiani terrorisé.

* Qui sera néanmoins brisée.
** Archevêque de San Salvador, assassiné par l'extrême droite en 1980.
*** La guérilla.
**** Les militaires.

Les autres victimes, tous des jésuites, étaient les RR. PP. Martin Baro, vice-recteur, Segundo Montès, directeur de l'Institut des droits de l'homme (crime majeur...), Armando Lopez, ancien recteur de l'Université de Managua (Nicaragua), Ramon Moreno, directeur de la revue *Diaconia*, et Joaquim Lopez, dit « père Lolo », le seul Salvadorien d'origine, fondateur de l'association *Fe y alegría* (foi et allégresse) d'enseignement populaire. Avait échappé à la tuerie (il donnait des cours en Asie) le plus célèbre des membres de la communauté jésuite, Jon Sobrino, dont l'enseignement avait contribué à la formulation de la « théologie de la libération » : celui que les militaires avaient le plus en exécration...

Dans les semaines qui suivent le massacre, les indices et déclarations se multiplient. Roberto d'Aubuisson, chef du parti d'extrême droite Arena, généralement considéré comme le vrai responsable de l'assassinat de Mgr Romero, nie cette fois toute participation au crime. Le colonel Ponce, chef de l'état-major, assure que les assassins n'ont rien à voir avec l'armée « en tant qu'institution ». Mais la Chambre des représentants des États-Unis (où l'affaire fait scandale du fait des liens entre les forces salvadoriennes et américaines) forme une commission d'enquête présidée par le démocrate Joe Moakley. Il apparaît, dès avant la fin de l'année 1989, d'abord que l'armée du petit État est « mouillée » à fond dans l'affaire, ensuite que, pour une fois, Washington ne « couvrira » pas.

Le 2 janvier 1990, en effet, le major Buckland, l'un des « conseillers » américains des forces armées locales, communique à ses supérieurs la confidence reçue de l'un de ses camarades salvadoriens : le colonel Benavidès, commandant l'école militaire, est compromis dans l'« opération » du 16 novembre. Le major américain est aussitôt démis de sa charge et précipitamment transféré aux États-Unis. Mais la nouvelle a filtré et désormais la vérité est en marche : le 7 janvier, le président Cristiani déclare à la radio que « des éléments de l'armée » sont impliqués dans le crime. Lesquels ? C'est le chef de l'État lui-même qui précise : le bataillon d'« élite » *Atlacatl*, formé en vue de la répression par les conseillers américains.

Deux interventions vont ensuite ruiner la cause des militaires : tandis que le secrétaire d'État James Baker déclare que « cette affaire est déterminante dans l'histoire du Salvador » et va jusqu'à préciser que la poursuite de l'aide américaine dépendra du châtiment des coupables, un célèbre « baroudeur » salvadorien, le colonel Ochoa, interviewé au cours d'un programme populaire de la CBS, *Sixty minutes*, déclare que l'assassinat des jésuites a été évidemment « planifié » par l'état-major et que le colonel Benavidès* n'a pu être qu'un exécutant ou un comparse.

Le procès est désormais inévitable ; vont comparaître devant la cour d'assises le colonel Benavidès, trois officiers subalternes et quatre soldats du bataillon *Atlacatl* – alors que sont « oubliés » les chefs les plus constamment impliqués dans les opérations répressives comme les colonels Zepeda, Ponce, Cerna Florès ou Linarès. Les uns et les autres n'ont cessé d'ailleurs de s'entre-accuser devant le juge d'instruction, sans que nul n'ose les inculper...

C'est après que le Congrès des États-Unis eut voté (la Chambre des représentants en juin 1990, puis le Sénat le 19 octobre 1990) une réduction de 50 % de l'aide militaire au Salvador, et menacé celui-ci d'une suppression totale si l'« affaire des jésuites » n'était pas éclaircie, que le procès put s'ouvrir enfin le 26 décembre 1991, près de deux ans après la tuerie, devant la cour d'assises de San Salvador ; entre son abandon par Washington et la livraison de quelques comparses, l'armée salvadorienne avait fait la part du feu : une très faible part.

Chose curieuse, étant donné les structures hiérarchiques de cette société, ce sont les plus gradés, le colonel Benavidès et le lieutenant Mendoza, qui furent condamnés**, les autres (membres du bataillon *Atlacatl*, tous convaincus d'être les auteurs du massacre) étant acquittés. Compte tenu des évidences établies, le verdict était une provocation : les seuls condamnés étaient ceux dont la culpabilité était problématique. Mais la plupart des observateurs jugèrent que l'armée avait subi là un camouflet sans précédent, et irréparable. Elle n'était plus en mesure – pour un temps – de s'opposer au cessez-le-feu.

Les tueurs du 16 novembre 1989 avaient décapité l'intelligentsia salvadorienne. Mais ils avaient aussi déclenché un

* Cet officier ayant été peu mêlé jusqu'alors à la répression, les jésuites ont mis en doute sa participation directe au crime. On peut imaginer que l'armée a décidé de « livrer » un tiède, soit pour lui faire payer sa modération, soit pour déstabiliser l'accusation.

** A trente ans de prison.

mécanisme qui ouvrait la voie à la solution politique prônée par la plus notoire des victimes, le R. P. Ignacio Ellacuria. Le cessez-le-feu entre la guérilla et le pouvoir fut signé le 31 décembre 1991. Le sacrifice des jésuites de San Salvador avait entrouvert une issue dans le sens du respect de la légalité en Amérique centrale.

A l'occasion de la célébration au pays Basque du cinquième centenaire de la naissance d'Ignace de Loyola, le R. P. Kolvenbach, préposé général des jésuites, déclarait alors à la presse espagnole : « Notre insistance à obtenir le jugement des auteurs du crime visait à garantir enfin les droits de l'homme au Salvador, où des milliers de citoyens innocents ont été assassinés sans qu'aucun procès s'ensuive. »

Pour différentes qu'elles soient par l'horreur, et les conséquences directes, les « affaires » Pellecer et Ellacuria mettent en lumière le rôle de centre nerveux (et par là de cible) joué par les jésuites dans le « cône Nord » de l'Amérique latine, où le débat ne se déroule pas seulement entre des pouvoirs ivres de violence et des masses misérables vaguement encadrées par des organisations politiques et religieuses, mais aussi entre deux courants antagonistes du catholicisme.

D'un côté, un épiscopat « institutionnel » inspiré par le cardinal colombien Lopez Trujillo, qui fait de l'Église la structure disciplinaire* de sociétés vouées autrement à l'anarchie ou à la révolution ; de l'autre, un clergé « évangélique » animé par le cardinal Arns, de São Paulo, qui assigne aux religieux une mission hardiment apostolique auprès des pauvres, au risque de se voir de ce fait dénoncé comme « marxiste » et, comme le R. P. Ellacuria, d'en subir les conséquences.

La « théologie de la libération » et les textes des conférences de Medellín et de Puebla sont-ils encore au centre du débat ? Aux yeux d'un observateur aussi attentif que Charles Antoine, la contradiction entre les deux courants a plutôt trait désormais à l'enseignement biblique en milieu populaire. Pour ses défenseurs, il s'agit là de la méthode la plus radicale pour donner aux pauvres ce que le R. P. Vincent Sentuc** appelle

* Dans l'esprit de Maurras, dont l'influence reste grande dans ces milieux – de Maurras qui plaidait pour un catholicisme d'« ordre » purgé du « venin » évangélique…

** Qui, au Pérou, lutte sur deux « fronts » – contre l'exploitation du paysanat, mais aussi contre le *Sentier lumineux* terroriste.

« la science de leur misère ». Pour ses détracteurs (la plus grande partie du haut clergé), il s'agit là d'une démarche presque subversive, qui tend à la création de fait d'une Église « populaire ».

S'il est clair que le Vatican se félicite des positions prises par le cardinal Lopez Trujillo, il est non moins clair que la Compagnie de Jésus est favorable au courant « évangélique ». C'est pourquoi l'Amérique latine reste le lieu de la contradiction la plus poignante entre le Saint-Siège et la Société de Jésus. D'autant que le successeur de Pedro Arrupe, s'il n'a pas remis en cause les décisions autoritaires du pape sur le gouvernement de la Compagnie, n'a pas faibli d'un pouce à propos du fond des choses.

Le Borgo Santo Spirito tient à la fois de la forteresse, du couvent, de l'université et du ministère. Qui y pénètre ne s'y sent convié ni aux délices esthétiques qu'offrent la plupart des édifices contigus du Vatican, ni à quelque fête de l'esprit ou à quelque festin de gloire – non, au travail, tout simplement, à la méditation et bien sûr, pour qui en a l'usage, à la prière. De toute évidence, faits ici, les *Exercices spirituels* sont vraiment des « exercices ».

L'homme qui vient au-devant du visiteur du fond d'un sombre couloir du quatrième étage est l'un des rares jésuites à porter encore la soutane (à l'orientale, croisée sur la poitrine). Il n'en fait pas moins penser à un homme de science plutôt que de religion. Le regard très perçant derrière les lunettes, la barbe taillée en pointe, le poil argenté, le teint vermeil, l'apparence affairée de ceux qui ne s'enferment dans les laboratoires que pour mieux en sortir, on lui voit un air de clinicien, de chercheur, d'analyste. Des noms viennent à la mémoire : Charcot, Marconi, Jung…

Qui n'a pas rêvé de s'entretenir un jour avec le « général » des jésuites, l'« homme noir » par excellence comme avec le chef suprême de l'Intelligence Service, le maître du Grand Orient ou le dalaï-lama ? Silences chargés de matière, tension, exotisme, glissements de sens, jeux de miroirs… Seul, bien sûr, le non-dit importera, et le souci de ne rien dire qui ne mène à récolter ce qui devrait être caché…

Avec le R. P. Peter-Hans Kolvenbach, néanmoins, le dialogue

se noue très vite*. S'impose aussitôt une impression d'affabilité et d'ouverture, un étonnant pouvoir d'écoute et d'attention. La légende le veut aussi peu loquace que son prédécesseur était volubile, et fort avare de confidences. Les hôtes du Borgo peuvent témoigner du contraire.

Né à Druten près de Nimègue (un nom de paix) en 1928, d'origine germanique par son père, latine par sa mère (« Je me sens un jour allemand, un jour italien », glisse-t-il), il y a chez lui plus de Méditerranée que de mer du Nord : il a passé la plus grande partie de sa vie parmi les Arméniens de Beyrouth, après avoir approfondi à Paris ses études de linguistique (salut à Benveniste, à Roland Barthes !) et de prendre, à Rome, voici presque dix ans, la succession de Pedro Arrupe. Peu de brumes, en tout cela. A la différence de son unique prédécesseur néerlandais, Jan Philip Roothaan, il est chez lui dans la chaleur romaine – où le « froid » viendrait plutôt du Vatican voisin…

Le froid ? Mais non, assure-t-il : avec le pape polonais, les relations sont maintenant tout à fait sereines, même si (ou parce que) on se voit peu. Mais le père Kolvenbach n'en tient pas moins à revenir sur l'histoire récente des relations entre la Compagnie et la papauté.

Les tensions entre le souverain pontife et le père Arrupe, plus profondes d'ailleurs au temps de Paul VI, venaient selon lui d'erreurs de communication, de différences de point de vue. Le pape ne voyait que les replis, le « général » que les progrès. « Le dicton préféré du père Arrupe – basque, ou japonais ? – était : “L'arbre qui tombe fait du bruit, l'herbe qui pousse n'en fait pas”… » Le fait est qu'à la veille de la trente-deuxième congrégation**, les plaintes se multipliaient contre l'évolution de la Compagnie. Paul VI, auquel un fort parti de jésuites espagnols réclamait la création d'une nouvelle Compagnie opposée à la « sécularisation », attendait de Pedro Arrupe une reprise en main, une restauration. Alors que le « général », bien loin de ces préoccupations, proclamait pour sa part : « Nous vivons une Pentecôte, laissons parler l'Esprit Saint. La congrégation tranchera… »

* On a donné à ce dialogue la forme indirecte, à quelques échanges et reparties près. L'auteur n'a pas souhaité raviver quelques plaies mal cicatrisées. Était-ce faire preuve de « discernement » ?

** Celle de 1974-1975, où fut adopté le fameux « décret n° 4 ».

Ce que tient à souligner le préposé général*, c'est que le refus de ce qu'on appela la « ligne Arrupe », assurée à coup sûr d'un soutien largement majoritaire, vint d'abord du sein de la Société elle-même et que le Vatican fut incité à agir par de très nombreux jésuites, déconcertés ou indignés par les initiatives qui les conduisaient, selon eux, à la substitution du militantisme à l'apostolat. Quand Paul VI leur demandait : « Êtes-vous encore, resterez-vous des prêtres ? » il exprimait une angoisse qui (minoritaire) montait du corps même de la Compagnie.

Au surplus se posait la question de l'autorité du pape sur la Société. Quand, au cours de la trente-deuxième congrégation, fut soulevé le problème du droit de « représentation » (ou d'objection à l'autorité) à partir de l'usage du discernement, et de son élargissement aux membres de la Compagnie qui n'ont pas fait le « quatrième vœu » ou qui ne sont pas encore prêtres (30 % environ), le souverain pontife vit se dessiner, au-delà de la sécularisation, une libéralisation, une démocratisation qui remettait en cause les pouvoirs que les *Constitutions* ignaciennes reconnaissent au chef de l'Église catholique.

Quant au pape Jean-Paul II, l'une des difficultés qu'il a éprouvées avec la Compagnie, c'est qu'il n'avait aucune connaissance de la vie des ordres religieux. Autant son prédécesseur en était averti par la pratique et par l'étude, autant l'archevêque de Cracovie était resté sans expérience en ce domaine, n'ayant jamais été en rapport qu'avec le clergé séculier et les paroisses, très vivantes en Pologne. D'où les dissonances qui se firent jour, plus particulièrement avec l'ordre le plus intimement lié à la papauté.

Que les épreuves récemment vécues par la Compagnie soient plus souvent dues à des causes internes qu'aux interventions extérieures, pontificales ou non, le « général » en veut pour preuve le traitement de ce qu'on pourrait appeler les « affaires » Teilhard et de Lubac. Doutant que de tels rejets puissent se reproduire, et fait valoir avec vivacité que l'auteur du *Phénomène humain* a été exalté par Casaroli** et que de Lubac est mort cardinal…

Au visiteur qui lui demande s'il n'y eut pas, dans tant de rigueur, une pointe de jésuitophobie à *L'Osservatore romano*

* Qui, curieusement, signe ses lettres le « supérieur » général.
** Plus de dix ans après sa condamnation au silence…

ou de francophobie à la *Civiltà Cattolica* par exemple, Peter-Hans Kolvenbach rétorque à mi-voix, dans un sourire plissé : « Ne négligez pas le rôle joué, en l'une et l'autre occurrence, par de bons jésuites français... Ce sont eux qui furent les plus acharnés... »

Si on demande alors au père Kolvenbach comment et pourquoi il se fait que la société de Jésus n'a jamais élu à sa tête un seul Français, en plus de quatre siècles d'existence, le « général » néerlandais ne peut se retenir de jouer, pour quelques secondes, le « jésuite » de théâtre. Les sourcils levés : « Pas de Français ? Je ne l'avais pas remarqué ! » Voyons-y un signe de courtoisie : plutôt ce trou de mémoire qu'un trop de mémoire – Chatel, Pasquier, Pascal, Quesnel, Choiseul, Charles X, Guizot, Jules Ferry, Émile Combes, que de cailloux dans ces bottines noires...

Peter-Hans Kolvenbach, dont la barbiche se fait de plus en plus narquoise, la phrase de plus en plus rapide, le regard de plus en plus vif, sait bien que nous en viendrons tôt ou tard à la question clé – celle du pluralisme.

Jusqu'à quel point cette Société fondée comme un « ordre » sait-elle qu'elle ne pourra se ranimer, se réinventer que « dans le désordre » ? Jusqu'à quel point sa propre autorité de « général » peut-elle tolérer le polymorphisme, le polycentrisme ? Compte tenu par exemple de la puissance, de la richesse, de la cohésion même et du sens de l'organisation des jésuites des États-Unis*, se sent-il, lui, père Kolvenbach, aussi le « général » des pères américains ?

– Pour moi, cher monsieur, je ne « sens » rien. Mais eux, je vous garantis qu'ils le sentent !

– Bien. Mais s'il s'agit de représentants de sociétés moins puissantes, de cultures moins assurées, ont-ils la liberté de se manifester, de s'affirmer ?

– A cela, je ne peux faire qu'une réponse : notre Compagnie, celle que notre fondateur appelait « la petite Compagnie », groupe aujourd'hui vingt-cinq mille religieux. Je suis certain de ne pas exagérer en vous disant que cela fait vingt-cinq mille opinions...

– Sont-elles entendues, enregistrées, créatrices d'un cours nouveau ?

* Cinq mille pères sur vingt-cinq mille.

– Oui. Et d'autant mieux que le gouvernement de cette Compagnie est un gouvernement par correspondance : nous recevons ici douze mille lettres par an, qui ne sont pas toutes des approbations… Je puis vous affirmer que plus rien ici ne se fait qu'en équipe, dans l'échange et le débat, le collectif, ou même le collégial…

Le père Kolvenbach n'ira évidemment pas jusqu'à reconnaître que la Compagnie de Jésus ne peut prévenir l'éclatement que par le pluralisme le plus hardi, se sauver de l'explosion que par une très subtile implosion. Mais il connaît bien son Rahner, et les perspectives multiformes tracées par le théologien allemand ; au surplus, sa propre biographie lui a fait voir, à partir de Saint-Joseph de Beyrouth, des rivages du Liban, des ruelles du quartier arménien d'Alep et de celui de Damas, de tel village africain ou brésilien, à quel point les directives venues de Rome peuvent paraître là-bas exotiques…

Il raconte qu'arrivant du Proche-Orient dont il était le provincial dans la Rome de 1974, il fut déconcerté par les débats de la trente-deuxième congrégation à propos du « décret 4 » : pourquoi s'interroger ainsi à propos de la « justice » ? Vue de Beyrouth, cette exigence est tellement évidente, et tellement indissociable de tout ce que les peuples attendent du christianisme…

Après tout, le jésuite à qui est aujourd'hui confié l'avenir de la Compagnie est un Hollandais né de père allemand et de mère italienne, profondément romain, imprégné de culture française, qui, du point de vue religieux, relève du rite arménien* et, du point de vue intellectuel, un linguiste maître d'une douzaine de langues et d'idiomes. C'est un bon début sur la voie de ce pluralisme fondamental qui, à l'exemple de Ricci et de Montoya, de Pierre-Jean De Smet et de Pierre Charles, de Pierre Ceyrac, vice-président de la Société des Intouchables indiens, et de Juan-Luis Segundo, travailleur des bidonvilles uruguayens, tend à réinventer l'univers ignacien sur des bases réellement plurielles.

Le très intelligent, très judicieux, très « politique » père Kolvenbach est-il prêt pour autant à ouvrir les perspectives dessinées par Karl Rahner et, plus audacieusement, par Michel

* Lequel ne se signale pas seulement par la longueur de ses offices, mais aussi par la non-exigence du célibat des prêtres.

de Certeau ou Jan Kerkhofs, vers une diversification sans limite, faisant de la Compagnie le noyau ou le carrefour d'une constellation de communautés sans frontières ni exclusives d'aucune sorte, de sexe, de confession, de rituel ?

On ne saurait oublier ni qu'Ignace de Loyola fut, en son temps, un « marginal » ni que la Compagnie de Jésus tira beaucoup de gloire d'épreuves vécues au nom de sa passion du pluralisme et de son respect de la différence. De la promotion des « rites chinois » à l'invention des « réductions » du Paraguay et à la reconnaissance du sinanthrope, le jésuite est celui qui se rit des frontières de temps et de lieu et s'exalte de l'altérité.

Le mot « discernement », vocable jésuite par excellence, est très riche en harmoniques et en implications. Ouvrons *Les Mots et les Choses*, assuré que Michel Foucault eût vivement goûté d'être choisi, en cette occurrence, pour expert :

> « L'activité de l'esprit ne consistera donc plus* à *rapprocher* les choses entre elles [...] mais au contraire à *discerner* : c'est-à-dire établir les identités, puis la nécessité de passage à tous les degrés qui s'en éloignent. En ce sens, le discernement impose à la comparaison la recherche première et fondamentale de la différence [39]. »

De là à imaginer ce qui pourrait être, ou comment pourrait s'opérer la mutation, par « discernements » successifs, de la Compagnie centripète à une confédération de communautés multiformes, sinon à la diaspora...

On est tenté de laisser le dernier mot à un autre jésuite, Louis Beirnaert, qui a poussé très loin le souci du « discernement », affiné ou recoupé par l'analyse :

> « Les jésuites sont ouvriers, infirmiers, sociologues, savants, voire psychanalystes. Mais, en opposition avec ce qui se passait dans les siècles antérieurs, et c'est là une nouveauté radicale, ils ne font plus ce qu'ils font comme au XVIIIe siècle, pour autre chose, par exemple pour acquérir un renom qui allait leur permettre de prêcher ou de gagner à l'Église de nouveaux adeptes. Ils le font comme une tâche qu'ils partagent

* Foucault se situe au XVIIe siècle, temps de référence pour les jésuites, aussi...

> avec les autres hommes quelle que soit leur relation à la religion.
> A aller jusqu'au bout de leur expérience et de ce qui bouillonne en eux de désirs, ne devraient-ils pas conclure que l'ordre a fait son temps, que le jésuite comme tel n'aurait été qu'une forme de transition entre le religieux de jadis et le laïc d'aujourd'hui ? Certains d'entre eux l'ont pensé et se sont séparés d'un groupe dont les pesanteurs historiques et sociologiques leur paraissaient faire obstacle à cela même que pourtant ils ont découvert dans la Compagnie.
> D'autres restent [...] Par là, ils ratifient leur appartenance à la Compagnie et leur désir de vivre dans une de ces petites communautés où se retrouve aujourd'hui, bien que sous d'autres formes, ce qui caractérisait la bande des premiers compagnons*. »

Restera en suspens, sans réponse, le très intense « pourquoi » que bien des lecteurs du premier tome et tel relecteur du manuscrit du second ont posé à l'auteur. Pourquoi tant d'hommes au génie multiforme ont-ils choisi d'ajouter au carcan ordinaire qu'impose à ses prêtres l'Église catholique celui, plus impérieux, de la Compagnie ?

Pour y chercher un plus mystérieux épanouissement ? Pour y conquérir, dans les liens de la soumission, une plus profonde liberté – comme fait, confronté aux rigueurs de la règle, le poète classique ?

A cette question décisive, l'auteur serait heureux de pouvoir répondre au terme d'une si longue enquête. Une fois de plus, la recherche n'aura conduit qu'à poser une question. Si elle a permis de la formuler mieux...

Roussillon, août 1992.

* Louis Beirnaert, *Aux frontières de l'acte anlytique*, Paris, Le Seuil, 1987, p. 242.

Notes

I. Le désert des Tartares

1. Voir tome I, chapitre XIV, p. 579.
2. Paul Dudon, « La résurrection de la Compagnie de Jésus », *Revue des questions historiques*, 1932, p. 2.
3. Paris, Le Seuil, 1986, t. IV, p. 122.
4. J. Crétineau-Joly, *Histoire religieuse, politique et littéraire de la Compagnie de Jésus*, Paris-Lyon, 1844-1846, t. V, p. 465.
5. P. Dudon, « La résurrection de la Compagnie de Jésus », art. cité, p. 25.
6. *Ibid.*
7. Constantin Simon, « Les jésuites et la Russie », *Plamia*, n° 81, juin 1991, p. 9
8. P. Dudon, « La résurrection de la Compagnie de Jésus », art. cité, p. 27.
9. *Ibid.*, p. 29.
10. *Ibid.*, p. 30.
11. *Ibid.*, p. 33.
12. Ivan Gagarine, *Un nonce du pape à la cour de Catherine II*, Paris, 1872, p. 47.
13. J. Crétineau-Joly, *Histoire religieuse, politique et littéraire de la Compagnie de Jésus*, t. V, p. 490.
14. *Ibid.*, p. 485.
15. P. Dudon, « La résurrection de la Compagnie de Jésus », art. cité, p. 37.
16. Joseph Burnichon, s.j., *La Compagnie de Jésus en France : histoire d'un siècle*, Paris, t. I, 1916-1920, p. 12.
17. P. Dudon, « La résurrection de la Compagnie de Jésus », art. cité, p. 37-38.
18. *Ibid.*, p. 41.
19. B. Plongeron, « Histoire et méthode : à propos de la correspondance du P. de Clorivière... », *Christus*, n° 131, p. 30.
20. R. P. Vallin, « Clorivière et son temps », *Christus*, n° 131, p. 15.
21. *Christus*, n° 131, p. 67.

22. J. Burnichon, *La Compagnie de Jésus en France, op. cit.*, t. I, p. 10.
23. *Ibid.*, p. 18.
24. *Ibid.*, p. 19.
25. Cité *ibid.*, p. 23.
26. Cf. P. Dudon, « Le concordat et les conjurations », *Études*, vol. XLVI, p. 23-43.
27. J. Flourens, *Napoléon et les Jésuites*, p. 39.
28. J. Burnichon, *La Compagnie de Jésus en France, op. cit.*, t. I, p. 30.
29. Publié dans *Articles et Documents*, Paris, Plon, 1975, p. 28-37.
30. A. Guillermou, *Les Jésuites*, Paris, PUF, 1988, p. 106.
31. *Ibid.*, p. 107.
32. *Études*, 5 juillet 1902.
33. P. Dudon, « La résurrection de la Compagnie de Jésus », art. cité, p. 54.

II. Restauration dans la Restauration

1. *Le Siècle de fer des jésuites*, Paris, J. G. Dentu, 1828, p. 68.
2. P. Dudon, « La résurrection de la Compagnie de Jésus », art. cité, p. 43.
3. J. Burnichon, *La Compagnie de Jésus en France, op. cit.*, t. I, p. 63.
4. *Ibid.*, p. 66-67.
5. « Clorivière et son temps », *Christus*, n° 131, p. 12-21.
6. Lettre obligeamment communiquée à l'auteur par M. Le Bastart de Villeneuve.
7. *Les Jésuites de France*, p. 52.
8. Cité dans la *Nouvelle Histoire de l'Église, op. cit.*, t. IV, p. 315.
9. *Ibid.*, p. 320.
10. La suppression du divorce interviendra en 1816.
11. *Introduction à l'histoire de notre temps*, 1974, t. II, p. 27.
12. A. Guillermou, *Les Jésuites, op. cit.*, p. 101.
13. René Rémond, *L'Anticléricalisme en France de 1815 à nos jours*, Paris, Fayard, 1976, p. 93-94.
14. Cité dans J. Burnichon, *La Compagnie de Jésus en France, op. cit.*, t. I, p. 176.
15. 4 vol., Lyon, Rusand, 1825.
16. *Histoire de la Restauration*, t. IV, p. 355.
17. *Annales de Montrouge*, p. 340.
18. J. Burnichon, *La Compagnie de Jésus en France, op. cit.*, t. I, p. 402.
19. *Le National*, 17 octobre 1832.

III. « Hommes noirs, d'où sortez-vous ? »

1. A. Guillermou, *Les Jésuites, op. cit.*, p. 90-92.
2. Paris, Le Cerf, 1985, p. 636-637.
3. Celle que l'on peut consulter à la Bibliothèque nationale, 8° LD 39/31.

4. *Op. cit.*, p. 77-78.
5. *L'Assassinat de Henri IV*, Paris, Gallimard, 1964, p. 212.
6. Paris, Le Seuil, 1986, p. 36 *sq*.
7. Cité par Catherine-Laurence Maire, « La légende noire des jésuites », *L'Histoire*, n° 84, décembre 1985.
8. Le R. P. Marianna.
9. Cité par René Rémond, *L'Anticléricalisme en France, op. cit.*, p. 85.
10. Cf. J. Lacouture, *Champollion*, Paris, Grasset, 1988, p. 235.
11. *Petit Dictionnaire ultra*, Paris, 1823.
12. Le roi d'Espagne, archétype de l'absolutisme.
13. Michelet, *Les Jésuites, op. cit.*, p. 291-293.
14. *Ibid.*, p. 298-300.
15. *Ibid.*, p. 299 n.
16. *Le Prêtre, la Femme, la Famille*, Paris, Flammarion, p. 84.
17. Michelet, *Les Jésuites, op. cit.*, p. 372-373.
18. *Ibid.*, p. 217.
19. Thème de l'antijésuitisme classique.
20. Débat à l'Assemblée législative, le 15 janvier 1850.
21. *Le Crapouillot*, n° 24, 1954.

IV. Le grand western du R. P. De Smet

1. *The Jesuites of the Middle America*, New York, 1938, préface, p. 2.
2. Eugène Laveille, s.j., *Le Père De Smet*, Liège, 1913.
3. *History of the United States*, Londres, 1861, t. II, p. 783.
4. Élisabeth Antébi et François Lebrun, *Les Jésuites ou la Gloire de Dieu*, Paris, Stock-Antébi, 1990, p 174.
5. Yale University Press, 1971, p. 196.
6. Lettre du père De Smet au père Roothaan, 1er décembre 1838, *Annales de la Propagation de la Foi*, t. XI, p. 484.
7. Lettre à François De Smet, juin 1840.
8. *Ibid.*
9. Le mot est lâché…
10. Correspondance du P. De Smet, t. II.
11. Lettre au père Van de Velde, septembre 1846.
12. Chittenden et Richardson, *Life, Letters and Travels of Father Pierre-Jean De Smet, S. J., op. cit.*, t. I, p. 57.
13. *Ibid.*, t. II, p. 58.
14. E. Laveille, *Le Père De Smet, op. cit.*, p. 335.
15. *Ibid.*, p. 337.
16. Washington Irving, *Astoria or Anecdote of an Enterprise beyond the Rocky Mountains*, 2 vol., Philadelphie, 1836.
17. Chittenden et Richardson, *Life, Letters and Travels of Father Pierre-Jean De Smet, S. J., op. cit.*, t. II, p. 684.
18. *Ibid.*, t. II, p. 1572.
19. E. Laveille, *Le Père De Smet, op. cit.*, p. 389.
20. *Ibid.*, p. 391.

21. Reavis, *The Life of General Harney*, Saint-Louis, 1878.
22. E. Laveille, *Le Père De Smet, op. cit.*, p. 457.
23. *Ibid.*
24. Cité dans le rapport de la Commission aux Affaires indiennes, janvier 1867.
25. E. Laveille, *Le Père De Smet, op. cit.*, p. 483.
26. *Ibid.*, p. 484.
27. Cité dans De Smet, *Correspondance*, t. IV, p. 57-60.
28. *Lettres choisies*, t. IV, p. 120-143.
29. *Lettres choisies*, t. IV, p. 120-143.

V. Les grenadiers de Pie IX

1. J. W. Padberg, *The Jesuit Schools in France*, Cambridge, 1969.
2. Pierre Vallin, « Les jésuites français vers 1848 », *in* Guy Bédouelle, *Lacordaire, ses Amis et la Liberté*...
3. *Lettres de Bizet* présentées par Claude Glayman, Paris, Calmann-Lévy, 1989.
4. « L'agence pour la défense de la liberté religieuse », *in* Guy Bédouelle, *Lacordaire, ses Amis et la Liberté, op. cit.*, p. 69.
5. « Les jésuites dans la pensée de Lacordaire », Bertrand de Margerie, s.j., in *La Vie dominicaine*.
6. Cité dans Cornelius J. Lightart, *Le Retour des jésuites au* XIXe *siècle*, Nimègue, 1972, Namur, Culture et Vérité, 1991, p. 230.
7. RR. PP. De Vaux et Riondel, *Le R. P. Jan Roothaan*, Paris, 1935, p. 134.
8. *Ibid.*
9. Ravignan, *De l'existence et de l'Institut des jésuites, op. cit.*, p. 160-165.
10. R. Aubert, *Le Pontificat de Pie IX*, p. 18.
11. *Ibid.*, p. 20.
12. *Ibid.*, p. 21.
13. *Ibid.*, p. 23.
14. *Ibid.*, p. 25
15. Cité dans René Rémond, *L'Anticléricalisme en France, op. cit.*, p. 134-136.
16. R. Jacquin, *Tapparelli*, Paris, 1943, p. 106.
17. R. Aubert, *Le Pontificat de Pie IX, op. cit.*, p. 226.
18. *Études*, 1856-1956, p. 184.
19. *Problèmes religieux et Monde contemporain dans la revue* Études *(1856-1870)*, maîtrise de l'Université de Paris IV, 1986.
20. R. Aubert, *Vatican I*, Paris, L'Orante, 1964, p. 11.
21. R. Aubert, *Le Pontificat de Pie IX, op. cit.*, p. 282-283.
22. *Ibid.*, p. 249.
23. Mgr Maupied, *Le Syllabus*, Paris, 1872, p. 72-76.
24. L. Foulon, *Histoire de Mgr Darboy*, Paris, 1889, p. 330.
25. *Études*, 1956, p. 200.

26. R. Aubert, *Le Pontificat de Pie IX, op. cit.*, p. 302-303.
27. *Vatican I, op. cit.*, p. 74.
28. Cité dans *Le Pontificat de Pie IX, op. cit.*, p. 345.
29. Cité par R. Aubert, *Vatican I, op. cit.*, p. 113.
30. *Problèmes religieux et Monde contemporain dans la revue* Études *(1856-1870), op. cit.*, p. 230.
31. *Ibid.*
32. *Ibid.*
33. *Ibid.*
34. R. P. Duclos, note inédite communiquée à l'auteur.
35. *Revue d'histoire moderne et contemporaine*, avril-juin 1991.
36. J. Lecler, s.j., « Dans la crise du catholicisme libéral », *Études*, 1956, p. 204.
37. Cité *ibid.*, p. 206.
38. *Ibid.*, p. 211.

VI. Les jésuites et la République

1. *Histoire de la France religieuse*, sous la direction de J. Le Goff et R. Rémond, Paris, Le Seuil, 1992, t. III, p. 529.
2. Le 2 février 1878. Cité par P. Pierrard, *Les Papes et la France*, Paris, Fayard, 1981, p. 232.
3. J. Burnichon, *La Compagnie de Jésus en France, op. cit.*, t. IV, p. 621.
4. Flammarion, 1951, t. II, p. 62.
5. P. Mendès France, *La Vérité guidait leurs pas*, Paris, Gallimard, 1975, p. 58.
6. Cité par R. Rémond, *L'Anticléricalisme en France, op. cit.*, p. 129.
7. Cité par R. Rémond, *Ibid.*, p. 168.
8. J. Burnichon, *La Compagnie de Jésus en France, op. cit.*, t. IV, p. 619.
9. *Ibid.*, p. 626.
10. Abbé Klein, *Souvenirs*, cité par A. Dansette, *Histoire religieuse de la France contemporaine, op. cit.*, t. II, p. 78.
11. J. Burnichon, *La Compagnie de Jésus en France, op. cit.*, t. IV, p. 653.
12. *Ibid.*
13. *Souvenirs d'un préfet de police*, cité dans J. Burnichon, *op. cit.*, t. IV, p. 317.
14. Cité par J. Burnichon, *La Compagnie de Jésus en France, op. cit.*, t. IV, p. 660-666.
15. *Souvenirs d'un préfet de police*, cité dans J. Burnichon, *op. cit.*, t. IV, p. 659-660.
16. Cité dans G. Cholvy et Y. M. Hilaire, *Histoire religieuse de la France contemporaine*, Toulouse, Privat, 1986, p. 61.
17. J.-C. Dhôtel, s.j., *Histoire des jésuites en France*, Paris, Desclée de Brouwer, 1986, p. 72.
18. *Études*, janvier 1888, p. 5.
19. *Études*, octobre 1892, p. 177-192.
20. N° 24, 1954, p. 73.

21. *L'Affaire*, Paris, Julliard, 1983, p. 473.
22. P. Pierrard, *Les Papes et la France, op. cit.*, p. 244.
23. A. Dansette, *Histoire religieuse de la France contemporaine, op. cit.*, p. 274.
24. Cité par A. Dansette, *ibid.*, p. 278.
25. A. Dansette, *ibid.*, p. 279.
26. *Ibid.*
27. R. Gauthier, *Dreyfusards !*, Paris, Julliard, coll. « Archives », 1965, p. 199-200.
28. Cité dans G. Cholvy et Y. M. Hilaire, *Histoire religieuse de la France contemporaine, op. cit.*, p. 94.
29. *Ibid.*, p. 100.
30. *La République radicale*, Paris, Le Seuil, 1975, p. 64.
31. *Ibid.*
32. A. Dansette, *Histoire religieuse de la France contemporaine, op. cit.*, t. II, p. 344.

VII. L'arbre de science

1. « Lettre à la grande-duchesse », *in* Centre international de synthèse, *Galilée, aspects de sa vie et de son œuvre*, Paris, PUF, 1968, p. 339.
2. Georges Minois, « Colporteurs du savoir », *Notre Histoire*, n° 77, p. 68.
3. *Revue des questions scientifiques*, 1983, n° 154, p. 354.
4. Édition Armaingard, 1898, p. 258.
5. *Revue des questions scientifiques*, numéro cité, p. 326.
6. Cité dans *Revue des questions scientifiques*, numéro cité, p. 192.
7. « Colporteurs du savoir », art. cité, p. 69.
8. « Les jésuites ont-ils été des pionniers de la science moderne ? », *La Recherche*, n° 195, p. 90.
9. « Jesuit Mathematical Science in xviith Century », *Studies in History and Philosophy*, juin 1987.
10. « Les jésuites ont-ils été des pionniers de la science moderne ? », art. cité, p. 91.
11. *Géographie des humanistes*, Paris, Beauchesne, 1940, p. 112.
12. *Ibid.*, p. 343.
13. Article inédit.
14. Émile Namer, *L'Affaire Galilée*, Paris, Julliard, coll. « Archives », 1975.
15. *Galilée hérétique*, Paris, Gallimard, 1985.
16. « L'atomisme, face cachée de la condamnation de Galilée ? », *La Vie des sciences*, 1987, t. IV, p. 349-365.
17. *L'Affaire Galilée, op. cit.*, p. 232.
18. Georges Minois, *L'Église et la Science*, Paris, Fayard, 1990, t. II, p. 61.
19. *Entretien avec Burman*, cité *in* Georges Minois, *ibid.*, p. 56-57.
20. Joscelyn Godwin, *Athanasius Kircher*, Paris, J.-J. Pauvert, 1980.
21. *Ibid.*, p. 14.

22. Georges Minois, *L'Église et la Science, op. cit.*, p. 170.
23. 2 vol., Paris, Gallimard, 1988.
24. *Ibid.*, t. I, p. 377.
25. Raconté avec éclat par Alain Peyrefitte dans *Le Choc des cultures*, Paris Fayard, 1991.
26. F. Russo, *Archives de philosophie*, 1990, p. 84.
27. Cité par René Fülop-Miller, *Les Jésuites et le Secret de leur puissance*, Paris, Plon, 1933, t. II, p. 213.
28. *Ibid.*, p. 215.
29. Cité par G. Minois, *L'Église et la Science, op. cit.*, p. 234.
30. Cité par G. Minois, *ibid.*, t. II, p. 278.
31. *Études*, 20 février 1901.
32. R. P. Aubert, *Nouvelle Histoire de l'Église, op. cit. ; Études*, 20 novembre 1902.
33. *Études*, juillet 1882.
34. Cité dans *Études*, octobre 1956, p. 281.
35. *Le monde n'est pas malade, il enfante*, publié par l'Association des amis de Teilhard de Chardin, Éd. S. O. E. I. L., Fondation Bena, 1989.

VIII. Missions et colonisation

1. J. Masson, « La perspective missionnaire », *in* Derville, André, s.j., *et al., Les Jésuites, spiritualité et activités*, Paris, Beauchesne, 1974, p. 144.
2. Toulouse, 1912. Réédité et complété en 1934.
3. Cité par Capéran, *Le Salut des infidèles, ibid.*, p. 557.
4. Dans F. Roustang, *Jésuites de la Nouvelle-France*, p. 111.
5. Sous la direction de C.-R. Ageron, Paris, Armand Colin, 1991.
6. Cité dans Pierre Pluchon, *Histoire des colonies françaises*, Paris, Fayard, 1991.
7. « Les Iroquois », in *Xavierana*, décembre 1939, p. 25.
8. *Ibid.*
9. *Sur les frontières de l'Église*, Paris, Albin Michel, 1942, p. 4.
10. Cité dans J. Burnichon, *La Compagnie de Jésus en France, op. cit.*, t. III, p. 261.
11. Novembre 1936, p. 234.
12. *Histoire religieuse de la France contemporaine, op. cit.*, t. II, p. 637.
13. *Ibid.*
14. *Ibid.*, p. 639.
15. *Études*, p. 242.
16. *Sur les frontières de l'Église, op. cit.*, p. 11.
17. Maurice Olender, « La chasse aux évidences », in *Mélanges Léon Poliakov*, Paris, Le Seuil, p. 224.
18. *Ibid.*, p. 226.
19. *Ibid.*, p. 236.
20. *Sélections sociales*, p. 324.
21. *Ibid.*

22. « Le traumatisme noir », 1953, p. 468.
23. *Ibid.*

IX. Un collège de province dans les années trente

1. J. Burnichon, *La Compagnie de Jésus en France, op. cit.*, t. III, p. 428.
2. Archives de Tivoli.
3. Archives de Tivoli.
4. Archives de Tivoli.
5. Paris, PUF, p. 115.
6. *Ibid.*, p. 125.
7. J. Burnichon, *La Compagnie de Jésus en France, op. cit.*, t. III, p. 457.
8. *L'Empreinte*, p. 187-188.
9. Charles Clair, *Pierre Olivaint, prêtre de la Compagnie de Jésus*, Paris, 1878, p. 262.
10. Pierre Vallin, in *Les Jésuites, spiritualité et activités, op. cit.*, p. 173.
11. *Colloque du Centre Sèvres*, 1989.
12. *Colloque du Centre Sèvres*, 1989.
13. *La Compagnie de Jésus en France, op. cit.*, t. III, p. 485.
14. René Viansson-Ponté, *Le Collège de Metz*, 1897, p. 407.
15. *L'Autre Côté des choses*, Paris, Albin Michel, 1977, p. 22.

X. Le fascisme ? Décidément, non…

1. *Chrétiens de France dans l'Europe enchaînée*, Paris, SOS, 1972, p. 18.
2. *Rome et les Juifs*, Paris, Le Seuil, 1967.
3. Paris, Le Seuil, 1960.
4. Paris, Grasset, 1936.
5. *Ibid.*, p. 24.
6. « Gaston Fessard et l'actualité historique », conférence prononcée le 18 mai 1983 (reproduite dans R. Aron, *Histoire et Politique*, Paris, Julliard, 1983).
7. Jacques Prévotat, *Spiritualité, Théologie et Résistance*, Presses universitaires de Grenoble, 1984, p. 102.
8. Paris, Bloud et Gay, 1939.
9. Paris, Grasset, 1938.
10. Paris, 1934.
11. Cité par Jacques Duquesne in *Colloque du Centre Sèvres*, 1989, p. 75.
12. Dans *Beauté du monde, Souffrance des hommes*.
13. *Pierre Chaillet, témoin de Résistance*, p. 62n.
14. Paris, Grasset.
15. Paris, Plon.
16. Paris, Plon.
17. *Les Chrétiens face au nazisme et au stalinisme*, Paris, Plon, 1983, p. 29-30.

18. Paul Duclos, *Le Vatican et la Seconde Guerre mondiale*, Paris, Pedoni, 1955; Jacques Nobécourt, *« Le Vicaire » et l'Histoire*, Paris, Le Seuil, 1964; Saül Friedländer, *Pie XII et le III*e *Reich*, Paris, Le Seuil, 1964.
19. Cité par R. Bédarida in *Vichy et les Français*, Paris, Fayard, p. 462.
20. *Ibid.*, p. 457.
21. Paul Droulers, s.j., *Le Père Desbuquois et l'Action populaire*, Paris, Éd. Ouvrières, 1981, p. 352.
22. Jacques Duquesne, in *Colloque du Centre Sèvres, op. cit.*
23. Cité dans Renée Bédarida, *Pierre Chaillet, op. cit.*
24. Jacques Prévotat, « Quatre jésuites devant le totalitarisme nazi », in *Spiritualité, Théologie et Résistance, op. cit.*, p. 117.
25. *Op. cit.*
26. *Ibid.*, p. 104-105.
27. *Pierre Chaillet, op. cit.*, p. 110.
28. *Ibid.*, p. 146.
29. *Témoignage chrétien, cahiers et courrier*, édition intégrale, 1980, p. 147.
30. *Pierre Chaillet, op. cit.*, p. 187.
31. *Ibid.*, p. 278-288.
32. *L'Honneur de la liberté* (entretiens avec Charles Ehlinger), Paris, Le Centurion, 1987, p. 127.
33. *Problèmes de la vie spirituelle*, Paris, 1943, p. 100-103.
34. *Ibid.*
35. *Spiritualité, Théologie et Résistance, op. cit.*, p. 217.
36. Cité par Lucien Fraisse dans *Spiritualité, Théologie et Résistance, op. cit.*, p. 245.
37. *Spiritualité, Théologie et Résistance, op. cit.*, p. 236.

XI. Teilhard et l'obéissance

1. René d'Ouince, s.j., *Un prophète en procès : Pierre Teilhard de Chardin dans l'Église de son temps*, Paris, Aubier, 1970, p. 129.
2. Paris, Grasset, 1965.
3. *Un prophète en procès, op. cit.*, p. 67.
4. *La Vie cosmique, Écrits du temps de guerre, op. cit.*, p. 7.
5. *La Pensée de Pierre Teilhard de Chardin*, Paris, Le Seuil, 1965.
6. *Un prophète en procès, op. cit.*, p. 75.
7. *Mon univers, Écrits du temps de guerre, op. cit.*, p. 271.
8. *La Pensée religieuse du père Teilhard de Chardin*, p. 29.
9. *Mon univers, Écrits du temps de guerre*, p. 279.
10. *Un prophète en procès, op. cit.*, p. 108-116.
11. *Ibid.*, p. 130.
12. J. Mortier et M.-L. Audoux, *Pierre Teilhard de Chardin, images et paroles*, Paris, Le Seuil, 1966, p. 114-119.
13. *Ibid.*
14. G. H. Baudry, *Qui était Teilhard de Chardin ?*, Lille, 1972.

15. *Lettres de voyage*, Paris, Grasset, p. 60.
16. *Pierre Teilhard de Chardin, images et paroles, op. cit.*, p. 120.
17. *Les Cahiers du Rocher*, n° 4, *Pierre Teilhard de Chardin, naissance et avenir de l'homme*, Paris, 1987, p. 45.
18. *Ibid.*, p. 51.
19. *Un prophète en procès, op. cit.*, p. 127-128.
20. *Ibid.*, p. 129.
21. *Pierre Teilhard de Chardin, images et paroles, op. cit.*, p. 181.
22. *Lettres familières au R. P. Leroy*, Paris, Le Centurion, 1976, p. 38-39.
23. *Ibid.*, p. 34.
24. *Un prophète en procès, op. cit.*, p. 133.
25. *Pierre Teilhard de Chardin, images et paroles, op. cit.*, p. 193.
26. *Teilhard de Chardin*, Paris, Le Seuil, 1962.
27. *Pierre Teilhard de Chardin et Ignace de Loyola*, Paris, Desclée de Brouwer, 1983, p. 88.
28. *Lettres familières au R. P. Leroy, op. cit.*, p. 76-78.
29. *Un prophète en procès, op. cit.*, p. 174.
30. *Lettres familières au R. P. Leroy, op. cit.*, p. 114-115.
31. *Un prophète en procès, op. cit.*, p. 187.
32. *Dieu existe-t-il ?*, Paris, Le Seuil, 1981, p. 209.
33. Lettre à l'auteur, avril 1992. Dans une conversation ultérieure, le R. P. Ravier nous a précisé les conditions du « contrat » passé entre Teilhard et lui – qui avait seulement demandé que son ami ne publiât rien sans le lui montrer. Ce qui fut fait, sauf une fois, trois jours avant la mort du savant…
34. P. 295.
35. Cité par François Russo, « Rome et Teilhard », in *Recherches de science religieuse*, t. LXIX, 1981, p. 495.
36. In *Revue des questions scientifiques, op. cit.*, p. 506-507.
37. *Mon univers*, Paris, Le Seuil, 1965, p. 125.

XII. Pour en finir avec la « perfidie » des juifs

1. Stefan Schmidt, *A. Bea*, Graz-Vienne, Styria, 1989.
2. *Bulletin du SIDIC*, n° 3, 1968, p. 12.
3. 1968, p. 3.
4. *A. Bea, op. cit.*, p. 527.
5. *Bulletin du SIDIC*, n° 3, 1968, p. 2.
6. Entretien de juillet 1991 avec J. Golan, auquel je tiens à témoigner ma reconnaissance.
7. *Bulletin du SIDIC*, n° 3, 1968, p. 15.
8. Concile œcuménique Vatican II, Paris, Ed. du vitrail, 1967, p. 696-698.
9. Déclaration à un groupe de juifs new-yorkais faite en 1963.
10. *Libération*, 22 août 1989.

XIII. Pedro Arrupe et la justice : un pape noir, trois papes blancs...

1. Pedro Arrupe, *Itinéraire d'un jésuite* (avec J.-C. Dietsch), Paris, Le Centurion, 1982, p. 24.
2. Repris dans *L'Espérance ne trompe pas*, Paris, Le Centurion, 1981.
3. *Itinéraire d'un jésuite, op. cit.*, p. 29.
4. *Uscire dal tempio*, Gênes, 1989, p. 35.
5. Alain Guichard, *Les Jésuites*, Paris, Grasset, 1974, p. 123.
6. *Écrits pour évangéliser*, Paris, Desclée de Brouwer, 1985, p. 262.
7. A. Guichard, *Les Jésuites, op. cit.*, p. 130.
8. Jean-Yves Calvez, s.j., *Foi et Justice*, Paris, Desclée de Brouwer, 1985, p. 35.
9. *Ibid.*, p. 42.
10. *Ibid.*, p. 46.
11. *Ibid.*, p. 47.
12. Londres, Weidenfeld and Nicholson, 1990.
13. *Uscire dal tempio, op. cit.*, p. 54.
14. A. Woodrow, *Les Jésuites, Histoire de pouvoirs*, Paris, J.-C. Lattès, 1984, rééd., 1990, p. 267.
15. *Ibid.*, p. 268.
16. Lettre à l'auteur, 2 juin 1992.
17. *Fedeli a Dio et all'uomo*, trad. française *Vous avez dit jésuites ?*, Paris, 1991 (entretien avec le R. P. Kolvenbach), Rome, 1990.
18. A. Woodrow, *Les Jésuites, Histoire de pouvoirs, op. cit.*, p. 279.
19. *Ibid.*, p. 325.
20. *The Jesuit Factor, op. cit.*, p. 20.
21. *Ibid.*, p. 211.

XIV. La troisième Compagnie : pluralisme ou diaspora ?

1. *Les Ordres religieux actifs, la Société de Jésus*, Paris, Flammarion, 1980, p. 680.
2. Lettre du R. P. Burdo à Michel Guervel, « scolastique de troisième année », le 17 février 1944, amicalement communiquée à l'auteur par le récipiendaire.
3. *Vivre devant Dieu notre présence au monde*, L'Arbaletière, 1985, p. 7.
4. *Études*, 5 janvier 1914.
5. Février 1991, p. 152.
6. Trad. fr. de Gwendolyne Jarczyk, Paris, Le Centurion, 1983, p. 257-258.
7. *Ibid.*, p. 242-243.
8. A. Woodrow, *Les Jésuites, Histoire de pouvoirs, op. cit.*, p. 289.
9. *Discours d'Ignace de Loyola aux jésuites d'aujourd'hui*, Paris, Le Centurion, 1978, p. 89.
10. *Op. cit.*, p. 138.
11. *Discours d'Ignace de Loyola aux jésuites d'aujourd'hui, op. cit.*, p. 72.

12. *Compagnie*, p. 72.
13. Entretien avec Jacques Sommet, février 1992.
14. *Op. cit.*, p. 73.
15. Londres, Sheed and Ward, 1961.
16. *Ibid.*, p. IX.
17. Entretien avec le R. P. O'Neill, Rome, avril 1992.
18. Entretien avec le R. P. Graham, Rome, avril 1992.
19. *The Jesuit Factor, op. cit.*, p. 127.
20. M. de Certeau, « L'Expérience spirituelle », *Christus*, n° 68, p. 488.
21. Luce Giard (éd.), *Michel de Certeau, Cahiers pour un temps*, p. 25.
22. Paris, Julliard-Gallimard, coll. « Archives ».
23. Paris, Gallimard.
24. Paris, UGE, coll. « 10/18 ».
25. Paris, Gallimard.
26. Paris, Le Seuil, 1987.
27. Luce Giard (éd.), *Michel de Certeau, Cahiers pour un temps, op. cit.*, p. 250-251.
28. « Le Rire de M. Foucault », dans *Histoire et Psychanalyse entre science et fiction*, Paris, Gallimard, coll. « Folio », 1987, p. 52.
29. François Hartog, *in* Luce Giard (éd.), *Michel de Certeau, Cahiers pour un temps, op. cit.*, p. 125.
30. *Ibid.*, p. 52.
31. Paris, Le Seuil, 1974, p. 59.
32. *Ibid.*, p. 36-37.
33. *La Faiblesse de croire, op. cit.*, p. 317-318.
34. J.-J. Surin, *Cantiques spirituels*, V, 1, Bordeaux, 1660.
35. *Uscire dal tempio, op. cit.*, p. 136-157.
36. Le Caire, Éd. du Sphinx, 1952.
37. A. Woodrow, *Les Jésuites, Histoire de pouvoirs, op. cit.*, p. 195.
38. *The Jesuit Factor, op. cit.*, p. 185-190.
39. *Les Mots et les Choses*, Paris, Gallimard, 1966, p. 69.

Éléments de bibliographie

Antébi, Élisabeth, et Lebrun, François, *Les Jésuites ou la Gloire de Dieu*, Paris, Stock-Antébi, 1990.

Arrupe, Pedro, s.j., *Écrits pour évangéliser*, Paris, Desclée de Brouwer, 1985.

–, *Itinéraire d'un jésuite* (avec J.-C. Dietsch), Paris, Le Centurion, 1982.

Arsac, Jacques, *et al.*, *Le Savant et la Foi*, Paris, Flammarion, 1989.

Aubert, Roger, *Le Pontificat de Pie IX, in* M. Fiche et Martin, *Histoire de l'Église*, t. XXI, Paris, Bloud et Gay, 1952.

–, *Vatican I*, Paris, L'Orante, 1964.

Bangert, William, s.j., *A History of the Society of Jesus*, Saint Louis, 1986.

Bédarida, Renée, *Pierre Chaillet, témoin de la résistance spirituelle*, Paris, Fayard, 1988.

Beirnaert, Louis, s.j., *Aux frontières de l'acte analytique*, Paris, Le Seuil, 1987.

Bellemare, J.-F., *Le Siècle de fer des jésuites*, Paris, J. G. Dentu, 1828.

Bordet, Gaston, *La Pologne, Lamennais et ses amis*, Paris, Éd. du dialogue, 1985.

Brou, Alexandre, s.j., *Cent Ans de missions, 1815-1934*, Paris, Spes, 1935.

Burnichon, Joseph, s.j., *La Compagnie de Jésus en France, Histoire d'un siècle*, 5 vol. (le dernier inédit), Paris, Beauchesne, 1916-1920.

Calvez, Jean-Yves, s.j., *Foi et Justice*, Paris, Desclée de Brouwer, 1985

–, *La Pensée de Karl Marx*, Paris, Le Seuil, 1956.

Capéran, Louis, *Le Salut des infidèles*, Toulouse, 1934.

Certeau, *La Possession de Loudun*, Paris, Julliard-Gallimard, coll. « Archives », 1970.

–, *L'Écriture et l'Histoire*, Paris, Gallimard, 1975.

–, *Le Christianisme éclaté* (avec J.-M. Domenach), Paris, Le Seuil, 1974.

–, *La Faiblesse de croire*, Paris, Le Seuil, 1987.

Chaillet, Pierre, s.j., *L'Autriche souffrante*, Paris, Bloud et Gay, 1939.
Charles, Pierre, s.j., *Église, sacrement du monde*, Paris, Desclée de Brouwer, 1960.
Chittenden, H. M., et Richardson, A. T., *Life, Letters and Travels of P.-J. De Smet*, 4 vol., New York, 1905.
Cholvy, Gérard, et Hilaire, Yves H., *Histoire religieuse de la France contemporaine*, 3 vol., Toulouse, Privat, 1989-1992.
Clair, Charles, *Le R. P. Olivaint, prêtre de la Compagnie de Jésus*, Paris, 1878.
Courtney Murray, John, s.j., *We Hold These Truths*, Londres, Sheed and Ward, 1961.
Crétineau-Joly, Jacques, *Histoire religieuse, politique et littéraire de la Compagnie de Jésus*, 6 vol., Paris-Lyon, 1844-1846.
Cuénot, Claude, *Pierre Teilhard de Chardin, les grandes étapes de son évolution*, Paris, Plon, 1958.
–, *Pierre Teilhard de Chardin*, Paris, Le Seuil, coll. « Écrivains de toujours », 1962.
Dainville, François de, s.j., *L'Éducation des jésuites aux XVIIe et XVIIIe siècles*, Paris, INRP, 1978.
–, *La Géographie des humanistes*, Paris, Beauchesne, 1940.
Dansette, Adrien, *Histoire religieuse de la France contemporaine*, t. II, Paris, Flammarion, 1951.
De Smet, Pierre-Jean, s.j., *Voyages aux montagnes Rocheuses*, Bruxelles, Devaux, 1873.
–, *Lettres choisies*, Bruxelles, Closson, 1878.
Derville, André, s.j., *et al.*, *Les Jésuites, spiritualité et activités*, Paris, Beauchesne, 1974.
Dhôtel, Jean-Claude, s.j., *Les Jésuites de France*, Paris, Desclée de Brouwer, 1986.
Duclos, Paul, s.j., in *Dictionnaire du monde religieux dans la France contemporaine*, I, *Les Jésuites*, Paris, Beauchesne, 1985.
Duquesne, Jacques, *Les Catholiques français sous l'Occupation*, Paris, Grasset, 1986.
Durkheim, Émile, *Éducation et Sociologie*, 1922, rééd., Paris, PUF, 1989.
Étiemble, René, *L'Europe chinoise*, 2 vol., Paris, Gallimard, 1990.
Fessard, Gaston, s.j., *Pax nostra*, Paris, Grasset, 1936.
–, *Épreuve de force*, Paris, Bloud et Gay, 1939.
Foulon, Louis, *Histoire de Mgr Darboy*, Paris, 1889.
Friedländer, Saül, *Pie XII et le IIIe Reich*, Paris, Le Seuil, 1964.
Fülöp-Miller, René, *Les Jésuites et le Secret de leur puissance*, trad. de l'allemand, 2 vol., Paris, Plon, 1933.
Gagarine, Ivan, s.j., *Un nonce du pape à la cour de Catherine II*, Paris, 1872.
Garragan, Gilbert, s.j., *The Jesuits of the Middle America, 1840-1910*, New York, America Press, 1938.

Gauthier, Robert, *Dreyfusard !*, Paris, Julliard, coll. « Archives », 1974.
Girardet, Raoul, *Mythes et Mythologies politiques*, Paris, Le Seuil, 1896.
Giuliani, Maurice, s.j., « L'expérience des Exercices spirituels dans la vie », *Christus*, Paris, DDB, 1990.
Godwin, Joscelyn, *Athanasius Kircher*, trad. de l'anglais, Paris, J.-J. Pauvert, 1979.
Guichard, Alain, *Les Jésuites*, Paris, Grasset, 1974.
Guillermou, Alain, *Les Jésuites*, Paris, PUF, coll. « Que sais-je ? », 1961, rééd., 1988.
Guillet, Jacques, s.j., *La Théologie catholique en France, 1914-1960*, Média-Sèvres, 1988.
Jacquin, Robert, *Tapparelli*, Paris, 1943.
Kolvenbach, Peter-Hans, s.j., *Vous avez dit jésuite* (entretiens), trad. de l'italien, Paris, 1991.
Küng, Hans, *Dieu existe-t-il ?*, Paris, Le Seuil, 1981.
Laberge, Jacques, s.j., *Pierre Teilhard de Chardin et Ignace de Loyola*, Paris, Desclée de Brouwer, 1983.
Lac, Stanislas du, s.j., *Jésuites*, Paris, Plon, 1901.
Lapide, Pinhas, *Rome et les Juifs*, Paris, Le Seuil, 1967.
Laveille, Eugène, s.j., *Le Père De Smet*, Liège, 1913.
Le Goff, Jacques, et Rémond, René, *Histoire de la France religieuse*, t. III, Paris, Le Seuil, 1992.
Ligthart, Cornelius, s.j., *Le Retour des jésuites au XIXᵉ siècle : le R. P. Roothaan*, Namur, Culture et Vérité, 1991.
Lubac, Henri de, s.j., *Catholicisme*, Paris, 1938.
–, *La Pensée religieuse de Pierre Teilhard de Chardin*, Paris, Aubier-Montaigne, 1962.
Madelin, Henri de, s.j., *La Menace idiologique*, Paris, Éd. du Cerf, 1988.
Maupied, Mgr, *Le Syllabus*, Paris, 1872.
Michelet, Jules, et Quinet, Edgar, *Les Jésuites*, Paris, 1843.
–, *Le Prêtre, la Femme, la Famille*, in *Œuvres complètes*, Paris, Flammarion, 1882.
Minois, Georges, *L'Église et la Science*, Paris, Fayard, 1990.
Morlot, François, *Pierre de Clorivière*, Paris, Desclée de Brouwer, 1990.
Mortier, Jeanne, et Auboux, M.-L., *Teilhard de Chardin, images et paroles*, Paris, Le Seuil, 1966.
Namer, Émile, *L'Affaire Galilée*, Paris, Julliard, coll. « Archives », 1975
Nobécourt, Jacques, *« Le Vicaire » et l'Histoire*, Paris, Le Seuil, 1964.
Ouince, René d', s.j., *Un prophète en procès, Pierre Teilhard de Chardin dans l'Église de son temps*, Paris, Aubier, 1970.
Padberg, John W., *Colleges in Controversy*, Harvard University Press, 1969.

Peyrefitte, Alain, *Le Choc des cultures*, Paris, Fayard, 1991.
Philibert, Anne, « Problèmes religieux du monde contemporain dans *Études* » (thèse), Paris, 1986.
Pierrard, Pierre, *Les Papes et la France*, Paris, Fayard, 1981.
Rahner, Karl, *Traité fondamental de la foi*, trad. de l'allemand, Paris, Le Centurion, 1983.
Ravignan, Xavier de, s.j., *De l'existence et de l'Institut des jésuites*, Paris, Poussielgue, 1844.
Rawlinson, Lord Peter, *The Jesuit Factor*, Londres, Weidenfeld and Nicholson, 1990.
Rebérioux, Madeleine, *La République radicale*, Paris, Le Seuil, 1975.
Redondi, Pietro, *Galilée hérétique*, trad. de l'italien, Paris, Gallimard, 1985.
Rideau, Émile, s.j., *La Pensée du père Pierre Teilhard de Chardin*, Paris, Le Seuil, 1965.
Riquet, Michel, s.j., *Chrétiens de France dans l'Europe enchaînée*, Paris, SOS, 1972.
–, *Augustin de Barruel, un jésuite face aux jacobins francs-maçons*, Paris, Beauchesne, 1989.
Rogier, L. J., *et al.*, *Nouvelle Histoire de l'Église*, t. IV et V, Paris, Le Seuil, 1986.
Sallentin, Xavier, *Le monde n'est pas malade, il enfante*, Éd. S. O. E. I. L., Fondation Bena, 1989.
Sommet, Jacques, s.j., *L'Honneur de la liberté* (avec C. Ehlinger), Paris, Le Centurion, 1987.
Sorge, Bartolomeo, *Uscire dal tempio*, Gênes, 1989.
Teilhard de Chardin, Pierre, s.j., *Écrits du temps de guerre*, Paris, Grasset, 1965.
–, *Lettres familières au R. P. Leroy*, Paris, Le Centurion, 1986.
–, *Le Phénomène humain*, Paris, Le Seuil, 1955.
–, *Le Milieu divin*, Paris, Le Seuil, 1957.
–, *Mon univers*, Paris, Le Seuil, 1965.
Valadier, Paul, s.j., *Inévitable Morale*, Paris, Le Seuil, 1990.
–, *L'Église en procès*, Paris, Calmann-Lévy, 1987.
Vallin, Pierre, s.j., « Pierre de Clorivière en son temps », in *Christus*, n° 131.
–, « Un projet de société à travers l'éducation », in *Politique et Mystique chez les jésuites*, Centre Sèvres, 1989.
Varillon, François, s.j., (avec C. Ehlinger), *Beauté du monde et Souffrance des hommes*, Paris, Centurion, 1980.
Vaux (de) et Riondel, s.j., *Le R. P. Roothaan*, Paris, 1935.
Viel-Castel, *Histoire de la Restauration*, Paris, Levy, 1860-1878.
Woodrow, Alain, *Les Jésuites, Histoire de pouvoirs*, Paris, J.-C. Lattès, 1984, rééd., 1990.
Zelenski, Stanislas, s.j., *Les Jésuites en Russie blanche*, Paris, Letouzey, 1874.

Chronologie

	Les jésuites	Le monde
1773	La Compagnie, supprimée, s'incline. Frédéric II refuse la suppression de « ses » jésuites. Catherine II l'imite.	Début du soulèvement des « colonies » américaines.
1774	Mort de Clément XIV, le pape exécuteur.	Louis XVI succède à Louis XV à Versailles.
1776		Déclaration d'indépendance des États-Unis.
1779		Abolition du servage en France.
1780		Mort de l'impératrice d'Autriche Marie-Thérèse.
1781		Kant : *Critique de la raison pure*.
1782	Congrégation générale des jésuites de Russie.	
1783		Traité de Versailles : Londres reconnaît l'indépendance des États-Unis.
1784		Joseph II soumet l'Église d'Autriche.
1785		Mozart : *Les Noces de Figaro*.
1786	Naissance de J. P. Roothaan, le futur « général ».	Mort de Frédéric II.
1787		Reconnaissance légale des protestants en France.
1789		Réunion des États généraux à Versailles. Délibérations de l'Assemblée constituante.
1790	Pierre de Clorivière fonde la Société des Cœurs de Jésus et les filles du Cœur de Marie.	

1793	Les jésuites accueillis officiellement à Parme.		Exécution de Louis XVI.
1794	Les PP. Varin et Tournely fondent les Pères de la Foi.		La Terreur, puis exécution de Robespierre.
		1796	Mort de Catherine II.
1797	Pamphlet contre-révolutionnaire d'A. de Barruel..		
1799	Paccanari devient supérieur des Pères de la Foi.		Coup d'État bonapartiste de Brumaire. Élection de Pie VII.
1800	Madeleine-Sophie Barat fonde les Dames du Sacré-Cœur.		
1801	Fondation de la « Congrégation » par l'abbé Bourdier.		Concordat entre Pie VII et Bonaparte.
1802	Le R. P. Grüber, « général » par intérim.		Alexandre Ier, tsar de Russie. Chateaubriand : *Le Génie du christianisme*.
		1804	Napoléon Ier empereur. Beethoven : *Fidelio*
1805	Grüber périt dans un incendie à Saint-Pétersbourg.		
		1807	Paix de Tilsitt.
		1808	Napoléon se heurte à la résistance espagnole.
1809	Dissolution de la « Congrégation » par Napoléon.		
1812	Tension entre les jésuites et le tsar Alexandre.		Échec de Napoléon en Russie.
1814	Rétablissement de la Compagnie par Pie VII. Le P. de Clorivière chargé de l'opérer en France.		Abdication de Napoléon. Première Restauration à Paris : Louis XVIII.
		1815	Waterloo. Deuxième Restauration. Napoléon à Sainte-Hélène.
1817	Le R. P. Simpson (Sionnet) remplace Clorivière.		
1819	La Compagnie visée par « Les hommes noirs » de Béranger.		
1820	Les jésuites expulsés de Russie par Alexandre Ier. Luigi Fortis, « général » de la Compagnie.		
		1821	Mort de Napoléon.
1823	Pierre-Jean De Smet part pour les États-Unis.		
		1824	Charles X succède à Louis XVIII.

1826	Nouvel assaut antijésuite : le *Mémoire à consulter* de Montlosier.		
1829	Jan-Philip Roothaan, préposé général.		Pie VIII succède à Léon XII. Création du premier syndicat anglais : filateurs.
		1830	Révolution à Paris. Indépendance de la Belgique.
		1831	Grégoire XVI succède à Pie VIII.
		1833	Guerre carliste en Espagne.
		1834	Condamnation de Lamennais à Rome.
1835	Nouvelle expulsion d'Espagne.		
1836	Carême prêché à Notre-Dame par Ravignan.		Dickens : *Les Aventures de M. Pickwick.*
		1838	Lacordaire restaure les Pères prêcheurs en France.
		1839	Stendhal : *La Chartreuse de Parme.*
1840	Création de la Société Saint-François-Xavier.		
		1841	Création des usines du Creusot.
1843	Contre la Compagnie : *Les Jésuites* de Michelet et Quinet.		Première ligne de chemin de fer en France.
1845	Essai de dispersion des pères de France par Guizot.		Mérimée : *Carmen.*
		1846	Élection de Pie IX, « *Pio nono* ».
1847	La guerre du *Sonderbund* : les jésuites chassés de Suisse.		Emily Brontë : *Les Hauts de Hurlevent.*
		1848	Révolution en Europe. Louis-Napoléon, président de la République.
1850	La *Civiltà cattolica* fondée à Naples.		Loi Falloux en France.
1852	Le R. P. Ratisbonne crée les prêtres de N.-D. de Sion.		Coup d'État bonapartiste : Napoléon III.
1853	Pierre Beckx succède à J. P. Roothaan.		
1856	Fondation d'*Études* à Paris.		Flaubert : *Madame Bovary.*
1858	Mort du R. P. de Ravignan.		Victoria, impératrice des Indes.
1859	La Compagnie recrute des zouaves pontificaux.		Darwin : *De l'origine des espèces.* Guerre d'indépendance italienne.

1860		Le Piémont annexe les États du pape, Rome exceptée.
1862	Les jésuites en Équateur.	Bismarck Premier ministre de Prusse.
1863	Le père De Smet, médiateur entre Washington et les Indiens.	Guerre civile américaine : Gettysburg. Renan : *La Vie de Jésus*.
1865		Assassinat de Lincoln.
1866		La Prusse écrase l'Autriche à Sadowa.
1867		Dostoïevski : *Crime et Châtiment*.
1869		Napoléon III abandonne Maximilien au Mexique. Concile du Vatican : infaillibilité du pape.
1870		Défaite de la France. Le pape chassé de Rome.
1871	Six jésuites, dont Pierre Olivaint, fusillés par la Commune.	La Commune. Nietzsche : *Les Origines de la tragédie*.
1872		Kulturkampf en Allemagne : les jésuites chassés.
1873	Mort du R. P. De Smet.	
1875		La France adopte le régime républicain à la majorité d'une voix.
1878		Léon XIII élu pape.
1880	Décret Ferry contre les jésuites et la majorité des autres congrégations	
1881	Naissance de Pierre Teilhard de Chardin et d'Augustin Bea.	Le tsar Alexandre II assassiné.
1885		Funérailles grandioses de Victor Hugo. Gordon abattu à Khartoum.
1890		Suicide de Vincent Van Gogh.
1891		Encyclique *Rerum novarum* sur la condition ouvrière.
1892	Les jésuites au Congo belge.	Léon XIII appelle les catholiques français à se rallier à la République.
1893		Maurice Blondel : *L'Action*.
1895		Condamnation d'Alfred Dreyfus.

	1899 Second procès (à Rennes). Nouvelle condamnation malgré Zola.
	1901 Loi Waldeck-Rousseau contre les congrégations.
	1902 Debussy : *Pelléas et Mélisande*.
	1903 Édouard VII succède à Victoria.
1904 Expulsion des jésuites de France. Naissance de Karl Rahner.	
	1905 Guillaume II à Tanger. Encyclique de Pie X contre le « modernisme ».
1907 Naissance de Pedro Arrupe.	
1909 George Tyrell : *Christianity at the Cross*.	
	1910 Pie X condamne le « Sillon ». Protectorat français au Maroc.
1912 Le père de Grandmaison s'élève contre l'intégrisme antimoderniste.	
1913 Pierre Teilhard de Chardin paléontologiste.	
	1914 Première Guerre mondiale. Benoît XV succède à Pie X. L'Italie entre en guerre aux côtés des Alliés.
1915 Le R. P. Rousselot tué au front.	
1916 Teilhard écrit dans les tranchées.	
1917 Henri de Lubac grièvement blessé.	Révolution en Russie. Les États-Unis entrent en guerre.
	1918 Victoire des Alliés.
	1919 Traité de Versailles. Proust : *A l'ombre des jeunes filles en fleur*.
1920 Wladimir Ledochowski préposé général.	
1923 Le R. P. Pierre Charles fonde *Xavierana*. Teilhard éloigné en Chine.	
	1924 Mort de Lénine. Cartel des gauches en France.
	1926 Condamnation de l'Action française à Rome.
1927 Mort du R. P. de Grandmaison.	Concordat à Rome entre Pie XI et Mussolini.
1929 Teilhard associé à la découverte du Sinanthrope.	Krach de New York : crise mondiale.

1931 Teilhard dans la Croisière jaune.

1936 R. P. Gaston Fessard : *Pax nostra*.

1938 Henri de Lubac : *Catholicisme*.
1939 Karl Rahner : *Geist im Welt*.

1940 Teilhard écrit *Le Phénomène humain*.
1941 Premier *Cahier du Témoignage chrétien*.

1944 Exécution du R. P. Delp en Allemagne
Du R. P. de Montcheuil à Grenoble.

1946 Le R. P. Janssens succède à Ledochowski.

1948 Teilhard à Rome : il est rebuté.
1949 Réunion des prêtres-ouvriers français.
1950 De Lubac et quatre jésuites écartés de l'enseignement.

1953 Condamnation des prêtres-ouvriers, dont les jésuites.
1954 Mort de Pierre Charles.

1955 Mort de Pierre Teilhard de Chardin.

L'exposition coloniale à Paris.

1932 Bergson : *Les Deux Sources de la morale et de la religion*.
Céline : *Voyage au bout de la nuit*.
1933 Hitler au pouvoir.
1935 Mussolini envahit l'Éthiopie.
Front populaire en France.
Guerre civile en Espagne.
1937 Encyclique *Mit brennender Sorge* contre le nazisme.
Accords de Munich.
Deuxième Guerre mondiale.
La Pologne occupée.
Pie XII succède à Pie XI.
La France envahie.

L'URSS, puis les États-Unis entrent en guerre.
1942 Défaite de Hitler à Stalingrad.

1945 Mort de Roosevelt.
L'Europe libérée du nazisme.

1947 Plan Marshall. Début de la « guerre froide ».
Naissance de l'État d'Israël.
Mao Tsé-toung maître de la Chine.
Encyclique *Humani Generis* contre les novateurs.
Guerre de Corée.
1952 Eisenhower président des États-Unis.
Mort de Staline.

Gouvernement Mendès France.
Fin de la première guerre d'Indochine. Début de la guerre d'Algérie.

		1956	Expédition tripartite de Suez.
		1957	Traité de Rome créant le Marché commun.
1958	J. Daniélou : *Théologie du judéo-christianisme*.		De Gaulle retourne au pouvoir.
		1960	J. F. Kennedy président des États-Unis.
1961	Plusieurs jésuites appelés à la préparation du concile.		Encyclique de Jean XXIII : *Mater et magistra*.
		1962	Concile du Vatican II. Fin de la guerre d'Algérie. Crise des missiles de Cuba.
		1963	Encyclique *Pacem in terris*. Paul VI succède à Jean XXIII. Kennedy assassiné.
1964	Mort du R. P. Janssens.		
1965	Pedro Arrupe élu « général ».		Fin du concile. Paul VI à Jérusalem.
1966	Début de la crise entre Paul VI et la Compagnie.		
1967	La Compagnie mène une enquête sur elle-même.		Guerre des Six-Jours au Proche-Orient. Israël contrôle les Lieux saints.
1968	Pedro Arrupe prend position « pour les pauvres ».		Mouvements étudiants dans le monde. Richard Nixon président. Conférence épiscopale à Medellín.
1969	Nombreuses défections dans la Compagnie.		De Gaulle se retire.
1973	La tension s'approfondit entre Paul VI et la Compagnie.		Nixon contraint à la retraite. Guerre israélo-arabe.
1975	32e Congrégation : décret n° 4 *Foi et Justice*.		Mort de Franco. Saigon aux mains des communistes.
		1976	Jimmy Carter à la Maison-Blanche.
		1978	Mort de Paul VI. Élection de Jean-Paul Ier puis de Jean-Paul II.
		1979	Conférence épiscopale latino-américaine à Puebla.
1980	Création du Jesuit Refugee Service.		Assassinat de Mgr Romero. Ronald Reagan président. Attentat contre Jean-Paul II au Vatican.
1981	Invalidité de Pedro Arrupe.		Mitterrand à l'Élysée.

1983 Élection de Peter-Hans Kolvenbach.

1984 Mort de Karl Rahner.

Reagan réélu.

1988 George Bush président des États-Unis.

1989 Assassinat de six jésuites à San Salvador.

1990 Crise du Golfe : Jean-Paul II contre l'intervention militaire. Guerre en Irak.

1991 500e anniversaire de la naissance de Loyola.
Mort de Pedro Arrupe et d'Henri de Lubac.

1992 Guerre en Yougoslavie.

Index

Abélard Pierre, 348.
Acosta, José de, 307, 355.
Acton, John, 222, 229, 232-234.
Adams, John, 605.
Adler, Alfred, 339.
Affre, Denis Auguste, 194, 206.
Agça, Mehmet Ali, 566, 568.
Alamendros, R. P., 557.
Albert le Grand, 378.
Albrecht, Bertie, 447.
Albuquerque, Alfonso de, 353.
Alembert, Jean Le Rond d', 15-17, 20-22, 69, 84, 108, 113, 120, 124, 211.
Aleni, Guido, 307.
Alexandre Ier, 33-34, 52, 61, 131.
Alonso, Nicolas, 346, 532.
Altham, John, 141.
Alvarez Jorge, 354.
Amyot, Joseph-Marie, 330, 367, 478, 624.
Anderledy, R. P., 265.
Anderson, Johan Gunnar, 475.
Andrieu, Mgr, 405, 422.
Andrieux, préfet de police, 266-268.
Angelico Fra Giovanni da Fiesole, 299.
Angiolini, R. P., 52.
Anjirô (Paulo de Santa Fé), 354.
Anne d'Autriche, 386.
Antébi, Élisabeth, 70, 154.
Antoine, Charles, 631, 635.
Aquaviva, Claudio, 106, 198, 306.
Archetti, nonce, 30-31.
Aristote, 296, 302-304, 306, 319-321, 325, 351, 377.
Arnaud, Alain, 613.
Arnauld, Antoine, 100, 114, 124.
Arnold, Thomas, 400.
Arnoux, Claude, 509-510.
Arns, cardinal, 635.
Aron, Raymond, 424, 441, 445, 451, 604.
Arouet, Catherine, 463.
Arrupe, Pedro, 198, 345, 501, 531-579, 584, 590, 595-597, 602, 605-607, 617, 620-621, 625, 628, 631, 636-637.
Artois, comte d', *voir* Charles X.
Aubert, Roger, 208, 216, 221, 224, 232, 237.
Aubuisson, Roberto d', 633.
Audouze, Jean, 344.
Audubon, John James, 139.
Augé, Marc, 612.
Auger, Edmond, 18, 386.
Augouard, Mgr, 366.
Augustin, saint, 348, 454, 593, 610, 622.
Aulard, Alphonse, 397.
Aviau, Mgr d', 387.
Ayrout, Habib, 622.
Ayrout, Henry, 622-625.
Azeglio, Massimo d', 208-209, 211, 215.
Azeglio, Prospero Tapparelli d', 211, 215, 223.

Baboulène, Jean, 451.
Bach, Jean-Sébastien, 299.
Bachelard, Gaston, 107, 482.
Bacon, Francis, 131, 391.
Bacon, Roger, 296.

Baggio, cardinal, 566.
Bagot, R. P., 49.
Bahusius, R. P., 301.
Bailly, abbé, 276-277.
Baïus, Michel de Bay, dit, 225.
Baker, James, 633.
Balbo, Cesare, 208.
Balzac, Honoré de, 67, 74, 96, 125, 194, 220.
Bancroft, Hubert, 142.
Banneville, marquis de, 237.
Barbey d'Aurevilly, Jules-Amédée, 258.
Barbour, George, 475, 485.
Barnave, George, 110, 114.
Baro, Martin, 633.
Barrière, Pierre, 108.
Barth, Karl, 448.
Barthélemy-Madaule, Madeleine, 482.
Barthes, Roland, 610, 637.
Bastien-Thiry, 445.
Bataille, Georges, 424.
Battani, 302.
Baudrillart, Mgr, 439, 460, 469.
Baudry, Georges-Henri, 477.
Bea, Augustin, 512-530, 533.
Beaumarchais, Pierre Augustin Caron de, 127, 392, 410.
Beckx, Pierre, 218, 228, 233, 237-239, 245, 257, 385.
Bédarida, François, 450.
Bédarida, Renée, 430, 439, 442, 447, 450-452.
Beirnaert, Louis, 341, 456, 609, 641, 642.
Bellarmin, Robert, 308-310, 312, 319-320, 514.
Belle, John, 146.
Bellemare, Jean-François, 58, 74, 78.
Ben Gourion, David, 508.
Benavidès, colonel, 633-634.
Benislawski, Jean, 30-32.
Benoît XIV, 331.
Benoît XV, 135, 369, 374, 432, 469.
Benoit, Jean, 97.
Benveniste, Emile, 637.
Beran, cardinal, 534.
Béranger, Pierre-Jean, 74, 80-82, 84, 88-89, 95, 112, 114-116, 193.
Bergamin, José, 420.
Bergson, Henri, 339, 464, 482, 583.
Bernanos, Georges, 404, 426, 450.
Bernard, Claude, 222, 258.
Bernis, François Joachim Pierre de, 33.
Berque, Jacques, 588.
Berrigan, Daniel, 550, 606, 617.
Berrigan, Philip, 606-607.
Bert, Paul, 255-257, 263, 366, 391.
Bertagna, Louis, 418.
Berthaud, Mgr, 229.
Bertier de Sauvigny, Ferdinand, 73.
Bertier de Sauvigny, Louis-Bénigne, 72.
Bertoli, Paolo, 570.
Bertolucci, Bernardo, 617.
Bertrand, Dominique, 92.
Besse, Dom, 280.
Beuve-Méry, 370, 453.
Bèze, Théodore de, 235.
Bigo, R. P., 420, 437, 578.
Billot, cardinal, 349, 422, 593.
Bismarck, Otto, prince de, 248, 512, 580, 617.
Bith, Marcel, 452.
Bizet, Georges, 195.
Bizeul, R. P., 367.
Blacas d'Aulps, duc de, 68.
Black, Davidson, 475.
Blondel, Maurice, 339, 454, 464, 482, 585, 592.
Bloy, Léon, 258.
Blum, Léon, 280, 290, 438.
Boas, Franz, 377.
Bockel, Pierre, 450.
Bodran, 267.
Boèce, Anicius Manlius Severinus, 325.
Boegner, Marc, pasteur, 448.
Boff, Leonardo, 549, 560.
Bogy, colonel, 178.
Bohmer, Heinrich, 293.
Boisdeffre, général de, 135, 275, 278.
Boisselot, R. P., 427.
Bollo, Torrès, 361, 363.
Bonald, Louis de, 74, 96, 195.

Bonaparte, Joseph, 51.
Bonniot, R. P. de, 340.
Bonsirven, Joseph, 427, 521, 529.
Bordet, Gaston, 197.
Borgia, François de, 54, 94.
Borne, Étienne, 496.
Bosc, R. P., 420.
Boscovitch, Ràder, 300, 306, 330-333, 342, 474, 581.
Bossuet, Jacques Bénigne, 94, 198, 209, 242, 338, 371, 446.
Boudin de Fer, 179.
Bouillard, R. P., 586, 599.
Bouillon, R. P., 283.
Bouissou, Augustin, 242.
Boule, Marcellin, 464, 468, 474-476.
Bouli, Simon, 418.
Boulier, Jean, abbé, 421.
Bourdet, Claude, 418.
Bourdier-Delpuits, abbé, 48-49, 72.
Bourdieu, Pierre, 404.
Boynes, Norbert de, 432-438, 451, 480, 568, 598.
Brahé, Tycho, 297, 303.
Branly, Edouard, 470.
Brazza, Pierre Savorgnan de, 190.
Brébeuf, Jean de, 117, 153, 351, 356-357.
Brecht Berthold, 314.
Brémond, Henri, 271, 463, 583.
Bretecher, Claire, 611.
Breuil, Abbé, 464, 468, 484.
Briand, Aristide, 290.
Brion, Marcel, 481.
Broët, Paschase, 97, 532.
Broglie, Albert de, 219.
Broglie, Charles de, 39, 42, 422.
Broglie, Joseph de, 285, 288.
Broglie, Victor-françois Maréchal de, 42.
Brou, Alexandre, 360-361, 369.
Brucker, R. P., 338, 363.
Brunswick, duc de, 103.
Brzozowski, Thadée, 33, 52, 65, 79.
Buber, Marin, 508.
Bucard, Marcel, 406.
Buchanan, James, 168.
Buchez, Philippe Joseph Benjamin, 241.
Buci-Glucksmann, Christine, 612.
Buffon, Georges Louis Lecler, comte de, 69.
Bugeaud, Thomas Robert, 360.
Bülow, Bernhard von, 617.
Bultmann, Rudolf, 512.
Burdo, Christian, 463, 582-583.
Burnichon, Joseph, 45, 48, 62-64, 74, 77, 86-87, 252-253, 256, 263, 289, 392, 406.
Burns, Robert, 157.
Burton, sir Richard Francis, 190.

Cabeo, Nicola, 303.
Cadoudal, Georges, 42, 63.
Cahour, R. P., 238.
Calas, Jean, 205.
Caldwell, Billy, 150.
Calvert, Cecil, 141.
Calvert, George, 141.
Calvez Jean-Yves, 420, 540, 550, 552, 554-555, 558, 565, 571, 576, 621.
Calvin, Jean, 235, 270.
Camara, Dom Helder, 372, 548.
Campanella, Tommaso, 313.
Camus, Albert, 482.
Canaye, R. P., 101-102.
Canisius, Pierre, 14, 91, 95.
Cano, Melchior, 97.
Capéran, Louis, 348.
Cardenal, Ernesto, 574.
Cardenal, Fernando, 574.
Carleton. Guy, 178.
Carli, Luigi, Mgr, 522.
Carlyle, Thomas, 131.
Carrel, Armand, 82, 88, 110.
Carrière, Jean-Claude, 373.
Carroll, John, 65, 140, 143-144, 605.
Cartier, Jacques, 353-355.
Casaroli, cardinal, 499-500, 569, 638.
Casimir-Perier, Jean-Paul Pierre, 86.
Castel, R. P., 300, 326, 330.
Castelnau, Edouard de Curières de, 417.
Castiglione, R. P., 352.
Cataldino, R. P., 352.

Cataldo, R. P., 164.
Catherine II, 15-17, 19-20, 25, 30, 33-35, 42, 69, 131.
Cauchy, Augustin, 49.
Caussin, Nicolas, 18, 65, 266.
Cavalié, R. P., 394, 397, 409.
Cavelier de La Salle, Robert, 141.
Cavour, Camillo Benso, 210, 387.
Certeau, Michel de, 586, 596, 609-616, 622, 641.
Ceyrac, Pierre de, 640.
Chaillet, Pierre, 419, 430-431, 434-453, 456, 537.
Chamberlain, Houston Stewart, 377, 380.
Chambord, comte de, 242-244, 249, 252, 259-260, 270, 272, 281, 422.
Chambre, Henri, 419-420, 433-437, 441, 450, 457.
Chaminade, R. P., 411.
Champlain, Samuel, 356.
Champollion, Jean-François, 57, 74, 112, 324-325, 623.
Chappoulie, Mgr, 439.
Charcot, Jean Martin, 339-340, 636.
Charles Ier, 141.
Charles III d'Espagne, 36-37, 51, 62, 130, 537.
Charles IV d'Espagne, 36-37, 51-52, 59.
Charles Joseph, prince de Ligne, 53.
Charles Quint, 60, 94, 578.
Charles X, 68, 80, 82-83, 86-89, 92, 111, 193, 244, 251, 262, 268, 422, 639.
Charles, Pierre, 106, 246, 350, 357, 368, 371-382, 485, 574, 585, 588, 640.
Charles-Albert du Piémont, 211.
Charmot, François, 400.
Charpentier, Marc Antoine, 390.
Chasles, R. P., 307.
Chastel, R. P., 238.
Chateaubriand, François René de, 50, 73, 81, 149, 152, 157, 164, 204.
Chatel, Jean, 108, 639.
Chauvelin, abbé, 109, 130.
Chenu, Marie-Dominique, 427, 480, 487, 533, 595.
Chesnelong, Pierre Charles, 259, 267.
Chiaramonti, Barnabé, *voir* Pie VII.
Chittenden, Hiram Martin, 139, 148.
Chivington, colonel, 178.
Choay, Françoise, 612.
Choiseul, Etienne françois de, 255, 287, 639.
Choisy, Mme, 53.
Churchill, Winston, 626.
Cicé, Adélaïde, 41.
Cicé, Mgr, 40.
Cimino, Michael, 138.
Claudel, Paul, 258, 423, 461, 478, 481-482, 501, 503, 599.
Clausewitz, Karl von, 15, 142.
Claver, R. P., 578, 587.
Clavius, Christoph Clau, dit, 34, 299-303, 309-310, 319-320, 323, 330, 342-343, 347, 474.
Clemenceau, Georges, 249, 256-258, 276, 281, 290, 418, 426, 432.
Clément d'Alexandrie, 348.
Clément XIII, 282.
Clément XIV, 9, 14, 17-18, 20-21, 24-29, 33, 35, 40, 52, 56, 86, 142, 204, 212, 544, 573, 590, 596.
Clergue, R. P., 407.
Clerk, James, 331-332.
Clifford, Lord, 212.
Clorivière, Pierre Picot de, 16, 39-42, 50-52, 56, 64-65, 69, 78-79, 83, 114, 143, 199, 218, 333, 347.
Clovis Ier, 327.
Codure, Jean, 532.
Cogordan, Jean, 14.
Cogordan, Ponce, 97.
Colbert, Jean-Baptiste, 328, 355.
Collot d'Herbois, Jean-Marie, 287.
Colomb, Christophe, 352-353, 371.
Colombière, R. P., 130.
Colombini, abbé, 21.
Combes, Émile, 253, 258, 279, 281, 286-287, 290, 366, 388, 450, 639.
Comire, R. P., 388.
Comte, Auguste, 134, 257.
Condamin, R. P, 338, 446.

Congar, Yves, 427, 487, 533, 595, 601.
Constant, Benjamin, 88.
Constantin Ier le Grand, 219, 222.
Copernic, Nicolas, 258, 295-300, 302-304, 308, 312-313, 326, 333, 336, 342, 462.
Copley, Thomas, 142.
Corneille, Pierre, 96, 127, 405-407, 593.
Cornely, R. P., 338.
Correia-Alonso, R. P., 626.
Costabel, R. P., 316.
Coton, Pierre, 65, 95, 100, 251.
Coulet, Paul, 409, 419, 424, 436, 438.
Courier, Paul-Louis, 74.
Courteline, Georges, 407.
Courtney Murray, John, 533, 546, 584, 591, 603-606.
Couthon, Georges, 287.
Coyne, George, 342-343.
Crétineau-Jolly, Jacques, 28, 204.
Cristiani, président, 631, 633.
Cromwell, Oliver, 142, 225.
Cruvillier, Louis, 448.
Cuénot, Claude, 464, 488, 489.
Cues, Nicolas de, 295.
Curci, Carlo, 215, 223.
Curtius, Ernst, 306.
Custer, George, 185, 189.
Custine, marquis de, 60.
Cuvier, Georges, 379.
Czacki, nonce, 260, 265.
Czerniewicz, Stanislas, 27, 33.

Dainville, François de, 300, 307, 341, 391, 399, 401.
Daladier, Edouard, 438.
Damiens, Robert, 109.
Danchin, Pierre, 455.
Daniel, Charles, 218, 227-230, 238, 241-243.
Daniélou, Jean, 339, 427, 442, 448, 451, 497-498, 510, 521, 533, 551, 586, 599, 615.
Dansette, Adrien, 256, 260, 278-279, 286, 290, 365, 366.
Danton, Georges Jacques, 416-417, 455.
Darboy, Mgr, 194, 227, 234, 241.
Darwin, Charles, 222, 235, 257, 336-337, 342, 344, 359, 468, 475, 481, 488, 580.
Dauversière, Royer de la, 347.
De Smet, François, 152, 154.
De Smet, Josse, 144-145.
De Smet, Pierre-Jean, 138, 190, 299, 351, 382, 640.
De Velder, R. P., 154.
Dear, Peter, 305.
Déat, Marcel, 386, 434.
Debrosse, R. P., 82.
Decazes, Elie, duc de, 63, 80, 114.
Décizier, R. P., 435.
Delaye, R. P., 420, 446, 599.
Delisle, Fernand, 269-271.
Delmasure, abbé, 427.
Delmer, Louis, 379.
Delp, Alfred, 483, 505.
Démocrite, 316.
Derrida, Jacques, 612.
Desbuquois, Gustave, 436-438, 578, 587.
Descartes, René, 69, 96, 122, 257, 299-300, 303, 306, 320-322, 326, 330, 336, 347, 401-402, 406, 482.
Descoqs, R. P., 422.
Descour, colonel, 449, 457.
Desgranges, chanoine, 397.
Desjardins, R. P., 274.
Desprez, ambassadeur, 265.
Dewey, John, 400.
Dezza, Paolo, 513, 543, 569-570.
Dhôtel, Jean-Claude, 65.
Di Pietro, cardinal, 55.
Diderot, Denis, 15, 17, 25-26, 109, 127.
Didon, R. P., 276-277.
Dietsch, Jean-Claude, R. P., 537-539, 565, 566.
Dieuzayde, Antoine, R. P., 405, 409, 419, 422, 431, 587.
Diffiné, R. P., 587.
Dillard, Victor, 419, 434, 437-438, 58[illegible]
Dim[illegible]i V, Ivanovitch, 25.
Dioclétien, 122, 415.
Dissard, Jean, 389-390, 394, 409, 410.

Divarkar, R. P., 557, 570.
Dollfuss, Engelbert, 423, 429, 446.
Döllinger, Ignaz, 229, 232-234, 236, 572.
Domenach, Jean-Marie, 614.
Dominique, saint, 94, 128, 247.
Doncœur, Paul, R. P., 366, 417-419, 429, 439-442, 463, 479, 585.
Donnet, cardinal, 387.
Dostoïevski, Fiodor Mikhaïlovitch, 131, 134, 614.
Doudko, R. P., 631.
Dougherty, Mgr, 520.
Dreyfus, Alfred, 90, 135, 271, 275-281, 341, 374, 392, 505, 519, 589.
Dreyfus, Mathieu, 279.
Dreyfus-Gonzalès, Mme, 278.
Drinan, Robert Frederik, R. P., 574, 608.
Drumont, Edouard, 107, 121, 417.
Du Bellay, Eustache, 97.
Du Bouchet, R. P., 435, 438.
Du Lac, R. P., 266.
Du Lac, stanislas., 135, 265, 275, 278.
Dubarle, R. P., 427, 487.
Dubourg, Louis, 144.
Duchesne, Mgr, 338.
Duchesne, Philippine, 144, 148.
Duclos, R. P., 360.
Dudon, Paul, R. P., 16, 23, 33, 51, 54, 59.
Duff, Edward, 607.
Duguit, Léon, 417.
Dujardin, R. P., 528.
Dumas, Alexandre, 127.
Dupanloup, Mgr, 221, 224, 229, 232-234, 236.
Duquesne, Jacques, 439.
Durand, R. P., 599.
Durkheim, Émile, 391.
Duverger, Maurice, 411.

Einstein, Albert, 470.
Ellacuria, Ignacio, 632, 635.
Emery, R. P., 42.
Emmanuel, Pierre, 503.
Empain, Baron, 622.
Entommeures, Jean des, 168.
Érasme, Didier, 70.
Espagnat, Bernard d', 344.
Espartero, Baldomero, 60, 537.
Estaunié, Édouard, 134, 392-394, 401.
Esterhazy,, 275.
Étiemble, René, 301, 327-328.
Euclide, 300, 301.
Exbrayat, R. P., 410.

Fabri, Honoré, 322, 326, 333.
Faguet, Émile, 397.
Faherty, R. P., 148.
Falloux, 127, 193, 217, 259.
Fanfani, Amintore, 507.
Faraday, Michael, 332.
Farghani, ibn Kathir Al-, 302.
Favre, Jules, 418.
Favre, Pierre, 346, 532, 609-610, 613.
Fechner, Gustav Theodor, 331.
Feltin, cardinal, 483.
Fénelon, François, 395.
Fenton, Mgr, 604.
Ferdinand II, 215.
Ferdinand IV de Naples, 38, 51, 618.
Ferdinand de Parme, 36-38.
Ferdinand VII, 60, 115.
Fermat, Pierre de, 303.
Ferrata, nonce, 260, 280.
Ferrier, Dr, 457-458.
Ferry, Jules, 134, 193, 253, 256-260, 261-264, 268-273, 281, 287, 289, 365, 388, 426, 580, 639.
Fesch, cardinal, 39, 45-47.
Fesquet Henri, 500.
Fessard, Gaston, 291, 339, 419-420, 422-424, 427-431, 434, 437, 441-445, 448, 450-452, 455, 479, 483, 496, 583, 585, 586.
Fessler, Mgr, 233.
Feutrier, Mgr, 86.
Fitzgerald, Mgr, 236.
Flamand, Paul, 415, 480, 497.
Flaubert, Gustave, 125, 194, 220.
Fleta, Miguel, 537.
Florès, Cerna, 634.
Florida Blanca, José Monino, marquis de, 18.
Folliet, Joseph, 370.

Foloppe, R. P., 61.
Fontaine, R. P. de la, 78.
Fontenelle, Mgr, 450.
Fontoynont, Victor, 271, 291, 422, 427, 434, 440, 447, 450, 452, 460, 463, 479, 521, 585.
Ford, John, 138.
Forel, Auguste, 334.
Fortis, Luigi, 198.
Foucault, Michel, 610, 612, 641.
Fouché, Joseph, 39, 44-52, 68, 78, 83, 118, 255.
Fouquier-Tinville, Antoine Quentin, 224.
Fournier, R. P., 307.
Foy, général, 206.
Fraisse, Lucien, 441, 456.
France, Anatole, 256.
François d'Assise, 94, 247.
François Ier, 611.
François II d'Autriche, 38, 52, 60.
Franzelin, R. P., 223, 233, 237, 250.
Frayssinous, Mgr de, 82, 86-88.
Frédéric II, 15, 17-26, 69, 109.
Frédéric-Guillaume II, 25.
Freinet, Célestin, 400.
Frenay, Henri, 418, 442, 447-449.
Freppel, Mgr, 259.
Freud, Sigmund, 134, 339, 482.
Freycinet, Charles Louis de Saulces, 261, 265, 268.
Friedländer, Saül, 516.
Froc, R. P., 337, 342.
Fullbright, J. W., 604.
Fülöp-Miller, René, 7, 335.
Fumet, Stanislas, 442, 447.
Fuschs, Joseph, 603.

Gagarine, Ivan, 217.
Galen, Mgr von, 448.
Galilée, Galileo, Galilei, dit, 294, 297, 299-304, 308-322, 326, 334, 344, 462, 472, 496, 502.
Galitzine, Alexandre, 61.
Galpin, Charles, 183, 185.
Gama, Vasco de, 352-354.
Gambetta, Léon, 134, 243, 253-257, 260, 272, 281, 366, 426.
Gandhi, Mohandas Karamchand, 369, 586-587.
Ganne, Pierre, 447, 450, 599.
Garempi, nonce, 24.
Garibaldi, Giuseppe, 131.
Garnier, Francis, 369.
Garraghan, Gilbert, 139.
Gascoignes, William, 324.
Gassendi, Pierre, 319.
Gaucher, Peter, 153.
Gaudefroy, abbé, 469.
Gaulle, Charles de, 15-16, 48, 142, 261, 291, 362, 383, 430, 434, 445, 509, 536.
Gaume, chanoine, 199.
Gay, Mgr, 234.
Gelasius, moine, 605.
Gerbet, Mgr, 223-225.
Gerbillon, R. P., 26.
Gerlier, cardinal, 438-439, 448.
Gervase, Tom, 141.
Giard, Luce, 609-612, 616.
Gide, André, 482, 488.
Gioberti, Vicenzo, 131, 198, 211, 365.
Girard, R. P., 189.
Girardet, Raoul, 107.
Giraudoux, Jean, 407.
Giudiccioni, cardinal, 97.
Giuliani, Maurice, 536, 539, 583.
Glasberg, abbé, 431, 448, 509.
Gleixner, R. P., 24.
Glemp, cardinal, 560.
Glorieux, abbé, 349, 593.
Gobineau, Arthur de, 377, 380-381.
Godoy, Manuel, 37, 51.
Goès, Bento de, 324, 476.
Goethe, Wolfgang von, 193.
Golan, Joe, 507-511, 514-518, 522-523.
Goldmann, Nahoum, 507-508, 515-516, 523.
Gonin, Marius, 447.
Gonzague, Louis de, 415.
Gorostarzu, Bernard de, 394, 400, 408, 487, 510-511, 518.
Gotti, Cardinal, 283.
Goya y Lucientes, Francisco de, 52, 59.
Goyau, Georges, 379.
Graham, Charles, 605.
Gramont, comte de, 221.

Grand Visage (dit « Paul »), 154, 158.
Grande, Rutilio, 632.
Grandmaison, Léonce de, 271, 291, 339, 373, 422, 427, 584-586.
Grant, Ulysses, 188.
Grassi, Orazio, 301, 303-304, 313, 317-320, 330.
Grégoire XIII, 302.
Grégoire XVI, 158, 199, 202, 207, 213-214, 250, 260, 273, 333, 337, 359.
Grenier, Guillaume, 98.
Grévy, Jules, 261, 265.
Grienberger, R. P., 301, 303, 304, 320.
Grimaldi, R. P., 300, 306, 323, 330, 342.
Grimm, Melchior, 20, 26.
Grisar, R. P., 339.
Grivel, R. P., 69.
Gros, abbé, 276-277.
Grousset, René, 482.
Grüber, Gabriel, 33-35, 52, 143, 333.
Grunebaum-Ballin, Paul, 290.
Guédon, capitaine, 418.
Guerry, Mgr, 435.
Guervel, Michel, 582.
Guevara, Ernesto dit « Che », 535, 548.
Guichard, Alain, 551.
Guidée, R. P., 79.
Guiducci, Mario, 313, 317.
Guillain de Bénouville, Pierre, 415.
Guillaume II, 281, 432.
Guillemin, Henri, 426.
Guillermou, Alain, 49, 91.
Guillet, Jacques, 599-603, 622.
Guimier, Louis, 417.
Guitton, Jean, 467, 481, 483.
Guizot, François, 199-201, 206, 212, 217, 241, 251, 255, 639.
Guldin, R. P., 303-304.
Gurvitch, Georges, 552.
Gury, Jean-Baptiste, 79, 81-84.
Guttierez, Gustavo, 549, 560.

Haardt, Georges-Marie, 476.
Harcourt, Robert d', 430, 450.
Harnack, Adof von, 585.
Harney, William, 139, 168-172, 181-183.
Hassan el-Banna, 624.
Hauriou, Maurice, 417.
Haussonville, 259.
Hawking, Stephen, 344.
Hebblethwaite, Peter, 551, 560, 591.
Hegel, Georg Wilhelm Friedrich, 400, 404, 420, 424, 431, 482, 488, 592.
Heidegger, Martin, 592.
Heilbron, J.-L., 305.
Heilbronn, Max, 449.
Heine, Henri, 124.
Henri III, 100, 122, 386.
Henri IV, 63, 67, 95, 100, 108, 115, 307, 355, 386, 422.
Henri V, *voir* Chambord, comte de
Henriot, Philippe, 386, 405, 423.
Henry Hubert, Joseph, colonel, 275-276.
Herriot, Édouard, 366.
Herzl, Théodore, 280.
Himmler, Heinrich, 438, 448.
Hitler, Adolf, 136, 234, 417, 420-421, 423, 446, 448, 451, 455, 589, 607.
Hocquincourt , maréchal d', 101.
Hoecken, R. P., 166.
Hohenlohe, prince, 232.
Hohenzollern, Karl de, 24.
Hoover, J. Edgar, 607.
Hopkins, Gerad Manley, 140.
Horace, 13.
Hours, Joseph, 449.
Hoyle, Fred, 344.
Huby, Joseph, 463.
Huby, R. P., 427, 446, 585.
Hugo, Victor, 57, 95-96, 125-130, 193, 194, 214, 217, 220, 252, 580.
Hulst, Mgr, 291.
Humboldt, Alexandre von, 307.
Hummelauer, R. P. von, 338.
Hus, R. P., 267.
Huxley, Julian, 482.
Huygens, Christian, 326, 330.

Inchofer, R. P., 308, 314, 319.
Irénée, saint, 348.
Irving, Washington, 155, 162, 164.
Isaac, Jules, 397, 518-520.
Ivan le Terrible, 25.

Jabès, Edmond, 612.
Jabrun, Louis de, 408, 419, 431.
Jabrun, Paul de, 394, 408.
Jackson, Andrew, 140, 146, 174.
Jackson, général, 175.
Jacques II, 130.
Janet, Pierre, 339-340.
Janssens, Jean-Baptiste, 484-487, 493, 498-499, 502, 511, 514, 516, 538, 542, 591, 599-600, 617.
Jarricot, Pauline, 73.
Jaurès, Jean, 135, 290, 413.
Javouhey, Anne-Marie, 372.
Jean de, 453.
Jean III de Portugal, 354, 363.
Jean XXIII, 498-499, 509-510, 513, 517, 519, 523, 533-535, 539, 543, 547-548, 562, 598, 601, 604, 617.
Jean, saint, 413, 490.
Jean-Paul Ier, 559.
Jean-Paul II, 343-345, 513, 532, 560, 562, 566-570, 576, 578, 608, 617-619, 630, 638.
Jérôme, saint, 120, 380.
Joffé, Roland, 139.
Jogues, Isaac, 153, 356, 362.
Joliet, Louis, 142.
Joly, chanoine, 368.
Jonquières, R. P. de, 285.
Joseph II, 30, 51.
Josephy, Alvin, 149.
Joset, R. P., 169.
Jouin, Mgr, 374.
Journet, abbé puis cardinal, 510.
Joutard, Philippe, 248.
Jouve, R. P., 494-496.
Jung, Carl Gustav, 339, 636.
Justin, saint, 348.

Kant, Emmanuel, 454, 592.
Kareu , Xavier, 33.
Kennedy, John Fitzgerald, 140, 536, 603.
Kepler Johannes, 297, 303, 317, 335.
Kerkhofs, Jan, 641.
Ketteler, Mgr, 234, 236-237.
Khrouchtchev, Nikita, 536.
Kircher, Athanasius, 295, 300, 319, 323-326, 330, 342, 347, 474.
Kissinger, Henry, 607.
Knabenbauer, R. P., 338.
Kojève, Alexandre, 297, 424.
Kolvenbach, Peter-Hans, 557, 575, 577-578, 601, 603, 635-640.
Koutouzov, Mikhaïl, 61.
Koyré, Alexandre, 313.
Kubrik, Stanley, 138.
Kühn, Eusebio dit « Kino », 142.
Küng, Hans, 488, 496, 533, 595.

La Barge, capitaine, 166.
La Bruyère, Jean de, 94.
La Chaize, François de, R. P., 94, 95, 322, 571.
La Chalotais, 109, 262.
La Fare, cardinal de, 82.
La Judie, R. P. de, 388.
La Mousse, Ignace, 153-154.
La Pira, Giorgio, 507, 620.
Laberge, Jacques, 489.
Laberthonnière, Lucien, 339.
Labrosse R. P., 283.
Lacan, Jacques, 339, 424, 610-612.
Lacan, Jean, 587.
Lacordaire, Henri, 111, 193-199, 204-206, 227, 229, 234, 241, 245, 259, 335, 532.
Lacouture, Simonne, 623.
Lacroix, Jean, 449.
Laennec, René, 49.
Lagrange, R. P., 513.
Lalande Joseph Jerôme Lefrançois de, 332.
Lallemant, Louis, 123, 356, 610.
Lalouette, Jacques, 242.
Lamarck, Jean-Baptiste de Monet, chevalier de, 337, 468, 488.
Lamartine, Alphonse, 96, 386, 401.
Lambruschini, cardinal, 52, 203, 207.
Lamennais, Félicité Robert de, 74, 84, 96, 194-198, 203, 208, 223.

Lamoignon, Guillaume de, 282.
Langlade, Marc, 401.
Langlois, Claude, 44.
Lanson, Gustave, 100, 397.
Lapide, Pinhas, 419.
Lapouge, Georges Vacher de, 377, 380-381.
Larousse Pierre, 77.
Las Casas, Bartholomé de, 173, 352, 371-372.
Latreille, André, 435.
Laval, Pierre, 405, 423, 433-435, 437, 439.
Lavalette, R. P. de, 109, 117, 189, 362, 609.
Laveille, R. P, 162-163, 173, 180.
Lawrence, Thomas Edward, 132.
Laynez, Diego, 14, 91, 94, 347, 504, 573.
Le Bras, Gabriel, 426.
Le Jay, Claude, 532.
Le Paige, R. P., 108, 130.
Le Play, abbé, 400.
Le Roy, Édouard, 339, 464, 478, 482.
Lebreton, Jules, 370, 427, 441, 444, 450, 452-454, 479, 583, 585.
Lebrun, François, 70, 153.
Lecler, R. P., 228, 246, 274.
Lecomte, R. P., 368, 478.
Ledit, R. P., 420.
Ledochowski, Wladimir, 420, 431, 469, 583, 591, 617.
Lee, Robert Edward, 175.
Leenhardt, Maurice, 378.
Léger, Alexis, 478.
Legris-Duval, abbé, 50, 72.
Leiber (ou Laiber), Robert, 512, 513-515.
Lenkiewicz, Gabriel, 33.
Léon XIII, 38, 240, 243, 246, 254, 255, 258-260, 269, 272, 274, 277, 280-282, 333, 337-338, 342, 363, 368, 436.
Lercaro, cardinal, 509-510, 517, 520.
Leroy, Pierre, 472, 474, 479-482, 485, 488, 495, 496.
Leroy-Beaulieu, Anatole, 281.
Léry, Jean de, 610, 613.
Lesage, Juliette, 457.
Lesaunier, abbé, 444.
Lévy, Jean-Pierre, 452.
Lévy-Bruhl, Lucien, 378.
Lhande, R. P., 587.
Liberatore, 216.
Libermann, Jakob, 372.
Licent, Émile, 337, 472-474.
Lichnerowitz, André, 344.
Liénart, cardinal, 434.
Liénart, Mgr, 426.
Limagne, Pierre, 442.
Li Matéou, *voir* Ricci, Matteo
Linarès, colonel, 634.
Lincoln, Abraham, 139-140, 173, 176, 178, 180, 186-187, 248, 603-605.
Litta, cardinal de, 55.
Littré, Émile, 263.
Livingstone, David, 140, 190.
Lobatchevski, Nikolaï, 330.
Locke, John, 404.
Loewenbrück, abbé, 85.
Loisy, Alfred, 585.
Lopez, Armando, 633.
Lopez, Joaquim, 633.
Loriquet, Jean Nicolas, 10, 75-76, 79, 82-84, 125, 127, 130, 194, 199, 206, 252, 397.
Lorson, R. P., 380.
Louis XIII, 65, 266, 355, 386.
Louis XIV, 44, 49, 65, 70, 94, 114, 116, 127, 279, 307, 322, 355, 361, 387.
Louis XV, 21, 38-40, 67, 71, 86, 89, 108, 122, 142, 244, 262, 282, 331, 422.
Louis XVI, 36, 63, 67, 71, 89, 221, 279.
Louis XVIII, 64-65, 67-68, 71, 111, 113.
Louis, Joseph Dominique, baron, 114.
Louis-Philippe, 111, 201, 206, 262.
Loyola, Ignace (ou inigo) Lopez de Oñaz y, 10-13, 33, 37, 82, 91-96, 100, 106, 111, 114, 123, 131, 197, 199, 201, 242, 247, 250, 257, 293-296, 298, 301, 340, 347, 350-354, 361, 363, 385, 386, 393,

408, 417, 454, 486, 489, 504-505, 530, 532, 537, 541-542, 544, 558-559, 565, 567, 570, 572-573, 578, 592, 596, 609, 613, 635-636, 639-641.
Lubac, Henri de, 291, 339, 349, 370, 419, 422, 424, 427, 433-434, 438, 440-441, 445, 447, 450-456, 467, 479-480, 489, 495, 497-499, 521, 533, 536, 543, 546, 583-586, 590-595, 597-603, 605, 609, 638.
Lucas, Romeo, 628.
Lucier, Pierre, 550.
Ludley, lord, 361.
Lune Noire, 185-187.
Lustiger, Jean-Marie, cardinal, 529.
Luther, Martin, 230, 270.
Lyautey, maréchal, 361, 365.
Lyell, Charles, 336.

Mac-Mahon, maréchal, 251, 253, 261.
Macchi, Mgr, 66.
Machiavel, Nicolas, 257, 278, 373.
Madaule, Jacques, 467.
Madelin, Henri, 501, 571.
Madelin, Louis, 44.
Maderna, Bruno, 617.
Magnet, abbé, 456.
Maillard, Louis, 360.
Mainardi, R. P., 97.
Maine de Biran, Marie François Pierre Gontier de biran, dit, 431.
Maintenon, Mme de, 116.
Maistre, Joseph de, 34, 61, 74, 96, 194, 242, 289.
Maitre, R. P., 331.
Malamoud, Charles, 612.
Malapartuis, R. P., 319.
Malebranche, Nicolas, 321, 404, 454.
Malet, Albert, 397.
Malraux, André, 132, 446, 451, 456.
Malte-Brun, Konrad, 379.
Manare, Olivier, 97.
Mandouze, André, 441, 449-451.
Manna, Paolo, 372.
Manning, cardinal, 211, 232-234.
Marat, Jean-Paul, 128.
Marc, Alexandre, 448.
Marcel, Gabriel, 423.
Marcet de la Roche-Arnaud, abbé, 78-79.
Marcharski, cardinal, 528.
Marconi, Guglielmo, 636.
Maréchal, Joseph, 592.
Maret, Mgr, 194, 229.
Mariana de la reina, Juan de, 108.
Marie Stuart, 131.
Marie Tudor, 130.
Marie-Christine de Habsbourg-Lorraine, 294, 311.
Marie-Thérèse d'Autriche, 19.
Marin, R. P., 480.
Maritain, Jacques, 417, 426, 482, 506, 598.
Maritain, Raïssa,, 418.
Marmottin, Mgr, 434.
Marquet, Adrien, 386.
Marquette Jacques, 10, 140-142, 357.
Marquigny, R. P., 243-244, 273-274.
Marrou, Henri, 428, 449, 496.
Marshall, pasteur, 365.
Martignac, Jean-Baptiste Sylvère Gay, comte de, 86, 114.
Martin, Malachi, 557.
Martin, Pierre-Louis, 474.
Martini, Cardinal, 617.
Martini, Martino, 324, 570.
Marx, Karl, 482, 558.
Massé, R. P., 356.
Massignon, Louis, 418, 481, 625.
Massis, Henri, 370.
Masson, R. P., 382.
Mastrilli-Duran, Nicola, 299, 327.
Mathieu, Mgr, 276, 277.
Mathieu, saint, 552.
Mathiez, Albert, 397.
Matignon, Ambroise, 192, 219, 227-230, 234, 237-238, 241-243.
Mattei, Enrico, 507.
Maupied, Mgr, 225-226.
Mauriac, François, 386-387, 401, 418, 426, 440.
Maurras, Charles, 256, 370, 413, 417, 421-423, 426, 439, 635.
Mayaud, R. P., 309, 316-320, 343.
Maydieu, R. P., 427.

Mayer, Alfred, 505.
Mayol de Luppé, Mgr, 439.
Mazarin Jules, cardinal, 101, 260.
Mazzella, cardinal, 338.
Mazzini, Giuseppe, 131, 209, 213, 580.
McLoughlin, John, 139.
Méchineau, R. P., 338.
Menasce, Jean de, 509.
Mendès France, Pierre, 257.
Mendoza, lieutenant, 634.
Menthon, François de, 442, 448.
Merleau-Ponty, Maurice, 424, 611.
Mermillod, Mgr, 229.
Merry del Val, cardinal, 470, 476.
Mersenne, R. P., 320-321.
Metternich, prince de, 60, 203, 208, 210.
Meurin, Sébastien, 142.
Meyer, Jacques, 355-356.
Michel-Ange, Michelangelo Buonarroti, 544.
Michelet, Edmond, 442, 453.
Michelet, Jules, 57, 84, 88, 94, 117-126, 129-130, 134, 189, 192-195, 198, 203-206, 211-212, 241-242, 251, 254, 262, 286, 308, 365, 393, 583.
Millerand, Alexandre, 290.
Milliez, Paul, 418.
Minois, Georges, 322.
Mirabeau, Honoré Gabriel Riqueti, comte de, 89, 114.
Misrahi, Lydia, 623.
Mitchell, Donald D, 166.
Mitterrand, François, 415, 503.
Mizón, Luis, 612.
Moakley, Joe, 633.
Moigno, abbé, 337.
Molière, Jean-Baptiste Poquelin, dit, 95, 122, 127, 397, 401-402.
Molina, Luis, 380, 532.
Mond, Georges, 506.
Monfreid, Henry de, 481.
Monnot, R. P., 265.
Monod, Gabriel, 106, 124.
Monstre, R. P., 313.
Montaigne, Michel de, 96, 131, 301, 351, 358, 386-388, 391-392.
Montalembert, comte de, 96, 195, 197, 200, 216, 219, 224, 227-228, 234, 237, 241, 245, 259, 291, 549-605.
Montalto, Alberto de, 56.
Montcheuil, Yves Moreau de, 339, 419, 427, 431, 441, 446, 450, 453-458, 483.
Montchrestien, Antoine de, 355.
Montclos, Xavier de, 432.
Montès, Segundo, 633.
Montesinos, R. P., 371.
Montesquieu, Charles de, 45, 123, 230, 351, 373, 386, 453, 610-612.
Montessori, Maria, 400.
Montherlant, Henry de, 404, 414.
Montini, Giovanni-Battista, *voir* Paul VI.
Montlosier, comte de, 58, 73, 82-85, 88-89, 95, 115, 120, 193.
Montmorency, Mathieu de, 50, 73, 81.
Montoya, Antonio Ruiz de, 15, 140, 156, 165, 190, 247, 349-351, 370, 581, 640.
Moreno, Ramon, 633.
Morny, duc de, 130.
Moro, Aldo, 620.
Mortier, Jeanne, 488, 494, 497.
Moulin, Jean, 16.
Mounier, Emmanuel, 442, 447, 482.
Mourier, R. P., 244.
Mousnier, Roland, 100.
Moussorgski, Modest Petrovitch, 25.
Mun, Albert de, 253, 259, 278.
Murat, Joachim, 51.
Muratori, Antonio, 156.
Murphy, R. P., 176.
Mussolini, Benito, 420-423, 429.

Nadaillac, R. P., 406.
Napoléon Ier, 34, 37-41, 43-51, 59, 61, 65, 71-72, 77, 83, 86, 110-112, 154, 201, 213, 272, 289, 395, 423.
Napoléon III, 208, 214, 217, 218-220, 223, 249, 334, 366, 387.
Narychkine, princesse, 62.
Nasser, Gamal Abdel, 624.

Naux, Charles, 301.
Nerinckx, Charles, 144.
Néron, 122, 227, 263.
Newman, cardinal, 234, 454-455, 481.
Newton, sir Isaac, 299, 330-332, 342.
Neyra, Jean, 442-444.
Nicolas II, 135.
Nicole, Pierre, 386.
Nietzsche, Friedrich, 299, 482.
Noailles, Alexis de, 50, 73.
Nobécourt, Jacques, 516.
Nobili, Roberto de, 10, 190, 363, 370, 468, 574, 624-627.
Nodon, R. P., 388.
Noël, André, 418.
Noël, R. P., 323.

O'Keefe, Vincent, 557, 568-569.
Oates, Titus, 130.
Ochoa, colonel, 634.
Olender, Maurice, 106, 376-378.
Olivaint, Pierre, 140, 192, 238, 240, 398, 399, 581, 584.
Opiela, Stanislas, 560.
Origène, 496, 599.
Orlando, Leoluca, 620.
Ormesson, Wladimir d', 427.
Osterreicher, Mgr, 526.
Ottaviani, cardinal, 490, 520, 601, 604.
Ouince, René d', 461, 464, 467, 470-472, 476, 482-487, 492-495, 497.
Ours Ambulant, 154.
Ozanam, Frédéric, 195, 209, 241, 245.

Pacca, cardinal, 55.
Paccanari, Niccola, 43, 47.
Padberg, John, 193.
Pallavicini, cardinal, 18, 30, 32.
Panici, Paul, 416, 419, 436, 438.
Papen, Franz von, 421.
Parabère, Louis de, 360.
Parker, général, 179.
Parvillez, R. P., 397.
Pascal, Blaise, 69, 83-85, 92, 96, 101-102, 107, 110-111, 113, 120, 124, 127, 130, 211, 320-323, 327, 392, 462, 591, 608, 639.
Pasquier, Étienne, 85, 91, 97-100, 103, 110, 113, 120, 124, 130, 137, 262, 505, 639.
Passage, R. P. du, 422.
Pastor, Ludwig von, 28.
Paucke, Florian, 352.
Paul Ier, 33-34, 62, 131, 333.
Paul III, 56, 97, 348, 371.
Paul IV, 504, 523, 532, 542, 559, 573.
Paul VI, 513, 517-518, 534, 543, 545, 550, 553-559, 566, 570, 596-597, 602, 618, 637-638.
Paul, saint, 230, 242, 350, 354, 371, 490, 525, 530, 609.
Paulian, R. P., 327.
Péguy, Charles, 254, 258, 270, 449, 481.
Pei Weng Chung, 475, 478.
Peiresc, Nicolas, 324.
Pellecer Faena, Luis, 628-631, 635.
Pelletan, Camille, 263.
Pellico, Silvio, 208, 211, 216.
Pelliot, Paul, 329.
Perreau, abbé, 73.
Perrone, R. P., 233, 237, 250.
Perrot, Michèle, 616.
Pétain, Philippe, maréchal, 362, 417-418, 433-434, 437-440, 443-444, 455.
Petit de Julleville, Mgr, 435.
Peultier, R. P., 283.
Philibert, Anne, 219, 237, 239.
Philippe II, 51, 116, 361, 578.
Pic de La Mirandole, Jean, 325.
Pichlmayer, R. P., 341.
Pie V, 371, 596.
Pie VI, 18, 24, 30-32, 37, 43.
Pie VII, 34, 37-38, 41, 43-44, 50, 52, 55-56, 62, 68-70, 111, 213, 250, 272, 580.
Pie IX, 70, 190, 192, 199-201, 204, 207-215, 218-237, 239, 243-244, 249, 258-260, 272-273, 333, 337, 359, 365, 388, 463, 489, 534, 559, 589, 605, 617.
Pie X, 260, 337-338, 436, 463, 473, 487, 581, 596.

Pie XI, 419-422, 427, 431.
Pie XII, 431, 432, 489, 491, 509-512, 513-517, 524, 557, 599, 600, 618.
Pie, cardinal, 234, 259.
Piérard, R. P., 385.
Pierrard, Pierre, 375.
Pierre Grouès, dit l'abbé Pierre, 456, 618.
Pierre le Grand, 25, 35, 61.
Pierre, R. P., 453.
Pierre, saint, 99-100, 212, 230, 236, 338.
Pierre-Étienne, 423, 437.
Pignatelli, José, 32, 51.
Pillon, R. P., 398.
Pintacuda, R. P., 620.
Pitot, R. P., 267.
Pittau, Giuseppe, 570, 630-631.
Plongeron, Bernard, 41.
Poincaré, Raymond, 135.
Point, Nicolas, 148, 157, 352.
Polanco, Juan de, 504.
Poliakov, Léon, 106.
Polignac, Jules de, 74, 114.
Polo, Marco, 476, 481.
Pombal, marquis de, 130, 201, 363.
Ponce, colonel, 633.
Ponlevoy, Armand de, 228-230, 238-240, 365.
Pontet, R. P., 430.
Popieluszko, R. P., 560.
Portalis, Joseph Marie, 39, 45-47, 86.
Possevin, Antoine, 25.
Postel, Guillaume, 99, 307, 323.
Potemkine, Grigori Alexandrovitch, 17, 25, 33, 35, 62.
Pougatchev , Iémélian Alexandrovitch, 17, 25.
Poulton, Ferdinand, 141.
Poupart, Mgr, 499.
Poussin, Nicolas, 123, 324.
Pré, Roland, 509.
Prémare, R. P., 363.
Pressigny, Mgr de, 41, 68.
Prévost, Marcel, 392.
Prévotat, Jacques, 445.
Proudhon, Pierre Joseph, 66, 82, 195, 254, 259.
Ptolémée, 302, 325.
Puginier, Mgr, 369.
Puppey-Girard, R. P., 342.
Purcell, Mgr, 181.
Pury, Roland de, 441, 450.

Qien-Long, empereur, 330.
Quarella, R. P., 237.
Quatre Cornes, 185-186.
Quatrebarbe, 417.
Quelen, Mgr de, 82.
Quesnel, Pasquier, 83, 107, 639.
Quickenborne, Charles Van, 144-146, 179.
Quinet, Edgar, 58, 118, 124, 134, 204.

Rabelais, François, 96, 358.
Racine, Jean, 96, 157.
Radin, Paul, 377.
Radziwill, Prince, 28.
Ragueneau, R. P., 358.
Rahner, Hugo, 592.
Rahner, Karl, 349, 533, 536, 546, 552, 572, 579, 584, 590-597, 600-602, 605, 615, 618, 640.
Ramière, Henri, 218, 231, 238-239, 243-244, 246, 253, 273-274, 281, 365, 366, 463.
Ratisbonne, Alphonse, 240, 277, 505, 587.
Ratzinger, cardinal, 621.
Rauscher, Mgr, 234, 237.
Rauzan, abbé de, 74, 113.
Ravier, André, 494-496, 572, 600.
Ravignan, Xavier de, 192, 195, 202, 204-206, 217, 239, 241, 248, 335, 463, 571, 581.
Rawlinson, Peter, 560, 577-578, 596, 608, 626.
Raynaud, François de, *voir* Montlosier, comte de.
Rébérioux, Madeleine, 286.
Redondi, Pietro, 316-320.
Reeves, Hubert, 344.
Reinach, Joseph, 278.
Reinach, R. P., 24.
Rémond, René, 72, 116, 281, 426.
Renan, Ernest, 222, 228, 257-259, 359, 426, 428, 490.

Rétif, André, 365.
Revel, Jacques, 613.
Rhodes, Alexandre de, 14, 347-351, 372, 624, 627.
Ribadeneira, Pedro de, 505.
Ribière, Germaine, 445.
Ricci, Lorenzo, 14, 18, 20.
Ricci, Matteo, 15, 80, 123, 140, 155, 190, 247, 299, 303, 306, 324, 327, 329, 350-351, 361, 363, 367, 376, 468, 474, 478, 481, 532, 574, 581, 624, 625, 640.
Riccio, Mgr, 236.
Riccioli, Gabeo, 301, 343.
Richardson, 147, 175.
Richelieu, cardinal de, 49, 63, 80, 203, 260, 307, 355, 362.
Richeôme, Louis, 386.
Rideau, Émile, 467, 581.
Rijk, C. A., 526-527.
Riquet, Michel, 417-418, 421, 429, 431, 438, 441-442, 446, 453-456, 509, 529.
Rivera, Mgr, 632.
Rivet, Paul, 459, 471.
Rivière, Claude, 479.
Robert Frederik, R. P., 607.
Roberts, Louis, 592.
Roberts, Thomas, Mgr, 626.
Robespierre, Maximilien de, 71, 89, 200, 386.
Rochemonteix, R. P., 266.
Rodriguez de Azevedo, Simon, 346, 532, 573.
Roger, R. P., 69.
Romero, Mgr, 548, 632-633.
Roncalli, Giovanni, *voir* Jean XXIII.
Romeyer, Édouard, 394, 397, 400.
Ronsin Pierre, 50, 73, 80-81, 84, 112.
Roothaan, Jan Philip, 62, 158, 163-165, 166, 190, 198-203, 206, 212, 215-217, 228, 239, 245, 333, 360, 559, 637.
Rosecrans, général, 176.
Rossi, Pellegrino, 201-203, 206, 213, 220.
Rouquette, R. P., 49.
Rousseau, Jean-Jacques, 96, 332.
Rousseau, R. P., 406.
Rousselot, Pierre, 427, 463, 583, 585, 592.
Rozaven, Jean -Louis de, 69, 195-197, 198, 203, 238.
Ruffini, cardinal, 486.
Russo, François, 310, 315, 323, 332, 344, 497, 502.
Ryllo, R. P., 350.

Sacrobosco, Jean, 302.
Saint-Cyran, abbé, 114, 225, 426.
Saint-Évremond, Charles de, 101-102, 111, 127, 503.
Saint-Simon, duc de, 84.
Saint-Vincent, Grégoire, 301, 303, 322.
Sainte-Beuve, Charles Augustin, 14, 74, 101, 194, 206.
Salièges, Mgr, 435, 450.
Sallentin, Xavier, 344.
Salvini, Gian-Paolo, 617, 621.
Sanborn, J.-B., 181-183.
Sanchez, Tomas, 380.
Sangnier, Marc, 373.
Sanguinetti, Marc, 233, 250.
Sartre, Jean-Paul, 482, 548.
Saxe, Auguste de, 19.
Scaliger, Jules César, 301.
Schall von Bell, Adam, 324, 328-329, 367.
Schatzman, Evry, 344.
Scheffer, Arnold, 116.
Scheiner, Christof, 300, 301, 303-304, 319, 323.
Schillebeekx, Edward, 533.
Schmidt, Stepan, 520, 523.
Schökel, Alonso, 513.
Schrader, R. P., 223, 233, 237, 250.
Scorraille, R. P. de, 246, 273, 281, 283-285, 337, 366.
Secchi, Angelo, 300, 306, 333, 334, 342, 581.
Segundo, Juan-Luis, 549, 560, 640.
Seignelay, marquis de, 355.
Sentuc, Vincent, 635.
Servet, Michel, 118.
Sesboüé, R. P., 594.
Shaftesbury, comte de, 131.
Shakespeare, William, 134.
Sheridan, Philip Henry, général, 183.

Sherman, William Tecumseh, général, 179, 183, 188.
Sibley, général, 175.
Siestrzenciewitz, Stanislas, 28-31, 43.
Silveria, R. P. 347.
Simon, Jules, 263.
Simon, Richard, 338, 446.
Simpson, Sionnet, R. P., dit, 56, 75, 78-80.
Siri, cardinal, 517.
Sitting Bull, 139, 182, 185, 187-189.
Sixte Quint, 246, 596.
Sobrino, Jon, 633.
Solages, Bruno de, Mgr, 435.
Sommet, Jacques, 419, 432, 434, 438, 441, 452-453, 456, 480.
Sordet, Paul, 403.
Sorge, Bartolomeo, 539, 557, 561, 618-621.
Soutou, Jean-Marie, 448.
Souza, R. P. de, 518.
Spellmann, Francis, 604, 607.
Spinola, R. P., 304.
Spinoza, Baruch, 404, 488, 610.
Staline, Joseph, 405.
Stanley, sir Henri Morton, 190.
Stein, Édith, 439.
Stendhal, Henri Beyle, dit, 57, 67, 74, 95-96, 124, 194, 207, 220.
Stransky, T. F., 519-520.
Strossmayer, Mgr, 235.
Suarès, André, 425, 583.
Sue, Eugène, 58, 95, 107, 124-126, 130, 193, 213, 279.
Suhard, cardinal, 444, 445.
Sully, duc de, 355.
Sully, général de, 175, 177-178.
Surin, Jean-Joseph, 123, 251, 426, 609-613, 617.
Swan, Lucile, 479.

Tacite, 94.
Taine, Hippolyte, 253.
Talleyrand-Périgord, Charles-Maurice de, 51, 64.
Tanant, Pierre, 456.
Tandonnet, Roger, 218.
Tardini, Mgr, 520.
Taylor, Griffith, 377.
Tazieff, Haroun, 325.
Teilhard de Chardin, Pierre, 10, 271, 277, 284, 291, 299, 337, 339, 343-345, 368, 373, 382, 452, 459-503, 505, 512, 532, 536, 542-543, 546, 564, 570, 574, 582-583, 584-586, 590-591, 597-600, 605, 610, 638.
Teillard-Chambon, Marguerite, 467-468.
Térence, 200, 409.
Teresa, mère, 618.
Termier, Pierre, 464, 482.
Ternois, René, 101.
Terry, Alfred H., 181-183.
Tertullien, 348.
Théas, Mgr, 435.
Thérèse d'Avila, 611.
Thiers, Adolphe, 81-83, 113-114, 194.
Thomas d'Aquin, 296, 298, 351, 375, 417, 583.
Thomson, sir Joseph John, 332.
Thoyer, Mgr, 602.
Thuillier, Pierre, 305.
Thureau-Dangin, Paul, 83.
Tisserant, cardinal, 509, 515, 520, 523.
Tissot, R. P., 395.
Tocqueville, Alexis de, 66, 114, 604.
Tojeira, Mgr, 632.
Torquemada, Tomas, 203, 224.
Toulemont, R. P., 244.
Tournély, Éléonor, 39, 42.
Tournemine, R. P., 23.
Tournon, Mgr de, 124.
Tracy, Spencer, 139.
Trevercoren, R. P., 179.
Trigos, R. P., 213.
Trinh Xuan Thuan, 344.
Trujillo, Lopez, Mgr, 635, 636.
Tucci, R. P., 618.
Tulard, Jean, 44.
Tyrrell, George, 339, 585.

Ullmann, Dr, 457-458.
Urbain VIII, 313-314, 316-318, 371.
Urbain, Ismaïl, 361.
Ursis, Sabbatino de, 328.

Vaillant-Couturier, Paul, 482.
Valadier, Paul, 344, 529-530, 619.
Valensin, Albert, 277, 463, 505.
Valensin, Auguste, 271, 277, 291, 373, 382, 460, 463, 468-470, 479, 505, 582, 585.
Vallat, Xavier, 423.
Vallin, Pierre, 64-65, 193, 239, 402-404.
Varade, R. P., 108.
Varillon, François, 428-429, 440-442, 448, 452.
Varin d'Ainvelle, Joseph, 39, 42.
Vasse, Denis, 341.
Ventura, R. P., 208, 212.
Verbiest, Ferdinand, 328-329, 352.
Verdier, Mgr, 426.
Vergennes, Charles Gravier, comte de, 33.
Verhaegen, R. P., 150, 156-157.
Vermeil, Edmond, 430.
Vérot, Mgr, 235.
Veuillot, Louis, 193-194, 200, 216-219, 231, 234, 238, 259, 270.
Vialatoux, Joseph, 449.
Vico, Francisco de, 334.
Vidal-Naquet, Pierre, 428, 612, 615.
Viel-Castel, 81.
Vieyra, Antonio, 371, 587.
Vignaux, Paul, 447.
Vigny, Alfred de, 405.
Villefort, R. P., 213.
Villèle, comte de, 67, 74, 80, 82.
Villot, cardinal, 557.
Virgile, 296, 409, 614.
Vischer, Lukas, 524.
Vitelleschi, Mutius, 103.
Vittoria, Francisco de, 370.
Viviani, René, 135.
Voltaire, François Marie Arouet, dit, 10, 17, 20, 23, 57-58, 69, 80, 94-96, 102, 122, 205, 299, 359, 401-402, 462.
Vos, Pierre de, 152.

Waddington, William Henry, 261.
Waldeck-Rousseau, Pierre Marie René, 279, 282, 287.
Wallenstein, Albrecht von, 116.
Wang-Li, empereur, 362.
Warszawski, Joseph, 506.
Washington, George, 175.
Wasmann, Erich, 300.
Weil, André, 448.
Weizmann, Chaïm, 508-509.
Wernz, Franz Xavier, 368, 596.
Westfall, R. S., 317.
White, Andrew, 141.
White, colonel, 170.
Wilhem Gottfried, 209, 300, 323-324, 327-328, 332.
Windey, Jos, 183.
Wittgenstein, Ludwig, 611.
Woodrow, Alain, 574, 595.

Xavier, François Iassu de Azpilcueta y, 106, 123, 140, 165, 201, 299, 340, 347, 352-354, 360, 362-364, 370, 376, 532, 537, 587, 612, 625.

Young, Bringham, 168.

Zahorowski, Jérôme, 81, 103-107.
Zelenski, Stanislas, 62.
Zepeda, colonel, 634.
Zichy, comtesse de, 60.
Zipoli, Domenico, 352, 390.
Zola, Émile, 134, 256, 276-277.

Table

Avertissement 9

I. Le désert des Tartares 13

II. Restauration dans la Restauration 54

III. « Hommes noirs, d'où sortez-vous ? » 90

IV. Le grand western du R. P. De Smet 138

V. Les grenadiers de Pie IX 192

VI. Les jésuites et la République 247

VII. L'arbre de science 293

VIII. Missions et colonisation 346

IX. Un collège de province dans les années trente 384

X. Le fascisme ? Décidément non… 416

XI. Teilhard et l'obéissance 459

XII. Pour en finir avec la « perfidie » des juifs . 504

XIII. Pedro Arrupe et la justice : un pape noir, trois papes blancs… 531

XIV. La troisième Compagnie : pluralisme ou diaspora ? 580

Notes 643

Éléments de bibliographie 655

Chronologie 659

Index 667

Du même auteur

L'Égypte en mouvement
(en collab. avec Simonne Lacouture)
Seuil, 1956, nouvelle édition, 1962

Le Maroc à l'épreuve
(en collab. avec Simonne Lacouture)
Seuil, 1958

La Fin d'une guerre
Indochine, 1954
(en collab. avec Philippe Devillers)
Seuil, 1960, nouvelle édition 1969

Cinq hommes et la France
Seuil, 1961

Le Poids du tiers monde
(en collab. avec Jean Baumier)
Arthaud, 1962

De Gaulle
Seuil, 1965, nouvelle édition 1969

Le Vietnam entre deux paix
Seuil, 1965

Hô Chi Minh
Seuil, 1967, et « Points Politique » n° 10, 1976

Quatre hommes et leurs peuples
Sur-pouvoir et sous-développement
Seuil, 1969

Nasser
Seuil, 1971

L'Indochine vue de Pékin
Entretiens avec le prince Sihanouk
Seuil, 1972

André Malraux, une vie dans le siècle
Prix Aujourd'hui
Seuil, 1973 et « Points » n° P 251, 1996

Un sang d'encre
Stock/Seuil, 1974

Les Émirats mirages
Voyage chez les pétrocrates
(en collab. avec Gabriel Dardaud
et Simonne Lacouture)
Seuil, 1975

Vietnam, voyage à travers une victoire
(en collab. avec Simonne Lacouture)
Seuil, 1976

Léon Blum
Seuil, 1977 et « Points Histoire » n° 42, 1979

Survive le peuple cambodgien !
Seuil, 1978

Le rugby, c'est un monde
Seuil, « Points Actuels » n° A 24, 1979

Signes du Taureau
Julliard, 1979

François Mauriac
1. Le sondeur d'abîmes (1885-1933)
2. Un citoyen du siècle (1933-1970)
(Bourse Goncourt de la biographie)
Seuil, 1980, et « Points Essais », 2 vol.,
n° 206 et 207, 1990

Pierre Mendès France
Seuil, 1981 et « Points », n° P 1058, 2003

Julie de Lespinasse
(en collab. avec Marie-Christine d'Aragon)
Ramsay, 1980

Le Piéton de Bordeaux
ACE, 1981

En passant par la France
Journal de voyage
(en collab. avec Simone Lacouture)
Seuil, 1982

Profils perdus
53 portraits contemporains
A.-M. Métailié, 1983

De Gaulle
1. Le rebelle (1890-1944)
2. Le politique (1944-1959)
3. Le souverain (1959-1970)
(préface de René Rémond)
Seuil, 1984, 1985 et 1986
et « Points Histoire », 3 vol., n° 132, 133 et 134, 1990

Algérie 1962, la guerre est finie
(en collab. avec Catherine Grünblatt)
Bruxelles, Complexe, 1985, 2002

De Gaulle ou l'Éternel défi
(en collab. avec Roland Mehl)
Seuil, « L'histoire immédiate », 1988

Champollion, une vie de lumières
Grasset, 1989 et LGF,
« Le Livre de poche » n° 6995, 1991

Enquête sur l'auteur
Arléa, 1989
Seuil, « Points Actuels » n° A 104, 1991

Jésuites : une multibiographie
1. Les conquérants
Seuil, 1991 et « Points Essais » n° 374, 2007

Le Citoyen Mendès France
(en collab. avec Jean Daniel)
Seuil, « L'histoire immédiate », 1992

Une certaine espérance
Conversations de Henri Guillemin avec Jean Lacouture
Arléa, 1992 et « Arléa-poche », 1997

Voyous et Gentlemen
L'histoire du rugby
Gallimard, « Découvertes », 1993

Le Désempire
Figures et thèmes de l'anticolonialisme
(en collab. avec Dominique Chagnollaud)
Denoël, « Destins croisés », 1993

Une adolescence du siècle
Jacques Rivière et la NRF
Seuil, 1994
et Gallimard, « Folio » n° 3017, 1997

Mes Héros et nos Monstres
Seuil, 1995
et Arléa, « Arléa-poche » n° 21, 1997

Montaigne à cheval
Seuil, 1996 et « Points » n° P 500, 1998

Histoire de France en cent tableaux
(en collab. avec Simonne Lacouture)
Hazan, 1996

Une mémoire républicaine
Entretiens avec Jean-Marcel Jeanneney
Seuil, 1997

La Traversée du mal
Entretiens avec Germaine Tillion
Arléa, 1997

Musique pour l'espérance
Entretiens avec Miguel Angel Estrella
Seuil, 1997

La Passion de l'État
Entretiens avec Edgard Pisani
Arléa, 1997

Mitterrand : une histoire de Français
1. Les risques de l'escalade
2. Les vertiges du sommet
Seuil, 1998 et « Points Essais » n° 363, 2005
et « Points » P 745, 2000

Greta Garbo, la dame aux caméras
Liana Lévi/Le Seuil, 1999

John F. Kennedy
Nathan, « Photo Poche » n° 4, 2000

Mitterrand raconté par…
Le roman du pouvoir
(en collab. avec Patrick Rotman)
Seuil, 2000

Le témoignage est un combat
Une biographie de Germaine Tillion
Seuil, « La Librairie du XXe siècle », 2000

L'Invention du Grand Louvre
(en collab. avec I. M. Pei et Emile Biasini)
Odile Jacob, 2001

Voyage dans le demi-siècle
Entretiens croisés avec André Versailles
(en collab. avec Gérard Chaliand)
Bruxelles, Complexe, 2001

De Gaulle raconté à Benjamin
Indigène, 2002

La raison de l'autre
Montaigne, Montesquieu, Mauriac
Confluences, 2002

Un siècle pour rien
Le Moyen-Orient arabe de l'empire ottoman
à l'empire américain
(avec Ghassan Tuéni et Gérard D. Khoury)
Albin Michel, 2002
et LGF, « Le Livre de poche », 2005

Profession biographe
Conversations avec Claude Kiejman
Hachette Littératures, 2003

Montesquieu, les vendanges de la liberté
Seuil, 2003 et « Points » n° P 1348, 2005

Stendhal, le bonheur vagabond
Seuil, 2004 et « Points » n° P 1349, 2005

La Rumeur d'Aquitaine
Des eaux, des arbres et puis des mots
Stock, 2004
et Seuil, « Points » n° P 1423, 2006

Robert Capa
Actes Sud, « Photo poche » n° 36, 2004

Haroun Tazieff, une vie en feu
(avec France Tazieff)
Grenoble, Glénat, 2004

Éloge du secret
Entretiens avec Hugues Le Paige
Bruxelles, Labor, 2005

Une vie de rencontres
Seuil, 2005

Voir de Gaulle
Éd. du Chêne, 2005

RÉALISATION : PAO ÉDITIONS DU SEUIL
MAURY-EUROLIVRES À MANCHECOURT
DÉPÔT LÉGAL : JANVIER 2007. N° 91434 (07/01/127035)
IMPRIMÉ EN FRANCE

Collection Points

SÉRIE HISTOIRE

DERNIERS TITRES PARUS

H165. L'École, l'Église et la République, *par Mona Ozouf*
H166. Histoire de la France rurale
1. La formation des campagnes françaises
(des origines à 1340)
sous la direction de Georges Duby et Armand Wallon
H167. Histoire de la France rurale
2. L'âge classique des paysans (de 1340 à 1789)
sous la direction de Georges Duby et Armand Wallon
H168. Histoire de la France rurale
3. Apogée et crise de la civilisation paysanne
(de 1789 à 1914)
sous la direction de Georges Duby et Armand Wallon
H169. Histoire de la France rurale
4. La fin de la France paysanne (depuis 1914)
sous la direction de Georges Duby et Armand Wallon
H170. Initiation à l'Orient ancien, *par la revue « L'Histoire »*
H171. La Vie élégante, *par Anne Martin-Fugier*
H172. L'État en France de 1789 à nos jours
par Pierre Rosanvallon
H173. Requiem pour un empire défunt, *par François Fejtö*
H174. Les animaux ont une histoire, *par Robert Delort*
H175. Histoire des peuples arabes, *par Albert Hourani*
H176. Paris, histoire d'une ville, *par Bernard Marchand*
H177. Le Japon au XXe siècle, *par Jacques Gravereau*
H178. L'Algérie des Français, *par la revue « L'Histoire »*
H179. L'URSS de la Révolution à la mort de Staline, 1917-1953
par Hélène Carrère d'Encausse
H180. Histoire médiévale de la Péninsule ibérique
par Adeline Rucquoi
H181. Les Fous de la République, *par Pierre Birnbaum*
H182. Introduction à la préhistoire, *par Gabriel Camps*
H183. L'Homme médiéval
Collectif sous la direction de Jacques Le Goff
H184. La Spiritualité du Moyen Âge occidental
(VIIIe-XIIIe siècle)
par André Vauchez
H185. Moines et Religieux au Moyen Âge
par la revue « L'Histoire »

H186. Histoire de l'extrême droite en France, *Ouvrage collectif*
H187. Le Temps de la guerre froide, *par la revue « L'Histoire »*
H188. La Chine, tome 1 (1949-1971)
par Jean-Luc Domenach et Philippe Richer
H189. La Chine, tome 2 (1971-1994)
par Jean-Luc Domenach et Philippe Richer
H190. Hitler et les Juifs, *par Philippe Burrin*
H192. La Mésopotamie, *par Georges Roux*
H193. Se soigner autrefois, *par François Lebrun*
H194. Familles, *par Jean-Louis Flandrin*
H195. Éducation et Culture dans l'Occident barbare (VIe-VIIIe siècle), *par Pierre Riché*
H196. Le Pain et le Cirque, *par Paul Veyne*
H197. La Droite depuis 1789, *par la revue « L'Histoire »*
H198. Histoire des nations et du nationalisme en Europe
par Guy Hermet
H199. Pour une histoire politique, *Collectif sous la direction de René Rémond*
H200. « Esprit ». Des intellectuels dans la cité (1930-1950)
par Michel Winock
H201. Les Origines franques (Ve-IXe siècle)
par Stéphane Lebecq
H202. L'Héritage des Charles (de la mort de Charlemagne aux environs de l'an mil), *par Laurent Theis*
H203. L'Ordre seigneurial (XIe-XIIe siècle)
par Dominique Barthélemy
H204. Temps d'équilibres, Temps de ruptures
par Monique Bourin-Derruau
H205. Temps de crises, Temps d'espoirs
par Alain Demurger
H206. La France et l'Occident médiéval de Charlemagne à Charles VIII
par Robert Delort (à paraître)
H207. Royauté, Renaissance et Réforme (1483-1559)
par Janine Garrisson
H208. Guerre civile et Compromis (1559-1598)
par Janine Garrisson
H209. La Naissance dramatique de l'absolutisme (1598-1661)
par Yves-Marie Bercé
H210. La Puissance et la Guerre (1661-1715)
par François Lebrun
H211. La Monarchie des Lumières (1715-1786)
par André Zysberg
H212. La Grèce préclassique, *par Jean-Claude Poursat*
H213. La Grèce au Ve siècle, *par Edmond Lévy*
H214. Le IVe Siècle grec, *par Pierre Carlier*

H215. Le Monde hellénistique (323-188), *par Pierre Cabanes*
H216. Les Grecs (188-31), *par Claude Vial*
H218. La République romaine, *par Jean-Michel David*
H219. Le Haut-Empire romain en Occident d'Auguste aux Sévères, *par Patrick Le Roux*
H220. Le Haut-Empire romain. Les provinces de Méditerranée orientale, d'Auguste aux Sévères, *par Maurice Sartre*
H221. L'Empire romain en mutation, des Sévères à Constantin (192-337) *par Jean-Michel Carrié et Aline Rousselle*
H225. Douze Leçons sur l'histoire, *par Antoine Prost*
H226. Comment on écrit l'histoire, *par Paul Veyne*
H227. Les Crises du catholicisme en France *par René Rémond*
H228. Les Arméniens, *par Yves Ternon*
H229. Histoire des colonisations, *par Marc Ferro*
H230. Les Catholiques français sous l'Occupation *par Jacques Duquesne*
H231. L'Égypte ancienne, *présentation par Pierre Grandet*
H232. Histoire des Juifs de France, *par Esther Benbassa*
H233. Le Goût de l'archive, *par Arlette Farge*
H234. Économie et Société en Grèce ancienne *par Moses I. Finley*
H235. La France de la monarchie absolue 1610-1675 *par la revue « L'Histoire »*
H236. Ravensbrück, *par Germaine Tillion*
H237. La Fin des démocraties populaires, *par François Fejtö et Ewa Kulesza-Mietkowski*
H238. Les Juifs pendant l'Occupation, *par André Kaspi*
H239. La France à l'heure allemande (1940-1944) *par Philippe Burrin*
H240. La Société industrielle en France (1814-1914) *par Jean-Pierre Daviet*
H241. La France industrielle, *par la revue « L'Histoire »*
H242. Éducation, Société et Politiques. Une histoire de l'enseignement en France de 1945 à nos jours *par Antoine Prost*
H243. Art et Société au Moyen Âge, *par Georges Duby*
H244. L'Expédition d'Égypte 1798-1801, *par Henry Laurens*
H245. L'Affaire Dreyfus, *Collectif Histoire*
H246. La Société allemande sous le IIIe Reich *par Pierre Ayçoberry*
H247. La Ville en France au Moyen Âge *par André Chédeville, Jacques Le Goff et Jacques Rossiaud*

H248. Histoire de l'industrie en France
du XVIe siècle à nos jours, *par Denis Woronoff*
H249. La Ville des Temps modernes
sous la direction d'Emmanuel Le Roy Ladurie
H250. Contre-Révolution, Révolution et Nation
par Jean-Clément Martin
H251. Israël. De Moïse aux accords d'Oslo
par la revue « L'Histoire »
H252. Une histoire des médias des origines à nos jours
par Jean-Noël Jeanneney
H253. Les Prêtres de l'ancienne Égypte, *par Serge Sauneron*
H254. Histoire de l'Allemagne, des origines à nos jours
par Joseph Rovan
H255. La Ville de l'âge industriel
sous la direction de Maurice Agulhon
H256. La France politique, XIXe-XXe siècle
par Michel Winock
H257. La Tragédie soviétique, *par Martin Malia*
H258. Histoire des pratiques de santé
par Georges Vigarello
H259. Les Historiens et le Temps, *par Jean Leduc*
H260. Histoire de la vie privée
1. De l'Empire romain à l'an mil
par Philippe Ariès et Georges Duby
H261. Histoire de la vie privée
2. De l'Europe féodale à la Renaissance
par Philippe Ariès et Georges Duby
H262. Histoire de la vie privée
3. De la Renaissance aux Lumières
par Philippe Ariès et Georges Duby
H263. Histoire de la vie privée
4. De la Révolution à la Grande Guerre
par Philippe Ariès et Georges Duby
H264. Histoire de la vie privée
5. De la Première Guerre mondiale à nos jours
par Philippe Ariès et Georges Duby
H265. Problèmes de la guerre en Grèce ancienne
sous la direction de Jean-Pierre Vernant
H266. Un siècle d'école républicaine
par Jean-Michel Gaillard
H267. L'Homme grec
Collectif sous la direction de Jean-Pierre Vernant
H268. Les Origines culturelles de la Révolution française
par Roger Chartier
H269. Les Palestiniens, *par Xavier Baron*
H270. Histoire du viol, *par Georges Vigarello*

H272. Histoire de la France
L'Espace français, *sous la direction de André Burguière et Jacques Revel*
H273. Histoire de la France
Héritages, *sous la direction de André Burguière et Jacques Revel*
H274. Histoire de la France
Choix culturels et Mémoire, *sous la direction de André Burguière et Jacques Revel*
H275. Histoire de la France
La Longue Durée de l'État, *sous la direction de André Burguière et Jacques Revel*
H276. Histoire de la France
Les Conflits, *sous la direction de André Burguière et Jacques Revel*
H277. Le Roman du quotidien *par Anne-Marie Thiesse*
H278. La France du XIXe siècle, *par Francis Démier*
H279. Le Pays cathare, *sous la direction de Jacques Berlioz*
H280. Fascisme, Nazisme, Autoritarisme, *par Philippe Burrin*
H281. La France des années noires, tome 1 *sous la direction de Jean-Pierre Azéma et François Bédarida*
H282. La France des années noires, tome 2 *sous la direction de Jean-Pierre Azéma et François Bédarida*
H283. Croyances et Cultures dans la France d'Ancien Régime *par François Lebrun*
H284. La République des instituteurs *par Jacques Ozouf et Mona Ozouf*
H285. Banque et Affaires dans le monde romain *par Jean Andreau*
H286. L'Opinion française sous Vichy, *par Pierre Laborie*
H287. La Vie de saint Augustin, *par Peter Brown*
H288. Le XIXe siècle et l'Histoire, *par François Hartog*
H289. Religion et Société en Europe, *par René Rémond*
H290. Christianisme et Société en France au XIXe siècle *par Gérard Cholvy*
H291. Les Intellectuels en Europe au XIXe *par Christophe Charle*
H292. Naissance et Affirmation d'une culture nationale *par Françoise Mélonio*
H293. Histoire de la France religieuse *Collectif sous la direction de Philippe Joutard*
H294. La Ville aujourd'hui, *sous la direction de Marcel Roncayolo*

H295. Les Non-conformistes des années trente
par Jean-Louis Loubet del Bayle
H296. La Création des identités nationales
par Anne-Marie Thiesse
H297. Histoire de la lecture dans le monde occidental
Collectif sous la direction de Guglielmo Cavallo et Roger Chartier
H298. La Société romaine, *Paul Veyne*
H299. Histoire du continent européen
par Jean-Michel Gaillard, Anthony Rowley
H300. Histoire de la Méditerranée
par Jean Carpentier (dir.), François Lebrun
H301. Religion, Modernité et Culture au Royaume-Uni et en France
par Jean Baubérot, Séverine Mathieu
H302. Europe et Islam, *par Franco Cardini*
H303. Histoire du suffrage universel en France. Le Vote et la Vertu. 1848-2000
par Alain Garrigou
H304. Histoire juive de la révolution à l'État d'Israël
Faits et documents, *par Renée Neher-Bernheim*
H305. L'Homme romain
Collectif sous la direction d'Andrea Giardina
H306. Une histoire du Diable, *par Robert Muchembled*
H307. Histoire des agricultures du monde
par Marcel Mazoyer et Laurence Roudart
H308. Le Nettoyage ethnique.
Documents historiques sur une idéologie serbe
par Mirko D. Grmek, Marc Gjidara et Neven Simac
H309. Guerre sainte, jihad, croisade, *par Jean Flori*
H310. La Renaissance européenne, *par Peter Burke*
H311. L'Homme de la Renaissance
Collectif sous la direction d'Eugenio Garin
H312. Philosophie des sciences historiques,
textes réunis et présentés, *par Marcel Gauchet*
H313. L'Absolutisme en France, *par Fanny Cosandey et Robert Descimon*
H314. Le Monde d'Ulysse, *par Moses I. Finley*
H315. Histoire des juifs sépharades, *par Esther Benbassa et Aron Rodrigue*
H316. La Société et le Sacré dans l'Antiquité tardive
par Peter Brown
H317. Les Cultures politiques en France
sous la direction de Serge Berstein
H318. Géopolitique du XVIe siècle
par Jean-Michel Sallmann

H319. Les Relations internationales
2. De la guerre de Trente Ans ans à la guerre de succession d'Espagne, *par Claire Gantet*

H320. Des traités : de Rastadt à la chute de Napoléon *par Jean-Pierre Bois*

H323. De Nuremberg à la fin du XXe siècle (tome 6, Nouvelle histoire des relations internationales/inédit), *par Frank Attar*

H324. Histoire du visuel au XXe siècle, *par Laurent Gervereau*

H325. La Dérive fasciste. Doriot, Déat, Bergery. 1933-1945 *par Philippe Burrin*

H326. L'Origine des Aztèques, *par Christian Duverger*

H327. Histoire politique du monde hellénistique *par Edouard Will*

H328. Le Saint Empire romain germanique, *par Francis Rapp*

H329. Sparte, histoire politique et sociale jusqu'à la conquête romaine, *par Edmond Lévy*

H330. La Guerre censurée, *par Frédéric Rousseau*

H331. À la guerre, *par Paul Fussel*

H332. Les Français des années troubles, *par Pierre Laborie*

H333. Histoire de la papauté, *par Yves-Marie Hilaire*

H334. Pouvoir et Persuasion dans l'Antiquité tardive *par Peter Brown*

H336. Penser la Grande Guerre, *par Antoine Prost et Jay Winter*

H337. Paris libre 1871, *par Jacques Rougerie*

H338. Napoléon. De la mythologie à l'histoire *par Nathalie Petiteau*

H339. Histoire de l'enfance, tome 1 *par Dominique Julia et Egle Becchi*

H340. Histoire de l'enfance, tome 2 *par Dominique Julia, Egle Becchi*

H341. Une histoire de l'édition à l'époque contemporaine XIXe-XXe siècle, *par Elisabeth Parinet*

H342. Les enjeux de l'histoire culturelle, *par Philippe Poirrier*

H343. Le Monde des révolutions en Amérique et en Europe à la fin du XVIIIe siècle, *par Jacques Solé*

H345. Histoire culturelle de la France, tome 3, *par Antoine de Baecque et Françoise Mélonio*

H346. Histoire culturelle de la France, tome 4, *par Jean-Pierre Rioux et Jean-François Sirinelli*

H347. L'État chez lui, l'Église chez elle *par Jean-Paul Scot*

H348. La Résistance française : une histoire périlleuse *par Laurent Douzou*

H349. Histoire culturelle de la France, tome 2, *par Jean-Pierre Rioux & Jean-François Sirinelli*

H350. La France et les Juifs de 1789 à nos jours
par Michel Winock
H351. Historiographie de la guerre d'Algérie,
par Raphaëlle Branche
H352. L'Armée de Vichy, *par Robert O. Paxton*
H353. La Guerre froide 1917-1991, *par André Fontaine*
H354. Le Modèle politique français, *par Pierre Rosanvallon*
H355. Les Origines religieuses de la Révolution française
par Dale Van Kley
H356. Une histoire du Chat, *par Laurence Bobis*
H357. À la recherche du Moyen Âge, *par Jacques Le Goff*
H358. Les Quatre Parties du monde, *par Serge Gruzinski*
H359. Histoire des peurs alimentaires
par Madeleine Ferrières
H360. Le Grand Voyage de l'Obélisque, *par Robert Solé*
H361. La Vie à en mourir. Lettres de fusillés 1941-1944
par Guy Krivopissko
H362. Bleu. Histoire d'une couleur, *par Michel Pastoureau*
H363. Mitterrand, une histoire de Français
par Jean Lacouture
H364. Le Siècle des intellectuels, *par Michel Winock*
H365. Histoire des paysans français
par Emmanuel Le Roy Ladurie
H366. La Plus Vieille Cuisine du monde, *par Jean Bottéro*
H367. Histoire de la France politique 1. Le Moyen Âge
par Philippe Contamine
H368. Histoire de la France politique 2.
La Monarchie, entre Renaissance et Révolution
par Joël Cornette
H371. Le Fascisme en action, *par Robert O. Paxton*
H372. Louis XIV. Les Stratégies de la gloire
par Peter Burke
H373. Ressentiment et Apocalypse, *par Philippe Burrin*
H 374. Jésuites. Une multibiographie, t. 1, Les Conquérants
Jean Lacouture
H 375. Jésuites. Une multibiographie, t. 2, Les Revenants
Jean Lacouture
H 376. Génération, t. 1, Les Années de rêve
Hervé Hamon, Patrick Rotman
H 377. Génération, t. 2, Les Années de poudre
Hervé Hamon, Patrick Rotman
H 378. Les Droites aujourd'hui, *René Rémond*
H 379. Les Chamanes de la Préhistoire
Jean Clottes & David Lewis-Williams
H 380. Chronologie XXe siècle, *Bernard Phan*